SOCIÉTÉ

DES

ANCIENS TEXTES FRANÇAIS

BENOIT DE SAINTE-MAURE

ROMAN DE TROIE

III

Le Puy, imp. R. Marchessou. — Peyriller, Rouchon et Gamon, successeurs.

LE
ROMAN DE TROIE

PAR

BENOIT DE SAINTE-MAURE

PAR

Léopold CONSTANS

PROFESSEUR A L'UNIVERSITÉ D'AIX-MARSEILLE

TOME III

PARIS
LIBRAIRIE DE FIRMIN-DIDOT ET Cie
RUE JACOB, 56

M DCCCCVII

Publication proposée à la Société le 29 mars 1903.

Approuvée par le Conseil dans sa séance du 8 juillet 1903, sur le rapport d'une Commission composée de MM. J. Bédier, P. Meyer et A. Thomas.

Commissaire responsable :
M. A. Thomas.

ROMAN DE TROIE

BRISEÏDA ENCOURAGE L'AMOUR DE DIOMÈDE.

   Dedenz les triuës seüraines,
14960 Jut danz Hector bien treis semaines :
   Toz fu respassez e guariz,   *14885*
   Ainz que li meis fust acompliz.
   Sovent alot chacier Paris
   En la forest de Beletis ;
14965 E cil qui aler i voleient
   Sauvagine mout i preneient,
   Quar tote en ert la forest pleine.

14959 *K* trieues, *M'* treues ; *kHN*² seguraines, *M*² seurejns, *E* -einnes, *M'* -enes, *nL* soueraines — 60 *A* I iut h.; *MM'* dant ; *H* Iut h. bien les .iij. — 61 *F* trespassez, *J* rep., *M'* respasez — 62 *F* qi — 64 (*BCLN*²*R*); *M*²*A'JEk* Es granz forez (*M*² -esz, *J* -est); *M*² beletris, *A* belitis, *A'* -this, *N* belecis, *A*² belitis, *G* belleis — 65-8 m. à *R* — 66 *En* Salu., *M* Sau., *K* Saluaz., *M*² Sauuaiz.; *K* assez ; *N*² trouoient — 67 *eM* est ; *M*² foresz, *EFM* forez ; *M'Nk* plaine.

Tome III.   1

Sovent en aveit dame Heleine   *14892*
Longes, lardez o les daintiez,
14970 Cimiers e hanches e forchiez.
Mout en aportent veneison,   *14893*
Mout en prenent a grant foison.
Onc de dis anz que li oz tint,
N'i chaça Greus ne n'i avint,
14975 N'onques dedenz li chevalier
Por eus n'i laissent a chacier.
       Cil de Grece sont en grant cure
Del siege, qui tant tient e dure.   *14900*
Chascuns set bien e veit e pense
14980 E la grant mise e la despense
Qu'il lor estuet mener e faire ;
Si ne s'en puet nus d'eus retraire.
En tel folie se sont mis
Dont il ont mout sovent maumis
14985 Le gros del cors e les costez.   *14907*

14968 *M²Bk* tramet; *C* en enuoie a d., *e* en a samie — 69-70
interv. dans G, m. à A'BCDJky — 69 (*R*); *A²I* Loignes; *AGI*
lardees; *I* v lardes v d.; *A²* od granz d., *N²* de d., *M²F* e les
d., *G* ou les d.; *M²* deintiez, *LN* dointiez — 70 *M²* Cimers,
A Chimers, *A²LNR* Costeç, *FGI* Costes; *R* hanchies; *L* forciez,
A² -chies, *nN²* flanchiez; *N²* [...]ches f. — 71 *A²* en portoit de;
EJMN² uenoison, *H* -ons, *G* -ison — 72 (*JR*); *N²* C[...]t g. f.;
A²N Si an pranent (*A²* donoit), *L* Quil en p., *FG* Sen aportent;
H et a fuisons — 73 *N²* A[...]z que; *M²* Ainc, *M* Ainz, *n* Car, *L*
Qe, *M¹* Plus; *LM* des; *A²* .v. a.; (*EKn* oz), *M²* osz, *N²* olz, *M¹* olt,
M ost — 74 *N²* G[...]ne ni a; *M²* Griex, *MM¹* Grieu, *K* Grec,
A² Gius; *M²AA²ek* G. ni c. (*A²* chace) — 75 (*AJ*); *N²* O... ch.;
A²G Onques, *nL* Mais cil dedan[...]lor c. — 76 e P. grex; *AG*
ne; *M²AGJe* laissierent c. (*M²* afer) — 78 *M* De lost — 79 *M*
scet, *M²* siet; *AKn* u. b. et s. — 80 (*AL*); *GN²* Et le g. siege,
CJky Le g. trauail, *M²* La g. angoisse; *A²* Et lauoir et la grant
d.; *K* deffense — 81 (*GL*); *K* estuot, *M¹* esteut, *n* estoit — 82
nGM se p.; *KM¹* nul; *L* Ne lor estuet nul — 84 *N²* D[...] sen-
glant; *My* sont; *n* D. s. ont sanglanz les uis — 85 *K* Les; *HM¹*
Dedenz les c., *E* Par tot lor c., *Cn* Les c. (*n* Lo col) les flans;
M²I e des c., *BKy* bien le sauez.

L'uevre durra ancore assez
Ainz qu'ele ait fin : por ço lor peise.   *14911*
Teus s'en rit e joë e enveise,
Qui en son cuer pense tot el :
14990   Estre voudreit a son ostel;
Ne revendreit des meis ariere,   *14915*
Por semonse ne por preiere.
Li jovencel, li bacheler
Aiment mout armes a porter,   *14918*
14995   E li sieges assez lor plaist;   *14921*
Mais Achillès pas ne se taist
D'Ector haïr e manacier :
Rien nel puet faire esleecier;   *14924*
Ja n'avra mais joie ne ris
15000   Devant qu'il l'ait o mort o pris.   *14925*

14986 (*AIR*); *F* dura, *L* durast, *C* serra; *A²* Si ladurra, *BCJky*
Si com oi dire lauez, *puis ces 2 v.*: Li sieges pas encor (*K* on-
quor) (*HJMM¹* e. pas) nachieue Ml't (*E* Trop) les confont (*JM¹*
ocist, *E* ocit, *H* destruit) et ml't les grieue — 87 (*A*); *M²* quel;
N oit; *A³* de ce, *I* p. chou; *F* lan, *N²* lor; *BCJky* Trop a dure
ml't lor an p. — 88 *M²* Tiel, *L* Tielz ; *A²Ln* Tex rit, *K* T. en r.;
A³ giue ; *M* r. i. ; *HJM¹* Et tex (*M¹* tel) sen r. i., *A* Tel sen
ieue r. — 89 *M* Q. a; *C* t. cel — 90 *H* Bien ualroit, *M* Mielz
uoudroit; *F* hostelz — 91 *F* deuanreit ; *BCJky* Ne uendroit mes
oan (*E* ouan, *M* oen) a. — 92 *n* Por promesse — 93 (.*AA²*); *I* ba-
celer, *F* bacheller; *M²BCJky* por (*C* par) deporter — 94 *A* a
armes p.; *BCJky aj. 2 v.* Et por faire cheualeries Quen (*B* Dont)
oient parler lor a. — 95 *A²* forment; *BCJky* Le siege ainment et
ml't (*MM¹* m. par, *C* m.) l. p. — 96 (*AD*); *M²* point; *CN²* sen;
N A. mie ne — 97 *n* ne; *M¹* manecier, *EMN* menacier, *F* -er
— 98 (*AJ*); *N³* N[...]eessier; *M²AEK* Riens, *nL* Nus; *M²y* ne le
(*y* len) p. e.; *F* f. esclairier; *M* esleeschier, *N* -scier — 14999-
15000 *interv. dans BCJky* — 14999 *BCJKy* Vencu (*M¹* Perdu, *E*
Veincu) et (*M¹* ou) abatu (*M* a. et, *BC* a. v) son pris (*M* soupris,
BC ocis) — 15000 *M²* Dauant que il l. m., *HJM¹* Des quil le
uoie m., *k* Deuant quel (*K* quil) u. m.; *BC* Deu. que il le uoie p.
— *Pour les v. 15001-186, M²AA¹A²BCDIJN²RV¹V¹kxy sont
utilisés.*

Qui qu'ait sojor, repos ne bien,   *14927*
Li fiz Tydeüs n'en a rien :
Por amor est en tel esveil
Que ne li prent en lit someil :   *14930*
15005   Ne peut dormir n'il n'a l'ueil clos,
Ne nuit ne jor n'est en repos.
Sovent pense, sovent sospire.
Sovent a joie, sovent ire ;
Sovent s'iraist, sovent se haite.   *14935*
15010   Amors li a fait tel entraite
Dont la color li change e mue   *14937*
E dont par maintes feiz tressue
Qu'il nen a chaut ne qu'il nel sent :

15001 *V'* Qe qait, *V²* Quanquez ait ; *ABCDJV'ky* ioie r., *A²* r. i., *FGL* i. s., *N* r. s. — 2 *G* thidei, *yBCDJV²* thid., *A* thyd., *M²Rk* tid. ; *A V²* Nen a li f. t. — 3 *N²* P[...] el esuoil ; *A²* en grant e., *G* en tel trauail ; *M²AA'BCDJLRV' V²kny* Quar por (*LV²* Que par) amor (*V²* -ors) ; *M²AA'BCDJRV' V²ky* est en (*A'* ml't) destreiz ; *I* Kar si d. e. por samour ; *nL* est en trauail (*LN* -oil) — 4 m. à *N²* ; *M²AA'BCDJV'Ry* Une (*C* Lune) ore est chauz (*H* a chalt) e autre (*C* lautre) freiz ; *F* Qil ; *N* Que il ne pr. ; *A²GL* la nuit ; *F* somail, *LN* -oil, *G* soumoil, *V²* semoiz ; *R* Kil ne p. en lit someiloiç, *I* Kil na repos ne nuit ne iour — 5-6 m. à *I* — 5 *xEN²RV'V²* Ne por (*R* per) d. ; *LNN²* ni a, *FK* ne a, *EN* nen a, *M'* na pas ; *L* huis c. ; *n* clox ; *A²* Mais a malaise est ce sachiez ; *N²* Quil ne dort ne ne [...] — 6 *L* ni a, *V²* na ; *A'BCDJV'ky* El (*M'* Ou) sein la pucele est enclos, *A²* Souent est ioios et iries ; *N²* Ne poet dormier ne tan[...] — 7 *A'BCV'V²ky* Ses cuers (*M'* Son cors) qui (*M* Son cuer et) nuit et ior s. — 8 *A'BCRek* et s. — 9-10 m. à *V'* — 9 *M²* sirest, *M* sirit, *R* -ast, *FV'* se test, *N²* diaust ; *FV²* se haste ; *M²* ses heite, *R* se aite ; *I* Or est lies et or se dehaite — 10 *K* ot ; *J* feite ; *A'A²Jkxy* une e., *V²* un tel retraite ; *M²I* entreite — 11 *EF* Don, *MR* Donc ; *V'* li c. ; *M'A'A²BCDJKN²xy* colors, *V'* collor ; *A'Iky* souant li m. — 12 (*ARV²*) ; *A²F* mainte ; *L* toz li cors li t. ; *M²* Par m. f. le ior t., *I* Tressaut et fremist et t., *A'BCDJV'ky* Plus est pris (*M'* espris, *H* esprist) quespreuiers (*V'* qe spervier, *M'* que preuier, *K* quesperuiers) en mue — 13-4 m. à *A'BCDJV'ky* — 13 *M²A* Que il na c., *V'* Qui na chaut ; *AV'* ne qui ; *ARV²* ne s. ; *A²x* Quil na pas (*A²* nen a) froit ne chaut (*L* mal) ne s., *I* Mainte fois ke nul mal ne s., *N²* Il na n. m. gran c. ne s.

Tel sont li trait d'Amors sovent ;
15015 Cui il de rien tient en sa lace,   14939
Sovent li pert bien a la face ;   14940
Trop par sont griés ses chevauchiees,   14947
Endurer fait morteus haschiees.
N'est mie del tot a sojor
15020 Qui espris est de fine amor,   14950
Ensi come est Diomedès   14952
Qui ore n'a joie ne pais.   14951
Paor a grant : n'est mie fiz   14953
Que il ja seit de li saisiz.
15025 En la fille Calcas de Troie
Est l'esperance de sa joie ;
Crient sei que ja soz covertor
Ne gise o li ne nuit ne jor.

15014 N^2 li tor ; M^2IN^2R damor — 15 M^2R Que ; M^2 il t. de r. ne enlace ; (LN en sa lace), A^2 et e., R tint ne lace, F en sa trace ; N^2 tient [...] ; A^1BCDJV^1ky Cil (J Cis, DM^1 Ceus) cui (K que, M qui) amors t. et enlace (M lace), A Celui cui de riens tient ne lace, I Ki mainte fois le tient et lache — 16 I Si kil li ; R len parist ; A p. ens en la f. ; I a le fache ; $M^2A^1A^2BCDJV^1ky$ li (DM^1 lor) fait palir (A^2C muer) la f. ; A^2 aj. 2 v. : Diomedes sent grant dolor Souent li fait muer color, et A^1BCDJV^1ky 6 v. ; voy. aux Notes — 17 M font ; N^2 T. s. grieues ; n ces, A^1 les — 18 $xA^1DKM^1RV^1V^2$ font ; A^2 Sentir li funt pluisors h. ; K maintes h. ; A^1N hachiees, DM^1 -ies, A^2M haschies, V^2 achies — 19 N^2 Net ; J trop bien, M de tout — 20 A^1A^2Jky Qui bien aime car (A^2 quar) un sol (A^1 nesun) ior ; F e. ert, $M^2N^2V^2$ est e. (V^2 esprins) — 21-2 interv. dans $A^1A^2JV^1ky$ — 21 (A^2) ; A^1JV^1ky Trop par (J por) aime d. ; R Einsi, n Ansi, N^2 Ausint ; $A^1JMN^2V^2ny$ dyom. — 22 $A^1A^2JV^1ky$ Ne puet auoir, R Ki aye ne ; A^2 repos ne p. ; N^2 Q. na nul ior i., V^2 Qui or na ne ioia — 23 Ny Peor, M^2N^2k Poor ; N^2 net — 24 A^2V^1xy s. ia ; M Quil ia de li soie s., A^1 Que il ia de l. soit s. ; N seissiz, M^2F seisiz — 25 x De — 26 G Cest ; V^1 et sa — 27 A^2 Ml't c., K Il c., G Doute ; DM^1 C. q. ia soz son c. ; V^1V^2 ia son (V^2 som) c. ; N^2 sor un [...] ; F couertoir ; H Et c. que ia ne n. ne i. — 28 F giese, R gisse ; A^2GMN^2 soit ou lei (MN^2 o li, A^2 od li), J gist a li ; M^1 o lui, E a l. ; H G. auolc li sos couertor.

De ço se voudreit mout pener,
15030   A ço tornent tuit si penser.   *14960*
Se ele ensi ne li consent,
Morz est, senz nul recovrement.
Par maintes feiz la vait veeir,
Mais cele est trop de grant saveir :
15035   Mout le conoist bien as sospirs,   *14965*
Qu'a li est del tot ententis ;
Por ço l'en est treis tanz plus dure.
Toz jors a femme tel nature :
S'ele aparceit que vos l'ameiz
15040   E que por li seiez destreiz,   *14970*
Sempres vos fera ses orguieuz ;
Poi vos tornera puis ses ieuz

15029 *A*¹ bien p. — 30 *A*¹ reuanront si pansser; *R* son panser
— 31 *A*² Sele tot ce, *M*² Sele c.; *K* issi, *A*'*Ry* einsi, *M* ainsi, *n*
ansi, *V*² einsinc — 32 *FMM*¹ Mort; *A*¹ retenement, *A*² rachate-
ment — 33 *NV*¹*V*² ua; *A*¹*A*²*BCDJky* Ml't par uoldroit (*A*¹ uoloit)
samor auoir — 34 *M*² E c., *V*² Et elle, *V*¹ Elle — 35-6 *A*² *donne
successivement les 2 leçons, qui sont peut-être originales toutes
deux* — 35 (*A*); *F* la; *L* cognoist, *R* conois, *V*² conuit, *A*²
sauoit; *I* la souspris, *R* a sospris, *L* a son pris, *NV*¹*V*² as sospirs;
*M*²*A*¹*A*²*BCDJky* Trop apercoit (*A*² -ut) et c. (*EH* -uist, *A*² -ut) bien
(*M*² b. et c., *pas de rime*) — 36 (*ALR*); *V*² Qui, *N*² Quan; *V*² de;
F Que an li est, *N* Quil e. a li; *n* toz antantis (*F* at.); *G* De lei e.
dou tout entrepris, *I* Set qua li e. tous ent., *A*¹ Quen li estoit tos
ses desirs, *M*²*BCEJM* Quil laime (*M* aime) plus que nule rien,
*A*¹*A*²*DHKM*¹ Que il (*H* cil) laime (*A*² lamoit, *D* aime) sor tote r.
— 37-8 *interv. dans N*² — 37 *A*² li e., *DHJM*¹ sen fet; *A*¹ ele p.
— 38 *M*²*A*¹*MV*¹*V*² a dame, *K* ont dames; *n* itiel; *Jy* Fame e. t.
i. de t. n. — 39 *M*² Sel; *M*²*KM*¹ apercoit, *F* aparoiz; *V*¹*V*² Selle
set, *R* Se il conoist; *A*²*M* lamez — 40 *R* s. por li; *M* destrez; *A*²
en fin por li deruez — 41 *N*² S. mosterra; *A*² S. f. s. grans or-
geols; *A*¹*F* orguialz, *N* -iauz, *M*² ergoilz, *KR* org., *M* orgueulz,
*V*¹ -ex, *V*² -ez ; *y* son orguel, *J* grant orguil — 42 *R* retornera;
*M*² torra ia nes; *k* Ja mes ne uos torra les (*M* ses); *N*² Por uos
fera ne mes, *G* Ne welt torner apous (*sic*) ses; *Jy* Ja m. ne u. tor-
nera luel (*J* luil); *M*²*R* oilz, *K* ielz, *M* ieulz, *G* iex, *A*¹*F* ialz, *N*
iauz, *A* yeux, *A*² eols, *V*¹*V*² elx.

Que n'i ait dangier ne fierté.
Mout avreiz ainz chier comparé
15045 Le bien qu'ele le vos deint faire.   *14975*
C'est une chose mout contraire,
Amer ço dont om n'est amez :
Içо avient sovent assez ;
A merveille deit om tenir
15050 Com ço puet onques avenir.   *14980*
Cil deprie, qui mais ne puet :
Fort chose a en faire l'estuet.
Preier estuet Diomedès,
Qui tant aime qu'il ne puet mais
15055 Plus sofrir ne plus endurer.   *14985*

15043 *G* Qui; *A'EJN* oit; *AEn* dongier, *M* orgueilz, *V¹* -ueil,
V² -uel; *L* Trop d. i a ; *M²AA'A²GLN* et f.; *R* ferre — 44 *G* M.
lauera; *N²* M. chier auroit ainz, *L* M. la ancois cil; *V¹* arroiz,
V² aroz, *A²DM'* aurez, *A'* auoit; *EH* einz, *A²* ains; *A'* achate,
E -ete, *DHMM'R* conpere; *K* Assez a. ainz c. — 45 *HV'V²* Les
biens; *M²A'* doint, *M* daint; *nG* quel lo uos doie, *A²JLV'V²y*
quele uos (*L* li) deuroit (*LV'V²* doit, *A²* deura), *R* Ke elle u. dit,
K que el le u. lest — 46 *G* ades c. — 47-8 *laissés en blanc dans*
N; *G* : Ne faites samblant de douleur Si auerez nostre uoloir
— 47 *A* on nest, *K* len n., *V'V²* en est, *A'* lan est, *L* est (*v. f.*),
R dunt niert; *N²* A. la et mer estre [...], *puis ce v.* : De ce soiez
seurs toz [...]; *M'JMy* A amer ce d. nest a., *C* Qi bien aime ia
niert a. — 48 *A'A²Jky* Et ce; *AFV'* sauient, *V²* sauent; *N²* Iceste
chose a. [...] *puis ce v.* : Trop en doit len estre [...] — 49 (*M²AR*);
M²GRV'V² merucilles; *A'A²BCJN²V'V²kxy* puet 5o (*M²AR*);
A'A²BJM'N²V'V²kx Coment ice (*N²* icen) (*CEH* Ice c.) p. a. —
51 (*RV'*); *V²* qe mes; *A* q. mais nen p.; *x* cui faire estuet; *M²*
C. prie qui f. lestuet, *BK* Preier couient (*B* conu.) qui faire uuet,
A'A²CJy P. c. (*A'* estuet) qui (*CJ* cui) faire estuet (*CDM'* esteut,
E el puet) (*A'A²* q. mialz ne puet) — 52 *A'CEJR* Grant, *D* Fors,
x Forz, *K* Forte; *V'V²* Mout i a a f.; *CV'* listuet; *A²* Ml't a g.
c. en f. e., *xN²* F. c. est car (*N²* Fort i a mes) il mais nen puet,
M² F. c. i a mes el nen p. — 53 *M²N²V'V²* Prier; *V'V²* estoit,
DM' esteut, *R* -ut, *C* istuet, *A²H* couient; *A* Ausi conme — 54
EH Car; *A'A²* eime, *E* ainme; *NR* nen — 55 *V'* et p.; *N²* Ne
puet s. ne e.

Sovent li vait merci criër,
Sovent li dit que por s'amor
Ne puet guarir ne nuit ne jor;
Le mangier pert e le dormir;
15060   Penser e lermes e sospir   *14990*
Le font palir e esmaier.
Mout est vilains de li preier.
Ne cuit que nus qui bien amast,
Tant dementres come il preiast,
15065   Que il ne fust auques vilains :   *14995*
En ses paroles dit mout meins
Que il ne li sereit mestiers
E dont sereit tenuz plus chiers,
Ja nus ne s'iert tant porpensez
15070   Qu'es diz ne seit mout obliëz :   *15000*
De ço se taist que plus vaudreit
E que greignor lieu li tendreit.

Diomedès fait autresi :
Soventes feiz met en obli
15075 Ço que il plus li voudreit dire. 15005
Longement sofri cest martire
Ainz que de li por nul poëir
Poüst delit ne joie aveir.
  Un jor li ert alez preier
15080 Qu'ele remirot le destrier 15010
Qui son ami aveit esté.
Mout li ert bien dit e conté
Com cil l'en aveit fait present :
Irié en ert mout e dolent;
15085 Bien le li cuidot metre en lieu, 15015

15073 *A'A²Jny* Dyom.; *nN²* dit — 74 *M'* Souente — 75
M²K qui; *k* mielz, *C* meus, *A* miex, *EJ* mialz, *M'* mex, *H*
mius (*de même à peu près partout*); *K* uendroit; *F* deuroit;
Jy Ce qui (*H* quil) m. ualdroit (*J* ualt li) lesse a (*E* li u. a) d.
— 76 *A'Jky* Longuem.; *A'Jy* suefre — 77-8 *interv. dans A'* —
77 *E* Einz; *M²ER* quil; *M'V'V²* de lui; *M* dele; *M²V'V²* par;
k eust p.; *A'* Por ce quil na de lui p. — 78 *M²V'V²n* Poist,
A² Peust; *V'V²* nulle i. a.; *A'HMM'* Ne puet (*M* nule) i. ne
bien a., *K* De i. ne de b. a., *J* Ne quen peust nul b. a., *E* Ne
grant i. ne bon uoloir — 15079-206 *sont dans P²* (8ᵉ *fragm.*)
— 79 *M²A²H* li est, *K* i ert, *A* estoit, *n* lestoit; *M'* ale, *A* alee;
M²AM prier — 80 *EH* Quant el; *A²* regardast, *n* -oit —
81 *V²* Que a, *V'* Qi a; *K* Qui troylus; *H* Q. a son a. ot e.
— 82 *A'A²CJky* Lon (*M'* on) li ot b. (*A²E* B. li ot on); *P²* li
a, *L* li fu; *ARn* mande — 83-4 *m. à F* — 83 (*AV'V²*); *P²*
Que cil len, *N* Com il en, *LR* C. il len; *M²A'CJky* Qua
(*H* Que) samie an ert (*M²M* iert, *M'* fu, *J* est) f. (*EJ* fez) p.
(*M²EH* presenz), *A²* Samie en ot on f. p. — 84 *A'* Iriet; *M²E*
Iriez en estoit; *AA'CJV'V²k* I. en iert (*CV'V²* ert, *J* fust,
A' fu) ml't et (*CJk* et m.); *M²E* e dolenz; *H* I. en fu el cuer
dedens, *M'* Ire en ot ou c. de dent, *A²LNP²R* Ml't en auoit (*P²R*
M. per en ot, *A²* Souent en a) le cuer d. — 85 (*A*); *CM* le li
cuide, *A'R* se le cuide, *A²KNy* li recuide, *FL* recuide, *V'V²* li
cuidoit; *J* Il li cuide b., *P²* Mes b. li cuidoit; *V²* mestre, *V'*
moustrer.

Ainz que departissent li gieu.
Se la danzele l'osast faire,
Qu'el n'en crensist honte et contraire,
Volentiers li eüst tramis.

15090   Mais tost l'en poüst estre pis,   15020
Trop par en fust en l'ost haïe.
Quant celui veit, sil contralie :
« Sire, » fait el, « trop grant largece
« Apovrist home e guaste e blece :

15095   « Li plusor en sont sofretos.   15025
« Ne fusseiz pas si bosoignos
« L'autr'ier, el grant torneiement,
« Quant cil qui nos aime neient
« Vos toli vostre milsoudor,

15100   « Dont ne vos fist onc puis retor,   15030

15086 *L* se departent li greu; *AA'A²CJV'V²ky* Ancois (*K*
Auant, *C* Quant) que (*V²* quil) departent (*A V'V²* -ist, *M'R* -e) li
(*AM'* le) i. (*R* iues), (*V²* del leu); *P²* Ainz) quil uenist au chief
dou g.; *FJ* Encois, *EH* Ëin-, *AA²* Ain-, *V'V²* Ainzois; *A²* aj.
2 v.: La damoisele fu dolente Qui en troilus ot sentente — 87
(*A*); *ERn* donzele, *M* dancele, *V'V²* don-, *K* pucele; *H* dami-
cele osast; *V²* li fait f.; *A²* Ce sachiez sele losast f. — 88 *M²H*
Que, *R* Quil; *A²Hk* ne, *J* ni, *M'* sen; *ER* criensist, *A'JKM'P²*
creinsist, *A²H* cremist, *V²* cresist, *V²* -it, *M* traisist, *n* cuidast;
V'V² ne c.; *A'n* auoir c. — 89 *AA²* Arierc — 90 *P²* M. bien; *V'*
en; *LP²V'V²n* poist, *M²* peust; *M²* pris; *A'A²Cky* M. ml't (*K*
trop) en eust enemis — 91 *M²* Car t., *CJky* Et t., *P²* Bien tost,
A'A² Et ml't — 92 *J* Q. u. c.; *A'JMRny* sel, *JV'V²* si — 93
FP²RV'V² ele ; *M* ele g. — 94 *V'V²* Apoürit, *R* apouerist; *P²* Si
agatist ml't h. — 98 *A²* lome et ml't le b. — 95 *F* couoitos — 96
A² fustes ; *P²* ia — 97 *M²R* al; *A²n* cui (*N* qui) uos names, *A*
q. uous aiment, *V'V²* qi ament, *P²* q. uos ainme; *F* noiant, *N*
-ent, *A* neent, *P²* neant; *M²A'ky* qui uos het durement (*M* tant
d.) — 99 *FV'* tolli; (*NRV'V²* milsoudor), *M²A²Ek* milsoldor, *J*
-odor, *A'FM'P²* miss. — 15100 *M* Donc, *A'* Don ; *M²HV'V²* ainc,
EP² ainz; *H* D. a. puis neustes, *P²* A. p. nen eustes; *n* Ne p. ne
uos an f. r., *R* Ne u. en f. p. nul r., *K* D. onc p. ne u. f. r.,
V'V² A. plus ne sot (*V²* soit) faire r.

« Se lors eüsseiz cest destrier :

« Il vos eüst, ço cuit, mestier.

« Trop le partistes tost de vos.

« Crieme oi qu'en fusseiz bosoignos :

15105 « S'en seüsse vostre estoveir,   15035

« Tost le repoüsseiz aveir.

« Ne fait mie mauvais doner

« A cui hom puet si recovrer,   15038

« Mais ne sont pas de la folet ;

15110 « D'estrange chose s'entremet   15039

« Cil quis cuide desheriter   15041

« E de lor terre fors geter.

« Chevalier sont pro e vassal.   15045

« Sire », fait ele, « le cheval

15115 « Vos presterai, nel puis muër :

15001 *P²* Sadonc, *V'V²* Se donc, *R* Se dunt — 2 *A'* Je c. quil
u. aust; *C* u. feist; *J* ge c., *K* co crei, *n* ml't grant — 3-4
m. à *P²* — 3 *M* T. tost; *C* loing de — 4 (*A'V'V²*); *V'V²* quant
fustes (*V²* fuistes); *M²* Jo crien; *K* Gie dot quen soiez; *A'CR*
Crien (*M* Crain) quan f. trop (*R* ke nen fusses) b. (*A'* couoitos),
A² Puis quensi fustes b., *Jy* Bien cuit (*J* Ml't cui) quen fustes b.
— 5 *JK* Se; *A'A²NR* sausse; *n* uoloir; *P²* Se s. u. besoing — 6
H Bien; *V'* les; *V²* le poissez; *A²* Ml't t. le peussies rauoir;
En repoissiez, *R* -eç, *M²K* -eiz, *M'* -siez, *M* repeussiez, *J* -ez; *P²*
T. leussiez en uostre poing — 7 *V'* Nen — 8 *P²* La ou ; *A P²* len;
A² tost r., *M²BCJky* A tiel (*B* cel) quil (*BCek* qui) set (*C* seit, *M²*
sciet) guerredoner, *R* A cui len uulet guerrer doner — 9-10
interv. dans A'A²BCJky (le 1ᵉʳ diffère) — 9 (*A V'V²*); *M²* Ne s.
mie; *P²* Mes il ne s. pas si f.; *G* de ce; *F* follet, *R* foleit; *A'A²BCJky*
Qui sentente et sa cure (*K* peine) (*A²H* sa c. et sent.) met —
10 (*A P² V'V²Rn* Destrange chose), *M²A'A²BCJky* De grant folie
— 11 *M²* quils; *A P²RV'V'x* Qui les c.; *A'A²BCJky* En cels (*A²*
caus, *EHJ* ces) de la (*A'H* dedanz) d. — 12 *M²AF* hors; *P²* la t.;
M²AA'ERkn giter, *JM'* ieter; *A'A²BCJk* Ne sont pas legier a g.;
puis ces 2 v.: De lor regne (*A²* pais) ne de lor (*M* lo) t. (*C* Fors de
l. t. et de l. r.) Ainz en feront (*H* soferront) ml't mortel (*A²* aspre)
guerre (*C* A. g. en auront m. greueigne) — 13 *M²Rkn* prou, *A*
preus, *A'A²BCJy* preu; *F* loial — 14 *A'* dist ele; *M²* le uassal —
15 *P²* nu; *A'A²BCJky* car recourer.

« N'en porriëz nul tel trover.

« Puis que le vostre avez perdu,

« Mout vos en est bien avenu   *15050*

« Quant cest avreiz : prest vos en faz.

15120   « Mais cil sont mout de grant porchaz :

« Se nel guardez, il le ravront;

« Sacheiz que grant peine i metront.

« Icil qui del vostre est saisiz   *15055*

« N'est pas coarz ne esbaïz :

15125   « Nel puet aveir nus qui tant vaille.

    — Dame, » fait il, « ço n'est pas faille

« Que il ne seit mout proz de sei

« En grant bataille e en tornei :   *15060*

« Mais ne fait pas a merveillier,

15130   « Se chevalier pert son destrier.

« Qui bien se vueut d'armes pener

« E les granz estors endurer

« Guaaigne e pert soventes feiz.   *15065*

« Trop bosoignos ne trop destreiz

15116 *M²CJRek* Ne; *A¹R* porroiez, *H* porres, *les autres* por-
riez; *A* Ne poez altre ne t.; *M²* meillor tr., *A¹A²CJMy* tel ne t.,
B ne tel t., *K* tel ne son per — 17-8 *interv. dans M²* — 17 *P²*
Com uos le — 18 *V²* E ml't; *V¹* M. bien en e. u. a. — 19 *A V¹V²*
auez; *N* Q. uos uolez, *F* Q. uolez, *R* Cant cestui ai, *M²A¹A²BCJky*
Cestui (*M¹* Cetui) aureiz; *A¹* praut, *A²* don; *P²* Comme de cetui
p. uos f. — 20 *A¹* M. il; *M* M. s. cil; *C* de m. g.; *P²* aj. 2 v. :
Qui contre uos bataille font *A* pru que li cuers ne men
font — 21 *n* Sor; *P²* nu; *M* rendez — 22 *ANRV¹V²* Sachiez;
M²A¹A²BCJky M. g. p. (*n* poine, *E* poinne) anceis (*M²* ainc., *E*
eincois) i m., *P²* Que ia gre ne uos en sauront — 23 *A¹P²* Et c.,
A² Car c., *M* Icist — 24 *A¹A²P²ky* esbahiz — 25 *A¹* Nou, *M* Ne;
K puot; *P²* Aincois est ml't preus en bataille — 26 *P²* Bele; *M²*
feit; *A¹* nest mie f., *P²* sanz nule f. — 27 *P²* Troilus est ml't p.;
M²K prouz, *A²EP²* preuz, *A¹* praut — 28 *P²* Et en b., *F* An b.
— 29 *R* Mas, *N* Ne; *F* Ne se; *P²V¹* f. mie — 30 *R* Suns; *F*
part — 31 *R* Ki forment uol a. porter — 32 *R* Ne; *A¹A²* Et grant
proeces demener — 33 *M¹P²* souente; *A²* Il p. et g. cest
drois.

15135   « N'en sui jo pas : j'en ai assez ;
       « Mais se vos le me comandez,
       « Jol guarderai a mon poëir.
       « Trop avrai ainz grant estoveir   *15070*
       « Que jo le lais partir de mei :
15140   « Ainz le comparront plus de trei.
       « Dès or vei e conois e sai
       « Que la grant peine que jo trai
       « Por vos, ou mis cuers tent e tire,
       « Senz aveir joie ne remire   *15076*
15145   « Ne bien ne confort ne solaz,
       « Que l'atendance que jo faz,
       « Me tornera a joie entiere.   *15077*
       « Tant vos ferai longe preiere
       « Que vos avreiz merci de mei :
15150   « Iço atent, iço soplei,
       « Iço coveit, iço desir,
       « Ici fineront mi sospir.   *15082*

15135 (A^2IL); M^rHM^1R Ne; $M^2ANV^1V^2$ fui, K fu ; R siege p.; G pas ie; R neuoi a.; $M^2ANV^1V^2$ oi a.; A^1BCJK sacheiz le bien, My ce sachiez b. — 36 (*I*); $AP^2RV^1V^2x$ Et se, M^1 Se uos; M^2R lo me recomandeç; A^1BCJky Mais icestui (M^2 icetui) sor tote rien ; A^2 aj. 2 v.: Jo le prendrai ce sachies bien Et le cheual sor tote rien — 37 M^2R Jel, V^1 Je el, N Gel, P^2 Geu, F Ge; A^1A^2BCJky G. ie (H bien); K al mien p. — 38 $MP^2V^1V^2$ Mout; A^1M auroie, V^2 auerai, V^1 arrai; A^2 Ains i aurai — 39 A^2 Que gel laisse, A^1 Sou laissoie; P^2 Que il se departe — 40 M^2M^1 conperront, V^2 conpararont, FR conparont — 41 P^2 quenois, E conuis; A^2 uoi io tres bien — 42 N granz; A^1P^2n poine, E poinne — 43 (*I*); J Par; V^2 o, R ont; M^1 mon cuer; V^n pent, H trait — 44 A^1I S. i. a., A^1 et sanz r. — 45-6 m. à A^1BCky — 45 J biens; A^2 repos, R conforç, n ioie; I Et sans c. et sans solas — 46 ($IJRV^1V^2$); M^2 Qual a., A^2LP^2 Fors lat.; n F. latendre que ge i f.; A^2 ion fas — 47-8 *interv. dans* A^2 — 47 P^2 Me retourra ; A^2 Nel lairez en nule maniere — 48 $M^2A^1NP^2V^2ky$ longue — 49 A^2 naies m. — 50 A^1A^2 atanc, H atenc, R contant; M^2 por tant s.; V^1 suploi, M sousploy, R seploi — 51-2 *interv. dans* A^1 — 51 M conuoit, A^1 atanc; A^2 Ce couoit ge — 52 A^2 A ce, R Ice; A^1 fenissent, M^2JMV^1 feniront; E sopir, A^1JM^1 soupir.

« Toz sera mis jois acompliz,

« Quant jo serai de vos saisiz;

15155   « Iço remaint en vostre esguart.   *15083*

« Douce amie, ne vienge a tart

« Vostre socors! Griefment m'estait,

« Se vos n'en prenez autre plait.

« S'en vos n'aveie m'atendance,

15160   « Ja mais ne cuit qu'escuz ne lance

« Fust par mei portez ne saisiz.

« Mieuz me vaudreit estre feniz   *15090*

« Que vivre puis : la meie vie

« Sereit trop grief. La meie amie,

15165   « Tornez vers mei vostre corage.

« Tant estes bele e proz e sage

« Que jo ne puis, gente façon,

« A rien entendre s'a vos non.   *15096*

15153-6 *m. à* P^2; 53-4 *m. à* A^1BCky — 53 (*R*); M^2 Mis desirers (*J* Mes desiriez) iert; A^2 Tot, *G* Lors; A^2x mes geus (A^2 gius, *L* ieuz, *N* ious); *AI* Tout (*I* Tos) iert m. ioies — 54 *A* Le iour quiere de nous (*sic*), A^2 Q. de u. esterai; M^1 seisiz — 55(ARV^1V^2); A^1A^2BCJky De (A^2CJ Del) tot; A^2 remaing, *K* -aingne, M^1 -ain; A^1 Dou t. me met, *I* Mais encor est, M^2 Or remaindre, *n* Ici remaing (*F* remaig); A^1F a — 56 *FM* D. dame; $HJMM^1RV^1V^2$ uiegne, A^2 uieigne, *AE* uiengne — 57 *H* soiors; A^1 griemant, *ekJ* -ent, *F* criembre; P^2 Douce amie g. me uct — 58 M^1 Si nen pensez ci a mal p. — 59 $A^1BCJRV^1V^2ky$ Sen uos nest (V^1V^2 nert, *MR* niert) ma fine esperance (RV^1V^2 atendance), P^2 En uos ai mise mesp., *M* Se en uos naueie e.; A^2P^2 mesper. — 60 A^2 io quit, *FK* ne q.; FMM^1P^2 quescu, A^1 escut — 61 A^1 Niert, P^1 Soit; *F* de moi, V^1 por m.; V^1V^2 baillies ne saisi — 62 V^2 Mes; *F* mi; M^1 uoudroit, *My* uendroit, *R* uindroit; A^1K M. uaudroit quen (A^1 que) fusse f., A^2 Jo uolroie estre mieus fenis; V^1V^2 feni — 63 M^1 plus; *K* la mieie; *F* amie; A^2 Que perdisse la uostre aie — 64 A^1ky S. ml't g., A^2 Por deu merci; M^2EJN gries, *M* griez, P^2 uilz; $A^1A^2JP^2V^1V^2k$ ma douce a. — 65 A^2 T. bele — 66 MP^2 iestez; A^1Ek preuz (*K* prouz) et b., HM^1 b. proz, *F* p. cortoise; P^2 Que t. iestes c. et s. — 67 *I* Et tant aues; *M* a autre f. — 68 *K* riens; P^2 Aillors penser; *I* Que nai mentente sa uous non.

« Or iert ensi com vos voudreiz
15170 « E si com vos comandereiz :
« Jo n'en puis prendre autre conrei, *15097*
« Mais a vos me livre e otrei. »
    La dameisele est mout haitiee
    E mout se fait joiose e liee *15100*
15175 De ço qu'il est si en ses laz.
    La destre manche de son braz
    Nueve e fresche d'un ciglaton
    Li baille en lieu de confanon.
    Joie a cil qui por li se peine : *15105*
15180 Ja est tochiee de la veine
    Dont les autres font les forfaiz
    Qui sovent sont diz e retraiz.
    Dès or puet saveir Troïlus
    Que mar s'atendra a li plus. *15110*

15169-70 *m. à A¹A²BCky* — 69 (*AIR*); *P²V¹V²* est; *n* issi, *J* ensint, *P²* einsi, *L* -int, *A* ainsi — 70 *m. à GV²*; *IP²* Et com vous le (*P²* me), *AL* Et comme v. — 71 *CV¹V²* ne; *I* sai; *K* Si nen sai mes; *G* conrois — 72 *R* Mas; *H* renc, *A¹* ranc, *V¹V²* comant (*v. f.*), *nR* liure; *G* otrois; *P²* A uos me 9mant; *A²* A uos me r. a uos motroi, *puis ces 2 v.* : A uos me sui del tot donez Totes ferai uoz uolentez — 73 *M²R* haitee, *A²M¹* -ie, *V¹* heitie, *V²* hacie, *G* hatine — 74 *N* Et si; *M* sen; *P²* M. se f. et; *I* ioians, *H* -ant; *M²* Iee, *A²M¹* lie — 75 *V¹V²* ert en — 77 *R* Noue, *V¹V²* Neue, *EH* Boine, *A²KM¹* Bone, *A¹* Boene, *M* Bele; *L* Toute f., *A¹* B. et bele, *G* Quest nouelle; *A¹A²Gkny* de; *M²V¹V²k* ciclaton, *R* scicl, *A²M¹N* sigl., *G* syngl.— 78 *A²KRy* gonf,, *P²* confennon, *M* -enon, *V¹V²* -alon; *A²* aj. 2 v. : Et cil le prist ml't len mercie Il en fera cheualerie — 79 *M²* Ioi a cil, *A²* Lies est c.; *M* lui; *A¹P²V¹V²x* poine, *E* peinne — 80 *F* ferue, *M²* tochee, *A²V¹V²* -ie, *A¹* toichiee, *P²* atouchiez; *n P²* uoine, *A* uainne, *E* ueinne, *G* uaigne — 81 (*AJ*); *EF* Don, *M* Ou; *P²* li autre; *A¹GHP²RV²* le (*A¹RV²* les) forfait (*V²* forsait, *G* sorfais); *M* meffaiz, *M²* sorfeiz — 82 *A²* est dis; *A¹HLMRV¹V²* dit et retrait (*V¹* -aiz); *A¹Kn* Quen (*N* Quan, *F* Qe) a s., *L.* Qe est s.; *A* Qui souuentes fois s. retrais, *P²* Q. se boutent en itel plet, *G* Don aucun muerent par dex plais — 83 *A¹A²ny* troylus, *R* troiulus, *M²V¹V²* troillus — 84 *x* Ja m.; *L* se tendra; *AR* en li; *A²* Que il ne si atende p., *A¹Jky* Q. ia m. si a. p.

15185   Devers li est l'amor quassee,
        Que mout fu puis chier comparee.

NEUVIÈME BATAILLE.

       Acompli furent li sis meis:
       Cil de la vile e li Grezeis
       Rarmerent bien d'armes lor cors,   *15115*
15190   Puis s'en eissirent as chans fors.
       Par doze jorz se combatirent,
       Onc jusqu'al seir ne departirent.
       Mout i ot jostes e torneiz
       E chevaliers a mort destreiz;   *15120*
15195   Mout par i ot d'estrange guise
       De ça e de la grant ocise.
       En ceste bataille novaine,
       Ainz que trespassast la semaine,
       Ot mout ocis de haute gent: *15125*
15200   Ço dit Daires, qui pas ne ment.
       Maint duc, maint amiraut preisié
       I ot ocis e detrenchié.

15185 *R* De uoir; *A'A²M'* lui; *M²EKRn* lamors; *A'A²ky* cassee, *V'* -ez, *V²* -es, *n* fausee — 86 *A* Q. p. fu m. ch. c.; *M²* cher; *KV²* fu p. conparee (*V²* -es), *L* fu chiere c.; *V'* comparez — *Pour les v. 15187-604, V' V² W sont utilisés d'après la Chrestomathie de Bartsch, sauf pour les variantes graphiques* — 87 *K* A. sont tuit; *G* li .vij.; *P²* Aincois que trespasat li m. — 89 *EM* Armerent — 90 *ekn* iss.; *M* es, *P²* aus; *M²Me* hors — 92 *M²* Ainc, *M* Ainz, *E* Einz, *P²* Et; *M²E* tresquau, *M'* trusqua, *P²* iuquau — 93 *M²* torneis, *M'* -ois — 94 *F* de m. — 95-6 m. à *P²* — 96 *N* ocisse, *M* ochise — 97 *P²* icete; (novaine *corr.*; *voy. aux* Notes), *M²A* huitejne, *e* -aine, *KR* oitaine; *Mn* En ceste b. huitieme (*n* -aine) — 98 *NP²* trespasat, *F* -aissast; *e* Ancois (*E* Einc.) que passat; *M²* quinzeine — 99 *M* I ot ochis — 15200 *M'* dist; *V²* dares; *V'* qe; *W* nen; *K* Se lestoire ne nos en m. — 1 (*A*); *P²* M. roi; *E* amirant, *M'k* -al, *V²W* -ail, *L* -alt, *E* -at, *V'* -aus; *M²EKNP²* prisie — 2 *M* ot naure.

En cel termine e en cel meis,
Mout plus que n'aveit fait anceis, 15130
15205 Morurent cil qui navré erent :
Sacheiz mout poi en eschaperent.
Ensi avint qu'en cel esté
I ot si grant mortalité
Que sempre erent li navré mort. 15135
15210 Mout en orent grant desconfort
E cil defors e cil dedenz.
Tant rot duré icist contenz
Que li damages fu si forz
E tant i ot chevaliers morz 15140
15215 Qu'il nel porent plus endurer :
Triuës lor estut demander.
Agamennon i a tramis,
Par le conseil de ses amis :
Al rei Priant les ont requises. 15145
15220 Il les dona par teus devises
Que trente jorz seient seürs
Dedenz la vile e fors des murs.

15203 V^2 tel t. ; V^1 terme ; FP^2 cest m., V^2 tel m.; k en icel
(M cel) m. — 4 En quil; K que il naueit a., W que nen auoit a.;
V^1V^2 P. que nauoient f. a. ; M^2 ajnceis, P^2 -ois, N encois, E ein-
cois — 5 EMV^2W Morirent, V^1 Mour., F Mourent; P^2 Cil i
muerent q.; AMP^2 ierent — 6 V^1V^2Wek que p. ; M^1 ench., W
eschanp., V^1V^2 escamp. — 7 W Ici; n Une foice an cel (F celle),
AV^1V^2 En cel (A ce) termine; V^1V^2 et en c. — 9 V^1V^2Wek Senpres
e. (M ierent) — 10 M^1 M. par i ot — 11 M^2Me dehors; V^1V^2
Et cil dedenz et c. d. — 12 M ront, n a; kN icil; V^1V^2 Li c.
dura insque aors (V^2 acors) — 13 V^1V^2 Et li d. fu si fiers — 14
E i a; M de c. m., V^1V^2 mort c. — 15 eM Que; $nMM^1V^1V^2$ ne;
W Que nen — 16 M^1 Treues, K Trieues; M^2 esteit, V^1V^2 -oit,
M conuint — 17 FM^1 Agamenon, E -annon, M^2 -ennonz; n lor
a — 18 V^2 Por li — 19 N prian — 20 x Quil les donast, V^1V^2
Qi les dona; K lor, W le; FJ por; F tiel, JMV^1V^2W tel; G
par itel guisez — 21 F Qi; M fussent, W fuissent; $eknCJW$ seur
— 22 nL An la cite, V^1V^2 Et en la ville, W Fors de la u.; M^2LMe
hors ; $ekCNW$ del mur, F des murs.

Tome III. 2

  Li trente jor sont afié.

  Quant li mort furent enterré   *15150*

15225 E ars es rez e seveli,

  Si refurent auques guarni

  Cil de la vile e afaitié :

  Lor pas orent bien esforcié.

   Li reis Prianz soventes feiz *15155*

15230 Teneit parlemenz mout estreiz :

  As plus prochains de ses amis

  E as meillors de son païs   *15158*

  Prent e done conseiz e arz.

  Porveient sei de totes parz

15235 De teus choses qui lor nuireient, *15159*

  Se il guarde ne s'en preneient.

  A! las, quel perte e quel dolor

  Lor avendra jusqu'a brief jor !

15223 *CW* furent a. — 25 *I* Et en ses res enseueli; *V²* en rez, *W* el feu; *R* seueliç, *KW* sepeli, *n* anfoi; *V¹* eseueliz, *V²* enseuelis — 26 (*J*); *L* Se reseront, *ERn* Si se resont; *V²* Si r. a. bien g., *M* Si se refurent bien g.; *LRV¹V²* garniç, *M²* gari — 27 (*G*); *M²E* afeitie, *B* afaities, *V¹* -iez, *M* affaitiez, *C* -ie, *L* afetie, *W* esforcie, *n* anforcie — 28 *A¹M¹* Le, *GH* Les; *I* refurent; *FIKM¹* anforcie, *AM* efforciez, *B* enforcies, *V¹* -chiez, *V²* -ciez, *M²* reforce, *CNW* afaitie (*x* anfanz), *A* Auques ont l. p. e., *V²* Et ml't ront l. p. e. — 29-32 *réd. à 2 v. dans x*AIR : S. f. (*I* Conseille soi) li r. p. (*AR* Li r. p. s. f.) O (*x* A) ses amis o (*F* et a, *GLN* a) ses enfanz (*AR* feois)(*I* as miex uaillans) — 29 (*H*); *A¹* priant; *A²CMW* par maintes f., *JM¹* p. mainte f., *EH* souante f., *K* p. plosor f. — 30 m. à *V²*; *CJMV¹W* parlement, *M¹* par la main; *A²E* destroiz, *V¹* ois, *k* segreiz, *B* secrois, *CW* segrois, *A¹* secroiz — 31 (*A¹*); *M²* procheins, *E* -iens, *A²* uaillans; *A²BCV¹V²Wky* de son pais — 32 (*A¹*); *A²BCV¹Wky* de ses amis; *V²* Ou ses amis et ou ses foi — 33-4 m. à *A¹BCV¹Wky* — 33 *GN* consauz, *V²* -aus, *FL* -oil, *M²A²J* -eilz; *I* Par grant sens et par grant esgartz — 34 *I* Se p.; *V²* moutes, *M²AIJ* maintes — 35 *JMW* tel, *F* cel, *V¹* tes; *FM* chose; *V¹* tiel chouses — 36 *M²* regart; *V²* De garder de ce ne p.; *W* prendroient — 37 *en V¹* Ha, *V²W* Hai; *M¹* mal — 38 *nM* auenra, *K* auiendra; *M²* ainz le, *E* einz le, *CW* ains el, *M¹* ancois; *M²Wek* tierz ior.

E com tres pesant destinee !
15240 Ne sai com seit par mei contee,
Ne sai com nus la puisse oïr.   *15165*
Le jor deüssent tuit morir
Qu'il lor avint, ço fust bien dreiz :
Si angoissos e si destreiz
15245 Furent puis tant come il durerent.
Onc puis joie ne recovrerent,   *15170*
Ne jo ne sai mie coment.
Dès or orreiz com faitement
Avint de la bataille après :
15250 Ne cuit que nus hom oie mais
Si grant dolor, si grant damage.   *15175*
Ço que dist Cassandra la sage
Avendra tot dès ore mais.
Icele triuë, icele pais
15255 Des trente jorz fu trespassee :
Lor gent fu saine e respassee.   *15180*
Chascuns a l'endemain s'atent
D'estre al mortel torneiement,

15239 *M'* trepesant, *n* trespesanz, *M*²*V*²*Wk* pesante; *V*¹ La
pesance et la d. — 40 *K* se; *V*¹*V*² cum puissestre c. — 41 *K* se,
C sa; *E* con riens, *A* comment; *V*¹*V*² qe sol la p., *n* con la puissent
— 42 *K* Cel ior; *M*²*CWe* bien m., *A* t. perir; *M* Bien d. le i.
m., *V*² Tot d. li ior partir — 43 (*A*²); *M*²*MM'* que, *ACV*¹*V*²*W*
qui; *ACMV*¹*W* ce fu; *nM'* et a bon droit — 44 *nM'* destroit —
45 *A*²*E* Fu p. chascuns t. com d. (*A*² dura) — 46 *n* Ainz p., *EV*¹
Einz p., *K* Onques; *V*² Conques i. ni; *A*² recoura — 47 *E* nel s.;
*A*² cum faitement — 48 *E* Mes or oez, *M'* Oir poez, *K* Desore o.,
V' Puissiez oir ; *A*² Io soie ois de nule gent — 49 *A*² Oies; *M*²
enpres — 50 *W* nul; *M'* n. o. ia m.; *A*² Ia no c. n. h.; *V*² die
m. — 51 (*AHJ*); *n* Si grant perte; *nA*² ne tel dom.; *CW* et si
— 52 *W* dit — 53 *n* Auanra; *K* tost; *V*² Auoirera; *M* des or —
54 *KW* trieue — 55 *AA*²*F* De; *V*² trepasse — 56 *EK* genz; *M'*
respasee, *C* repaussee; *M*² E lur g. fu bien r., *AIV*²*x* Dambe .ij.
parz (*G* Qui de .ij. p.) a (*G* fu, *AIV*² lont) demandee (*I* desfiee)
(*L* est bien armee) — 57 (*AA'CDHIJP*); *x* sa gent; *A*² Chascuns
apereille sa g. — 58 *A*² Daler al grant t., *V'* mortes.

Al doloros, al desfaé,
15260   Qui mar fu onques assemblé :
        En mout male hore comença   *15185*
        E en plus male defina.

        SONGE D'ANDROMAQUE. — DIXIÈME BATAILLE ;
                MORT D'HECTOR.

        Andromacha apelot l'om
        La femme Hector par son dreit non,
15265   Gente dame de haut parage,
        Franche e corteise e proz e sage.   *15190*
        Mout ert leial vers son seignor
        E mout l'ama de grant amor.
        De lui aveit dous beaus enfanz :
15270   Li graindre n'aveit pas cinc anz.
        Laudamanta ot non li uns,   *15195*

15259-60 *m. à V² —* 59 (*AGILR*); *M²A'BCDJPV'V²Wky* Au
desfac au perillos, *A²* Trop estoit fiers et doleros — 60 (*A*); *G*
furent sunt a., *R* fust o. a.; *nL* Qe mar (*FL* mal) uirent ainz a.,
I Mal i fussent il a., *M²A'A²BCDJPV'V²ky* Trop par (*E* Qui t.)
fu gries (*M'* fel, *V'* fiers) e angoissous — 61 *F* mal point la c.;
AIV²W A (*I* En) maudite h. c. — 62 *AK* Et a; *E m. à V'V²*;
e ml't m.; *I* En p. maudite d. — 63 *G* Andromeda, *AMW* -maca;
A²k on, *A'BCDJV'e* lon; *n* si com lison, *A* ot ce l., *V²* ot celui
son, *H* auoit a non ; *A²* La f. h. apeloit on, *I* La f. h. al uail-
lant oir — 64 (*HJ*); *A²* Andromacha; *n* auoit a non ; *A* en son,
V² en soi; *I* Eut non a. por uoir — 65 *V²* Haute d., *n* Gentil d.;
IK Gente d. ert (*K* iert), *M* G. fu ml't, *H* G. feme; *I* et pros et
sage — 66 *A²FM'k* F. c. p.; *V²* Riche c.; *V'W* c. p.; *I* dalt
parage; *H* Ml't par ert bele — 67 *n* Et m., *I* Fu m.; *KM'* iert,
M²V² fu; *EHV'W* leax, *AM'n* loiaus, *K* leiax, *M²* leials, *V²*
lëus — 68 *F* Qi; *E* destrange, *HMM'* de fine — 70 *M²* grein-
dres, *N* graindres, *AA²E* ainsnes, *V²* ainciez, *G* plus grans;
HM' Tos li ainsnes not; *A²JV'Wek* que; *n* .xv. a. — 71 *H* Lau-
domta (*avec le sigle de la nasale sur l'*m), *M²E* -omata, *A²* -amata,
FJM' Landomata, *CW* -onmata, *N* Londom., *G* Landomonta,
A' -anta, *L* Landromaca, *A* Laumadenta, *V'* Ladomahan, *V²*
Laumedon.

Qui ne fu laiz ne neirs ne bruns,
Mais genz e blonz e blanz e beaus
E flor sor autres dameiseaus.
15275 Li autre ot non, ço dit l'Escriz,
Asternates; mais mout petiz   *15200*
Ert li enfes e alaitanz :
N'aveit encor mie treis anz.
Oëz com fait demostrement !
15280 Icele nuit demeinement
Que la triuë fu definee,   *15205*
Dut bien la dame estre esfreëe :
Si fu ele, ços di de veir.
Li dieu li ont fait a saveir
15285 Par signes e par visions
E par interpretacions   *15210*
Son grant damage e sa dolor.

15272 *M*¹ leiz; *M* laiz noirs, *K* lez ne neir, *AF* noirs ne lais
(*F* lons); *V*² Q. ne n. et ne lez ne brus — 15273-408 *m. à M*
(*lac. d'un feuillet*); *B et C sont utilisés* — 73 (*nBCHV*¹ Mais), *A*
Cui, *M*²*A*¹*KM*¹*V*² Qui; *W* G. fu; *BCW* et blans et blons; *K*
blans et g. et blois, *V*² b. et blois et g., *V*¹ g. et blois et b., *N* g. et
lons et blons — 74 *M*²*BKV*¹*V*²*Wy* flors, *N* forz, *C* fors, *F* fort;
AM sus; *AV*² Fleur sus tous a. (*V*² tot autre); *M*² domaisiaus,
N damoysiax, *F* -oissiax — 75 *M*²*MV*¹*V*²*Wny* Lautres; *AM*
dist; *F* lescrit; *A* Lautre ot n. ce d. li escris; *H* ce mest auis —
76 *AV*² Astrenates, *F* Austernates, *A*¹*HN* Aternantes, *M*²*BCJ*
Ast., *EV*¹ Alt., *M*¹ Ac.; *F* assez, *AA*²*NV*² enfes; *FV*² petit —
77 *n* Iones estoit, *A* Ioennes tousians, *V*² Ioules Cosiax; *K*
enfez, *E* anfes, *V*¹*W* enfens; *M*² aleitanz — 78 *N* ancore pas,
*V*¹ encore mie, *B* encore que, *M*²*CW* mie encore (*M*² -or); *A*¹*K*
Ne (*K* Nil) nauoit pas encor (*K* onquor); *V*¹ deus — 79 *M*²*M*¹*W*
Oiez; *A*¹ fier; *M*⁴ demonstrement, *A* destruiement, *V*² (et *W*,
d'après Bartsch) destruiment — 80 *n* demoin. — 81 *F* Quant;
K trieue; *AR* acomplie, *V*² complie, *F* afinee — 82 *F* doit; *V*¹
Dont la d. est; *M*²*V*¹*n* esfree, *A* effraie, *R* esfreie, *eBK* esgaree,
C escaree, *V*² marrie — 83 *M*² Se; *R* cous di de u., *A V*² ce dit
pour u., *n* sachiez de u., *M*²*A*¹*A*²*JKy* iel (*A*¹ iou, *CW* ie el) sai
de u. — 84 *A V*² li firent — 85 (*R*); *kF* uision, *V*² auisions — 86
F itiel precacion, *M*²*R* interpretations.

La nuit, ainz que venist le jor,
Ot ele assez peine e soferte ;
15290   Mais de ço fu seüre e certe,
S'Ector s'en ist a la bataille,   *15215*
Que ocis i sera senz faille :
Ja ne porra del champ eissir,
Cel jor li estovra morir.
15295   La dame sot la destinee
Que la nuit li fu demostree :   *15220*
S'ele ot de son seignor dotance,
Crieme e paor e esmaiance,
Ço ne fu mie de merveille.
15300   A lui meïsme se conseille :
« Sire », fait el, « mostrer vos vueil
« La merveille dont tant me dueil   *15226*
« Que por un poi li cuers de mei — *15228*
« Tel paor ai e tel esfrei ! —   *15227*
15305   « Ne me desment e ne me faut.   *15229*
« Li soverain e li plus haut

15288 (*V'*) ; *BCWy* que (*E* quil) ueist ; *M'* au i. ; *nA'V²* que laube parust (*V²* parent) del (*F* le) i. — 89 *K* molt p. ; *A* painne, *n* poine, *E* poinne ; *M²EKV'Wn* p. s., *AM'V²* (et *W*, *d'après Bartsch*) p. et souffrette (*V²* sofreite, *M'* soufrete) — 90 *A* De ce fu ml't s. — 91 *M²CEV'V²Wn* Se hector (*E* -ors) ; *M²E* ist, *V²* se ist, *B* ist fors ; *Cn* an — 92 *W* Quil i s. o. ; *n* O. i ert sanz nule f. (*F* por uoir s. f.), *M²AV'V²Ke* O. i estera (*M²* essera, *A* sera ia, *V'* sera, *M'V²* s. il), *H* 'll i s. o. — 93 *An* nen, *V²* ni — 94 *W* le e., *B* li estaura, *F* lestouera, *V²* li conura (= conuenra) — 95 *V'* set — 96 *F* Qe ; *W* i ; *N* demostre, *M²* reuelee, *V²* mostree — 97 *M²* Sel — 98 *M²AKV'e* C. p. ; *Ne* peor, *V'* peur ; *M²* ne e. — 99 de *m. à W* — 15300 *n* li, *K* sei ; *M²NV'V²e* meismes ; *M²* le, *V'* sen ; *n* consoille — 1 *W* dit ; *F* elle ; *M²* uoill, *nKM'* uoil, *E* uuel — 2 (*R*) ; *n* meruoille ; *EF* don ; *K* molt, *M²V'We* ie ; *B* La grant uelle d. mis .ij.oel — 3-4 *interv. dans HKM'n* — 3 *B* Ont eu grief ; *M²V'V²Wen* par ; *V'* le cuer, *Bn* li (*F* lo) cors — 4 *EN* peor, *CF* paor ; *B* paour a — 5 *F* ne ne me f. ; *B* Por poi ne me d. et f.

« Le m'ont mostré, que jol vos die,

« Qu'a la bataille n'aleiz mie :

« Par mei vos en font desfiance

15310   « E merveillose demostrance :

« N'en vendriëz ja mais ariere   *15235*

« Qu'om ne vos aportast en biere.

« Ne vuelent pas les Poëstez

« Ne les devines Deïtez   *15238*

15315   « Que i aleiz, mostré le m'ont :

« Tel desfiance vos en font,

« Que, se vos eissiez a l'estor,   *15239*

« Ja ne trespassereiz cest jor;

« E quant il vos en font devié,

15320   « N'i ireiz pas senz lor congié,

« Se m'en creez. Jol vos di bien :

15307 *A V²* Mont demoustre; *M²AFV'V²* ie, *K* gie, *CENW*
iel — 8 *K* nailleiz, *M²AM'* -ez, *BE* -iez, *CFV²W* nalez, *N* naloiz,
V' ni alez — 9 *V'* Por; en *m. à V²*; *M'V'* deueance, *K* deffiance
— 10 *M²K* demonstrance; *A V²* Et ce (*V²* si) sachiez bien sanz
doutance — 11 *V²* Ne; *N* uanreiez, *F* -iez, *B* uerries, *A V²* tour-
nerez; *CKW* reuendroiz; *M²BCFe* arier, *les autres* arr. — 12
En Qan, *KM'* Quen, *V'* Qen; *E* raportast, *K* en portast, *W* en
raport; *A* Nen soiez emportez, *V²* Ne s. portez — 13-6 *m. à G*
— 13 *F* uoelent, *M²KM'N* uolent; *FKV'V²e* deitez — 14 *F*
diuines; *A* deistez, *CN* deytez, *BEFKV'* poestez, *M'* poostez
(*m. à V²*) — 15-16 *m. à K* — 15 *A* Que y, *M²* que uos, *e* Quainsi,
J Quensint, *CW* Qensi; *F* aloiz, *N* ailloiz, *V'* -iez, *AB* muiriez,
J muiroiz, *CW* moroiz, *M²* morreiz; *Que i a. m. à V²* — 17 *M²*
Q. uos nen isseiz; *BCKV'V²We* Q. u. nissies (*V²* issiez) hui
(*K* oi, *V'* fors, *m. à V²*; *A V²n* issiez, *A²* alez; *n* an — 18 *L*
trespasserez, *I*-es, *G*-a; *L* le i.; *A V²* Ja neschaperez (*V²* nes-
camparez) de ce ior, *M²BCJKWy* Car (*Il* Que) uos morries (*B*
i m., *M'* moriez, *W* moroiez, *E* i morroiz) sans retor (*M²* en cest
ior, *H* s. nul restor), *A²* Mors i serez s. nul r. — 19 *A²n* Et des
qil; *V²* il le uos ont diuise — 20 (*AA²*); *CW* Nirois mie, *n* V.
niroiz p.; *B* sans vo c.; *V²* Vos en i. p. s. lor gre — 21-2 *interv.*
dans L — 21 *BCKW* Si me crees, *V'* Si mel creez, *n* Vos ni
iroiz (*F* eroiz); *A V²* sor toute rien.

« Guarder devez sor tote rien
« Que n'enfraigniez lor volentez   *15245*
« Ne rien que seit outre lor grez ».

15325   Hector vers la dame s'iraist :
De quant qu'il ot rien ne li plaist;
Ses paroles tient a falue.

Irieement l'a respondue :   *15250*
« Dès or », fait il, « sai bien e vei,
15330   « N'en dot de rien ne nel mescrei,
« Qu'en vos n'a sen ne esciënt.
« Trop avez pris grant hardement,
« Que tel chose m'avez nonciee.   *15255*
« Se la folie avez songiee,
15335   « Si la me venez reconter,
« E chalongier e deveer
« Qu'armes ne port ne ne m'en isse;
« Mais ço n'iert ja, tant com jo puisse,   *15260*

15322 *EN* Gardez, *F* -iez; *E* deuiez; *B* vous bien, *n* lo uie;
M¹ Garde deuie; *A V²* Deuez (*V²* -iez) g. ce vous di bien —
23-4 *m. à G* — 23 *V²* Qui ne e.; *M²* nenfreigniez, *E* -eingniez,
K -aigniez, *M¹* -eniez; *n* Nanfreigniez (*F* Nansteignez) pas; *F*
les; *A V¹ V²* uolente — 24 *V²* Ne de; *ABCK* riens; *V¹* qe, *les*
autres qui; *BCN* outre, *F* ostre, *V¹* ote, *M²ACKLV²We* contre;
A V¹ V² gre — 25 *B* saire — 26 *V²* De ce; *A* Quant que il; *B* Car
ne li plest ce quil ot dire; *K* Que co li dit pas, *eJV¹* Qui ce li
dit (*E* dist) point (*E* qui), *CHW* Ce (*C* De) quele (*C* qe li) dist
(*CW* dit) pas; *A²* Tel chose dist qui li desplaist — 27 *V²* Sa
parole; (*nA* falue), *M²V²* balue, *G* faillue, *L* fanflue (*cf.* *15685*);
BCJV¹We La parole ca entendue, *A²K* Sa (*K* La) p. a bien e.
— 28 *M²BCM¹* Ireement, *nK* Iriem. — 29 *A V¹* sai ie, *V²* sais
— 30 *AM¹* Ne; *K* riens; *A V¹en* ne ne, *V²* ie nu — 31 *M²BK*
sens; *A V²* na mes (*m. m. à V²*) point descient; *V¹* Qen naille au
tornoiement — 32 *K* fait; *F* ardiment — 33 (*A*); *EK* Qe, *M²*
Quant, *les autres* Qui; *M²* nonce, *F* nuncie, *V²W* noncie — 34
(*A*); *V¹* Si; *M²* songee, *FV¹W* -ie — 35 *M²N* Se; *BC* le; *V¹*
me la; *V²* conter — 36 *M¹* chalengier — 37 *V²* ni p. — 38 *F* ni
ert, *V¹* ni ert ia, *M¹V²W* nert ia; *V²* come ia p.; *K* poisse, *M¹*
puise.

« Que j' o les coilverz ne contende
15340 « E que jo d'eus ne me defende,
« Qui mon lignage m'ont ocis
« E en ceste cité asis.
« Se li coilvert, li de put aire   *15265*
« Oëient conter ne retraire,
15345 « E li chevalier d'este vile,
« Dont plus i a de dous cenz mile,
« Que d'un songe, se le songiez,
« Fusse si pris ne esmaiez   *15270*
« Que je n'osasse fors eissir,
15350 « Com me porreie plus honir ?
« Ne vueille Deus que ço m'avienge,
« Que por iço mort dot ne crienge !
« N'en parlez mais, taisiez vos en,   *15275*

15339 *BCKWe* Q. uers, *V¹* Qenuerz; *CW* culuerz, *M¹ABEn*
cuiuerz, *V²* -ers, *KM¹V¹* cuuers — 40 *AV²* uers euls; *CW*
ma terre ne d.; *V²* contende — 41 *e* Car — 42 *BCV¹Wc* Et
ci assegie (*e* as.) et a., *K* Et issi a. et pris; *M²Ne* asis, *les
autres* assis — 43 *ANV²* cuiuert, *F* cuiuerz, *M²BCKWe*
felon; *V²* c. de — 44 *n* Looient, *K* Oieient, *V¹V²* Oient; *V²*
dire et retrahire — 45 *N* diste; *A* Li c., *BCKV¹We* Et li
baron; *ABCFKe* de ceste u. — 46 (*A*); *CW* O il na p. de
cent m.; *e* D. i a p.; *K* .vij. c. mile, *n* trante m. — 47
CV²W de s., *V¹* dou s.; *CW* si — 48 *BCKn* et; *CW* eslon-
gniez, *B* -longies, *eK* -loigniez — 49 *BCKV¹W* Darmes por-
ter et (*C* de, *V¹* ne); *Ae* hors; *M²N* o (*N* a) els, *F* ou aus;
ABCKRen issir — 50 (*R*); *CV²* Come p., *V¹* Ne me p.; *I* Per-
roie me iou; *IK* mielz h. — 51 *E* Ce; *BC* uoelle, *E* uuelle;
M²AA²KM¹Rn voille; *B* icou; *BCK* que ia; *I* Ja d. ne wil;
BHMRV¹V²W mauiegne, *EI* -iengne, *Cn* -eigne, *J* -igne
— 52 *AIR* Q. ia (*I* iou) de (*IR* por) ce, *V¹V²* Q. por ce; *K* dot
m., *BJRV¹y* me dot (*B* dote); *CJW* et; *BEHJRV¹V²* criegne, *A²*
crieigne, *CM¹W* crieme; *N* Q. ie ia por ce, *F* Qe ia p. ice; *n* i
remaigne — 53-4 *I* De chou uoel iou que uos taisies Car nen
ferai nient chou sachies — 53 (*AR*); *C* mainz, *BL* plus, *Gn* ia;
V² Ne p. tenez uos hen; *A²BCJKV²Wy* ce (*CV²W* car) sachies
bien.

« Quar n'en ferai ja votre sen. »
15355 Andromacha plore e sospire ;
Si grant duel a e si grant ire   *15278*
Que por un poi le sen ne pert.   *15281*
Al rei Priant mande en apert
Qu'il le li viet e quel retienge,
15360 Que laiz damages ne l'en vienge :
Sor tote rien guart n'i ait faille   *15285*
Qu'il n'aut le jor a la bataille.
Crienst e dota li reis Prianz :
Le peril veit qui est si granz,
15365 N'il n'a fiance que en lui,

15354 *BL* Que; *G* ne; *F* f. u. ; *nG* san, *L* sens; *M²ABJKV¹V²y*
Que (*A V¹V²* Je) nen fareie (*Ke* lerroie, *V¹* leiroie) por uos rien,
CW Je ne (*W* nen) f. nule r., *R V²* Car nen faray ce sachiez (ce
m. à R) rien (*V²* bien) — 55 *BCy* Andromaca, *G* -eda; *A²* La
dame lot forment; e sopire, *N* soup. — 56 *A²* Si grant pesance
a et tel i. ; *A²BCJKV¹Wy aj. 2 v.:* Que la color quele (*A²H* a)
ot (*C* qe lont) uermeille Taint (*CKW* Teinst) et palist (*K* nerist)
nest pas merueille — 57 (*R*); *M¹* A, *EKV²W* Et; *M²CKV¹V²Wxy*
par; *N* sanc, *M²A²BHM¹* sens, *C* senz, *EFGL* san; *V²* nen; *A²*
Por un petit le s. nen p., *H* Par .j. pou que son s. ne p. — 58
GN prian; *F* moustre, e dit — 59 *B* uet; *M¹V¹* Quil li deuet
(*V¹* -iet), *V²* Qui il uieit; *E* Que il li u. ; *n* Que il meismes (*F*
-e) le r.; *M²KM¹* e le ; *CM¹R* retiegne, *AE* -engne, *n* -aigne, *B*
le tiegne; *A* Que il li mant quil le r., *R* Quel lo r. et lo detei-
gne; *KM¹V²* et le detienge (*M¹* ret.), *V²* qui le d. — 60 *M²* leiz;
AM¹ lait donmage; (*AB* len), *KV²e* li, *V¹* li en, *R* lin, *nC* lan;
BCM¹R uiegne, *n* uaigne *AE* uiengue — 61 *CW* r. qil ni; *V¹* ni
ot — 62 *A* Que le i. naille en, *K* Qua cel i. nalt a; *F* nait — 63
tous les mss. Crient; et *m. à V²*; (*M²A¹BCHJLRV¹V²W* dota), *N*
dotoit, *AFK* doute, *GM¹* douta; *A²I* Ml't se (*I* par) dota; *G* Lors
c. et d. r.; *M¹* le roi; *FM¹* priant — 64 *M²* Les perilz qui tant i
sunt granz, *I* L. perius uoit et gries et g., *R* Les periç u. ne sont
si g. ; *n* Por le peril, *V²* Li p. voit, *A* V. le p.; *nA V²* qi (*V²* quil)
est (*N* ert) si granz (*AF* grant); *A²Jy* Qui ml't fu sages (*H* saiues)
et puissanz (*M¹* puisant, *A²J* uaillanz), *BCKW* Q. m. fu humles
(*K* hombles, *C* huelnes, *W* huenels) et rians (*C* irianz, *K* dotanz)
— 65 *n* Qil na, *V²* Ni a ; *BCV¹We* En nul na f. quen l., *I* Ne il na
quen lui seul f., *A²* En n. fors en l. na f., *K* En n. fors li na sa f.

Quar c'est s'entente e son refui.   *15290*

Se il n'i vait, la perte iert lor :

Sor eus revertira le jor.

Ensorquetot n'ose muër

15370 Qu'il nel retienge de l'aler.

La dame set de grant saveir :   *15295*

Ne deit om mie desvoleir

Ço que por bien dit e enseigne.

Paris a pris et sa compaigne,

15375 E Troïlus e Eneas,

Rei Mennon e Polidamas,   *15300*

Rei Sarpedon e rei Glaucus

E de Licoine Eüfemus

E Cupesus le fort, le grant,   *15301*

15380 Qui esteit graindre d'un jaiant,

15366 *n* Que (*m. à B*); *F* sa antande, *NV²* satante; *F* sa r.;
A²IK Cest ses refuis (*AI* -us) et satendance (*K* sesperance);
BCV'WE Ce est (*B* Cest) sentente (*V'* sa tente, *CW* sa c.) et,
M' En lui auoit tout — 67 *BCIM'V²W* Set (*C* Seit) sil (*M'* si);
N ni est, *F* i est; *V'* Se il uiet, *M²* Sil sous ni v.; *ACIV²W* ua;
K se il muert; *nV²* est, *K* ert — 68 *M'* sus; *V'* li — 69 *F* nosa,
N nasa, *K* ne puot; *V'* na remuer — 70 *BV'* Que; *V'We* retie-
gne, *nBC* -eigne, *V'* detiegne — 71-2 *interv. dans CW* — 71
(*BKV'V²W* set), *C* seit, *En* est ml't — 72 *CW* en, *F* an, *EN*
lan, *KV'V²* len, *B* on — 73 *B* dist; *F* Ce que lon por b. li an-
soigne, *N* Ce quele p. b. lor ansaigne — 74 (*A*); *M²BKV'en* a
prise sa, *CW* sen ist o sa — 75 Et *m. à V'*; *V'V²W* troillus
— 76 *M²K* Reis, *BCen* Rois; *FV'W* menon, *E* mannon; *V²*
Romanon — 77-8 *m. à K* — 77 *V²* Roi s. et roi, *A* Roy s. et roy,
M²K Reis s. et reis (*les autres* Rois); *H* sarpendon; *n* glacus,
M²B clautus, *H* claustrus, *e* -tus, *V'* clastus — 78 *M²H* laucoine,
A²BV' lanc., *Ae* lancone, *CW* laurone, *V²* lauchone; *M²BFy*
eufremus, *AA²V²* -ius, *N* eufrenus, *CW* eufemus — 79-80 *placés
dans A² après ·84* — 79 *CWe* cupessus, *n* cupressus, *V'* cipr., *V²*
enpesus; *A* le fort le grant, *les autres* li forz li granz — 80 *I* Cil
kistoit; *M²A²CIEW'n* graindres, *V'* graindes, *B* plus grans;
A V² Cil qui ert maire (*V²* erent mires); *K* de iaiainz, *nI* que i.,
M'V² dun iaians, *A²CEV'W* cuns iaianz (*A²CW* iaanz), *B* des
gaians.

Rei Steropeus, rei Acamus,
Rei Epistrot, rei Adrastus,
Rei Heseüs e rei Fortis,   *15305*
Qui sire esteit de Filitis,
15385   Philemenis le grant, le proz,
E les autres riches reis toz
A establiz e devisez
Et les conreiz faiz e sevrez :   *15310*
Mout furent grant, riche e plenier.
15390   Quant covert furent li destrier
E les enseignes atachiees
Es trenchanz lances aguisiees,
E li vassal furent armé
E por bataille conreé,   *15316*
15395   S'a comandé Prianz le rei   *15317*

15381-2 *interv. dans A* — 81 *A* Roys, *M²K* Reis, *les autres*
Rois (*de même aux 2 v. suiv.*); *M²CWe* terepex, *B* -eus, *A* -eux, *N*
ther., *FL* thel., *A²* terepleus, *V²* epistroz, *V¹* remus; *M²* doca-
mus, *AA²B* alcamus, *V¹* arastus, *V²* drastuz — 82 *M²A²x* epistroz,
A- os, *BCKV¹W* -ox, *V²* sterepex; *F* adastus, *ABG* adastrus, *V¹*
achamus, *V²W* alcamus — 83 *CHM'V¹W* theseus, *V²* eseus, *E*
ipseus, *N* ispseus, *F* yscus, *A²* ylius; e m. à *V¹*; (*FL* fortis), *les*
autres fortins — 84 *KL* sires iert, *B* s. ert, *IV¹* s. estoit; (*A²CWx*
de), *M²ABKy* des; (*L* filitis), *F* filuttis, *H* filitains, *N* -ins, *A²BC*
KV¹V²We filistins, *M²* phil., *I* phill. — 85 *M²BCV¹V²Wy* Fili-
menis, *K* Phil., *n* Filem., *I* Fillem., *A²* Filom.; *M²ABEHK* li
granz, *M¹* li grant, *CW* li fors, *nA²* li biax; *B* li prous, *les autres*
li proz — 86 *F* Et les r. a.; *R* riche; *A²* Et li altre roi airos, *CW*
Lui et les autres rois trestoz, *I* Les autres r. les prinches toz
— 87 *N* deuissez; *A²* Sont establi et ordene — 88 *M²K* con-
reis; *M²* feiz; *A²* Et lor conroi tot deuise — 89 *n* M. sont g.
(*F* granz) et, *A²BCV¹W* M. par f.; *V²* M. fu grans riches et
p. — 90 *W* le d. — 92 *FKV²* Et; *V¹* En tantes; *B* fortes, *V²*
trenchant — 93 *F* uasal — 94 (*A*); *M²BCIy* Cum p. — 95
nKV¹ Si comande; *AM¹* priant; *R* prian li roi; *A* le roy,
M²KV¹W li reis, *enV²* li rois; *A²* li r. prians; *M²A²BCKV¹V²We*
aj. ce v.: Qui ml't fu (*M²K* ert, *e* est) sages et cortois (*A²*
uaillans).

C'ui mais s'en issent li conrei.   *15319*
Trop tarjoënt, quar cil de la   *15321*
Sont ja as lices, grant piece a.
    Mais quant ço vit Hector e sot
15400 Que sis pere li deveot
Qu'il n'i alast a cele feiz,   *15325*
Enragiez fu e si destreiz
Que por un poi n'a mout laidi
Cele que ço li a basti.
15405 Lui e s'amor e son cuer pert;
Quant el cel plait a descovert   *15330*
Sor son devié, sor sa manace,
Ja mais n'iert jorz qu'il ne l'en hace,
E por un poi qu'il ne la fiert.
15410 Ses armes li demande e quiert   *15334*
Isnelement, senz demorance,

15396 *M²* Quhi mes, *EHIN* Cui mais, *F* Qoi m., *LM¹* Hui
m., *G* Que tost; *n* demanois, *K* Que sen i. tuit li c.; *V²* conrois;
M²A²BCKV¹V²We aj. ce v.: Tot belement sans nul (*M¹V¹V²W*
et sans) desrej (*V²W* effroi) — 97 *ABCKxy* tardoient, *R* -erent,
ALV² que cil — 98 *B* trosqua, *n* iusquas, *A* iusqua; *V⁴* iusqua
au liceus; *ABCFV¹V²W* pieca — 99 (*G*); *yBCK* Desque; *L* q.
uit h. ce, *V²* q. u. h. — 15400 *M¹* son, *V²* si; *M²EKN* peres —
1 *W* Qe; *V²* nalast; *V¹* ceste f. — 2 *B* Esragiez, *n* Esmaiez, *e*
Coreciez, *V¹* Corruciez, *A* Angoisseus; *W* est; *V²* e d. — 3
M²Kny· par; *A* ml't nel — 4 *CW* Celui, *M²KV¹V²ny* Cele —
5 *V¹* et sanor; *x* cors p., *V²* cor p.; *A* Lui e t. s. c. et samour p.;
M²BCKV¹Wy a toz iorz p. — 6 *N* el tel p., *F* en cel p., *AV²*
el (*V²* elle) tel chose; *M²BCKV¹Wy* Q. ce a (*V¹* ot) dit et d.
— 7 *AM¹* Sus; *V¹* suen; *V²* Son cor d., *H* S. s. uie et; *AM¹* sus
sa — 8 *H* nert; *AM¹* ior; *K* Niert ia m. ior, *x* Ja n. m. i.; *FL*
que, *AV²* qui; *M²* la h., *V¹* len ache, *G* la ace, *F* la nace —
9-12 *réd. à 3 v. dans G*: Ja la ferist mais ciert amance Ses
armes quiert sans demorance Ni fera ce dist atendance — 9 *M*
reprend; *B* A por, *M* A pour, *M²* A par, *KLV¹Wen* Et par;
H Por un petit; *AV²* Nen (*V²* Ne) faut gueres qui — 10 *B* Les; li
m. à *MV¹*; *FL* S. a. d. et requiert; *M¹* quert — 11-2 *m. à*
M²BCWky — 11 *nL* atandance.

        Qu'il n'i face plus atendance.

        La dame les aveit muciees   *15335*

        E repostes e estoiees :   *15336*

15415   Duel faiseit grant e angoissos;   *15341*

        Le jor redote perillos;   *15342*

        Par maintes feiz l'estut pasmer.   *15339*

        Quant el li vit son cors armer,   *15340*

        Mout li prie qu'il se remaigne   *15343*

15420   E que son corage refraigne;

        Mout li crie sovent merci ;

        Mais il par est ensi marri

        Qu'ele n'i puet merci trover

        Ne por braire ne por criër.

15425   Quant veit que par nule maniere,

        Por dit, por fait ne por preiere,   *15350*

15412 *F* Qe, *A V*² Qui, *R V*² ne; *A L R V*² fera; *V*¹ Qe p. ne fera atardance; *n L V*² demorance — 13 (*A*); *V*² qui lauoit; *R* nunciees, *x* ostees; *M*²*B C J V*¹*W k y* les ot destornees — 14 *R* respostees, *V*² repostent; *A* estuiees, *R* estiuees (*l'i accentué*), *x* destornees; *M*²*B C J V*¹*W k y* Mes voille o non (*C W* M. a force) sunt raportees (*K* ap.); *M*²*B C J V*¹*W k y* aj. ces 2 *v.* : Son hauberc (*M*² hauzberc) (*M* Ses armes) uest isnelement (*M*¹ ignel.) Andromaca (*K* -cha) el (*M*² La dame sor le) pauement (*V*¹ pauim.) — 15 *V*² Dol; *N* fessoit; *M*²*B C J V*¹*W k y* Molt feit g. d. (*K* duol) et a. — 17-8 *sont placés dans M*²*B C J V*¹*W k y avant* -15 — 17 *W* mainte; *M*²*B C J W k y* estut, *V* lestuet, *V*² estoit; *L* parler — 18 *V*¹*V*² elle uit, *F G R* el le u. (*G* uoit, *R* uint), *H J* ele uit, *B* ele uoit; *C W* Puis qe son c. li uoit a. — 19 *R* quil se remangne, *les autres* que il remaigne (*cf.* 15447); *E* remeigne — 20 *R* refaingne, *E* refreigne — 21 *M*²*B C J V*¹*W k y* Merci li c. molt s.; *C* le; *C W* prie doucement — 22 *R* per; *A* ainsi, *R* issi; *A* marris, *R* mariç, *V*² smari; *x* a si son cuer m. (*F* mari); *M*²*B C J V*¹*W k y* Rien ne li (*M*¹ Mais r. ne, *H* M. ne li) uaut (*C W* Ne li u. r.) quant ele (*V*¹ il, *C W* ce) entent (*e K* el lent., *M* el e.) — 23 *R V*² Ke len; *V*² poit; *F* Qen lui ne p., *M*²*B C J W k y* Quen (*M*²*H K W* Que) ni (*M*¹ ne) porra; *n R* nul bien t. — 24 *K* par... par; *M*² breire, *C W* batre — 25 *M*² Bien, *C V*²*W k y* Et; *C W* qe en, *M V*²*V*² qe por — 26 *R* Per f. per d., *K M*¹ Par d. par f.; *M*²*M* priere.

Ne l'en porra plus retenir,
Si a les dames fait venir.
Sa mere e ses beles sorors,
15430   O criz, o lermes e o plors,
L'ont depreié e conjuré   *15355*
E en maint sen amonesté
Qu'il ne s'en isse e qu'il n'i aille :
N'i a preiere que rien vaille ;
15435   Ne lor monte, ne lor vaut rien :
« Fiz, » fait sa mere, « or sai jo bien   *15360*
« Que tu enchiez e fauz vers mei
« E vers ta femme e vers le rei,
« Qui noz volentez contrediz.
15440   « Aies de nos merci, beaus fiz :
« Ne nos laissier, ne nos guerpir,   *15365*
« Ne nos faire de duel morir.
« Fiz, chiers amis, que ferions,
« Se ton cors perdu avions ?
15445   « N'i a celi ne s'oceïst
« E que li cuers ne li partist.   *15370*

15427 *M* Nel, *M²FV²* Ne len; *K* detenir — 3o *V²* larmes o a
p. — 31 *en* Li ont proie — 32 *R* mainç; *M²MM'RV²* sens,
EFV' san; *K* adm.; *W* En mainz senz lont a. — 33 *V²* uenisse
ne; *nEK* i. quil, *M'VV²* i. ne q. (ni *m. à V'*) — 34 *M²M* priere;
V² que, *les autres* qui; *AKV'* riens — 35 *M'* Ne ne; *V'* mont,
M monstre, *V²* mostre; *AFKe* ne ne — 36 *ekCV'W* la m.; *n* or
uoi b., *V'* or s. b., *A V²* ie s. b. — 37 (*ARV²*); *M²BCV'Wekn* nas
(*C* nais) mes cure (*n* pas pitie) de moi — 38 (*ARV²*); *M²BV'ekn*
Ne de ta f. ne del r., *CW* Ne de ton pere ne de toi — 39 *V'* Qe;
M²MM'V'V²W nos — 40 (*AV²*); *R* A ges; *M²CV'Wek* Bien
deureies (*V'* deussiez) creire mes (*KV'* noz) diz — 41 (*AR*); *V²*
lasiez; *M²CV'Wky* Biaus douz amjs ne — 42 (*AR*); *N* i fai, *F*
laissier, *V²* laisse; *M²* fei de dolor m.; *CV'Wky* Con porrions
(*M'* -on)(*HV'* Conment porron) sanz toi guarir — 43 *M²* chers;
M' Chier f. a. — 44 *CW* Se nos toi p. — 45 *M'V'V²* celui, *I*
cheli, *M²CEWky* cele; *V'* qi ne — 46 (*AIRW*); *CWky* Et cui li
c. (*M'* le cuer); *CEHWk* ia ne p., *V'* E qi si le cuer ia ne per-
dist.

« Remanez vos, douz ami chier,
« Creez les diz vostre moillier. »
Qui donc veïst en com grant peine
15450   Polixena e dame Heleine
Se meteient al detenir !   *15375*
Mais ne le pueent pas tenir.
Tant est iriez ne set que face :   *15379*
Andromacha het e manace.
15455   Quant ele veit que el n'en iert,
O ses dous mains granz cous se fiert ;
Ses cheveus tuert e ront e tire,
Fier duel demeine e fier martire :
Bien resemble femme desvee.   *15385*
15460   Tote enragiee, eschevelee

15447 (M^1AIRV^2x R. uos), N Remenez uos, A^2BCJV^1Wky
Car (A^2 Kar) remanez (M -oiz, E remenez); A^2CILV^1W beaus,
K filz; (A ami chier), $A^2CIJLRV^1V^2Wkxy$ amis chiers; M^1 chers
— 48 V^2 Oiez; (A u. m.), RV^2 uostre moilliers, $M^2A^2BCJV^1Wkxy$
de (H a) ces (M^2 cesz, E cez, V^1 tez) moilliers ; I Ne soies tant
cruels ne fiers — 49 LRn lors, G les; IK c. en, CV^2W a com, x
an si ; FG poine, E peinne — 50 N helayne, FM^1 -aine, E -einne
— 51 (HJV^1V^2); BCW Sen ; n Qe, L Qui ; G Qua lui mestent ;
A^2 del ; R detinir, A retenir, V^1 departir; M^2 de lui tenir — 52
nL puent; G le p. detenir, $AFLRV^1$ li p. (R puet) pas tollir ; I
M. nen p. a chief uenir, $M^2A^2BCJV^1Wky$ Mes rien (K riens)
ne (BM ni) vaut (A^2K R. (A^2 Mes) ne lor u.) car (A^2 que, B al,
V^1 dou) retenir (A^2K detenir), *puis ces 2 v.* (qui m. à V^1): Nel
porrunt (Hk porent, E pueent) pas (A^2 N. poroient, J Ne le po-
rent) por (J par) nule rien Ce lor afiche (A^2 afie) e iure bien —
53 M^2 irez, E desuez; IK quen, M^2V^2 quil — 54 M Andromaca,
G -eda; Mx men. — 55 (ABHJR); I kil el nen ert, V^2V^2 qe
neant iert, CW qe ce ia niert — 56 BCIJKny A; BCWek poins;
A grant cop — 57-8 *interv. dans* BCWJky — 57 M^2K cheuels,
M -eulz, BCM^1 -ex, E^2 -ox, R keuois; M^2 tort, K sache,
$BCMV^1V^2We$ trait; nI r. et tuert (IN trait), AR romp et trait;
CEW r. et detire, B t. r. et t.; H Ses puins detort ses caueus t.;
K rompt — 58 E Grant d.; K duol — 59 M^1 deuee — 60 M^1V^1
esragie, V^2 ragie ; K Trestote issi ; M^1 esceruelee ; R Desronpue
et descheuelee.

E trestote fors de son sen,
Cort por son fil Asternaten.
Des ieuz plore mout tendrement,
Entre ses braz le charge e prent ;   *15390*
15465 Vient el palais o tot arieres,
La ou chauçot ses genoillieres ;
As piez li met e si li dit :
« Sire, por cest enfant petit
« Que tu engendras de ta char,   *15395*
15470 « Te pri ne tienges a eschar
« Ço que jo t'ai dit e noncié ;
« Aies de cest enfant pitié :
« Ja mais des ieuz ne te verra,
« Se assembles a ceus de la.   *15400*
15475 « Hui iert ta mort, hui iert ta fin :
« De tei remandra orfelin.
« Cruël de cuer, lou enragié,
« A que ne vos en prent pitié ?

15461 *K* Et tot issi; *M²Me* hors; *En* san — 62 *V¹V²* Tot per;
K fill, *M²CJW* fiz, *M¹* filz; *MJk* asternanten, *M¹* aternantein, *N*
-atan, *A²CLW* -aten, *E* arternantan, *A V¹V²* astrenaten — 63
V¹V² Adonc; *M²* oilz, *K* ielz, *M* ieulz, *EF* ialz, *N* iauz, *M¹* eulz,
CW euz (*de même* -73 *et le plus souvent*); *CW* plorant — 64
CEW lencharge, *M¹* lenbrace; *V¹V²* le congie p. — 65 *M²* palez,
ek -es, *An* -eis, *V¹* -e ; *M²* a t., *V¹V²* adonc; *K* A tot u.; *M¹AEK*
uint — 66 *CWek* Ou il; *A* lacoit; *V¹V²* Hector a mis — 67 *V¹V²*
Apres; *M²N* et se; *V¹* dist — 68 *K* par, *n* de — 69 *V¹V²* Qe li
— 70 *CW* nel t.; *V¹V²* Por coi le t., *M²A* Pri que ne t. (*A* tien-
gnes), *n* Or nel tenez mie ; *E* tiengnes, *CMM¹V¹V²W* tiegnes —
71 *V¹* qe te ai, *V²* qe tai — 72 *M* cel — 73 *V¹V²* Qe iames — 74
CW Sui; *V¹V²* Ne rassenbles (*V¹* resanbles) — 75 *K* Oi... oi ; *AC*
M¹V²Wn est... est, *KV¹* ert... ert; *M* fin, *les autres* fins — 76 *F*
remendra, *N* remanra, *M²Me* -aindra; *M²* orphenins, *M* -elin, *A*
Ken orfelins, *CV¹V²W* orfenins — 77 (*y* Cruel), *n* Cruiex, *M²*
Cruels, *GLk* -ex, *CV¹V²W* -elz ; *K* del; *M²ACFMRV¹V²W*
lous, *EHK* leus, *N* lox, *M¹* leu ; (*K* enragie), *F* anraigiez, *HM¹*
esragiez, *les autres* enragiez — 78 (*V²* A que), *H* Por que, *M²k*
A quei (*K* qui, *M* quoy), *V¹V²W* Par qoi, *C* Par coi, *enL* Por
coi (*F* quoi); *K* pitie, *les autres* pitiez.

        « Por que volez si tost morir ?   *15405*

15480   « Por que volez si tost guerpir

        « E mei e lui e vostre pere

        « E voz freres e vostre mere ?

        « Por que nos laissereiz perir ?

        « Com porrons nos senz vos guarir ?   *15410*

15485   « Lasse, com faite destinee ! »

        Adonc chaï a denz pasmee

        Desus le pavement a quaz.

        Cele l'en lieve entre ses braz,

        Que angoissos duel en demeine :   *15415*

15490   C'est sa sororge, dame Heleine.

          Hector de rien ne s'asopleie

        Ne por l'enfant ne s'amoleie :

        Nel reguarde ne n'en tient plait.

        Ja li orent son cheval trait :   *15420*

15495   Monter voleit, n'i aveit plus.

15479-80 m. à FH — 79 *V¹ V² W* Par ; *ABCGJLNRe* coi, *M* quoy, *V¹ V²* qoi, *M²* quei ; *V²* gerpir — 80 *CV² W* Par ; *ABCJRe* coi, *M* quoy ; *V¹* Et ne v.; *GLN* Et moi et uoz amis g.; *V²* morir — 81 *V¹ V²* li ; *V¹* li uetre ; *G* Et uos parenz; *M² Bek* mere ; *H* De moi de l. et de uo p. — 82 *(ACR)*; *x* Et f. et serors et m., *BCWek* Et u. serors ; *Bek* Et u. pere ; *H* De uos serors et de uo m. — 83 *F* qoi, *M* quoy, *M¹N* coi, *EH* que ; *M²AKen* vos ; *M* lesseriez, *M¹* leserez, *H* laies nos, *A* lesserons — 84 *AFHLM¹V¹V²* Coment p. (*H* por.), *M²CEW* Cum porrions — 85 *(AV¹V²)*; *M²CJWky* c. male — 86 *A* chay ; *n* Et lors chei (*N* rechiet); *E²BCJWky* A icest (*M²* Apres cest) mot c. p. — 87 *V¹V²* pauiment; (*F* quaz), *V¹V²* qas, *A* tas; *M²BCJWky* A quas (*K* quaz, *M¹* cas, *EJ* fes) de sus (*BEJ* sor) le p. — 88 *BKM¹* drece, *EJ* dresce; *CEHJWk* isnelement, *BM¹* ign. — 89 *(V¹V²)*; *M²BCJW ek* estrange d.; *n* demaine, *A* -ainne — 90 *A* Sest; *CMV¹W* seroge, *V²* rerorge, *F* seror, *N* seros ; *CWn* et d.; *n* helaine — 91 *K* riens; *(M²K* sasopleie), *BCEH* -oie, *MM¹* sasouploie, *A²R* se soplie, *V¹* saploie, *n* samoloie, *K* samolleie — 92 *K* sasopleie, *n* ·oie, *K* samolie, *A²* sumelie — 93 *A²* Il ni esgarde nen, *V¹V²* Ne les r. ne, *CW* Nes r. ne ne; *e* Il ni garde ; *M¹* nil nen; *M¹* ne entent p. — 94 *n* ont fors; *V²* si c.

Andromacha saut fors par l'us ;
Plaint sei e crie a si hauz criz
Que mout par sont de loinz oïz :   *15425*
El grant palais perrin de Troie
15500 N'i a si sort qui cler ne l'oie.
Plorer lor fait de chaudes lermes.
A ! las, come aproche li termes
Que chascuns voudreit estre morz !
Cele cui rien ne vaut conforz   *15430*
15505 Vient andous ses mains detordant
Tot dreitement al rei Priant :
Si grant duel a que mot ne sone.
A chief de piece l'areisone :
« Di, va, » fait ele, « iés tu desvez   *15435*
15510 « O de ton sen si forsenez
« Que tu n'as mais cure de tei ?
« Saches, s'Ector vait al tornei,

15496 *M²CMe* hors; *n* a lus — 97 *C W* P. et cria; *E* ml't h.;
AFV'V² un si haut (*V'V²* grant) cri ; *N* uns si ; *K* et a si h. c.
crie — 98 (*L*) ; *CNV'V²* Qui ; *N* m. furent; *AFV'V²* fu de l. (*F*
Ionc) oï ; *K* Q. m. tres l. en uait loie — 99 *An* palais, *M²ek*
chastel ; *CFW* perin, *A* marbrin; *K* Si quel c. premiers — 15500
L celui qui ; *K* Na un tot sol; *M²CV'V²W* Na nul; *F* Ni a nulle;
n qi bien, *V'* qe b., *G* que il — 1 (*A*); *xM* P. les f. a, *M* Pleure for-
ment a ; *V'* des, *C W* les — 2 (*R*) ; *k* A, *les autres* Ha ; *V'V²* Lasse ;
E apruiche, *M²* aprisme, *V'* saprosme, *V²* saprime; *A* Lasses com
saproche — 3 *M²AM'* chascun — 4 *KM'* qui ; *KR* riens ; *CV²W*
fait, *M²* feit, *K* fet — 5 *A²Ke* Vint, *nR* Vait; *A²* ansdous s. poins;
K les m. detortant; *CW* detorquant ; *enRV'V²* anbedos (*nR* ame-
dos, *V²* embedui, *V'* adeus) ses mains (*M'* poins) tordant (*nRV'V²*
batant) — 8 *F* Au; (*M²CFe* lareis.), *N* laress., *les autres* larais. —
9 (*A*) ; *A'* il; *M²CFMV'V²We* es; *K* deuez — 10 (*GLV'V²*); *AF* Et;
F san, *AV'V²* sens; *G* mal senez, *F* m. menez; *M²A'A²BCJWky*
Trop ledement (*A²HM'* malement) seras greuez — 11-4 *réd. à* 2
v. dans M²A'A²BCJWky Sector (*CW* Se hector) sen ist (*A'* Se
hector uait) a la bataille Ocis i estera (*J* issera, *M* i s., *M'* i s.
il, *CW* sera) (*B* Car o. i. s., *A²* Il i. s. o, *M²* Quil i morra encuj)
sans faille (*A'* O. i ert s. nule f.) — 11-4 *sont dans* ARV'V²x —
12 *FRV'V²* Sachez; *NV'V²* se hector, *FG* se hui; *ARG* ua.

« Tu l'as perdu, sin seies fis :
« Il i sera ancui ocis.
15515   « Je l'ai veü par demostrance :   *15439*
« Li deu l'en ont fait desfiance
« Par mei ensi faitierement
« Que, s'il assemble a la lor gent,
« Il l'ociront. Guar qu'en feras :
15520   « Ja mais des ieuz ne le verras.
« Va, sire, tost e sil retien.   *15445*
« Asternaten, son fil e mien,
« Li aportai ore a ses piez ;
« De sa mere a esté preiez,
15525   « D'Eleine et de Polixenain,
« Mais ç'a esté trestot en vain :   *15450*
« Ne nos deignot sol esguarder.

15513 (*V'V²* sin), *A* sen, *n* san, *R* bien (*pour la rime, cf.*
13149-50) — 14 *F* Il li, *V²* Il en; *V'V²* eincui, *R* en cuy, *F*
anqoi — 15-8 *m. à G* — 15 *M²BC* demonstr. — 16 *V'* men; *M²*
feit; *A'k* deff. — 17 *CFKRW* issi; *K* feitierement, *M* fetement,
F feterem. ; *V'V²* et si entierement — 18 *n* se il a. a l. g.,
K sil sen ist o la l. g.; *AV'V²* hui a l. g. — 19 *CW* J; *M²ANe*
locirr., *M* lochir., *V²* occirrunt; *n* que, *L* qen, *CW* qar; *G*
Deus le me montre quan f. — 20 *G* D. iex ia m.; *K* de tes
ielz nel u; *M²* nel reuerras, *CW* ne reueras — 21 *CEHMWn*
si le, *A* et le, *M'* et sel — 22 *M²M* Asternantes, *K* -en, *E* Art.,
M' Alternanter, *F* Asternatan, *G* -en, *N* Aternatan, *H* -antes,
AV² Astrenates, *V'* -ctes, *K* fill, *A* filz — 24 *B* De me dame;
V² estez; *M°CMM'V'V²W* priez — 25 *A* Del. de; *FG* De
helaine, *N* Delayne; *G* et polixenan ; *V'* polixenaun; *BCJWky*
De polixena (*CW* -ain) et deleine, *A²* De sa soror de dame
h. — 26 *N* trestoz; *AV'V²* ce a e. tout; *E* ce a c., *J* ce aste;
G tout por noiant, *BCJWky* parole uaine; *A²* Lor proiere
li fu ml't u. — 27-30 *réd. à 2 v. dans G* : Ne nus deigne
veoir. a toi Je sui uenue retien le moi — 27 *A²LRV'V²n* deigna
onc (*L* ainz) regarder; *I* deigna s.; *M²* neis e.; *A'A²BCJWky*
Car onc (*CW* ainc, *E* ainz, *A²* il) nen uolt (*CKW* uelt, *J* uolst,
E uost, *H* valt) (*A'* Il nen uoloit) nule (*E* nul, *HJ* une)
escouter.

« Sacheiz qu'il voleit or monter,
« Quant acorui criant a tei.
15530 « Va tost, sire, retien le mei. »   *15454*
Ne pot plus dire : pasme sei   *15456*
Tres de devant les piez le rei.
    Mout fu Prianz austers e durs,   *15459*
Envers ses enemis seürs ;
15535 Ne fu hastis, legiers n'estouz,
Franc cuer ot mout e simple e douz.
Quant les paroles ot retraire
E vit la dame tel duel faire,
El cuer li prent une freidor,   *15465*
15540 Dotance a e crieme e paor ;

15528 *AR* Sacheiz ; *I* Biau sire il ; *M²BCJWky* Il uoleit (*K* deueit) or endreit m., *A²* Il ua sor son cheual m., *A¹* Car or andr. u. m., *nL* Ne soulement ses iauz mostrer (*F* son oil torner, *L* s. oeill leuer) — 29-30 *m. à R* — 29 *M²* ocoruj, *E* acorrui, *CW* acurui, *M* acourui, *A¹* -u, *nIJ* iacorui, *L* ie ac.; (*FI* criant), *M²N* corrant; *A¹V¹V²* Q. ie uing ca corant; *A¹BCJWky* ici a t.; *A²* Por ce sui ca uenue a t. — 3o *ACI* Va s. t.; *A¹* et haite toi — 31-2 *developpés en 4 v. dans A¹A²BCJWky ; voy. aux Notes ;* *I a 2 v. spéciaux :* Deuant ses pies pasmee chiet Li rois conmande con len liet — 31 (*ARV¹V²*); *FV¹V²* puet; *G* Quant out ce dist se pasme soi — 32 *m. à G*; *M²F* dauant; *A* Trestout deuant; *M²* au rej — 33-4 *A²* Fiers fu li rois comme lions Fondez et sages de raisons — 33 *M²* ansters, *AV²* entiers, *CIKV¹W* en et fiers, *M* et fers, *H* et fors — 34 *ACKV¹V²n* Et uers — 35 (*A²*); *F* haitis, *W* haustius, *V²* astiz ; *EK* nestolz — 36 *CWn* auoit et; *A* F. ot le c., *M* F. c. ot et; *A²* Ml't estoit frans humles et dols — 37 *A²* Q. ot l. p.; *n* la parolle — 38 *A²* as d. — 39-40 *interv. dans HM¹* ; *x* Au cuer une dolor (*N* -ors, *L* froidor) lo prant (*G* froidure p.) Esbahiz en fu durement — 39 *A¹ny* Au ; *M²BCIK* cors; *W* le p.; *HM¹* len (*H* li) uint; *V¹* prist; *M²* freidors, *BEI* froidors, *HK* freor, *M* freiour ; *AV²* Parmi le c. len (*V²* le) prent froidours, *A²* Lors fu sopris d'une f. — 40 (*A¹*); *M²ACEMV¹V²W* D. et c. e, *A²J* D. et c. ot et, *K* Et c. et d. et, *B* Et d. et c. et, *HM¹* D. en ot c. et, *I* Esmaianche grans et; *E* et granz et paors; (*A¹C* paor), *M²* poors, *ABEJ* paors, *A* paours, *M* paour, *etc.*

           Sospir l'en issent granz e lons.
           Une piece fu toz embrons :
           Lermes li moillent le menton
           E les goles del peliçon ;   *15470*
15545   Son damage sent e aleine.
           Sor un cheval monte a grant peine ;
           Fors del palais s'en est eissuz,
           Dolenz, pensis, taisanz e muz.
           Hector ataint en mi la rue,   *15475*
15550   Qui toz de mautalent tressue :
           Mout par l'aveient fait irié
           Por la noise, por le devié
           D'eissir s'en fors contre Grezeis.
           Desoz son heaume Paviëis   *15480*
15555   A le vis teint e coloré.   *15481*
           Li ueil li sont el chief enflé :   *15483*
           Plus les a vermeiz d'un charbon.   *15485*

15541 *eN* Sopirs ; *AM'V'V²* en i., *E* gietent ml't, *K* giete et, *n* gita et — 42 *enCW* U. grant p. fu e. ; *V'V²* tot — 43 *G* Larmes ; *GL* i m. — 44 *G* Que ; *A* gueules ; *MC°V'W*ek Et le bliaut de ciclaton (*EV²* -glaton, *M* sicl., *M'* sigl., *CW* seingl. — 45 *E* aleinne, *M* -aine, *n* -oine — 46 *M²M* En — 47 *M²*ek Hors ; *K* Si est h. d. p. ; *M²M'* palez, *EK* -es, *F* -eis, *N* -ais ; *A* en est — 48 *CW* pensius ; *K* p. et irascuz — 49 *M²*Ke ateint, *n* -oint — 50 *F* mautalanz — 51 *E* Que ml't — 52 *A V'V²* et pour ; *F* la — 53 *HKn* Dissir ; *M²AM*e hors ; *M* De issir sant ; *E* De lui i. ; *A V'V²* Dissir hors (*V'V²* f.) encontre g. — 54 *G* Desor ; *kCV'V²W* le ; *N* paienois — 55 *A²FG* taint, *N* toint ; *M'* tot descolore — 56 *M²* oill, *GN* oil, *F* ialz, *AR* oeil ; *N* el uis, *M²* el chef ; *AFGILRV'V²* du (*R* del, *G* an, *FL* el) chief li s. ; *A'A²BCJW*ky *dével. en 3 vers :* Ausi (*K* Alsi, *M'* Aussi, *M* Ainsi, *J* Ansint) com sil (*B* il) eust plore Li sont el chief (*EH* El c. li s.) enfle li oil (*K* oill, *A'* ueill, *E* oel) (*W* li oil vermeil) Verite dire uos en uoil (*K* uoil, *A'* uueill, *E* uoel) (*M* Par u. d. uos u.) — 57-8 *m. à M* — 57 x Roges les et come charbons ; *M²* vermeilz, *K* -elz, *M* -els, *J* -oiz, *E* -ax, *V'V²W* -eaux, *BCM'* uremex, *H* luisans ; (*AA'KRV'V²* dun), *A²BCEHIJW* de, *M'* del ; *M²AR* que charbons, *IK* de c. (*I* carb.).

Plus fiers que lieparz ne lion,   *15486*
L'auberc vestu, ceinte l'espee,   *15491*
15560 Sist toz armez sor Galatee,
Qui de dur mestier ert apris.
Prianz l'a par la resne pris :
« Beaus fiz, » fait il, « vos remandreiz; *15495*
« Sacheiz c'ui la fors n'en istreiz.
16565 « Sor ço qu'il a de mei a tei
« E sor les deus de nostre lei,
« T'en faz devié : retorne t'en.
« Tant deis aveir reison e sen,   *15500*
« Ne deis faire n'a tort n'a dreit

15558 *A V'V²* fier ; *M²* lioparz, *I* lupars, *R* lauparç, *A²* lepart, *J* lopart, *K* lip.; *V'V²* leup. ne lyon ; *R V'V²* ne lion; *x* Plus ot fierte que uns lions (*N* leons), *M²ABCJWky* Fierte de lieupart de (*A'* ne dors ne de) lion, *puis ces 4 v.* (*les 2 premiers manquent à M*) : *M²* Nus hon de char ne lauisast Por rien que lon li deuisast Par mal talant en mj la chiere Une enseigne ot molt riche e chere; *les autres mss.* : A la soe ne monte (*A²* -a, *H* namonte) rien Por uerite uos di ie (*A²* uerte le uos di io) bien Nus (*k* Nul) ne losast (*EH* losot) en mi la chiere Veoir tant iert (*EK* ert, *A²HJW* est) cruex et fiere — 59 *M²* Lauzberc, *n* Hauberc; *A²* sor galatee — 60 *M'* S. sus a.; *V'* galetee; *A²* seinte lespee — 61 *M²V'V²y* del; *A* est a.; *IR* del m. est tous (*R* estoit) a.; *A²* De guerre ert bien duis et a. ; *k* iert — 62 *F* por la r. la p.; *K* regne — 63 *M'* Biau; *K* fist; *F* or uos (*v. f.*); *M²* remaindreiz, *M* -ois, *n* remanroiz, *M'* retorroiz, *L* ni irez; *H* car retornes — 64 *A²* f. nisterez; *kyCW* que hui (*K* oi) la f. (*Me* hors) nistroiz, *M²* que pas hui hors nistreiz; *FGL* A ceste fois pas ni eroiz (*G* jrois) (*L* uos remeindrez), *N* Ni eroiz p. a c. f., *A V'V²* Ce s. bien uos (*A* hui) nen istrez — 65 *M'* Sus; *N* toi a moi; *M* en toy, *V²* et toi — 66 (*CW*); *M'* Et sus, *V'V²* Sor toz; *A²* nos d. et sor no loi, *K* Et des d. de la nostre 1. — 67 *AFI* Te ; *V'V²* faiz, *A'* fais; *n* r. tan; *G* Tan fai desuie et or mantan, *M²A'BCJWky* Te (*M²* Ten) coniur et ten (*Jek* te) f. (*CMW* faiz, *JM'* fez, *A'* fais) deuie, *A²* Te c. ore et f. d. — 68 *L* Bien; *F* T. a en uos; *M²A'BCJWky* Que nisses (*M* -e) fors (*M²Me* hors) (*A²* nen isses) sanz mon congie — 69-70 *m. à M* — 69 *M'* a t.

15570 « Chose ou li miens plaisirs ne seit.
« Sor tei avrai tel poësté
« Que n'istras hui de la cité.
« Veiz quel merveille e quel criëe   15505
« Ont cez dames entre eus levee ?
15575 « Veiz com chascune crie e brait ?
« Soz ciel n'a rien pitié n'en ait.
« Va descendre, chiers fiz, amis. »
      Mout par fu Hector entrepris :   15510
Le vié son pere n'ose enfreindre,
15580 Ne il ne set coment remaindre.
Honiz en crient estre a sa vie :
« Sire », fait il, « itel folie
« Com fu solement porpensee ?   15515
« Por une fole, une desvee,
15585 « Que son songe vos a retrait,
« Quos entremetez de tel plait ?
« N'avenist pas ! Ço di por veir,
« Trop i porrai grant honte aveir,   15520

15570 *M²CGMV¹W* C. o mis (*V¹* mi) p., *1* Tel c. v mes p.,
AV² Rien nule a mon (*V¹* o mi) p. ; *M¹* mon plaisir — 71
M¹ pooste — 72 *AM¹* hors de ; *M²k* de ceste c., *V²* hors de c.
c. — 73 *A* Vois ; *V¹V²* qe m., *F* qel noise ; *EH* Voiz fet il filz
quele c., *M²A¹BCJM¹Wk* Hui (*K* Oi) en (*C* de tot) cest (*M* ce)
ior ueiz (*M²* uerz, *M* ois, *M¹* os) q. c. — 74 *M²* Unt, *F* Onc ; *M²*
cesz, *M*en ces ; *M* gens ; *M²* entrels, *V¹V²* entraus, *nE* -ax, etc., *K*
por tei — 75 *M¹* Vez ; *M²E* plore — 76 *n* nest ; *nK* riens ; *V²*
ne ait — 77 *A* Vas ; *FM¹V¹* chier f., *A* f. chiers, *CW* li miens —
78 *CW* M. fu — 79 *CM¹V¹V²W* Le (Li) dit ; *M* uee, *A* veu ; *K*
enfreindre, *F* anfaindre — 80 *M²* remeindre, *V¹V²* defendre —
81 *F* an cuide — 82 *K* itex — 83 *eCMW* S. con fu, *K* Con fu
fete ne, *N* Con faitement fu — 84 *N* Par ; *M* fame ; *F* folle
desue ; *V¹* et une d. — 85 *M²AMV¹V²e* ses songes ; *M²e* retraiz
— 86 (*M²* Quos), *les autres* Vos ; *V¹* Por coi uos e. ; *K* fol p.,
M²e tiels (*M¹* tiex, *E* tex) plez ; *AV²* Por coi vous mellez de tel p.
— 87 (*A*) ; *x* iel di ; *ekCV¹W* sachiez (*K*-eiz) de (*CV¹W* por) uoir
— 88 (*L*) ; *M* en ; *EF* porroiz, *M¹* -ez, *JV¹* poez. *G* poues ; *F*
perte, *M* blame.

« Se jo remaing por tel afaire.

15590 « Ne vos devreit mie desplaire,

« Se j'aloë voz genz aidier,

« Quin avront ancui grant mestier. »

De tot iço n'a Prianz cure : 15525

Tant le prie, tant le conjure

15595 Qu'il l'en a fait torner ariere.

Tant par est fiers en mi la chiere

Que ne l'ose rien esguarder.

Ne se voust onques desarmer 15530

Fors seulement de sa ventaille.

15600 Prianz enveie a la bataille

Toz ceus qu'il a ne aveir puet :

Tote la vile s'en esmuet.

Tuit s'en issent, les armes prises, 15535

Loinz as plains chans, fors les devises.

15605 Cil de l'ost sont mout aproismié,

De bataille prest e rengié.

15589 *M²* remeing, *M'N* -ain, *F* -aig; *V'* por cest; *E* Ml't i
poez grant perte fere — 90 *n* deust, *V²* doit — 91 *A* ialoie, *n*
ialasse; *V'V²* noz; *ekCW* Se a (*CMW* ie) u. (*M'* nos) g. aloie
(*K* aloe) a., *M²* Se vos g. a. a. — 92 *M²* Encui en auront, *F*
Qi ancui en auroient; *CWk* Qui a. en a. m., *eV'V²*
Qui (*M'* Quil) en a. a. (*M'* encui) (*V'V²* encor hui) m., *A* Cui
iert grant besoing et m. — 93 *E* not; *AM* priant, *A²* li rois —
94 *M* Et t.; *enCW* li p.; *enV'* li c. — 95 *AV²* en a, *CW* ne la,
V' en la — 96 *V'V²* Si; *M* fel; *CW* qen — 97 *CW* Ne lose
nuls hom e.; *FK* nus c.; *M²AMNe* nus (*AE* riens, *M'* rien) ne
lose (*M* losoit) regarder (*M'* desaregarder) — 98 *M²KNe* uolt, *V'*
uout, *V²* uont, *M* ueult, *CW* uelt; *ek* mie — 99 *E* F. del hiaume
et de; *AEV'V²k* la — 15600 *E* an uet — 1 *M²* Celz qui il; *F*
T. cez; *V²* Ceaus qil a et quil; *E* O trestoz ces quil; *A* et
quauoir p. — 2 *AFV²* si, *G* i — 3 *K* Toz; *x* fors (*L* hors) as (*G*
a) deuises — 4 (*M²L* Loinz), *K* Loins, *les autres* Loing; *MV²* es,
AG a; *E* pleins; *A* plain champ; *CW* sor; *KV²* f. des, *V'* f.
de, *M²Me* hors les (*M'* des); *M'* lices, *V²* vises; *x* lor armes
prises — 5 *M* tuit; *M²* apresme, *ELMN* aprismie, *G* -e, *F*
aprosmie, *A* aprime, *M'* -ie, *K* aprochie, *A²* -cie; *H* s. aparillie
— 6 *A* pris; *G* p. et sonme; *EH* Et de la b. arengie.

Diomedès a gent conrei,

E Achillès riche endreit sei ;   *15540*

Telamonius Aïaus,

15610   Agamennon e Menelaus

E li sages Palamedès

Chevaliers ont pro e adès.

Li heaume cler e li samiz   *15545*

E l'ors d'Espaigne e li verniz

15615   Resplendissent par la champaigne.

Diomedès o sa compaigne

E Troïlus o les Frisains

Assemblerent toz premerains :   *15550*

Icist dui conrei s'entrevindrent,

15620   Qui grant partie del champ tindrent.

Li cheval meinent grant esfrei :

De loinz en ot l'om le trepei

E la terre soz eus bondir.   *15555*

Baissent les fuz a l'avenir ;

15607 *AA²MM'n* Dyom.; *A²Ck* ot; *n* bon — 8 *n* gent, *A²* bon ; *G* rout androi soi — 9 *N* Et thel.; *M²GLky* Et thelamon et (*G* auec) a., *A²* Et li rois th. a.; *M²* aiaus, *E* ayax — 10 *F* Agamenon, *E* -annon (*formes ordinaires*); *M²* menelaux — 11 *F* palamides — 1 *FH* C. ot, *L* Rot c.; *M²* prou, *M'* preu, *K* prouz, *E* preuz, *GMRn* proz, *A²* preus ; *H* .xx. m. et mes; *I* Bons c. i ot a. — 13 (*M* Li heaume), *M'* Les hiaumes, *K* Lialme, *F* Li haume, *les autres* Li hiaume ; *A²* chier, *n* agu; *L* Et li h. et; *G* ou; *x* li (*FG* les) uerniz ; (*R* samiç), *AI* samis, *M²A²BCJky* blazon (*B* -son, *C* -con) — 14 (*AR*); *x* Et lor, *I* Li ors : *x* li (*F* les) samiz; *M²A²BCJky* Les banieres et li penon (*A²* peignon, *B* pignon, *EJ* panon); *AI* uernis — 15 *N* Repl., *IR* Resplendist molt; *R* parmi la plaigne — 16 *Mn* Dyom.; *M²en* e (et) — 17 (*R*); *F* ou, *M²* e ; *M'* ses; *M²M* friseins, *En* -iens; *H* com il pot ains — 18 *n* Cheualcherent as, *R* A. as, *H* Cist a.; *M²* premeirejns, *R* -irains, *EN* -eriens, *F* primeriens, *K* -ains — 19 *M'Nk* Icil, *F* Et cil — 20 *F* Qe — 21 *M'* maient, *n* moinent, *M* meinnent; *ek* trepoi — 22 *GKNe* loing, *FM* loig; *L* oit; *KL* len, *N* lan, *EFG* an, *M'* on, *M²* lon; *ek* De ml't l. en ot an lesfroi (*k* leffroi), *I* Ml't en ot on loinz de tanboi — 23 *I* desous b. — 24 *G* fuis; *M* an ; *E* au paruenir; *I* Les lances b. al uenir.

15625 Ataignent sei par mi escuz
  E par haubers mailliez menuz ;
  Froissent lances e enastelent
  E cors de chevaliers desselent.   *15560*
  Al bien ferir e al hurter,
15630 En i covint maint enverser
  De teus qui puis ne releverent.
  Cil qui as lances eschaperent
  Traient les branz d'acier moluz :
  La ot estranges cous feruz ;   *15566*
15635 Set cenz en raient les costez. *15569*
  Tant en i a morz e navrez
  Que toz li chans en est jonchiez.
  Diomedès est mout iriez,

15625-8 *m. à N, réd. à 2 v. dans F :* Froissent lances por grant
air Et les cheualiers uont ferir; 25-6 *m. à L, interv. dans G —*
25 *AR* Ataingnent; *I* Puis sentrefierent es escus, *M²BCGJky*
Brisent lances percent escuz — 26 *J* Et por, *GH* Par les, *I* Si
ques — 27 *(ABHIL); J* hantes, *G* espez ; *CJ* enestelent, *M* este-
lent, *R* esquartelent — 28 *(AJ); GR* des; *R* kiualers; *I* Maint
bon cheualier i d. — 29 *G* A; *K* uenir, *FG* ataindre, *N* -oindre,
L entendre; *M²* a; *x* ioster — 3o *(CGIW); K* maint a uerser ;
N mainz, *G* ml't, *M²* a ; *L* En c. souant a u. — 3ı *F* cex; *E*
nan — 32 *IM¹* cui (*M¹* qui) les l.; *G* a l. — 33 *(GL); M²AA²Bky*
toz nuz; *C* forbiz dacier — 34 *A²* Iluec ot mains durs cols; *M¹*
destranges c., *G* tant riches cox, *N* mainz cheualiers, *FL* maint
cheualier; *C* Lo (*sic*) son ocis m. c.; *A²BCJky aj. 2 v.:* Troylus
escrie san seigne Rien (*H* Nul) ne (*H* nen) consilt (*HL* -iut, *M¹*
-ieut, *A²* -uit) (*M* naconsеut) (*K* Naconsielt riens) qui (*A²* home) ne
sen plaigne (*EH* quil ne maheingne) — 35-6 *interv. dans H —*
35 *x* La sentrepiercent (*F* -partent, *L* -parcent); *I* Maint en sai-
gnent par les c., *R* A nul en raient li confreç (*sic*), *A²BCky*
Ml't a ses anemis greuez — 36 *(HL); M²A* T. i a ia, *M* Ml't i a
deulz, *H* M. en a et, *I* M. en i ot; *BK* T. i a dels (*K* des) m. et
K des) n. (*B* m. d. n.), *A²C* T. i a m. et t. n., *R* Ki tuit sont o
mort o n. — 37 *H* Trestoz; *M¹* tot le champ; *K* ioinchiez; *M*
Q. tot en e. li c. ionciez, *AIR* Li domages est comenciez, *x* Dont
(*FL* Don) li domages est trop (*G* iert ml't) granz — 38 *(I); AA²R*
fu m. ; *x* ml't dolanz.

Quant veit sa gent ensi morir
15640 E Troïens si contenir.
Le cheval point vers Troïlus :   *15575*
Tote la lance de benus,
Ou la manche ert de ciglaton,
Passe par l'escu al lion;   *15578*
15645 Delez le flanc li fait sentir.   *15580*
Cil ne refaut mie al ferir :   *15581*
L'escu li a del cors sevré   *15583*
Et le hauberc bien esfondré,
Si que li sans del cors li raie;
15650 Mais n'i a mie mortel plaie,
Ne que li face grant noisance
A ferir d'espee o de lance.
Tel gieu voleient comencier,
O les clers branz trenchanz d'acier,   *15590*
15655 De que les testes lor saignassent,
Ja mais anceis ne desevrassent :
Mais Menelaus i est venuz

15639 *k* uit; *x* Q. sa g. uoit; *H* ses gens; *FHKM'* issi, *M* ainsi, *E* einsi — 40 *en* Et troylus; *H* issi morir. tenir (*sic*) — 43 *M*²*MM'* iert; *M'N* sigl., *M*²*EFk* cicl. — 44 *AA*²*Fk* a; *N* leon — 45-6 *M*²*A*²*BCJky* dével. en 4 *v.*, *dont le 2ᵉ rappelle le v. 15645 :* Le hauberc li fait (*E* estut) (*K* Laub. en estut, *M* L. estuet, *M'* L. li e., *A*² Lalb. e. tot) desmentir (*M*²*M'* dem.) Et lez le flanc le fer (*M*² Et le f. lez le fl., *F* Et pres del fl. le f.) sentir Mes troilus (*A*²*Ke* troyl.) ne refaut pas Ainz le refiert (*M*² r. lui, *J* le feri, *M*² le fiet si) en es le pas — 45 *F* lo fet — 46 *L* se feint — 47-8 *A*²*BCJky* Lescu li fet freindre (*MM'* fendre, *A*² croistre) et percier Et le blanc (*B* bon) hauberc (*H* Et le h. tot, *A*²*JM'* Lauberc deronpre et) desmaillier — 47 *F* Descu — 48 *n* tot e. — 49 *AN* Si con; *FJL* li sanc, *HM'* le sanc, *M*²*k* li (*M*² le) gros; *E* del c. li sans, *A*² li s. vermels — 50 *E* ne a m., *A* na m. cil, *A*² il na m.; *K* mortal — 51 (*F* que); *M*²*Men* nuis. — 52 *F* Au; *M*²*k* e; *M'* despie ne — 53 *Fk* geu, *M*² iue, *N* iou, *e* ieu — 54 *e* b. forbiz, *K* t. b. — 55 *n* Si que, *e* De coi, *K* De quei; *M* leur t.; *M*² segnessent, *F* sen., *KM'* seignassent, *E* scinn., *N* sen. — 56 *n* des. — 57 *n* Quant; *M* menclauz.

O plus de quatre mile escuz.
O Mercerès, le rei de Frise,   *15595*
15660 Josta : n' i ot autre devise.
Ataint se sont li dui seignor,
Que les enseignes de color
Se font passer par les escuz.
Reis Mercerès fu abatuz ;   *15600*
15665 Sor lui fu li trepeiz si granz
E des Menelaus i ot tanz
Que cil ne pot aveir aïe
De toz ceus de sa compaignie.
Li reis de Frise ert retenuz :   *15605*
15670 Ne fust rescos ne socoruz,
Se n'i venist Polidamas.
Sacheiz mais hui ne cuit jo pas
Que il l'en meinent senz chalonge :
Nel tienent mie en si fort longe   *15610*
15675 Qu'il ne lor eschap jusqu'a poi :
« Troïlus, » fait il, « sire, avoi !

15658 *M²* Mil — 59 *n*E A ; *M²kn* misc., *e* mic. — 60 *F* diuise — 61 *M²Ke* Ateint, *GI* Atant ; *G* an sunt ; *I* par grant irour — 63 *I F*. p. parmi — 64 *M* Roy, *n* Mais ; *kn* misc., *M²e* mic. — 65 (*J*) ; *n* tropiax, *M* chaple ; *Men* grant — 66 *Men* tant — 67 *k* Que il — 68 *E* ces ; *n* De trestoute sa — 69 *M²MM¹* iert — 70 *e* Ia mes ne f., *k* Ia ne f. (*M* fu) mes ; *KM¹* secoreuz, *E* secorreuz — 71 *FL* Poll. — 72 *A²* dével. *en 3 v.* : Li sires dantenoridas Dunt ses peres fu conestable Et si sachiez de uoir sanz fable ; (*A*) ; *I* S. cui m. ne, *n* S. lo bien nel ; *CJky* Qui estoit sire (*EK* sires) de damas (*C* domas) — 73-4 *interv. dans A²CJky* — 73 (*A*) ; *n* Quil ne len moignent, *G* Q. len menassent ; *F* chalunge, *G* aloigne ; *A²CJky* Ne len (*C* Que le) menront il senz (*A²* m. s. grant) chalenge — 74 *M²* Ia niert tenuz ; *F* N. tlent m. a ; *AGI* N. (*G* Nes) tiennent p. ; *G* an si soit loigne ; *A²CJky* Hui (*K* Oi) mes coment que li plez prenge (*M* preigne) — 75 *M²* Qui nen lor e., *A* Que il neschappe ; *I* escat dusqua ; *M²* tresqua ; *A²CJky* Secors (*H* Soc.) aura de si qua ; *n* po, *M* poy — 76 *tous les mss.* (sauf *I*) T. s. auoi auoi (*n* auo auo), *I* T. f. il s. quoi ; *M²* aj. 2 *v.* : Funt troien a troilus Trop vos retraiez tost en sus.

« Come estes vos si resortiz ?
« Greu choisissent des gieus partiz :
« Laissier nos cuident le sordeis.   *15615*
15680 « Tolu nos a Hector li Reis :
« Nos n'avrons hui socors par lui.
« Puis cele hore que jo nez fui,
« N'oï mais dire ne conter
« Chevaliers laissast a porter   *15620*
15685 « Armes por songe e por falue.
« Hui cornerons la recreüe. »
Troïlus respont : « Beaus amis,
« Le rei de Frise en meinent pris :
« Veez le la en cel tropel.   *15625*
15690 « Socorons le tost e isnel. »
Adonc laissent chevaus aler
E, senz nul autre demorer,
Lor vont les haubers desmaillier
E les forz escuz peceier.   *15630*
15695 Si par fu granz li fereïz,
Li chaples et li hurteïz

15677 *C* O e.; *F* e. or, *B* e. hui; *A²* Cum uos e. or r.; *I* desconfis — 78 *H* tes, *B* les, *E* .ij.; *M²* iues, *N* ious, *A²BCF* geus, *M* gieuz, *K* geuz, *H* gius, *eJ* gex — 79 *H* Laier; *G* uus, *K* uos; *F* lor cuide; *M* le leur dois, *I* le pior — 80 *A²* Laissie nos a; *I donne 3 v.:* Dex que nest h. a lestor Ia comperassent li grigois Mais tolu le nous a li rois — 81 *I* de lui — 82 *M¹* Des icele heure que n. f.; *n* sui — 84 *M²ACky* Que c. l. (*H* laiast) p., *I* Con l. armes a p. — 85 *F* Arme; *G* songes; *C* par s. par; *E* fallue, *M²* balue, *K* alue, *B* lulue, *A²M¹x* treslue, *HJ* trellue, *C* trelue (*cf.* 15327); *I* Pour s. ne p. tel folie — 86 (*AGJ*); *F* tornerons; *A²* Dunt nostre gens sera uencue, *I* Hui ferons la recreantie — 87 *H* li dist; *M²* T. d. a ses a. — 88 *M¹* mainent, *E* meinnent, *n* moinent — 89 *N* ce, *M* .j. — 90 *M²* Secorrons; *M* ignel — 91 *M²* Adoncs; *en* Lors lessierent — 93 *M²* hauzbers, *ek* escuz; *eK* pecoier, *M* depecier — 94 *M²* lances; *N* depecier; *ek* Et les blans (*M¹* bons) haubers desmaillier (*M¹* demeillier, *M* depecier) — 95 *CMM¹* grant; *H* hurteis, *Cek* poigneiz (*M¹* -is) — 96 *M¹* Le chaple et le hurteis, *H* Li caples et li poigneis.

Que cent des Greus i abaticrent
Ocis e mil en mahaignierent,
Si que le feie e le poumon   *15635*
15700 Lor pert a maint desus l'arçon.
Ci ot grant noise e grant esfrei,
Ci ot trop doloros tornei,
Ci ocit om e navre e blece.
Par vive force e par destrece   *15640*
15705 Ont le rei de Frise rescos,
Qui en esteit mout besoignos.
La ventaille li deslaçoënt :
Puis que il vif ne l'en menoënt,
Sempres i perdist la caboce ;   *15645*
15710 Mais n'en fu mie lor la force :
Des poinz le lor fist om voler   *15647*

15697 *A²* c. griiois, *x* c. des lor; *M²* gries, *K* grieus, *BM* griex;
K abatirent, *N* desselerent; *G* lor i descellent, *F* i desalerent;
C Q. mil des g. descheuacierent — 15698-727 *m. à E (bourdon)* —
98 *C* Et autre mil; *BK* mehaign., *C* meheign., *M¹* meheingn.,
M² maaign., *H* i cairent; *A²* Et m. des altres i laidirent, *x* Et que
les (*F* li) broignes desclauerent (*G* -ellent) — 15699-852 *m. à M*
(*1 feuillet disparu*) — 15699 *A²* Que les foies et les polmons;
M²CJKn li feie, *ABM¹* le foie, *H* li fic ; (*ABM¹* et le), *M²CHJKn*
et li; *HM¹* pomon, *AJN* pormon, *K* polmon — 15700 (*BJ* Lor
pert), *M²* En pent, *M¹* En pert; *J* a mainz; *C* Lor gissent par,
K L. gist deuant, *E* Lor pendent par, *A²* Lor espandent; *BJ*
desor, *C* desos ; *A²K* sor les arcons ; *A²Ln* Lor chiet par mi (*Ln*
chieent ius) sor le sablon, *I* L. cient des cors el s. — 1 *Ln* trepoi,
K effrei — 2 (*L*); *EH* Et ci ot d.; — 3 *n* an; *M²* bleice;
A²BCHKM¹ Polidamas maint (*M¹* ml't) en i b. — 5 *BCKn*
rescous, *H* -ols — 6 *n* ml't en e.; *H* desirous — 7 (*BCGHL*);
F deslacerent ; *I* Quant uif mener ne len pooient — 8 *x* Et des
que il u. lan m. (*F* menerent); *C* De puis que uif; *H* il issi len
m.; — 9 (*L*); *A* Maintenant p.; *n* la craboce, *G* lescharboucle;
M²A²BCHJKM¹ la i perdist por veir la teste, *I* la li fesissent
autre anui — 10 *G* fust m. soie la f.; *M²A²BCHJKM¹* Mais (*C*
Quant) troilus sor lui sareste, *I* Se iou onques grigois connui
— 11 *M²* a fait v.; *L* len, *R* en, *AGn* an; *F* lo list an; *A²BCHJ*
KM¹ Qui lor a fet des poins u.

      Si l'estut a mainz comparer.

        Donc vint Telamon Aïaus   *15651*

      O plus de treis mile vassaus

15715 Armez es chevaus Arabeis,

      D'armes e de confanons freis.   *15654*

      A redoter fait cist conreiz :   *15657*

      N'est pas merveille, bien est dreiz,

      Quar mout par sont bon chevalier,

15720 Pro e hardi e bon guerrier,   *15660*

      E tant par ont vaillant seignor

      Que nule gent n'ot onc meillor.

      N'erent pas Troïen partiz

      De l'estor ne del fereïz :

15725 Por tant lor en fu mout sordeis.   *15665*

15712 *(AIR)*; *G* as; *AG* mains, *I* maint; *n* auant; *M²A²BCHJKM'*
La li (*K* le, *M'* en) veisseiz afoler (*K* aff., *M²* decoler), *puis ces
2 v. :* Al brant forbi (*C* dacier) (*M'* As brans forbis) maint
chealier (*A²* Au b. trenchant f. dacier) Et mainte teste (*J* main-
tes testes) reoignier (*K* rooingnier) (*M²* Et afoler et maaignier,
A² Maint halt home maint chealier) — 13 *M²* Doncs, *BC* Dont,
xHJM' Lors; *BFR* i uint, *I* V. i; *H* Rois thelamon et rois; *M²*
aiaux, *FL* ayax — 14 *n* A; *I* .ij.ᵐ·, *K* .xx.ᵐ· — 15 *H* Arme; *I* en,
AC sor; *M²AHIM'N* arr. — 16 (*H*); *M²BCJKR* O a., *A* A a.;
A² Od helmes od; *M'JM'* e o (*v. f.*); *A²BCHKM'* gonf.; *I* La ot
maint confanon dorfrois, *x* Qui ualoient dargent lor pois;
A²BCHJKM' aj. 2 v. : De dras de soie et de (*B* v de, *C* de)
cendax (*A²k* -als) Orent couerz toz (*H* tos c.) lor cheuax — 17 *x*
fist; *EI* cis, *C* cest, *LM'* cil, *M²Bk* li; *A²* Ml't f. a doter, *I* A d.
f. m. — 18 *K* Pas n. m. — 19 *n* an s. li c.; *K* buen — 20 *tous
les mss.* Prou; *K* fort g., *M²BCHM'* f. et fier, *R* buen guerer —
21 *HM'* hardi s. — 22 *I* Cainc; *n* genz not ainz; *I* norent m.;
M²A²BCky Quil ne poent (*C* nel puet) (*B* puent, *M'* puent, *E*
porent) aueir m. — 23-6 *réd. à 2 v. dans x :* Les troyens uont
anuair Qui ualoient (*F* no uolent, *GL* ne u.) lo champ guerpir
— 23 (*A*); *M'* Norent; *M²* troiens, *HM'* troyens; *B* as t.; *I*
Nert nus des troyens; *A²* parti — 24 *A²* De la v griu eurent
laidi, *K* Del chaple ne del poigneiz — 25 (*A²*); *CK* Par; *M'* li
s., *B* plus s.; *I* lont ml't chier conpare; *H* Premiers fu as lor
grans s.

Cil vindrent abrivé e freis,
Sis vont ferir : mout i perdirent,
Onques anceis del champ n'eissirent;
Mais n'i porent foison aveir :
15730 De teus i estut remaneir, 15670
Qui mout volentiers s'en tornassent,
Se il poüssent ne osassent.
Mout ot ici estrange perte :
Des morz est la terre coverte.
15735 Vers lor batailles s'en tornerent 15675
Cil qui a grant meschief i erent :
Vont s'en ariere desconfiz.
    Reis Telamon s'est avanciz :
Polidamas vait envaïr
15740 E un si pesant coup ferir 15680
Qu'il l'abatié de son cheval :
Icist chaeirs li fist mout mal.

15726 *B* abrieue; *A²* poignant demanois; *I* Car cil qui u. abriue — 27 *M²* Sils, *BC* Ses, *A²H* Cax, *AM¹* Ceux; *x* Feru si sont (*N* les ont); *L* perdierent; *I* Si fierement les enuairent — 28 *F* encois; *L* Si tost conme il el c. entrierent, *M²* Voillent o non le c. guerpirent, *I* Chou sachiez que ml't i perdirent, *A²BCKy* Et ml't grant perte (*BCK* Et g. meschief) i recoillirent — 29 *A²FG* ne; *yI* Ne p. pas; *EH* fuison, *I* durce; *M²ABCK* Ne lor (*M²* lur) p. pas frois a. — 30 *BCI* tels, *F* ces, *GLN* cels, *A* ceus; *M²* estuet; *E* remenoir — 31 *K* alassent; *I* Ki u. sen tornissant — 32 *M²EKLn* poissent, *M¹* pois., *G* i puissent; *M²BCK* e o., *H* ou o.; *I* Se il faire le peussant — *Les v. 15733-16382 sont réd. dans G à 61 v. (voy. aux Notes* — 33 (*CL*); *EFHK* M. par ot ci (*EH* i ot), *M²BM¹* M. i ot ci — 34 *H* li place — 35 *KM¹n* la bataille, *M²* lor b. — 37 *M²A* Molt d. et m. leidiz, *HM¹* Toz les auoient desconfiz, *nL* Car cil les orent d., *A²* Ar. en uait mains d.; *CK* desconfit — 38 *tous les mss.* thel.; *A²* fu deuancis, *C* sen auancit; *K* Et r. t. senuancit — 39 *A²* Poll.; *C* esuair — 40 (*AIL*); *M²A²BDKe* Par uiue force (*M²* grant proece) e par air (*M²* hair) — 41 *I* Kil est keus; (*N* labatie), *AFL* labati; *M²A²BCKe* La abatu (*A²* Labati ius) de son destrier — 42 *FL* cheirs, *N* cheoirs; *AI* La parut bien que fu (*I* kil ert) uassal, *M²A²BCKy* La veisseiz molt bien aidier.

Tome III. 4

Mais Troïlus sor lui retorne,
Ceus d'entor lui ocit a orne ;
15745   O le brant d'acier le lor tout,   *15685*
Ço sacheiz bien, grant los en ot.
Trop gente retenue fist :
N'ot compaignon qui ne guenchist.
Polidamas est remontez :
15750   D'estrange gieu est eschapez,   *15690*
Quar, ço sacheiz, qu'iluec chaeit
Bien deveit estre lor par dreit.
D'iluec refurent derompu,
E sin i ot maint abatu,
15755   Ainz qu'il encontrassent Perseis.   *15695*
Mais cil orent les ars Turqueis,
E furent bien set mile e mais
Quis acueillent de plain eslais.
Traient saietes e quarreaus :
15760   N'i a d'aubers si forz claveaus   *15700*
Qu'il ne descloënt e desjoignent.

15743 (*L*) ; *M²A²BCKy* T. qui s. ; *A* Cert t. qui s. l. torne —
44 (*L*) ; *EF* Ces ; *C* dentors, *B* entor ; *A²* Cui il ataint, *H* Quan-
quil a. ; *BCLM¹* ocist — 45 *N* tot, *F* tost, *AL* tolt ; *BCJKy* lor
toli — 46 *M²* E, *An* Ce ; *L* Si s. qe ; (*L* los), *n* lox ; *BCJKy* Et
ml't grant pris (*B* fais) i recoilli — 47 *AK* i f. — 48 *e* conpeignon
— 5o *M²* iue, *B* iu, *C* geu, *N* lou, *EFK* leu ; *F* eschampez, *C* esc.,
B escapez — 51 *N* Car bien s., *F* C. s. b. ; *F* qiloc, *K* quilec ;
M²K charreit, *C* qerroit, *B* caoit, *EN* cheoit, *M¹* chaoit, *F*
cheist — 52 (*A*) ; *M²e* Lor d. e. b., *BCK* L. (*C* Molt, *B* Mors) d.
b. e. — 53 *K* Dilec ; *F* lloques refu derompuz ; *C* Mais diluec
furent ; *E* se f. — 54 *BC* Et sen, *E* Et san ; *n* Sen i ot ainz — 55
M¹ greiois — 56 *B* lor ; *N* tarqois, *F* torqois, *BC* turcois — 57 *n*
Et f. .xij. m. — 58 *F* Qi reqistrent ; *E* Qui les acoillirent desles,
N Q. les r. de ml't pres ; *M²KM¹* acoillent, *BC* acuellent — 59
B Tienent, *A* Volent, *M¹* seetes, *K* quarrials, *M²* -eus, *FM¹*
quariax, *E* quarr., *N* carr., *R* quarel, *A* carrel — 6o *CKM¹* dau-
berc, *AF* hauberc ; *AR* fort clauel ; *B* si fort haubers c. ; *BCM¹n*
clauiax, *M²* -eus, *K* -ials — 61 *K* Qui ; *EK* nes ; *C* disi., *B* dei.

Mil en navrent et mil en poignent,
Si que d'ambedous parz del cors
Lor en raie li clers sans fors.
15765   Ci ot ocise de chevaus.   *15705*
Paris le fait come vassaus :
Mout les damage a grant maniere.
Auques les ont fait traire ariere.
Ci ont tant Greu des lor perdu,
15770   Dont mout deivent estre irascu.
E si sont il : se il poëient,
Cil de Troie le comparreient.   *15712*
A comparer lor covendra :
Ja ainz li vespres ne vendra.
15775   De la bataille se traist près,   *15713*
Il e sa gent, danz Achillès,   *15714*
Vit que li suen mout i perdeient
E grant damage i receveient;
Par mi le champ vit mainte teste.   *15715*
15780   Les suens somont et amoneste

15762 *n* naureront m., *E* naurerent m., *M'* i muerent m. —
63 *n* damedous (*forme constante*); *C* des, *F* les — 64 *M²CK* li
s. c. (*C* clos), *M'* le cler sanc — 66 *M²* feit — 67 *M'* en, *n* an —
68 *K* Retraire les a fet; *M²* unt, *M'* a, *n* ot; *M²* feiz — 69 *M²*
gries, *M'* grieu; *E* g. f. ; *F* de l.; *J* o. g. durement p.; *M²E*
perduz — 70 *F* doirent, *B* doient; *E* Don chascuns est ml't
irascuz ; *M²* esperduz — 71 (*A*); *A²* funt; *BCJKy* Si sont (*EH*
font, *M'* ont) il uoir — 72 *M²* cump., *BCM'* conperr., *F* com-
par.; *A²* Ml't uolentiers sen uengeroient — 73-4 m. à *BCKy* —
73 (*J*); *A²F* Et, *I* Al; *M²* cump; *F* lo; *M²AR* estoura, *I* estora,
nL couanra — 74 *AR* Ci ainz; *I* Venir. iains uespre; *M²* li ven-
dra, *n* ne uanra, *AIR* ne sera; *J* lo iorz ne passera; *A²* Ia altre-
ment ne remanra — 75 (*BCL*); *AA²JRny* trait; *I* saprocha
— 76 *R* Lui; *M²* ses genz, *B* sa gens; *A²* Od sa grant g.; *JM'*
dant; *I* A. et cil quil mena - 77-8 m. à *K* — 77 *BCE* Voit; *ABC*
li sien, *N* li lor, *FL* sa gent, *I* grigois, *A²* li griu — 78 *M²* d. r.;
H Et ml't g. damace i auoient, *A²* Et m. g. perte i r.; *B* i
recouuroient — 79 (*HL*); *A²* Aual; *A²L* les chans; *M²BCJKe* veit
— 80 *K* Sa gent, *BC* Les siens; *B* semonst, *les autres* semont.

Qu'il le facent proosement
Tuit ensemble comunaument.
Lors ont les enseignes baissiees,
Que ja ne seront mais dreciees,   *15720*
15785   Sin ierent cent ensanglantees,
En cors de chevaliers entrees.
Ne porreit rien conter ne dire
La merveille ne le martire
Que i sofrirent cil dedenz.   *15725*
15790   Mout se contint bien la lor genz,
Mais tant fu granz li brueiz des lances
E tant i ot des meschaances,
Tant en i ot morz e navrez
Que de la place sont getez.   *15730*
15795   E puis qu'il furent esmeü
E sor eus ont levé le hu,
O le coilvert, quin fait martire,

1578 1-2 *interv. dans* M'; H Signor ne uos targiez nient Tornes
ensamble nostre gent — 81 B face; *en* J hardiement — 82 B com-
munelment, C -alment, *les autres* comunem. — 83 (*Jn*y Lors), M'
Doncs, K Donc, ABC Dont; M' ront; HJKM' bessies, EN -iees,
BCF baissies, M² -ecs — 84 F Qe; K la m., E ainz m., HJM'n ia
m.; *Jn*y ne s. d. (H haucies); K nierent, redrecies; C Q. ne s.
m. r.; M² drecees, BJM' -ies, F dricies — 85 AJKM' Sen, *En*
San; M' erent, *les autres* seront; — 86 HK boutees — 87 E Nel;
M'E riens, M' nus; *n* Nuls ne p. — 89 (H); BEK Que ci, C
Qenqi, M²A Quici; B sofroient; J Quen s. icil d.; C la lor genz
— 90 E si; C M. le firent b. cil dedenz — 91 C sont grant;
CM' li (M' le) bruit; B bruis, M²EFH bruiz, N branz, K frois;
B de — 92 C sont grant les, R i sort; M²BKM'R de; (K meschaan-
ces), *les autres* mesche. — 93-4 *interv. dans* BCKy — 93 *n* mort
et naure; M² T. i chiet des m. e n., BCKy Fuiant sen uont
uers la cite — 94 F de p.; EHn gite, BCe iete, K gete, M² leuez
— 95 *nI* Et des; C Et quant il — 96 *I* Si ont l. sour iaus; A fu
leuez li hus; BCKy Et achilles la perceu (EK parceu) — 97-8 *m.*
à N — 97 M² cuiuert; F Ou la cauert qi; L O le commun du
grant m., H Qui deus fait doleros m., I Tel glaiue en font et
tel m.; AA²BCJKe Al brant (E fer) dacier en (A quil) f. m.

Qui rien ne dote ne revire,
Mout les acueillent de randon.   *15735*
15800 La ot grant desbarateison,
La lor estut les dos livrer.
N'i ot puis rien del sojorner :
Toz desconfiz les en ameinent ;
Ço est la rien dont plus se peinent,   *15740*
15805 De metre les par mi le pas.
Mout s'en vait bel Polidamas,
E Troïlus dejoste lui.
Sovent guenchissent ambedui :
Grant merveille est come il tant durent, *15745*
15810 Quar maint des lor i socorurent
Qui tuit i fussent mort o pris.
Le brant d'acier retint Paris,
Qui d'entor lui deront la presse ;
Bien le refait li reis d'Aresse :   *15750*

15798 *k* Que, *BCJy* Car ; *AK* riens ; *A²* nes ; *J* C. uiel ne ione
ne, *n* Qi ne d. ne ne ; (*JM¹* reuire), *M²ABCFL* remire ; *I* Ke
nus nel puet conter ne dire — 99 (*J*) ; *M²A* Si, *n* Qi, *C* Mol ;
tous les mss. acoillent ; *C* dun r. — 15800 (*H*) ; *F* desbaret., *AM¹*
-oison, *E* -ison, *B* desbaratison, *C* -eson — 1 *M²ABCJKy* Cil de
troie (*M²* La bataille) laissent (*H* laient) ester — 2 *A* riens p. de
lui e. ; *M²* de plus ester ; *BCHJKM¹* La bataille car (*C* qe) p. e.
(*K* durer), *E* Nel porent pas pl. andurer — 3 *F* remoinent, *A*
menoient ; *BCKy* Ne (*E* Nen, *CHM¹* Ni) puecent (*C* puet, *K*
porent) mes (*H* car) greu les en meinent (*M¹* ml't par se peinent)
— 4 *M²An* riens ; *F* don ; *A* Cest la r. d. p. se penoient, *BCKe*
Toz desconfiz ml't par se (*B* sen, *C* sei) peincnt (*M¹* grieu les en
menent, *H* Qui por ax desconfir se paint — 5 (*BCKy* De m.
les) ; *n* Con dax m. enz, *M²A* Que delz metrenz (*A* metre) ; *A* lor
p., *M¹* les p. — 6 *M²* veit, *M¹* ua — 7 *M²* troillus — 8 *BC* guen-
cissent ; *n* Cil les fierent souant andui — 9 *M¹* quant il ; *n* que t.
i d. — 10 *F* Qe ; *N* mainz ; *M²* M. de lur genz ; *BCKe* M. (*K*
Mainz, *E* Mes) d. l. lluec (*K* ilec, *BC* illuec, *M¹* illeuc) s. — 11
BCn Que ; *BC* tot ; *F* t. f. et m. et p. ; *N* t. fuoient m. ; *M¹* t.
refusent — 12 *N* bran ; *AM¹* retient, *BN* tenoit, *Fn* tint nu, *C*
retrait — 13 *M²BCKe* Enuiron l. depart ; *A* desfait — 14 *n* lo
rois ; *F* de resse, *L* darese ; *BCKy* Ml't le fait b. li r.

15815   Bel s'en vienent tres lor tropeaus.
        Des gieus n'ert pas lor li plus beaus,
        Quant li Bastart les socorurent,
        Qui entre eus afiënt e jurent
        Que ja le comparront li lor.   *15755*
15820   Poignant en vienent a l'estor :
        Par mi Grezeis se sont plongié,
        Teus trente en ont deschevauchié,
        Dont li plus a la mort baaille.
        Ha ! quel chevalier en bataille!   *15760*
15825   Quel por granz presses departir
        E quel por granz estors sofrir !
        Com vassaument icil s'aiuënt,
        Si que toz les conreiz remuent!
        O les espees reluisanz   *15765*
15830   Lor font les heaumes toz sanglanz.
        Entre eus abatent Telamon :

15815 *M²K* Biau, *E* Bien, *M¹* Ml't, *A* Cent; *M¹* uiegnent, *B*
menent ; *n* B. an moinent lor (*F* les) t. ; *M²EK* tries, *BC* triers;
AM¹ a grans t. ; *N* tropeiax, *M²* -iaus, *BCKe* -iax, *F* -eax — 16
A De lui; *M²AEKn* nest; *M¹* suens; *M²* diaus — 17 *C* Q. li
autre les soccorent — 18 *E* safient, *K* afhierent — 19 *M²* conper-
ront, *F* -aront — 20 *N* an — 21 *M¹* greiois (*forme constante*); *An*
Tres p. mi grex (*A* griex); *F* poingie, *M²* plungiez, *M¹N* -ie —
22 *BCKe* Maint (*C* Molt) en i ont (*CM¹* ot); *M²* deschauauchez,
A descheu. — 23 *M¹* le p.; *F* baille — 24 *M²* Λ; *M³BCEKN* quex
(*K* quels) cheualiers — 25 *M²ny* Quex, *BL* Quels, *C* Et; *A²* les p.
— 26 *BK* quels, *C* qes, *M²A²en* quex; *A²E* fornir — 27 (*J*); *EHN*
uasalmant, *F* -ent; *A¹K* icist, *M²* cist se, *H* il si, *A²CE* ici ; *A¹*
sesduent, *FM¹* sauent, *B* saieuent, *E* saident; *I* Tant uiuement
se demenerent — 28 *E* remirent; *A¹* Tote la bataille r., *A¹* Que
tot li conuoi se r., *I* A poi que tous nes reuserent — 29-30
interv. dans C — 29 (*ALR*); *I* Alor; *M²A¹A²BCJKy* As espees
trenchanz (*K* A lespee trenchant) dacier — 30 *A* Lors; *F* hau-
mes, *NR* hiaumes, *A* elmes; *R* h. s. (*v. f.*); *n* t. l. h. s., *I*
plaies gries et cuisans, *M²A¹A²BCJKy* I (*C* Et) font (*H* F.)
mainte teste saignier (*BM* seign., *E* seiner, *A²C* trenchier, *H*
roognier) — 31 *F* En autrue a.; *M³AA¹A²BCKen* thel.

Saisi l'aveit Margariton,
Quant i sorvint danz Achillès,
Qui si le fiert de plain eslais   *15770*
15835 D'une lance par la forcele
Que detrés l'en saut la lemele.
La lance froissa a plain pié.
Ainz qu'a terre fust trebuchié,
L'en ont fors de la presse trait,   *15775*
15840 Ha ! tant i ot crïé e brait !
Quar cist par esteit si vassaus,
Si beaus, si proz e si leiaus
Que trop en sont li suen irié.
Ne li ont pas le tros sachié,   *15780*
15845 Ainz l'en portent vers la cité.
A com grant duel i a entré !
Com plorent dames e puceles,
Enfant e toses e anceles !
Sus el palais le meinent dreit.   *15785*
15850 Quant Hector, sis frere, le veit,

15832 *B* -eton — 33-4 *A²* *dével. en 4 v.; voy. aux* Notes — 33
M²ABCK auint; *M¹* dant; *I* Q. uenus i est a. — 34 (*CI*); *M²*
Quensi, *K* Que si; *B* les; *nL* Qi lo feri — 35 (*A*); *I* enmi; *A²*
De la l. quen; *nL* qe par derriere —36 *IK* detries, *E* derriers, *B*
-ier, *C* deriere, *AM¹* -ier; *ABCKe* en; *AB* pert; *A* boelle; *A²*
Li a enbatu la l., *nL* Li saut a force la baniere — 37 *en blanc*
dans N; *A²* Sa; *M¹* bruise, *BE* brise, *K* uole; *C* Li auberc
trenche; *BCKe* en .ij. moities (*E* mit.), *M²* a dous piez; *F*
froisse au poig, *A* fraint a bon; *I* Et la l. froisse a — 38 (*AA²*);
n A qil laust ius t.; *I* lait; *F* trabuchie, *M²* trebuchez, *Ke* -iez —
39 *M²BCe* hors — 40 *N* He — 41 *KM¹n* cil, *B* cis; *M¹* tant —
42 *E* Si bons si preuz; *K* proux; *N* Et tant par esteit p. et biax
— 43 *C* De; *B* sien; *M¹* li son ire, *E* desauancie — 44 *e* Mes nen
o.; *C* ot; *B* tronc, *C* troz, *M²* trous, *K* cors; *n* Ainz qil aust lo fer
(*F* fier) — 45 *M¹* Einz; *B* lemporte; *n* Lan porterent; *M²BCKe*
en la — 46 (*A*); *BCKM¹N* Ha; *A* com fait, *E* ml't g.; *K* duol
(*forme const.*); *F* troue, *B* mene — 48 *M²* Enfanz, *F* Anf., *N* -ant;
M¹ meschines — 49 *BCE* len; *F* lo moinent, *N* lan portent —
50 *M²N* freres; *M²* Q. sis f. h., *BCke* Et q. s. f. h.; *M¹* son frere.

Si li estreint li cuers e serre,
Por un poi ne chaï a terre.
Sor une coute fu posez :
D'angoisse s'est treis feiz pasmez.   *15790*
15855   Hector demande qui ç'a fait;
E cil li ont sempres retrait
Coment e ou ço li fu fait :
« Par Deu, » fait il, « ci a mal plait.
« Bien me devreit li cuers partir,   *15795*
15860 « Quant jo contre eus ne puis eissir.
« Mais jo nel puis plus endurer :
« La m'en estuet par force aler
« Cestui vengier, se fairel puis.
« Se jo dedenz le champ les truis,   *15800*
15865 « Il me lairont sempres lor guage :
« Ja lor vendrai chier cest damage.
« Toz jorz sereie mais honiz,

15851 *n* len; *eBCF* estraint, *N* -oint, *K* esteint; *M'* le cuer
— 52 *eN* par; *M²BCKe* Que (*M²* Qua) p. un poi ne chiet, *A²*
Por poi quil ne chai; *K* arriere — 53-4 *interv. dans A²* — 53
Ici M reprend; *M'* Sus; *FM'* cote, *C* coutre, *M²K* colte, *E* coste,
B keute; *A²* A terre fu li cors; *C* poussez — 54 *M'* Dangoise;
C fu; *A²* La sest hector; *n* Antre ses braz chei p. — 55 (*HIJ*); *F*
qe; *FR* ce, *CL* ce a; *A²* Puis d. ki a ce f. — 56 *I* Et il; *N* ma-
nois, *A²* ml't bien; *M²* retreit, *CKM'* Et on (*CK* len) li a; *M*
ml't tost r., *JK* dit et r. — 57 (*ALR*); *M²A²BCJky* Qui le naura
ou e coment, *I* V chou li fu f. et c. — 58 (*R Per*); *AL* Par foi,
K P. de; *A* mauplait, *M²A²BCJky* quant il lentent; *I* A f. il or
uait malemeut — 59 *MM'* le cuer — 60 *M²* contrelz; *nM'* Q. ie
ne p. c. aus, *K* Q. encontre els; (*M²* cissir), *les autres* issir (*de
même partout, sauf avis contraire*) — 61 *FM'* ne; *F* mais and.;
M²K Ie nel p. m. plus, *M* Mes nel p. m. pl., *B* M. ne p. pl. or
— 62 (*BC*); *FM'* me; *K* estuot, *nM'* couient — 63 *B* fer le,
EK faire el, *M* f. le; *M'* fere p., *n* onques p. — 64 *F* lo, *E* le —
65 (*B*); *AMe* mi; *K* larront, *E* leiront, *L* lera; *K* co quit; *Le* le,
n les; *nA* gages — 66 (*C*); *eBK* Ie; *nAL* Deuenuz sui des or (*F*
ore) trop sages (*L* sage) — 67 *H* Tos dis en s. h., *nA* Trop par
s. ore (*A* me s.) h., *I* T. p. deuroie estre h.

« S'ensi lor esteie guenchiz;

« Mais il le verront jusqu'a poi,   *15805*

15870 « Qui qu'en ait duel, ire ne joi. »

Del cors li ont traiz les escliz,

E cil est devant lui feniz.

Donc demande Hector son destrier

E dit que il l'ira vengier :   *15810*

15875 Sempres montast, mais li reis vint,

Qui a grant peine le detint.

    Devant les lices des fossez

S'esteit li torneiz arestez.

Grant piece lor tindrent le pas,   *15815*

15880 Quar venuz i fu Eneas

O teus trei mile chevaliers,

Qui mout josterent volentiers

E mout s'i aïdierent bien.

Mais por veir sacheiz une rien :   *15820*

15885 Granz desconforz lor est a toz,

15868 (*A*); *K* Se li; *I* guencis; *E* Se lor e. einsi ganchiz, *H* Se or lor e. failis — 69-70 *A²* *donne d'abord la leçon de BCJky, puis celle de nL* (*cf.* -85-86) — 69 (*A*); *R* Mas il lo ueront; *M¹* tres qua; *nA²L* Il me lairont (*F* sauront, *A²* uerront, *L* rauront) sanpres mon uoel, *I* Encor me uerront hui mien u., *A²BCJky* Mes ia (*I* ie) men istrai (*M¹* -oi) hors (*A²HK* fors) de troie — 70 *I* oit; *nA²IL* ioie ire ne d.; *H* Qui qui en ait dolor u i. — 71 *M¹* treiz, *kEH* trait; *M* eschiz; *I* Ne tarda gaires longuement — 72 (*H*); *M²* dauant; *M²ek* d. lui e. f.; *I* Que cil morut dont sont dolent — 73 *M²* Doncs, *n* Lors; *I* rouua; *y* H. d. — 74 *M²* qui il, *M¹* que ia; *M* quil lira ia — 75 (*AI*); *ky* Monter uoloit; *En* quant li r. — 76 (*HI*); *M²* o; *N* granz poines; *F* poine; *M²* retint — 77 (*L*); *BCJek* doues, *A²H* deuues; *A* dun fosse; *N* fosez, *F* fousez — 78 (*AL*); *M¹* Estoit, *M²EJk* Se fu — 80 *M¹* i ert, *ELn* estoit — 81 *M²E* tiels treis; *n* O (*F* Ou) lui; *e* .vij. ᵐ· — 82 *M¹* iostoient — 83 (*L*); *k* Et m. par si, *A²* Et qui m. si; *M²* se; *F* aiderent, *K* edierent — 84 *M²* sachez, *AA²ky* uos di; *F* Et ml't bien sachoiz; *N* Une chose sachiez m. b. — 85-6 *A¹* *donne successivement la leçon du texte critique et celle de nL* — 85 (*A²R*); *M²MM¹* Grant; *AMM¹* desconfort; *H* en; *E* ert; *nL* Ml't estoient desconforte.

E meins en sont hardiz e proz,
De ço qu'Ector nen est o eus.
Quant Achillès le sot li feus,
Ne preisa puis guaires lor genz,   *15825*
15890 Ainz dit que ja les metront enz.
Agamennon l'est alez dire :
« Quar chevauchiez, » fait il, « beaus sire,
« Sis alons toz ocire e prendre,
« Quar il ne se porront defendre.   *15830*
15895 « N'ont pas Hector, hui ne l'avront :
« Guardez por quei nos contrestont.
« Sacheiz que hui ne s'en istra.
« Mout le regretent cil de la :
« Ne se sevent senz lui aidier.   *15835*
15900 « Faites cez conreiz chevauchier,
« Si seient ja si envaïz,
« Mil nos en laissent de pasmiz. »
A tant s'esmuevent li conrci

15886 *R* ardi, *A* hardis, *C* uaillanz; *A²* Et chascuns dels en
est mains pros, *BM¹* Et m. (*B* maint) en ert chascuns dels p., *E*
Ml't an estoit c. moins p., *H* Et forment est c. m. p., *A²LN* Et
ml't moins ierent (*N* erent) redote (*A²* en furent m. dote), *F* Et
m. mains estoient dote — 87 *A²Ln* Por ce; *BCMR* ni est, *E* nes-
toit, *J* nest mie; *AM¹* que h. nest; *A²HLn* que h. ni estoit; *A* aus
— 88 *M¹* set; *M²* felz, *M* feulz, *JK* fels, *M¹* fex, *A* faus, *E* fax;
H dire looit; *A²Ln* Et quant a. lapercoit — 89 *M* Ni; *EMn* prisa,
K prise; *F* guere — 90 *EFK* Et dit, *HN* Et dist; *K* metreit, *F*
manront — 91 *N* lez; *KM¹* ale — 92 *eK* biau s. — 93 *enM* ses;
K alon; *M²Ne* ocirre — 94 *N* Que; *ek* Ne se p. uers nos, *M²*
Car il ne sunt o quei — 95 *n* N. mie h., *M²A* N. pas h., *ek* N.
point dector; *A* nil ne — 96 (*AJ*); *F* uos; *E* contendront — 97
M² Sachez, *n* -oiz, *e* -iez (*formes ordinaires*); *K* oi (*forme cons-
tante*) — 98 *E* Et longuement cil de dela — 99 *M²* Ne sieuent;
E cidier, *K* ed. — 15900 *F* les, *K* uoz — 1 *KM¹* enuai, *M* -hiz,
F anuahi, *N* -ai; *E* Ses alons ia si anuair — 2 *M²* i l.; *K* M. en
remaignent, *M¹* M. en i soient, *n* Qe mort s. et; *KM¹N* espasmi,
F esbahi; *E* M. an i fesons espasmir — 3 *F* se murent, *KN*
sesmurent, *M²* sesmoeuent.

L'un avant l'autre senz desrei.   *15840*
15905 Ja i avra mereaus mestraiz :
       Ne puet ainz remaneir li plaiz.
          Li dus d'Athenes vint premiers,
       Bien o dis mile chevaliers,
       Sor les chevaus, les armes prises.   *15845*
15910 N'i ot puis fait autres devises,
       Mais maintenant les vont hurter
       E les forz escuz estroër.
       Ici leva si fier estor
       E tant i perdirent des lor   *15850*
15915 Que il n'est se merveille non.
       Dès ore i vuident li arçon :
       Iluec ot mort maint bon vassal,
       Par le champ fuient li cheval.
       Philemenis de Paflagloine,   *15855*
15920 O la soë gent, senz essoine,
       Josta o les Atheniëns :

15904 *EFK* Luns ; *n* troi et troi — 5 *en* meriax, *K* marrials, *M*
merriauz ; *M²A* merel mestret (*A* -ait) — 6 *N* remenoir, *M²Ae* de-
partir ; *M²A* le plet — 7 *M¹* Le duc ; *M²* datheines ; *F* primiers —
8 (*A*) ; *M²Me* ot, *n* a ; *K* O bien — 9 *M¹* sus ; *M* leur — 10 *k* Puis
ni ot (*M* ont) f. — 11 *F* ua, *N* uait — 12 *H* lor ; *A²* Et les e. tos e.
— 13-18 m. à L*n* ; 13-4 *interv. dans* M²A²BCJky — 13 *A* Iluec ;
R par ot ; *I* Chi rot leue un tel estor, *A²* La ot comencie dur e.,
puis ces 2 v. : Grant bataille grans chaplisons Dambes pars grans
occisions ; *CHM¹k* Ci (*M* Ici) comenca (*M¹* -e) li (*H* le) fier (*C* si
fort) e., *E* Ci comencierent li a., *B* Ci recommenca f. e., *J* Au
comencement de lestor — 14 (*AR*) ; *A²H* Et ml't i, *M²BCJek* Mes
molt i, *I* V tant par — 15915-16230 m. à *J* (*2 feuillets perdus*) —
15-6 m. à *A²* — 15 (*AH*) ; *CM¹* Que ce nest — 16 *A* i uindrent ;
M¹ uident, *CEHKR* voident ; *I* or widierent ; *y* Danbedos parz u.
a., *kC* Dandeus (*M* Danbe .ij.) p. u. li a. — 17-8 *I* Mains bons
destriers sen uait fuiant Ki son seigneur laisse gisant — 17 *MM¹*
Illcuc, *K* llec ; *H* sont ; *AR* Si (*A* Sel) remainnent de (*A* des) bons
uasaus — 18 *A²* Par les chans corent ; *AR* Qui ens son (*R* el) ch.
gisent mortaus — 19 *LMN* Fil., *H* -eminis, *C* -omenis, *M²KRy*
Filim., *F¹* Philim. ; *M²M* pafagl., *M¹* pafag., *F* parflag., *R* passa
gloine — 21 *HL* od ; *F* auoc les athenians ; *C* atheniez (*sic*).

Sos di bien qu'en si poi de tens
N'oï onques nus hom parler
De tant chevaliers decouper. *15860*

15925 Grant sont e fort Paflagoneis
E mout redotent poi Grezeis ;
Ne sevent rien de coardie,
Mout fut riche lor establie.
Trop le fist bien Philemenis : *15865*
15930 De mainz en ot le jor le pris.
O le duc d'Athenes josta :
En la boche si le hurta,
Quatre des denz li fist voler
E del cheval jus enverser. *15870*
15935 Ne li lut pas sor lui descendre
Ne son cors pas saisir ne prendre.
Trop i aveit des suens assez :
De la place fu tost levez ;
Vers les herberges l'en porterent *15875*
15940 Cil qui grant duel en demenerent.
Palamedès les encontra,
Qui por un poi ne s'en desva,
E dit que ja le comparront

15922 *N* Si uos di quen; *M²ABCFLky* Si (*M²* Se) uos di
(*M²* de) b. quen tant (*FL* pou) de t. — 23 *A* nuls, *M²* nul; *MM¹*
hons — 24 *KN* tanz; *M²* cheualier; *M¹* decoler — 25 *M²EM* pa-
fagl., *M¹* pafag., *L* plafag. — 26 *MM¹* greiois — 27 *M²* sieuent
— 28 *A* assaillie; *M* M. par ont fait r. enuaie, *ek* La gent
de grece ont ml't (*K* trop) ledie — 29 *ek* Ml't; *n* fil., *M²ek*
filim. — 3o *M²F* maint — 31 *F* Ou le dus, *E* Au fier duc; *F* da-
thene, *M* dateine, *M²* -es — 32 *n* Si quen la boche le naura —
34 *KM¹n* Et i. d. c.; *N* aualer, *F* aualler — 35 *A* lest; *k* Ne
se uolt pas, *C* Ne uolut p. — 36 *EH* Ne le suen cors, *A* Ne pas
son c., *n* Ne pot (*F* puet) s. c.; *C* Ne par lui retenir — 37 *n* des
lor; *M* T. rauoit d. siens — 38 *K* T. fu de la p. l. — 39 *M²* ses
— 40 *K* duol (*forme constante*) — 41 (*CLR*); *n* Polidamas — 42
n Qe; *M²N* par, *R* per ; *M²CFLe* se; *L* deua; *e* A po de duel,
C A poi qe toz; *M* A poy se tint qui ne d., *K* Por un petit ne
forsena — 43 *E* Ce dit; *M¹* conperront, *F* -aront.

Cil qui ç'ont fait, ja n'i faudront.   15880
15945   Les escuz ont pris e saisiz :
Jan i avra de toz marriz.
N'i ot onc puis frein retenu :
A la bataille sont venu
Plus tost, ço sacheiz, que le pas ;   15885
15950   Puis si les vont ferir el tas.
Froissent e peceient les fuz
O en chevaus, o en escuz,
O par mi cors de chevaliers.
Ci fu li estors mout pleniers,   15890
15955   Ci ot estrange chaplerece
E de Perseis tel traerece,
Ci ot si fait destruiement
E si mortel torneiement
Que nel porreit nus reconter.   15895
15960   Nel porent pas plus endurer
Icil dedenz : desconfit sont ;
Sacheiz trop laide perte i font.
Par mi les lices se sont mis :
Mout en i ot e morz e pris.   15900
15965   Es doves chieent des fossez.

15944 *M²M¹* ce ont, *K* lont; *F* ne — 45 *F* ot — 46 *E* Ja en i
a. de m. — 47 *N* A. puis ni ot ; *M¹* ainc, *E* ainz; *FL* Ainz ni ot
pl. (*L* puis) ; resne t. (*L* plet ret.), *M* Ni ot p.; *H* Il ni ot ainc
puis f. tenu — 48 *L* En — 51 *N* li f. — 54 *K* Si; *E* bien p., *K* si
p. — 55 *H* Ici ot riche; *M* chaplerie, *K* caplerece, *F* chapleiz, *A*
-is, *H* capl. — 56 *M²K* t. (*M²* grant) traierece, *M* t. traierie, *F*
tiel traeiz, *A* grans traieis ; *e* Et despee tel tinterece (*M¹* -ece),
H Et despees gran tueis — 57 (*A*); *KN* fier, *M²Me* grant; *K*
torneiement — 58 *M²* mortiel; *K* destruiment, *A* -isement — 59
M² riens; *F* pas nus conter; *C* rac.; *K* Q. n. nel p. r. — 60 *M*
Ne; *F* porrent — 62 *n* S, qe; *M* leide; *A* laidement sen uont —
63 *M²Aek* les ont m. — 64 *K* M. par en ot ; *nAL* et (*A* de) morz
et (*A* de) pris ; *K* ilec docis, *eM* iluec o.; *C* Et sen i ont assez
o. — 65 *F* As boues; *N* bones, *H* deuues; *FM¹k* chient, *M²*
cheient, *H* caient.

Ainz qu'en fust enz li tierz entrez,
I orent si grant perte faite
Que ne porreit estre retraite.
Totes les lices premeraines   *15905*
15970 Ont cil defors en lor demeines ;
Es barbequanes les ont mis.
La se contint mout bien Paris :
O le brant d'acier de color,
Lor en a maint ocis le jor.   *15910*
15975 Ha! com le fait bien Troïlus !
Ne s'en apruisme de lui nus
Que sempres ne l'ait comparé :
Teus chevaliers ne fu onc né.
Polidamas com le refait !   *15915*
15980 Icil retient le brant nu trait :
Tant en ocit, tant en mahaigne
Qu'en vermeil sanc trestoz se baigne.

15966 *M²M* que; *K* quenz en f.; *n* Ancois (*F* Enc.) que f. li t.
passez — 67 *F* l ont si g. p. lors f. — 68 *E* Quel ; *K* Ne p. pas,
M² Qui ne vos puet — 69 *N* prim., *F* -cines, *M²* premejreines,
E premereinnes, *K* dederaines — 70 *M²Me* dehors; *MM'n* de-
maines, *E* -einnes — 71 *E* barba-, *M* barbaquenes, *M'* -canes,
N -chanes, *K* barbecanes — 74 *K* en ot; *en* ml't; *M* mort assez ;
e tolu — 75 (*I*); *A²* Deus com, *HM'* Si bien; *M²* la, *A* lot; *yM* le
refait, *B* le refist — 76 *F* si; *M²* apresme, *B* -oisme, *M'* -ime, *EM*
-isme, *R* aprosima, *ACIKLn* aproche; *F* a lui, *IL* uers l.; *A²* De
l. ne sen aproche n. — 77 *M²A²BCek* Quil (*A²BCKM'* Que, *M*
Qui) nel (*B* ne) compert (*M²* conpiert, *M* -art) molt (*B* bien) lede-
ment (*M²* eigrement), *H* Que ne le c. malement, *A* Que tantost
ne soit compare, *nL* Que s. nel c. ml't chier, *I* Kiluec ne soit
mors u naures — 78 *M²* *A²BCek* B. (*B* Or) mostre (*M²* monstre)
iluec (*K* ilec, *MM'* illuec) (*e* lor mostre, *C* pert enqi) son har-
dement (*M²C* ardement), *A²* Il lor monstra de son talent, *A* Tel
cheualier ne uit nul ne, *IR* Tels ch'rs ne fu anc ne (*I* ainc
nes), *nL* El monde na tiel cheualier — 79 (*A*); *A²* bien le; *M²*
refeit; *R* colore fait — 80 *F* tient, *M²E* retint; *M* branc, *N* bran
— 81-6 *m. à DM'* — 81 *ABCk* ocist; *A* T. o. deuls; *H* T. en
i ocit et m.; *K* meh., *E* maheingne, *M²* maaigne — 82 *ek* s. u.;
M trestout; *H* Que en s. u. tot, *An* Que el s. de lor cors; *EH* si.

Mout se contient proosement :
S'il a damage, chier lor vent.   *15920*
15985 Philemenis li granz, li proz,
Ços di por veir, i est sor toz :
Ne giete coup qu'il n'en ocie
A l'espee d'acier forbie.
Mout le font bien : mais ço que chaut ? *15925*
15990 Ne monte rien ne ne lor vaut.
Puis que tel gent est resortie
E de champ sevree e partie,
N'est mie puis chose legiere
De faire les torner ariere.   *15930*
15995 Par mi les portes de la vile
En sont entré ja tel vint mile,
N'i a un sol qui semblant face
De retorner ariere en place.
Li criz lieve par la cité :   *15935*
16000 Merveilles sont tuit esfreé ;
En la vile sort tel esfrei
Que nus n'i est seürs de sei.
Montent sor murs e sor portaus :

15983 *M²EHM* contint, *N* deffant, *F* defant ; *EHN* hardie-
ment, *F* ard., *M* prois. — 84 *F* ont — 85 *M²AEHn* Fil., *K*
Filim. ; *nK* biax, *EM* genz — 86 *AF* Uos di ; *N* P. u. uos di,
CEHk Icil p. u. ; *A* quil est ; *M²* Icil i est de sor trestoz — 87
M²M gete, *M¹* iete ; *AEN* un (*E* cun) nen (*H* en) ; *M²* qui ne
nocie — 88 *C* O ; *CH* trancant — 89 *M¹* ne que ; *A* qui, *E* cui,
CK quen ; *nM* uaut — 90 *ekA* R. (*K* Riens) ne lor m. ne ne u. ;
n Ne lor m. ne — 91 *An* Des que ; *M²En* tex (*M²* tiels) genz, *M*
leur gent ; *n* remuee — 92 *N* Et del, *M¹* Et du ; *N* p. et seuree ; *M*
Et par force de gent p., *F* Del c. p. et deseuree — 94 *N* Del refaire
— 95 *n* la porte — 96 *M²B* ia entre ; *M* entrez ; *k* tex, *M²* tiels,
M¹ tiex ; *n* En i a ia (ia *m. à F*) antre .x. m. — 97 *F* que — 98
M²FM¹ ariere, *M* arrier, *E* -ers — 99 *M²* citie — 16000 *ek* Que
li lor sont de (*K* del, *M¹* du) champ gite — 1 *M²* sorst un, *nM¹*
ot un, *E* auoit, *K* a si grant ; *K* effrei, *M* -oi — 2 *A* riens ne fu ;
ek nus ni prent regart, *n* chascuns ot peor (*F* paor) — 3 *M¹*
sus... sus ; *K* portals.

      Li criz i est si comunaus   *15940*
16005 Que sempres cuident estre pris ;
      Mout sont de grant paor sorpris.
        Hector escoute e ot e veit
      La merveille qu'il aparceit
      E le damage e le martire,   *15945*
16010 Que rien nel set conter ne dire ;
      La cité veit tote esmeüe
      E la novele a entendue
      Que par les portes les ont mis.
      Li sans li est montez el vis   *15950*
16015 E li cuers del ventre engrossiez.
      Tant par fu desvez e iriez
      Que nus ne s'ose traire a lui :
      « Par Dieu, » fait il, « mout grant enui *15954*
      « Devreie aveir, quant jo suis vis. »

16004 A^2K comunals; A^2 aj. 2 v. : Dommes de femmes et denfans La fu li deols merueilles grans — 5-6 *interv. dans I* — 5 (*AB*) ; A^2 Kar; *n* Sanpres cuidoient, *I* Mais tout cuiderent — 6 A^2BCek Et tuit (A^2B tot) detranchie et ocis (*M* ochis), *An* Ne sai que plus uos en deus — 7 (*AI*); M^2A^2BCky entent; *F* oit; *L* et tout uoit — 8 *K* si a., A^2 qui la estoit; M^2BCM' aperceit — 9 La grant dolor — 10 *n* riens, M^2Ek nus; M^2EFM ne; *FK* seit, M^2 pot — 11 *n* Et ot (*F* oit) la c. — 12 M^2K E a la n. e. — 13 *e* la porte — 14 MM' Le sanc li c. monte — 15 (*L*); *M* le; MM' cuer; *K* el u.; *n* angoissiez, *M'* engroisiez, *I* -oissies, *R* grosseç; *H* Li c. li est ml't e. — 16 *IR* Si par fu, *ek* T. p. est; *n* dolanz, A^2HI deruez; *H* T. e. d. et enragies; A^2 iros — 17 *F* Que nuls sause; M^2A riens; *A* nose garder uers lui; *R* n. aprosmer de l.; *n* t. u. l., A^2BCDky u. l. t. — 18 *nL* Par (*F* Por) deu f. il ml't g. e.; *M* est f. il; *AR* est il e.; *I* Or ai f. il trop; A^2BCDky Ml't par me doit (*K* puot, *BCM* puet) (A^2 Or me puet m.) f. il desplere — 19 A^2BCDky *dével. en 3 v.* : Que nus (*M'* nul) desdit (A^2 Quon me desfent) ce que ie uuel Par ml't grant ire et par orguel (A^2H P. grant i. et p. grant o.) Li sont (*D* ont) li oil (*C* Li o. li s.) troblé (A^2BH Li s. t. li o.) el uis; M^2 Que nis hors uers mes enemis, *I* Quant ie uoi mener mes amis, *A* Que uesqui tant qui ce souffris, *R* Cant ie uic t. ke ce soffris.

16020 En son chief a son heaume asis :   *15958*
       Lacié li a uns dameiseaus.
       Adonc refu li dueus noveaus :
       Plorent, criënt par mi la sale ;
       Mainte gente dame i ot pale,
16025 Por la paor que de lui ont.
       Ha ! las, ja mais nel reverront
       Qu'en aient joie ne leece.   *15965*
       Com grant dolor, com grant tristece,
       Qu'il ne poëit cel jor sofrir
16030 Qu'il li deveit mesavenir !
           Dedenz la sale, que fu peinte,
       Monte el cheval l'espee ceinte ;   *15970*
       Son escu prent, puis si s'en ist.
       Andromacha pasmee gist :
16035 Tel dolor a, n'ot ne ne veit.
       Prianz nel set ne aparceit :

       . . . .
       N'i alast mie, se devient.   *15975*
       Cil qui ne dote ne ne crient
       Est par les rues avalez :

16020 *HN* A; *A* elme, *M* helme, *M²* heume, *F* haume; (*LN*
asis), *K* assis, *M²BCIMRy* mis — 21 *F* un; *M²* dameiseus — 22
M² Adoncs; *KM¹* dels, *EF* diax, *N* diaus; *M²* deuls nouels —
23 *ek* P. et c. par la s. — 24 *M²Mn* M. d., *A* Ha tante d.;
M²An i deuint — 25 *eN* peor, *M²K* poor — 26 *M¹* He; *nA²* ne
lo uerront — 27 *F* Qil naient, *K* Quen oient; *I* Ke i. en a. ne
l., *A²* Por quen a. bien ne l.; *N* leiesce — 28 *K* Halas quel
perte, *A²* Ha quel dolor; *AF* et g.; *M²A²Iek* et quel ; *e* destresce
— 29 *M²* poent; *AE* Qant (*A* Que) il ne pot, *I* Kil ne sen pot ;
N ce, *I* le; *A²* passer — 3o *n* Que que (*F* qil) lan deust auenir,
I Ke tant li dut m., *A²* Que lui ne couenist finer — 31 (*A²*); *M²A*
Enz en ; *M* chambre — 32 *N* cainte — 33 *F* P. s. e.; *ek* et si —
34 *M* Andromaça — 35 *EM¹* quel not (*E* ne ot) ne u.; *K* T. duol
a que not — 36 *M¹* Priant; *M* ne; *M²* siet; *M⁴Fe* ne nap.; (*E*
aparcoit), *les autres* apercoit; *de même* v. -42 — 37 *F* Ne; *K* ses-
dauient, *M²Cen* se deuient (*C* deucent), *B* sil d., *D* ce d. — 39 *M²*
deualez, *F* auallez.

Tome III.   5

16040   De plus de mil fu aorez ;
        Mout ont grant joie receüe.
        Quant l'aparceit la gent menue,   *15980*
        Encontre lui vont tuit e corent.
        E de pitié braient e plorent :
16045   « Sire, » font il, « bien ont seü,
        « E mout l'ont bien aparceü,
        « Icil de Grece hui tote jor,   *15985*
        « Que n'estiëz pas en l'estor.
        « Bien i ont hui fait lor talant :
16050   « Des noz est la perte si grant
        « Que nus nel porreit reconter.
        « Mais or lor covient comparer :   *15990*
        « Jusqu'a petit n'i avra faille. »
        Hector avient a la bataille,
16055   Mais la presse par fu si granz
        Des desconfiz e des entranz
        Qu'a peine s'en pot fors eissir.   *15995*
        Sempres maneis a l'avenir
        Lor geta mort Euripilus,
16060   Qui d'Orcomeine ert sire e dus.

16040 *F* est a. — 41-2 *interv. dans ek* — 43 *F* corrent — 44 *n* ioie
— 46 *n* ont; (*KN* aparceu), *les autres* aperceu — 47 *M*¹ gresce; *n*
Nostre anemi — 48 *K* nesteiez; *M*¹*N* mie; *M*²*K* al estor — 49
M f. h., *K* f. tot; *M*ᵉ*k* feit; *E B.* o. h. fet de; *n* Ml't nos en
b. o. f. sanblant; *M*ᵉ*e* talanz — 50 *M*² nos, *M* nous; *E* i est
la p. g.; *n* Car li domages est (*F* i c.) si g.; *M*ᵉ*e* granz — 51 *n*
nel p. nus; *M*¹ recontier, *F* recourer — 52 *n* estuet — 53 (*A*),
*M*¹*MM*¹ Des qua; *Aek* sanz nule f. — 54 *F* auint, *M* sen u.;
eK en u. — 55 (*A*); *M* i estoit — 56 *A* rentrans, *F* fuianz — 57
*M*¹ penes, *E* peinnes, *N* poines, *F* poine, *M* paine; *k* puet;
*M*ᵉ*Me* hors — 58 *M* menois; *I* Si tost com il i puet uenir —
59 *MN* gita, *HM*¹ icta, *I* gieta, *M*ᵉ*ABCI* gete, *K* gite, *E* giete;
*M*ᵉ*AA*² euripulus, *I* euryp., *C* euripillus, *De* eurupilus, *HM*
erup., *L* eüxidus — 60 (*M*² dorcomeine), *K* -ene, *ELM* -enie
(*v. f. dans M*), *DIM*¹ -onie, *AB* dorconie, *n* doriande; (*Bk* ert),
*M*ᵉ*AM* iert; *enDL* estoit dus; *I* D. estoit cil d., *A*² Ki hals hom
fu et riches dus, *H* Qui dorchenie estoit uenus.

Ifidus ert cuens de parage :
Bon chevalier i ot et sage.   *16000*
A celui a le braz trenchié ;
Si l'a navré e mahaignié
16065 Que ja mais ne ferra d'espee.
La ot tante enseigne escriëe ;
Sonent tant cor, tant meienel   *16005*
E tant olifant grant e bel,
Tuit li murail en retentissent
16070 E li palais en rebondissent.
Bien fu Hector reconeüz :
Tant fu dotez li suens escuz   *16010*
Qu'en es le pas sont resorti
Trestuit si mortel enemi.
16075 Polidamas aveient pris
Al rescorre Philemenis ;
Par mi la presse l'en menoënt.   *16015*
Estrange joie en demenoënt,
Quar mout les aveit faiz iriez
16080 Par maintes feiz e damagiez :
Por ço li donoënt de granz

16061 *M'* Isidus, *D* Et si dus, *M²* Ysidus, *A* Ysidrus, *BCK*
Assidus, *A²* Esidus, *F* Esidius, *L* Euxidus, *N L* Ridus (*sic*), *R*
Onfrous; *M²MM'* iert, *A* riert, *LR* fu; *F* de parge, *M²BCDky*
merueillos; *A²* merueilles pros — 62 (*L*); *R* Ci ot buen chiualer;
F large; *M²BCDky* Fiers et hardiz et coraios (*H* orgilleus) — 63
F ot — 64 *E* mehangnie, *k* mehaignie, *M²M'* maai.; *n* Et de son
cors si anpirie — 65 *F* feira, *M²* referra — 66 *ek* mainte — 67
M²DKM' Sone; *M²E* maienel, *D* -ennel, *N* maenel, *K* meenel,
M' menuel, *F* moenel, *M* mangonnel — 68 *nM'* riche, *M* cler —
69 (*C*); *FIM'* mural, *A²* palais; *M²AI* rebondissent — 70 (*C*); *n*
Et tuit li ual; *M²AI* retentissent; *A²* Et les sales en retombis-
sent — 72 *ek* Tantost (*K* Tant tost) con fu (*M'* la, *M* est) aper-
ceuz — 73 *ek* En; *F* Qe nellopas — 74 *M²* mortiel — 75 *C* Poll.
— 76 *B* A r., *n* Au secorre, *K* Al rescore; *M* A la rescousse fu ;
M²n fil., *ekB* filim. — 77 *E* le hiaume — 78 *K* Cil qui grant i.
— 79 *M²* feit, *MM'* fait, *K* fet — 80 *M²* E m. f. en d., *ek* Et p.
m. (*M* pluseurz) f. d. — 81 *n* cos (*F* cox) granz.

Par mi le heaume de lor branz.   *16020*

Sa rescosse ert tote obliëe,

Ja n'en fust mais sachiee espee.

16085   Sovent fu Hector regretez

De ceus dont mout esteit amez ;

Mais bien l'orent reconeü   *16025*

Cil qui ariere sont venu :

Toz lor est li cuers revenuz.

16090   Polidamas fu socoruz,

Qu'Ector s'ala o ceus mesler

Cui laidement fist comparer   *16030*

La saisine qu'il en aveient :

Ceus a ocis qui le teneient.

16095   Donc les aqueut al brant d'acier,

Maint en i fait mort trebuchier ;

Par mi le pas les fait passer :   *16035*

Trop i perdent al rentasser.

Toz desconfiz les metent fors ;

16100   Mout gete Hector ames de cors.

Cil dedenz furent recovré :

A la trenchiee d'un fossé   *16040*

16082 *M²* heume — 83 *M²e* La; *E* resqueusse; *M²M'k* iert — 84 *K* la mes n. f.; *M²K* sachee, *F* -ie — 86 *F* tiex, *N* tex; *EF* don; *k* plus — 87 *n* M. quant; *M* Ml't b. refu, *K* Mes ml't lont b. — 88 *FM* arr., *EN* arrieres — 89 *M'* Tot l. e. le cuer — 90 *C* Poll.; *E* secoruz — 91 *n* Qe H., *M* H.; en*K* a; *M'* eus, *M* culz — 92 *FM'* Qi; *M²* leid. f. cump. — 93 *M²E* seisine — 94 *EF* Ces — 95 *M²* Doncs, *n* Lors, *E* Puis; *B* Dont les acuelle; *K* aquielt, *N* -iaut, *F* -ialt, *E* ataint; *I* Acuite la; *A²* Ml't les apresse el — 96 *M* en f.; *M²* feit; *A²* fist ius t.; *C* Molt en i f. mors trebucier; *nA* Onc ne fine (*F* fina) (*A* Ne fine heure) de detranchier, *I* Ne f. pas dels tr. — 97-8 *m. à I* — 97 *m. à E*; *M²* Par les destreiz l. feit; *A²* fist; *A* hurter; *n* En eslopas les font (*F* uont) h. — 98 *A²M'* Ml't; *n* reperdent; *e* au rantasser (*E* aj.: Au reculer au retorner), *A²* al entasser — 99 (*R*); *e* le; *F* moinent, *A²* maine, *R* gitent, *E* metent, *M'* iete; *M²Me* hors — 16100 (*AI*); *EN* giete, *M'* iete, *F* geta, *M* gietent, *F* H. armes; *A²* Tant trait h. annes — 2 *M²* del f.

       Rentassent si lor enemis,

       Mout i ont d'eus morz e maumis.

16105   C'est par l'esforz qu'Ector a fait.

       Quos en fereie plus lonc plait?

       Loinz as plains chans les ont empeinz, *16045*

       Si n'en fu pas lor li guaainz,

         Amirauz ert Leotetès,

16110   Cosins germains Diomedès,

       Riches vassaus e alosez

       E en l'ost bien emparentez :

       A cel traist Hector la coraille,   *16051*

       Quar une enseigne de Thessaille

16115   Li a par mi le cors passee.

       Cil chaï morz gole baee.

       Or le refont bien cil de Troie,   *16067*

       Dès or ront il leece e joie,

       Dès or resont il par egal :

16104 *K* M. en i ot; *n* Ml't an ont mort navre et pris — 5 *FM'* por — 6 (*corr.*); *M²ek* Que uos en f. l. p., *n* Q. u. f. plus l. p. — 7 *MN* Loing; *F* Loig es; *M'* enpains — 8 *F* gahainz, *E* -einz, *M'* gueains — 9 (*H*); *CDS¹* Amiraus, *M'* -al, *KL* -als, *MP* -alz, *R* -anç; *M²MM'* iert, *A'KRS'* fu; *S* Un amirault; *I* lyot., *A* theotetes, *P* leotedes, *F* leothedes, *M'* -tes, *B* -res; *L* A. estoit leotes — 10 *M²* germejns ; *MM'* Cosin germain; *ILMM'PS'n* dyom., *A²* fu achilles, *S* ert a. — 11 *LN* uasax, *A²* hom fu, *A'* hon ert, *I* hom ml't, *P* e forz, *M²BCS'ky* estoit, *F* rois est; *AR* honnorez, *LN* en., *F* hanoranz, *I* honeres, *S* -e — 12 (*AILR*); *S* enparente, *F* aparissanz ; *A'BCPky* Et de hardement (*A'* proece) trop (*C* molt) osez, *A²* Et de grant h. assez — 13 (*AIRS*); *A'A²BCPS'ky* Celui; *BRS'* trait, *HM'* trenche; *L* Hector li a trait — 14-16 *dével. dans M²A'BCS'k en 11 v., dont le 1ᵉʳ est aussi dans A²DPy* (*voy. aux* Notes) — 14 (*IRS*); *A* Si que lenseigne; *n* ansoigne ; *N* tess., *F* chess., *A* thez.; *M²A'A²BCDPS'ky* Enz (*H* Tres) el (*M²H* en)(*A'* An ou) mi lue (*M* El plus espes) de la bataille (*A² donne ensuite les v.* 16115-6) — 15 *S* Lor ot; *L* boutee, *S* butee — 16 *AILRSn* chei; *A'BCS'k aj. 4 v.* (*voy. aux* Notes) — 17 (*A²HIP*); *A* font m'lt b.; *S'* font b. icil ; *S* Ore le f. b. ceus; *L* Lors se raunent — 18 *K* Des ore; *A²EFky* ont; il m. à *F*; *A* De ce font il; *AN* leesce — 19 *A²* sunt il b. ; *H* ont il b. lor auiax ; *F* porangaus; *L* igals; *E* -ax, *M²N* -aus, *AA²M'Rk* -al; *B* ingal.

16120	Ço fait Hector, le bon vassal.	16070
	Quant Achillès veit la merveille	
	Qu'Ector lor fait e apareille,	
	Qui toz lor princes lor ocit,	
	A sei meïsme pense e dit	
16125	Que, s'il puet vivre longement,	16075
	A duel, a mal e a torment	
	Sont tuit livré senz retor prendre.	
	Mais mout voudreit a ço entendre	
	Qu'il le poüst desavancir	
16130	O a tel encontre venir	16080
	Qu'il li feïst l'ame roter :	
	A ço a mis tot son penser,	
	A el n'entent ne el ne fait,	
	Tote autre uevre por celi lait ;	
16135	A iço a tot atorné	16085
	E son corage e son pensé.	
	Ja mais n'avra joie ne ris,	
	Devant qu'a ses mains l'ait ocis.	
	La gent de Grece veit morir :	
16140	Tant a Hector force e aïr	16090
	Que tot ocit e navre e tue	
	E de la place les remue.	
	Bien le font cil de la cité :	
	Fortment se sont resvigoré.	

16120 *A²BKR* Cest (*R* Sol) par hector ; *M²* feit ; *M²CEMn* li bons (*M* bon) ; *KR* buen, *N* buens, *M²I* uassaus ; *nEH* uas. — 21 *H* sait — 22 *F* li — 23 *M²ek* Que ; *M¹* ocist, *M* ochit — 25 *EN* longuement — 26 *M²* mort — 28 *F* uoidroit ; *M* a cen — 29 *M²Ken* doist, *M* peust — 30 *F* Et ; *n* an — 31 *F* larme — 32 *AE* En ce — 33 (*L*) ; *AM* a el, *F* ne als, *K* ne riens ; *M²* feit — 34 *F* Et a. ; *LNR* Tot (*R* Totes, *L* Toz) autres oures, *ek* Tote a. rien, *A* T. proesce ; *M²An* por ce l., *E* por celui l., *M¹* p. cetui l., *IK* por ico l. ; *R* en l. ; *M²* leit — 35 *n* Et a ice a t. torne, *E* A ce a trestot a. — 38 *K* Dessi ; *n* quas m. laura o. — 40 *M²M¹* hair — 41 *n* Qil les ; *M* ocist — 42 *F* De la p. toz l. r. — 44 (*AL*) ; *K* F. resont, *M* Des or r., *H* F. en s. ; *K* esseure ; *M²M* ras ; *n* reuigore.

16145 Tuit s'en eissirent fors as criz.   16095
Puis que li monz fu establiz,
Ne vit nus hom tel tuëison,
Tel ocise, tel chapleison :
A cenz, a miliers s'entrociënt.
16150 Par la cité cornent et criënt,   16100
E as herberges ensement :
Ço est a vis a tote gent
Que la terre font soz lor piez.
Des morz est toz li chans jonchiez.
16155   Polibetès esteit uns dus   16105
D'outre les puiz de Caucasus :
Ço est vers Inde la Major.
Mout ot grant force e grant valor ;
Merveilles par ert proz de sei
16160 E mout aveit riche conrei.   16110
Nus hom el siecle trespassé
N'aveit veü plus bel armé :
D'or e de pieres precioses
Resplendissanz e merveilloses
16165 Erent si guarnement covert.   16115
Achillès l'aime, honore e sert,
Por ço que doner li voleit
Une soë soror qu'aveit.
Il ert chevaliers merveillos,

16170   A ceus dedenz trop perillos :   *16120*
        Le jor lor en ot maint ocis.
        Mais Hector l'a si entrepris
        Qu'il ne li puet plain pié foïr;
        En la place l'a fait morir:
16175   Tot le fendi desci qu'as denz.   *16125*
        E quant il vit ses guarnemenz
        Si riches e si precios,
        Mout fu de l'aveir coveitos :
        Oster les li voleit e traire,
16180   Mais Achillès, son aversaire,   *16130*
        I est venuz, qui les li viee.
        La ot mainte sele voidiee ;
        Ci rassembla si fier estor
        Dont maint perdirent la color.
16185   Hector e Achillès s'atainstrent,   *16135*
        Qui d'eus ocire ne se feinstrent.
        Mainte colee se donerent
        Sor les heaumes, qui resonerent,
        Que tuit en rompirent li laz
16190   Et tuit lor dolurent li braz.   *16140*

16170 (*A*); *K* molt p.; *n* Et de cels d. domaios — 71 *n* en a —
73 *M²K* plein — 74 *M* Quen; *AEMn* le f., *M¹* lesteut — 75
M²An de ci, *eM* de si, *K* dessi; *M¹* as, *A* es — 76 *M²K* les, *A*
ces; *F* garnimanz — 78 *n* De lauoir fu m. c. — 79 (*ABC*); *HM¹*
O. et t. li u., *I* T. et o. la li u.; *R* uoit et t. — 80 (*ABCR*); *En*
ses a., *HM¹* qui lapercoit; *I* M. cil ki gaires ne lamoit — 81
FKM¹ uie, *AM* uee; *I* Cest achylles ki li desfant — 82 *M²* rot;
M¹ uidie, *K* uoidie, *A* uuidie; *I* La en eut fait tant maint san-
glant — 83 *N* rasanble, *F* resamble, *M* rassembla; *M¹* recomen-
cierent lestor; *nK* li; *En* fiers estors; *I* Fait i ont .i. si fait e. —
84 (*AI*); *E* Don; *K* .m.; *En* les colors — 85 *M²CKR* sateinstrent,
N satointrent, *F* sac., *M¹* sataindrent, *H* satainsent, *A* sarainnent,
B saprochent; *L* H. a. sentreuienent — 86 *M²M¹* dels; *C* ne f.; *N*
fointrent, *F* foindrent, *M* fainstrent, *AL* feignent, *M¹* faindrent,
H fainsent; *B* Q. por els ocirre safforcent — 87 *EK* Maintes
colees — 88 *M²* heumes, *F* haumes — 89 *M²M¹* toz; *N* deron-
pirent, *F* lor r.; *M¹* les l. — 90 *M¹* toz; *M* dolirent.

Mais Hector saisi un espié
Cler et trenchant e aguisié;
A dous poinz en fiert Achillès
Par mi la cuisse de si près
16195 Qu'il nel pot mie jus abatre.   *16145*
A tant laissierent le combatre
Cil qui esteient a l'estor :
En sus se resont trait li lor.
Achillès fu griefment navrez ;
16200 Lors ot dolor e ire assez :   *16150*
Nus hom n'en ot onc plus ne tant ;
Por ço en fera bien semblant.
Sa plaie li ont estanchiee
E d'une enseigne estreit leiëe,
16205 Puis rest montez l'eaume lacié :   *16155*
Cler e trenchant tint un espié.
En la bataille ariere torne,
Desoz le heaume embronc et morne,
Hector aguaite ensi navrez :
16210 Mieuz en vueut estre morz getez   *16160*
Qu'il ne l'ocie, ço dit bien ;

16191 *M²E* seisi — 93 *F* afiert — 94 (*AA²BCH*); *K* coiffe; *L*
si de p.; *I* Par sour la c. desci p. — 95 (*A²L*); *En* nan; *F* puet;
K Quil ne lo pot pas — 96 *N* lor, *F* a; *M²* cumb. — 98 (*A*); *M²*
treit; *K* se retraient; *n* se traient li plusor — 99 *enK* griemant,
M granm. — 16200 *ek* D. ot grant — 1 *M²* ainc, *K* ainz (onc *m.*
à *M*), *n* mes; *M¹* onques mes t.; *E* not plus grant mautalant —
2 (*R*); *n* Et si; *en* fist ml't b. — 3 *E* estanchie, *R* b. faisee, *K* b.
fessiee, *M²* b. faissee, *A* b. bendee, *M¹* afetie, *M* b. a. — 4 *A* dun
panon, *k* dun penn., *M²Dy* dun pen.; *M²ADERkn* liee, *H* loie,
M¹ lie — 5 *K* Pois; *AEn* est; *M* lelme, *F* li haume — 6 *N* prist,
AMe ot — 7-8 *interv. dans ABCDky* — 7 (*A²HIL*); *ABC* A; *N*
arrieres, *k* -e; *BEH* sen retorne — 8 (*ABC*); *NR* liaume, *F* li hau-
me; *N* anbruns ; *I* Embrons soz lelme a chiere m., *AA²BCDky*
Por sa (*H* le) plaie pas (*A²* point) ne seiorne, *M²* Cum cil qui
gueres ne sei. — 9 *E* einsi, *F* ansi, *KM¹* issi — 10 *M²* volt, *KM¹*
uelt, *E* uialt, *n* uiaut; *M* ueult e. hors; *M²EK* gitez, *M¹* ietez,
n portez — 11 *M* Que.

A ço entent sor tote rien.
La bataille est mout aïriee :
Mainte ame i ot de cors sachiee.

16215 Li cri i sont grant e li hu,   *16165*
Qu'Ector ot un rei abatu ;
Prendre le vout e retenir
E as lor par force tolir :
Par la ventaille le teneit,

16220 Fors de la presse le traeit,
De son escu ert descoverz.
E quant l'aparceit li coilverz, —   *16172*
C'est Achillès, qui le haeit, —
Cele part est alez tot dreit.

16225 Dreit a lui broche le destrier :   *16173*
Nel pot guarir l'auberc doblier
Que tot le feie e le poumon
Ne li espande sor l'arçon.
Mout le trebuche tot envers :

16230 En poi d'ore est pales e pers.
Ha ! las, com pesant aventure !
Tant par est pesme e tant est dure   *16180*

16212 *M* A cent — 13 *E* ert — 14 *M* i a ; *AM* sœurce — 15 *F*
an s. ; *E* granz — 16 *F* Qe h., *AK* II., *E* Quectors ; (*M¹* ot),
M²AEHkn a — 17 *M²KM¹* volt, *N* uiaut, *E* uialt, *M* ueult —
18 *M* a leur, *E* as suens — 20 *M²Me* Hors ; *M¹* traioit — 21
M²LM¹k iert, *F* est ; *FM¹* descoueit — 22 *ABDLM¹* lapercut,
E laparcut ; *MR* culuerz, *K* couerz, *M²ADEN* cuiuerz, *M¹*
cuuert, *F* cuiuert — 23-4 m. à *M²ABCIRk* — 23 (*A²*) ; *F* Ce ert,
Ly Cest ; *L* traist — 24 *Dn* ert ; *M¹* ale ; *L* ueit ou il le uit,
A² uint a grant esploit, *H* u. esrant t. d. — 25 *ABCEM* D. uers,
HM¹ Enuers ; *K* U. l. b. d. le d. ; *B* broca ; *R* lu d. — 26 *F*
puet ; *K* souffrir ; *I* Sel fiert parmi ; *AFk* hauberc, *E* -ers ; *AHM¹*
Onc (*H* Ainc, *A* Ainz) h. ne li ot mestier ; *M²* dobler, *R* doplier
— 27 *k* Que le ; *M¹* pomon, *k* polmon, *DEHN* pormon — 28 *M*
espandi, *F* splande ; *M¹* sus ; *H* Li fist espandre — 29 *F* trab., *M*
trebuce ; *K* toz — 30 *M²* fu ; *M²M* pale, *F* palles — 31 (*AHJ*) ;
M²k cum pesante, *C* c. pensant, *nR* c. estrange — 32 (*R*) ; *AM¹*
p. lanti ; *F* est forz et p. et d.

Com dolorose destinee !
N'i ot puis autre demoree :
16235   Vont s'en fuiant senz nul conrei,
Qu'uns sous n'i prent reguart de sei.
Ço lor est bel qu'om les ocie,   *16185*
Petit aime chascuns sa vie ;
Gietent lances, gietent escuz :
16240   La mort Hector les a vencuz,
Et si en sont descoragié,
Si angoissos e si irié   *16190*
Que li plusor, estre lor gré,
Se sont en mi le champ pasmé.
16245   La les ocïent senz retor
E, senz rescosse d'un des lor,
Par force sont del champ geté :   *16195*
Jusqu'as portes de la cité
Les en meinent mout laidement.
16250   La ot maint brant d'acier sanglent :
Saveir poëz mout en ocistrent
E mout en navrerent e pristrent,   *16200*

16233 (R); M²AK Et c. (M tant) pesante, e Et c. tres pesant
— 34 F plus; K Puis ni ot — 35 n a grant esfroi — 36 F Cons;
M²n sols, E seus, K sol; MM¹ .j. seul; n p. conroi — 37 M Cel
iour est biax; K biau; M¹k quon, M con, M¹ quen, En quan —
39 M²M¹k Getent... getent — 40 EM ueincuz, F uain-, N uoin-
— 41 F Ensi san; M²AA²CEk Et morz (C Tuez) e si descoragiez,
HJM¹ Mort sont et si descoragie (J -chie) — 42 M²AJky A.
sunt (M est) (y Si a.) et si (A A. en s. et) iriez (HJM¹ -ie), A²
Chascuns est si forment iries — 43 F ostre, A outre — 44 F An
s., A Sen s.; M² de duel el c. p., A² chav en mi le pre, *puis ces
2 v. :* Tot estendu en pasmisons La fu ml't grans loccisions —
45-6 *interv. dans* A² — 45 (A); nM Ia; K Sis o. a. nul r. — 46 M
resconse, C defense, E resqueusse, M¹ rescorre; A² de seignor
— 47 (AA²BC); J de; Ek gite, H torne; nIL Icist (I Icil) chaples
lor a dure — 48 (L); F Iusqe ax, M²EJM Tresquas, M¹ Trus-
qua, H Duscas; C Fuiant sen uont en la c. — 49-50 m. à nL —
49 (A²B); M²JM leid.; G Molt les demeinent l. — 50 A²M branc]
A sanglent; A²M ant   51 M¹M¹k P, ... 52 F neurerent

Tant come il voustrent e non plus.
Dès or sont il bien al desus.
16255 Par mi les portes s'en entrerent
Cil qui del champ vif eschaperent.
Iluec en ocist Achillès   *16205*
Cinc cenz, ço dit l'Escriz, e mais.
Espés les truevent entassez :
16260 Tant en ont morz ainz que passez
Fussent, n'en puis esmee faire.
Mais, si com me reconte Daire,   *16210*
Mennon guenchi contre Achillès,
Si le feri de plain eslais
16265 Que jus le porte de la sele.
E cil, qui ses gieus renovele,
Le ra feru parmi l'escu,   *16215*
Qu'a la terre l'a abatu ;
Puis trait l'espee, si li saut.
16270 E reis Mennon ne l'en refaut,

16253-4, *intervertis, sont placés dans A après* 16260 — 53 A
T. que; *MEn* uostrent, *AM'* uodrent, *K* uoldrent; *e* nan sai p. ;
n T. c. u. et noiant p. — 54 *K* De co; *n* an s. b. — 55 *M* en e.
— 57 *F* Iloc, *K* Ilec, *M* Illec — 58 *A* .iij^c.; *AHn* dist; *M* lescris,
DK lescrit, *A* lescript, *n* lestoire; *DJ* Ce dit lescrit (*J* dist daires)
.v^c.; — 59-62 *m. à DM'* — 59 *n* trouent; *M'ACHJk* les trouc
e e. (*M* entasse), *E* estoient antasse — 60 *AR* Tanz; *Ek* mort;
EM passe; *A²IJRn* et decoupez, *H* et afoles — 61 (*A*); *C* ne; *M*
esme; *A²ILRn* Que nus nan porroit (*A²* pooit, *I* saroit, *R* sau-
roit) esme (*L* conte) f., *J* Q. ie nen sci nul esme f., *H* Q. io nen
puis aesme f. — 62 *N* Ensi, *FL.* Ansi; *M²* cum me, *N* con me,
EFL come, *HJ* con nos; *AL* raconte; *I* c. truis el liure d. ; *A*
Si con le nous r. d., *A²R* Si con io truis el liure d. — 63 *M²n*
torna, *L* ala; *A²* uers a. — 64 *nI* Tel li dona; *M²AK* plein, *F*
plan — 65 *ky* Quil (*M* Qui) le p. (*K* porta) ius — 66 *K* sis, *A²n*
les; *FK* geus, *M'* giex, *M* gieuz, *E* iex, *M²* iues, *N* ious, *A²*
grius, *H* dels — 67 (*H*); *M'k* ra seisi, *M'* resaisi, *E* reseisi, *A*
refiert si; *J* Le referi, *C* La referu, *A²* La tost feru — 68 (*H*); *E*
Que a t. — 69 (*HJ*); *n* se ; *M²A* sil assaut, *CM* si lasaut; *HK*
salt — 70 *n* Li r. m. pas ne li faut; *K* rei, *M* roy; *FM'* menon,
J mennors: *AM'* li; *K* defalt.

Se cil le fiert dous cous o treis,
Qu'il ne li rende demaneis 16220
Par mi le heaume de desus,
Si que del chief li abat jus ;
16275 Le sanc li fait voler del vis.
Fierement l'a Mennon requis,
Fiere escremie s'ont rendue : 16225
De lor sanc la terre empalue.
Chascuns d'eus i est si gregiez
16280 Qu'a peines puet ester sor piez.
Plaié se sont e si tüé
Que del champ en furent porté. 16230
S'eüst Mennon un poi d'aiuë,
Si tres grant peine fust creüe
16285 A Achillès que ja mais jor
Ne portast armes en estor.
Sor son escu en fu portez ; 16235
Set feiz se fu anceis pasmé
Qu'il fust dedenz son paveillon.
16290 Sor un feutre de ciglaton
Le couchierent, sil desarmerent.
Quant ses plaies li reguarderent, 16240
Cuidierent l'ame s'en alast :

16271 *ek* Sil (*M* Si) li done — 72 *E* de menois — 73 *M²* heume,
F haume — 74 *M* Quel du cheual la abatu — 75 *M²* feit — 76
E mannon ; *C* Menon la f. r. — 77-8 *interv. dans A²* — 77 (*CJ*);
AB ont, *A²L* i ont, *M¹* i ot ; *A²* tenue — 78 (*A²*); *N* anpaluc (est
ajouté devant de 2° main), *M* apalue, *A* palue, *H* est p. — 79 *M²*
Chescuns ; *M* greuez ; *y* est si agregiez — 80 *K* peine, *M* penc,
F poine, *N* -es, *E* poinnes ; *M* Quil ne puent ; *F* estre — 81 *K*
si et ; *nK* naure — 82 *M²* de ; *M* emporte ; *n* Q. de la place en
sont p. — 83 *n* daue — 84 *n* Si granz (*F* grant) essoine, *A* Si g.
p. li ; *E* poinne — 86 *M* a e. — 88 *M²* ainceis, *E* eincois, *F* en-
cois, *M* auant — 90 *En* fautre, *K* faltre ; *e* Desor (*M¹* Desus). j.
f. c. (*M¹* sigl.); *n* dun aquecton — 91 *F* choucerent, *M²* couche-
rent ; *nM* sel — 92 *M'K* les p.; *n* Et q. s. (*F* les) p. r. — 93 *F*
Cuiderent ; *M* que lame.

Ja mais sa boche ne parlast,
16295   Ne fust uns mires d'Oriant,
Qui de plaies par saveit tant
Que nus hom ne poüst morir,   *16245*
Ou il poüst a tens venir.
Cil l'a fait si asoagier
16300   Qu'en es le pas le fist mangier
D'un chaudel precios e sain.
Or sont tuit si ami certain   *16250*
Qu'il est a guarison tornez :
Toz fu guariz e respassez,
16305   Ainz que passassent guaires jor.
Grant joie en demeinent li lor.
Tote la perte qu'il ont faite,   *16255*
Que d'eus est dite ne retraite,
Ne prisent il pas un denier,
16310   Quant vengié sont de lor guerrier
E de lor enemi mortal :
Ja n'avront mais dolor ne mal,   *16260*
Ço lor est vis, por nule rien.
Mais une chose sai jo bien,
16315   Qu'ancore avront de teus jornaus,
Ou morront mil de lor vassaus.

16296 *e* mecines, *K* -e, *M* medecinez — 97 *F* an p. — 98
M A cui, *K* Sil i; *F* a tans p. — 99 *M*² *e* asoagier — 16300
F Qe nello pas — 1 *M* Du; *K* chaldel — 2 (*A*); *n* si a. t. c.
— 4 *K* Ore; *EK* est, *M*¹ iert; *M'N* respasez; *n* Et t. est seins et
r. — 5 *e* Einz; *EK* trespassent, *M'N* trespasast, *F* -assast;
M trespast g. de i.; *M'e* gueres, *F* -e, *KMN* gaires — 6 E i.
d.; *J* meinent tuit; *n* an moinent (*F* m.) li plusor — 7 *M*¹
que ont — 8 (*K* Que) — 9 *M* il .j. seul d. — 11 *M²Men*
anemi — 12 *n* ire, *M* paine — 13-4 *interv. dans F* — 14
K di gie — 15 *K* Encor, *nM* Ancor, *M²M'* Quencor, *E*
Quancor — 16 *M'* Ou perdront .m., *K* Ou .m. p., *n* Ou il
morra.

LAMENTATIONS SUR LE CORPS D'HECTOR;
EMBAUMEMENT.

Or vos dirai de ceus de Troie,   *16265*
Qui puis n'orent ne bien ne joie.
Del champ fu li cors aportez :
16320   Quant en la vile fu entrez,
Onc nel vit nus sor piez estast
Ne de dolor ne se pasmast.   *16270*
Braient femmes, braient enfant,
Toz li pueples, petit e grant;
16325   Plorent li rei, plorent contor,
Plorent demeine e vavassor.
Les puceles l'ont regreté   *16275*
E les dames de la cité :
« Sire Hector douz, nobles guerriers,
16330   « Sire nobiles chevaliers,
« Sire qui tant nos amiëz,
« Sire qui toz nos guardiëz,   *16280*
« Sire qui tant estiëz proz

16317 (HL); ck Ge, M²AA²I Que; A²I diroie; E ces, F cez —
18 F Qe; A² Il norent p. deduit, A Q. norent ne d., Jy Qui
(EJ Il) nauoient d., M'Ck Norent ainc (k onc) p. d.; I N. .j.;
point de b. de i. — 20 F Q. il fu an la u. — 21 K Unc, EL
Ainz; M¹ Ainc nen; EHJ riens, C rienz; H Nest r. nule, AM'
Nel uit rien duel (A nul qui); J sestast; M ne se pasmast; nL
dolor naust (L neust), I Hom nel uit tant dur cuer eust — 22
M²ABCJy Qui, E Et, A² V; LMn Ne qui sor; M les .ij. piez
estast, nL les (L ses) p. esteust, I Que plourer ne len e. — 23 C
Plorent f. pl. e.; M² enfanz — 24 K poples; M² poeples petiz
et granz — 25 L i r.; M²ABCJky e li c. — 26 (L), M²ABCJky
Prince; AJ et d., M² dom., AJ demainne, M -aine, E -einne,
n -oine; M² vasuassor, Men uauasor, B -our, H vaasor — 27 C
de la cite — 28 M li conmun; C lont regrete — 30 M nobile, F
nobles — 31 n as amez — 32 n tant nos as gardez — 33 N
esteiez, F estoiez, M²ek estiez.

« Que nos defendiëz de toz,

16335   « Queus damages quant estes morz!

« Tant par est granz li desconforz!

« Ja mais nus biens ne nos vendra,   *16285*

« Ja mais nus hom ne vos vaudra,

« Ja mais jor ne serons rescos :

16340   « Toz lor voleirs feront de nos

« Li enemi, li reneié.

« Ha! com seront desconseillié   *16290*

« Li chaitif chevalier de Troie!

« La lor defense iert mais mout poie :

16345   « Ja n'i avra mais porte overte.

« Ha! lasses », font eles, « quel perte !

« Ja ne serons mais mariëes :   *16295*

« Chaitives en serons menees

« Doloroses en lor servage.

16350   « La vostre mort est si sauvage

« Que il n'est pas dreiz ne reison

« Que nos ore après vos vivon. »   *16300*

Après le cors ert teus li criz

Que nus si granz ne fu oïz.

16334 *eF* Et; *N* Et qui, *M²K* Qui ; *N* desfandeiez, *M²e* desfendiez, *k* deff. — 35 *M²* Quel, *F* Qel, *M* Que; *M²K* damage, *FM* domage; *M²* que ; *M* iestes — 36 *e* li diax (*M¹* le duel) et forz — 37 (*H*); *MM¹* nul bien, *nE* nus hom; *M²E* ne vos; *E* ualdra, *n* uaudra — 38 *E* nus biens ne nos uandra; *K* nos uoldra; *n* n. ne nos desfandra — 39 *n* Ne iames; *F* ne seront, *E* nesterons — 40 *M²* faront — 41 *Men* anemi; *F* ranoie, *E* anragie, *M¹* esragie — 42 *FM¹* serons — 43 *K* cheitif; *M²* cheualer — 44 *E* ert; *kn* m. si p., *M¹* m. p. — 46 *M¹* f. il quele p. — 47 *M* seront — 48 *M* seront — 49 (*CL*); *M²ABIJky* lonc s. (*M* sur la ligne, 2° main, et en grant seruages); *A²* En altres terres en s. — 50 *L* nostre; *M²A²Mny* morz; *A³* ml't, *M* (sur la ligne, 2° main) sauuages — 51 *C* ne droiz; *M* (sur la ligne, 2° main) droit; *F* raisons, *M²CNy* reisons, *K* reson — 52 *C* Qe un ior; *H* or apres lui ; *L* apres li plus u., *n* p. en auant u.; *K* enpres (ore m. à *M*); *M²CNy* uiuons — 53-4 m. à *E* — 53 *K* Enpres; *M²M¹* iert, *AJk* est, *HLn* fu; *nIL* granz, *H* fors — 54 (*J*); *A* Q. ainz, *A²* Quonques, *nL* Onques.

16355   Tuit le sivent jusqu'en la sale :
        La sont persi e freit e pale,
        La est li dueus si angoissos,   *16305*
        Si pesmes e si doloros
        Que nus nel porreit reconter.
16360   Sor lui se vait Prianz pasmer,
        Sor lui se gist reides e freiz,
        Sor lui se pasme tantes feiz   *16310*
        Que il n'en ist funs ne aleine.
        Osté l'en ont a mout grant peine
16365   Si fil, si rei e si contor.
        En une chambre peinte a flor
        En est portez si come morz :   *16315*
        Mauvais iert mais li suens conforz.
            Estrange duel refait Paris :
16370   L'eve li cort a val le vis,
        De ses dous ieuz tendrement plore
        E mout maudit le terme e l'ore
        Que icil jorz onc ajorna
        Que la bataille comença.   *16322*

55-6 *m. à L* — 55 (*H*); *M*²*FK* sieuent, *I* seuent, *M* suient, *J*
suiuent; *M*² tresquen, *E* tresqua, *A*²*HJMM'n* iusqua — 56
(*HIJ*); *BC* La (*C* Li) par sont si ; *Kn* Tuit; *A*² pasme, *A* nerci,
M' pensif, *n* por lui — 57 *M*² duels, *K* dels, *M* duel, *M'* deul,
N diaus, *EFL* diax; *K* angoisseos — 58 *MM'* pesme; *K* doleros
— 59 *M*²*K* riens, *M'* rien; *K* Q. nel p. r. — 60 *H* san uait; *E* Por
lui couint, *J* Ia se uoloit; *yJ* priant — 61-2 *m. à nL* — 61 (*B*);
Jy siut — 62 *JM'* tante, *M*² trente, *HM* mainte — 63 *M'* ont
fust; *M* fun; *M'* alaine, *E* -einne; *n* ne f. naloine (*F* nalaine)
— 64 *n* poine — 65 *M* Sil; *K* fill; *M* li roy et li — 66 *E* pointe
— 67 *n* Len ont porte trestot (*F* t. p.) por mort — 68 *M*²*Me* est;
M ml't; *n* Ml't auront m. malues confort — 70 *M*² Laigue — 71
n A — 72 (*I*); *CK* Souent; *M*²*AJKPy* iour, *nC* tans — 73 *LNR*
icil (*NR* icist) i. hui, *F* cist i. h. lor, *I* cis iours dui lor; *M*²
ajnc, *R* unc; *AA*²*BCJPky* Que li tornois fu asanblez (*B* lor
assanla) — 74 (*LR*); *M*² Et que la b. asenbla, *AA*²*CKy* Par (*K*
Por) que (*ACM'* coi, *K* quei) hector lor (*K* li) est (*AC* fu) emblez,
JMP Par quector (*P* qe h.) l. e. si e., *B* Par coi h. tolu leur a.

Tome III.   6

16375 A mort se tient e confondu
   E dit sovent que mare i fu :
   « Sire, douz amis, sire chiers,   *16329*
   « Vaillanz sor trestoz chevaliers,
   « Qui fera mais les granz esforz
16380 « E qui vengera mais noz morz ?
   « Qui nos sera mais confanons,
   « Chasteaus, estendarz ne dragons ?
   « Qui nos savra mais maintenir ?   *16335*
   « Li cuer nos devreient partir,
16385 « Quant nos vos esguardons en biere.
   « La vostre mort par est si fiere
   « Que nus ne set le grant damage
   « Que receit hui nostre lignage :   *16340*
   « Par vos ert vis et defenduz,
16390 « Mais or est morz e confonduz.
   « Mais, se Deu plaist, cil en morra :
   « Ja rien soz ciel ne l'en guarra.
   « S'il est trovez a la bataille,   *16345*
   « Vengiez sereiz demain, senz faille.
16395 « Mei ne chaut, s'il m'aveit ocis,

16375-6 *dével. dans* AA²BCJPky *en 6 v.; voy. aux* Notes — 75 (*IR*); *M*² confundu — 76 (*I*); *L* dist; *LRn* mar i fu — 77 *A*² S. frere bels a. c.; *B* freres ciers; *M*² chers — 79 *M*² fara — 80 *M* Qui; *n* les m., *M* nous m. — 81 *K* gonf. — 82 *M*¹ Chastel estandart; *C* estrandras; *AH* et d.; *CM'n* donions, *B* -gons, *J* dagrons — 83 (*CG*); *M*² Et qui n. s. m. tenir — 84 *G* Li cuers n. deuroit p. — 86 *k* tant, *e* trop — 87 *M²AHJ* riens, *M*¹ rien; *M*² sict; *H R.* uiuant ne s. le d.; *M²kn* le grant damage, *AJe* les granz doma-ges — 88 *K* Quen r. oi, *HM* Que h. r.; *M* uostre; *M*² kn lignage (*M²n* lin.), *Ae* lignages, *J* -aiges — 89 *M²ek* esteit toz d. — 91 *K* Et; *M* dieu — 92 *n* riens, *eK* nus; *N* r. nule; *e* fors deu; *F* gaira (*sic*); *K* garder ne len porra — 93-4 *interv. dans* AJPRky — 93 *A* Si; *E* ert; *k* Se t. est, *nL* Se ie lo truis; (*M²AHMNR* a), *FKPe* an (en) — 94 (*AP*); *F* de uoir; *N* s. s. nule f.; *R* Sire u. s., *M*² Bien i s. u., *L* U. en esterai; *H* seras, *E* -oit, *J* -a ; — 95 (*L*); *F* Mone; *AEJ* nen; *J* ch. pas sen sui o.; *G* estoit o.

« Mais de lui fust vengemenz pris. »
Desus le cors chaï pasmez :
Lores i ot dolor assez.   *16350*
    Mout le regrete Troïlus,
16400 Quar rien soz ciel n'amot il plus ;
E si refait Polidamas
E Antenor e Eneas,
Tuit si ami e tuit si frere.   *16355*
Adonc vint Ecuba sa mere,
16405 Andromacha e dame Heleine :
Chascune esteit si pale e vaine
Que ne se fussent ja meües ;
S'eles ne fussent sostenues,   *16360*
Ne poüssent sor piez ester.
16410 Qui les oïst braire e criër
E lor paumes entreferir
E geter lermes e sospir

16396 *H* Mes quen aie, *J* Se de lui est; *L* uenchement, *Jy*
ueniance ; *A* u. f. p. — 97-8 *interv. dans F* — 97 *J* Desoz, *nH*
Desor; *M²n* chei, *H* se rest — 98 (*JLNe* Lores), *M²* Adoncs, *AK*
Adonc, *H* Adont ; *G* Lors i auoit; *F* Grant ire ot et duel a. —
99 *H* regreta — 16400 *F* Qe; *GKL* riens ; *H* nule rien; *F* il namoit
p. — 1 *J* Grant duel, *H* Ausi; *M²* refeit, *M¹* refist; *E* Si refesoit,
G Autretel fait, *nL* Autel faisoit (*N* fessoit); *L* poll. — 2 *En*
anth., *K* anthenors — 4 *M²* Adoncs, *E* Lores, *HJM¹* Apres; *n*
Lors i uint ; *K* uient — 5 *M* Andromaca, *G* -meda; *M²* elejne, *N*
heleine, *E* -einne — 6 (*H*); *N* esta ; *AA²M¹P* et p.; *M*ᵇ vejne, *E*
ueinne, *M* naine; *n* an (*N* a) ml't grant poine — 7-8 *interv. dans*
M²x — 7 *J* Quel; *M²G* Ne se f. ia sol m. (*G* soles muees),
AA²EHIP Keles (*A²EHP* Queles, *A* Neles) ni f. ia uenues, *M¹*
Car ni fussent ia mes u., *Ln* Si (*F* Lors) fuissent (*N* fusient)
pasmees cheues, *I* Contre terre f. keues — 8 (*IJP*); *M²* Que se
ne; *H* ni ; *N* soutenues — 9 *H* Ni; *FK* poissent, *N* -ient, *M²IIIPM*
peussent, *A¹A²E* pooient — 10 *A¹* Qui lor — 11 (*IL*); *R* Et les
palmes ; *A¹Ck* Com chascune ses dras (*M* bras) deront, *AA²BJPy*
Lor d. deronpre et lor cheueus (*M¹* -ex, *E* -ox, *B* ceuax, *A²* blials)
— 12 *F* gieter, *LNR* giter; *R* G. tant dolorous s.; *LN* sopir;
A¹Ck Silec (*M* Silleuc) fust li plus fels del mont, *AA²BJPy* Siluec
(*M* Sileuc, *H* Sor i) f. d. m. li p. feus (*M¹* fex, *J* fox, *E* fos, *A²* fals).

Ne poüst muër a nul fuer   *16365*
Qu'il n'en eüst dolor al cuer.

16415   Quant sor le cors se sont pasmees,
Si maudiënt les destinees,
Que tant lor par sont felenesses :
« Ha! Cassandra, les voz pramesses   *16370*
« Sont bien veires e d'Eleni.

16420   « Maleüré, dolent, chaiti !
« S'en eüssent esté creeit,
« Ne nos fust pas si meschaeit.
« Meschaeit ! lasses, doloroses,   *16375*
« Coment serons ja mais joioses ? »

16425   — « Fiz, « fait Ecuba, « quel atente !
« En cui avrai jo mais m'entente ?
« En cui sera mais mis deliz ?

16413 *N* p. estre, *C* p. il e.; *H* durer; *B* Del mont ne durast;
A² Nel peust laissier en n. f. — 14 *BI* Que, *R* Ki ; *A²* neust grant
d.; *C* a c.; *F* répète ici les v. 16149-50, en modifiant le 2ᵉ : Et
maint en chient pasmez — 15 *R* les c.; *H* Q. furent sor le c. p.;
K chient p. — 16 *A'* Donc; *M²* regretent — 17-20 m. à *H* (*bour-
don*) — 17 *xM* felon.; *A²R* Qui t. par (*R* per) l. s., *AB* Q. par l. s.
t., *eCJ* Q. l. par s. t. (*E* si) — 18 (*K* pram.), *M'* prameses, *les
autres* promesses — 19 *R* S. ore uoire; *F* Com s. si uoires ton
deuin; *GLN* S. si (*G* ci) u.; *GL* et de heleny (*L* -i), *N* con de
deuin, *R* et de d.; *AA'A²BCJPky* Et deleni (*M'* -y, *A²M* -us, *P*
de lui (*corr.*) (*A* Et les vos veus) sont auerees, *I* S. or uraies
chou poise nous — 20 *F* Maulaure, *LNR* Malaure, *G* Maleuroz;
L chetif, *G* chaïtif, *R* charein, *n* frarin ; *AA'A²BCJPky* Ml't nos
heent (*J* aent) (*A* M. maudient) les destinees, *I* Cum sommes
abaissie pour nous — 21 *n* Sil aussent; *F* estre; *AA'A²BCJMPe*
Quant andui ne (*B* nen) fustes (*C* furent) (*J* ne f. a.), *K* Se a. en
fussent, *H* Que lor dit ni furent; (*M²* creeit), *I* creue, *les autres*
creu — 22 *M* Ne li; *A²* f. ce pas auenu; *H* Ne lor f. p. me-
sauenu; *M²* mescheeit, *CKM'R* -au, *AEJMP* -eu, *B* kau; *n* mal
uenu; *I* Neussies pas tel perte eue — 23 *R* Mascheu, *ACEJMP*
Mescheu, *KM'* -au, *B* -kau; *M'* lases; *M²* doloresos; *A²H* Ahi
chaitiues d., *I* Meskaoit nous est d. — 24 (*I*); *ABCJek* Com porrons
mes estre i., *H* Coment p. e. i. — 25 *E* ecc.; *en* quele, *K* quelle;
M att. — 26 *K* metrai; *M²F* ia mes ; *F* ma antante, *M²* entente.

« Toz li miens jois est or feniz :   *16380*
« Perdue ai ma defension.

16430   « N'aveie amor se a tei non.
« Fiz, douz amis, parlez a mei.
« Vos n'estes mie morz, ço crei :
« Ovrez cez ieuz, si m'esguardez ;   *16385*
« Mal faites qu'a mei ne parlez.

16435   « Fiz douz, vos nes poëz ovrir.
« La grant error e li sospir
« Que jo aveie chascun jor
« Senefiot ceste dolor,   *16390*
« Ceste angoisse, ceste merveille.

16440   « Soz vos vei la terre vermeille
« Del sanc qui del cors vos avale.
« Haï ! com vei cel cler vis pale !
« Beaus, douz e proz, sor toz vaillanz, *16395*
« Que fera mais li reis Prianz ?

16445   « Qui li fera ja mais la rien
« Par que il ait joie ne bien,

16428 *M³MM¹* Trestot le mien giex (*M³M* Trestoz mis (*M* Toz
li miens) ioies) e. f., *EJn* Toz li m. iex (*E* geus, *N* ious) est or
(*F* mais, *N* si) (*J* si est) f., *H* Del tot est mais mes gius f., *K* Li
m. solaz est toz f. — 3o *AJky* Ou (*A* Ce) est (*AM¹* iert) tote men-
tencion — 31 *M²* parler — 32 *F* uoir pas m.; *M¹* mort — 33-4
interv. dans Aek — 33 *M²* les — 34 *n* M. me f. quant ne p. —
35 *M²* F. chiers; *A* nel; *n* F. uos nes p. mes o. — 36 *EKn* La
granz errors (*F* dolors), *A* Les g. erreurs — 37 (*I*); *A²* faisoie,
AJky menoie; *M²* Ou ie esteie — 38 (*I*); *F* Senefioient; *n* uostre
d., *M* chascun d. — 39 *M¹* Cest; *n* Ha quel dolor et quel m. —
41 (*HR*); *E* dou, *J* de; *ABCk* deuale; *A²* de uo c. d.; *nL* q. de
uos ; *L* i a., *n* i descent — 42 (*BC*); *K* Ahi; *M²* Ha c. u. or,
AHM¹ Ha c. ie uoi; *AM* A c. uoy; *EM* ce c., *J* cil c., *M²* cel
bel; *I* cele chiere p.; *L* Ha com auez la color p., *R* Ha con est
cele chiere p., *n* Con a. la c. persent (*F* -ant) — 43 (*I*); *A* Filz
biaus, *M²ek* D. b.; *M* Douz amis, *F* B. d. filz; *M²* pjus e rianz
— 44 *M²* fara — 45 *M²A* Que; *A* mes nule r. — 46 *M²lkn* Por;
enI coi (*E* cois), *K* quei; *E* ses cuers oit i. et b.

« Confortement ne alejance?

« Ha! beaus amis, quel atendance!   *16400*

« Com vos departez tost de nos!

16450 « Dreiz est que nos moirons o vos,

« Que nos ne nos veons honir

« Ne par force ça enz saisir

« As enemis, cui Deus maudie,   *16405*

« Par cui avez perdu la vie.

16455 « Nel verrai ja, lasse, chaitive:

« Ja Deu ne place que plus vive!   *16408*

A tant sor lui se respasmi,

E les autres tot autresi.

Andromacha ot tant ploré   *16413*

16460 E tant lo jor brait e crïé

Que parole n'en puet eissir.

16447 (*A*); *F* Com faitement; *nL* aliance, *E* alegence, *M'* abeance, *M²* alegrance, *I* aleganche — 48 *M²M* A, *E* Biax; *n* biax a., *M²Aek* douz a.; *EKN* quele — 50 *M²Men* muirons; *H* Il e. d. que morons; *I* ke muiriens auoec u. — 51-2 *m. à A²* — 51 (*L*); *C* Qe ne nos u. ; *M²n* ne uos; (*FL* ueons), *M* ueon, *M²C* ueions, *N* -iens, *AJe* uoions, *I* -iens, *H* uolons; *M²en* morir — 52 *L* Et; *M²* caien, *N* ceianz, *F* ce anz; *N* seisir; *Aky* Par force prendre ne honir (*A* laidir, *H* saisir, *M* tenir) (*K* et retenir) — 53 (*I*); *L* Des; *M* As traitors; *kL* que; *AA²JPy* Ha achilles dex (*A* deux, *M'* dieu) te maudie — 54 *KL* qui; *AA²JPy* mes (*AM'* mon) filz pert hui; *A²* Par toi p. h. m. f. — 55 *AA²JPy* Que ferai io; *n* u. mes; *EH* chest — 56 *K* Ja de ne plese que tant; *nHI* q. ie; *AA²My* Ja deux (*E* dex, *MM'* dieu) ne doint (*M'* dont, *M* doinst) que ie (*A* ia) mes (*M* tant) u. (*A²* plus soie u.) — 57-8 *m. à A²*; *dével. en 4 v. dans ABCJPky*: Li rois de frise la sostient La mort maudit que (*A* qui) tost (*E* quele) ne uient Et toz les dex (*M'* diex) ledenge (*H* laidist) et blasme Desor (*JKM'* Desus) le cors .ij. (*H* .iiij.) foiz (*A* souent) se pasme — 57 *ILR* repasmi, *GN* respami; *M'* sor le cors sespasmj — 58 (*G*); *L* Et li autre; *M²* Et mil des a. a., *R* Et totes les autres ausi; *G aj.*: On ne le puet mueure dainqui — 59-90 *m. à H* — 59 (*LR*); *MM'* Andromaca, *G* -meda; *AA²BM* a; *G* pas ne se faint — 60 *A* Et tout; *M²* breit; *G* Pour son mari dolor la uaint — 61 *K* puot, *M'Le* pot.

Sovent fait semblant de morir,
Sovent est verte e pale e vaine ;
De li nen ist funs ne aleine.
16465 Mais cil qui de bon cuer l'amerent
Tote por morte l'en porterent.   *16420*
Dedenz un lit ou l'ont posee,
La li ont la chiere arosee.
Mout s'est maumise e empeiriee :
16470 Tote sa chiere a depeciee,
Toz les cheveus s'a esrachiez.   *16425*
Se fust tenuz li suens deviez,
Ancor n'eüst Troie nul mal,
Quar cil al hardi cuer leial
16475 La defendist vers tote gent.
Li doloros destruiement   *16430*
Sont avenu e avendront :
Ja mais guaires ne demorront.
Dame Heleine ne s'est pas feinte :
16480 De dolor a la color teinte ;

16462 *M'* feit — 63 *K* uerte, *M* uer ; *n* estoit et paile ; *M'n*
ueine — 64 *MM'* lui ; *M²* ne nist, *N* nist ne, *F* nissoit ; *N* fust,
M fuz, *M'* fu ; *E* aleinne, *M'N* -aine — 66 *ek* En une chanbre
lan p. — 67 *F* olant, *M²* si lunt ; *ek* En .j. lit ou il ; *M* ont p.
— 69 *En* est ; *M²ek* mal mise, *N* malueisse, *F* -eise ; *M²* enpei-
ree, *En* anpirice, *M'* enpirie, *M* emp., *K* enpeince — 70 *F* la c.,
M' sa char ; *M²EM* Trestote lasse (*M²* le sot), *K* Tote lassec ;
M² depecee, *M'* depechie, *FM* -cie — 71 *ekn* ses ; *M²K* cheuels,
En -ox, *M'* -ex ; *Ken* a ; *M* err., *EN* arachiez, *F* depeciez — 72 *F*
Ne ; *M* t. f. li sien ; *M'* li suen d., *E* li consauz uiez ; *F* marchiez
— 73 *K* Onquor, *M²M'* Encor — 74 *M* a h. ; *M²* au bon c. au
l., *A* au h. c. vassal, *n* qi ot le c. v. ; *E* leal — 75 *F* defendiest ;
e de ; *n* totes (*F* toute) genz — 76 *M²* destruement, *k* -iment,
nJ destruiemenz — 77 (*A*) ; *LM* auenront, *M'* auerdront ; *nJ*
Est auenuz et auanra — 78 *M²* Ja ainz li jue ne remaindront ;
nJ demorra, *K* tarderont ; *R* Ke mais omes ne d. — 79 *M'* he-
leyne, *N* -aine ; *FMM'* fainte, *N* fointe — 80 *FMM'* tainte,
N tointe.

Ses cheveus a rompuz e traiz   *16435*
E sovent giete criz e braiz :
N'i a nule que plus en face.
Lermes li fondent sor la face,
16485   Si que la peitrine a moilliee.
Tel dolor a e tel haschiee,   *16440*
Se morte fust, mout li fust bel :   *16443*
Mout l'en prisent mieuz li danzel,
E mout l'en sorent puis bon gré
16490   Li plus prochain del parenté.
        De Polixena que direie,
Quant retraire ne vos savreie
La merveille qu'el fait de sei ?
N'i a duc, amiraut ne rei   *16450*
16495   Cui ne face des ieuz plorer.
Se jos voleie reconter
La verité de sa dolor,
Iço durreit mais tote jor ;
Mais ne vos vueil pas enoier,   *16455*
16500   Quar il me covient repairier
A la serre continuër :

16481-2 *m. à n ; interv. dans GL* — 81 *M²* cheuels, *L* -elz, *M*
-eulz, *EGK* -ox, *JM'* -ex ; *M²* treiz ; *GL* De dolor a ces c. t.,
AA²Jky Et ses c. roz et detrez — 82 *M²KM'* gete — *G* gecte —
83 (*A²*) ; *K* tant en ; *n* greignor duel f. — 84 *M²* fundent, *n*
corent ; *e* font moillier, *A²* ont moillie — 85 *N* petrine ; *M* en
moille — 86 *M²* aschee, *A* achiee, *N* hachiee, *JM'* -ie, *M* haschie ;
AJky aj. 2 *v.* : Que son bliaut ront et (*A* trestout, *e* tot en)
descire Plus deuint iaune que nest cire — 87 (*R*) ; *M²A²EK* ce
li, *M'* m. len — 88 *M²* viell e d. ; *nR* donzel — 90 *k* Tuit li
p. ; *n* prochien, *M²E* -ein — 91 *L* poll., *A²* pollixenain — 93
M² qua feit, *kM'* que fait, *n* quel (*F* quelle) fist — 94 *F* amirant,
kM' -al — 95 *Ak* Que, *Ne* Quel, *F* Qelle — 96 *AA²Ekn* ie u.,
M²M' vos u. — 97 (*A*) ; *M²K* sa d. — 98 *E* Ce durereit — 99
M²A envier, *K* ennoier, *M* -uier, *FM'* anuier, *B* ann., *H* anoier ;
M' a a., *M²AE* plus e. — 16500 *K* Desor ; *I* nous c. ; *eM* Quil
(*M* Ainz) me c. a r. — 1 (*M²* la serre), *eKJ* la fere, *A* lestoire,
n ceste oure ; *I* A nostre estoire auant mener.

Dès ore i fait buen escouter.
En la sale que si resplent,
Ou tant a or e fin argent   *16460*
16505   E tante preciose piere,
Ont le cors Hector mis en biere.
Premierement l'ont desarmé
E de vin blanc set feiz lavé
En chieres especes boilli.   *16465*
16510   Anceis qu'il fust enseveli,
L'ont mout bien aromatizié,
E le ventre del cors sachié.
Ostee en ont bien la coraille,
Feie e poumon e l'autre entraille.   *16470*
16515   Le cors dedenz ont embasmé,
Sin i mistrent a grant plenté,
E si refirent il defors.
D'un drap qui ert en lor tresors,
Qui plus valeit de dous citez,   *16475*
16520   D'or e de pieres esmerez,
Li plus riches qui onc fust faiz
Ne qui ja mais vos seit retraiz,

16502 *K* ore, *les autres* or; *M²* feit; *M²ABIJMy* bon; *A²* f. buen a e., *H* i couient a garder — 3 *(A²J)*; *M²* quensi, *H* quissi, *nIM* qui tant, *K* q. molt — 4 *n* ot or — 6 *K* O. m. le c. h. — 7 *M²* Prim. — 8 *M'k* b. uin, *A* u. cler; *An* ml't bien l. — 6 *H* Qui fu o despices b.; *tous les mss. (sauf C)* boilliz (*M²* boiliz, *M'* -is, *EJKn* boliz, *H* -is); *C* En spices c. lont b., — 10 *E* Eincois, *J* Enc., *M²CK* Auant; *H* que f.; *tous les mss. (sauf C)* enseueliz (*M* ensepeliz); *C* qil loirent seueli — 11 *F* trop b., *N* tres b.; *eK* Lorent b., *M* Lorent — 12 *M* uentrel, *E* -ail; *n* lantraille; *K* Et d. c. souent s. — 13 *M'n* Oste — 14 *AF* F. p.; *k* polm, *M²AEN* porm., *M'* pom. — 15 *Ek* Le c, o. d., *M²* D. o. le c.; *N* enbaume — 16 *EMN* Sen i, *F* Si ni — 17 *M²Me* dehors, *n* del cors — 18 *M²M'k* iert, *C* fu; *M²* thesors, *les autres (et ABCHJ)* tres. — 19 *M²I* Q. v. p.; *I* dune cite — 20 (*n* esmerez), *M²* estelez, *I* -e, *ABCJky* ert (*KM'* iert, *J* fut, *C* toz, *A* bien) listez (*ABM* litez) — 21 *M²BI* ainc, *E* ainz; *M'* fu; *F* fait — 22 *M²* nos, *G* i; *K* fust; *M²* retreiz, *F* -ait.

De cel li firent vesteüre
Bele e bien faite a sa mesure :   *16480*
16525   De fil d'or fu tote cosue.
E quant il li orent vestue,
Semblant vos fust que toz fust vis.   *16481*
En un chaelit l'ont asis,
Fors tant qu'auques se jut ariere
16530   Toz apoiez a la litiere.
Riches fu mout li chaeliz,   *16485*
De blanc ivoire toz faitiz.
Li pecol furent entaillié
E mout soutiument deboissié
16535   A bestes e a oiselez
E a serpenteaus petitez,   *16490*
A floretes environees.
Les uevres erent bien dorees.
Les espondes e li limon
16540   Esteient des denz d'un peisson

16523 *B* cou, *n* ce — 24 *M* Riche; *B* Bien f. et b. — 25-6
m. à *AA²BCDky* — 25 *(JR)*; *x* lont tres *(L* lorent) bien cosu
— 26 *(JR)*; *I* Et q. sa car o. u.; *x* lorent si uestu — 27 *(B)*; *F*
Samblanz, *K* Auis; *M²* iert uis; *H* Et ml't u. samblast q. f. u.
— 28 *(AC)*; *ek* chaalit, *F* chahalit, *B* caalit, *I* -elit, *R* chaeliç;
A fu a. — 30 *M²E* apuiez; *F* Et poiez fu; *M* en la lictiere; *R*
Not pas molt encline la chiere — 31 *(CR)*; *Ky* chaaliz, *M* -is,
B caalis, *I* -elis; *n* Ml't par fu bons et chiers li liz — 32 *HK*
Dun; *M²H* feitiz, *k* traitiz, *e* forniz — 33 *M¹* pequol, *I* piecoul,
En quepol; *ek* sont bien — 34 *M* soltiment, *K* -ilment, *N* sou-
timant, *M²EF* -ilment, *M¹* richement; *M²* debuissie, *N* deboisie
— 35 *M²* O. b. e o; *C* oselez; *K* A besteles et a oisals — 36 *M²*
E o, *M* Et as; *F* sez pantiax, *N* sarpantiax, *IJM* -entiax, *E*
serp., *A²* serpentels, *M²* -eus; *K* petites serpentials — 37 *M²* O,
AK De; *C* florete; *(CM* enuironees), *AA²FHKL* auir., *M²Be*
enuionees, *N* an-, *G* auronnees (*l'*i *corrigé en* r), *I* molt bien
ouurees; *J* Et a f. enleuees — 38 *(GIL)*; *ABCJky* sont ml't b.,
M² en s. b. — 39 *(A²BCHIJ)*; *N* timon (t *exponctué avec* l *au-
dessus*; *L* lenuiron — 40 *(BCGHIJL)*; *M* de dent, *n* de danz,
A²K des os; *F* de; *M¹* poison.

Que Plines nome en son escrit. *16495*
Onques nus hom de char ne vit
Si bele uevre ne si bien faite.
De riche seie bien entraite
16545 Fu toz li liz desoz cordez
E merveilles bien atornez. *16500*
Feutre de paile emperial
I ot, nus hom ne vit onc tal,
Un grant paile d'Orient freis,
16550 Qu'en son tresor aveit li reis,
Que mout amot de grant maniere : *16505*
Cil covri tote la litiere.
En chandelers d'or geteïz,
Qui n'esteient mie petiz,
16555 Ot granz cierges e clers ardanz,
Ne vos sai mie dite quanz.
Tuit li poëte e li clergiez,
De par totes les eveschiez, *16512*
E li covent chascuns par sei,
16560 E li saint home de la lei

16541 *(GIL)*; *C* Et; *K* plato, *M* -on, *AA²BCJy* -ons — 43 *M²*
bel; *H* De si b. oeure si; *M²E* feite — 44 *M²* entreite, *A²* por-
traite — 46 *F* De riche soie bien ourez; *K* A merueille — 47 *En*
Fautre, *K* Feltre, *M* Foltre, *A* Fourre; *E* paisle, *M²N* paille;
M²M¹ enp. — 48 *N* onques hom ne, *F* onc nus h. nen; *M¹* n.
hons ne u. ital, *Ek* mis n. hom ne u. tal — 49 *M¹N* paille, *E*
paisle — 50 *M²* thesor — 51 *M* Quil; *n* en ot; *K* Quil a. molt
— 52 *F* let., *M* liet. — 53 *kn* chandeliers; *kn* giteiz — 54 *k* Q.
nerent (*M* nierent) mie trop p., *en* Quen ne tenoit pas (*n* mic) a
p., *J* Branchu estoient et marsiz — 55 *n* Ot de g. (*N* gros) c. c.
a.; *M²* cirges, *F* cerges, *eM* chierges; *A²* ml't cl.; *M* c. cl.; *A²Ek*
cler — 56 *AHJM¹* saroie d., *E* sauroie d.; *A²* Ne s. pas — 57 *E*
poeste; *K* clergie; *A* Que deuant porte li c. — 58 *(BC)*; *F* Des
trestoutes; *M²* lur; *A²GLMN* esu., *H* enuesquiez, *M²* eu.; *K* De
par trestote leuesquie, *A* Qui uont disant lors grans sautiers —
59-60 *m. à M²AA²BCDJky* — 59 *FIL* couant, *R* conuent, *G*
-ant; *N* Li couanz; *R* per — 60 *(GL)*; *IR* A la maniere de
lor loi.

Vindrent al cors, si vos di bien   *16513*
Que il ne s'i feinstrent de rien
De bien chanter e de bien lire :
Tote la nuit dura a tire.

16565 Tuit veillierent e conte e rei,
Mais il erent en tel esfrei,
Par mi la vile, des Grezeis,
Que nes sorprengent de maneis,   *16520*
Que tote nuit sont sor le mur.

16570 N'i esteient pas a seür :
Par tot aveit tel criërece,
Tel duel, tel plor, tel ullerece
Que cil de l'ost cler les oëient,   *16525*
Qui merveilles s'en esjoëient.

TRÊVE ; FUNÉRAILLES D'HECTOR, SON TOMBEAU.

16575   Quant cele nuit fu trespassee
E resclarci la matinee,

16561 (*L*); *R* V. ancois; *GR* ce uos — 62 *E* san, *ARkx* se; *L* feignent, *Gn* fointrent, *M* fainstrent, *A* faindrent, *H* -sent — 63 *ek* En... et en; *M²* biau chantier; *Mn* ne en — 65 *M²* T. i u. c., *M* Mes t. u. et c., *F* T. ueillent c. — 66 *EI* M. ml't e. en grant c.; *k* effr. — 67 *l* Par la u. tout; *M²Iek* li borgeis — 68 *n* sorpraignent, *M¹* -anent, *E* asaillent, *K* traissent, *I* tras.; *M* ni entrassent; *M²Iek* li grezeis (*MM¹* greiois) — 69 (*R*); *A²I* T. n. furent (*I* erent); *M²A²ek* les murs, *F* les mur — 70 (*I*); *n* mie a s.; *M²A²My* Ni estoit nus (*H* Mais ni est pas) de rien (*A²* hom dedenz) seurs, *K* Nus ni e. dedenz s. — 71 (*A²*); *N* crierie, *FGL* noiserie; *A* Ni auoit en nul lieu leesce — 72 *Cy* T. p. t. d. (*HM¹* cri, *C* plaint), *F* T. d. t. cri, *L* T. c. t. d., *A* Mais p. et c.; *G* tel huierie, *N* t. noiserie, *F* t. desuerie, *L* t. crierie, *AA²BCIek* et t. tristece, *HR* et t. destrece, *M²* t. vslerece — 73 *A²* bien les — 74 *n* meruoille, *R* molt par sen, *M¹* forment sen, *M* ml't fort sen, *K* durement; *EK* sesioissoient, *MM¹* esi., *n* lie en estoient, *M²* esioieent, *R* esioiosient — 75 *M²N* nuiz; *M¹* trespasce, *N* respassee — 6 *Men* resclarci.

Si pristrent conseil li Grezeis.

Agamennon parla li reis :   *16530*

« Seignor », fait il, « bien nos estait.

16580   « Grant bien nos a cil a toz fait,

« Qui d'Ector nos a delivré :

« Mout l'en devons saveir bon gré.   *16534*

« Mout nos a nostre uevre avanciee,   *16537*

« Dès ore est el bien espleitiee :

16585   « Mout en devons aveir grant joie,

« Mort sont e vencu cil de Troie ;   *16540*

« Ne pueent mais foison aveir.

« Bosoing nos ert e estoveir

« Que li coilverz fust entrepris

16590   « Qui tant rei nos aveit ocis,

« Tant baron e tant chevalier.   *16545*

16577 (R); *M²* Se; *M¹* pritrent, *M* quistrent — 78 *M* as r. — 79
M¹ Seignors; *F* uos; *M²L* esteit, *en* -et; *A²* molt b. nos uait —
80 (*AA²*); *H* a trestos f.; *n* Ml't nos a a toz g. b. f., *M²* M. liez
nos a trestoz cil feit — 81 (*AHJ*); *M²KR* deliurez — 82 *M²R*
bons grez; *AA²BCDJky* dével. en 3 v. : Tuit fussionmes (*A* fus-
siemes, *J* fussomes, *M¹* fus., *M* fussions) (*H* Nus fussiens t., *E*
Trestuit f.) a mort liure (*K* -ez) Sil uesquist (*K* vequist, *H* durast)
un an solement Trop par auoit (*M* T. a.) grant hardement —
83-4 *sont placés dans F après*- 86 — 83 *ABCDJky* Bien a cil, *A²*
B. nos a; *AFGJM¹* auancie, *M²* -ee — 84 *M²Rx* or; *R* e.
aulres esplaicie; *M²* espleitee, *FGJM¹* esploitie; *ABCDJky* Qui
la ocis et e. (*A* detrenchie), *A²* Ki de son cors nos a uengie —
86 *n* M. et u. s.; *FJM¹* uaincu, *N* uoincu, *E* destruit — 87 *N*
poent, *FL* puent, *G* poons; *A²* uertu, *L* besoig, *A* desfense;
M²K Ne nos poent mes frois (*K* freiz) a., *M* Molt nous puent m.
poy greuoir, *E* Ne porront m. grant force a., *HM¹* Ne durront
m. a nos (*M¹* uos) por uoir, *J* Nauront m. force ne pooir — 88
(*H*); *M²* Besoingz, *M¹* Besoing, *AEFIILk* Besoinz, *A²JN* Mestier;
LM¹ n. iert, *H* estoit, *M²Ak* iert grant, *M²AHk* e est.; *J* en
auions por uoir; *G* Or nos conuient; *ex* par e. — 16589-609 *m.
à G* — 89 *M²En* cuiuerz, *M¹* cuuert, *K* -ers, *M* culuert; *A²* Puis
quil est mors li enemis — 90 *EHN* tanz; *AKny* rois; *M* Tant
par n. a. roys o. — 91 *HM¹* Maint b. et maint c., *K* Tanz ba-
rons et tanz cheualiers, *n* Et tant bon riche c.

« Se un sol an vesquist entier,
« Tuit fussons mort pris e vencu :
« Mout nos en est bien avenu.
16595 « Danz Achillès fu mout bleciez,
« Mais auques est asoagiez ;   *16550*
« Il guarra bien : mout a bon mire.
« Mais une rien vos vueil jo dire :
« Ne lo pas que nos combatons
16600 « Desci que sain e sauf l'aions ;
« Atendons qu'il seit respassez,   *16555*
« Quar aussi somes trop lassez.
« E del combatre sai jo bien
« Que cil dedenz ne feront rien :
16605 « Trop ont perdu, deshaitié sont.
« Ja ore nel se penseront,   *16560*
« Que vers nos issent a bataille :
« Ço poëz vos creire senz faille,
« Qu'il n'en ont ore nul talant.
16610 « Mandons sempres al rei Priant
« Que triuës nos donge dous meis :   *16565*

16592 *M²* Sil u. plus un an e., *K* Se sol deuz ans uequist entiers — 93 *M²E* fussiens, *n* fusiens, *M¹* fusons, *M* fussion — 95 *M* m. fu, *E* est m. — 96 *Fk* ass. — 97 (*L*); *M* m. b. a m., *H* ce dist li m.; *A²* quil a bon m.; *N* mie; *I* II g. tous il a — 98 *M²* E u.; *M* bien d.; *E* Une r. uos sai ie bien d., *HJM¹* U. chose u. s. ge (*J* a) d., *A²* M. tant u. s. io b. a d., *I* M. t. u. uoil proier et d., *nL* Mais androit moi ne lo ie mie — 99 *M²* lou; *M* Que nous pas ne, *I* Q. contre els nc; *n* Q. nos c. aus conbatre aillons — 16600 (*I* Desci), *Mn* De ci, *K* De si, *M²* Dauant, *e* Deu.; *F* et uif — 2 *K* alsi, *M²Me* ausi; *e* est chascuns l.; *n* Se uos ensi (*E* issi) tuit lo loez — 3 *MM¹* Et de; *n* De c. ce s. ie b. — 4 *eM* de la — 5 *M²* deshcitie, *K* deh., *M¹* dehetie, *E* desh. — 6 *E* ores; *M* ne se penceront — 7 *E* Quan; *n* an b. — 8 (*J*); *M²AM* Ce p. bien, *K* Ico p.; *AK* sauoir — 9 *M²A* Que il n. o. ore (*A* point de) t.; *E* ores — 10 *M¹* Mandomes tost; *M²* Mes m. ore au; *G* Que nos mandiens p. le roi — 11 *FH* triue, *M¹* treues, *K* trieues; *n* doigne, *M* doinse, *M¹* done, *E* doingne, *H* -cnt; *G* nos delit .ij. m.

« Si sevelirons noz Grezeis,
« E il les lor, ço fait a faire. »
Ensi l'otreient senz contraire.
16615 Li messagier montent en l'ost ;
A Troie vindrent assez tost.   *16570*
Mout ont bien forni lor message,
Quar li meillor e li plus sage
De ceus dedenz donent la trieve ;
16620 E si sacheiz que mout lor grieve,
Mais nel pueent ore eschiver :   *16575*
Dous meis l'ont faite aseürer.

    Cil de la vile ont fait les rez,   *16579*
En mainz lieus les ont alumez ;
16625 Si ont cil de l'ost autresi.
Quant li mort furent seveli,
Si retornerent en sojor.
Troïen plorent lor seignor :
El riche temple Junonis,   *16585*
16630 Le guarderent bien quinze dis.

16612 *k* Si sepel., *e* Senseuelirons (*M¹* -on), *n* Por anseuelir ;
M²M¹ nos, *M* tous ; *M¹* greiois, *M* greioiz (*formes constantes*) —
13 *M²* feit ; *EF* cest biens (*F* bien), *N* bien est — 14 *E* Einsi,
M Ainsint, *FKM¹* Issi — 15 *F* mesage, *e* -ier — 17 *L* Si ; *N*
mesaige — 18 *M* li pluseur ; *N* saige — 19 *E* ces ; *J* done ; (*BEHK*
trieue), *M²ACLMM¹Rn* triue, *G* triuce ; *A²* lont afiee — 20 (*CG*) ;
AB Et sachiez bien ; *M* les ; *K* greue, *A* griue ; *A²* Et s. m. bien
lor agree, *nBL* Et s. q. (*B* Et s. bien) m. lor ennuie, *R* Mas ke
s. molt lor eschiue — 21 *M²R* ne ; *N* poent, *ABHM¹* puent, *F*
pooient (*v. f.*), *M²AA²CHJRk* porent ; *EH* or, *CJ* pas, *J* mes ;
M M. ne la p. e. ; *nA²* amander ; *AA²BCDHJM¹k* aj. : Ne uers
(*C* a) ceus de lost (*A²* icels defors) estriuer (*B* refuser) — 22
AA²BCDHJM¹k dével. en 2 v. : A .ij. m. lont fete (*B* les ont
fait) iurer Et de (*K* des) .ij. (*A²* dambes) parz asseurer — 22 *F*
Dos ; *n* la font ; *M* feite ; *E* A .ij. m. l. fet afier — 23 *K* font, *M²*
o. feiz — 24 *M²* maint luc ; *R* lues, *N* lous — 25 *M²* unt ; *ek* Et
c. de l. tot a. — 26 *k* sepeli, *N* anfoi — 27 *M¹k* au s., *n* a s. —
29 (*AA²H*) ; *n* Dedanz lo t. ; *M²* iunovis, *N* iunonys — 30 *M¹* .xv.
et dis.

Entre tant dis ont esguardé
Ou n'en quel lieu de la cité
L'en portereient enfoïr :
Auques en orent de leisir.   *16590*
16635 Par le comun esguardement
Del rei Priant e de sa gent
Li ont faite sa sepouture,
Ço me reconte l'Escriture,
Devant la porte de Timbree :   *16595*
16640 Ensi ert par non apelee.
Devers l'ost des Grezeis esteit :
Un mout riche temple i aveit,
Fait en l'onor Apollinis,
De marbre blanc e vert e bis.   *16600*
16645 Mout par i aveit granz faitures,
Granz entailles e granz peintures ;
Mout par esteit bien atornez
E mout richement aornez.
Tres de devant l'autel major,   *16605*
16650 Firent trei sage engeigneor

16631 *E* Antre ; *k* Entretandis, *n* An- — 32 *AM* en, *E* an ; *M*² lue, *AEK* leu ; *n* Que (*F* Car) orandroit an la c. — 33 *Aek* Le ; *k* porroient euseuelir ; *A* seuelir — 34 *F* laisir, *N* lessir, *M* lesir ; *M'* Assez en o. grant loisir — 36 *N* prian — 37-8 *interv. dans E* — 37 *M²KN* sepolt., *eFM* sepult. — 38 *M'* Ce nos raconte, *F* Come r., *M* Ainsi con retrait ; *k* lescripture, *F* la scriture — 39 *M'N* tynbree — 40 *KM'* Issi, *E* Einsi, *M* Ainsi ; *M²M* iert, *E* est ; *M'* p. n. fu a. ; *n* Qi ensi (*F* ansi) estoit a. — 41 *K* Deues ; *E* De deuers l. d. grex e. — 43 (*AA²JL*) ; *M²* Feit ; *CMM'* apolinis, *F* dap., *N* dapollinys, *G* -is — 44 (*AA²CGJL*) ; *M²M* u. e bl. — 45 (*L*) ; *K* Et m. i, *e* M. i par ; *FMM'* grant ; *M* feitures, *F* paintures, *N* point. — 46 *ek* G. merveilles, *N* Antailliees ; *LN* figures, *F* faitures, *M* paint., *E* point. — 47 *n* Trop ; *nK* bel ; *e* aornez, *F* reparez — 48 *n* Et trop gentement, *ek* Et de richesces ; *M* b. a., *eF* atornez, *L* conreez — 49 (*GL*) ; *F* dedauant ; *K* graignor — 50 *M²* sajue engigneor ; *M'M* engineor, *E* -ngneor, *F* angineor, *K* enchanteor, *N* anch.

Un tabernacle precios,
Riche e estrange e merveillos.
Quatre images firent estanz,
Egaus de groisse e de semblanz.   *16610*
16655 Eschameaus orent soz lor piez
D'or esmeré bien entailliez
Les images, d'or ensement :
Les dous erent de bel jovent,
Les autres dous de grant aage.   *16615*
16660 Oëz que firent li trei sage :
Si faitement les ont formees
E en tel guise tresgetees
Que les braz destres estendeient
Ensi que les paumes ovreient.   *16620*
16665 En chascune ot un pileret
D'un grant, d'un gros, auques longuet ;
Mais al meins e al plus eschars
Valeit li pire dous cenz mars ;
Quar d'un jagonce grenat chier   *16625*

16652 M^1 R. e. et; G Riches estranges et m., E Ml't bien fet
et ml't m.— 53 (BCGIJL); M^2Mek ym. (cf. -57, etc.); H issont,
A^2 i f. faire; n estant — 54 (HGL); K Igals, L Ygals, M Egal,
JM^1 Iuex, H Yels, B Ingaus, N Oicx, G Ouex, F Diex, A^2 Gen-
tes; A^2L de cors; n sanblant, M^2ABCJek de groisses (M^1 groises,
J grosses, C groisse, A -eur, B grossece) et de granz ; I Inguels
de forche ingalment grans; A^2 et de uiaire — 55 N Eschamiax,
F Eschennax; M^2K Lions asistrent, M Si les a., eA^2 Lune en
a.; EM sor, M^1 sus, A^2 a; CEG les, A^2M^1 ses — 56 M^2EM
esmerez; F D. antailliez b. esmerez — 57-60 m. à G — 57 n tot
ans. — 58 M^2M^1k biau — 59 M bel a. — 60 M^2 qui, N quan —
61 M feit.; F formez — 62 M^2EN tresgitees, F -ez, K tregetees,
M^1 -ietees — 63 M^2k estendirent — 64 E Einsi, M Ainsi, FKL
Issi (de même partout, sauf avis contraire), G Ansus; M^1k ouri-
rent — 65 F piletet — 66 M^2 tuit per, Jek dun per; A Dun per
dun grant, H Del gros dun pie; M^1 a. bien fet, M et dun gran-
det; x Dun gros qui auques sont (G fu) l. — 67-8 m. à G — 67
M^2 meinz, M mainz, M^1 mains, En moins — 68 ENk pires, F
pere; k .v. cens — 69 L Que, les autres Car; G Sardin; yagonce;
M^2M^1 iarg.; LM grenet, K u, M^1 guernat, M^2G granat, n grant et.

Tome III.   7

16670   Firent li sage le premier,
           L'autre d'un prasme verdeiant :
           D'un gros esteient e d'un grant.
           Li tierz esteit d'une egetaine :
           Soz ciel n'a pierre a si grant peine   *16630*
16675   Seit eüe ne conquestee
           Ne que plus chier seit achatee.
           Bien vos deïsse ou om la prent
           E ses vertuz dont ele a cent,
           Mais por l'interposicion   *16635*
16680   Avient iço, que le laisson.
           Li quarz pilers fu d'un pedoire.
           Ensi com nos retrait l'Estoire,
           Dedenz le flun de Paradis,
           A uns arbres d'estrange pris ;   *16640*
16685   Pomes chargent que al fonz vont :

16670 M^2 primjer; nG Uos di que f. lo (FG furent li) p., L Furent ce sachiez li p. — 71 HK brasme — 72 ($ABCHJ$); M^2A^2x lonc — 73 M Li autre e., K Li altres ert; A egetainne, M^2JMM^1 geteine, E -einne, IR -aine, H ietaine, C ieçeine, N geraine, L gritienne, K gazaine; G dun gietaainne, A^2 dun geetaine; B Li autres e. dun jesiene, F Et li t. e. dune gemme — 74 E peinne, FI poine, Nk paine; G Nest p. dauoir del painne — 75-6 m. à G — 75 n aue (forme ordinaire) — 76 IL si c. s., F p. soit c.; M^2 achatee — 77-80 G a ces 2 v.: Nest mie tant dite ou est prinse Que ma matiere nan debrise — 77 LM^1 len; I le p.; n prant — 78 n Et les; EN dom; n tant; I Et de lor u. essement — 79-80 I M. ne men voil or entremetre Ne int. chi metre — 79 (A); R Mas per, A^2 Mes par, L Mes; JR int., BC lintrep., M^2 lujtier posicion, H li interportion, DM^1 linterpretacion, n lautre posicion (N poss.) — 80 ($ADHJ$); R Auien or ke nos lo laissom, C A. q. ici le leson; K ici, A^2 issi; N q. nel disson, F q. uos dison, L dont nos lison; M^2 Nen voil or fere mencion — 81 Fk piliers; M Le quart pilier; R de; C piedoire, H pedore — 82 n conme; M con uos refit lyst., H c. raconte lestore — 83 K Dedans lo; FK flum — 84 M^2Fk A un arbre, G A un maubre; N En a un a. de grant p. — 85-6 G Qui chiet dun aubre et de goute Sainqui .vij. ans demore an rote — 85 M^2 Pome; M^2N charge, AM portent; F a f. ; M^2 vet.

Celes qui set anz i estont
Pierres devienent forz e dures.
Teus vertuz ont e teus natures
Qu'ome desvé senz esciënt,   *16645*
16690 Qui rien ne set ne rien n'entent,
Rameinent tot en son memoire :
C'est la nature del pedoire.
Cinc piez aveient largement :
A merveille tienent la gent,   *16650*
16695 Des images qu'iluec esteient,
Com faitement les sosteneient.
Des senestres mains s'apoioënt
De bastonceaus qui ne pleioënt,
Quar tuit esteient fait autel   *16655*
16700 D'or entaillié merveilles bel.
Les cimeises des pilereaus,

16686 (AL) ; *M²M* Cele; *M²* estet — 87 (*A²GL*); *ACJky* Sont
p. serrees (*C* sacrees) et d., *M²* Deuient pierre serre é dure — 88
(*HJ*); *M¹* Tel uertu; *n* Granz u. ont et granz n., *G* Set la uertus et
sa nature, *M²* Vertuz a granz e tiel n.; *C* figures — 89 *E* Que home;
A² derue, *N* domes; *F* dient a e. — 90 *M²* siet; *M* ne qui r.; *F*
ne ne atant — 91 (Rameinent, *corr.*), *M²RK* Ramejne, *E* -einne,
M¹ -ene, *N* -oine, *F* Car moine; *A²* Fait reuenir; *MR* a; *M²MRe*
sa m. — 92 *M* de — 93 *H* .vij.; *En* auoit bien (*n* tot) — 94 *F*
meruoile, *EHN* -oilles; *H* estoient g., *n* lo tienent g.; *M¹* A m.
iert a toute g. — 95-6 *interv. dans H* : Meruelle ert con se soste-
noient Les y. qui la c. — 95 *F* qiloc, *K* quilec — 96 *M¹* sote-
noient; *E* Qui a bastons se s. — 97-8 m. *à E* — 97 *M²* D. m.
s. sapoient; *HM¹* sapoioient, *L* sapuioient — 98 (*A²GMM¹* De),
M²AHIn Des, *K* O; *M²* bastoncels, *A²* bastons dor; *AA²HM¹n*
q. pas; *AA²Mn* ploient, *HM¹* plooient; *M¹* q. ne pleieent, *K* que
il tenoient; *L* De .ij. bastonez quil t. — 16699-700 *interv. dans A*
— 99 (*G*); *L* Qe; *M¹* Tuit quarre erent, *A²BCJky* Dor (*A²EJ* Gros)
estoient tuit (*A²* et), *A* E. fet tout, *I* Car tout quatre erent;
M²AA²BCIJky a neel (*M²* neiel, *A²* noiel, *C* anel); *N* ancel, *L*
en tel — 16700 *HK* Bien, *M¹* Gros, *A²* Tot; *F* meruoille — 1-2
A Les cumeles de si chiere œuvre Conme lestore nous dis-
cueuure — 1 *ek* cimeses, *N* -esses, *G* cymaises, *F* cimes, *H* yma-
ges; *M²* pileriaus, *M* -iauz, *K* -ials, *Ny* -iax, *F* pilers iax.

Qui tant erent riches e beaus,
Erent les dous de crisolites,
E les autres dous d'ametistes.   *16660*
16705 Sus furent voutiz li arcel,
Tuit par tot doble e tuit gemel.
Mout par fu riche le civoire,
Qui ne fu de chauz ne d'ivoire,
Ainz fu de fin or e de pierres   *16665*
16710 Mout precioses e mout chieres.
D'iluec eissi grant la clarté;
Plus resembla ciel estelé
Que nule rien que seit el mont.
Trop ont grant sen cil qui ço font.   *16670*
16715 Sor le civoire ont fait maisiere
Tote marsice e tote entiere

16702 *GM* ierent; *y* Dont (*EH* Don) chascuns ert (*M'* iert) r.
(*E* estoit bons); *K* bias, *M²AJ* biaus, *GMny* biax ; *I* Que iou
vous ai descris si bials — 3 (*H*); *GJn* Les .ij. e. (*G* estoient); *M*
Ierent; *KM'* gris., *F* crisoletes — 4 (*I*); *M²JM'* dametites, *GN*
demetites, *F* damiteces, *M* amatices — 5 *H* uautis, *kC* uoltiz;
E Desus f. uox; *N* artoil, *F* ortoil — 6 *M²Iy* jumel, *k* gimel,
N iumoil, *F* umoil; *M* T. d. par tuit et g., *M²* T. p. trestot
double e j.; *HK* d. (*K* dobles) et i. — 7 *A²* M. p. sont r., *IR* Molt
furent r. ; *CR* la, *BIM* li, *M²* de ; *AJKy* i ot r. c.; *C* ciboire,
A²HM cyb., *M'* cyu.; *nL* M. i ot un r. cimoire (*L* cyu.) — 8 *k* Car
nestoit, *A²* Et ne sunt, *E* Nestoit pas; *IR* darichal ni; *HM'* Car
il ni ot c. ne yu., *C* Quele ni ot pas diu., *J* Onques ni ot parle
diu.; *H* cals, *K* chalc, *A²* chalc, *B* canc; *A²M* ne dyuoire, *B*
ne de noire — 9 *E* Einz; *CRk* dor f. toç, *E* t. dor f. — 11 *M*
Dillec, *K* Dilec; *M'* Illeuc auoit; *M²EK* granz; *n* Qi giterent
(*F* gitirent); *nM'* ml't grant c.; *M²Ek* clartez — 12 *n* Mielz;
M²M resenbla, *K* -ot, *M'n* -oit; *E* P. reluist que ciax; *K* cielz,
M² cels, *MM'n* ciel; *M²Ek* estelez — 13 *E* Et plus que r.; *M²k*
qui fust; *H* al m. — 14 *M²* Molt; *M²MM'* sens, *En* san — 15
(*B*); *R* Fors; *H* la cimaise ; *A²CM* ciboire, *N* cimoire; *M²* funt,
HI ot fet; *AJy* mesiere, *C* mas., *N* mess.; *F* Sor loure ont faite
m. — 16 *M²A²L* Tot (*A²* Toute) enterine; *L* et c.; *M²* molt tres
chiere; *R* Si uos dirai kel t. e., *I* Et si estoit trestoute e.,
BCJMy Qui ml't par est riche (*BE* et r.) et chiere (*M* fiere), *K*
Molt preciose et ml't c., *A* Bele et gente de grant maniere.

De marbre de plusors colors :
Vint piez en dura la hautors.
Voute i ot faite d'or vousee.   *16675*
16720 Quant ele fu tote aprestee,
S'ont un sarcueil dedenz asis,
E si n'est hom ne nez ne vis
Qui de si riche oïst parler.
Quar pierres orent fait tribler,   *16680*
16725 Esmeraudes, alemandines,
Saphirs, topaces e sardines :
En or d'Araibe sont fondues
E trestotes a un venues.
Li trei sage devin ont fait   *16685*
16730 Un molle entaillié e portrait
De la plus riche uevre qui fust
Ne que nus hom veeir poüst.
L'or e les pierres i geterent,
D'estrange chose s'apenserent :   *16690*
16735 N'i bosoigna ne plus ne meins,

16717 (*ACJ*); *F* De m. toute, *N* T. de maubre; *n* et de c.; *A²*
De m. de totes c.; *HM* et de p. c.; *IR* Dun riche m. ki ml't uaut
— 18 *H* Ml't par; *FHM¹k* dure; *J* li; *M²* haucors, *C* -çors; *H*
halt la tors; *IR* Vint p. eut chou (*R* ce) mest uis de haut — 19
E Tor; *M²* i ont feite; *F* dor f. u.; *DEM* uolsee, *K* uoltee, *n*
uoutee; *R* a or ouree — 20 *F* Et grant (*sic*) ele fu a. — 21 *F* Sor;
M²n sarcou, *K* seel, *e* uessel; *M* Si y ont .j. seel a.; *kn* assis —
22 *E* Si nest nus h. — 23 *M²* feit; *n* pierre i ont faite; *H* ot faites
triuler — 25 *M²* Esmaraudes; *N* alam., *M* alemend. — 26 *M*
Saphir; *M¹* Safirs topases, *N* Saspines topes, *F* Sarp. tospes —
27 *F* darrabe, *N* durable; *eM* de rechief s., *K* s. de r.; *F* fondees,
M² fundues — 28 *M* a or; *n* Et trestot en un mont u. (*F* tenues)
— 29 *M²* sajue; *F* diuin, *N* deuint; *M²* feit; *ek* Li s. poete en o.
f. — 30 *M²* moule, *E* mosle, *H* maulle; *k* moillie; *M¹* dome bien
p.; *E* .l. ml't riche m. et p.; *M²* portreit — 32 *M²Ke* Et; *M²*
qui; *ek* fere seust; *M²* poist, *n* peust — 33 *M²Ken* giterent —
34 *F* se panserent, *N* sapans., *les autres* se penerent — 35 *H*
besoigne; *M²* Car ni coujent; *FM¹k* mains, *M²* meinz, *N*
moins.

Que toz li molles en fu pleins.
De la chaeire que direie?
Ja tant ne m'en porpensereie
Qu'ele fust ja par mei retraite   *16695*
16740   Quel ert ne coment esteit faite;
Mais l'emperere d'Alemaigne,
Al mien cuidier, e cil d'Espaigne,
Ço vos puis dire senz mentir,
Ne la porreient tel bastir.   *16700*
16745   Le cors Hector ont aporté.
Quant il eissi de la cité,
Lors refreschi trestoz li dueus :
Batent paumes, tirent cheveus;
Ullent, braient, plorent e criënt;
16750   Le termine e le jor maudiënt
Qu'il nasquirent ne qu'ont veü,   *16707*
Ne qu'il tant longes ont vescu

16736 *E* Trestoz; *M²F* moules, *E* mosles; *HM¹* Car li m. en
fu toz p., *M* Tot fu li molle empliz et p.; *FHKM¹* plains, *N*
ploins, *M* plainz — 37 *M¹* cheeire, *EKN* chaere, *F* chaiere, *J*
chiere, *M* chaire; *H* Et de la tombe — 38 *M²* me, *E* moi — 39
M²Ek ia f. — 40 *M²K* Quels, *en* Quex, *M* Quele; *M¹* iert, *M²FK*
est; *Me* et; *M²KM¹* come ele (*M²* el); *E* ele ert f.; *M²* ert
feite — 41 *M²EK* lenpereres, *M¹* -iere, *M* lenpire; *F* da-
lam., *E* dalemeingne, *M¹* -eigne — 42 *K* espeir; *n* ne c. — 43 *Ae*
os, *M* oz; *M¹* si los bien — 44 *F* les; *K* poissent; *F* departir,
N eslegir — 45 *R* ha hom porte, *G* an ont p. — 46 (*B*); *C* Q.
eissus fu; *G* fu fors de — 47-61 m. à *G* — 47 *M²* Doncs, *K*
Donc, *EM* Si; *M* refresci, *B* refressist, *H* ranforce; *L* reco-
mence toz; *R* Trestuit lor duel en refreschirent; *M²* duels, *LM*
duelz, *JKy* dels, *n* diax — 48 *F* Bautent; *C* ronpent, *E*
traient; *M²JKM¹* cheuels, *F* -iax, *H* cauex, *L* -elz; *R* lor
kiues tirent — 49 *M²* Vslent, *F* Vielles; *N* Vallet p., *ky*
Petit et grant, *R* Comunalment; *HKNR* b. et c. — 50 *M¹*
Le terme, *K* Et lo t., *M²AHR* Les termes; *M²* e les iors — 51
JMy n. et — 52 (*R*); *F* que; *n* longues; *M²* Ne qunt t. longe-
ment vescu; *ABCJky* La mort hector (*M¹* dector) qui tant mar
(*A* m. i) fu.

Que sa mort veient ne le jor
De si angoissose dolor.
16755 N'i a un sol, petit ne grant, *16709*
Nes les femmes ne li enfant,
Qui n'i vienge e grant duel n'i face :
Maint en morurent en la place,
Cui li cuer del ventre partirent ;
16760 Tel mil e plus s'i espasmirent,
Qui por mort en furent porté. *16715*
Ne vos porreit estre conté
La siste part de la dolor.
Li sage maistre e li dotor
16765 Ont pris le cors, jo n'en sai plus ;
Enz en la voute de desus *16720*
L'ont gentement posé e mis
E dedenz la chaeire asis.
Dous vaisseaus ont apareilliez
16770 D'esmeraudes bien entailliez, *16725*
Toz pleins de basme e d'aloès ;

16753-4 *m. à ABCJky* — 53 (*R*); *N* Quil; *F* siamort u. et —
55 *K* et g. — 56 *M*² Neis, *M*¹ Nis, *FM* Ne; *M*²*Ky* e (et) — 57 *K* ne;
*MM*¹ uiegne, *E* ueingne, *N* ueignent, *J* auge; *F* Qi iuienent; *IK*
et qui d., *M*²*MM*¹n et duel; *M*²*FJKMM*¹ ne; *H* Q. ne plort et
dolor nen f. — 58 *M* se m.; *F* morirent, *K* mururent, e i mue-
rent, *H* i pasment — 59 *M*²*F* Que; *N* li uantres des cuers;
ky Li c. des (*H* es) u. lor p. (*HM*¹ perceient) — 60 *M*² Tiels, *M*¹
Tiex, *F* Tiel; *HKM*¹n sen; *M*²*K* esparmirent, *N* espamierent, *F*
i pasmerent, *HM*¹ i pasmoient — 62 (*G*); *M*²*HM*¹k puet e. reconte
(*H* rac.) — 63 n qarte parz; *H* lor — 64 *M*² saiue; *M*²*F* doutor,
AELNk contor; *AE* Li duc li (*A* riche) prince; *HM*¹ Mes li s. p.
c. — 65 *K* gie ne se p. — 66 *EN* Anz an, *F* Aut an, *HM*¹ Enmi;
Ek uolte, *Ln* tombe; *G* An la t. lont mis d.; *M*² la d. — 67 *m.*
à G; *M*²*M* porte — 68 *G* Et desus; *FK* chaiere, *EN* chaere, *M*
chaire, *J* chiere, *M*¹ cheere (cf. *91*); — 69-80 *sont placés dans*
H après 16808 — 69 *G* uasaus, *F* uaisiax, *J* uassel, *K* uas-
siaix; *G* i ont ausis mis — 70 *M*¹y Desmar.; *G* Desm. e. faitiz
— 71 *F* Tot ploin; *N* ploins (Toz *m. à M*²); *M* basmez; *My*
daloez.

Sor un bufet de gargatès
Les ont asis en tel endreit
Que ses dous piez dedenz teneit.
16775   Del basme grant plenté i ot :
Jusqu'as chevilles i entrot.   *16730*
Dui tuëlet d'or geteïz,
Merveilles bel e bien faitiz,
Desci qu'al nes li ataigneient
16780   E dedenz les vaisseaus esteient,
Si que la grant force e l'odor   *16735*
Del vert basme e de la licor
Li entroënt par mi le cors.
Granz fu l'aveirs e li tresors
16785   Dont la sepouture fu faite.
Quant la chose fu a chief traite,
Si ont une image levee
Qu'a merveille fu esguardee :   *16742*
De fin or fu resplendissant

16772 *M'* buffet, *M* bofet; *M'* gargatez, *M* gag.; *H* dargent
gites — 73 *M²Fk* assis; *e* de; *M'* cel — 74 *y* Can .ij. s. p. — 75
M'kn De; *N* balme, *F* baume; *M²En* plante — 76 *H* Dusquan,
M²E Tres quas (*E* quaus), *M'* Trusqua, *F* Desquas; *R* Iusquaus
chauiles; *M'* cheuiles — 77 *M²kny* Dous tuelez (*HK* -es, *F*
ruelez), *R* Dun tueleit (*le* t *final exponctué*); *M²EHMRn* giteïz
— 78 *M²* bels, *kny* biax; *M²* feitiz, *H* assis — 79 *M²EH* De ci,
AMM' De si; *K* Dessi quas nes, *F* Qi descau neis, *N* Qui
iusquau nois; *M* nez — 80 (*AJ*); *M'* Qui d. les seiaus; *FII* lo
uaisseil — 81 *EN* granz; *En* lodors, *J* lolors, *M* loudor — 82 (*A*);
en uerai; *EJ* et la licors, *n* et des licors — 83 *K* dedanz le c. —
84 *M'* Grant, *J* Genz; *AM'k* lauoir; *M²* thes. — 85 *EKN* sepol-
ture, *FMM'* sepult.; *M²K* feite — 86 *M'* chies; *M²* treite — 87
(*A²GL*); *F* aportee; *M²ACIJky* Si ont loure aitant (*CM* atant,
M²I si haut) (*E* atant lueure) lessiee (*H* laiee, *K* menee, *M²CI*
leuee), *B* Sont lueure a tant laissie ester — 88 (*CI*); *A²FLM*
meruoille, *GN* -es; *H* A meruelle, *eAJK* Qui (*K* Que) meruei-
les (*E* -oilles); *AJy* bien taillíée; *B* Con puet a m. esgarder —
89-90 m. à *M²ABCJky* — 89 (*A²L*); *I* Dor le fisent; *GN* resplan-
dissanz.

16790   E a Hector si resemblant
         Que nule chose n'i failleit.
         Un brant d'acier tot nu teneit,   *16744*
         Grezeis par signe manaçot :
         Ço voleit dire e ço mostrot
16795   Qu'ancor sereit vengiez un jor.
         E si fu il al chief del tor
         Si faitement com vos dirons,
         Anceis qu'a la fin parveignons.   *16750*
           Oëz que firent li trei sage.
16800   Desoz, devant chascune image,
         Firent lampes d'or alumer
         En reverence de l'auter.
         Teus est li feus, ja n'esteindra   *16755*
         Ne ja a nul jor ne faudra :
16805   D'une pierre est de tel nature
         Que toz jorz art e toz jorz dure.
         Chier refu mout le pavement,
         Quar toz esteit de fin argent.   *16760*

16790 (*A²IL*); *GN* resanblanz — 91 (*A³GIL*); *M²ABCJky* En la
(*H* sa) chaeire hector secit — 92 *IMM¹* branc — 94 *M²* signes,
E singnes ; *e* demostroit — 94 *M¹* uoloit — 95 *M²KM¹* Quencor
— 96 *N* Et il si fu ; *M²M¹* a ; *M²* chef ; *k* de — 97 *ck* Si aspre-
ment ; *M* nous — 98 *M²k* Auant ; *E* Eincois que a la f. ueignons,
M¹ A. qua la parfin u., *A* Auant ainz quen la f. uegnons, *M* A.
que la f. preignons, *n* Ancois que an la f. scions — 99 *M²K*
Oiez ; *R* f. troyen (*sic*) — 16800 *M¹* D. desus chacun ym.; *K*
Desor, *n* En haut ; *M²F* dauant — 1 *n* dox (*F* dos) l. a. — 2
(*A*) ; *G* An remanbrance ; *N* de lautel, *L* de chanter ; *ek* Onques
nes uit nus hom (*K* n. h. nes u.) fumer (*eJ* finer), *H* O. n. h.
ne uit lor per — 3 (*HJL*) ; *M¹* fues ; *M* Tel est li feu ; *EM* nes-
taindra, *n* nestoindra, *G* ne faudra — 4 *nL* n. i. ne defaudra ;
AJky Ne ia (*AE* a) nul i. (*H* li fus) ne descroistra, *G* Ne pour
riens nulle nestaindra — 5 *M²* Une ; *F* part ; *Aek* Si est fez et de
— 6 *n* Qi ; *M¹* tot iors a. et tot iors — 7 *M²* Cher r. molt ; *AKe*
furent, *M* firent ; *AKe* li p. ; *n* Desoz (*F* Desot) un riche p. (*F*
pauiment) — 8 *M¹* tot, *M²* il ; *n* Qi estoit toz (*F* tot), *A* Qui
estoient, *K* Car tuit erent.

E s'i ot d'or plus de set listes,
16810 Ou en greu ot letres escrites,
Que diseient, qui les liseit,
Que toz entiers iluec giseit
Hector, qui tant fu proz de sei,   *16765*
Qu'Achillès ocist al tornei.
16815 Mais tant vos en met bien defors,
Nel conquist mie cors a cors,
C'onques ne nasqui chevalier,
Dès le derrain jusqu'al premier,   *16770*
Vers cui n'eüst defension.
16820 Ne trovons pas ne ne lison
Qu'onques sis pers nasquist de mere,
Si forz, si proz, si combatere.
Puis que li mondes comença,   *16775*
Ne ja mais tant come il durra,

16809 (*A²HL*); *G* out; *F* par p.; *J* .v. l. — 10 *M¹* grie, *JM¹*
grieu, *HK* griu; *G* out, *K* ont, *FH* sont; *H* Ou l. en g. s. e.; *I*
Ou ot en gryu; *M* Ou en l. escr. (*sic*); *M²* escristes, *A* escriptes
— 11 *A* Et, *M²* Ce; *N* dissoient; *A²Jky* Et dient (*J* dien) ce (*M¹*
cil); *x* es (*L* el, *G* en) premiers vers, *I* li mot premier — 12
(*HJ*); *A* Qui; *M¹* enuers; *A²* Quector li preuz, *M* Hector entroz;
MM¹ illeuc; *M²* Quiluec por veritie g., *x* Ci gist hector trestoz
anuers, *I* Ci g. li cors h. le fier — 13 *A²* Li bers; *xL* Cil qui
tant par, *I* Chelui qui t. — 14 *K* en t. — 16815-974 m. à *R* (*1*
feuillet perdu) — 16815-74 *résumés en* 10 *v. dans G* (*voy. aux*
Notes) — 15 (*A*); *M²M* en m. ie b., *K* nos en ont mis; *L* M.
itant uos en m. d.; *M²LMe* dehors — 16 (*ACH*); *Jn* Nel ocist
m., *M²* Quil nel c. pas — 17 *M²* Onques; *AJky* Ne n. onques;
E cheualiers — 18 *M²HLM¹* Del derreejn (*M¹* desreein, *H* daa-
rain, *L* deerrein); *A* Du premerein iusqu'au dernier; *M* derrein,
E darrien; *M²* tresqurau, *E* -as, *M¹* iusqua, *H* duscal; *E* tresquas
premiers; *M²* primier — 19 *K* qui — 20 *KM¹* trouon; *M* nel l.;
A Ne ne t. p. ne l. — 21 *n* si proz; *ek* Que s. p. (*M¹* son per,
E si preuz) n. onc (*E* ainz) de m., *A* Qui o. de m. n. — 22 *MM¹*
fort; *E* Si p. si f., *n* Ne si forz ne; *M'n* conbatiere, *M²* cumb.;
A Nuls hom qui le contreuausist — 23-6 *réd. dans A à* 2 *v.* : De
proesce dar- mes porter De son auersaire greuer — 23 *n* Des que
li siegles — 24 *F* dura; *K* de la ne de ca, *M* ne de la en ca.

16825 Ne nasqui nus de sa valor,
   Ne ne fera ja mais nul jor.
   Des vaillanz fu li soverains,
   Mout par ocist reis de ses mains : *16780*
   Quar il ocist Proteselaus,
16830 Qui mout esteit proz e vassaus ;
   E si ocist rei Patroclus,
   Rei Merion, rei Scedius,
   Rei Boëtès, rei Prothenor,
   Rei Antipus, rei Elpinor ;
16835 E si ocist Archilogus,   *16787*
   Orcomenis e Dorius,   *16789*
   Polixenart, rei Ifidus,   *16788*
   Polibetès, Leotetus,   *16790*
   Phelipon e Merionès.
16840 E s'il vesquist dous anz o mais,

16825 *N* nasquie; *MM'* hons, *K* hom — 26 *M* sera; *M'M'*
Ne ia mes ne f. — 27 *E* souercins — 28 *K* a s. m. — 29
AKM' proth. — 3o *K* m. par fu.; *En* uasax — 31-2 *interv.*
dans A' et placés après -38 — 31 *M'M'* reis; *F* ephyus — 32
(*B*); *A* Et m., *A'M'* Rois m.; *L* Et roi mennon roi sordius;
KM' et sc., *AEH* et ced., *M'CIJ* roi ced., *A'* et scelidus — 33
(*CIJ*); *A'y* Rois b., *A* Et b. ; *AK* et p., *M'* rois p. ; *M'* protenor,
A' alpinor; — 34 *A'ny* Rois, *A* Et; *ABH* santipus, *A'* -om, *N*
santhipus, *FL* -thifus, e sanctipus, *J* xantippus, *M'CM* -ipus,
K -ipun; *A'MM'* rois, *A* et; *K* helpinor, *M'ABE* alpinor, *F*
-enor, *N* alphenor, *I* clpenor, *H* epinor, *L* sapinor, *A'M'* pro-
thenor — 35 *I* archylocus, *H* archilagus, *A'* anthilogus — 36-7
interv. dans EK — 36 *I* Orch., *E* Arcomenis, *C* Orconomis ;
M'BIJLMe dormius, *K* dormenus, *F* dorinus — 37-8 m. à *A* —
37 *M'* Polixenarz; *BCM* isidus, *IJ* ys., *L* ysides, *N* yx., *F* pro-
teses; *K* et yssidus, *HM'* et roi (*M'* rois) ydus, *E* et r. fidus,
A' leotetes — 38 *M'K* Politetes, *M* -tetetez, *F* Polibethes; *HK*
loetetus, *B* leotecus, *I* -teus, *C* et malfatus, *n* leothetes, *L* -testes ;
A' Ysidus et pollibetes — 39 (*E* Phelipon), *M'C* Philipum,
BFJLk -on, *AA'N* -ippon, *M'* Felippon, *I* Phyllippus ; *L* mere-
riones; e Filipon et merioles, *H* Ferimon et meliones, *A'* Et
ph. et leones — 40 *M'* Et si uesqui; *AEFJ* et mes, *H* ne m.,
A'I apres.

          Destruit fussent si enemi;
          Mais Aventure nel sofri
          Ne Envie ne Destinee :   *16795*
          Trop ot as suens corte duree.
16845   Des riches dus ne des demeines,
          Des amirauz, des chevetaines,
          Dont il ocist plus de treis cenz,
          Nen est ci faiz remembremenz.   *16800*
              Li temples fu si establiz
16850   Que de sainz homes e d'esliz
          I a li Reis mis un covent,
          E s'i avront mout richement
          Lor vivre a trestoz sofisant.   *16805*
          Ne sai qu'alasse porloignant :
16855   Mais onques cors de chevalier,
          Dès le derrain jusqu'al premier,
          Ne jut en terre a tel honor
          Ne ne fera ja mais nul jor.   *16810*

16841 *F* Trestuit — 42 *K* destinee; *AEN* ne; *H* A. nel con-
senti — 44 *M'* T. a; *M* sienz — 45-6 *interv. dans nL* — 45 *M²*
dux; *nL* Ne des princes; *EK* et des, *A* et de, *M'* des ; *F* demoine
— 46 *M²M'* cheueteines, *K* -aignes, *F* -aine ; *A* Damiraus et de
c. — 47 *M* Donc, *N* Dom; *A* D. il i ot p. de; *Aek* cinc c., *F* troi
cent — 48 *F* fait; *M²* Nest ore feiz; *M'* Dont ci nest fet, *AEk*
Nest fez (*K* Ne fait, *M* Nen faiz, *A* Ne fas) ici ; *K* remembrement,
F -bramant — 49 *K* Sis, *M'* Le; *KM'* tenple — 5o *M* dieu h. —
51 *M²* m. grant c. ; *F* conuant — 52 *M²* Il i; *M'* Et si i a ml't
riche gent, *E* Et lor uiure tot quitemant — 53 *M* trestuit soff.,
AM' a trestot lor uiuant ; *n* Lor uies a tot l. u. — 54 *N* poloi-
gnant — 56 *M²A²HJM'* Del derreein (*M'* desr., *J* derahein, *H*
daarein, *A²* dacrain), *C* De les derain, *A* Du premerain; *K* derain
M derrein, *E* darrien; *M²E* tresqual, *H* dusqal, *M'* iusqua ; *A*
dernier; *n* Ce uos puet an (*F* len) bien afichier — 57 *M²* a t.,
AA²CJky el (*H* al) siecle (*CE* siegle) ; *AM'* uit el s. tele (*M'*
autel) honnour — 58 (*CJ*) ; *M²* Non fara il; *H* Ne ia m. ne f.; *AK*
mes a n. ior.

Palamède élu chef des Grecs.

En la cité sont mu e quei :
16860 Dreiz est, quar bien i a de quei.
Tel perte ont faite e recovree,
Que ne verront mais restoree.
Nus n'i joë ne nus n'i rit;   *16815*
N'en i a nul, grant ne petit,
16865 Qui pas oblit la grant dolor
Qu'ont receü de lor seignor.
Malade en ont geü assez
Cil de cui esteit plus amez.   *16820*
Onques puis del lit ne leva,
16870 Que il fu morz, Andromacha :
Ço pesot li qu'el ne moreit,
Tant par aveit son cuer destreit.
Ensi furent senz aveir joie   *16825*
Lonc tens après icil de Troie.
16875   En l'ost defors furent haitié :
Mout ont le terme coveitié
Que la triuë fust acomplie,
Tote derompue e faillie.   *16830*
Trop volentiers se combatront,
16880 Puis qu'il Hector ne troveront.
A un jor que furent josté

16860 *K* Dreit ont — 61 *M* fait — 62 *K* Q. mes ne u., *M*
Q. ne u. ia m., *M¹* Q. ia nauront m., *E* Q. nen auront m., *F*
Qe m. ne sera — 63 *MM¹* Rien, *EK* Riens... riens; *M¹* ieue,
M²M ioie, *K* giue; *M²F* ne rien — 64 *M²* Ne nl, *M* Ni; *n* Ni a
un sol — 65 *M²e* Que — 68 *M¹* p. e.; *EK* Icil (*K* Tuit cil) de
cui ert; *F* estoit il (*v. f.*) — 69 *M²* O. de l. p. — 70 *Me* andro-
maca — 71 *kn* li p.; *M²* peisot — 72 *M¹* Car t. a.; *nC* lo c. — 75
M²LMe dehors; *M²* heitie — 77 *K* trieue — 78 *M²k* Et d.; *Ac* et
defaillie — 79 *M²F* uolunt. — 80 *M²e* Puis que, *n* Quant il —
81 *e* quil.

Tuit li haut home e li sené,

Se complainst mout Palamedès   16835

E dist qu'il ne soferra mais

16885 Qu'il ait sor lui seignorement,

Poësté ne comandement :

Ne vueut estre en subjection

A rei ne prince ne baron,   16840

Se par sa volenté n'esteit.

16890 Li plus dïent que il a dreit :

« Onc, par Deu, » fait il, « tel ne vi,

« Quant sor mei a prince establi

« Senz ço qu'en fust parlé a mei   16845

« Ne qu'il le fust par mon otrei.

16895 « Mei n'est pas bel, n'en quier mentir,

« Por ço nel vueil plus consentir.

« Est or ço bien, reison e dreit

« Que danz Agamennon maistreit   16850

« Ne mei ne rien qu'a mei ataigne?

16882 *n* ainzne — 83 *M²* compleinst, *E* compleint, *Fk* -aint;
F palamides — 84 *kn* dit; *M* que ; *F* nel; *F* soff., *E* sofera, *M¹*
souferroit, *K* souffrira — 85 *E* oit; *M* seignoriement — 86 *M*
Poete; *M²* conm. — 88 *M* Au roy; *F* ne prinpe, *K* na conte —
89 *M²Fe* uolunte — 90 *k* Li pluseur (*K* plosor) d. quil a ; *M²* qui
il a, *C* quil auoit — 91 *M¹M* Ainc, *EF* Ainz; *K* de, *MM¹* dieu
— 92 *E* ont; *Ik* Q. p. a s. m., *n* Q. a s. m. p. — 93 *n* qil f. —
94 *n* f. tant, *I* le soit; *K* Ne quen men requeist o., *eA* Ne quen
(*A* quil) meust requis o. (*e* lotroi), *M* Ne que men fust r. otroy
— 95 (*A²I*); *M²K* Ne mest; *M* Mes nest p. bien; *k* nen (*M* ne)
uoil m.; *M¹* quer — 96 *M²M¹* ne u.; *I* Ne u. ore; *A²* mais c.; *n*
Ne ie nel u. pas c. — 97-8 *interv. dans M²* — 97 *IM* Cest ore (*M*
or) b., *e* Ce est or b., *K* Nest or molt b.; *nI* bien (*N* biens) rai-
sons et droit (*I* drois); *A* Natieng a raison ne a d., *M²* Na mei
na rien qui a mei seit, *A²* Io ne uoil mais que que nus die — 98
I dével. en 3 v.: Ke vos voellies, ne ne souffrois Ke a. nous m.
Ne voil que rois ne princes soit; *AMM¹* dant; *n* D. a. me m.,
A² Quagamenon ait la maistrie — 99 *K* riens; *I* De moi de r.;
FIK qui a m. teigne (*I* tiegne); *M²* Ne chose qui vers m. a., *A²*
Ne sai qua lui de ce a.; *M²Me* ateigne.

16900 « Le valissant d'une chastaigne
       « Ne fereie jo pas por lui.
       « Ço peise mei que onques fui
       « En leu ou sor mei seignorast   *16855*
       « Ne de ma gent rien comandast.
16905 « Il ne sera or plus mis sire.
       « De vos e de trestot l'empire
       « Seit or mais soë la maistrie :
       « Sor mei n'avra plus seignorie   *16860*
       « Se cele non qu'il i aveit
16910 « Al tens que sis pere viveit. »
       Agamennon fu proz et sage :
       Oant les reis e le barnage,
       Respondi tant come senez   *16865*
       Que il n'en dut estre blasmez :
16915 « Sire, » fait il, « ço sai jo bien.
       « Que pris avez sor tote rien.
       « Se ne fusseiz, tuit fussons morz :
       « Nus ne se prent a vostre esforz.   *16870*

16900 *F* uailisant, *E* uaill., *M'* uaillessant ; *I* Car le vaillant ;
M'LN chasteigne, *F* -oigne, *I* cast., *M* chateigne — 1 *N* feroi, *F*
seroi (*v. f.*) ; *M²* fareie il p. ; *A²* il mais ; *M'* li — 2 *M'* que moi
o. — 3 *E* seingn., *M'* commandast — 4 *n* Ne qe, *eK* Ne a ; *K*
riens ; *M'* seignorast — 5 *n* ia mes ; *M²* misire — 6 (*A*) ; *M* De
nos, *n* De lui ; *M²M* ne de — 7 *n* S. ore, *E* S. ores ; *A* seue, *e*
soie ; *M* S. seit or sa seignorie — 8 *A* De m. ; *C* naura il, *n* n.
mes ; *F* bailie ; *M²* Il naura p. s. m. mestrie — 9 *F* celui — 10 *n*
Au ior ; *M²CEk* peres — 11 *A²* ot le cuer ; (*A²L* sage), *les autres*
sages — 12 *M²Ken* Oiant, *M* Voiant ; (*A²E* le barnage), *les autres*
les barnages (*F* bern.) — 13 *N* Respondie ; *M²* bien — 14 (*AGHJ*) ;
M²Iky Dont il (*I* Ke pas) ne (*EI* nan) dut (*M'* doit) ; *LN* doit, *F*
uiaut — 15-26 *m. à x* (*bourdon*) — 15 (*HJ*) ; *A* or s. — 16 *HJ*
prous estes ; *A²* Q. uos por moi ne feriez r. — 17 *K* fussez,
AEHJM -iez, *DM'* fusiez, *M²C* fussent ; *H* tot, *K* toz, *A* touz ;
AC fussions, *D* -iens, *M'* fusons, *K* fussons, *M* -on, *H* fuissom,
B fuissent ; *E* chascuns fust m. ; *DHJM'* mort ; *M²C* li (*C* tuit)
vostre esforz — 18 (*C*) ; *A* Ne se p. n. ; *M* nostre e. ; *M²* Pieca que
fusseins trestoz morz, *DHJM'* Ml't a en uos haut home et fort.

        « N'i a nul de nos qui rien vaille

16920   « Vers vos en estor n'en bataille.

        « Mout dotent cil de la vostre ire.

        « Mout devez bien aveir l'empire :

        « Tant par estes sages e proz,   *16875*

        « Que maistreier nos devez toz

16925   « E enseignier e governer.

        « Ou trovereit l'om vostre per ?

        « Que ferions, se m'estiëz?

        « Mais itant vueil que me diëz,   *16880*

        « Se j'ai eü ceste baillie,

16930   « Quel damage ne quel folie,

        « Quel honte e quel avilement

        « En est venu a nostre gent.

        « Ai lor jo rien fait essaier   *16885*

        « Ne teus ovraignes comencier

16935   « Dont se tiengent a maumenez

        « Ne dont jo deie estre blasmez?

        « Se jo l'ai fait, ço peise mei.

        « En l'ueil me fiere de son dei,   *16890*

16919 *K* nus, *ACe* .j.; *M²* En lost na un sol qui vos u.; *A*
riens — 20 *A* en ost ; *M²* En dur e.; *M²A* ne en b. — 21 *M²* Ne
porreient meillor eslire ; *B* grant ire — 22 *CM* Trop; *C* deuiez ;
A tenir; *Cek* enpire ; *B* Qui en uos est biau tres dox sire — 24
M²M mestrier — 25 *M²* lon, *K* len, *MM¹* on, *E* an — 26 *M²*
farions — 30 *K* Quels damages — 31 *M¹* h. q., *M* h. ne q.; *E*
auillemant; *K* Quels hontes quels auilemenz — 32 *M²* uenuz, *E*
-ue; *K* auenue a noz genz — 33 *M¹* ge dont; *K* fet riens; *M²*
feit; *EM* E ge lor donc (*M* rien), *H* Ai les io dont; *M²k* comen-
cier — 34 *H* A tex oluraignes conmenchier; *K* ouraiges, *eM*
outrages; *K* enbracier — 35 *M* Donc, *D* Don; *M* tiegnent; *EK*
nus an (*k* dels) soit a (*K* trop), *M¹* nul se teigne a ; *tous les*
mss. malmenez — 36 *M²* don; *ek* Nen doi mie e. trop b. (*M¹*
blamez) — 37 (*H*); *M¹* Ce ge; *n* Se iai ce f., *L* Se je feit mal,
A² Sainc lor fis m. ; *M²I* feit — 38 *M²K* loill; *A²* El nez; *F*
man; *M²* doinge, *E* doingne, *JH* doignent, *M¹* donent; *HJM¹*
lor doi.

« Seit rei, seit prince, seit baron,
16940 « Cui j'aie fait rien se bien non.
« E vos, quin avez tel envie,
« Anceis qu'eüssons vostre aïe,
« Lor orent mestier mi conseil ;　　　*16895*
« E si sacheiz mout me merveil
16945 « Que desvolez ne ça ne la
« Ço que volent tel cent i a.
« N'en ai oï nul refusos
« De cest afaire fors que vos.　　　*16900*
« A vos desplaist e desagree
16950 « Que la princez me fu donee :
« L'om ne vos i pot apeler
« Ne querre otrei ne demander,
« Quar bien d'un an trestot entier　　　*16905*
« Ne venistes al comencier ;
16955 « Maint grant esguart, ço m'est a vis,
« E maint conseil eümes pris,
« Ainz que fusseiz jostez o nos.
« Mais, par la fei que jo dei vos,　　　*16910*

16939 *K* Sil i a p. ne b., *EH* Soient r. ou p. oub., *JM'* S. p. soient b.; *I* Ki kil soit; *M²Bn* rois, *A* roy; *M²ABI* s. (*B* v) princes o b. — 40 *M²* Cui ai ie fcit r. sans reison; *BK* Qui ; *ABe* C. ie ai, *M* C. iai, *CJ* A cui iaie (*J* iai) f. r.; *K* riens; *I* Cui iai nient f. outre droit — 41 *E* quan, *AJ* quen, *CIM'k* qui; *n* qui en a. anuie — 42 *n* Encois, *CE* Eincois; *M²AM'* Ainz; *N* qaussiens, *F* qausiez, *M'* que eusse, *M²* queussomes, *K* que eussons, *A* queussiens le — 43 *M²* Lur ot m. lo mien c., *CM* Lor ot grant m. mon c., *K* Orent m. de m. c. — 44 *EM* Et s. b., *K* Et s. que — 45 (*A*); *n* Qi; *H* desuoilles; *N* ne qua ce ua — 46 *M²KNe* volent, *F* uoelent, *M* ueulent; *F* tiex, *M²* tiels, *K* tex; *M'* dis, *AMy* .vij. — 47 *M²* Ne nai; *F* nuls — 48 (*AHJ*); *M²* f. sol, *E* ne mes — 49 *F* desplait — 50 *M²ek* Quant; *M* princes, *KM'* princie, *E* -iez — 51 *n* Ne uos i pot (*F* puet) an a. — 52 *M²M* otreiz; *M²* Ne d. — 53 *M²k* dun bon (*K* buen) an — 55 *M* eschart — 56 e auoient, *n* aumes — 57 *M'* Einz; *EM* fussiez, *M'* fusiez, *n* fussiens; *M'n* ioste; *F* ou nos, *A* a nous, *N* o uos — 58 *M²Ke* E par.

« Nel porchaçai ne nel requis,
16960   « E quant sor mei se furent mis,
« Plus m'en pesa qu'il ne m'en plot.
« Onques ancore hom tant ne sot
« Cui toz sis sens n'eüst mestier   *16915*
« A si faite gent maistreier.
16965   « Jos ai seignoriz jusque ci
« Auques en pais, la lor merci :
« Onc ne lor fis honte ne lait,
« Ne il de rien nel ront mei fait;   *16920*
« Ne me plaing d'eus, ne il de mei.
16970   « Or facent prince, jo l'otrei,
« A lor voleir e a lor gré :
« Ne l'ai en fieu n'en herité.
« Jo ne demant en eus maistrie   *16925*
« S'amistié non e compaignie :
16975   « Volentiers la lais e guerpis.
« Senz ço qu'a nul en vienge pis,
« Eslisent prince a lor talant,
« E j'en serai par tot aidant   *16930*

16960 *K* sen f. — 61 *M²* qui; *n* que il ne p.; *ek* me p. — 62
EMn ancor, *M¹* enc., *K* onquore — 63 *F* Qi, *DJNky* Que; *M²FM¹*
tot; *M²M¹* son sens — 64 *n* grant oure; *M²* feite g. mestrier;
DJek Por quen (*E* qua) baillie (*K* bataille) eust (*k* ait tel) mes-
tier, *H* A tel b. porcachier — 65 *M* Jel, *KM¹* Ges, *les autres* Jes;
F J. ia s.; *M²FH* seignorez, *M* -iez, *K* enseigniez; *M²M¹* tresque
ci, *M* iusques ci, *H* dusque ci, *K* iusque ici — 66 *M²* le lor,
M¹ la dieu — 67 *M²n* Ainc, *E* Ainz — 68 *n* nel ont de r.; *MM¹*
n. ront (*M¹* ne lont) moi de r. f., *E* ne mont de r. mesfet, *K*
nel r. uers m. meffet — 69 *E* pleing, *F* plaig, *M¹* plain — 70
M¹ et ge — 71 *F* na et a — 72 *M²Men* fie (*cf. 6120*); *M²* ne en;
F erite, *H* irete — 73 (*A*); *M²* Ne d.; *K* sor els, *M¹* sus eus
— 74 *M²* cump. (*forme constante*); *A* Ne poeste ne seignorie —
75 (*R reprend*); *M²E* Volentiers; *k* les; *M²M* lor (*M* en) de-
guerpis — 76 *Nk* que nul, *F* que nos; *MM¹* uiegne, *E* ueigne,
n soit de, *K* uoille; *M* piz — 77 *F* Elissent; *M²Ne* talanz, *I*
commans — 78 *A²* io, *I* iou, *MN* ie; *M²Ne* aidanz; *A²* aj. ces
2 *v.* : Et lor amis a mon pooir Nen uoil de uos mal gre auoir.

« Sonc mon poëir e ma valor :
16980   « Ja ne m'en defendrai nul jor. »
          La parole remest ensi :
          Irié en furent e marri
          Tuit li pluisor e li auquant.   16935
          Que vos ireie porloignant ?
16985   A l'endemain resont josté
          Tuit li pro d'ome e li ainzné,
          E li pueples comunaument
          Resont josté al parlement.
          Agamennon toz les manda;
16990   Quant venu sont, si lor mostra :   16942
          « Seignor », fait il, « ço sacheiz vos,   16945
          « Que onques ne fui coveitos
          « D'aveir sor tanz reis la maistrie
          « Ne poësté ne seignorie.
16995   « Ne fusse dignes de tel chose,
          « Jo l'ai eüe une grant pose.   16950
          « Or n'i a plus, vos la dorreiz
          « Cui vos plaira e vos voudreiz,

16979 (JN Sonc), A²H Lonc, M²Ke Son, F Sanz; M O tout m.;
I A m. p. a — 80 e feindre a, I defaurrai — 83 I De tous les mil-
lours ne sai quans — 84 I Mais que vos i. alongans; N poll. —
85 M²AA²IKy Lend. (M Que l., M²J El demain) r. aioste (A²
sont tot raioste, K s. tuit rassemble) — 86 M haut home; AIKy
T. (K Et) li plus sage, A² Li p. uaillant, M²L T. li baron; M²
et li sene, L ioene et a. — 87 ML²N poeples, K poples; M
comunelment, les autres comunem. (comm.) — 88 M² Tuit ios-
terent, I Tout s. uenu, Ky Vindrent ensemble, A² Trestot u., M
Sont assenble; HIM a p. — 89 (GL); B les i m. — 90 (GL); AA²
BJMe Q. s. u., n Et apres tot; M² se, n ce; IR Apres si lor
dist et m.; AA²BJky si (K lor) comanda, puis ces 2 v. : Quil (A
Qui, k Que) se teussent (Ak tenissent) un petit Apres (K Empres)
lor a mostre (A² si lor monstra) et dit — 91 (AL); I dist il; M²I
sauez — 93 A sus; M²AHMM' tant; M²AHM rei; la m. à M²
—95-6 interv. dans n — 95 AMM' digne; M² ditiel — 96 K Eue
lai, M²n Ie lai este, Me Ie l. eu (M ueu) — 98 KM' Qui; AM'
car il est drois.

« Quar jo l'otrei mout bonement :

17000 « Sacheiz ne m'en peise neient.

« Une chose me sofireit :   *16955*

« Ja li miens cuers plus ne voudreit,

« Ne mais que victoire eüssons

« E noz enemis vengissons,

17005 « Qu'il fussent mort, pris o vencu.

« Sacheiz mout i ai entendu   *16960*

« E entendrai a mon poëir.

« N'ai coveitié d'empire aveir,

« Fors de Miceine e de l'onor :

17010 « La me tient om bien a seignor

« E tendra tant com jo vivrai;   *16965*

« A mes heirs iert quant jo morrai.

« Vostre eslection poëz faire

« Senz mauvoleir e senz contraire :

17015 « Parout e die qui voudra,

« E seit oï que il dira;   *16970*

« Seit esleüz al los de toz

16999 *Aek* Et — 17000 *Aek* S. de (*A* pour) uoir que pas ne
(*AK* nen) ment — 3 *AJky* Mes que la (*H* nos) u. (*E* uangence)
(*M* u. en, *H* nous u.), *R* Ne m. u. aussom; *n* aussons, *M'* eu-
sons, *D* eussions, *B* -iens, *M* -ienz — 4 *M²* venchisson; *R* Et ke
nos tost nos uengissom (*puis ces 2 v. :* Des enemis mortel (*sic*)
de troie Lors auroie leece et ioie), *n* Des anemis uangie fussons,
ABDJky De ccz (*A* ces, *DHJM'k* ceus) leanz (*A* cains, *K* de-
danz) bien deussons (*DJ* -ions, *B* -iens, *M* -ienz, *M'* deusons, *K*
deurions) — 5 *x* Que (*FG* Qi) m. f.; *L* et u.; *N* uoincu, *FG*
uaincu; *ABDJky* Querre (*M'* Quetre) conseil que destruit f. —
6 *x* ge (*N* gi) ai m. antandu, *ABDJky* Pieca (*K* Piece a) que
estre le deussent (*M'* deusent) — 7 (*R*); *n* de m.; *ABDJky* En
(*M* A) ce metrai mes (*H* tot) m. p. — 8 *F* Por c.; *M* conuoitie;
M' Reconoistre damor auoir — 9 *MN* miscene, *K* -es, *M'* mi-
cerne — 10 *N* lan, *F* an; *ek* Iluec me tient an (*MM'* on, *K* len);
K por s. — 11 *n* tanra, *M²k* tendront; *E* Et tendra lan t. c. u.
— 12 *M²* iers, *K* eirs, *eF* oirs — 13 *En* election — 14 *En* mal
uoloir; *M'k* maluoillance; *M²* la de mei nen aureiz c. — 15
M²Ek Parolt, *M'* -ot, *F* Prandront — 16 *Me* oiz; *M²* qui — 17
(*A*); *M²* E. s.; *F* lous.

« Teus qui seit riche, sage e proz. »
    Parlé i ot, ço fu adès;
17020 Mais mout par vueut Palamedès
    Que sor lui voist l'eslection :   *16975*
    Dit lor « tant a discrecion
    E sen en lui, que bien eslire
    Le deivent a tenir l'empire :
17025 E c'iert li mieuz qu'il puissent faire. »
    Cui que fust enui ne contraire,   *16980*
    Esleü l'ont e prince fait,
    Si com l'Estoire me retrait ;
    Si lor en sot merveillos grez
17030 E sis en a mout merciëz.
    Mais Achillès mout s'en iraist :   *16985*
    Mout li peise, mout li desplaist,
    E dit que il ja n'en jorront
    Del remuëment que il font.
17035 Mout par le tient a grant folie :
    Par son voleir nen est ço mie,   *16990*
    Ainz est contre sa volenté.
    Mout par en set a ceus mal gré

17018 *n* Uns; *A* s. et sages; *M* sajue; *ek* Tex (*MM'* Tel)
qui ml't s. sages et p. — 19 *N* ont; *M²* e ce, *A* et cel, *K* prou et
— 20 *M²* ueut, *KM'* uelt, *x* uout, *EJ* uolt, *M* ueult; *G* palim.,
F palamides — 21 (*AEH* uoist), *M²k* tort, *JM'* soit; *n* S. l. alast;
En lelection, *H* leslections — 22 *M'* Di; *H* que ; *F* a t.; *H* dis-
crecions; *K* T. a sens et discretion; *M²* e monstre par reison —
23-4 *m.* à *M²* — 23 *AHJMM'* sens; *K* En l. co dit — 24 (*AJ*);
H La ; *n* por — 25 *n* Et cert, *M²* Que cest, *AJky* Ce est; *M'* le mex ;
A qui, *J* quen — 26 *M²ek* Qui; *M'* quen ait, *K* quil f.; *E* eust
ire et c., *n* il soit bel ne c. — 28 *M* lystoire; *F* nos — 29 *n* gre
— 30 *Me* ses, *n* les; *Me* toz ; *n* mercie — 32 *EF* lan; *n* poisse;
M² E m. li p. e ; *k* et m. li d. — 33 *M²* Et se d. que ia ne i.;
H gorront, *F* irront — 34 *ek* Tel en sont lie qui en morront —
35 *N* Et m. lor t.; *F* Et lo t.; *kH* tint — 36 *M* ne est ce, *K* ne
fu co, *e* nestoit il, *A* ne lest il, *n* nel font il — 37 (*AH*); *E* Mes
ancontre; *n* Par son otroi (*F* Por s. uoloir) ne par s. g. — 38 *M²*
siet, *Ek* sot; *E* a toz; *n* Assez en a toz cels (*F* ces) blasme.

Qui ço ont fait e otreié
17040 Sor son defens e sor son vié ;
Mal lor en vueut a toz mout grant,   *16995*
Si lor fist bien aparissant.

ONZIÈME BATAILLE : MORT DU ROI DE PERSE.

Que qu'il enoiast Achillès,
L'empire tint Palamedès.
17045 Les triuës furent acomplies
E trespassees e fenies.   *17000*
La nuit josterent cil dedenz,
E si fu teus li parlemenz
Qu'enz en l'aube del cler matin
17050 Se metreient fors al chemin
Dreit vers les tentes, tuit rengié   *17005*
E de bataille apareillié.
A toz crie Prianz merciz,
Qu'or seit vengiez Hector sis fiz :
17055 « Seignor, » fait il, « ne sai que dire,
« Mais le damage e la grant ire   *17010*
« Dont nos somes espris e plein
« Parisse contre ceus demain

17039 *n* Qui lont (*F* Qil ont) uolu — 40 *x* Molt par an a lo
(*GN* son) cuer irie (*FG* ire) — 41-2 *m. à x* — 41 (*BJ*); *AM'k*
uolt, *H* ualt; *E* l. uouloit — 42 *M²* Se; *M* Por tant; *ABHJM'k*
fu b.; *H aj. 4 v.; voy. aux* Notes — 43 *M* Aui, *J* Quoi, *H*
Qui; *G* que, *K* quen; *M'BCJe* quenujast a a., *L* qenn. a. (*v. f.*)
— 44 *N* La prince; *F* diomedes, *K* palamades, *G* palimedes —
45 *K* trieues — 46 *ckG* Et deronpues et faillies; *F* trapessees —
47 *E* sasanblent, *A* ass. — 48 *N* lor p. — 49 *F* Quant laube
uint; *Fk* de c. — 50 *M²Me* hors, *n* tuit — 51 *K* Vers les t. iront
r. — 54 *K* Que; *F* h. u.; *M* mon f.; *M'y* De la veniance de
(*M²* hector) son f. — 55 *M²* feit; *K* se — 57 *K* enpli; *M²* D. s. e
e. — 58 *E* cez; *K* Demostron bien a ceis.

        « Qui mal nos ont fait e feront
17060   « Toz les jorz mais que il vivront.
        « Scient si faitement requis   *17015*
        « Que i aions honor e pris,
        « E que la venjance en seit prise
        « En tel maniere e en tel guise
17065   « Que ne cuident nostre enemi
        « Que nos seions del tot guenchi
        « Ne vencu ensi pleinement.
        « E jo vos di veraiement   *17022*
        « Que m'en istrai le cuer irié,
17070   « L'auberc vestu, l'eaume lacié.
        « Ma grant ire e ma grant dolor   *17023*
        « Comparront, se jo puis, li lor.
        « Bien dei dès ore armes porter,
        « Qu'a tort me vei desheriter :
17075   « Ne sui pas ancor si afliz
        « Que ja mis escuz seit guenchiz
        « Contre le cors d'un chevalier.

17059 *M* malz; *M²n* Quil nos o. fet mes e (*n* et qil) f. — 61
M² fierement, *K* asprement — 62 *M* en aiez, *n* i a., *K* gie i
aie; *M²* Quenor i aiomes — 63 (*A*); *M²kn* u. s.; *E* Et quant la
u. an iert p. — 65 *A²* ne sachent, *M²R* conoissent; *ABJy* Car
il ne sont pas nostre ami — 66 *F* Qe s.; *N* soiens; *R* honi;
M²AA²BCJky Que ne (*A²* nos) soions (*C* soie) (*Jy* il soient)
trop (*E* tuit, *HJM¹* mlt) afebli, *Ck* Ne si (*M* Nensi) del (*M* de) tot
uers eus g. — 67 (*BCR*); *N* Ne uoincu, *F* Nenamai; *L* soions p.;
Jy Nai mes cure de pleignement (*M¹* plainement), *A²* Naies c.
despairgnement — 68 (*R*); *EJ* Mes ie, *A* Et si, *M¹* Ancois:
AA²M¹ tot uraiement; *BCM* Et ie fait il di uraiement (*C* uoire-
ment), *K* Gie di fet il ueraiement — 69-70 m. à *ABCJky* —
69 (*G*); *M²* Q. ieu, *L* le mèn, *F* Demain; *A²* a c. i., *M²* leume
lacie; *R* Ke men ueroit issir i. — 70 *M²* Trop ai le cuer gros
et irie — 71 *ABCJky* Que ma g. i. et ma d.; *nG* ire ma;
L et ma d. — 72 *M²* Cumperront, *ABCHJM¹* Comp., *F* -aront
— 73 *My* des or; *n* B. puis ancor — 74 *n* A tort, *ek* Quant
si; *F* uoillent — 75 *K* onquor, *BM¹* encor; *M²ABe* a. pas —
76 *E* Q. mes e. s. ia g., *M²* Q. ia s. nus (*sic*) e. g.

« Demain, el grant estor plenier,   *17030*
« Sera mis hardemenz provez,
17080   « Ainz que soleiz seit esconsez. »
       Ço plaist as Troïens, senz faille,
    Que li Reis aut a la bataille :
    Plus en vaudront as granz bosoinz.   *17035*
    Ne fu li termes guaire loinz :
17085   Tres par matin, quant l'aube brande,
    Ainz que la grant chalor s'espande,
    Furent guarni par la cité ;
    Par les ostaus se sont armé   *17040*
    D'eaumes e d'aubers e d'escuz.
17090   Deïphebus s'en est eissuz,
    Prianz, Paris e Troïlus,
    E des autres cent mile e plus.
    Fors des lices, es plains graviers,   *17051*
    Ont departiz lor chevaliers

17079 *M²* mes ardemenz ; *x* S. ueu (*LN* -uz) et esprouez —
80 *F* quel s. ; *nI* solauz, *G* soulaus, *L* soleil ; *N* que li s. s. leuez ;
M²ABCJky Se achilles i est trouez, *A²* Sachilles puet estre t.,
puis 4 v. ; voy. aux Notes — 81 *G* Cil, *A²* Bien ; *GR* plait, *F*
poisse ; *N* Cest bel ; *M²* sens — 82 *F* ait, *EK* alt, *G* uoit — 83 *M²*
Miels, *E* Mielz ; *G* auandroit, *F* aurondront ; *A²Kc* al (*k* el)
grant ; *A²ekx* besoing — 84 *G* fust ; (*M²* loinz), *M¹* lonc, *les autres*
loing — 85 *M'* T. bien m., *E* Au b. m., *K* Enz el m. ; *e* abrande,
K abande, *C* blande, *A* esclandre, *FC* espande, *N* (2ᵉ *main*)
crieue ; *G* T. p. main ains que laube espande, *R* Au matin cant
l. esclarcist, *A²* Le matinet q. lalbe esclaire — 86 *A²BEJx* granz ;
A²BEGJK chalors, *n* calors, *A* clarte ; *B* espande, *G* sestande,
A² repaire, *N* (2ᵉ *main*) se lieue (sespande *est biffé*) ; *R* A. ke la
calors espandist — 87-8 *A²* donne successivement les deux leçons ;
AA²BCJky Ne furent pas trop endormi Par la cite sont estor-
mi, *puis 4 v. spéc. ; voy. aux* Notes — 87 (*A²GL*) ; *M²R* en la —
88 *M²* ostieus, *A²Gn* ostex, *L* hostielz — 89 m. à *AA²BCJky* ; *M²*
Deumes ; *L* de haubers — 90-2 *AA²BCJky dével. en 6 v. ; voy.
aux* Notes — 90 (*GLR*) ; *N* Deyph. ; (*F* eissuz), *les autres* issuz
— 93 (*A²L*) ; *AMe* Hors ; *A²* les, *R* de, *M²F* as ; *G* an plain ;
M²ARek biaus g. — 94 *FG* departi, *M* deuise, *AKy* -ez, *A²*
ordene.

17095   E lor batailles desevrees,
         Puis chevauchent lances levees.
         Les enseignes al vent baleient ;   17055
         Le pas vers l'ost des Greus se traient.
         E cil resont apareillié,
17100   Qui ne se sont pas atargié.
         Palamedès gent les conreie,
         Ses fereors avant enveie ;   17060
         De bien faire les atalente,
         Sa cure i met tote e s'entente :
17105   Mout en est sages et apris.
         D'ambedous parz sont enemis   17064
         Pesmes, morteus e haïnos :   17067
         Por ço seront ancui terros
         L'agu des heaumes de mil d'eus.

17095-100 m. à G — 95 (L); AMe les; M²A²FK deuisees — 96
M' sen issent; A Et pour batailles conreees — 97 K el; A²LNk
balaient, Fe baloient — 98 M griex ; eA lost (A les) grezois (M'
-iois); nL Lo petit pas uers lost; F sestoient — 99 R Cil se resunt
a. — 17100 (R); FL p. atardie, N mie tardie; M²Aek Q. matin
furent esueillie — 1 F Palamides, G Palimedes; L g. le conuoie,
H bel les auoie, M g. les c., puis bien le c. — 2 (GLN); K Les ;
F met a la uoie — 3 (A); M²M'k ental., R atailante — 4 n Sa
poine ; M c. met ; (tote m. à M'); A² A ce a mis tote — 5 m. à
AA²JPy ; (BCGIR); L M. est s. et bien a.; AA²BCJPk donnent
ici 2 v., dont le 2ᵉ manque à A²): Des or ueut (J uolt) auoir los
(K lox) et pris Li un (P Lun) les autres ont (P ot) requis (K dels
ont r. les altres, puis ce v. Lances leuees sor les faltres) — 6 A²
donne les deux leçons ; m. à K; (ABCR); A²x Deuant lui (LN
soi) uoit ses (G ces) an., I Venir uoient lor e.; E anuiex, J -ox,
HM' enuiex, A²P -ios — 7 (A²GIL) ; M²AA²BCJPRky Pesme e
mortel (M² -iel) (ABCHM' P. m.); R ainos, ABCJKy hainex,
M² anoios; K Sentreuienent molt airox — 8 R Alquant, IM Por
quant; K encui; H anqui entrels; A² terrels — 9 EF Laguz, A²
Li coing; M² heumes, F haumes; H Armes seurees; ER a ; AJy
aj. ce v. : Por ce (AJ Ml't en, M' Encui) sera li tornois feus (M'
fel) (E Li t. ml't gries estera); I Mil helme agu or croist lor
gius.

17110 Dès ore espessera li dueus. *17070*
A que fereie demoree ?
La ot si estrange assemblee
De lances trenchanz e aguës
E de bones espees nues

17115 Par mi escuz, par mi haubers ! *17075*
Ha ! las, tant en i chiet envers,
Qui ja mais ne releveront !
Dou mile lances tot d'un front
I veïsseiz enasteler

17120 E sor escuz granz tros voler. *17080*
La ot d'enseignes tel traïn,
Tuit en sont jonchié li chemin.
Li conrei sont entraprochiez :
Puis que li monz fu comenciez,

17125 Ne fu bataille si meslee, *17085*
N'ou tant eüst feru d'espee,
Ne ou tant escu estroassent,
Ne ou tant heaume esquartelassent,

17110 *m. à A²*; *BCJkxy* or; *M²K* espeissera, *P* espeis., *J*
espois., *M¹* -ont, *C* enpensera, *B* espassera, *H* engraingnera,
x anforcera ; *E* li d. e. ; *M²* duels, *HK* dels, *M* duelz, *A* deuls,
EFGL diax, *N* diaus, *M¹* duel ; *I* Mais ci apres croistra li dius
— 11 *x* A (*L* Por) quoi f. d. ; *E* Que en, *H* Jo quen, *I* Que uos ;
M²AM¹k Quen (*A* Que) f. autre (*M* or, *M¹* ge, *A* plus) d. — 12 *xI*
issi (*N* isi) faite (*I* fiere) a., *A* si cruel a. — 13-14 *m. à M* — 13
EF Des — 14 *F* Et des — 16 *M²K* A ; *n* en chieent (*F* chient) —
17 *M²F* Que ; *Ke* nen — 18 *M²* Dous, *N* Dox, *F* Dos, *Me* .ij.
— 19 *k* enesteler, *N* anhasteler, *F* -eller — 20 *ek* Et par le champ
les ; *M²* trovs, *K* trois, *N* cops, *F* cox — 21-4 *m. à C* — 21 *M²H*
La a — 22 (*A*) ; *Jy* I. (*E* Moillie) an s. tuit li c. ; *K* ioinchie, *M*
ioncie — 23 *n* antraprochie ; *M²* Griefment se sont entracointiez,
AA²Jek Bien ont lor gcus (*M¹* giex, *M* gieuz) recomenciez (*Jy*
renouelez), *I* Issi entresamble se sont — 24 (*A*) ; *n* P. quot dex
lo mont commencie, *I* Mais des que dex forma le m. ; *Jy* estorez
— 25 (*A²*) ; *F* meillee, *N* mellee, *M¹* melee, *A* mence — 26 *A²*
Nu, *M¹* Ne, *n* Ou ; *K* Ne ou t. fust f., *M²* Nou en ferist t. coup,
AEM La ot maint cop feru (*AE* done) — 27 *M* effroassent — 28
F Ou t. haume : *M²* heume.

Ne ou plus dolorosement
17130 S'entrabatissent mort sanglent.
La n'ot onc joste aplaideïce.
Li reis Prianz fu fors la lice
O bien vint mile chevaliers :
Les escuz pris, sor les destriers,
17135 Sont avenu al fier estor.   *17095*
Tres par mi l'escu peint a flor
Feri Prianz Palamedès,
Que del cheval l'esloigne adès ;
Par mi l'escu, qui d'or rogeie,
17140 Li mist le confanon de seie.   *17100*
L'espee trait li riches reis,
Puis si se met entre Grezeis.
S'il a ire, chier la lor vent ;
D'Ector son fil venjance prent :
17145 Onques nus hom de son aage   *17105*
Ne fist de sei tel vasselage.
Tant s'est le jor abandonez,
Des murs de Troie fu mirez
De mil dames, de mil puceles :
17150 Sovent en oënt teus noveles   *17110*
Que lor font toz les cuers joios.
N'i a nul si chevaleros

17130 *M²* sentreb. — 31 *M²* ainc, *EJ* ainz, *J* pas ; *MN* aplai-
dice, *F* ne plaidice, *L* apledie ; *A* not ioustes aplaideices — 32
(*J*) ; *M²Me* hors ; *n* fors de, *L* ist de ; *A* des lices — 33 *K* .x. m. ;
n Ot trente m. — 34 *n* Toz adobez — 35 *kn* En (*M* Enz, *n* Si) s.
uenu ; *n* grant e. ; *e* En est u. (*E* -uz) droit a lestor — 36 (tres
m. à *M*) ; *EN* point, *FM* paint — 37 *F* palamides — 38 *M²* ses-
loigne — 40 *K* gonf. — 41 *M²* treit — 42 *k* se fiert ; *M²* P. est
feruz ; *AH* Si (*H* Puis) se m. (*H* mist) e. les g. -- 43 *M'* Si ; *E* le
lor ; *A* chiere lor, *K* molt chier lor — 44 *M²* fill, *K* filz ; *A* dont il
lont fait dolent — 45 *k* O. mes — 46 *K* De s. ne f. — 47 *M²Me*
Toz, *K* Tot — 48 *M* remirez — 49 *K* De plus de trei .m. p. —
50 *M²MM'* oient ; *K* teles — 51 *M²* feit, *eK* fet ; *n* Qui (*F* Qe)
toz l. fait — 52 *E* nus, *M'* .j.

Ne qui tant griet ses enemis.
Tant lor en a le jor ocis
17155 Que tot l'en ont le pris doné   *17115*
D'eus e de ceus de la cité.
Bones guardes a près de sei,
Qui de cuer l'aiment e de fei :
Ço sont si fil, qui font merveilles.
17160 Lor espees portent vermeilles   *17120*
Del sanc de ceus qu'il heent tant.
Deïphebus, li fiz Priant,
Lor a une envaïe faite
Dont mainte grosse lance est fraite
17165 E maint fort escu desboclé   *17125*
E maint chevalier enversé
Pale, navré, de la mort près.
Bien le refait Palamedès,
E cil devers lui comunal :
17170 Sovent lor ont livré estal,   *17130*
Sovent les chacent e remuent,
Sovent les escrïent e huent,
Sovent lor font les dos torner,

17153 (*A*); *F* grief; *M'* lor — 54 *N* Mainz; *F* Le ior lor en a
t. o. — 55 *n* Qui t. (*F* tuit); *Kn* li o.; *M²ek* le p. len (*K* li) o. d.
— 56 *E* cez — 57 *ek* G. a b. — 58 *F* soi — 59 *F* li f.; *M²* fill;
K cil qui i f. m.; *M²* funt — 60 *n* an sont — 61 *E* cez; *M* haient;
F an chient t. — 62 *KM'N* Deyph., *M²E* Deif., *F* Deyf.; *M'*
le filz — 63 *n* Une anuaie (*F* -hie) lor a f.; *M²* feite — 64 *M²* l.
g. e. freite; *F* Don m. l. an furent f. — 65 *EK* Et mainz forz
escuz desboclez (*K* desbordez); *M'* desbogle, *M²* estroc — 66 *E*
Et mainz cheualiers; *EK* desselez, *MM'* -e; *n* Et m. bon c.
uerse — 67 *KN* P. et n.; *M* P. et mort et n. et p., *E* Pales
et naurez de m. p. — 68 *M²* refeit; *M* Ml't le fait bien; *F*
palamides — 70 (*A*); *M'n* liuroient, *E* uont liurer — 72
(*ACHI*); *F* ocient; *J* crient et les h., *B* blecent et detuent
— 73-4 *interv. dans* GR — 73 (*GIL*); *F* fait les dous; *N*
dox; *ABCDJek* La ueissiez maint afoler, *H* La uoit on maint
home a.

Sovent lor font les chiés voler,
17175 Sovent les rameinent ariere, *17135*
Que mainz des lor remaint en biere.
   A l'estor vint li reis de Lice,
Qui les suens de bien faire entice :
Sarpedon esteit apelez,
17180 Mout ert vassaus e renomez, *17140*
E mout ot gente compaignie
E bien armee e bien guarnie
D'eaumes e d'aubers e d'escuz
D'or emboclez e d'or voluz.
17185 Sor ceus de l'ost ont pris le poindre, *17145*
Les escuz pris alerent joindre.
La rot si fait peceieïz
De lances e d'espiez forbiz,
La rot tant chevalier navré !
17190 La sont Grezeis mout reüsé, *17150*
Ci les ont il auques laidiz :
O volentiers o a enviz,
Les ont chaciez dous lanz e plus.

17174 (R); *I* Et molt s.; *L* le chief; *M²* S. i funt maint chef
v., *ABCDJky* Et m. c. desor (*M¹* desus) bu (*M* le bu) u. (*K*
seurer) (*ABC* de bu desseurer) — 75 (*I*); *F* ramoinent, *G* am.,
R remainent, *N* -oinent, *L* remetent; *ABCDJky* Et maint chier
escu (*E* Et m. e. tres) par mi fraindre (*HMM'* fendre) — 76 *M²*
maint; *nL* Si q. d. l. r., *G.* Si q. maint an r., *I* Et m. d. l. lais-
sent, *R* M. d. l. en iacent; *ABCDJky* Maint blanc (*DHK* Et
m.) penon en uermeil taindre — 77 (*ABCJR*); *N* An; *F* A
lestoisir; *x* uient; *G* fice, *F* rise, *I* lyce — 78 *M* siens; *A* atice,
F atise — 80 *M²M'* iert; *M* uassal, *E* uasax; *K* Vassax esteit,
n Ml't esteit proz — 81 *n* Ml't par ot — 82 *F* Ml't b.; *M²* De
riches armes — 83 *M²* De heumes; *ek* Daubers et diaumes (*K*
et dialmes, *M* de helmes) — 84 *M'* enbogles, *F* anbocle — 85
EF cez; *n* lor, *EK* .j. — 87 *n* faiz; *M²ek* La ot; *e* fier, *M²* grant;
F pechoeiz, *K* peceeiz, *M* perceiz — 89 *M'* La ot, *n* La sont;
e cheualiers armez — 90 *M'* ot, *E* ont; *M'* greiois tant; *e* reu-
sez — 91 *EF* Si, *G* Cil; *F* il ml't a.; *L* Et cil; *AM* resont il; *EL*
les ront; *K* les ra len — 93 *A* tanz, *M²BCek* treiz; *AM* ou p.

Lors i avint Telepolus,
17195 Qui de l'isle de Rode ert reis :   *17155*
En tot l'empire des Grezeis
N'aveit nul meillor chevalier,
Plus grant, plus large, plus plenier,
Ne d'armes nul plus engeignos,
17200 Plus hardi ne plus vertuös.   *17160*
Cil amena tel mil Rodeis,
Mieuz vaut li pire que uns reis.
En la bataille se sont mis,
Irié contre lor enemis.
17205 Fierent de lances e d'espees :   *17165*
La rot testes ensanglentees
E teint en sanc maint confanon,
E si rot voidié maint arçon,
Dont li seignor gisent a denz.
17210 Enz el mi lieu del grant contenz   *17170*
S'entrencontrerent li dui rei.

17194 *M²* Doncs, *k* Donc, *ABC* Dont, *A²* Dunc; *A* D. ia i uint,
L Lores lor u.; (Telepolus *corr.*), *M²AA²BHJKM¹* neptolemus,
FM -omus, *LN* neptholomus, *G* neopth., *C* neotol. (*cf. 5014*
et 17212), *E* danz menalus — 95 *M¹* corde, *E* cordre ; *G* est —
96 e de — 97 *AM¹* .j. — 98 *M* ne plus — 17199-200 *interv. dans*
ek — 17199 *M²A* engignos, *M¹* -neus, *F* angineus, *N* -gnos, *E*
-eus; *K* si angoissox — 200 *F* ardi; *K* uertuox — 1 *M²* Cist; *A*
Mil cheualiers auoit o soi — 2 *M²ENk* li pires; *K* Toz li p.
ualt plus cuns r., *M¹* Dont le pire u. mcx cun r., *H* D. li pires ert
quens ou r., *A* Le pieur prisent a .j. roy — 4 *M²* Bien requierent
lor anemis, *n* Dire et de mautalant espris — 5 *M²* Firent —
6 (*I*); *ABCJek* ot, *F* iot; *A* chieres — 7 (*I* Et taint), *M¹* La
teinst; *x* An s. taignent (*F* toignent, *G* baingnent, *L* moillent)
AA²BJky lluec ot (*M* ont, *H* ront) taint, *C* Et i. otant; *I* tant
c.; *A²HKM¹* gonf., *L* confanons — 8 *M²* ot, *I* reut; *x* La rot
(*F* iot, *G* ront) u. m. bon a. (*L* uoidiez mains bons arcons),
AA²BCJky Et desgarni m. (*H* tant) chier (*A²H* bon) a. — 9 *N*
gissent; *EF* adanz, *N* adant — 10 *M²* lue, *ekn* leu; *F* containz,
N -ant — 11 *H* li conroi.

Telepolus li granz, d'Argei,
Feri Sarpedon en l'escu,
Que d'ore en autre l'a fendu.

17215 L'aubers fu forz, ne fausa mie;   17175
E la lance, que pas ne plie,
L'a fait des arçons avaler
E les dous estriers delivrer :
A denz chaï en mi la place.

17220 E cil ne fist autre manace,   17180
Mais sus li corut maintenant.
En sa main tint tot nu le brant :
Teus quatre cous l'en fiert o set,
Dont cil vuide le sanc a hait.

17225 Reis Sarpedon se resvertue,   17185
Si a traite l'espee nue ;
Un tel coup fiert Telepolon
Que la cuisse o tot le braon

17212 *M²AA²BCIJky* Neptolemus, *G* -omus, *nL* Neptb. (*cf.*
5014 et 17194); *FMM¹* grant, *I* gros; (*KL* dargei), *nBC* dargoi,
AH darcoi, *M¹* darioi, *M* dangoy, *M²* daugei, *J* -oi, *EI* dalioi,
G dauquoi, *A²* daucoi — 14 *M²N* dor; *F* De leus; *L* Qe doutre
en oltre, *ek* De soz (*M* Que soz, *K* Desor) la bocle — 15 *M²*
Lauzbers, *F* Lauberz, *MM¹* -erc; *MM¹* fort; *E* nel perca — 16
N ne brisa mie — 17 *N* Sel, *AHM* Le; *I.* Les fist; *M²K* deualer,
J aueler; *F* a la terre anuerser — 18 *n* estrics; *Jky* Et enz en mi
le champ uoler (*JM* aler), *A* Ne pot mie tost releuer — 19 *MN*
chei — 20 *E* nan; *I* fait; *EMn* menace — 21 (*A²BCJ*); *E* M. sorc
li cort; *K* Anceis, *A²* Soure; *nI* Mais m. li est coruz, *M²* M.
vers luj guenchist le destrier — 22 (*A²BCJ*); *K* trait; *H* Et t. en
sa m. nu; *nl* Ou le brant (*N* branc) qui est (*I* fu) esmoluz, *M²*
Sore li cort del b. dacier — 23 *M* le f., *K* li donc; *I* li a dones ;
n De tex cops (*F* cox) la feru assez; *C* o sez, *M¹* et sert — 24 *n*
Don; *M²* ci, *BCek* il; *M²Ekn* voide, *BCM¹* uide; *Cn* ahez, *kB*
aet; *I* A poi ne fu tous estonnes — 25 *I* Mais, *A²* Dans; *H* sar-
pendon, *L* sapedon; *CF* reuertue — 26 *L* Et; *M²* treite — 27
nL Dont (*F* Don) tex cox (*L* tel cop), *J* ltel cop ; *H* .j. colp feri :
M²ABCEFIJk neptolemon, *N* neptb., *HL* -um, *GM¹* neptolomon
— 28 *K* coisse (*ed.* coiffe); *M* a tot le, *C* iuqal, *JM¹* iusqua, *K*
-al, *H* duscal, *M²J* tresqual; *M²* arcon.

Li a trenchiee. Cil rechiet,
17230 E si sai bien, ainz qu'il se liet,   *17190*
Amera poi sa vie e sei.
Cist afie hui mais le tornei
E ceus dedenz que plus nes fiere
Estre lor gré, senz lor preiere.
17235 Lor meslee, lor contençon,   *17195*
Ainz qu'il chaïst sor le sablon,
Dura assez, mais Sarpedon
En fu li mieudre, ço savon.
      La bataille est mout aïriee :
17240 Mainte ame i ot de cors sachiee.   *17200*
Li reis Perseis i fu venuz
O plus de set mile ars tenduz
Sa venue fu mout dotee,
Quar mainte saiete empenee,
17245 Trenchant, aguë e entoschiee,   *17205*
I est en sanc de Greus baigniee.
Reis Sarpedon fut socoruz,
Qui merveilles s'ert combatuz :
Mout ot sofert e enduré,
17250 En maint lieu l'ont el cors navré;   *17210*

17229 (*C*); *M²* trenchee; *Ben* et cil — 3o *K* reliet, *M²k* sen
liet, *M* sen uait — 31 *M* A. .j. poy — 32 *M¹* aseure, *K* affie oi
mes — 33 *M²* qui — 34 *E* E. son g. — 35 *N* mellee; *R* meslees
l. contencons — 36 *EN* cheist; *R* Einç kil fust chauç ce sauoms
— 37 (*CH*); *n* Durast; *B* ce sauon — 38 *M²k* mieldres, *AC*
mieudres, *En* miaudres; *M¹* le meudre; *B* En eut le millor sarp.
— 39 (*ABG*); *R* iert m., *n* i est — 40 *M²y* Maint; *EM* i a; *A* du;
M² sachee, *H* sacie, *AM* seuree — 41 *E* perses — 42 *en* A p.,
M P. ot — 43 *M²* La — 44 *M²* saeite, *M¹* seete; *EF* anpanee, *N*
amp., *M¹* emp., *M* empennee — 45 *n* Tranchanz; *M²* entoschee,
M¹ -ochie, *n* ancochiee, *K* -oschiee — 46 *M²* baignee, *M* -ie, *n*
moilliee, *E* lanciee; *K* Est el s. des grezeis b. — 47 *K* Rei —
48 *M²K* Q. molt si esteit (*K* sesteit bien) cumb.; *M* siert, *N*
sest; *M¹* Q. uasalment sert contenuz — 49 *F* ont, *M²* a — 5o
M² lue; *n* Et en maint lou lo (*F* mainz leus lor) c. n., *ek* En
plusors (*K* plos.) leus (*M* lieuz, *M¹* liex) lorent n.

Mout l'a le jor fait vassaument,
Mais de la engrossa lor gent.
Li dus d'Athenes i avint
E Aïaus, qui Logres tint,

17255   Nestor li vieuz e Menelaus,   *17215*
O plus de vint mile vassaus.
Cez troverent trop loinz des lor,
Qui trop orent seü l'estor;
Cil furent sempres envaï.

17260   D'ambedous parz mout en chaï,   *17220*
Tant dont la terre fu jonchiee.
Ci endurerent grant haschiee.
Li Troïen ne porent mie
Des lor aveir socors n'aïe.

17265   Enclos furent dedenz Grezeis,   *17225*
S'i fu ocis li reis Perseis
E mout des suens : ço fu damage.
Mout mainteneit cil le barnage,
Grant lieu teneit a ceus dedenz :

17270   Mout par en fu chascuns dolenz.   *17230*

17251 (*A²*); *AE* lot; *M²* feit; *n* M. lo fait lo i.; *EN* uasalment,
F -aument — 52 (*J*); *N* angr., *F* angoissa, *M²* sengroissa, *A*
sengressa, *I* si grossa, *E* enforca; *M¹* Tant quengroca de la lor
g., *H* Es uos la force de la g., *A²* M. deuers lost uienent grant g.
— 54 *A²EMn* ayax, *K* aiax; *N* lespie, *M¹A* les gries, *C* l. grez,
EFGL l. grex, *M* l. griex, *K* l. grieus; *A²* maintint — 55 *M²KM¹*
vielz, *EF* uialz, *N* uiauz — 56 *E* .iij. m. — 57 *M²* Cesz, *EF* Ces,
KN Celz, *M* Ceulz; *KN* molt; *F* loig, *les autres* loing — 58
M² Auant; *Me* o. t. s. (*E* sui, *M* siui), *n* Quant o. sau an — 59
M² Ci; *F* enuahi, *N* -ai, *ek* asailli — 60 *F* Damedous, *N* -ox;
EN chei — 61 *F* don la t. an est; *N* t. est; *Ek* Des morz est la t.
i., *M¹* Dels estoit la t. i.; *M²* ionchee, *K* ioinchiee — 62 *HMn*
Cil, *M¹* Si, *E* Qui; *n* la h.; *H* endurent ml't g. h.; *M²* aschee,
N hachiee — 64 (*GL*); *F* Des or auoit; *K* socors, *les autres*
sec.; *L* naide — 65 *n* antre g. — 66 *MM'n* Ci; *E* O. i fu; *M²*
perses li r. — 67 *HM¹* des autres cest (*H* cert); *M²* cest grant
d.; *e* domages, *J* -aige — 68 *e* lor barnages; *M* M. auoit en
lui uasselage — 69 *M²* lue, *EKn* leu — 70 *K* prianz d.; *M* M.
en par furent tuit d., *M²* Et molt p. sen firent d.

    Tome III.   9

Por lui del tot afebleierent
E merveilles s'en esmaierent.
   En l'estor n'esteit pas Paris,
Quant li reis Perseis fu ocis :
17275 Entor le rei Priant s'estot,   *17235*
Avuec ses freres le guardot,
Qui mout i font chevalerie.
Sarpedon e sa compagnie
Fu desconfiz : trop i perdirent ;
17280 Onques mais gent tant ne sofrirent.   *17240*
Mout fu navrez, mout fu bleciez
Par mi le cors de dous espiez
E par le chief de treis espees :
Les dous en furent embarrees
17285 Par mi le heaume jusqu'al test.   *17245*
Tel le veient cui mout desplaist
Que poi en prenent de venjance.
N'i ot puis autre demorance :
Par droite force e par jostice
17290 Les hurterent jusqu'a la lice.   *17250*
Se lors ne fust Prianz li reis,
Mout en eüssent le sordeis ;

17271 *CM*[1] afleboierent, *M* afloibirent, *n* afebloirent — 72 *K* Et durement, *C* Et a merueille, *M* A m.; *n* esbairent — 73 *M*[2]*K* A — 74 *G* perssois, *A*[2]*L* perses — 75 *A*[2] Auoc; *M*[2] sesteit, *A* sestait, *ekn* esteit — 76 *CM*[1] Ouec, *EMN* Auoec, *M*[2] Auoc, *GKL* -ec, *F* Alloc; *M*[2] gardeit — 77 *n* m. firent — 79 *nK* ml't — 80 *M*[2]*Men* genz; *K* souflr. — 83 *M*[2]*AEk* E enz el c., *K* Par mi lo c.; *A* .ij., *M*[1] .iiij. — 84 *n* Si queles; *K* Et li f. bien e. — 85 (*A*); *M*[2] heume tresquau; *E* desquau, *A*[2] dusqual, *A* iusquau; *M*[1] Par mi le chie de si au t. — 86 *N* Tex, *M*[1] Tiex; *E* le uirent, *n* lo mire; *K* quil, *M*[1] qui; *A* T. mil le uirent, *A*[2] Pluisor le uirent; *AA*[2] cui d. — 87 *M* Qui, *K* Et; *M*[2]*AM* len; *n* Mais pou an p., *A*[2] Et por rependre; *N* pranent; *e* Qui por lui an panront (*M*[1] prendront la) u. — 89 *M* P. uiue; *ekn* iust. — 90 *E* tresqua, *N* iusquan, *M*[2]*M* dreit a; *K* lor l. — 91 *M*[2] Se doncs, *A* Se dont, *k* Sadonc, *F* Se lores; *M*[1] ni — 92 *M*[2]*A* Mar i asemblast (*A* fust assemblez); *n* la i perdissent (*F* la p.) de manois.

Trop i perdist la soë gent.
Mais il le fist mout sagement,
17295 Quar treis mil chevaliers esliz   *17255*
Lor fist guenchir en mi les piz :
O les fers trenchanz acerez
Lor depercierent les costez.
Teus treis mil lances pecierent,
17300 Que en vermeil sanc se baignierent.   *17260*
L'espeisse i fu grant e li tas ;
Sor les heaumes ot si fait glas
Des espees d'acier trenchanz,
Se lors ne fust li reis Prianz,
17305 Tel perte i receüst sa gent,   *17265*
Dont toz jorz mais fussent dolent.
Sacheiz que grant esforz i firent
Cil qui devant le pas guenchirent :
Tant sofrirent e endurerent
17310 Que tuit li autre s'en entrerent.   *17270*
Mais il i furent trop grevé,
Quar Greu sont sor eus recovré,
Qui par mi le pas les ont mis.
Trop par fussent iluec maumis,

17293 (*AJ*); *My* T. i perdissent de (*M* la) lor g., *n* T. laidis-
soient greu lor g. — 94 *M²AJky* le (*M* la) firent s. (*HM* noble-
ment) — 95 *E* tel m. — 96 (*AG*); *M²ek* Lor guenchirent; *M* le p.
— 97 *E* Qui as — 98 *n* depecoient — 99 *M* troiz. *K* trei, *e* .iij.;
M² cenz; *n* Quatre c. — 17300 (*A*); *n* Qe; *M²M* s. v.; *M¹* ure-
meil; *M²M* moillerent — 1 (*A*); *EK* Lespoisse, *M¹* -oise, *Mn*
La presse; *K* i est; *M²AEkn* granz — 2 *M²* heumes; *e* fu
granz (*M¹* grant) li g.; *M²* fcit — 4 *M²* Se donc, *k* Sadonc;
M¹ ni — 5 (*GL*); *n* T. p. i aust de; *F* ses genz, *M²* lor genz,
E l. gent — 6 *F* Don, *e* Que; *M* fust; *M²* dolenz, *F* -anz
— 7 *n* granz; *F* esfort — 8 *G* ionchirent — 10 (*R*); *K* Q. li
altre t.; *M²x* enz c. — 11 *F* graue — 12 *K* griu, *M²* gric, *M*
grieu; *K* retorne — 13 *M* Et — 14 *E* furent, *M¹* les ont; *M*
illec, *M¹* illeuc, *K* ilec; *An* T. (*F* Ml't) en eussent morz (*n* mort)
et pris.

17315 Mais la geude se fu rengiee   17275
       D'ambedous parz de la chauciee,
       Qui traistrent engeignes aguës
       E granz saietes esmolues
       Si grant foison, si grant plenté
17320 Que toz en est li airs troblé.   17280
       Navrez i ot treis cenz vassaus
       E getez morz cinc cenz chevaus.
       N'i ose hom descovrir la face.
       Se auques fussent en la place,
17325 Perdissent i de grant maniere,   17285
       Mais tost se retraistrent ariere :
       Por quant s'i laissent maint destrier
       E maint bon cors de chevalier.
       Torné s'en sont, li chans est lor :
17330 Mout par l'orent bien fait le jor.   17290
       Par plusors jorz se combatirent,
       D'ambedous parz mout i perdirent :
       Contes, dus, amirauz preisiez

17315 M^2K gelde; nM gent si se fu (n se fu bien) r. (n rangee)
— 16 M^2 chaucee, K chalciee, M^1 trenchiee; nM De lautre
part deuers lantree — 17 M^2 trestrent, ekJ traient; J e. t.; M^1
engienes, C -ines, E angegnes, M^2 enjagnes, J engengnes, A^2BH
-aignes, A aganes, Mn saietes — 18 Mx Et; M^1 seetes, G angai-
gnes, N -ignes, LM eng., F espees; Mx bien e. — 19 F granz;
AF foisons; E Tant fort, MM^1 Tant ($v.\,f.$); eM et a si grant
(E granz) plantez (M^1 plentez); K Tanz et a tanz si g. p. — 20
E eirs, N ers; n Q. t. (M^1 tout) li airs (M^1 air) en e.; M^2e tro-
blez, LM torblez, F tramblez; K Q. li ciels en est tot troublez —
21 FM^1 Naure; M ont; nk .v. c.; E uasax — 22 M^2K gitez, E
-iez, N -ie, M -e, F giete, M^1 iete — 23 M^1 Ni osent, E Nosoient;
M honme; n Nus ni ose d. f. — 25 M il; M^2 la p.; M^2M a g. —
26 n Ml't se r. t. a., e Mes il (E tost) se sont retret a., k M. t. se
resont trait a.; Nk arr. — 27 e lessent i — 28 En bel, M^1 biau,
K buen — 29 M^1 Tornerent sen le champ fu l.; K Tornez — 30
($ABHIJ$); M^2 feit; C lont b. f. icel i. — 31 (EHN iorz), M^2AIJM
iors, A^2 lius, B liex, CFK foiz ($m.\,\grave{a}\;M^1$) — 32 F Damedous, N
-ox ($formes\;ordinaires$) — 33 M amirax, K -alz; EN prisiez.

I ot mout morz e detrenchiez.
17335 Prianz li reis i ot grant pris,   *17295*
Ensi come en l'Estoire truis :
Mout en navra, mout en ocist
E de riches prisons i prist.
Mieuz l'a li suens cors fait dous tanz
17340 Que trei de toz les mieuz vaillanz   *17300*
Qui seient de ça ne de la :
Senz nul desdit le pris en a.
A merveille s'en esjoïrent
Trestuit li suen, quant il l'oïrent.

TRÊVE : AGAMEMNON RAVITAILLE L'ARMÉE.

17345 Quant ço rot grant piece duré,   *17305*
S'ont conseil pris en la cité
Que triuës querront as Grezeis,
Ne truis pas quanz jorz ne quanz meis.
Li message vindrent en l'ost,

17334 *M* I ot ochis; *M²* detrenchez — 35 (*AI*); *kyCJ* li bien
apris, *A²* ce mest auis — 36 (*A*); *ekCJ* De cest estor (*M¹* cex de
troie) ot tot le pris, *H* Ot de cels de troie le p., *n* Si con ie an
lestoire (*F* cest liure) lis, *I* Chou dist lest. u iou le lis — 38 (*I*);
M¹ Et maint riche prison, *F* Et estrange de riches — 39 *M* li
sien c., *M* le son c.; *M²* Mielz la il sols feit treis itanz, *A* Il la
m. f. seul t. itans, *I* Miels i a f. il seus t. tans, *L* Et uos di bien
quil fist .v. tanz; *n* ses c. f. cent itant (*N* tanz) — 40 *I* trois,
AEL .iij., *M²* dous; *M* Q. li troi nont des; *e* plus u.; *F* Qe t.
des autres mialz uaillant; *M²* miels — 41 *N* et de la — 42 *A* defoi
— 43-4 *m. à x* — 43 (*H*); *E* A meruoilles; *AIR* M. sen sont esioi
(*R* -is) — 44 *BH* Trestot; *BM* sien; *H* icil qui ce o.; *EM* le
uirent; *IR* Si fil cant il o ont (*I* sa gent ki lont) oi, *A* Toute sa
gent et tout sil fils — 45 (*ABGL*); *M²* ce ot, *F* ce iot; *IR* longe-
ment d. — 46 *HI* C. o. p.; *M²ERk* p. c., *M¹* p. congie; *R* et
endure — 47 (*R*); *K* trieues; *M²M¹k* vers — 48 *Fek* Ne sai; *M¹*
par; *F* quant — 49 *FM¹* mesage, *E* -ier; *F* i uindrent.

17350   Ço qu'il quistrent troverent tost :   *17310*
La triuë ont Greu aseürec.
Quant d'ambes parz fu afiëe,
Donc furent seveli li mort.
Troïen ont grant desconfort
17355   Del rei de Perse qu'ont perdu :   *17315*
Onc si granz dueus veüz ne fu
Come en ont fait les soës genz.
Ha! quel damage a ceus dedenz !
Come il en sont ore afebli !
17360   Mout i aveient bon ami :   *17320*
Mout mainteneit cist bien l'estor,
Mout i ont perdu bon retor
E bone aïde e bon conseil.

17350 *K* Co que — 51 *AM*¹ treue, *K* trieue; *M*² grie, *M*¹ grieu, *K* griu; *Fk* ass., *M*² acreantee — 52 *A*² Et; *HM*¹ danbe pars, *C* danbaus p., *EM* de .ij. p.; *A*² lont bien iuree, *CJMy* lorent i.; *K* Danbedeus p. lont affiee, *An* Et cil dedenz (*n* de la) bien a., *M*² Q. el fu b. aseuree — 53 *M*² Doncs, *A* Dont, *n* Lors, *A*²*BCky* Si; *M*¹ firent seuelir les mors; *A*²*K* sepeli — 54 *EHJMn* Troyen; *M*¹ Troiens est grans desconfors — 55 (*AGLR*); *I* de gresce; *M*² D. r. perses quil o. p., *A*²*BCJky* Quant (*A*² Que, *M*¹ Car) p. ont le roi de p. — 56 *FG* On, *L* Que; *FG* grant duel; *N* diax; *I* Ains mais aussi g. duels, *R* Onkes m. si grant d.; *A* Ainz le pieur veu nen fu, *M*² Trop lor en est mesauenu, *A*²*BCJky* Ml't par en ont la color perse — 57 (*AL*); *R* C. en firent l. sues g., *I* C. en fisent la soie g., *G* San o. f. les sienes g., *M*² Grant duel en funt l. soes g., *M*¹ Duel ont por li toutes ses g., *H* Dels fait por li tote li g., *A*²*BEJk* Trestuit (*B* -ot) li plusor de lor (*Ek* ses) g. — 58 (*AR*); *FG* qex dom. a ces d.; *A*²*BCJky* Tant par ert (*M* iert, *M*¹ est) (*E* T. estoit) biax (*A*² bels) et preus (*H* p. et b.) et genz — 59-60 *interv. dans A*²*BCJky* — 59 *M*² Cum, *G* Comme; *n* tuit, *L* ml't (*m. à G*); *HIM* afoibli, *BGe* aflebi; *I* Laidement en s a., *Jy* Dolant en s. et a., *A*²*BCk* Ml't en sont dedens a. — 60 (*I*); *x* Con i; *A*²*BCJky* Quil (*K* Que) nel (*BM*¹ ne) porent (*BM*¹ pueent, *K* poent, *M* pooient) metre en obli — 61 (*leçon de AIR*); *M*² sist b. lestor, *A*²*BCJkny* Et (*ek* Car bon; *A*² Kar) ml't (*A*² trop) m. b. lestor — 62 (*HJ*); *M*¹ Trop; *KR* buen, *C* boen, *B* lonc; *AIR* secors; *C* boen seignor — 63 *KM*¹ bon, *R* buen; *nMR* ami; *KR* et buen; *M*² conseill, *n* -oil, *A* -el.

N'aveient ami plus feeil :
17365 Por tant en mostrent bien semblant,   17325
Al duel qu'en font, petit e grant.
Del champ fu li cors aportez :
Quant en la vile fu entrez,   17328
Onques nus hom tel duel ne vit   17330
17370 Come en firent grant e petit.   17331
Sis niés Mennon n'a soing de rage :   17333
Por un petit de duel n'enrage.
Mout le regrete e mout le plaint :
Si fait sa gent e autre maint.   17336
17375 Paris, sor ceus de la cité,   17339

17364 F nul si bon, ek ami si, N plus meillor, R en un plus ;
A feel, M² feeill, En feoil — 65-6 interv. dans n — 65 nA Por ce,
I P. chou, R Par ce, H Et il; A' san ; M² monstrent, F mostroient,
N mostrerent ; M' en mostrerent s. ; E bel s. ; IR mostrent tres (R
treis) bien s. ; N sanblanz — 66 (AR), HIM'k que ; n Fier (F
grant) d. an f. ; N granz — 67-86 m. à A — 68 A'BCJky aj. ce v.:
Ne (Ek Nan) sont mie trop esioi (B -is, L -iz), et A² celui-ci : Nen
i ot nul ne fust maris — 69 (GL); CJ noi ; M² Ainc mes si grant
duel hon ne v., A'A²BDJky Car onc (A²H ainc, E einz, A' ainz)
tel d. (H tes cris) nus h. (D n. h. t. d.) noi (A²BE tels dels ne fu
ois), IR Ne fu mais si grans doelx ois — 70 IR Chascuns en estoit
(R Tuit se tienent a) mal baillis (R bailiç), A'A²BCDJky Com (B
Que) tuit (t. m. à E) en font (A² en f. tot) g. e p., puis ce v. : Ce
conte (M' mostre) lescriture (y li escriz) et dit (A² Si com recon-
tent li escrit) — 71 (GL); A²M' Menon, C Memon, EG Mannon,
J Mennors; A'A²BCDJky M. s. n.; IR al fier courage, H de cel
damage, A²x quen tient a sage; M ne rage, CM' doltraie —
72 (IR); xy Par un p., M²B A par un poi, K Car por un p.,
A² A poi que il, M A poy se tient; xIIKM' que il; I ne sen esr.;
A'IIMM' nesrage; C P. en faut de d. enr., J Por un poi de d.
nen e., A' Par .j. poi quil ne sen anraige — 73 (A'I); F regreite ;
A²HKLR r. m.; M² pleint; C et plore et p. — 74 M² Si feit sa
genz e a. mejnt, IR De duel faire point ne se faint, A'A²BCJky
Le uis a ml't (A² en a) (H M. a le u.) et pale (CK en ot paille,
K pali) et taint, puis ces 2 v. : Nus ne le uoit nen ait pitie (K
Nul ne lesgarde nait p.) Paris ra (A²CH a) ml't le (A'y son) cuer
irie — 75 L Et cil; M² celz, x toz; A'A²BCJky Sor trestoz cels
(EH ces), IR Desor toz chiels.

               L'a le jor plaint et regreté.

               En un temple l'ensevelirent,

               D'emperiaus dras le vestirent.

               Treis jorz e treis nuiz le veillierent,

17380   Petit i burent e mangierent.   *17344*

               Entre tant dis esguardé ont

               Qu'en son païs l'enveieront,

               E si gerra a grant honor   *17349*

               La ou gisent si ancessor :

17385   C'est lor conseil, c'est lor esguart.

               Treis jorz veillierent, mais al quart

               Se sont o tot mis a la veie :

               Estranges pueples le conveie.

               Com plore al departir Prianz   *17355*

17376 *R* Li a paris, *I* La parys; *x* La o lermes ml't r. — 77-8 *m. à E*; 77-82 *m. à H*; 78-9 *m. à F* — 77 *A²M* lensepelirent, *R* le sepell. — 78 *M* Demperial drap — 79 (*A²GILR*); *A²M* .iij. n. et t. i.; *M²A¹BJek* gueitierent — 80 *M²* Peti; *F* boirent; *IR* Poi i b. poi i m., *BDJky* Quil (*B* Cainc, *K* Que) ne burent ne ne m., *A¹A²C* Quonques (*A¹C* Que il) ne b. ne m. — 81-2 *A²* donne d'abord la leçon du texte critique, puis l'autre — 81 (*A²IR*); *x* Antretandis; *M²* ont e., *F* esgarderont; *A¹BCDJky* Esg. o. entre t. d. (*E* antrax t. d., *A²* et conseil pris) — 82 (*IR*); *A²* Quen sa terre; *M²* sera porte, *N* lan porteront; *A¹A²BCDJky* donnent ces 3 v. : Que de sa gent (*C* ses gens) li meillor dis Len remenront (*E* manroient, *A²CJ* porteront) droit (*A¹* porteroient) en (*K* Len merront dessi quen) sa (*JK* lor) terre (*E* hors de la guerre) La le metront (*J* len merront) hors (*A¹* Iqui gierroit fors) de la guerre (*E* Sel conduiroient an sa terre, *A²BCk* Si (*M* Ci) ert la (*A²K* La sera) mis li cors en t.) — 83 *N* lluec, *FGL* Illoc; *xG* girra, *R* gera, *I* gira, *M²* ierra; *A¹A²BCJky* Bien (*C* Biens, *A²* Drois) est que (*y* quil) gise; *I* Si g. a plus g. h. — 84 (*A¹ILR*); *H* La u; *CGN* gissent, *BJky* sont tuit (*H* tot); *M* li; *M²* anceisor, *C* -issour — 85 *A²* consels, *C* -aus; *A²* esgars; *B* et l. esgart; *IR* Par cest c. par cest e., *M²A* C. c. ont e c c., *Jny* Ce trouerent an l. e. — 86 *M²BCJky* le plorent; *A²* T. i. p. quant uint li quars; *BK* et au, *C* puis au — 87 *EFk* a tot, *BH* trestot; *A* A tant se sont — 88 *M²MM¹* Estrange; *M²* poeples, *KN* poples, *BM¹* pueple; *A²* pules les c. — 89 *en* Ml't, *A* Et; *M¹* priant.

17390   E sis niés Mennon li vaillanz !
       Com fait duel Paris i demeine !
       Mout s'en retornent a grant peine.
       Angoissos fu mout li conveiz :
       Pasmerent sei par maintes feiz   *17360*
17395   Plusor de ses charneus amis ;
       Mais sor toz est destreiz Paris,
       Quar mout l'amot de grant maniere.
       Icil errerent o la biere
       Dedenz un curre riche e bel,   *17365*
17400   Dont plus valeient d'un chastel
       Sol les pierres e l'or vermeil.
       Par lor gré e par lor conseil,
       Si faitement ert embasmez
       Que la chalor ne li estez
17405   Nel poëit faire mal oleir.
       N'est mie morz del tot senz heir,   *17372*
       Quar dous fiz a beaus de sa femme,

17390 (*AA²HL*) ; *M¹* son nies ; *FM¹* menon, *EG* mannon, *J* mennors ; *M¹* le uaillant, *Bk* et drians ; *C* Memon s. n. et moltes ianz — 91 *N* Ml't ; *M²* feit, *n* grant ; *Bek* P. estrange d. d. — 92 *N* retorna, *F* -e — 94 *M²* si, *E* se, *M* il, *A* euls — 95 *FM¹* Plusors ; *M²* charnels, *Men* -ex, *K* -aus — 97 *L* Que ; *F* Dolanz estoit ; *M* a g. — 98 (*ABCJ*) ; *M²* lanbiere ; *H* Apres ont colcie la b., *E* Cil quel meinnent ont mis la b. ; *L* Et cil oirrent, *M¹* Le cors mitrent ; *LM¹* a (*M¹* o) tot la b. ; *N* (2ᵉ *main*) Regretoit lo par grant proiere, *F* Car cil lamoit damor antiere — 99 *H* sarcu ; *B* cuevre net et tel — 17400 *EF* Don ; *n* ualurent — 1 *M* Sor ; *E* lors uermauz, *M²kn* lor vermeil, *M¹* le urem., *A* lor uolus — 2 *M¹* P. le los et p. le ; *E* grez et p. lor consauz ; *A* Fu li cors ml't bien ens cosus — 3 (*J*) ; *M²* feitement ; *M²M* iert, *FM¹* est ; *K* Ert si f. ; *N* anbaumez — 4 *M²JNek* chalors, *F* calors ; *M²n* e li — 5 *J* Ne ; *H* poroit, *K* porreit, *M²* poent, *JMe* porent ; *H* mie f. o. ; *J* male o. — 6 *M¹* il rois m., *H* m. li r., *M* mort de tot (morz *m. à K*) ; *E* Il nest m. del t., *IR* Nestoit mie m. toç (*I* fenis) — 7 (*GL*) ; *M²AIR* D. biaus f. ; *AIR* auoit de sa f., *M²BCJky* a de sa moillier.

Qui après lui tendront son regne.

Ensi avint a cele feiz. *17377*

17410 En l'ost des Greus sont mout destreiz :

Une chierté i ot si grant

Que uns pains valeit un besant, *17380*

La char d'un buef dous mars o treis.

Palamedès e li Grezeis

17415 Pristrent conseil que il fereient

Ne queus d'eus i enveiereient.

Ne sai se fu par mauvoillance, *17385*

Mais ço sai jo bien senz dotance

Qu'Agamennon i fu tramis,

17420 Qui de rien ne s'en fist eschis.

Palamedès l'i enveia,

E cil de rien nel refusa. *17390*

De grant sen ert : ne voleit mie

Que noise en sorsist ne folie

17425 Ne destorbier ne desacort :

17408 (*AI*); *R* tindront, *n* tanr., *L* retendront; *x* t. a. lui lo
r., *M²* s. r. auront a baillier; *BCJky dével. en 3 v.* : Qui par
tens seront (*J* P. t. en s., *eM* P. t. esteront) cheualier Meillor
(*M¹* -ors) nullui (*HM¹* nulieu, *EK* nul leu, *C* de lors, *B* des .ij.)
nestoura (*H* nestauroit, *B* nestaura) (*M* mil nen estoudra) querre
Bien (*H* Cil) maintendront (*B* -tienent) en (*H* a) pes sa (*k* la, *C*
lor) terre — 9 *DL* Einsint, *E* -inc; *F* ceste f. — 10 *M²* d. gries
sunt molt d., *M* dehors furent d., *en* estoit chascuns d., *K* ot
assez des d.; *L* Et lost e. issi d. — 11 *M²FMe* cherte — 12 (*A*);
M²K peins; *K* Uns p. i u. un b., *M'AEM* Quns p. u. plus dun
b., *M¹* Cum p. uendoit on .j. b. — 13 *E* chars; *K* bof; *A* mois —
14 *F* Palamides (*forme const.*) — 15 *M²* faroient, *L* feront; *K*
quil la f. — 16 *ek* Et; *M²* quels, *F* qex, *MN* quel; *eK* les quex
i; *L* le quel i enuoieront — 18 *kM¹* M. itant (*KM¹* ico) s. b. (*M¹*
ge); *E* tot s. d. — 19 *M* Ag., *E* Quagamannon, *F* Qe agamenon;
M²ek i a — 20 *A* Q. ne sen f. de rien e., *A²E* Q. nestoit p. bien
ses amis, *M²M'k* Cil q. nestoit p. s. a., *I* Ki ml't le fist volen-
teis — 21 *A* y e. — 22 (*A*); *M* Ne il; *M²* Et cil voluntiers lotreia
— 23 *M²* sens iert; *Ek* Sages hom e., *M¹* S. estoit — 24 *M²* Qui
s. n.; *M* Q. mal, *e* Q. max; *M¹* enforcist, *A* i sourdist — 25
M¹F destorber, *E* -iers.

Meins en fussent vaillant e fort.
O chevaliers e o serjanz   *17395*
Proz, defendables e aidanz,
Fist Agamennon cest afaire.
17430 Ainz que il fussent el repaire,
Orent a Thesidas tramis
Por vitaille de lor amis ;   *17400*
Si firent il a Carantès,
Ou il en troverent adès.
17435 Par Demophoon repairierent :
Iluec vos di qu'il se chargierent,
Quar la terre ert planteürose   *17405*
E de trestoz biens abondose.
En Mese alerent, n'en sai plus :
17440 Comandé ert que Telephus

17426 *M'* Meinz ; *e* An f. mains ; *ek* hardi et (*e* ne) f. — 27
n serganz ; *H* Od c. prous et puissans — 28 *n* desfandables, *A*
-sables ; *M'* Forz et hardiz, *ek* H. et preuz ; *H* Et bien h. b.
a. ; *M'ek* e bien a. ; *N* aidenz, *F* ardanz — 3o *E* Einz que ;
nAI Et (*I* Mais) a. quil f. (*A* furent) ; *H* al r. — 31-2 *m.* à *M*
— 31 (*AA'A'BCDGIJL*) ; *R* tesidas, *n* cherides ; *H* O. tant por-
cacie et quis — 32 (*AA'A'BCDGIJL*) ; *F* ses a. ; *M'A* Por la v.
del pais, *H* V. asses a lor a. — 33-4 *m.* à *DHM'* — 33 *L* furent ;
M'BCIk Il esteient, *A'* Il uenoient, *EJ* Puis alerent ; *M'EGL*
quarantes, *A'K* kar., *IJ* karentes, *ABCR* car., *F* qaraides, *N*
quatontes — 35 (*I* demophoon), *R* demonfoon, *knL* demophon,
M'CG demonphon, *A* -foin, *A'BEH* -fon, *DM'* damofon ; (*IR* d.
r.), *les autres* sen r. — 36 *K* llec, *A'M* lllec, *F* llloc, *JM'* llleuc ;
n que, *R* ke ; *M'Je* sen ; *M'F* chargerent ; *H* quil herbergierent
— 37 *L* est ; *A* ml't plantiueuse ; *A'A'BCDJky* Car la contree ert
(*D* est) plenteiue (*A'H* ml't plentiue, *J* cre p., *B* estoit p.), *M'*
C. planteiue esteit la t. — 38 (*GILR*) ; *n* Et de toz b. ert a. (*F*
abitose), *A'BCDJky* De uin de ble (*A'BJMe* De b. de u., *K* De
pain de char) doile (*A'* dolie, *D* duile) doliue, *M'* De ce qui il
aloient querre — 39 *Bex* A ; (*IR* mese), *M'* meise, *A'BCLkn*
messe ; *H* Lor mesage font ; *M'HM* ne — 40 (*IR*) ; *J* C. fut ;
M'ABCDJky Car mande ; *x* Comanderent a thel. ; *EJR* the-
lefus, *k* tel., *A* stelephus, *B* thesephus, *CHIL* thescus, *DM'*
thedeus.

Enveiast en l'ost le forment
Del regne tot qu'a lui apent ;   17410
E il si fist senz contredit.
Onc nus hom tel joie ne vit
17445   Come il a Agamennon faite.
Quant la chose li fu retraite
De la princé, que ert muëe   17415
E a Palamedès donee,
E come il l'en aveit soztrait
17450   Par felenie e par aguait,
Mout l'en pesa, grant ire en ot ;
Onques plus rien ne li desplot.   17420
Mais Agamennon li a dit
Que ne de grant ne de petit
17455   Ne l'en pesa, ainz en fu liez ;
Ja mare en sereit point iriez :
« Tot de mon gré demis m'en sui ;   17425
« De rien ne me torne a enui. »
Mout fu bien faiz icist afaires :

17441 *x* Quil (*G* Con, *L* Qe) anu. an lost fromant (*F* forment);
E del f.; *y* froment — 42 (*HL*); *J* De; *M*²*FG* qui a l. a., *R* quel
tint qui a.; *A* Du roiaume qui li a. — 43 *kJL* Et si f. il ; *M²* se f.
sans — 44 *M²K* Onques nus (*K* riens); *M* Onques t. i. rien; *y* N.
h. t. i. (*H* ne loi) mes ne u. — 45 *M* Conment (*v. f.*); *M²* Cum
il aguam. a feite — 46 *H* Q. la parole; *M²* retreite — 47 *L* lor;
(*M²AK* prince), *M* -ez, *EN* -ie, *F* -iee; *M²* quil iert; *A* qui ert;
EK quert remuee; *M* Que la p. iert r., *M¹* De la seignorie m.,
H Que la s. est m. — 49-50 *m. à DHM¹* — 49 *A* il en; *BCEJk*
Com il len auoient s., *L* Qui li auoit ainsi s.; *M²L* sostreit, *BJM*
-ait, *E* -oit, *R* sustr., *F* soutr., *K* fors trait — 5o *M²BCJe* felonie,
K traison; *C* et por ; *B* esgait, *M²CJ* agueit — 51 *H* li ; *F* ml't i.,
K g. duol — 52 *nK* riens ; *ky* r. p. — 53 *F* agamenon ; *n* li redit;
A M. rois a. li d. — 54 *n* Q. ainz de — 55 *M* li ; *E* einz, *H* tos ; *A*
ce li dist bien — 56 *M²* ia i.; *n* mar de ce sera i. ; *M¹* Ja mes ior
nen s. i., *A* Ja mar en doutera de rien — 57 *R* De g. feit il, *K A*
escient; *J* en sui, *Fk* me s. — 58 *n* Qe, *M* Ne; *Kn* riens; *En* man;
BCJ anui — 59 *Fk* fait, *M²* feiz; *M²* icest, *F* icil; *M* afaire; *Jy*
Ml't firent b. toz (*H* tot) lor afaires (*H* -e), *I* M. par fu b. f. cis a.

17460 S'il esturent, ço ne fu guaires
Lonc tens fu puis enavancie
L'ost de vitaille e replenie. *17430*
Tant dis se rest apareilliez,
Come sages e veziiez,
17465 Palamedès par son grant sens.
Mout ot grant vice e grant porpens :
Les nes refait apareillier *17435*
E bien horder e chevillier.
Iço faiseit mout bien a faire,
17470 E mout lor esteit necessaire :
Que qu'avenist ne que que non,
Ço esteit bien dreit e reison *17440*
Que lor nes fussent aprestees
E guarnies e atornees.
17475 L'ost guarni bien de totes parz :
Bien fu creüz li suens esguarz.

17460 *M* Si; *n* Sil i (*F* Si li) furent; *I* Sil demourerent ne fu
g.; *HM* gaire — 61 *M²* en Avancie, *H* bien auancie, *I* amanantie;
E an fu p. a.; *n* an fu loz manantie (*F* replenie), *K* enpres fu bien
garnie — 62 *M²* Losz, *EHK* Loz; *n* Et de u. r. (*F* bien garnie);
M¹ Lost et de u. r. (*v. f.*); *M* replanie — 63 *EMn* Tandis, *K*
Tanz dis, *H* Entrax; *E* rert aparelliez, *DM¹* sont aparcillie — 64
M C. sage et conme uaiziez, *H* C. saiue home et uesie; *DM¹*
s. et auezie; *M²* veiziez, *EKN* ueziez, *F* ueciez — 65 *A²EHk* par
(*H* ot) ml't g., *n* qi ot g., *H* ot ml't g., *M¹* qui ml't a, *I* en pluisors
— 66 *en blanc dans F*; *DHM¹* Od (*M¹* A) soi meisme a son (*DM¹*
pris) p.; *k* M. a g. uisde, *E* G. ueidie a, *A²* Cum cil qui ert, *GLN*
Et ml't estoit, *I* M. par e.; *A²GILN* de g. p. — 67 *M²H* a feit
(*H* fait), *AEJMn* refait, *K* ont fet; *M¹* Des n. fere a., *I* Les n. ra
faites atorner — 68 *n* Renoueler; *ek* b. border, *J* reborder, *H*
bien tellier; *I* Rafrescir et renoueler, *M²* Car ancor lur ouront
mestier — 69-74 m. à *H*; 71-2 *m. à DM¹* — 71 (*BCJ*); *M* Que
que uenist; *n* Que que a. ne que (*F* que qe) n. — 72 (*M²* dreit),
M¹ droit, *BCEJkny* droiz, *A* drois — 73 *M²FMM¹* les n.; *F* neis;
K atornees — 74 *en blanc dans F*; *K* aprestees, *LN* conrees —
75 (*A²H*); *L* B. les g.; *N* garnist; *G* de totes pars — 76 (*A²L*);
M²lk C. est b.; *HM¹* tenu li suen esgars; *G* li siens ergars.

Anoner a faites les tors,   *17445*
Sin ont asises les plusors
De teus qu'onc mais ne reguarderent.
17480   Dedenz mout bien se ratornerent,
Quar, la ou il sont meins seür,
Font hautes tors e contremur,   *17450*
Fossez e vaus e desrubiers.
A force trenchent les rochiers ;
17485   Lor defensions apareillent :
A ço entendent, a ço veillent,
A ço laborent chascun jor ;   *17455*
Poi ont repos e poi sojor.

ACHILLE AMOUREUX DE POLYXÈNE ; IL DÉFEND À
SES HOMMES DE COMBATTRE.

Quant icil anz fu acompliz
17490   Qu'Ector fu morz e seveliz,

17477-8 *m. à A* — 77 *N* Annoner ; *M²BCGILky* Auironer (*G*
Anuironner) a (*L* ont) feit, *F* En ont afaire lesto (*sic*) — 78
ABCLMen Sen, *G* Ses, *H* Si ; *M²* ot, *C* a ; *I* Si en sont garnies p.,
E San s. g. les p. ; *N* anplies ; *HJKM'* des p., *M²BM* de p. — 79
F De cex ; *FJ* com, *M²BHJ* quainc, *ENk* quainz, *A* conc, *G* qui,
M' que ; *C* meus ; *G* ni ; *L* dont il ne se garderent ; *A²* Cil dedenz
pas ne soblierent — 80 (*ABI*) ; *E* Cil dedanz b. se ; *CF* retorne-
rent, *H* racesmerent ; *A²* Et nuit et ior bien satornerent — 81 (*A*) ;
M² meinz, *M* mainz ; *A'ky* Cele part ou m. s. ; (*A'y* s. m.) s. — 82
M².4 t. h., *nL* haute tor ; *A'H* clore de (*H* a) mur, *L* et de bons
murs — 83-4 *m. à DHM'* — 83 *B* parfons, *A* ml't grans ; *F* Rosez
et naus ; *M²* desrupiers, *CR* derubiers, *G* derr., *F* derabiers, *EJ*
destorbiers, *L* de uiuiers — 84 (*ACJR*) ; *B* lor rociers ; *F* Et f.
tranche des trouers — 85-8 *m. à H* — 85 *N* desfansion, *FM* deff.,
K deffensions, *A* deffenses ; *En* aparoillent — 86 (*AL*) ; *Jek* A ce
tendent (*E* centendent) souent et (*k* en) u. ; *En* uoillent — 87-8
m. à DHM' et sont interv. dans *E* — 87 (*ABC*) ; *EJ* antendent —
88 (*ABCJ*) ; *R* ne r. ne s. — 90 (*H*) ; *F* Qe hector ; *M* et ensepe-
lis, *en* et anfoiz.

Si vos puet hom por veir retraire
Qu'onques si riche aniversaire   *17460*
Ne fu el siecle celebrez
Com li a fait ses parentez
17495   E toz li pueples comunaus.
Mout fu festivez li anvaus :
Mout par i chanta li clergiez,   *17465*
Mout fu icil jorz essauciez.
Mout par i despendi li Reis.
17500   N'i ot chevalier ne borgeis
Qui icel jor ne festivast
E qui a son voleir n'entrast   *17470*
Dedenz la riche sepouture,
Ou li cors est senz porreture.
17505   Le jor le virent bel e freis
Chevalier, dames e borgeis :
Onc n'enlaidi ne n'empira,   *17475*
Quar cil qui l'aromatiza
L'en guardast bien jusqu'al joïse,

17491 *M²* Se, *H* Ce; *F* an conques aniuersaire — 92 *M²Ek*
plus r., *H* r. sire (*sic*) ; *F* Ne fu si r. por uoir retraire ; *M¹*
annjuersere, *Nk* -aire, *M¹* vniuersere, *E* aniu. — 93 *M* Nel; *E*
siegle, *n* monde — 94 *M²Ek* Que — 95-6 *m. à M* — 95 *M²* Et
totes li poeples; *A* Et tout le; *AM¹* pueple; *DN* communex, *M¹*
-iex, *E* com., *K* -als, *F* -ax — 96 *n* festiuex , *B* festiez, *H* festoies;
K li anuals, *M²* lanoaus, *J* lannuex, *B* li eneaux, *DFM¹* li anuiax
(*DM¹* -iex), *EHN* li anuex (*E* -ez) — 97-8 *m. à DHM¹* — 97 (*BCJ*);
R canta li clercie — 98 *n* ice ior, *k* icil i.; *M²* iors; *A* M. par fu
cil i.; *J* J. i. fu m.; *R* M. p. fu la feste esaucie; *C* ensauciez —
99 (*BCHJ*); *M²A²* Et molt i ; *N* despandie, *F* espandi, *K* des-
pensa; *AIR* prianz — 17500 *M²A²* Ne; *AIR* Not a (*A* en) troie
(*I* En t. neut) petiz ne granz — 1 *R* Ke, *M¹* Qua; *M* Qui a icel,
n Q. a cel (*N* ce); *A* uisitast — 2 (*H*); *M²k* talant ; *e* Et a sa
uolante — 3 *Ekn* Dedanz; *Fk* sepult. — 4 *M²* porrit., *k* poret.,
F portecure — 7 *M¹* Ainc, *E* Ainz ; *M²* ne leidi — 8 (*J*); *M²F* le
(*F* la) romatiza, *N* lanr., *M* laram., *R* laroim., *C* len romanciça
— 9 *n* Lo gardast, *R* Lont garde; *I* desci qual, *M²AR* deci quau
(*A* au), *Je* b. tresquau (*J* al, *M¹* a) ; *M¹* iuisse.

17510   Se la cité ne fust ainz prise.   *17478*
         Ecuba e Polixenain,   *17486*
         Tote la nuit e l'endemain,
         Veillent a dolor e a peine;
         Ensemble o eles dame Heleine.
17515   Mainte dame, mainte pucele   *17485*
         E mainte riche dameisele
         Aveit o eles de grant pris.
         Ensi com jo el Livre truis,
         Por esguarder le sacrefise,
17520   L'aniversaire e le servise   *17490*
         E les gieus qui sont establiz,
         Qu'i font poëtes e esliz,
         E por les dames remirer,
         I vindrent de l'ost bacheler.
17525   Li ostelain rien ne cremeient,   *17495*
         Quar ferme triuë entre eus aveient.
         Des plus preisiez de l'ost Grezeis,

17510 *M²AIR* Se la chose ne (*l* nen) f. (*AR* nen est) malmjse,
A²BCJky Sancois (*EJ* Seincois, *BC* Sensi, *M* Sainsi, *K* Se si) ne
f. la c. p., *puis ces 2 v.* : Trestuit lenclinent et aorent Et de pitie
devant lui (*MM'* li) (*BC* d. l. de p.) plorent ; *M répète ensuite
les v. 17487-8* — 11 *EJ* Eccuba ; *M²* polixcnejn, *A* poliz., *I*
polyx. — 12 *K* iusqual demain, *H* duscal d. — 13 *EN* Uoillent;
n I u. (*F* Veillerent) a duel — 14 *I* Et auoec eles ert h. — 18 *D* con
gen l., *M'* con en l., *M* c. el l.; *DM'* truis, *EJ* tris, *kn* lis; *M²* Si
cum ie en lestoire apris — 19 *R* les sacrefices; *M²ek* sacrefice —
20 *M²k* Lann., *M'* Luniuersere, *D* -aire, *F* Landeu.; *R* Lan. les
seruices; *M²ek* seruice — 21-2 *m. à xDHM'* — 21 *J* le; *M²*
iues, *EJ* gex, *kC* geus, *B* ius; *M²* sunt; *EJ* quil ont e. (*J* estau-
bliz); *AIR* Les ieus a tel oure e. (*I* kil orent e.) — 22 (*ABC*);
M'BCEk Que ; *M²* funt; *I* Ki a ueoir erent delis — 23 (*AHIR*) ;
A²BCJky Por les puceles; *nL* regarder, *G* esgarder — 24 *A* Il,
FG Li; *M²AA²BFIJLky* esgarder, *G* resgarder, *C* regarder ; *N*
V. de lost li b. — 25 (*G*); *A²* hostelain, *M²* ostelejn, *DLe* -ois,
H -enc, *A²* griu de lost; *D* ni c. — 26 (*HI*); *G* Que; *A²KLR*
Fermes triues (*K* trieues), *M* Ferme triuc; *M'* treue — 27
(*BCHR*); *D* des olz; *A²* Tot li p. proisie des g., *I* De tous les
p. prisies g., *x* De lost g. li amiraut (*L* -alt); *E* prisiez.

Qu'il fussent amirauz ne reis,
I veneient por esguarder
17530   L'aniversaire celebrer.   *17500*
Nes meïsmes danz Achillès
I vint toz desarmez si près
Que bien poüst o eus parler,
Mais mieuz l'en venist consirrer.
17535   Mare i porta onques les piez,   *17505*
Quar, ainz qu'il s'en seit repairiez
Ne de la feste retornez,
Sera il si mal atornez,
Sa mort avra mise en son sein.
17540   Veüe i a Polixenain   *17510*
Apertement en mi la chiere :
C'est l'acheison e la maniere
Par qu'il sera getez de vie
E l'ame de son cors partie.

17528 (*M* Quil), *M²ABCHK* Qui ; *R* amiranç, *A* -al, *k* -als ;
I Contes ne a. ; *A²* Des dus des a. des r., *JM'* Des amirax et des
haus rois, *E* Contes dus a. et r., *x* Li plus prisie et li plus haut
— 29-30 m. à *DM'* — 3o *M²* Lann., *B* Ladeuers. ; *A* et c. —
31 (*A²B*) ; *M'* Nis, *M²A* Neis, *HM* Et ; *JM'* meimes, *D* mees-
mes ; *I* Et nis m. a. — 32 (*A A²IJ*) ; *CDHM'* esgarder de si p.,
BE d. de si p. — 33 *Rn* poist, *J* peust, *M²ABCky* poejt ; *A* a
euls, *n* a aus, *R* o eles — 34 *DJy* Il len u. m. ; *I* Asses sen poist,
nR Ml't sen poist (*R* poeist) bien ; *H* mius, *B* mils, *C* meus ;
BCEH consiurer, *M'* -ieurer — 35 *F* Mal ; *R* unkes ; *N* M. i
aporta onc ; *M²k* ses p. — 36 *M²* que il fust reperez ; *A* Quaincois
quil ; *K* en s., *EF* sen fust ; *H* Car ancors quil f. ; *Ek* repeiriez —
37-8 m. à *AIR* — 37 *n* Et — 38 *Jk* Se sera (*J* -ai *dial.*) ; *n* Es-
tera il m., *H* Ert il io quit si ; *A²* issi a. ; *M²* Sest si il meismes
a. — 3g-4o *I* Eut sa m. quise et porueue P. i a veue — 3g *R*
A. sa m. mise, *M²* Que sa m. a m. ; *A²Jky* Sa m. metra dedenz
son sain (*M'* sein) — 4o *A²M'* Veu ; *F* Venue i est, *H* Car ueu
a. ; *A* poliz., *M²y* polixenejn — 42 *EN* lacheisons, *F* lachoisons,
M lacoison — 43 *IM'* Par cui, *K* P. qui, *M* P. quoy, *H* Par que ;
M²MN gitez, *E* -iez, *F* gietez, *M'* iete — 44 *I* Ainc ne prist mais
si grant folie.

Tome III.

17545   Oëz com fait destinement !   *17515*
            Hui mais orreiz com faitement
            Il fu destreiz por fine amor :
            Mar vit onc ajorner le jor.
            Mout est fort chose d'Aventure,
17550   Mout est as plusors aspre et dure.   *17520*
            Granz maus vient par poi d'acheison.
            La grant beauté e la façon
            Qu'Achillès vit en la pucele
            L'a cuit el cuer d'une estencele
17555   Que ja par li nen iert esteinte.   *17525*
            En son cuer l'a escrite e peinte :
            Ses tres beaus ieuz vairs e son front
            E son bel chief, qu'ele a si blont
            Que fins ors resemble esmerez,   *17529*

17545 (*H*) ; *C* Aiez, *I* Ha ! dex ; *M* fier ; *BCn* destruiement —
46 *K* Oi mes ; *M* oez ; *M²* cum feitement — 47 *F* l ; *M²K* par,
nM de — 48 *AEn* ainz ; *M²* celi — 49-50 m. à *DHM'* — 49 *F*
ert ; *M²BCJNR* forz — 50 (*I*) ; *M²R* Car ; *M²* as p. est, *A* e. a p. ;
A²BCEJk As (*CK* A) p. e. ml't (*K* et) pesme (*A²* et aspre) — 51
M'k Grant, *H* Mains ; *M²K* mals, *M* mal ; *M²* uint ; *R* pur poi,
K a p. ; *M²* dachaison, *K* dacheson, *M'* -ons, *MN* dacoison,
E dacheisons, *H* doquison — 52 *En* granz ; *M²* biautie, *FMM'*
-e, *EN* -ez, *K* bialtez ; *N* de la, *F* de sa ; *M²* faicon, e facons —
54 *E* Li, *K* Le, *R* Lo ; *EK* cuist, *H* point ; *M'* ou c. ; *M²Rk* de
lestencele ; *GN* estancelle, *F* -chelle ; *x* Li mist el cors une e. —
55 *Fk* Qe ; *M'n* lui ; *M²* ne njert, *n* niert mes, *K* nen ert ; *ny*
estainte — 56 (*BCDGJL*) ; *F* a escrit ; *M²* descrite ; *H* Sa biaute
a en s. c. p. ; *n aj. 2 v.* : Sanpres ot tot serre lo cuer Ne san
meust a nes un fuer — 57-60 *m. à DM'* et sont réd. à 2 v. dans
H : Son cief blont ses crins esmeres Bien resambloit que fust
dores — 57 (*GL*) ; *B* nuirs iex, *K* clers ielz ; *M²C* veirs e, *GN*
uers de, *F* de (uairs m.) ; *A²* Ses cols rians, *I* S. iex keut u. ;
A²BEIR et son bel f. — 58 (*AA²*) ; *M* Et ses biauz ; *M²* quiel (*sic*)
a, *F* que la ; *C* ot tant ; *I* ke il ot bl., *B* lo si tres b. ; *EJ* Et s. c.
que ele a t. b. ; *A²* aj. 2 v. : Si bien fait et si auenant Si bien assis
si reluisant — 59-60 *m. à x* — 59 (*R*) ; *M²* Que il r. estre dorez,
A' Or r. fin e., *I* Ki r. orphyn esmere, *R* Ke fins ors r. e.,
A²BCJEk Plus que nest ors fins (*CM* fin or, *A²JR* fins ors) e.

17560 Totes denote ses beautez;
       N'a rien sor li qu'il ne retraie   *17531*
       E ne li face mortel plaie.
       La resplendor qu'ist de sa face
       Li met el cors freidor e glace.
17565 Sis nes, sa boche e sis mentons   *17535*
       Le resprenent de teus arsons,
       Dont ardra mais dedenz son cors:
       Pinciez sera d'Amors e mors.
       Sis tres beaus cors e sa peitrine
17570 Li font prendre tel decepline   *17540*
       Que ja n'iert mais ne nuit ne jors
       Ne sente le verjant d'Amors
       Sovent plus de quatorze feiz.

17560 (R); *A* T. deuee; *I* Note trestoute sa biaute, *EJK* Bien resanbloit estre (*JK* quil fust) dorez, *M* Assez plus que sil fust d., *BC* B. sanloit que il f. d., *A²* Ml't sembloit bien estre d. — 61 (*A²L*); *GK* riens; *K* lui, *G* lei; *I* fors li; *D* qui; *AIR* qua li ne (*A* nen) traie — 62 (*GIL*); *AR* Que ne; *M²A²* El cuer li a feit mortiel p.; *K* mortal — 63-4 *m. à DHM¹* — 63 (*ABCJR*); *E* res-plendors; *n* La resplandissors (*F* -isors) de — 64 (*ABCR*); *M²* El c. li m.; *JM* el cuer; *M²* freidure, *A²* chalor — 65 *F* Ses neis, *N* S. mains, *CMM¹* Son nez; *K* sa face; *M²BCMM¹* e son menton — 66 (*C*); *BH* Li; *n* reprenoit, *M* reprennent, *K* respr., *E* repre-nent, *M¹* remetent, *H* regrieue, *B* resplendent; *F* cex; *M²* tiel arson, *CMM¹* tel a., *B* t. facon — 67 *M²* Dom, *A* Il; *BCky* m. a.; *N* Qua androit met, *F* Cor a. mais; *M²Cky* le (*M²* lo) c. — 68 (*CJ*); *F* Princier, *HM¹* Plaiez, *A* Pcchie — 69 *M²EH* Ses; *AMM¹* Son t. biau; *K* front; *n* Si t. bel oil; *F* petrine — 70 *BCEJM* fet; *N* panre, *H* porter; *AR* Prendront de li (*R* lui); (*ABCHJn* decepl.), *M²* descepl., *K* descipl., *E* decipl., *R* discipl. — 71 (*IR*); *M²BK* nert m., *C* m. niert; *M¹* Q. nert ia mes, *A* Q. mes nen i.; *A²* Ja m. ne uiura m.; *EH* nuiz; (*y* iors), *les autres* ior — 72 (*A*); *M²A²BCJky* Quil ne s. les traiz (*M²* treiz, *BCJy* max); *M* mortel dolor; *R* lo uerchant, *I* les trauaus, *N* les assauz, *F* les dolors; *y* damors, *les autres* da-mor — 73-4 *m. à DHM¹* — 73 (*BCJR*); *M²* Plus de quarante treize f., *I* Mar le uit onques cele f., *A* Souent que niert ne quens ne rois.

Dès or sera mais si destreiz
17575   Qu'il ne se savra conseillier,   *17545*
Dès or li estovra veillier
Les longes nuiz senz clore l'ueil.
Tost a Amors plaissié orgueil :
Poi li vaudra ci sis escuz
17580   E sis haubers mailliez menuz.   *17550*
Ja s'espee trenchant d'acier
Ne li avra ici mestier :
Force, vertu ne hardement
Ne valent contre Amors neient.
17585   Achillès mire la pucele :   *17555*
Ço li est vis que mout est bele.
E si est ele, senz desdit :
Onques si gente nus ne vit,
Ne ne sera jamais nul jor.
17590   Plusor se mistrent el retor,   *17560*
Quar la grant gent se departeit
Que iluec assemblee esteit.
Vers le palais totes iriees
S'en sont les dames repairiees.

17574 *BCEJM* Souent; *I* Cor s. il; *R* mes plus d., *EJ* ses
cuers d.; *n* D. or m. s. si (*F* il) d., *K* Damors s. souent d. —
75 *M¹* sen — 76 *K* Souent; *M* estordra, *H* couanra; *n* D. or mais
lestoura u. (*F* ueiler) — 77 *M²ky* longues; *K* L. les n.; *N*
clorre, *F* cloire — 78 *M* amor; *F* plaisie; *M²* lergoil — 79-80
m. à *DHM¹* — 79 (*BCJR*); *E* Po; *K* ualdra mes, *AE* u. or —
80 *A* Ne; *M²* sis hauzbers, *L* son hauberc — 81 *M²* trenchanz,
EH tran-; *F* dacer, *M* auer — 82 *n* cor mes; *F* mester — 83-4
m. à *N* — 83 *EK* uertuz — 84 *K* Ne li ualt; *M²k* amor; *FGH*
M¹ Ne li uaudra (*H* ualra, *M¹* uaudront) ici n.; *H* nient, *k* naient
— 86 *A* qui — 87 *M²Lek* Si est e. s. contredit (*Lk* s. nul d.)
— 88 (*L*); *F* O. nus si g., *M⁴* Nus hom si tres bele, *k* O. hom
plus (*M* nus si) b., *e* O. plus b. nus (*E* hom nez); *A* Ainz si
b. des yeux ne u. — 89 (*L*); *M²ek* fera — 90 *E* mestent, *LM¹k*
metent; *M* au, *M¹* ou — 91 *M²en* genz — 92 *F* illoc, *K* ilec, *M*
illeuc (*formes ordinaires*) — 93 *M²M¹* irees — 94 *Me* En; *M²*
reperees.

17595   D'Ector plorent e ploreront   *17565*
        Toz les jorz mais qu'eles vivront :
        N'est pas damage a obliër
        Ne perte qu'om puist restorer.
        O eles vait Polixenain :
17600   Pris est Achillès de son hain,
        Qui de s'amor est aeschiez.
        Onques ne remua ses piez   *17572*
        Tant com des ieuz la pot veeir :
        Ja ne s'en queïst mais moveir
17605   Tant come ele fust en la place.   *17573*
        Sovent mue color sa face :
        Sovent l'a pale, et puis vermeille.
        A sei meïsme se conseille
        Que ço puet estre que il sent,
17610   Qu'ensi freidist e puis resprent.
        Sempres li estreint si le cuer,
        Ne se meüst a nes un fuer   *17580*
        Tant come il la poüst choisir ;

17595 *e* Hector; *F* De h. ploroient et ploiront; *L* plorerent et
plorront — 96 *M¹* que il — 98 *En* quan, *M¹k* quen, *M²H* quon
— 99 *M²EIk* O els (*M* O eulz, *E* O aus, *I* A tant, *K* Avec) sen (*M*
en) uait, *M¹* Retorne sen; *M²* polixenejn; *H* Polixena a tant sen
ua — 17600 *I* P. a; *AI* a s.; *M²M¹* hejn, *J* hejm, *E* ein, *ARkn*
ain; *H* Achilles ml't la regarda — 1 (*A*); *R* Che, *M²ek* Car; *R*
en est (*v. f.*); *M²* aaschez, *R* -iez, *IJM¹* aachiez, *E* afichiez — 2
H ni; *A²* les p. — 3-4 *m. à K* — 3 (*AIR*); *A²* des eols la p., *N* il
onc la p., *L* onques la p., *M²BCJky* la dame (*B* bele) p.; *E* De
t. c. il la p. — 4 (*AIR*); *M²FJM* se; *R* quesist, *M¹* quersist, *n*
poist; *F* Et ia ne se p. m., *L* Ne sen q. ia m. m., *H* Ja m. ne sen
q. m. — 5 *H* fu — 6 *k* colors; *HMn* et f. — 7-10 *m. à H.* — 7
(*A*); *k* enpres; *M²* Une ore e. p. autre v.; *M¹* urem. — 8 *F* A
lui; *M²ANe* meismes; *K* sen — 9 *M²A* qui — 10 *ek* Souent f.
(*M¹* refroide); *An* Sempres f. sempres; *Ken* esprent — 11-2 *m. à*
N — 11 (*A*); *FGM* estraint, *K* esprent, *H* cania; si *m. à M*; *EL*
ot si (*L* tout) serre; *M¹* Ice sent il souent au c. — 12 (*AC*); *M²H*
Quil ne se (*H* sen) m. a nul f., *M¹* Ne sen remuast as nul f.; *M*
neis .j., *L* nis un, *K* negun — 13 *M²AF* poist; *ek* u. (*K* uoier) la
peust; *N* T. i est con la puet c.

Del cuer li issent lonc sospir.
17615 Quant ne la veit, adonc s'en torne :
Mout fait pensive chiere e morne.
Mout vait petit ne s'arestace   *17585*
Por remirer ancor la place
Ou la dameisele ot veüe.
17620 Toz sis estres li change e mue.
Tant i pense, tant i entent
Que il n'ot mais ne il n'entent   *17590*
Rien nule que dite li seit :
Tant l'a Amors griefment destreit !
17625 Mout malades, mout deshaitiez,
S'est en son paveillon couchiez :
N'a si privé qui i remaigne,   *17595*
Dès ore a pro de qu'il se plaigne ;
E si fait il, qu'il n'en puet mais.
17630 Amors li a chargié tel fais
Qui mout est griés a sostenir.

17614 *n* li s. (*N* sopir); *ek* Por rien que nus dire seust — 15
(*AC*); *E* lors san, *M'* si sen; *Ke* retorne ; *N* puis saretorne, *F* p.
si san torne, *A²* lores sen t. — 16 *ek* Chiere f. ml't (*K* et) p. (*M*
f. p.), *A²* C. faisant marie, *n* Deshaitiee c. a, *A* Dechaciez est e
pale, *I* Semblant fait dome triste — 17-8 *m.* à *A²* — 17 *M²AC*
ua, *e* uet, *H* faut ; *B* A p. u., *n* Ne puet muer; *CFM* ne se res-
tace, *R* nessa restasse, *K* quant se regarde; *I* Si est pensis ne
set que fache — 18 (*A*); *C* Par; *R* entor; *B* sa face; *K* La p.
remire et esgarde, *I* Souent regarde uers le plache — 19-20
interv. dans A² — 19 *M²M'* damaisele, *n* damoissele (*F* -elle);
I pucele auoit u. ; *B* Et le liu ou il lot u., *A²* Une ore a froit
et altre sue — 20 *M'* Tot son estre — 21-4 *m.* à *DHM'* —
21 (*J*); *M²BRk* e tant — 22 (*J*); *C* Qil ni ot; *M²* ne quil —
23 *K* Riens (*forme ordinaire*); *F* qe, *les autres* qui — 24 *EM*
griemant, *K* el cors; *n* Ses cuers estoit an grant destroit, *M²*
Trop est en angoissos d., *A* Ml't a. et ml't d. — 25 *M'* toz,
H et; *M²* desheitiez, *KM'* dehetiez — 26 *k* cochiez — 27 *F* Nest
si prîuez — 28 *M²* or; *en* Or a assez ; *e* de coi, *n* don (*N* dom)
il, *K* dont il — 29 *M²* feit il car — 31 (*ABCIJR*); *FMM'* grief;
A² al s.

Autre covient o lui partir   17600
Quil sostienge de l'autre part :
Cest socors avra il a tart.
17635 E de la coment li vendreit ?
Soz ciel n'a rien que el mont seit
Qu'il heent tant come il font lui :   17605
    « Ha! las, » fait il, « tant mare i mui !
    « Tant mare alai veeir les lor !
17640 « Tant mare i vi la resplendor
    « Dont mis cuers sent mortel dolor
    « Senz aveir en aucun retor !   17610
    « E jo de quei la blasmereie ?
    « Ço sai jo bien, tort en avreie.
17645 « Se jo m'en plaing, qu'en puet el mais ?
    « Autre la virent il adès,
    « Cui rien n'en fu ne rien n'en est.   17615
    « Trop m'a trové hui Amors prest ;
    « Trop m'esteie en sa veie mis :

17632 *AB* Autrui ; *F* conuiant, *IR* besoigne ; *BCKM* Autres
(*K* Altrui) enseigne ; (*ABCIK* o), *eMN* a, *F* ou ; *A²* al mal p., *M²*
A sa fin li estuet venir — 33 *M¹* Qui, *AEM* Quel ; *N* sosteigne,
A²F -aigne, *EM* -iegne, *I.M¹* -iene, *C* soustegne, *B* -iegne — 34
(*K* socors) ; *A²* Mais a ce uenra il ml't t. — 36 *M²* mond — 37
M¹ hachent ; *M²* plus qui (*sic*) — 38 (*I*) ; *k* A las ; *M²* feit ; *A²*
cum, *M* con ; *Mn* fui ; *I* aj. : Tant mar me leuoi hui del ior (*cf.*
-42 *M²*) — 39-40 *interv. dans A²* — 40 et -42 m. à *F* — 40 *A²I*
Si hui, *M¹* ui onc ; *N* T. mui la resplandissor — 41 *M²* nus c.,
AM mon cuer ; *M¹* D. mortel s. mes c.; *Ck* mortal — 41-2 m. à
A² — 42 m. à *I*; *CJky* Par (*M* Por) li (*M* lie, *K* lui) per-
drai (*CJ* -a) ioie et baudor, *B* Ja naurai mais ioie nul ior, *M²* Et
main et seir e nuit e ior ; *G* a. oi ; *L* nisun r. — 43 (*BCH*) ; *n*
Dex ; *M²J* por q. (*J* coi) ; *A²* le b. — 44 *F* Et ; *M²HK* Je s. ml't
b. que t. a (*M²* fareie) ; *E* q. trop a. — 45-6 *interv. dans x* — 45
En me ; *CK* el nen p., *F* que p. il, *G* quan puis ie — 46 *K* Altre
home la u. a.; *M¹* Autres ; *N* reuirent, *F* remirent ; *M¹* el ; *H* Tot
issi auient il a. — 47 *EF* riens ; *K* Dont rien ne fu, *n* Qe r. nan
fu ; *M²E* ne riens ; *H* Maint le uirent qui r. nen e. — 48 *M¹* Tost ;
M² me troua ; *E* t. a. hui p., *n* hui a. t. p., *K* a. oi t. p.; *M¹* ma
mort ; *H* T. mi trouerent amor p. — 49 *n* T. estoie.

17650 « Por ço m'a si lacié e pris
      « Que jo ne li puis eschaper.
      « Dès or m'estuet merci criër :   *17620*
      « E jo, a cui la criërai ?
      « Ja mais des icuz ne la verrai.
17655 « E ! Deu merci, se jol saveie,
      « Ja guaires longes ne durreie.
      « N'est el ma mortel cnemie ?   *17625*
      « Oïl, mais or sera m'amie.
      « Veire, quar bien est a mon chois !
17660 « Jo meïsmes me trich e bois,
      « Jo me deceif, mien esciënt,
      « Quar jo sai bien certainement   *17630*
      « Qu'el me voudreit aveir ocis.
      « Trop laidement sui entrepris,
17665 « Qui amer vueil ço que me hait.
      « E ! Deus, beaus sire, qu'el ne set
      « Le cuer de mei e le pensé,   *17635*
      « Com jo l'ai tot vers li torné,
      « Com jo m'i doing, com m'i otrei,
17670 « Come est Amors saisiz de mei !

17650 *K* Par tant, *M* Por t.; *k* laciez; *M²* Por itant ma l. —
52 *n* Por ce ; *M* mestorra — 53 *K* qui ; *M* le; *M²* criereie — 54
N as iauz, *M* nul iour; *M²* verreie — 55 *M'* He, *Ekn* Et; *Kx*
dex, *MM'* dieu — 56 *F* guere; *M²Ken* longues — 57 *M'F* ele;
M² mortele, *EKn* -ex — 58 *e* Qui des or mes; *n* el nel (*F* ne)
sera mie — 59 *FMM'* Qe — 60 *F* Me; *kn* meisme; (*N* trich), *F*
trif, *M* trie, *M²e* triche, *K* trichie — 61 *M²* decef a esciant ; *EK*
certainement, *M'* ml't malement — 62 *k* uerraiement, *e* a esciant
— 63 *M'* Quil, *F* Qelle — 64 *F* De grant folie sui antremis —
65 *M²* uoil a.; (*J* que), *les autres* qui — 66 *M²* E, *M'* He, *Ekn*
Et; *MM'* dieu; *E* biau s.; *K* b. por quele ne s. ; *M'* que nel s.
— 67 *D* mon pensse — 68 *EM* Come ie lai; *H* enuers li, *A* t.
a li; *KM'* lai u. lie t. (*M'* lui atorne) — 69-70 *m. à DHM'* —
69 *M²* Cum, *A* Et; *M²* me ; *F* doig; *E* Come ie laim; *K* et mi o.
— 70 (*K* Come), *M²* Cum, *les autres* Com ; *A* Et sest; *n* Com ele
a tot lamor de moi.

« Ço me donast mout grant confort,
« Mais el voudreit que fusse mort :   *17640*
« Ja n'avrai mal qu'el ne vousist
« Que cent itanz m'en avenist.

17675   « Son frere Hector li ai ocis ;
« Si grant duel ai en son cuer mis,
« Ja mais jor ne voudra mon bien :   *17645*
« Ço m'ocira sor tote rien.
« Se j'esperasse e atendisse
17680   « Que jo al loinz rien conqueïsse,
« Ço me donast confortement ;
« Mais jo n'i vei ne n'i entent   *17650*
« Que jo ja rien vers li conquiere.
« Onc mais ne cuit qu'en tel maniere
17685   « Amast nus hom : jo sui desvez
« E de mon sen si forsenez
« Que jo ne sai que jo me faz.   *17655*
« S'auques estreint Amors ses laz,
« Bien sai de veir que jo sui mort :

17671 *K* Ico me fust granz reconforz; *AD* grans (*D* -z) confors;
M² Ne puis aueir por rien confort — 72 *H* Ele uauroit io f. mors;
A El u. or ie f. m.; *n* me uoudroit auoir mort, *M²* Car mis cuers
me pramet la m. — 73 *M²* naura; *E* uolsist, *M¹* uosist — 74 *Mn*
c. tanz (*F* tant) plus, *k* c. itant — 75 *e* Ia li ai ic son frere o.; *M*
ochis — 77 *M²* Que ia mes ne — 78 *M* mochira, *M²en* mocirra —
79 *M²AMM¹* Se ie priasse, *K* Se gie preiasse, *E* Se ie proiasse
— 80 *F* au loig; *K* a; *M²EKN* loing; *M¹* au lonc r. conquersise;
M² Quau l. aucun bien atendisse — 81 *F* confortamant — 82 *K*
Gie ne uei pas; *M²* M. ie ne vei ne pas nentent; *M¹* nel uoi ne
ne lentent; *N* atant — 83 *K* u. li ia riens c.; *Me* lui; *M¹* con-
quere — 84 *M²* Ainc; *E* le c. quainz mes an; *k* quit — 85 *E*
Nama n. h. ia; *M* ien s. — 86 *EN* san, *M²k* sens; *En* sui, *M¹*
toz; *M²* mesalez, *A* mesasez, *M* hors senez — 87 (*A*); *E* Car;
M² mes que ie faz; *I* men; *C* faiz — 88 (*I*); *M²* Sun poi; *M¹*
estraint, *n* estroint; *A* son l.; *C* laiz — 89 (*C*); *AKn* le s.; *A* por
u.; *M²ACk* morz; *En* qil maura mort; *M¹* que sui naurez a
mort; *B* Bien me puet on tenir a m., *I* Ni a rien mais que
de la m.

17690   « De nule part nen ai confort.
         « Narcisus sui, ço sai e vei,
         « Qui tant ama l'ombre de sei   *17660*
         « Qu'il en morut sor la fontaine.
         « Iceste angoisse, iceste peine
17695   « Sai que jo sent : jo raim mon ombre,
         « Jo aim ma mort e mon encombre ;
         « Ne plus que il la pot bailhier   *17665*
         « Ne acoler ne embracier, —
         « Que rien nen est ne rien ne fu,
17700   « Ne il ne pot estre sentu, —
         « Plus ne puis jo aveir leisor
         « De li aveir ne de s'amor.   *17670*
         « Faire m'estuet, jo n'en sai plus,
         « Iço que fist danz Narcisus,
17705   « Qui tant plora, criant merci,
         « Que l'ame del cors li parti.
         « Ço iert ma fin, que que il tart,   *17675*

17690 (*B*); *N* naurai, *F* -a, *e ni uoi*, *C* nest ci, *M²A* natent;
M²ACk conforz; *K* De nul leu ne me uient c. — 91 (*CL*); *I* nar-
cysus, *M* Mascisus, *H* Piramus; *B* Narci sui che sai; *AHn* iel,
A² bien — 92 *M²* lumbre — 93 *nL* Qe il m. (*F* mori, *L* -u); *F*
a la; *M²* funtaine — 94 *I* Et ceste; *F* poine, *Nk* paine — 95
(*EM* raim), *M²I* rajn, *M¹* eim, *KN* aim; *F* ge au nombre —
96 *M* le raim, *I* Iou ainc — 97 *k* le; (*K* pot), *M²A* puet; *enJM*
ie le (*E* la, *J* ne, *M¹* nel) puis (ie m. à *F*), *H* ce p. ie; *A²I* Nient
p. que ie le p.; *F* baissier, *K* baisier, *I* boisier — 17699-700 m.
à *A²x* — 99 (*AHI*); *M²E* Car; *M¹* rienz, *M²BCE* riens; *M¹* ne
est; *M²BCEk* ne riens, *J* et rien — 17700 (*M¹* il), *CE* quil,
M²AJM qui, *I* ki, *K* que, *H* ainc; *K* nen; (*M²HJ* pot), *ACIJek*
puet; *A* seu, *H* ueu — 1 (*AC*); *A²HLM¹N* Ne (*A²* Nient) p. ne
(*L* ni) puis a. retor (*M¹* lessor, *H* laissor), *F* Ne puis je pas a.
restor; *M* lessour, *I* laissour — 2 *M¹* lui, *K* lie, *A* ce — 3 *K F*.
mestuot gie nen se p. — 4 *k* Tot ico que f., *H* Ausi come f., *eJ*
Ice que an f.; *J* nercisus, *I* narcysus — 5 *M²* cria plorant — 6
M¹ du c. lame; *M* li departi — 7 *M²* Tiels; (*A* fin), *M²n* fins; *ek*
Ce (*Me* Ci) rest (*E* est) ma mort (*EM* morz); *K* que quele, *JM*
que que ie ; *H* Tex est mamor el ni esgart.

« Quar jo n'i vei nul autre esguart.

« Narcisus por amer mori,

17710   « E jo referai autresi.

« Deceüz fu en sa semblance :

« Ne rai pas meillor atendance,   *17680*

« Quar jo n'en puis aïde aveir

« Ne plus qu'il ot, ço sai de veir.

17715   « E ne por quant penser devreie,

« Saveir s'en nul sen porverreie

« Chose que a pro me tornast.   *17685*

« Mais mout me coit e mout me hast :

« A ço covendreit grant leisir.

17720   « Veire, qui tant poüst sofrir ?

« Mais jo porreie tant atendre,

« Senz rien aveir e senz rien prendre,   *17690*

« Que jo ne me porreie aidier

« Ne mei ne autrui conseillier.

17725   « Qui le mal sent venir sor sei

« Si en deit prendre tel conrei

« Que guarir puisse e respasser :   *17695*

« Tot autresi dei jo penser.

« Malades sui : s'or ne porquier

17730   « Aucun conseil qui m'ait mestier,

17708 *M'n* Que ie — 9 (*L*); *F* Narsisus, *I* Narcysus; *M²AKM'*
amor, *E* amors; *H* fini — 10 *M* le r., *Fe* si f., *A* remourrai —
11 *M'* fui, *Nk* sui; *M²* par — 12 *F* Nira, *N* Nirai, *M²* Ie nai, *M*
Ne ferai; *K* esperance — 13 *M'* ne p. — 14 *M'* quil pot, *n* que il
— 16 *M²MM'* sens, *En* san; *M'* proueroie — 17 *M²Kn* prou, *e*
preu; *M* a bien satornast — 18 *K* M. trop, *M²* T. par; *M* cuit,
M' coist, *E* quoit; *K* mangois; *M'K* et trop — 19 *M²* conu.,
k conuenist, *n* besoignast, *e* couient ml't — 20 *M²M'* porreit, *M*
peust, *EKn* poist — 23 *M²* Que ne me p. a.; *K* edier, *FM* aider
— 24 *M²k* autre — 25 *M'* font u. sus moi — 27 (*AI*); *M* rep.,
M²M' reschaper — 28 *M'* T. autretel; *H* ai a p.; *I* errer — 29
M' porquer, *M* conquier; *J* sores ne quier — 30 *M²* Aucune
rien; *H* Tel r. q. mait alcun m.

« Morz sui en fin, jol sai e sent.

« Mout en ai grief comencement :   *17700*

« Mout en voudreie estre devin,

« Saveir quel en sera la fin.

17735 « Assez la cuit, assez la pens.

« Trop sui conquis en poi de tens ;

« Trop me deshait e trop m'esmai.   *17705*

« Jo n'en puis mais, quar de fi sai

« Que ci iert toz mis jois feniz,

17740 « O ci sera toz acompliz.

« Mais jo dot l'un plus ne faz l'al :

« Por ço me fait al cuer grant mal.   *17710*

« Desesperance me confont.   *17712*

« A Deu pri jo que il me dont   *17714*

17731 (*AA²ILR*); *F* san f.; *G* iou; *HM¹* se (*H* io) nel puis
consentir, *BCEJk* sensi (*K* se si, *M* sainsi, *EJ* scinsint) uoil (*E*
uuel) c. — 32 (*R*); *I* a chi g.; *A* M. est g. le c., *M²* Trop a mis
cuers peine et torment, *BCJky* Trop est (*EJ* mest) cist fais
gries (*M¹* ci grief fes, *M* g. cil mal, *BH* cis max gries) (*C* Cist
f. est t. g.) a sofrir (*EJ* santir) — 33-4 *les sept mss. et AHJ*
deuins : fins — 34 *M* quele, *M²* quels, *les autres* quex — 35 *M*
la couuoit (*v. f.*), *D* la tint; *n* lo... lo — 36 *E* sorpris — 37 *n*
men d. t. men ; (*FM* deshait), *K* dehait, *L* -eit, *M¹* -et, *M²*
desheit, *EN* -et (*formes ordinaires*), *G* dehai — 38 (*AGHIL*); *LM*
que; *M²FM* fin, *C* fit — 39 (*G*); *M²* Ci sera; *M²I* mis ioies; *CK*
Que m. i. est ci, *M* Q. tous m. i. est; *R* Ken li ert ma ioie
fenie, *ALn* Q. ci est (*L* sont) t. mes iorz feniz, *DJy* Q. m. iorz
(*M¹* mon ior) est ci defeniz (*D* definez) — 40 *AJekn* Et que ci
est t. a., *I* Ichi ert il t. a., *R* O en li ert tote acomplie — 41-3
m. à *DHM¹* — 41 (*R*); *x* ien dot lun (*G* dous ml't), *M²A* ie redot,
BCEJk ie desir; *M²BCk* p. lun que, *AEJ* lun p. que, *x* ml't p.
que ; *EJ* que al; *I* p. dot lun q. lautre asses — 42 (*G*); *M²* Por
tant; *R* ma fait; *L* ele tel m.; *I* sui tous desesperes; *BCEJk*
mes cuers (*M* mon cuer) g. m., *puis ce v.* : Que ie (*EJ* Qui se)
remet trestoz et font — 43 (*ABCGIJR*); *L* Que sesperance — 44
F Ha ; *I* proi iou; *M²A* Or (*A* Je) p. a deu; *M* qui; *BCDJky dév.
en 2 v.* : Or uoil (*E* uuel) proier (*D* Or ueult prouer, *B* A dame-
dieu) sanz autre alonge (*DJ* aloigne, *BE* -oingne, *C* eslonge) (*H*
plus daloigne) A dame deu (*K* damlede) (*B* Voil iou proiier) que
il me donge (*DEJ* doigne).

17745 « Tel conseil prendre e tel conrei   17715
       « Par que ele ait merci de mei. »
          Un suen ami, un suen feeil,
       Qui mout esteit de son conseil,
       A fait venir dedevant sei,
17750 Puis li descuevre son segrei.   17720
       Tot li a dit come il li vait :
       Nule celee ne l'en fait.
       Bien li encharge son message :
       « A Ecuba, » fait il, « la sage,
17755 « La femme al riche rei Priant,   17725
       « Diras tot ço que jo li mant.
       « Salue la de meie part
       « E di que mout me sereit tart
       « Qu'o li eüsse acordement.
17760 « Vers li me sui trop malement   17730

17745 *En consoil (forme ordinaire)* — 46 (*H*); *FJKR* Por;
AFIe coi, *K* quei; *M²* Par quele — 47-8 *leçon de CK* (47 *C*
feil; 48 *K* m. saueit; *C* suen) — 47 *M²A²BJMxy* Un s.
(*BH* sien) f. (*M²HJM* feel, *BEL* feoil, *M¹* priue, *A²* seriant)
un s. (*BH* sien) (*G* fiable et sien) a., *AR* Uns suens feel uns
suens amis, *I* A tant a .j. sien a. pris — 48 *AIR* Sauies (*A*
Sages, *I* Sage et) cortois et bien apris, *M²* Qui m. e. priuez
de li, *A²* Quil auoit longement nori, *BGJLNy* Qui m. par
esteit bien (*L* est tres b.) de li (*B* lui), *F* A fait uenir de
deuant li — 49 (*ACJR*); *H* par deuant, *A²* droit d.; *B* A f.
ded. soi u., *F* Qui m'l't par estoit bien de soi — 50 *A²CH* Si;
A²k descouri; *M²ACFy* secrei, *M* secre; *B* P. li a dit tot son
desir — 51 (*A*); *N* Et, *F* Puis; *M¹* cum il, *Ken* coment; *M¹* il
uet — 52 *e* Autre c. ne li f.; *K* C. n.; *M* nen len f. — 53
M²A Puis; *K* encharia — 54 *A* m. à *F* — 55 (*GL*); *n* Qi est
fame au bon roi (*F* au r.) p. — 58 (*AC*); *I* Di li que trop; *M*
Et dit; *x* Et si li di ke m. mest t. — 59 *BMxy* Qua, *C* Ca; *e*
lui; *M* eussent; *M²* Que ie fusse o li acordez, *AR* Que ie ause
a li parle, *I* Q. iou a li aie p. — 60 (*J*); *LN* A li; *G* me
sai; *F* Et li mesfai; *A²BCEk* laidement; *M²AR* trop mal
mene (*M²*-ez); *I* Car t. mai u. li mal m., *H* Mesfait li ai trop
durement.

« Meslez : trist en ai le corage.

« Trop li ai fait pesme damage ;

« En grant dolor ai son cuer mis,

« Qu'Ector son fil li ai ocis.

17765 « Mei en peise, j'en sui irié ;   17735

« Sovent m'en prent al cuer pitié.

« Dreit l'en vueil faire a sa merci

« Tel dont me tienge por ami :

« Sa fille me doint a moillier,

17770 « E s'el la me fait otreier   17740

« Al rei Priant e a Paris,

« Jo m'en irai en mon païs.

« Merrai en mes Mirmidoneis :

« Ja puis n'iert si hardiz Grezeis

17775 « Que ici remaigne après mei.   17745

« Trestot leiaument li otrei

« Que jo ferai l'ost departir :

« En bone pais porront tenir

« Lor cité mais e lor païs.

17780 « J'en osterai lor enemis :   17750

17761-2 *interv. dans* M²AIR — 61 (L); *n* Mais ie, *G* Noir et; A²BCJky Meslez (A² -e, M' Mesfet, H Car io) par pechie et par rage, M² Par mon peche par mon outrage, AIR Et a touz ceus de son lignage — 62 A²B Ml't; H Li ai f. t. ; (AEIRx pesme), C pensant, M²A²Bk pesant, M' mortel, H cruel — 63 M'n Et g. d. an s. c. m. ; M li ai (*v. f.*) — 64 *n* Dector (F De h.) s. f. que iai o. ; M² fiz, M'K filz — 65 F Soi an poisse; K et en s., M et s., Ce sen s. ; *tous les mss.* iriez — 66 M'k me; F Au c. man p. ml't grant p. ; M² granz pietez ; *ekn* pitiez — 67 *n* li uoil — 68 F don; M tiegne, N teigne, F -ent, A² tanra, e tandroit; EF a ami, K a son a. — 69-70 *interv. dans* F — 69 (G); EM doigne, A²L doinst, M²M' doinge, K dont — 70 A²M' Et si; F sello; M² feit; M' me la face — 73 N Manrai, E -e, F Maura, k Menrai; M' Merre ent — 74 *n* Ja niert p. — 75 M² Que ci, F Qe ia; *ek* Qui si arest en (M' areste, M -ast) (K sarest ci); k enpres — 77 M² farai — 79 *e* et le p. — 80 K Sin, Me Sen.

« Puis que d'eus me serai partiz,
« N'en iert ja puis escuz saisiz
« Ne hom tochié ne adesé.
« Mout riche plait ont encontré,
17785 « Se il devers eus ne remaint :   *17755*
« Ja ne troveront plus les aint
« Que jo ferai d'ore en avant.
« Lor fille o le cors avenant
« Sera guarie e honoree,
17790 « Quar richement iert mariëe :   *17760*
« El chief li aserrai corone.
« E se Deus tant vivre me done
« Que jo de li saisiz me veie,
« Toz mes buens acompliz avreie ;
17795 « Tant me sereie amanantiz   *17765*
« E sor toz autres enrichiz
« Que del monde, qu'ensi est lez,
« Sereie li plus asasez
« E cil qui greignor joie avreit.
17800 « Comenciez vostre eirre ore endreit :   *17770*

17781-4 *m. à DHM¹* — 81 *(BCJ)*; *m. à M*; *AR* Des que; *R* del; *M²* ie s. dels; *J* dentrex s. p.; *K* Et p. que dels, *n* Et quant ge man — 82 *EM* Ja p. nan ert, *BCJ* Ja nen iert p. (*BC* mais); *K* Ja mes e. nen est sesiz; *M²R* seisiz — 83 *M²* Ome f., *K* Home feriz; *R* ni; *n* Ne hom tochiez ne adesez — 84 *n* Ml't riches plaiz ont ancontrez — 85 *M* uers eulz; *E* d. an (*sic*) — 86 *H* Ne t. mais qui nes a. — 87 *M²* farai (*forme constante*); *H* Tant lor f.; *M²Fek* dor — 88 *M¹* La — 89 *H* seruie, *n* cherie; *A²* Ferai roine coronee — 90 *M* Que, *EF* Et; *A³* Ml't iert de grant terre honoree — 91 (*M²en* aserrai), *k* asserai; *A²* Jo li ferai porter c. — 93 *M* lui; *E* seisiz, *F* saisi; *K* soie — 94 *M²N* bons, *F* biens; *ek* Ja puis rien (*K* riens p.) ne demanderoie — 95 *M* amen., *N* amananciz, *F* -tir, *EK* enauanciz; *M¹* T. par en s. auanciz — 96 *F* anrichir — 97 *Ne* qui si e., *M* q. e. si, *K* que tant e., *F* qi e. — 98 (*A*); *n* asadez — 99 *M²* graindre, *K* graignor, *E* graingnor, *M¹* grenor; *n* pris — 17800 (*M* eirre), *M²KM¹*erre, *E* oirre, *n* oure; *tous les mss.* or.

« Deus doint que ço seit de bone hore !
« Mout me targe, mout me demore
« Que jo vos reveie el repaire.
« A la reïne de bon aire
17805   « Direiz tot ço que jo li mant. »   *17775*
Li mes s'en est tornez a tant :
Celeement e a privé
En est venuz en la cité.
Cil fu mout sages e bien duiz :
17810   Es chambres entre o bons conduiz.   *17780*
A la reïne saluz rent
De son seignor priveement ;
Après li a dit son message :
« Ecuba, dame, or seiez sage.
17815   « Or poëz aveir a ami   *17785*
« Vostre plus mortel enemi.
« Par lui estes trop damagiee :
« Or vos fera joiose e liee,
« Or vos fera honor e dreit
17820   « De quant que il vos a toleit.   *17790*
« Vostre fille prendra a femme :

17801 *M²M* doinst, *KM'* dont ; *M* bon heure — 2 (*H*) ; *KM'*
Trop... trop ; *kn* tarde — 3 (*BH*) ; jo m. à *R* ; *M²ClJn* Que ie
vos veie (*I* ueisse), *A²* Q. io ne u. uoi, *AE* Q. ne u. uoi ia ; *M²*
repeire — 4 *x* De — 5-6 m. à *x* — 5 (*A²BCIJ*) ; *M²AH* Dites
— 6 *R* dauant — 7 *M²M* en p. — 8 *CM'* E. u. droit ; *BHn* a
la c. — 9 *M²* Molt fu s. et molt, *L* Il fu bien s. et ; *R* sauies ;
H et de bon us ; *I* et s. et, *AEKL* bien s. (*L* sage) et ; *LM* b.
duit, *n* senez ; *DM'* Cil qui fu m. s. et d. — 10 (*AR*) ; *CFGk*
En la (*K* sa) c. entre, *N* La c. antre ; *GM* a ; *M* bon conduit ; *H*
Es cambres uint natarga plus, *B* Es c. sen entre conduis, *I*
Tresquen la ch. fu c., *L* Si fu en la c. conduit ; *n* par les de-
grez (*v. f. dans F*) — 14 *E* Eccuba ; *K* seez — 16 *M²* mortiel, *K*
-al — 17 *M* iestes ; *x* domaiose — 18 *F* ferai ; *x* liee et i. — 19 *F*
ferai — 20 *M* De tout quanquil ; *En* De quan ; *F* tolloit — 21
(*AIR*) ; *N* panra ; *BCJek* a moillier p., *puis ces 2 v.* : Et a grant
enor la tendra Por uos (*M'* li) et por sa grant biaute.

         « Ja mais en trestot vostre regne
         « Ne trovereiz chalonge i mete   *17795*
         « Ne de guerreier s'entremete.
17825   « Tote est remese vostre guerre :
         « En pais remandra vostre terre,
         « Quar, quel hore qu'il s'en ira,
         « Ja uns toz sous n'i remandra ;   *17800*
         « En lor contrees s'en iront,
17830   « Ja mais ici ne revendront.
         « Ore en pensez, senz nul respit,
         « Come por vostre grant profit
         « E por vos vies aquiter   *17805*
         « E por vostre regne sauver. »
17835   Ecuba fu merveilles sage :
         « Beaus amis », fait ele al message,
         « Grief chose est mout ço que requiers :
         « Por quant jol voudrai volentiers,   *17810*

17822 (*AR*); *M*¹ u. ae; *BCEJk* en u. roiaute — 23⁷(*AR*) ; *J*
chaloinge ; *I* Ne sera ki calenge ; *k* metre — 24 *n* De uos ; *k*
sentremetre. — 25 *nB* remeise, *R* -esse ; *k* et falt la g., *M*² a
tant la g.; *A*² Tost sera r. la g., *e* R. s. t. la g. — 26 *nB* remanra,
*M*²*Me* -aindra — 27 *n* Des cele, *M*² Car quil ; *F* quel sen ; *A*²*ek*
Puisque mes sires (*M*¹ mesire) bien uoldra (*A*²*M*¹ uodra) — 28
*M*¹ .j. tot seul, *M* nus tous seulz, *A*² n. des grius ; *n* uns (*F* nus)
sols nen i ; *A*²*n* remanra, *M*²*e* -aindra, *M* demorra ; *B* Ja mais
nus ni demorera ; — 29 (*GL*) ; *A FI* contree, *A*¹*A*²*BCJky* pais
tuit (*A*² tot) ; *A*² sen riront — 30 *M* Ja nus ca ne remaindront ;
H Ja puis ; *M*²*A*¹*BCDJky* ca ne retorneront, *A*² ci ne reuerti-
ront ; *L* reuenront, *n* remanront, *G* -dront ; *AIR* Vers trestote (*I*
Contre toute) la gent (*R* trestotes les gens) del mont, *puis 14 v.
spéciaux ; voy. aux* Notes) — 31 *k* Ore, les autres Or ; *A*² et s.
r., *DM*¹ s. grant r. — 32(*CR*) ; *A*² Si cum ; *M*²*A* par ; *H* De de-
mostrer uostre profit — 33-4 *m. à* R *et sont interv. dans* *M*² — 33
AB uostre uie ; *n* afier — 34 (*L*) ; *GN* saluer ; *F* reigne garder ;
H Nai pas loisir de ci ester, *A*¹*A*²*BCek* Ne uos lessiez deseriter
— 35 *E* Eccuba, *G* Hec.; *F* meruoille, *EN* -oilles — 37 *n* Gries,
K Grant ; *M*¹ Ml't est grant c. que ; *M*²*JM*¹*k* tu quiers ; *E* m. que
tu r.; *H* Cest grant cose que tu me q. — 38 *M* ie le uoldrai (*v.
f.*); *M*²*F* uoluntiers.

Tome III.   11

« Se jol puis trover vers le rei.
17840 « D'ui en tierz jor revien a mei :
« Lores en savrai son talent.
« Ton seignor di que jo li mant
« Qu'en mei ne remandra il mie.   *17815*
« En grant dolor a mis ma vie :
17845 « Jo n'ai leece ne deport;
« Assez voudreie mieuz la mort
« Que vivre en si faite dolor
« Com mis cuer suefre nuit e jor.   *17820*
« Mais, se ceste uevre ert achevee
17850 « Que nos avons ci porparlee,
« Ancor m'ireit il auques bien.
« D'ui en tierz jor a mei revien.
« De ço que jo avrai apris   *17825*
« A mon seignor e a Paris,
17855 « Sonc ço respondre te savrai :
« S'il le vuelent, jo le voudrai. »
Li messages ensi l'otreie :
Erraument s'est mis a la veie.   *17830*
Senz ço qu'en fust aparcevance

17839 *M²* o le — 40 *F* a t.; *M¹* Dedenz t. — 41 (*A*); *M²* Adoncs, *k* Adonc; *E* Lors an s. tot; *n* sauras — 42 *M²* Di tun s. — 43 *M²M¹* remaindra, *n* -anra, *A* demourra — 45 *n* confort — 47 *e* a si; *M²L* si tres grant d. — 48 *L* Qe; *M* Conme; *MM¹* mon cuer; *M²N* sofre, *k* souffre, *F* soufre — 49-50 *interv. dans ek* — 49 (*L*); *K* si (se *m. à M*); *M²* houre, *M¹* hueure; *M²M* iert, *FGM¹* est; *F* eschiuee, *G* afinee — 50 *ek* Trop sui par ton seignor greuce — 51 *En* Ancor, *K* Onquor — 52 *K* Doi — 53 *An* Et ce, *G* Sauoir; *M¹* gen; *K* Solonc co que iaurai a. — 55 *M²* Selonc ce r. s.; *e* Son ce, *M* Donc ce, *K* Lonc co; *KM¹* ten; *J* saura (*dial.*); *E* te respondrai apres — 56 (*CHJ*); *n* Se il uolent, *A* Sil lotroeint; *M²A* bien le u., *JM¹k* molt chier laurai; *E* Li rois nen sera ia engres — 57 *M¹* Le mesagier, *E* Li mesagiers — 58 *E* Araument, *n* Maintenant; *L* Atant se remest; *C* se mist, *n* se met; *M¹* Congie a pris si tient sa u. — 59-60 *m. à x* — 59 (*CJ*); *A* Aincois, *B* Sauf ce; *tous les mss.* apercev.

17860 Ne retraçon ne reparlance,
   Repairiez est a son seignor,
   Qui mout esteit en grant error,
   Saveir qu'il li raportereit.   *17835*
   Grant joie a mout quant il le veit :
17865 « Di mei, » fait il, « com tu l'as fait. »
   E cil li a sempres retrait
   Tot le respons a la reïne ;
   Le jor devise e le termine   *17840*
   Qu'ele li a posé e mis :
17870 « Se ne s'en fait li reis eschis,
   « Vostre bosoigne iert achevee. »
   Ore ot il mout que li agree,
   Or li est li cuers revenuz :   *17845*
   « Or font, » fait il, « li deu vertuz
17875 « Por mei, tres bien le vei e sai,
   « Quant aucun conseil trové ai
   « Par que jo porrai acomplir
   « Ço que tant vueil e tant desir,   *17850*
   « Par que jois m'iert acomunez,

17860 (*A*); *BCJky* De tost (*k* bien) aler (*EJ* crrer, *C* crer) (*B*
Den lost entrer) ml't bien (*k* tost) sauance (*CM*¹ m. sen auance)
(*H* fait demostrance) — 61 *M*²*A* Est r. — 62 *N* Que; *A* m. par
iert; *x* dolor, *M*¹ freor, *J* tremor — 63 *n* que il r.; *ek* Por s. que
il fet auoit — 64 (*A*); *M*² en a q.; *K* Joie a m. g. — 65 *n* com (*N*
que) tu as; *ek* Demande (*E* -a) li que il a f. — 66 *M* ml't tost r.
— 67 (*A*); *n* Toz les r.; *M*² de la r. — 70 sen m. à *A*; *K* faint;
*M*² Se li r. ne sen f. e. — 71 *E* ert, *n* est — 72 *M*²*n* Or; *F* oit il
m. qi; *k* qui m. li a.; *e* Quant lot oi ml't li a. — 73 *E* Toz — 74
*M*⁴ funt, *K* fist; *M* mi dieu; *F* mi dex — 75 (*A*); *F* Por qoi, *N*
Par foi; *K* co u. or bien, *E* ice u. b.; *M*¹ trestot de uoir le s.,
n fait il t. b. le s. — 76 (*AN*); *M*² Que, *C* Car; *H* autre c.;
*M*²*BCDFJky* trouerai — 77 *M*²*CF* Por ; (que *corr.*), *M*²*Ck* quei,
n quoi, *DJy* coi (*cf.* -82); *E* consentir — 78 (*C*); *B* t. aim; *K*
gie u. t. et d., *M*¹ ge u. et ge d. — 79-80 m. à *x* — 79 (que
corr.), *AI* coi, *R* keu (*cf.* -82); *A* ioie, *R* ieus; *I* mes dels est
oublies; *M*² Trop sereie bon eurez, *A*²*BCDJky* Se cist (*M* cil,
H mes) consauz (*MM*¹ conseil) est creantez (*M*¹ gr.).

17880   « Par que j'avrai mes volentez
         « De la rien que jo plus coveit,
         « Por cui jo sui en tel destreit ;
         « E se a ço ne parveneie,   17855
         « D'ire e de dueil sai que morreie.»
17885   En une chambre peinte a flor,
         Al rei Priant, son chier seignor,
         Parole Ecuba la reïne :
         « Sire, » fait ele, « mout decline   17860
         « Nostre valor : nostre barnage,   17863
17890   « Noz fiz e nostre grant lignage,
         « Noz reis, noz dus, noz chevaliers
         « Perdons a cenz e a miliers.
         « Hector, ou ert nostre esperance,
         « Nostre vie, nostre atendance,
17895   « Ne sai coment nos defendons,

17880 (AI); A² Dunques; A²R aurai; BCDJM'k Dont (J Donc,
B Or) aurai iou, E Puis auroie, H Lors auerai — 82 (M²AA²BM
Por), CDEGJKLNy Par; (B cui), DEGN que, M²KL qui, ACMM'
coi; H Et dont; F Et por qoi s. ; A²Hn an grant d.; K desireit —
83 (GL); M²R Que se, AGL Et ce ; n ia ce, B ia cou; H Sa cele
ore; A²BCJky ne (K nen) puis uenir — 84 (AGL); F aparceuroie,
R desueoroie; BCk Donc estuet (K -ot) ma ioie fenir, A²Jy Ma i.
(A²E uie) couendra f. — 85 FM' painte, EN pointe — 86 M Ecuba
a s. — 88 R il m. nos d. ; A²BCJky dével. en 3 v. : S. f. e.
grant haine (A² g. destine, M' la roine) Nos mostrent li dieu (K
de) chascun ior Ml't decline (J Decliner uoi, A² Ml't perdons de)
nostre (M uostre) ualor — 89 (AR); I La ualor de n. b., BCJky
Nostre (BE Vostre) gent (C genz) et n. (BE uostre) b., x Vostre
ualors u. barnages — 90 (C); M² Nostre f. n., E Voz f. et
uostres; M²BE granz lignages; B Vostre fil et u. lignages, x
Abaissant (F Et baissant) uait uostre lignages, H Ml't decline
nostre l., I De nos f. de n. l. — 91-2 m. à DHM' — 91 (CJ);
R Nos dus nos r.; BE Voz r. uoz d. uoz c. — 92 BE Perdez;
M a ceulz — 93-4 interv. dans M² — 93 (ABCDH); KL H.
estoit; M² o ; M²GMM' iert; I uostre; A²FJe atandance — 94
M² Perdu auons nostre fiance; BE et n.; A²FJe esperance —
95 (GL); n atandons ; AA²BCJky Cestoit (A Ne sai) nostre desfen-
sions (AHM' -on), I Ne sai nule d., M² Ne vei mes nostre garison.

« Dès que nos lui perdu avons.   17870
« Mout est ceste uevre perillose
« E a noz ues trop damajose.
« Senz plus sofrir, senz plus atendre,
17900   « En fereit bien conseil a prendre :
« Mais ne sai quil sache doner.   17875
« Achillès fait a mei parler
« Priveement e a segrei,
« Que nel set nus fors vos e mei.
17905   « Polixenain quiert e demande,
« E si oëz que il vos mande :   17880
« Corone el chief li aserra
« E riche dame la fera ;
« Le jor qu'il iert de li saisiz,
17910   « Sera li sieges departiz.   17884
« Torner fera en lor païs
« Trestoz noz morteus enemis ;
« Ne serons puis requis par eus.   17885
« Si nos sera amis feeus,
17915   « Aidanz nos iert vers tote gent.
« Jo n'ai mie grant esciënt,

17996 (GIL); M²AA²BGJek Puis que; H Et pus que lui ;
M²AHM¹ auon — 97 M¹ hueure, E oeure, M²kn oure — 98 M²
as n. hues ; EK oes, M¹ eus, A² os ; n Et si nos est ; A² molt an-
guoissose ; M Et a noz granz amis douteuse — 17900 ANek bon
(cf. 17919), F plus — 1 AM¹ qui, EM quel ; M² seust, A le
puist — 2 n uiaut — 3 M²EM en ; M¹n secroi — 4 n Q. nus n.
s. sanz, M² Qui il n. siet ; M nul, EK hom — 5 M²e Polixena ;
M¹ quert — 6 M²K oiez, E orroiz ; M² qui — 7 F Coroine ; ek
C. dor ; K assera — 8 ek El chief et reine en f. — 9 e en sera
s. ; K lie ; M¹E seisiz — 10 A² Ice vous mande par ses dis —
11-2 m. à K — 11 (AA²BCDGHIJ) ; R Tornerun sen, L Tornez
seront — 12 R Trestuit — 13 F seront, A serez, I sires ; M²
seions mes ; (AHJk puis), DIen plus ; FJ por ; BE par eus (E lui)
r. — 14 F Si ne s. mie f., I Si vous ert a. et f. ; BE f. a. ; M²CIK
feels, An feaus, E feax, M feeulz, DHM¹ feus — 15 I ert ; M² E
desfendra, ek O (M Quo) nos sera ; I ert ; N totes genz — 16
(A) ; N granz escianz ; M eschient ; M² Pernez conseil hastiue-
ment, I Bien le vous di certainement.

« Mais del peril en que nos somes,
« Noz fiz, noz filles e noz homes,   *17890*
« Fereit bien teus plaiz a receivre.
17920   « E si vos vueil bien amenteivre
« Qu'a grant meschief devez pais querre :
« Trop a fort gent en nostre terre,
« Si est pechiez et trop granz maus   *17895*
« Que tanz hauz homes, tanz vassaus
17925   « Muerent a si faite dolor
« Es granz batailles chascun jor.
« Periz i a de tantes parz,
« Bien i avreit mestier esguarz. »
Li reis Prianz baissa son vis.
17930   Une grant piece fu pensis,   *17902*
Après en a dit son viaire   *17907*
A la reïne de bon aire :
« Dame, » fait il, « ne puis veeir
« Ne conoistre n'aparceveir   *17910*
17935   « En nes un sen n'en nes un plait

17917 *I* Que; *J* de; (*M²J* que), *AIM¹* cui, *EM* coi, *K* quei; *n*
ou nos metomes (*F* pincomes); *A²* M. de cest p. v nos s. — 18
A² Deuons geter nos et nos h. — 19-22 *réd. à 2 v. dans H* : F. tel
plait bon a requerre Que fuisson fors de ceste guerre — 19 *A* Se-
roit b., *M* F. bon, *M²F* Bien fareit (*F* fereit); *AF* cist plais, *M¹*
tel plet; *A²* Ce deuons querre et demander — 20 (*A*); *F* Et sil;
I os b. ram.; *A²* raconter — 21 *E* deuons, *M¹* de nos; (*F* pais), *les*
autres pes — 22 *n* uostre — 23 *M²* t. g. e m., *n* et ml't g. (*F*
grant) m. — 24 *n* T. h. h. et, *ek* Q. t. h. et; *FMM¹* tant... tant —
25 *M²K* Morent, *e* Muirent; *F* aisi — 26 *K* En, *F* As — 27 *M²k*
Perilz, *en* Peril; *en* totes p. — 28 *K* Que m. i a. e., *e* M. i a.
granz (*M¹* grant) e. — 29 (*ABCHLPR*); *M¹* Le roi; *MM¹* priant,
D pryanz; *nG* lo uis — 30 *BCDJPky* ce mest uis, *puis 4 v. spé-
ciaux (voy. aux* Notes) — 31 *DJy* Et dist son sens (*D* sen, *E* bon),
k Sin (*M* Sen) dit son buen (*M* sens) — 33 *I* Douche d. ne; *M²*
dist il ne p. saueir; *H* ne sai u., *J* ie ne sci uoir — 34 *F* ne
parc., *M²A²LM¹* naperc. — 35 *FG* A; *R* negun sen, *A* nisun
sens; *x* san; *F* na, *G* a; *A* nisun plait; *M²* En nul porpens ne a
nul plet, *I* A nul enghien ne par n. p., *BCDJky* Por rien qui
auenir deust (*B* peust) (*DM¹* que nus dire seust).

« Coment ço poüst estre fait.
« Quar, s'Achillès ert mis amis
« Si come il est mis enemis,
« Si n'est il pas de mon parage.   *17915*
17940 « Trop baissereie mon lignage :
« Pesera mei, ço sacheiz bien,
« Se endreit mei baisse de rien.
« E s'il esteit de li saisiz,
« Com sereie seürs e fiz   *17920*
17945 « Qu'il feïst departir le siege ?
« Cuide me il prendre a la piege ?
« Trop sereie por fol tenuz
« S'ensi esteie deceüz
« Par l'ome que plus dei haïr.   *17925*
17950 « Tant i a rei de grant aïr
« Plus riche de lui contre nos!
« E donc si cuideriëz vos
« Que il por lui s'en departissent ?

17936 *(AI)*; *R* C. ice puet; *BCDJky* C. (*M* Comment) cou f. e.
(*DM¹* ice e.) peust — 37 *M²GM* iert, *H* fust; *R* Sachilles ere —
38 *MM¹* iert, *n* ert; *M* uostre; *M²en* anemis — 40 *e* Jabess., *M*
T. abess. (*v. f.*); *n* T. baisseroit nostre l. — 41 *F* Pessera; *R*
ment tant com ie soi — 42 *DHM¹k* Sil; *n* Se deuers; *M²* Sendreit
mej abaisse; *R* Se il de r. b. c. moi — 43 *E* de li e.; *M²* E sil iert
or; *K* lie; *M²* scisiz — 44 *M²* Coment en sercie ie, *F* C. soie s.
et; *M* C. seroie (*v. f.*); *AK* ne fis — 45 *(A)*; *M²* fareit — 46
M²AA²BCJky Or me c. (*K* quide, *y* cuide il); *A²* auoir pris; *I*
Jou cuic kil me velt p.; *AA²Jy* al p. — 47 *M¹* ore recreuz; *A²CJky*
Honiz s. et r. (*H* deceus), *AR* Trop par s. afoletiz (*A* -is), *I* T.
uilment s. escarnis — 48 *L* Seinsint; *H* Et si seroie recreus;
AIR auilenis (*R* -aniz); *M²* Se ie e., *M¹* Se ie nestoie, *Ek* Se
iestoie ore — 49 *(BHJ)*, *FG* Por; *G* homme; *K* Par celui, *M* P.
la rien; *H* iou d., *CK* plus puis; *xI* el mont que ie he (*F* het, *I*
hac) plus; *AR* que ie p. hais — 50 *M²AILRn* reis; *I* T. a or r., *G*
T. i auroit, *A²BCJky* Maint (*C* Molt) en i a; *xI* contes et dus, *AR*
dus et marquis — 51 *M²AIE* riches — 52 *M²* E doncs, *AFK*
Adonc; *M²* se c., *K* que quideriez; *eM* Et donques c., *I* Et com-
ment c.; *n* sor ce que diroiz uos — 53 *AR* Q. p. l. se departissont,
ek Q. p. l. del siege partissent, *I* Kil por lui desseiassent donques.

« Ja jor por lui ça ne venissent,   *17930*
17955   « Ne ja por lui rien ne fereient,
         « Ne ainz ne s'en departireient.
         « E ne por quant, s'il ço puet faire
         « Que Greu se metent el repaire,
         « De lui sera pais e de nos,   *17935*
17960   « Ne li serons plus haïnos ;
         « Pardoné seront li mesfait :
         « Ja ne li seront mais retrait.
         « Ma fille avra, bien li otrei :
         « Sor toz les deus de nostre lei
17965   « L'en ferai faire seürtance,
         « Por ço qu'il n'ait de nos dotance.   *17942*
         « S'ensi puet estre, ensi l'agré
         « E ensi iert ma volenté. »
         Quant la chose fu porparlee,   *17943*
17970   Que mout fu puis chier comparee,
         Si departirent lor conseil.
         Anceis que levast le soleil,

17954 *AR* Por lui ni uindrent ne ni sont ; *Mn* Por l. ia i., *M¹*
la por samor ; *M¹* por li, *IK* par lui ; *I* Quant il p. l. ni vinrent
onques — 55 *M¹* por li, *K* par lui ; *M²N* nen f. ; *M²* fareient ; *ek*
ne sen iroient (*M¹* iront) — 56 *M¹* einz, *n* ia ; *M¹* departiront —
57 *M²* E ne poruec ; *Ek* sil le, *M¹* se il ; *n* sil pooit f. — 58 *M¹*
grie, *k* griu ; *n* Qil se meissent ; *M* au r. — 62 *M²* serunt ; *KM¹*
Ja mes ne li seront (*M¹* sera) r., *N* Ne ia m. ne s. r., *EH* Ne li
s. ia m. r., *F* Et que m. ne seroit r. — 63 *Hkn* io li — 64 *M²*
los deus — 65-6 *interv. dans Ik* — 65 *F* An ; *M²JKe* bone s. ; *K*
seurance, *M* asseurance ; *AI* Len sera fait asseurance (*I* faite seur.)
— 67-8 *m. à K* — 67 (*J*) ; *A²* Se si ; *G* Sainsis p. e. issi, *L* Se einsi
p. einsi ; *FI* issi, *A* ainsi ; *BHM¹* le gre — 68 *M²* E ensi, *A* Et
en ce ; *M²F* uolunte ; *xI* E. (*G* Ainsis) i. a ma (*F* sa) u., *A²BCJMy*
Ml't uoientiers et de (*N* a, bon gre — 69 *F* aparlee — 70 *M¹* conpe-
ree — 71 *A* li c. ; *A²ek* Si d. (*M¹* se partirent) del c., *I* Si fu de-
partis li consaus, *n* Si (*F* Se) departi icil consauz ; *M²A* conseill,
H -el — 72 *F* Aincois, *N* Encois, *M* Auant ; *M²A²M¹* Ainz quil
(*M²* que) ueissent ; *k* li soleil (*M* -ail), *n* li solauz ; *M²A* soleill ;
E Au matinet leuant soloil, *I* Al tierc ior ains que li solaus.

Fu li mes al tierz jor tornez :
Mout fu li termes desirez,
17975 Anceis que il fust acompliz.
Dedenz la chambre as ars voutiz   *17950*
En est venuz a la reïne.
Cent saluz rent a la meschine
De part son seigneur, qui li mande
17980 Qu'a li se done e se comande,
Del tot se met en son voleir,   *17955*
Lui e sa terre e son aveir.
N'i puet longe parole faire,
Quar la reïne de bon aire
17985 Est dedevant, que ne li lait;
E cele n'en tient autre plait,   *17960*
N'el nel receit, n'el ne li dit
Orgueil n'outrage ne despit ;
Ne fait semblant que point l'en peist
17990 Ne que de rien bel ne li seit.
La reïne, que mout est sage,   *17965*
Parole, si dit al message
Tot le respons al rei Priant :

17973 *I* Leuast fu li m. retornes — 74 *EMn* desirrez — 75 *M²* Ainceis, *E* Eincois, *M* Auant — 76 *kn* Dedanz; *E* uostiz — 79 *AJny* De par; *M²* que — 80 *ekn* A li (*M* lie); *M²* se rent; *M* et reconmande — 81 *M* De t.; *M²AK* vout (*K* uelt) metre, *M* ueult estre; *AM* a s. — 82 *ek* Soi; *E* s. uoloir; *A* Sus sa t. et sus s. a. — 83 *n* Ne; *e* pot; *M²Nek* longue — 84 *N* raine — 85 *F* Est deuant lui, *M* E. deuant — 86 *M²M* ne t., *E* maintient, *M'* menoit; *F* Celle nantant a — 87 *N* Nal nel, *K* Ne nel, *IM* Nel ne, *M²* N. nes, *E* Ne le; *F* decoit; *KM'* ne ne; *M²* nele ni d. — 88 *M²* Ergoil, *AA²kx* Orgoil, *Cy* Orguel; (*A²N* O. noutrage), *M²ABCGLky* O. (*M²* E.) outrage, *F* ne o.; *I* nul d.; *M²B* desdit, *C* mesdit — 89 *A²L* que il, *F* que pas; *AGn* li p.; *I* ki li pleust; *M²* Que il len p. ne f. s.; *A²BCJky* que len (*A²HK* li) pesast (*C* pensast) — 90 *R* de negent b. li sot, *A* de noient b. li soit; *L* r. beau li en s., *I* r. irie fust, *A²BCJky* r. bel (*BJKM'* biau, *C* bon) li senblast; *M²* Ne que biau len s. tant ne quant — 91 *N* raine; *A²HK* fu — 92 *M²N* se d., *F* et reconte; *K* Parla si a d. — 93 *n* Toz les r.

Bien devise le covenant
17995   Que Achillès seürs sera,
Ja devers eus ne remandra.   *17970*
« Ensi, » fait el, « li puez retraire.
« Ci a grant uevre e grant afaire :
« Celee seit tant qu'ele iert faite,
18000   « Ja ne seit dite ne retraite. »
Que vos ireie porloignant?   *17975*
Congié a pris li mes a tant.
A son seignor est repairiez,
Qui mout esteit desconseilliez,
18005   Qu'Amors li mostre de ses gieus
E come om tient de lui ses fieus :   *17980*
A ceus ou est li suens plaisirs   *17983*
Fait geter plainz e granz sospirs ;
Veillier les fait e geüner

17995 (*AI*); *M²* Et a.; *A²BCJky* Quachilles (*M A.*) bien s. s. —
96 (*I*); *A²Ln* endroit lui (*L* li); *M²AA²* remaindra, *L* -eindra, *N*
-anra; *BCJky* Et il autresi (*E* autretel) refera (*C* resera, *B* nos
fera) — 97 *M²M'* f. il ; *F* elle li puet (*v. f.*), *CK* elle p. (*K* puoz)
— 98 *M²* houre, *kn* oure, *e* chose — 99 *M²* quel ier, *k* que seit,
F quele sera; *M²* feite; *M'* Celer le deuons entreset — 18000 *k*
Que, *E* Quel; *M'* Que il ne soit a mal retret — 1 *N* poll.; *Jek*
Congie a pris li mes a tant (*v. interv.*) — 2 *n* Li m. a p. c.; *Jek*
De la uile sen ist batant (*E* errant, *K* a tant) — 4 *BCEK* Q. de
(*BE* del) sens (*E* san) est molt deshaitiez (*C* dehitiez, *M* desai-
riez, *E* desuoiez), *M'* Q. tant par estoit dehaitiez, *H* Q. ml't est
del sens desairies, *J* Q. de son san est desuoiez — 5 *CH* Amors;
G montre, *L* monte; *M²A* icus, *G* iex, *N* ious, *F* geus, *BCDJky*
torz; *L* par mainz leuz, *I* ses defrois — 6 *M²* cum, *AGRN* com ;
M² len, *x* an, *A* on, *R* il; *M²* *F* de li; (*M²* fieus), *G* fiex, *AF*
feus, *N* fous; *L* Et si li teint le uis ses feuz, *I* Comment en est
par li destrois, *BCDJky* Vers lui (*CM* cui, *K* li) ne (*C* nen, *H*
ni) puet auoir (*Jk* ualoir) trestors (*M* tresors), *puis ces 2 v. :*
Que il (*DJM'* Quele) ne (*BK* nen) face son uoloir Lun fet ioiant
(*K* ioir) lautre doloir (*B* d. lautre ioir) — 7 *F* cez, *E* ces, *J* ce;
A nest; *BM* siens, *M'* sons — 8 (*A*); *F* gieter, *E* gitier, *M'* ieter,
K giter; *B* plaintes et s.; *I* gries; *EN* sopirs, *BM'* soup. — 9
FJe le (*F* lo) f.; *FJKLe* geuner; *Jky* G. le (*k* les) f. et u.

18010   E totes uevres obliër
        Por estre a la rien ententis
        Dont om est mornes e pensis.
        La sont li cuer e nuit e jor
        En crieme, en soing e en error   *17990*
18015   D'ataindre ço que il desirent,
        Dont si destreitement sospirent,
        Espris d'amor e de voleir,
        Senz bien e senz repos aveir,
        Icil qui en ço ont entente.   *17995*
18020   C'est li servises e la rente
        Que Amors prent mainte feiee
        De ceus qui sont de sa maisniee.
        De ceus est bien danz Achillès :
        A lui a trait Amors de près.   *18000*
18025   Bien li apert en mi le vis
        Qu'a son ues l'a saisi e pris ;
        Amer le fait outre mesure :
        « Ha! las, » fait il, « quel aventure!
        « Com sui destreiz! com sui sozpris! *18005*

18010 *M²Ax* oures ; *Jky* En mainte guise traueillier — 11
JKM¹ riens — 12 *M²N* Dom, *M* Donc ; *G* on, *n* en, *M²A²JLky*
il ; *A* D. il nen a ne geu ne ris — 14 (*corr.*) ; *M²* c. sunt, *F* c. an
sont, *AN* c. sont ; *A* estour ; *BCJky* Qui aime nest pas a seior
— 15-6 *m. à H* — 15 *M²A* Datendre, *nG* Datandre ; *M²* ce qui il,
F ce qil tant ; *GN* desirrent ; *L* ce quil desirroit, *R* ce ke il desir-
reit ; *BCJek* Souent a ioie et souent ire (*BC* i. s.) — 16 (*G*) ; *F*
Don ; *I* angoissousement, *n* si tres doucement, *LR* D. d. (*L* si
durement) sospiroit ; *N* sop. ; *BCJek* Souent se plaint souent sopire
(*K* sosp.) — 17 *H* et sans liece — 18 *H* S. b. auoir plein de tris-
tece — 19 *k* l. q. (*K* Cil q. i) metent lor e. — 20 *M²* seruizes,
JM -ices ; *K* lor seruice et lor atente — 21 *ek* Quamors pramet ;
M²K fiee — 22 *ek* A ; *EF* ces ; e mesnie — 23 *E* cez, *F* ces —
24 *M²* amor ; *n* mais cest de p. ; *M* Qui tant aime quil nen puet
mais — 25 *M* aparoit (*v. f.*), *K* pareist — 26 *M²n* hues, *A* oeus ;
M² seisi ; *ek* Quil (*M* Qui) est des suens (*M* siens) ce mest auis
(*M* si con mest uis, *M¹* ce li est uis) — 27 *N* a desmesure — 28 *kn*
quele — 29-30 *interv. dans M* — 29 *ek* Si s. d. si ; *M²* cum s. pensis.

18030   « Com sui de tote rien eschis !
         « Ne vueil que om parout o mei.
         « Se fui sages, dès or folei,
         « Quant en tel lieu me sui donez
         « Dont ja n'avrai mes volentez.   *18010*
18035   « Jos en avrai ? E jo coment ?
         « Ja sai jo bien certainement,
         « Puis que li mondes comença,
         « Ne ja mais tant come il durra,
         « N'amera rien plus folement.   *18015*
18040   « Se mis corages me reprent,
         « Ço que me vaut ? Bien sai de veir
         « Que ci ne m'a mestier saveir
         « Ne hardement ne vasselage.
         « Qui est qui contre amor est sage ?   *18020*
18045   « Ço ne fu pas Fortis Sanson,
         « Li reis Daviz ne Salemon,
         « Cil qui de sen fu soverains
         « Sor toz autres homes humains.
         « Qu'en puis jo mais, se jo desvei,   *18025*
18050   « Se jo refail, se jo folei ?

18030 *M²* a t.; *ek* Que por amer (*K* amor, *M¹* -ors) — 31 *M²*
hom, *M¹* on, *EF* lan, *N* nus; *M²EK* parolt, *F* parut, *M¹* -ot;
Mn a m., *e* de m. — 32 *k* Sonc fu, *M¹* Si sui; *n* Ge f. s. mes
or f. — 33 *EFK* leu, *M²* lue, *N* lou — 34 *M²F* voluntez — 35
M² aureie — 36 *Kn* Co s. — 38 *M²* cum; *F* dura — 39 *M²n*
·riens, *MM¹* hons, *EK* hom — 41 *M²* bien puis saueir — 42 (*A*);
Ek Que ici nont (*K* na), *M¹* Q. ne mi ont — 43 *F* ardimenz,
M²AEMN hardemenz; *M¹* uaselage, *EN* -es, *F* uasal., *M²Ak*
uassel. — 44 (*A*); *F* Qe encontre a.; *n* il e.; *M²AEkn* sages — 45
(*F* Fortis), *N* fortin, *A²* li fors, *les autres* fortins; *M²AA²BCIky*
sansons — 46 *A²k* D. li r., *e* D. li preuz, *n* Ne r. d.; *MM¹*
Dauid, *A²I* -is; *M²AA²BCIky* salemons — 47 *N* des s., *e* de
toz, *H* sor toz — 48 *M²* humejns — 49 (*ABCH*); *A²* io donc;
M²F Je quen p. doncs (*F* mais); *K* gie folei — 5o (*A*); *M²* re-
faill, *I* pense; *A²BCky* Encontre (*A²* En uraie) amor nul sen
(*A²HMM¹* sens) ne uoi.

« N'i a neient de l'escurder.

« Jo ne puis mie contrester

« De ço dont li sage ancessor

« Ne porent prendre d'eus retor.   *18030*

18055 « Or n'i a donc nule autre rien :

« Jo vei e sai e conois bien

« Qu'a ço me covient a entendre,

« Coment que il m'en deie prendre.

« Se en mei a point de valor,   *18035*

18060 « Bien i parra, jusqu'a brief jor,

« En penser e en porchacier

« D'acomplir mon grant desirier :

« Soz ciel n'a rien que jo n'en face.

« E qui voudra puis, si m'en hace.   *18040*

18065 « Se tote gent ont lor talent,

« E jo n'en ai ne tant ne quant,

« Ço que me vaut ? Jo dei penser

« Coment j'aie joie d'amer.

18051 *EF* neant, *GILN* noiant, *K* naient, *HIM* nient (*formes ordinaires*); (*GLN* de lescurder), *An* de lescuser, *F* de lescunder, *M²* del consirrer, *I* del escaucirrer, *A²EJk* del (*EJM* de) conforter, *H* del dolenter, *M¹* de plus celer — 18053-193 *m. à D; ils ont été transcrits à la fin d'après J par l'ancien possesseur du ms.* — 53 *M²I* Vers ce, *M¹* A ce; *M²E* don, *I* v; *M²* sauie, *x* saint; *M²* anceisor — 54 *F* dax prandre, *N* dals panre — 55 *M²* doncs nul, *n* donques; *M¹* Amer mesteut gel uoi tres bien — 56 *K* Gie s. et u.; *N* quonois, *E* conuis; *M¹* Ne puis ueoir nule autre rien — 57 *M²KM¹n* Que (*M¹* Mes) a ce me c. e.; *M* conuient — 58 *M²* qui; *k* me — 59 *n* San m. a mes p., *ky* Se iai en m. p. — 60 (*H*); *A* Il, *I* Or; *K* Bien paristra, *n* P. mes, *C* B. parira; *M²e* tresqua; *K* iusqual tierz i., *A²* al chief del tor — 61 (*HJ*); *n* An panse (*F* -er) ai a p. (*F* -er) — 62 (*HJ*); *E* desirrier, *M²* desirer, *M* desier, *F* destorber, *N* anconbrier — 63 *Cek* El (*C* Qel) mont; *M¹* qui — 64 *K* Et p. qui u.; *F* manace — 65 *M²* tote genz, *Ek* totes g., *M¹* toutes gent, *n* tuit li autre; *H* Sor tote g.; *M²M* a son t. — 67 *N* Ge que; *H* gi d. — 68 *A²* io ai, *I* aie; *My* Puis que mon cuer ne puis tenser, *K* Coment m. cors puisse t.

« Joie en avrai, se tant puis faire   *18045*

18070   « Que la douce, la de bon aire,

« La resplendor de beauté fine,

« En cui est tote ma destine,

« Tote ma vie e ma santé,

« Se jo de li esteie amé,   *18050*

18075   « Conquis avreie tot a tant.

« Haï ! fine de bel semblant,

« Esperital, enluminee,

« Sor totes autres desiree,

« Sor totes cele que plus vaut,   *18055*

18080   « Come aigrement Amors m'asaut

« Por vostre semblance delite,

« Qu'en mon cuer port peinte e escrite !

« Quant la recort, ne sui pas sain :

« Sovent en devieng pale e vain,   *18060*

18069 *M²* aura; *A²Cky* Grant i. a., *G* I. a. ie, *N* Panserai mais, *L* le uiurai m., *F* Gierai m.; *H* p. tant f. — 70 *R* Che; *A* la franche; *GN* et la; *M²* Q. de la d. de, *Cky* Q. de la franche de — 71-2 *m. à DHM'n* — 71 (*ABCJR*); *GL* resplandant, *A²EI* resplendors — 72 *K* qui — 73-4 *tous les mss.* santez : amez — 73 *K* Mes buens ma uie, *xDHM'* Ou ma u. est, *E* Et ma uie; *AR* Ma ioie ma uie ma (*R* mamoine) s. — 74 *G* Et se de, *nL* Se de; *K* lie; *AR* puis estre a. — 75 *A²BCIek* Tot a. c.; *A* C. aurai adonc itant, *GL* C. a. tot a itant, *nH* Tot ai quanque (*n* ce que) io uois (*F* uoi) querant — 76 (*C*); *k* Ahi, *GL* Ahy; *A* signe; *M²GKL* biau; *A²B* bele de fin s.; *Hn* Ge la ui (*H* laim ml't) bien et (*F* a) son s. — 77-8 *m. à DHM'Pn* — 77 (*LM* Esperital), *M²AEKGJR* Esperitaus, *A²B* -iels, — 78 *M²CEGJLM* desirree — 79-80 *m. à A²* et sont interv. dans *E* — 79 (*L*); *M²G* t. celes, *CJMP* t. autres; *K* Cele de t.; *H* Sor t. car p. u.; *L* q. mielz uait, *P* qe ie pl. iut (*sic*) — 80 *M²L* Cum malement, *R* Kan m.; *FL* amor — 81 *M²CMR* deite, *A* quai dite; *I* parfite; *L* Por la s. desperite; *A²PJny* Vostre biautez (*JM'P* -e) qui est eslite (*F* elite), *K* P. u. deuine s. — 82 *A²JMen* En (*n* A) m. c. est; *CFMM'* painte, *N* pointe; *R* che nen m. c. por; *K* Que mis cuers a en remembrance — 83 *M²E* sejns — 84 (*ACL* deuieng), *R* deuient, *M* -ien, *G* -ain; *M²A²ny* S. en sui pales; *M²E* veins.

18085 « Sovent m'en refreidist li cors.
      « Tant m'a Amors pincié e mors,
      « S'ensi me tient, s'ensi m'aspreie,
      « Ja guaires longes ne vivreie.
      « Que me demandereit il plus ?
18090 « De son plaisir rien ne refus ;
      « En mei n'a mais point de dangier.   *18067*
      « Par sa merci li vueil preier
      « Que il me face le socors   *18073*
      « Cui il sueut faire as ameors
18095 « E ne perde en mei sa costume ;
      « La douçor e la soatume
      « Qu'il done as autres me redont
      « Cil qui sire est de tot le mont ;

18085 *AGRk* me ; *G* refreschit — 86 *A²FM¹* Si ; *F* amor ; *Hx*
percie — 87-90 *m. à A²* ; 87-8 *m. à DHM'n* — 87 *KL* Se si, *R* Si
ci, *G* Sainsi, *M* Sainsi, *A'BE* Seinsi, *J* Sensint ; *M²* se t., *C* me
cuist ; *A'BCEIJk* et si, *L* se si, *R* si ci, *G* sainsis ; *A* maproie —
88 *M²* gueres longues ; *G* guerroie, *L* garroie ; *A'BCEIJk* Lon-
guement uiure ne porroie — 89 (*AGL*) ; *R* men ; *A'BCJkny*
Tant ma destroit (*F* -oiz) et si confus — 90 (*BC*) ; *M²* plesir,
A'GKL uoloir ; *A* riens nen ; *y* Que son p. pas — 91 (*HJ*) ; *N*
A moi, *F* An mon ; *C* ne na m. ; *R* na m. pouir (*sic*) ne d. ;
A' A mon cuer na p. de doingier ; *K* poi ; *A²Ex* dongier — 92
(*AGLR*) ; *M²* Por, *R* Per ; *M²* prier ; *I* A son voloir mestuet p.,
A'A²BCJL'L²Pkny Tot mon corage a fait (*A²* c. f.) changier,
puis 4 v. spéc. ; *voy. aux* Notes) — 93-6 *m. à I* — 93 (*A*) ; *I* Ke
tost ; *GLR* Quil me reface ; *A'A²BCJL'L²Pkny* Et quil (*A²M'*
quel, *FK* que) me f. tel (*P* telz, *A²M'* autel) secors — 94 *M²A*
Que, *A²* Cum, *A'BCJL'L²Pkny* Con il, *R* Chil ; *M²R* suelt,
M seult, *A'E* siaut, *AJ* sot, *A²K* selt ; *GL* Quil souloit f.,
M' Con ele a fet ; *Hn* Con il fist a noz a. ; *R* amaors, *A*
ameours, *A'BCHJM'x* ancessors, *M²A²* -eisors, *E* enc., *A²* an-
cisors ; *P* Dond puis a fere de ses tors — 95-8 *m. à DHM'Pn* —
95 (*AR*) ; *GL* Quil ne ; *M²A'A²E* Quen (*M* Qua) m. ne p. ; *C* Qe
por m. ne p. c., *B* Qui en m. nait de sa c. — 96 (*A²CJ*) ; *BR* dolor,
J docor, *Ek* dolcor ; *A'* Sa d. ne sa s. ; *K* suat., *R* soaut., *G*
souaut. — 97 *R* Ke, *GLM* Qui ; *A'* si me dont ; *M²R* redoint —
98 *GL* Qui sires est ; *A²* gouerne tot.

« Teus noveles m'en dont oïr
18100   « Que mon cuer puissent esjoïr. »   *18080*
         Ensi destreiz, ensi pensis,
         Ensi en amor ententis,
         Consirra tant e atendi
         Que sis messages reverti.
18105   Quant il le vit, joie ot e creime :   *18085*
         C'est costume de rien que aime.
         Enquis li a e demandé,
         Saveir qu'om li aveit mandé.
         E cil ne l'en a fait celee :
18110   Tote l'uevre li a mostree,   *18090*
         Toz les respons, les covenanz
         Que li tendra li reis Prianz,
         E la requeste qu'il li font,
         E coment il l'aseürront

18099-100 *m. à M* — 99 *k* Tels; *A'Lekn* me; (*AA'EGHn* doint), *JM'k* dont, *L* doinst, *M²* doinge; *A²* Men laist tels n. o. — 18100 (*J*); *M²AGLR* Quauoir en puisse (*M²* Que ien p. a.) mon pleisir; *A'A²Ke* Qui; *A'* puisse, *K* poissent, *E* puis., *M'* facent; *E* resi., *A²* refroir; *H* Dont io me p. resioir, *N* Dom il mon cuer face e., *F* Dont il me f. e. — 1 *F* destroit; *G* sopris, *L* seurpris — 2 *F* a a.; *E* entandis — 3 (*GLR*); *A²BCJky* Atandi (*N* -ie) t. et c. (*BM'* consieura, *E* -iura, *A²* desira), *CHk* -ira, *A²* desira), *A* Considera et a. — 4 *A* sist m.; *A²CJky* repaira, *B* reporta — 5-6 *m. à HM'Pn* — 5 (*A*); *I* Com il le voit; *R* i. en ot; *M²GLR* crieme, *B* creme; *A²I* i. ot (*I* a) ml't grant — 6 (*R*); *A* de riens, *BCEJLM* dome, *G* donme; *A²* de fin amant; *I* Et si a crieme nanporquant, *K* Co est reson damanz quil crieme — 8 *F* aura; *P* S. que lon li a m., *AR* S. que il a. troue, *I* Kil auoit fait ne que trouue — 9 *R* cel; *M* qui len; *M²* li; *I* Cil ne li coille nule rien — 10 *M²M'Rkn* loure; *R* T. li a l.; *M²R* contee; *I* Anchois li dist et conte bien — 11 *I* L. r. et l. c.; *L* et les couenz — 12 *GL* li a fait, *n* li manda — 13-4 *interv. dans M²* — 13 *B* A la; *A²* Et quele r. li f. — 14 (*A²BI*); *M²Rk* E cum (*K* con) il len asseuront (*M* -reront) (*R* li seureront), *CJ* Coment il laseureront, *M'* Con dient las., *G* Et conment lan asseureront, *Hn* Et sor les dex li iureront.

18115   Que lor fille li iert donee
         E que volentiers lor agree :
         « Pensez, » fait il, « com l'ost s'en aut : *18095*
         « Tant sai jo bien, si Deus me saut,
         « Ses poëz faire departir
18120   « E en lor terres revertir,
         « Saisiront vos de la pucele,
         « Que sor totes autres est bele ;   *18100*
         « Ainz n'en sereiz vos ja saisiz
         « Devant qu'il s'en seient partiz.
18125   « S'en ceste chose dotez rien,
         « Il vos en aseürront bien
         « Tot ensi com devisereiz   *18105*
         « E com vos dire le savreiz. »
         Achillès ot qu'el n'en sera :
18130   De mout parfont cuer sospira.
         Ire a e joie e atendance :
         Mout par li plaist la covenance,   *18110*

18115-6 *m. à* M²AA'A²BCGIJLRek — 15 *FH* li ert, *N* lor
iert — 16 *FH* uoluntiers li a. — 17 *I* Sire p.; (*AMK* com lost),
M² cum losz, *K* com loz, A²BClJny que lost (*n* loz, *H* los); *EK*
alt — 18 *M¹* T. en s. ge, *n* T. (*N* Et) sachoiz b.; *M¹* dieux, *M*
dieu; *AR* Qua (*R* Che) la uille nait plus assaut — 19 *A* Se —
21 *M²* Seis., *F* Saisiroit; *R* puncelle — 22 (*M²* Que), *R* Che —
23 *R* Anç, *M¹* Einz; *M¹k* ne — 24 *M²* De ci; *A* Que il sen s. de-
partiz; *K* ques en aiez p., *F* que soient departiz, *NR* ques (*M¹*
que) aiez d.; *R* Tant che les aia d. — 25 *M* Se; *R* coise — 26
E aseuront; *FM¹* uos ascurcront, *A* uos ass., *M* u. en ass. —
27 *M²AR* Par (*R* Pert) tot ainsi (*R* issi) com uos uoudrez (*R* uol-
droiç) *M²* si cum deuisereiz) — 28 *A* Ne c.; *AR* deuiser le sau-
roiç (*A* ·ez); *M²* Al mielz que vos onques saureiz — 29 (*AI*); *GL*
oit, *n* or, *BR* uoit; *GL* con il sera; A²BHJM¹Pn plus, *C* qil; *H*
nescota, *n* ne sesta — 30 *M²* parfunt, *M¹* par fent; *H* Del c. del
uentre s.; *Ne* sopira, *A* soup. — 18131-19179 *m. à* M² (7 *feuil-
lets perdus*); *dans cette lacune de* M², *AHJR sont utilisés* — 31-2
interv. dans Hn — 31 *J* I. ot; *C* I. et i. a; *n* Quil cuide auoir
en atandance (*F* ant.), *H* Qui li c. a. at. — 32 *R* plait; *H* li;
AHk conu., *R* conuinance.

Mais grief chose est a acomplir
Iço qu'il lor a fait ofrir,
18135   E ne por quant a l'essaier
Sera demain senz plus targier.
Assez traist ainz peine e dolor   *18115*
Que fust trespassé icel jor :
Mout li fu lons e enoios ;
18140   Destreiz fu mout e angoissos.
La nuit après veilla senz faille :
Mout ert sis cuers en grant bataille ;   *18120*
En son lit fist la nuit maint tor.
E quant il aparçut le jor,
18145   S'a pris conseil e engeignié
Com li haut home e li preisié,
Li duc, li prince e li demeine,   *18125*
Li amiraut e li chataine
Seient mandé a parlement ;
18150   S'i sont il tuit hastivement.

18133 *Hk* Ml't; *N* gries; *k* Molt est g. c. a — 34 *R* quel, *K*
que, *M* qui — 35 *AH* Et non — 36 *ENk* tardier, *F* tarder, *R* tar-
çier — 37 (*A*²); *A* trait, *J* treist; *BJMy* mal e d., *A* maus et
dolours — 38 *R* Ke ueist trespaser cel i., *A*²*BCJkny* Que il u.
passe (*EH* er) le i., *AGL* Que f. trespasez icil (*A* icilz, *G* icest)
ior (*A* iours), *I* Kib eust trespasse cel i. — 39-44 *m. à ny (bour-
don)* — 39 *A* Destrois iert m. ; *CK* enn., *G* enoious, *M* ennuios,
B anuiols, *L* -ous, *J* aniox, *A* -eus — 40 *G* iert m., *Ck* est m.;
A Ml't par fu ce iour a. — 41 *BCJk* La n. u. tote s. f. — 42 *CM*
est; *M* son cuer, *A* son cors; *K* Destreiz est molt de g. b.; *J*
trauaille — 43 *k* fait; *R* sist la n. m. tor — 44 *ABCGLR* apercut
— 45 *C A* p.; *AR* conroi, *EGHn* consoil; *L* Sa c. p., *EIP* Pris a
c.; *M'* enginie, *F* ang., *ABCJk* -ingnic, *EH* ang., *A*²*NPR* engi-
gnie, *EH* — 46 *n* Qe; *K* si h. h. et si; *EP* Comant li h. h. p.;
*AA*²*EJLN* prisie, *F* prosie, *M'* proisie, *R* presie — 47-8 *m. à
DHM'Pn* — 47 (*A*²*J*); *GR* domaine, *L* demainne — 48 *K* amiralt,
M -al, *GLR* -ant; *A* chataingne; *A*² li achataine, *BCEGLk* li
cheuetaine (*EL* -einne, *k* -aigne — 49 *CKLRn* au p., *A*² commune-
ment — 50 (*J*); *GL* Ne vos ferai, *A* Ne nen f., *R* Ne uoil faire;
GL parlongement, *A* prolongnement, *R* par loignament; *A*² Et
uieignent tot al parlement; *MM'* Si furent il, *B* Si soient t., *N* Et il
si sont; *C* son; *BH* hasteement, *C* comunalment, *M* isnelement.

Li concires fu mout pleniers ;
Mout i ot riches chevaliers.   *18130*
Parlé i ot en mainz endreiz,
En audience e en conseiz ;
18155   De maintes riens i ot traitié.
Achillès s'est levez en pié.
Bien fu oïz e escoutez,   *18135*
Quar cremuz ert e redotez
E honorez e essauciez.
18160   Sages fu mout e veziiez :
Si come il sot qu'il fist a faire,
Comence a dire son afaire :   *18140*
« Seignor, » fait il, « mostrer vos vueil
« Que par sorfait e par orgueil
18165   « Nos faisons chascun jor ocire :
« Jan i a morz teus trente mire

18151 (*BF* concires), *A²* *CNRky* conciles, *A* candeours ; *B* est ;
I en fu p. — 52 *K* nobles, *M* de bons ; *A²* dus et ml't princiers ;
I Asses i eut bons c. — 53 (*GR*) ; *L* i ont ; *A* mains consois, *I* maint
endroit ; *A²BCJkny* par (*CK* por) escience (*B* ensience, *H* grant
sience, *A²* sapience) — 54 *R* consoliç (*sic*), *A* -ois, *GL* segroiz ;
A²BCJkny En (*JM¹* A) conseil (*C* Et consiaus) et en a., *I* Chas-
cuns en dist chou kil voloit — 55 *A²CHM¹R* De mainte chose
(*R* cose, *H* gent) ; *A* i ont ; *A²* parle, *F* trestiez, *les autres* trai-
tiez ; i ot *m. à F* ; *I* Achylles ki em pies se lieue — 56 (*G*) ;
EFHRk est ; *M* sailliz ; *A* Dont leua a. ; *tous les mss.* (*sauf A²I*)
piez ; *A²* Ez a. en p. leue, *I* De chou parole ki li grieue — 57 *F*
escoutiez, *N* escotez, *K* escoltez — 58 (*A²B*) ; *C* ere, *M* iert, *HIM¹*
fu ; *M¹* renomez ; *A* Car ml't iert c. et amez, *R* C. m. fu de toç
henoreç — 59-60 *interv. dans kny* — 59 *AR* Et redoutez et e. ;
C ensaucies, *E* anscingniez — 60 *R* Saies, *EH* Saiues ; *R* uecieç,
M ueisiez, *les autres* uciziez — 61 *M¹* que ; *C* quil est ; *H* Si c.
cil ; *A²BH* quil ot a f., *n* quil est a plaire — 62 (*C*) ; *AA²IR* C.
a dire et a retraire, *B* A commencie son conte a faire — 63 *e*
Seignors, *M²* Scingnors — 64 (*A²*) ; *AIR* forfet, *BF* force, *N*
folie, *K* oltrage — 65 (*AGILR*) ; *R* fasom ; *A* occirre ; *A²BCJkny*
Auons asise ceste uile — 66 (*C*) ; *GLM¹* Ja i a, *M* Ja en i a, *EJ*
San i a, *A²* Sin i a, *BHI* Ja en sont ; *BHILkn* mort ; *BI* tel ; (*GI*
mire), *les autres* mile ; *R* De m. ni a deus.

« Qui mout erent hardiz e proz ;   *18145*

« A ço revertirons nos toz.

« Par cele fei que jo dei vos,

18170   « Ja n'en eschapera uns sous

« Qu'il ne seit a la mort aquis,

« Ainz que cist regnes seit conquis,   *18150*

« Se autre conseiz n'en est pris.

« Trop fol plait avons entrepris,

18175   « Qui por l'acheison d'une femme

« Avons guerpi tant riche regne,

« Tant reiaume, tant bon païs.   *18155*

« Plus de cinc anz avons ci sis :

« Ancor n'i avons chose faite

18180   « Que en bien puisse estre retraite.

« A grant angoisse, a grant ahan

« Somes ici le plus de l'an ;   *18160*

« Nostre gent est trop bosoignose

18167 *(B)*; *GM* ierent ; *n* Qi estoient ; *I* de grant valour ; *Pn* hardi et p., *y* preu et hardi. *Ck* prou en bataille ; *J* Q. m. estoient de grand bruit — 68 *(B)*; *P* reuerterons, *C* -on ; *R* tuit nos, *J* nos tuit ; *K* uertirons tuit ; *Ck* sanz faille ; *y* somes tuit (*H* serons tot) reuerti ; *I* La venrons tout a cief del tour — 69 *AILR* la p. la f. — 70 *(G)*; *L* Nen e..i. toz solz, *AR* .I. (*R* Vns) nen e. (*R* eschanpera) touz sous, *I* Nen porra eschaper uns s., *k* la neschap. (*M* nespera) nus de nos — 71 *FMy* Qui ; *e* nen ; *F* nestoit ; *A*² Qui ne soient de m. a., *AGILR* Qui ci (*L* Que il) ne soit morz et ocis — 72-3 *m. à n* — 72 *(AA²GILR)*; *E* c. reignes, *H* cis sieges — 73 *M* autrez, *EK* altres ; *K* conselz, *A* -eus, *R* -oilç, *E* -auz, *MM'* -eil ; *A* iert ; *M'* quis — 74 *(CJ)*; *CF* auez ; *H* Si arons estaint nostre pris, *A* En estrange p. s. m., *GIL* En t. (*GIL* ml't) f. p. nos somes mis, *R* En f. p. nos s. tuit m. — 75 *H* Que, *R* Che, *A²* Quant ; *Ky* lacheson, *FLR* -aison, *MN* lacoison, *A²* loc., *ACI* lach., *G* loquison ; *CJkny* dame ; *A²* l. dame helaine — 76 *(L)*; *CJkny* Auez (*EHJn* Auons) chascuns g. (*FJMy* g. c.) sa fame, *A²* A si c. g. son raine ; *GI* tuit nostre r. — 77 *(A)*; *L* T. beau r. t. p., *R* Et t. r. et t. p., *CJkny* Et son r. et son p. ; *G* t. bel p. — 78 *R* auems or sis ; *G* aues — 79 *k* Onquor, *ARe* Encor — 81 *AR* mesaise — 83 *AEKRn* genz ; *kn* molt.

      « E trop malement sofraitose.

18185 « Mout me merveil estrangement

      « Que tant a ici sage gent

      « Qui n'en ont pris autre conrei,   *18165*

      « Tuit n'i veient ço que j'i vei.

      « Mout est mauvaise l'acheison

18190 « De nostre grant destrucion :

      « Cil d'Eürope e cil d'Aufrique,

      « Cil d'outres porz de Salenique   *18170*

      « Sont asemblé a mort receivre ;

      « E si vos sai bien amenteivre

18195 « Ne fu onc mais graindre folages

      « Ne graindre orguieuz ne graindre outrages,

18184 *H* malade et s. — 85 *R* Je me; *K* merueille — 86 (*C*); *H* Q. ici a t.; *M* a ci (*v. f.*); *Re* ci a (*e a ci*) de s. g. — 87 (*AC* Qui), *yIR* Quil, *J* Que, *E* Quant; *C* bien o.; *I* Kil ne prennent auchun c.; *M* aucun c. — 88 (*R* Tuit ni uoient), *AH* Tuit (*H* Tot) i u.; *A²Jkny* Ni (*A²F* Ne) u. pas; *AI* quanque; *A²FHIJMR* ie u. — 89 *EJ* malueise; *KR* Molt a ci (*R* auoms) maluese acheson (*R* ochaison); *M¹* lacheson, *EJ* -ons, *A* lachoison, *M* lacoison — 90 (*H*); *K* Et; *M¹* De no tres g. d., *EJ* De noz tres granz destrucions — 91 *A²I* Icil; *H* C. deur. c.; *N* de thiope, *F* de tiope; *I* icil; *R* dafriqua, *A²* dalfriche — 92 (d'outres = d'outre les); *G* Et d'autre part, *F* Et cil des porz, *HI* Doutres les (*H* .vij.) pors; *R* dotres proç, *A* doutre es pors, *CJek* doutre porz (*CM¹* port); *N* a s.; *G* salemique, *R* salaniqua, *C* -onique; *A²* Et daise trestot li plus riche — 93 *K* S. ci a. m., *MM¹* S. ensemble ci m., *A* S. ici u. m.; *A²H* S. ci uenu; *A²CEH* por (*C* par) m., *R* et m.; *R* receure — 94 (*AGL*); *Ckny* Ce uos uoil ie b., *I* Tant v. voel dire et; *R* amenteure, *k* ameinteiure, *F* toz mentoiure — 95 (*H*); *Ekn* ainz; *F* tiel fait, *JMM¹* f. tel, *HN* faiz tex, *K* fet tex; *A* grainde (*sic*), *I* graindres; *G* plus grans damaige, *L* graindre domage, *E* si granz domages; *IR* Canc ne fu; *R* fait maier ; *FR* foll., *J* folaiges, *AM¹* -age — 96 *R* Maier o. maier o.; *LM¹* Ne tel, *Jkn* Si granz, *H* Si fais, *E* Si fiers, *G* Plus grans, *I* Graindres; *EN* orguiauz, *I* -ius, *G* -uex, *H* -ex, *FJKR* -oilz, *A* -ueil, *L* -ueill, *M* -uelz, *M¹* -uel; *LM¹* ne tel, *EJkn* si granz, *H* si fais, *I* graindres, *G* plus grant; *AGLM¹* outrage, *n* domages.

« Que por une femme morons   *18175*
« E que por li nos destruions.
« Mais, beau seignor, içо que deit ?
18200 « Se danz Paris l'a, soë seit.
« Ja en menerent Greu s'antain,
« Soror son pere, Esionain,   *18180*
« Que mout fu quise e demandee :
« Se cist en ra ceste menee,
18205 « Quel tort, quel honte e quel damage
« I puet aveir nostre lignage
« Ne nos meïsme, qui ci somes?   *18185*
« Toz avons ja perdu noz homes ;
« Maint riche rei, maint duc preisié
18210 « En sont ja mort e aqueisié.
« Sacheiz, quant nos reconoistrons
« La folie que faite avons,   *18190*

18197 (*A²GL*); *n* Qui, *E* Et, *R* Quant; *n* dame; *R* morom —
98 (*A²*); *Fky* Et ci eloc (*EJ* eluec, *K* ilec, *M'* illeuc, *H* endroit,
M auuec) nos ocions (*k* tant demoron), *N* Et ici nos antrocions;
L qui ; *A* lui, *G* lei; *A* destruisons, *G* destruiss. — 99 *L* Et,
C Mainz; *L* beau, *FM'* biax, *EGKNR* biau, *M* biauz; *M'*
seignors; *A²H* Por deu s.; *R* nos que taigneit, *GL* nos que
tenoit, *A* que nous tegnoit; *I* Mi bel signor qui vous tainst la
— 8200 *R* Mas se p., *A* Que ce p. ; *M'* soue, *G* sieue, *A* seue,
R soa; *L* la sesis soit, *Hn* helaine auoit; *A²* A dant paris h.
soit, *G* Se p. la et s. s., *I* Se p. h. amena — 1 (*A²*); *I* Done
rorent li gryu, *H* Ja en orent li griu; *R* satain; *Ak* Len (*M* Sen,
K Jan) ramenerent greu (*A* a); *GHJL* sa tantein — 2 (*A²*
Soror), *Ren* La suer (*R* sueur, *k* soer, *A* seur) s.
p., *H* Madamoiselle; *AM'* ez., *J* esioncim, *A²EF* esyonain, *k*
ysionain — 4 *JM* cil; *Hn* en a, *R* en era; *R* cele; *Jky* amenee
— 5 *M'* Quex tors quex hontes; *eJ* queus (*M'* et quex) domages
— 6 *M'* En, *A* Il; *JM'* lignages, *E* lin. — 7 *K* Et nos — 8 *R*
Tant, *H* Ml't; *HK* i auons; *H* pone — 10 *H* I; *ny* acoisie, *B*
aquisie, *Ak* detrenchie, *R* -chee — 11 *n* S. qe n. reconoissons;
EIJ reconuistrons, *A* reconnistr., *R* -ostrom, *M'* recorderons;
H q. reconisterons — 12 *ER* fait; *LR* aj. : Bien est ke nos en
retornons (*R* tornom) Cest afaire aitant leissons (*R* Sachiec
cant nos reconoistrom).

« Mout nos en tendrons a musarz.

« Se creüz est li miens esguarz,

18215 « A tant remandra la folie,

« Que folement fu envaïe ;

« Si serons riche e honoré   *18195*

« Es granz regnes dont somes né,

« E si reverrons noz maisniees,

18220 « Que de nos sont desconseilliees ;

« Si remarierons plusors

« Nieces e filles e sorors,   *18200*

« Cui bosoinz est e granz mestiers.

« Mieuz vueil jo estre chevaliers

18225 « En ma terre que en estrange :

« Jo n'ai mais cure de cest change.

« Mieuz aim mon regne que l'autrui.   *18205*

« En l'ost des Greus ne sont pas dui

« Qui o damage e o dolor

18230 « E o mout grant perte des lor

18213-4 *m. à L* — 13 (*AHIJR* Ml't), *CEN* Tuit, *F* Toz, *A²* Nos,
M¹ Trop ; *A²* tenrons, *C* tendront ; *F* uos an tendroit ; *CF* musart ;
K moissarz, *AR* bricons ; *J* mos t. tuit a m., *G* Et a b. nos an
tandrons, *I* De chou kerrons en tel maniere — 14 *F* Si ; *N* ert,
A² fust ; *C* Sel uelt croire ; *C.M¹* le mien ; *CFM¹* esgart ; *AGR*
Bien est que nous nous en tournons, *I* Retornons ent en gresse
arriere — 15 *M¹* remaindra, *Hn* remanroit ; *AR* Si remaigne a
t. — 16 *R* Ke ; *F* anuaihe ; *A²* est ; *A²H* conmencie, *C* esuaie —
17 *A* seions, *R* seom ; *A²BCJkny* R. serons et h. — 18 *R* rei-
gnes ; *A²BCJkny* Trop auons ici (*H* ia ci) demore — 19 *R* Essi ;
A²BCJkny Ralons (*M¹* Salon) nos en a n. m. ; *K* meisnies, *M¹*
mesnies — 20 *HR* por nos ; *n* Qi trop an sont d. — 21 *F* Ma ;
AR se marieront — 22 *JN* F. et n. — 23 *k* Que ; *R* beson-
gnoç ; *MR* grant (*R* granç) et m., *K* et g. m. — 24 *M¹* uoil gen, *A*
nous ueint, *R* n. uient — 25 *n* A ; *H* En mon raine, *AR* En nos
regnes ; *M¹* En ma contree quen e. ; *A* ou en estranges, *M* que
en lautrui — 26 *m. à M ; A* ces changes — 27 *A* aing ; *k* ma
terre — 28 *H* En cest pais — 29 *R* Ke ; *EJR* et a d. — 30 *EJ*
Et a ; *R* parte.

« Ne s'en torgent, ço est verté.   *18209*
« Quant om a fait grant foleté,
« Si la ramende l'om après.   *18213*
« Sacheiz ço est danz Achillès
18235 « Qui ja a plus ne s'en metra
« Ne son heaume n'en lacera.
« D'ore en avant seit qui ço vueille,
« Qui s'en combate e qui s'en dueille,
« Qui seit navrez, qui seit ocis,
18240 « Quar leiaument le vos plevis,   *18220*
« Ja n'en serai mais abatuz,
« N'autre n'en iert par mei feruz.

18231 *A* restorge, *R* recorge; *AR* cest uertez; *I* reuoisent quant chou ert; (*JK* torgent), *BCMNy* tornent, *F* tornast, *L* retort, *G* retour; *BEHkx* cest ueritez, *C* ce est uertez, *JM'* por uerite — 32 *I* Ki la folie fait et quiert; *G* que; *L* Dont niert ce ml't; *R* luem, *A* en; *GLR* g. (*G* grans) foletez, *A* les f.; *K* Ja nes uerreiz, *E* Ne u. ia, *BHMM'n* Ne seront ia; *BCEkn* desheritez, *JM'* deserite; *BCJkny* aj. 2 *v.* (*qui m. à AIR*): Cil (*E* Ces, *K* Cels) de troie ce sai ge (*M* trop) (*J* gel s. tres, *B* ie le s.) bien Se foloie auons (*KM'n* forfait) (*F* sorf., *K* meffait) lor a., *H* lor a. f., *C* faloie a uos) de rien — 33 *AG* les r. len; *R* Si la rament buen en apres; *BCJkny* Si lor amendons (*EJM* le ramendons) ore (*JMy* or, *H* ci) a., *L* Si remanons cest an a., *I* Si fait bien sil lamende a. — 34 *EH* que ie sui a., *IM'* que chou est a. — 35 (*R* a p.), *A* en p.; *GL* Q. plus ne sen entremetra, *A²BCIJkny* Q. ia mais ne sen (*E* man) armera (*E* -e, *C* amera, *I* meslera) — 36 (*JR*); *FK* ne l., *L* rien l.; *E* Ne mon h. nan lacere — 37 *KL* Des ore a., *JMRy* Dor en a.; *R* soe ki, *Jkny* qui que; *J* so uoille, *M'* sen u., *EHLk* se u.; *n* lo u., *A* ce u.; *G* i s. qui u.; (*A* uueille), *GJM'Rkn* uoille, *L* uoelle, *E* uuelle — 38 *Jkny* Si; *JLMM'n* se c.; *Jkny* et si, *R* et quin; *LM* se d.; (*AM* dueille), *L* doelle, *E* duelle, *GJKM'Rn* doille — 39 (*AGL*); *R* nauierç; *Jkny* Qui que (*kn* quen) s. n. (*KM'* naure) ne (*HK* et) o. — 40 (*AGI*); *R* Char lcalment le, *L* Ce loialment ie, *E* Ice leaument, *JM'kn* L. ice, *H* L. uos iur — 41 (*AGILR*); *A²BCJkny* Que ia (*C* ie, *A²* io) nen s. m. batuz — 42 (*AL*); *GR* Nautres; *R* per mi; *I* Ne p. m. naures ne f., *A²BCJkny* Ne ius (*CJM'n* uis; de (*n* del) cheual (*K* de c. ius) abatuz.

« Trop puet trover danz Menelaus
« Gentes dames a cuers leiaus :
18245 « Sin prenge une qui seit preisiee   *18225*
« E laist ester ceste feiee
« Cesti, dès qu'aveir ne la puet :
« A vis m'est qu'a faire l'estuet.
« N'en avra mie, par semblant,   *18229*
18250 « Tant com seit vis le rei Priant.   *18231*
« Autre de mei la conquerra :   *18233*
« C'est cil qui ja plus n'en fera,
« Ne mei ne home que jo aie ;
« E quil vueut, en mal sil retraie,

18243 *L* Ml't, *A* Preu ; *k* poet ; *AM'* dant ; *IR* Asses p. t. m. —
44 *L* Fames g., *Nk* G. fames, *R* G. danmes, *F* Iante fame ; *AE*
as, *F* au, *J* es, *C* o ; (*HM'* cuers), *ACEIJRkn* cors ; *A²* preus et
1. — 45 *ABJMM'* Sen, *EF* San ; *BR* prende, *n* praigne, *A* pre-
gne, *e* preigne ; *A* prisee, *ER* -iec, *n* -ic, *CHJM'* proisie ; *B*
ceste foie — 46 *HIR* Si ; *R* lais, *M* lait ; *MM'* foice, *L* faiee, *R*
faee, *Bn* folie, *CHJ* foie — 47 (*CHIJ* Cesti), *A* Cestui, *R* Cestuit,
CLMM' Ceste ; *AL* puis qu', *Jy* quant ; *BN* C. laist quauoir —
48 (*R*) ; *IK* Chou mest uis ; *C* ce f., *AILkn* que f. ; *BGJy* Ce
mest auis (*H* Et io uoi bien) f. ; *K* lestuot — 49 (*AGLR*) ; *M* Nel
laura, *I* Ne l., *B* Ne lauera ; *Hn* bien lespoir, *A²* mais por uoir,
BCJek bien p. u. ; *A²BCJkny* aj. ce v. : Le (*M* Ce) poez (*E* poons,
C puent) tuit (*A²* Bien le porrez, *Hn* Tuit (*H* Tot) le poent) aper-
ceuoir — 50 *R* T. con uiue, *I* Sonques connui ; *A* le roy p.,
GLR li rois priant ; *A²BCJkny* T. c. li rois prianz soit uis, *puis
ce v.* : Sauez que il men est (*A²* Si uos dirai tot mon) auis ; *A*
la suite, Hn donnent ces 2 v. : Son domage quiert et sa mort Ce
mest (*n* Moi est) auis que il a tort — 51 (*M'* Autre), *A²BCGILn*
Autres, *Ek* Altres, *H* Altre ; *I* que iou ; *AH* li, *FL* lo ; *L* con-
parra — 52 *R* ke ia, *J* a qui ; *K* ni f. ; *I* Chou est c. ki p. ne f.
— 53 *A²BCJky* Ne ie ; *AR* ne nus hom ; *M'* ne cheualier que
iaie, *I* ne hom cauoec moi a., *B* ne h. que iou i a. — 54 *ABRk*
Et qui (*R* Et quil, *K* Qui que) uelt en mal sel (*K* le, *M* si le) r.,
E Quil uoldra trere aual sel t., *GIL* Qui se (*G* ce) uialt en mal
le r. *J* Quil uolt retraire en m. si t., *Hn* Q. uelt m. auoir si ait
plaie, *P* Q. u. mal fere si len aie, *M'* Ge nai cure de tel
manaie.

18255   « Quar, par mon chief, jol pris mout poi ».
        Donc dit Thoas : « Avoi! avoi !
        « Sire Achillès, vos dites mal.
        « Tant par estes pro e vassal   *18240*
        « Que ne devez pas consentir
18260   « N'uevre loër a maintenir
        « Ou point aiez de deshonor.
        « Sor toz vaillanz avez valor
        « E pris e honor e proëce :   *18245*
        « N'abaissiez pas vostre hautece,
18265   « Ne maumetez ço qu'est en vos.
        « Oï l'avons ja de plusors,
        « Qui toz jorz l'aveient si fait
        « Qu'en bien esteit par tot retrait,   *18250*
        « Après torneient a neient
18270   « E a eschar de tote gent :
        « Mauvaise e vil en ert la fin.

18255 *HL* Que; *AR* ie, *M'* ges; *I* prois m. p., *A* prise p.; *K*
gie le pris p.; *J* mon p. — 56 (*GLR*); *ABC* Dont, *en* Lors, *I* Et,
H Ce; *F* dit; *M* auoy auoy — 57 *K* Danz; *E* ml't d. — 58 *A* preus
et u.; *HIR* T. p. uos sai (*H* T. u. s. e, *I* T. u. s. a) prou et u., *GL*
T. p. auez le cuer (*G* cors) vasal, *A²BCJkn* T. auez franc c. et loial
— 59 (*H*); *F* douiez ; *AGLR* Ne doit de uostre boche eissir (*A*
issir), *I* Que ne deueries pas souffrir, *BCJek* Quil ne se doit ia
(*K* Que ia ne se d.) assentir, *A²* Ja nen deussiez mot soner —
60 *H* Oeure; *M* Ne uouloir ne consentir, *AGIJKLRe* Noure
(*C* Doeure, *I* Chose) loer ne c., *A²* Ne ce dire ne porpenser —
61 *A²* Dunt uoz oirs eust deshonor, *HI* Que (*I* Ki) uos tornast a
d. — 62 *C* portez, *M'* estes; *CHMM'n* la flor — 63 *G* hautesse
— 64 (*JR*); *n* tant; *C* mie uetre autece; *F* largece, *MM'* no-
blece, *G* promesse — 65 (*BCGJL*); *P* Mais maintenez; *F* que
cest — 66 *F* O. auons, *E* Veu lauons; *EHn* ia de plusors;
ABCGJLM'PRk Veu (*P* Oi) lai ia (*M'* On la u.) de .xxij. — 67
(*ACGL*); *M* Qua, *HRn* Que; *HM'n* par tot; *H* lauies si bien f.;
J Qui b. lauoient t. i. f.; *R* ci f. — 68 (*CJ*); *Rn* Que, *L* Quant;
M seroit; *H* Que en b. ert; *N* dit et r. — 69 (*AJR*); *JNek* Puis
retornoient, *H* Plus torneroit ia, *F* Puis retorneroiz; *E* au neant
— 70 *J* as eschars, *M* a e., *E* a escher — 71 *JM'* uis, *EKN* uix,
R uils, *ALM* uilz, *FH* uius; *L* M. en est et u.; *H* M. u. an e.

« Onc mais ne fustes vos devin :

« Or l'avez comencié trop tost.   *18255*

« N'a si haut prince en tote l'ost,

18275 « S'il deïst ço que vos oi dire,

« Ne l'en deüsseiz contredire,

« E tenir l'en a vil coart.

« Trop nos avez doné a tart   *18260*

« Icest conseil, oëz coment :

18280 « Ci avons ja sis longement

« Por la vile, que volons prendre,

« Fondre e ardeir e metre en cendre ;

« O seit folie, o seit saveir,   *18265*

« Fait en avons nostre poëir ;

18285 « O eus nos somes combatu,

« Auques avons ja abatu

« Lor grant orgueil e lor grant pris.

« Mais mout i a e morz e pris   *18270*

« E de noz reis e de noz dus ;

18290 « Chevaliers trente mile e plus

« Nos ont il ja en champ tolciz.

« Por quant si les avons destreiz

« Qu'il n'ont vigne ne champ semé,   *18275*

18272 *AMn* Ainz, *R* Anc, *H* Ainc, *E* Einz — 73 *M*¹ Or auez —
74 *AR* Ne sai, *J* Ne sei, *Kny* Na si; *JL* h. home — 75 *H* Se
uos li oissies ce d. — 76 *K* Ne li; *A* deussions — 77 *JM*¹*k* le;
H t. a maluais c.; *F* t. a uil et cohart — 78 *F* tenuz; *N* T. par
nos a. dit — 79 *A* Ice ; *KN* oiez, *A* sauez ; *H* et soes c. — 80 *M*¹
s. ia — 81 *AR* la cite — 82 *H* a c., *R* accendre — 83 *GKe*
sauoirs ; *J* O por f. o por sauoir — 84 *H* tot no pooir, e toz noz
pooirs, *G* nostre p.; *K* Fez en ert tot n. pocirs — 85 *R* combatuç
— 86-8 *AIR* réd. à 1 v. : De nostre gent (*I* nos homes) auons
perdu — 86 *B* Assez a. — 87 *CJ* Le... le, *F* Lo... lo ; *B* Auques
lor o. lor bufoi; *K* orguoil, *Bn* -oil, *CJe* -uel — 88 *Jk* i ra et,
H i auons, *F* an i a; *CFJ* mort; *B* Et ml't de nos gens par ma
foi — 89 *F* Se de, *R* Et des ; *M* De noz contez — 90 *AJ* Et
c. .c. (*A* .xx. mile, *R* Et cheualers uinti m. — 91 *M*¹ el; *R* Ke
il nos o. ; *HR* en camp; *R* tolieç, *M*¹ tolez, *G* tolloit — 92 *M*¹
destrez — 93 *GM*¹ narpent; *C* uille ne camp; *G* de pre.

« Port ne rente n'arpent de pré.
18295 « Sovent lor faisons granz damages,
« Mout vait dechaant lor barnages;
« Mais n'avons pas ancor tant fait
« Qu'a nostre honor feïssons plait.   *18280*
« Puis qu'avons l'uevre comenciee,
18300 « S'ensi vilment esteit laissiee
« Com jo vos oi ici loër
« E a nos toz amonester,
« Ço puecent tuit de fi saveir,   *18285*
« Grant honte i porrions aveir.
18305 « Jo voudreie mieuz estre ocis
« O forsjurer tot mon pais,
« Que ja mais nul jor n'i entrasse,
« Que jo ensi m'en retornasse   *18290*
« Vencuz, fuitis e recreanz.
18310 « Trop par i sont les pertes granz
« A guerpir les si desvengiees :

18294 *GJ* Pors; *JM'* r. a.; *F* Point de r.; *Hn* ne pain (*n* point) de (*H* ne) ble, *G* ne champ seme — 95 *H* lais dom., *M'* grant domage — 96 *F* ua; *K* D. u. m.; *M'n* declinant, *R* dechaent, *EJ* decheant, *M* dechaiant — 97 *n* ancor, *k* onquor — 98 *F* faissons, *M'* feison, *AEk* feissons, *R* feissom — 99 *M'n* P. que nos lauons c. — 18300 *ek* Se si, *A* Sainsi; *K* e. u.; *H* Se tot ici e. — 1-2 *m. à I* — 1 *R* u. ai; *J* parler, *GL* conter — 2 *L* Et n. trestoz — 3 (*BCHJ*); *A²K* poons; *P* fin; *AGILR* Trop nos seroit mesauenu (*GL* mal a.) — 4 *J* en; (*BCJek* porrions), *F* por., *N* porrciez, *H* poriens; *A²* Ml't en deurions h. a., *AGLR* Par (*R* Por) la celestial uertu, *I* Ne mais par diu et sa u. — 5 *AI* len; *M'* uodroie, *R* uoldrai — 6 *AR* foriurer, *M'N* -e, *EK* -ez, *M* forsiurez, *F* forgitez; *Fek* de m. p. — 7 *H* Que io issi men retornaisse — 8 *R* Ke ia; *I* me; *H* Que io ia (*un blanc*) repairasse — 9 *N* Voincuz, *FH* Vancu; *R* fuites, *Hn* somes, *M'* seroie; *E* ne r.; *k* recraanz, *HN* recreant — 10 *M* s. ci, *N* i est; *AI* lor, *JR* nos; *M'* hontes; *N* la perte grant; *H* i auon p. g. — 11-2 *interv. dans I* — 11 *G* g. eus; *J* desueingies, *G* -iez, *k* desuenchiees, *E* desuan-, *M'* deuanchies; *I* Ke ne soient encor vengies.

« Ainz en soferront granz haschiees
« Seisante mile chevalier   *18295*
« Qu'ensi s'en vueillent repairier.
18315   « N'i somes pas por ço venu :
« Tuit serons ainz mort e vencu,
« O cil de la cité conquis,
« Qu'uns sous en tort en son païs.   *18300*
« Jo nes tieng mie a si afliz
18320   « Ne de ceste uevre si guenchiz
« Qu'il en vousissent chose faire
« Qu'om lor poüst en mal retraire
« Ne reprochié fust a lor heirs :   *18305*
« Il n'ont mie si fous saveirs
18325   « Que ja sol en pensé lor vienge.
« Deus seit quis guart e quis maintienge !
« Quar li vostre amonestemenz

18312 *Jek* Einz, *R* Anç ; *Hn* soferons, *M* soufreront, *J* soffr.;
I A. soufferromes ; *M'Rk* grant ; *R* aschiees, *A* hachiees, *M'*
-ies, *G* meschiez — 13-4 *m. à HM'n* — 13 *K* Cinquante, *EJ* .L.,
C Sexante ; *A²* Cist roi cist conte cist princier — 14 *CK* Que si ;
B se ; *M* uoillent, *L* uoellent, *E* uuellent ; *K* en uoillons, *R* sen
i uiengent (*v. f.*), *A²* en doient — 15 *EF* Ne — 16 *M'* seront ; *n*
A. an serons (*N* -ont), *H* Ainsi seron, *I* Ains iermes tout ; *A* et
m. ; *LM* m. pris et u. ; *M'k* ou u. — 17 *K* Que nus, *R* Cuns sols,
AM' Cun seul, *M* Cuns seul, *F* Conseus ; *A²ek* san ; *R* torn,
HM' uoist ; *H* de cest p. ; *A²* aj. 2 *v.* : Ia nierent griu si recreant
Que mais en soient repairant — 19 (*I*) ; *M'R* tien, *A²H* uoi ; e
pas ; *A²HKn* mie si ; *A* Ne sommes m. si ; *JR* assi (*J* si a) fail-
liz, *M'* por si a. ; *M* a flechiz — 20 *M'* hueure ; *H* guencis ; *R*
a desconfiç — 21 *M* uosissent, *R* uollissent, *KN* uols. ; *E* Que il
en uuellent ; *H* Que nus en uousist cose f. — 22 *KM'* Quen ;
An Que len p., *E* Que nus p. — 23 *K* reproche, *R* -ce ; *L* oir
— 24 *H* fox s., *L* fol sauoir — 25 *LM'* ia ce ; *JMy* uiegne, *n*
ueigne, *A* uiengne, *R* uigenge — 26 (*H*) ; *A* set quil ; *M* ques,
n qi ; *AM* et quil ; *J* qui les g. et m. ; *E* Dex les g. toz et les m.,
M' Dieu les en g. t. et m., *F* Dex s. qui g. et qi mehaigne ; *N*
meigteigne, *A* maintienge, *E* -iengne, *JM* -iegne, *M'* meintiegne,
R mantegne — 27 (*A²R*) ; *I* cis ; *Ckny* Li uostres a. ; *A* Car li nos_
tre amonestement.

« N'est, s'il vos plaist, ne beaus ne genz.   *18310*
« Ne somes pas en ceste peine
18330   « Por Menelaus ne por Heleine,
« Qui por aveir honor e pris.
« Puis que si bien l'avez empris,
« Ja n'en partirons senz victoire,   *18315*
« Si que de nos iert fait memoire.
18335   « Mout est honiz qui recreüe
« Corne, tant com d'espee nue
« Puisse ferir en grant bataille :
« Blasmez en sereiz mout, senz faille,   *18320*
« S'om set qu'a certes l'aiez dit. »
18340   Li dus d'Athenes s'en sozrit.
D'une chape d'un drap en graine —
Onc si buens ne fu faiz de laine —
Traist ariere le chaperon,   *18325*
Puis s'apoia sor un baron
18345   Qui delez lui esteit asis :

18328 (*ACHR*); *I* se; *R* plait; *E* ore pas, *k* ore ici, *A'N* or
mie, *F* ore m.; *A* bel ne gent — 29 *n* s. mie; *F* poine — 3o *I*
menelau — 31 *AJk* Que, *R* Mas, *EH* Mes; *AGIR* p. et honor,
H et los et p. — 32 *AGIR* Si com orent nostre ancessor — 33
M' tornerons — 34 *E* ert, *ARk* soit; *n* faiz, *k* feit; *I* Dont tous
iors serons en m. — 35-8 *réd. à 2 v. dans AGLR* : Por quauez
(*R* A quoi nes) tel conseil donne (*R* tex consoilç doneç) Sachiez
ml't en serez blasme (*R* seroit blasmeç) ; *4 v. differents dans I* :
Mais dune chose mesmerueil Por kaues donne cest conseil Se
vous a certes le dones Bien en deues estre blasmes — 36
(*BCHJ*); *M'* et éd. Torne — 38 *N* seriez, *H* -ies, *F* -eiez; mout
m. à *Hn*; *B* Vous en s. b. s. f. — 39 *AJKM'R* Sen, En San —
4o *JR* sosrit, *M* sorit, *n* sorr., *A* sourr., *M'* sortit — 41 *N* Soz
sa c.; *HR* cape; *EKn* de d.; *R* de grane; *H* Destus (*sic*) dune c.
de graine; *K* angreine — 42 *AEN* Ainz, *H* Ainc, *R* Anc; *N* boens,
E bons, *M'* buen, *F* bon; *AH* mieudre, *R* meudres — 43 (*I*); *AGL*
Trait, *JM'* Tret; *JM'R* arieres; *Hn* Aual torne (*n*-a); *ACJMRny*
son c.; *C* capiron — 44 *GL* Sa main pose; *FH* Si ; *M* a .j., *I* a
son, *AG* sus son, *L* soz s., *HR* sor s., *M'* sus .j.; *GKM'* baston,
AR menton — 45-8 *m. à AGILR* — 45 (*BCJ*); *K* Que il aueit a
terre pris, *H* Que an sa destre main ot p.; *EM* sestoit; *FM* asis.

Longement ot esté pensis,
Mais ja dira tot son voleir,
Qui qu'après s'en deie doler.   *18330*
Iriez fu mout de la parole,
18350   Sacheiz que mout la tint a fole :
« Dès or », fait il, « m'est il a vis
« Que conquerrons noz enemis :
« Semblant en est, n'en dirai plus.   *18335*
« Mais, par les deus del ciel la sus,
18355   « Se tuit voleient otreier,
« Loër e dire e conseillier
« Que l'oz ensi s'en repairast
« Que nus de nos plus ne s'armast   *18340*
« Senz plait aveir, tot a voz grez,
18360   « Mieuz voudreie estre desmembrez
« Qu'eüsse esté a cest conseil.
« E sacheiz bien mout me merveil
« Dont ceste parole est eissue :   *18345*
« Ne deüst pas la recreüe
18365   « Ja estre cornee entre nos.
« Cist parlemenz est trop hontos :
« A nos toz iert avilemenz,

18346 *JNky* Longuement — 48 (*BCH*); *ex* Qui que; *N* san d.
mes, *F* m. s. d., *eJ* s. d. apres — 49 *H* Il fu i. — 50 *K* que trop
— 52 *AFM'* conquerons, *R* -om, *H* nus dotons; *Any* an. — 53
JKRy Senblanz; e ie nan sai p. — 54 *n* por; *NM'* diex; *M* qui
sont; *E* leissus, *N* laisus — 55 *R* uolent; *J* uoliez erroier — 57
MM'R lost, *A* lors, *H* on ; *R* reparust — 58 *K* Ne; *EJ* uus ; *A*
de nous; *M* des nous, *HM'* Cuns (*M'* Cun) de nos, *NR* Cuns
des noz ; *R* p. ne si a., *M'* p. ni sciornast, *HN* p. ni demorast;
F Qe uns toz seuls ni dem. — 59 *M'* toz, *R* et; *ANRk* noz —
60 *M'* uodroie; *R* desarmeç — 61 *HJ* cel c.; *AR* Que ieusse e.
au c. — 62 *n* Ce, *H* Si ; *A* m. b., *K* que m. — 63 *AK* uenue —
64 (*J*); *H* estre esmeue, *n* c. meue — 65 (*J*); *A* E. c., *Hn* Ne
trouee (*N* contee) ia — 66 *M* pallemens; *n* hantos — 67-8
interv. dans H — 67 *En* ert, *H* est; *En* auillemanz, *K* -enz, *M*
-ens, *GIR* abaissemens, *A* abaisemens, *L* abessement.

       « Sel sevent cil de la dedenz :   *18350*

       « Ne fust pas en tel mal escrit,

18370   « S'uns de nos autres l'eüst dit.

       « E si ne sai iço que vaut.

       « Tant riche rei, tant amiraut,

       « Tant duc preisié e tant baron   *18355*

       « A ci a ceste asembleison,

18375   « Qui mieus voudreient estre pris,

       « Mort e detrenchié e ocis,

       « Qu'ensi s'en fussent repairié.   *18360*

       « N'est pas en tel sen comencié :

       « Tot autrement, ne puet muër,

18380   « Covient ceste uevre definer :

       « N'i a neient del desconfort.

       « Proz d'ome ne deit doter mort   *18365*

       « Contre si faite deshonor.

       « Demain nos combatrons as lor :

18385   « O les lances d'acier brunies

       « E o les espees forbies

18368 *Mn* Sel sauoient ; *M'* Se le s. cil d., *JK* Sel seiuent icil (*J* sauoient cil) la d., *R* Sil seuent cil d., *H* Sel sauoient cil de laiens — 69-70 *interv. dans H* — 69 *H* f. mie en t. m. descrit — 70 *n* de ces a. — 71 (*H*) ; *K* Mes biau seignor ; *R* que ce se ; *M* ie ce que, *Je* ie que ce — 73 *AEMN* prisie ; *R* T. prince et t. riche b., *KT.* r. duc et t. b. — 74 *JM'* Sont ci ; *Ak* en c. ; *N* A a iceste, *F* A i. onre (*sigle sur* l'r) ; *R* en senblason, *JMe* asanbloison, *F* assanbleson, *K* assenbleison, *N* asam-, *L* afebloison — 75 *M'* uodroient, *R* uoldroient — 76 *K* Destr. ou m. ou, *H* Ou m. detr. ou — 77 *KR* Que si, *A* Que il ; *E* repeirie — 78 *MM'* sens ; *H* Il nest pas issi — 80 (*J*) ; *H* Conu., *M* Estuet ; *Hn* cest parlement, *A²* ceste chose, *A* cest afaire ; *AA²FH* finer, *F* aler ; *L* a d. — 81 *AHJKNy* de d. — 82 *A²n* Proz dom, *M* Preudon, *K* Proudhom, *CE* Prodom, *M'* Predon, *J* Prodons ; *A²n* ia d., *CJky* redoter ; *C* la m. (*v. f.*) ; *AL* On (*L* Ne) ne doit mie criendre (*L* criembre) m., *R* Len ne d. criembre m. ; *A²* *aj.* 2 *v.*: Ni a noient de plus atendre Demain alons noz armes prendre — 84 *A* ad lour — 85 *JM'* burnies, *R* forbies — 86 *R* brunies.

« Sera li sieges aproismiez ;

« En ferant iert pris li congiez.   *18370*

« Demain seient si salüé

18390 « Cil qui istront de la cité

« Que mil des plus outrecuidez

« Nos otreient noz volentez

« E toz noz buens a acomplir.   *18375*

« Faisons la chose parvenir

18395 « Hastivement a ço que deit :

« Ja mais n'iert uns jorz que ne seit

« La nostre gent contre la lor. »

A ço respondent li plusor :   *18380*

« Bien dit ! bien dit ! ço est li mieuz ! »

18400 N'i a si juevnes ne si vieuz

Qui ço ne lot, quel cuer qu'il ait.

Que vos en fereie autre plait ?

18387 (*N* sieges), *F* -e, *H* siegies, *L* aciers, *K* aler, *les autres* alers ; *F* apriscaiez, *BCM* aproismies, *EJN* aprismiez, *M'* as premiers, *AKL* aprochiez, *H* -cies, *R* comenciez ; *A²* Iert li alers appareillies — 88 (*J*) ; *R* frainç ; *E* ert ; *M'* Einsi sera p. ; *Hn* Mains hom (*n* Maint home) i sera (*N* aura) detranchiez — 90 *R* siront ; *A²* Icil qui sunt en la c., *puis ces 2 v.*: As espees et si requis Et as trenchans espils forbis — 91 *n* A ; *A²* Que trestot li plus desree ; *F* d. suens ostrec. ; *R* oltrac., *AN* outre cuidez — 92 *Hn* Sil notroient ; *A³* Se metent a no uolente — 93 *L* A ; *A²* Et a n. b. tot a. ; *AF* biens, *A²Le* bons ; *F* a acompliz (*sic*) — 94 (*CJ*) ; *R* Faisom ; *M'* chase ; *F* por uerniz — 95 *I* quel ; *H* la v cl d. — 96 *Nk* nus, *EF* nul ; *E* ior ; *ALR* I. iour n. m. que il (*L* ueu) ne s., *H* Ne querons que altrement s., *M'* Chacun dit bien que il a droit — 97-8 *m. à* HM'*n* — 97 (*GJ*) ; *M* gens, *R* genç ; *ABC* c. les l., *A²* en tel labor — 98 (*A²BR*) ; *CEGIJLk* respondirent p. — 99 (*AGIJLR*) ; *A³* B. d. li dus cen, *n* B. est b. est ce ; *H* Li afaires cest tos li mius — 18400 *I* Li plus iouenes et li plus v. ; *A* ioenne, *EH* iuesne, *MR* ioune, *A³* iofnes, *FJK* iones, *M'N* -e ; *G* ni si ; *M'* Ni a .j. sol, *J* Ni estoit nus ; *JM'* i. ne u. — 1 (*CHJ*) ; *F* Qe ; *AGLM* Qui (*AG* Quil) ne (ne *m. à G*) lotroit ; *R* Ke ne lo troi kal ; *I* Lotroie q. c. que il a. — 2 (*CJR*) ; *Ek* lonc p.

O noise, o ire e o tençons   *18385*
S'en revont a lor paveillons.

18405 Assez ont or de que parler,
E Achillès de que penser.
S'il est iriez, nus nel demant :
Trop par en fait chiere e semblant.   *18390*
Rien ne li ose mot soner.

18410 Sa gent a fait a sei mander,
Puis lor a dit qu'il guardent bien,
Sor lor vies, sor tote rien,
Qu'uns sous n'en ceigne mais espee   *18395*
A bataille ne a meslee

18415 Ne a tornei ne a cembel :
« Ne m'est, » fait il, « ne buen ne bel
« De vos seient Greu socoru.
« Quant de mon conseil sont eissu,   *18400*
« Mostrer lor vueil que jo lor vail.

18420 « Mout i ai bien sauf le travail
« Que j'ai sofert bien a cinc anz !
« Ne lor serai or plus aidanz,

18403 (*C*); *ALR* O n. o cris; *Jny* A n. a i. (*H* A i. a n.) a
contencons (*E* et a t.) — 4 *ALR* Sen rentrerent (*R* retr., *L* entre-
rent) es p. — 5 *AR* A. orent; *n* ore; *tous les mss. et ACHJR*
quoi (coi) — 6 (*J* que), *les autres* quoi (coi); *C* blasmer — 7 *R*
ireç; *M* nul — 8 *n* T. an — *FKR* Nus — 10 (*HKn* Sa gent),
MM'R Ses genz; *E* Ses homes fet; *EHL* a lui — 11 *Hn* que —
12 *AH* uie — 13 *HJKM'* Cun dels, *M* Nuls deulz, *nG* Cuns
dals; *G* sols m. ne c. r.; *KLM'n* ne, *H* ni, *M* i; *J* ciegne; *A* Que
.j. tout seul nen seingne e. *R* Cuns toz sols nen c. e. — 14 *F* Ne
an, *N* Ne a, *K* En; *n* ne an, *K* ne en; *FM'* mellee — 15-6 *interv.
dans R* — 15 (*AGR*); *F* an... an; *L* A bataille ne — 16 *H* mie ne;
ALny bon — 17 *JM* Que dels, *M'* De nos; *AMM'* grieu; *R* Kil
s. per nos s. — 18 *K* Q. s. de m. c.; *J* sun oissu — 19 *A* M. l.
doi, *F* Mosterrai lor; *H* com; *R* uais — 20 *J* i a (*dial.*); *GKL*
Molt ai or b.; *R* M. ai b. sau rotranquis, *Hn* Nen (*n* Ni) soferrai
ia mais t.; (*AL* le t.), *GJck* mon t. — 21 (*GJL*); *E* Q. gi ai tret,
Hn Trop en ai fet; *H* il a — 22 (*J*); *F* ia mes a., *B* m. p. a.,
M'N plus a., *H* mais a.; *AGILR* Je ne l. s. p. a.

« Ne jo ne rien qu'a mei ataigne :   *18405*
« N'i orront mais criër m'enseigne
18425 « Devant dous ans, ço sachent il.
« Ainz en avront perdu vint mil
« E autres vint, que mais m'en mueve.
« Qui orgueil a e orgueil trueve,   *18410*
« Ço est bien dreiz : ore iert veü
18430 « E esprové e coneü,
« Saveir quel conseil lor donoë
« E se de rien lor aïdoë,
« Ne s'il m'eüssent a oïr   *18415*
« Ne ma parole a consentir.
18435 « Par eus le feront or senz nos :
« Guardez n'i ait un sol de vos
« Ja s'en mueve, por rien qu'il oie ;
« Ne noisiez mais a ceus de Troie.   *18420*
« E qui mon vié en enfraindreit

18423-4 m. à HM'n — 23 K Ne mei ; ABCEGJKLR riens ;
CJ atiegne, G -ainne, E -eingne ; ABIKLR qui (R ke) a moi (K
me) tiengne (K teigne, B pregne, R ataigne) — 24 (C) ; R oront ;
EJM Ne morront ; GK plus ; I Norront m. escrier ; R mien sai-
gne — 25 I Dedens, R Dauant — 26 (HI) ; JN Einz, R Anç ; M'
i a., R nauront bien — 27 (JR) ; AMn autre, EHK altres ; A
mil ; Hn quen (n qi) seront morne ; k que gie ; K moue ; I Anchois
que iou ia mais — 28 K o. meine ; n Qi a o., G Quel o. a ;
AGLR se (G ce) il le t., I drois est quel t., JMe o. retroue, Hn a
o. torne ; K troue — 29 M Ce iert ; F droit ; A Cest a bon d. ; R
Ce ert a buen d. or u. ; K ore, les autres or (de même le plus souv.
devant voy.) — 31 R Si ie buen c. — 32 (J) ; A ie de riens ; H ior
i a. — 33 (CJ) ; Hn Ne mi (n me) daignerent pas o., B Ne se il
me doiuent o. — 34 (CJ) ; HRn p. consentir — 35 R Per eles ; Hn
et s. n. — 36 K uns sols — 37 (J) ; R Ia (ne en interligne) sen, H
Qui se, IM' Ja se ; AE isse, K moue, F mouent, H uoie — 38
KN nuissiez, IJMy nuis. ; A² Mar nuiserez mais cels — 39 N
uou, FH ueu ; B m. u. enfrainderoit ; A² m. deuie e., AL en-
fraindra mon chasti, R enfraindroit mes chastiç ; I Et cis kira
contre mes dis.

18440   « Ja mais a mei ne tornereit,
        « Ne ja mais ne sereit des miens,
        « Ne par mei ne li vendreit biens. »
          C'est devié lor fait Achillès,   18425
        Se il mesfait, qu'en puet il mais,
18445   Quant cil li tout sen e mesure,
        Qui ne guarde lei ne dreiture,
        Noblece, honesté ne parage?
        Qui est qui vers Amors est sage?   18430
        Ço n'est il pas ne ne puet estre :
18450   En Amors a trop grevos maistre ;
        Trop par lit grevose leçon.
        Ço parut bien a Salemon :
        Mout monta poi vers lui sis sens.   18435
        De trestoz homes fait ses buens :

18440 *F* ou moi; *A²ek* a mamor ataindroit, *B* mamor il naucroit; *Hn* A nul ior mais mamor nauroit, *AIR* Si soit tres bien (*I* B. puet estre) seurs et fiç (*A* seur et fi), *L* Si saiche b. por uoir de fi — 41-2 *m. à A²* — 41 *ACGLR* la m. ne s. (*ALR* sera) iour (*L* i. ne s.), *I* Ke ia m. ne sera — 42 (*BCGHL*); *n* uanroit, *AIL* uendra, *R* uindra — 43 (*J*); *AM'R* deue, *A²* desfens; *G* Ce deffent — 44 (*I*); *G* Cil i malfait, *R* Cil unes fait, *A* Se il lor f.; *BCJkny* Et sachiez que il (*BCJek* si s. quil) nen p. m. — 45 *R* Cant, *IJkny* Car; (*AIR* li), *Jkny* qui ; *M'* tot, *A* tolst, *EHIJNk* tolt, *F* pert; *AHJk* sens — 46 *A* Quil; *FJ* nesgarde; *F* nulle d., *N* sen ne mesure — 47 (*A²IR*); *N* nenor, *F* nanors; *H* Ne n. sens ne; *EJn* parages — 48 *Jek* contre amor (*K* amors), *Hn* de samor, *ACR* Vers amor (*R* -ors) qui puet estre s.; *EJn* sages ; *A²* Li desuoie m'lt son corage, *I* Li fait cangier tout s. c. — 49-54 *réd. à 2 v. dans A²* : Ce est amors qui tot maistrie Et par tot fait sa commandie — 49-50 *interv. dans I* — 49 *E* ce ne, *MR* ne nel, *K* nil ne; *I* Ki les amans ensi adestre — 50 *AIJRek* amor; *R* greious, *JM'* greuex, *E* -eus; *Hn* Il a (*F* an) troue trop felon m., *I* T. a en a. greuous m. — 51 *A* Et t. p. list (*A* lit) forte; *F* T. a lit; *Ne* list; *I* T. p. a lite grant lechon — 52 *IM* Il; *AR* B. apparut; *P* salam. — 53 *R* piu, *AM'n* pou, *E* po; *C* M. monte a lui petit son s.; *M* trestout son s. — 54 *BJ*); *K* De chascun home; *AC* De touz h. f. a (*C* il) s.; *AM* bons, *CH* buens.

18455   Creance e fei, pere e seignor
       En ont ja relenqui plusor,
       E granz terres e granz païs.
       Qui tres bien est d'amor espris,   *18440*
       Il n'a en sei sen ne reison.
18460   Ensi, par iceste acheison,
       Laissa armes danz Achillès :
       Blasmez en fu lonc tens après.
       La soë gent e sa maisniee   *18445*
       En ert dolorose e iriee :
18465   De duel les veïst om plorer,
       Qu'il n'osoënt armes porter.
       Hontos en erent e destreit,
       Mais a lor seignor n'en chaleit.   *18450*
       Qui qu'en parlast ne bas ne haut,
18470   Petit l'en est e poi l'en chaut.
       Mal est bailliz, quar poi espleite
       De ço que tant vueut e coveite.

18455 (*A²*) ; *K* Craance ; *BJek* p. s. — 56 *A²En* relanqui (*E* -iz), *KR* relinqui, *M* releinqui, *A* tel en qui, *H* deguerpi ; *K* En o. r. li p., *B* En guerpissent tot li p. — 58 *K* Q. d. e. t. b. ; *KR* damors — 59 *AIR* Poi (*A* Pou) a ; *AA²M¹k* sens ; (*EJNk* reison), *A²F* raison, *HM¹* res. — 60 *M¹* icest, *N* itele, *F* itiel, *M* cest ; *A* achoison, *Je* -eson, *MN* acoison, *A²* ok., *F* och. — 61 *F* Laira, *AR* Guerpi ; *M¹* dant — 64 *AMR* iert, *M¹* est, *HJ* fu ; *M* dolente, *K* corecose — 65-6 *interv. dans H* — 65 *EF* an, *R* en, *AHJMM¹* on, *N* len ; *H* pasmer — *Après -66, H aj. ce v.* : De dol les ueist on pasmer — 67 *M* ierent — 68 *R* Mas ; *Ikn* ne — 69-72 *m. à M* — 69 *P* Qanqe ; *I* parolt ; *A* Que qui en p. b. ; *H* ou b. ou h. — 70 *BHJP* len ert (*P* iert) ; *ACGHJLR* Poi (*A* Pou) i entent, *E* Con plus lentent ; *ACGILR* et poi (*AG* pou), *M¹Pk* petit, *n* et moins, *BE* et mains ; *H* calt ; *A²* Cest achilles cui pas nen chalt — 71-2 *m. à* *A²HM¹Pn* — 71 (*C*) ; *GILR* Mar ; *R* bailiç ; *GLM¹* que ; *B* petit e. — 72 (*AI*) ; *G* t. ainme ; *BKLR* Ce que t. u. (*BL* aime) et tant c. (*L* et c.), *E* De la chose quil plus c., *J* Dauoir la dame quil c., *G* Ce que puis ne haut et plus c.

Douzième bataille : mort de Résa, de Sarpedon, de Palamedès et de Deïphebus.

La triuë fu tote acomplie, *18455*
D'ambedous parz tote faillie :
18475   En pais trespasserent la nuit.
Cil qui en sont usé e duit
Se ratornerent par matin.
Es grosses lances de sapin *18460*
Sont les enseignes atachiees,
18480   D'orfreis, de paile entreseigniees.
Li hauberc sont blanc e safré,
Dont li plusor se sont armé ;
E li heaume cler e bruni *18465*
E li bon brant d'acier forbi
18485   Trenchant o les ponz d'or massiz,
Li escu peint e li verniz
Font resclarcir la matinee.
N'i ot puis autre demoree : *18470*
Quant les batailles sont rengiees
18490   E de combatre apareilliees,

18473-4 *m. à ACGILR* — 73 *K* trieue — 74 *(HP)*; *A²* Dambes dous, *n* Damedous ; *BJk* Et de *(K* des) d. p. ; *k* rote et f. — 75 *A* Ainsi, *G* Ainsis, *L* Einsint — 76 *AGILR* Et cil qui s. — 78 *A* A ; *En* An, *K* En — 80 *FM'k* paile, *M* -es, *A* poilles, *E* paisle — 81 *(G)* ; *Mn* fort et serre — 82 *M* Tuit ; *M'* pluisor, *K* plosor, *F* plusors — 83 *(GI)* ; *M* dacier, *H* qui sont ; *HM'* burni ; *L* Et heaumes bien clers et burnez — 84 *KR* buen ; *MM'* branc, *G* brun ; *M* cler et f. ; *L* Et bonz brans d. e forbiz — 85-8 *réd. à 2 v. dans M :* Li escu uert et painture Ni ot onques puis demore — 85 *AA²EHn* Tranchanz ; *H* puns ; *I* As puins reluisans — 86 *GK* Et li e. et li *(M'* taint a, *G* point a) u. ; *L* Les escuz peinz, *A* Li e. taint, *CEFIJ* Li e. point *(CI* peint) ; *FL* ou le u., *C* o les u., *A²* et dor floris ; *N* Li e. dor et de u. — 87 *(GL)* ; *AM'* esclarcir, *I* recl., *R* resclairier ; *n* Fort resclarcist *(N* claroie) — 88 *M'* plus, *I* fait — 90 *N* Et del.

De la vile se traistrent près.
Premerains vait Palamedès,
Qui mout est sages e apris   *18475*
De bien grever ses enemis.
18495   Cil de Troie s'en sont eissu,
Prest de bataille e fervestu.
Genz conreiz ont e bones genz,
Beles armes, beaus guarnemenz.   *18480*
De ciclatons e de cendaus
18500 E de pailes emperïaus
Sont li destrier covert soz eus.
Hui i avra damage e dueus
Granz, teus com vos orreiz, senz faille, *18485*
Ainz que seit fin de la bataille.
18505 Li renc sont large e li conrei,
E li chevalier mu e quei,
Feus soz les heaumes e iriez.
La terre crolle soz lor piez   *18490*
De la friente, del trepeïz
18510 Que font les destriers Arabiz.

18491 *R* Vers; *H* lice; *n* mistrent, *AEJ* traient — 92 *K* Prim.,
E Premeriens, *AR* En conroi; *H* ua; *A²* Premiers i uint — 93
K bien; *J* saiges, *E* saiues — 94 *K* De molt, *R* De ben; *Aen* an.
— 96 *F* Prez; *IKL* b. f. — 97-8 *m. à HM'n* — 97 *K* Biax c.,
G Gent conroi, *L* Grant c.; *A²BI* beles — 98 *B* Gens conrois
et bels; *M* bons; *LR* garnimenz — 99 *A²M'* sigl., *AIn* cigl. —
18500 *MM'NP* pailles, *E* paisles, *A* poilles, *J* porpres — 1 *n*
sor; *N* aux, *AF* aus, *JK* els, *M* eulz, *M'* eux — 2 *CK* Or; *H*
damace; *EHJR* d. dax (*HJ* dels); *K* dels, *M* deulz, *M'* dex, *F*
diaus, *N* diaux, *A* daus — 3 *EH* Grant tel, *CK* Si g., *J* Itel; *M'*
Tiex comme; *JR* u. dirai, *Ak* ie d., *E* nos dirons — 4 *Je* Einz
quil; *tous les mss.* fins — 5 *M'* s. grant — 7 *ARk* Fels; *ny*
Et desoz les h. i., *J* D. l. h. enbrunchiez — 8 *E* crosle, *N*
crole; *L* les — 9-10 *m. à HM'n* — 9 (*GI*); *CKL* freinte, *AM*
frainte, *J* frete, *R* ferte, *A²* noise; *B* Et de la f. et du trepois;
A tripeis — 10 *A²* Del bruit, *J* Qui est; *A²J* des d., *ARk*
li destrier, *C* li cheual; *I* Diaus et des d., *E* Des coranz d.;
A²EJK arr.

La noise par i est si granz
Del son qui ist des olifanz
Que li haut pui e li grant val,   *18495*
Les hautes tors e li mural
18515   En resonent e retentissent.
D'ambedous parz s'entrenvaïssent :
Jostent lances, traient manois
Trenchanz saietes d'ars Turqueis.   *18500*
Tel mil enseignes i baissierent,
18520   Qui en vermeil sanc se baignierent.
La ot de lances grant pecei,
La assembla mortel tornei,
Ci esfondrerent li escu,   *18505*
Ci se sont il entrabatu,
18525   Mort e navré, envers, a denz :
Ici ot doloros contenz.
Ci sont les espees sachiees,
Quant les forz lances sont brisiees ;   *18510*
Sor heaumes font marteleïz
18530   E sor escuz peinz a verniz ;
As encontres es vis s'ataignent,

18511-2 *interv. dans* A^2 — 11 A^2 I est la n. si tres g. — 12 K
Del soneiz, F Des sons qi ist, A^2 Des buisines — 13 HK grant
p.; H et tot li ual; A^2 mural — 14 A^2 portal — 15 $(BCHJR)$; I
Ent; E An r. et resonent — 16 H entreuaissent, R sen trauais-
sent; E Tex cox fierent que tout sestonent — 17 K Froissent;
Jn lancent; N menois; B L. i t. dars turcois — 18 A saiettes,
M sectes, R sagetes; A ars; B Traient s. demanois — 19 $HM'Rn$
Teus; n ansoignes; R se baissierent, AC sabessierent — 20 AMR
s. u.; CM' uremeil, ERn uermeil — 21 (A^2HJR); R des; Me
grant pecoiz — 22 (A^2HJR); H asemblent; F mortax, EN -ex;
EM tornoiz, M' -ois — 23 (JR); M enfondrent, K -erent; $M'N$
Ici percierent, F Issi pecerent — 24 A La — 28 K ont; M' bruisies
— 29 K Sor les; M sont m.; $HM'n$ sont $(N$ fu) li mailleiz — 30
AR painz, HM' pains, N poinz, F point, K peint, M paint, EJ
tainz — 31 (J); AA^2Hx A lencontrer, GLk A lencontre; $EGJk$
des uis, C de uis, $HM'n$ des brans, L de bas, R des fers, A^2 issi;
$M'k$ sateignent, n satoignent, A sataingnent, JE sateingnent.

Que morz des bons chevaus s'empeignent.
Onc si dolorose assemblee   18515
Ne pot veeir nus hom jostee.
18535 Cil crie e brait qui la mort sent.
Enz el mi lieu del grant content,
La ou esteit graindre la presse,
Se combatirent cil d'Aresse.   18520
Resa ot non li sire d'eus,
18540 Qui mout esteit cruëus e feus :
Riches reis ert de grant parage,
Mais mout par faiseit grant damage
De ceus dedenz, ços sai bien dire.   18525
Deïphebus en ot grant ire :
18545 L'espee el poing li corut sore.
Teus treis cous li done en poi d'ore
Sor le heaume, tot l'a fendu
E del cheval mort abatu.   18530
Le destrier prent, crie s'enseigne.
18550 Adonc n'i a nul qui s'en feigne :

18532 (L); G Qui ; AEHJR mort, GK ius ; KR buens ; AJk
destriers ; M Q. mors ius des d. se peignent, n Q. des b. c. ius
sanpoignent (F se poignent), C Si que ius des c. s., A² Q. d. c.
aual s. — 33 R Anc, H Ainc, E Ainz, A Aiz — 34 H ueir, K
uoier ; R huem ; HJn hon aiostee, M' nus a. A² Ne uit mais
nus h. a. — 36 M F. en — 37 (B) ; R ont ; EJ greindre ; M la
greignour p.; M'Rn graignor (M' graindre i) esteit la p., A
grande e. la p. — 38 EHKn conbatoient ; M' Se combati le roi ;
F de resse, A² laresse — 39 (AA²R) ; BJM'N Resus, H Pesus,
F Cesus, C Ressez ; A² R. auoit a n. lor sire — 40 N cruiex, A
cruel ; K fels, M feulz, AN faus, E max ; F uosaus ; JM' fex
(M' fel) et cruels (M' cruëus) ; A² M. e. preus et de grant ire —
41 H R. hom ; M'k iert ; AA²M' de haut p., E et de p. ; J Rois
estoit de ml't g. p.; A² Gentils et frans, A R. et preus, R Rois
riche et proç ; M et proz de, K prouz et de — 42 A² Merueilles
f. — 43 E ces ; ços correction, M² ço, les autres ce — 44 KM'N
Deyph., F Deyf., AER Deif. — 45 K au — 47 A Sor lelme que t.
— 48 B ius a. — 49 B Le ceual point ; BE senseigne escrie — 50
H Adont, JM' Lores ; (C sen), R sin, AHJM'kn se ; E Puis lor
uont tuit a une hie, B Et tuit cil de sa conpaignie.

Troïen lor laissent aler,
As Grezeis font estal muër.
Tel set conrei tornent les dos,   *18535*
Ou n'en ot guaires de si os
18555   Qui d'eus i preïssent retor
Ne qui tornassent contres lor.
Esfreëe fu mout la chace :
Tant en gist mort par mi la place   *18540*
Que nus n'en set esmee faire.
18560   Tant vos puis bien dire e retraire,
Se donc ne fust Diomedès
E li conreiz Palamedès,
Desconfit fussent senz retor.   *18545*
Mais cil avindrent a l'estor,
18565   E furent bien dis mile e mais.
Les escuz pris, de plain eslais,
Ont encontrez les enchauçanz.
Li brieuz des lances fu mout granz :   *18550*

18551 *ACEHJMRn* T. l. (*H* laient) cheuax a., *M'* T. font c.
a., *B* Lor laisserent c. a. — 52 (*BC*); *F* grex, *MM'* greiois, *A*
griiois; *EHJR* estax — 53 *JKR* Tex, *MM'* Tiex; *M'* conrois,
R -oiz; *A²* uirent, liurent; *FK* dox — 54 *R* Ont; *A* il na, *M*
nen a; *E* Puis nen i ot .j. seul, *A²* Ainc ni ot cheualier, *H* On-
ques nen i ot .j.; *A* guieres, *F* guere, *M'* -es — 55 (*J*); *E* Q.
puis; *HM'n* p. nul r. (*F* restor); *A²* Q. onques i preist r. — 56
R tornasse, *A* durassent (*v. f.*); *A²M'N* Ne qui tornast, *F* Qil
tornassent, *J* De conbatre; (*R* contres lor), *AA²Jn* contre les lor;
K uers les lor, *M* contre leur; *H* Sempres uenissent a lestor —
57 (*BJ*); *R* Esfraee, *K* Effreiee, *M* Effraiee, *A* Effree, *M'n* Es-
criee; *E* Esfre (*sic*) sont si les enchace — 58 (*J*); *B* T. en i g. m.
par la p., *A²* T. en i chiet mors en la p.; *M* mors en mi — 59
(*J*); *AR* riens; *KR* ne; *BK* puet; *Ne* nul esme; *F* en sauroit
esme; *M* set esme f. (*v. f.*), *B* s. aesme f.; *A²* nus hon nen s.
esme f. — 60 (*J*); *R* post d., *KM'* sai b. d.; *A²* Mais t. uos p.
d. — 61 *k* Sadonc, *A²Ne* Se lors — 64 *J* c. uindrent, *E* icil u.;
An c. en uinrent; *A²* M. il se mistrent en — 65 (*J*); *M'* .xx^m. —
66 *Ek* plein — 67 *JFMM'* O. encontre, *AA²K* Vont e. — 68
brieuz *corr.*, *EJkn* bruiz, *AA²H* bruis; *M'* Le bruit; *K* est; *H* si g.

Par mi escuz, par mi chevaus
18570 E tres par mi cors de vassaus
Passent fer e fust e penon.
Ci ot si fiere contençon
Qu'om ne s'i set vis conseillier, *18555*
A peines s'i puet nus aidier :
18575 Qui done un coup set en receit.
Ci furent li coart destreit
E esbaï e entrepris ;
Mais cil qui ont honor e pris *18560*
Font les compaignes resbaudir
18580 E les verz heaumes retentir
O les branz d'acier esmoluz.
Bien i furent Greu socoruz :
Arestez ont lor enemis, *18565*
Mais mout par i a d'eus ocis.
18585 Quant les granz genz furent jostees,
Des batailles desmesurees,
Si firent rens par plusors lieus :
Dès ore orreiz queus fu li gieus. *18570*

18570 *H* Et par mi ces c. — 71 *K* fust et f.; *AEn* panon, *MR*
pennon ; *A²* P. enseignes et peignons — 72 *J* si fiere, *FM'* si
dure; *M* Ici ot f. ; *A²* La fu ml't grans li contencons — 73 *F*
Car, *JMM'* Con, *G* Que, *R* Ke, *L* Qen; *ALR* se; *E* sot, *K* seit,
R puet; *FG* nus c.; *ABEHN* Que nus (*A* nul, *BE* riens) ne si s.
c., *A²* Nus ne se pot preu c. — 74 (*L*); *NR* poines, *F* -e, *E* pein-
nes, *A* painnes, *A²M* paine, *G* -es; *Rkn* se; *K* puot, *M* pueent,
A²HM' pot; (*AHkn* nus), *M'R* riens; *E* si pueent a. — 75 *F* sis,
N si, *J* cent — 76 *R* Si — 77 *AF* esbahi — 78 *F* ot; *M* apris
— 79 *KR* ml't la presse departir, *AM* ml't les presses resclarcir
— 80 *F* clers — 82 (*AR*); *C* B. refurent; *H* Ont b. les grilois
secorus, *Je* O. b. les grex secoreuz, *k* B. furent griu s. (*M* resor-
queruez) — 83 *FM'* Areste, *A* Arrestez — 84 *M'* p. i ot, *E* i p.
ot; *J* por, *R* per; *A* deulz, *R* dels, *Jekn* des; *H* an i par a, *L* en
par i ot; *HL* docis — 85 *H* batailles sont i.; *GL* Q. b. g. furent
remontees — 86 *H* De lor grans gens d. — 87 (*AGHJL*); *F* furent
tans, *R* firent il; *I* en — 88 *M'N* Hui mes ; *AK* quels est lor (*A*
i) geus.

Josterent i, mais bien savon
:8590   Qu'onc chevaliers n'ot raençon
Qui i fust retenuz ne pris :
Sempres maneis esteit ocis.
Reis Telamon de Salemine   *18575*
O les fiz Priant s'acosine :
18595   Estrangement al brant d'acier
Son parenté lor vent trop chier.
Felon le truevent e engrès :
Mout les requiert le jor de près.   *18580*
Un des Bastarz, Siciliën,
18600   Qui chevalier esteit mout buen,
A del braz destre mahaignié :
Onc puis ne pot ferir d'espié.
Deïphebus en ot grant duel :   *18585*
Vengera le, s'il puet, son vuel.
18605   Tant atendi qu'il en vit aise.

18589 *M* J. il maint ce s., *A* Ceus qui i. b. s. — 90 *AR*
Quanc, *EHM* Quainz, *M¹* Que, *J* Onc; *N* reancon — 91 *K* ou
p. — 92 *B* Que maintenant; *kny* ne (*H* ni) fust o. (*M* ochis),
R estoit occis; *A* Tantost e. iluec o. — 93 *AJKny* thel., *R* thal.,
M tal.; *AJRk* salam. — 94 (*BGHL*); *A²* Od; *A²C* le; *R* O les
prianç fai sa coisine, *J* As filz priant de sa cosine; *F* sachemine
— 95-6 *m. à HM¹n* — 95 *K* Iriement, *I* Ne mais chou fu — 96
(*AR*); *C* Cest p.; *A²* Lor parentage uent; *G* Son p. l. u. c.; *EJ*
lor uandoit c.; *A²Lk* ml't c. — 98 (*HR*); *G* Tant; *AF* le; *ACEGL*
requist, *K* requt, *M¹* requert — 18599-600 *interv. dans A²* —
99 *CFR* Uns; *A* barons ; *GJk* Sisiliens, *E* -ien, *B* -iiens, *M¹* cici-
lien, *Cn* -iens, *A²* sisillien, *A* siliciens, *H* achillien, *F* qintiliens
— 18600 *A²* Troiens het sor tote rien, *ACJRkn* Q. cheualiers e. m.
buens (*N* boens, *AM* bons), *C* Quan tenoit a cheualier buen
(*M¹* bon), *H* Qui le ior lauoit fait ml't bien — 1-6 *m. à k* — 1
F lo b.; *M¹* meheignie, *A* mchaingnie, *R* maagnie; *A²* Del b.
d. la m. — 2 (*J*); *AF* Ainz, *E* Einz, *G* Ains, *R* Anc; *C* et *éd.*
puet — 3 *M¹N* Deyph., *F* Deyf., *AER* Deif. — 4 *E* sil uuel
— 5-6 *m. à ny* — 5 *R* saise; *GL* quil (*G* qui) uint en aise, *AJ*
quil uit son aise, *éd.* que uint a a.; *A²* T. atendra qu'il en
ait a.

Sor un cheval sist de Roaise :
L'escu saisi, la lance prise,
Le vait ferir par tel devise   *18590*
Qu'escu e braz li cost al cors.
18610 D'estrange lieu sera estors,
Se il en vit, mais ne por quant
E lui ensemble e l'auferrant
A fait a terre trebuchier.   *18595*
Puis mist la main al brant d'acier ;
18615 Cous estranges li done e meist
Desus le heaume, cui qu'en peist,
E dist : « Vassaus, poi estes sage,
« Qui si volez nostre lignage   *18600*
« Desheriter e abaissier :
18620 « N'i a mais rien del manacier.
« Anceis que vienge la vespree,
« Vos donge Deus male colee,

18606 (*CJ*); *L* daroese, *B* daruaise, *R* de aroaise; *A*¹ qui mi't
li plaise; Desus .j. c. s. darcaise; *AJ aj.* 2 *v.* : Et sachiez bien
quil ert flamens (*A* sil iert famens) Nen i ot guieres (*J* Ni auoit
gueres) de si (*J* plus) buens — 7 (*CHJ*); *R* saissi, *B* al col; *A*³
Quant uint son (*sic*) lui sil uait f. — 8 (*CJR*); *M* Li; *H* Si la
feru, *C* F. le u., *B* Le ua f., *J* Fiert thelamon; *A*² De tel force de
tel air — 9 (*HR*); *J* Escu; *HM*'n Lescu le b. li hurte ou c.; *J*
quelt, *E* queust, *A*² ioinst — 10 (*HJR*); *M* gieu, *A*² giu — 11 *A*²
Sensi sen uait; *R* et ne p., *A* et non p., *M* mais nequedent —
12 *F* assamble al a.; *A*² Lui et le destrier alferant — 13 *A*² Fait
ius ; *F* trabucer — 14 (*HJR*); *Ek* met ; *M*¹ a mis main, *A*² a saisi
le — 15 (*AJR*); *A*²*EH* E. cols (*EH* cos) — 16 (*R*); *Hn* Desor;
K li hialme, *H* son elme, *A* les elmes; *A*² Cui quen soit bel
ne; *AHJKM*¹ qui, *F* au (*sic*); *JM*¹ que, *H* quil — 17 *Fk* dit; *N*
uasax, *A*²*M*¹ uassal; *M*¹ nestes pas, *A*²*H* poi uos uoi; *Jek* sages
— 18 *M* Quainsi, *A*² Que si; *R* Cant si culdieç ; *Hk* uostre l.,
Jek les noz lignages (*J* barnaiges) — 19 *Akn* Deser., *M*¹ Deher.,
R Descrinter — 20 *AK* riens, *H* point; *HJ* de; *R* manasser, *n*
menacier (*F* -er), *A*² manecier, *A* manaier, *M*¹ manedier, *H* la-
targier — 21 *JM*¹*N* Encois, *EH* Eincois; *Hn* ueigne, *JM*¹*k* uieg-
ne, *E* ueingne; *H* li u. — 22 (*BJ*); *CH* doigne, *G* doine, *MR*
done, *E* doingne, *I* doinse; *CGL* uostre (*C* uostre) soldee, *H* m.
s.; *A* Vous doint deux m. destinee, *A*² Vos otroit deus tel d.

« Si que de vos en plaist l'orguieuz   *18605*
« E que m'antain en plort des ieuz ! »
18625   Deïphebus ert mout iriez :
Ja fust sis frere bien vengiez,
Mais li bons dus Atheniëns
Vint apoignant par mi les rens,   *18610*
Sor un cheval bai d'Aragon :
18630 Escu e lance e confanon
Ot de l'uevre Saragoceise.
Ire a e duel e mout li peise
De Telamon, qu'il veit laidir.   *18615*
Deïphebon ala ferir
18635 Par mi la targe peinte a flor,
Si que l'enseigne de color
Li est passee lez le piz.
Ainz qu'il se fust d'iluec partiz,   *18620*
L'orent Greu entre eus abatu

18623-4 *m. à HM'n* — 23 *K* qui; *M* baist li o., *K* besse li o.,
JL chiee (*J* -ie) lorgoilz, *C* sabaist l., *G* abast l.; *A²* Que de uos
abaisse lorgeols, *B* Si que uos plaise li orguils — 24 (*AE* man-
tain), *B* men ante, *C* ma hante, *GK* ma tante, *JM* ma tente, *A²R*
maint hom (hom *m. à R*) en plort; *L* Que mort uos uoie de
mes oelz; *AG* as eux, *CJ* es oilz — 25 *CM'Nk* Deyph., *F* Deyf.,
ABEHJR deif. (*formes ordinaires*); *M'k* iert, *BHJ* fu — 26 (*H*);
AA²BELRk A (*k* De, *L* .j.) poi (*AL* pou, *E* po) (*A²* Sempres) fust
(*L* fu) ses freres (*M* son frere) u., *J* Ses freres f. ml't tost u. —
27 *K* biax; *AJR* dux, *B* cuens — 28 *R* Vient eslaisieç; *AB* cles-
siez, *k* esleissiez, *F* la poignant por; *N* I u. p.; *A²* deuant les siens
— 29 *AEk* darragon, *A²M'N* arr., *FH* ar., *R* daregon; *J* Desor un
c. bai gascon — 30 *AM'Rk* gonf. — 31 *Nk* sarr., *M'* sarragon-
coise, *A* -oucoise, *R* saragoiccise, *EJ* sarrazinoise — 32 *B* I. a
grant; *F* lo p. — 33 *F* Por; *AKny* thel.; *HRk* uit — 34 *L*
Deyphebum, *AA²* Deiphebus, *GM'NK* Deyph., *FHR* Deyf.,
E Deif. — 35 *En* pointe, *JM'R* painte; *J* flors — 36 *n* lansoi-
gne (*forme ordinaire*); *J* colors — 37 *k* par lo p. — 38 *JNe*
Einz; *F* diloc, *K* dilec, *M* dilleuc, *M'* dil. — 39 *AM'* grieu,
M' grex, *K* griu; *E* L. li grezois a., *J* L. entre els greu a.;
M' abatuz.

18640 E desor lui maint coup feru,
    Quant Troïlus e Eneas,
    Paris e danz Polidamas
    I avindrent o grant esforz :   *18625*
    Ici rot mout chevaliers morz.
18645 Deïphebon vuelent rescorre,
    Mais chaeiz est en si male hore,
    Nel pueent faire remonter
    Ne de la presse fors geter.   *18630*
    Entres chevaus chiet plusors feiz
18650 Si angoissos e si destreiz
    Que par la boche sans li raie.
    Ne li portent point de manaie
    Cil de Grece, quant il l'ataignent :   *18635*
    O les lances d'acier l'empeignent ;
18655 A denz le refont trebuchier ;
    Sor lui s'en passent mil destrier.
    Par mi les mailles del blançon

18640 (*A*³*J*); *AR* Ha deux tant (*R* t. grant) cop i ot f., *k* Et maint (*M* tant) grant c. i ot f. — 41 (*J*); *AR* Car, *k* Que, *E* Mes — 42 *AM*¹ dant; *K* Et p. et p. — 43 *AFHJk* a; *NRk* granz — 44 *AFHk* ot; *J* maint chevalier morz — 45 *L* Deiphebum, *les autres* Deiphebus, Deif., *etc.* (*cf.* *18634*) ; *J* uolstrent; *EK* rescore, *NR* secorre, *F* secorir, *J* eidier — 46 *n* cheoiz, *EH* cheuz, *M*¹ chaoit; *ARk* Mes (*M* A) las ce est en (*K* a, *M* par) si — 47 *JKy* porent, *n* poent, *M* puent — 48 (*BJR*); *HM*¹*N* place, *ALMM*¹ hors; *AEJKLn* giter, *HM*¹ ieter — 49-50 *m. à HM*¹*n* — 49 (*E* Antres, *LR* Entres). *ABC* Entre, *B* Sor les ; *A*³ Sos les c. c. maintes f. — 51 *A*³*M* de la ; *A*²*k* sanc; *Hn* Par la b. li s. (*F* lo sanc), *M*¹ Par mi la b. sanc ; *C* Q. p. le nez li sans li rage — 52 *A* nule m. ; *C* manage, *En* menaie — 53 (*R*); *E* lateingnent, *ACH* -aingnent, *KM*¹ -eignent, *n* -oignent — 54 *M*¹ gleues, *n* glaiues ; *K* detries; *EJ* lanpeingnent, *ACK* lenpeingnent, *M*¹*R* -eignent; *H* Od lor l. ius le rempagnent — 55 *E* As branz; *M*¹*n* Si quil (*F* que) le firent t., *H* Pluisors fois le font t. — 56 (*JR*); *M* Sur; *A*³*C* Desor l. passent ; *A* se pasment ; *E* li d.; *HM*¹*n* S. l. passerent maint d. — 57-8 *m. à HM*¹*n* — 57 *G* mei; *A* le cors de son b. ; (*CR* blancon), *K* blazon, *BG* blason, *A* blaison; *M* doublison ; *A*²*E* Par les mailles del halberion, *J* Parmi lauberc a grant foison.

Vuide le sanc sor le sablon.   *18640*

Ço dura mout, mais nequeden

18660   Tant s'esforcierent Troïen

Qu'il le traistrent fors de la presse.

Sor un cheval le rei d'Aresse

Est remontez en es le pas,   *18645*

Puis les revait ferir el tas.

18665   Del brant d'acier lor fait present :

S'il l'ont laidi, chier le lor vent.

Le jor i ot mortel bataille.

Palamedès mout se travaille   *18650*

Com ceus dedenz ait reüsez

18670   Dreit as trenchiees des fossez.

Les suens somont, sovent s'escrie

E sovent fait chevalerie.

A lui brocha Deïphebus :   *18655*

D'une grant lance de benus

18675   L'a si feru que toz chancele ;

Por un poi ne guerpi la sele.

Cil ne ra pas a lui failli,

Qu'une lance d'acier bruni   *18660*

18658 *J* Voide, *GR* Voident; *K* li sans, *A²* del sanc; *B* desur larcon, *G* a grant foison — 59 (*R*); *K* et; *AA²* nequedent, *HJM'n* neporquant — 60 *HJM¹n* Troyen s. (*H* senforchierent, *J* saprochierent) tant — 61 (*R*); *EJ* trestrent, *A* traient, *M¹* mistrent, *H* misent; *MM¹* hors — 62 (*H*); *AM¹* En, *R* Et; *Mn* le c.; *F* de resse; *R* li roi darasse — 63 *AF* isnel le p., *M¹* en ellepas — 64 (*R*); *H* si sen uait, *A* se reua, *K* si les uait; *M¹* Les est alez — 65 (*JR*); *M¹* li font — 66 *K* molt c. lor u., *M* c. lor reuent; *H* Se il lont l. c. lor u. — 67 (*JR*); *BH* Cel ior i rot (*H* ot); *HM¹n* ml't grant, *K* mortal — 68 *R* sen — 69 *E* ces, *J* cex; *AHM¹Rkn* C. cil d. soient ruse (*A* -ez, *F* russe, *R* reuseç) — 70 *HM¹kn* del (*M¹* dun) fosse — 71 (*JR*); *Hn* Les en meine (*N* moine, *F* moinent); *tous les mss.* somont; *M* escrie — 75 *FM¹* tot, *A* tout — 76 *J* Que por poi, *ERn* Par j. p.; *A* A pou que ne g. la s., *M* Et que par poy ne g. s., *HKM¹* Et par (*H* A por) un poi ne perdi (*M¹* guerpi, *H* pert la) s. — 77 *F* nen a — 78 (*R*); *HM¹n* Car un glaiue; *F* torbi.

Li a mis par mi la forcele.
18680 Ha ! com ci a freide novele
Al rei Priant e a Paris!
Ici n'ot pas eschar ne ris,
Que duel estrange e merveillos : *18665*
Onc om ne vit si angoissos.
18685 Paris li beaus l'en a porté
O tot le tros vers la cité :
N'est pas feniz, mais il morra
Si tost com del cors li istra. *18670*
Le duel qu'il fait ne sait nus dire :
18690 O s'espee se vueut ocire ;
Sor lui se pasme e se devore
E mout maudit le terme e l'ore
Que il tant vit; mais icel jor *18675*
Se refera ocire as lor :
18695 « Frere, après vos ne vivrai plus ».
Les ieuz ovri Deïphebus,
A lui parla e dist itant :
« Amis » fait il « jo vos comant *18680*
« Que retorgeiz a la bataille,
18700 « E si gardez qu'il n'i ait faille :

18679 *E* mist tres p. — 80 (*B*); *HM'n* Las; *CIKR* a ci, *A²* ci
ot — 82 *E* Iluec; *n* na ; *F* ne geu, *H* ne iu — 83 *en* Qui, *R* Che,
H Mais — 84 (*JR*); *M* Ainc, *FR* Anc, *AN* Ainz; *E* Nus hom,
H Onc nus — 86 *AJM* A t.; *A* trous, *J* trox, *KR* trois; *AHJK*
en la — 87 *H* Nest mie mors — 88 *A²K* Tant t.; *R* il i. — 89-90
m. à *HM'n* — 89 (*A²CJ*); *A* qui; *B* font, *K* a; *R* sciet, *K* seit, *L*
puet; *A* nul, *R* riens, *K* rien — 90 *AA²CEJk* A; *k* lespee; *M*
ochire, *R* occire, *A* occirre; *B* Souent se plaint brait et sospire
— 91 *A* deucure; *A²* sanz demore   92 *HM'n* Et si; *A* Et m.
ml't, *A²* Et m. fort; *K* le ior; *AM'* leure — 93 *A* Que itant; *M*
Que il est tant uif, *A²* Q. il e. uis; *y* en cel ior, *A²n* a ce i. —
94 *A²* Se fera il, *F* Se reſeri, *N* Se fera; *M* ochire, *R* occ., *A²M'n*
ocirre, *A²* occ.; *H* Le fera chier comprer — 95 *K* enpres; *A²*
nos ne uiuerai — 96 *M* oure — 97 *M'* li — 99 *EJN* retornoiz,
FM' -ez, *Ak* uos tornez (*K* torgeiz); *C* T. ariere — 18700 *R* Et
se; *C* qe; *EJN* oit.

« De Palamedès me vengiez,

« Ainz que li tros me seit sachiez.

« Metez i tot vostre poëir,   *18685*

« Quar, se jo mort puis saveir,

18705   « Senz ço qu'en seit m'ame marrie

« Trespasserai de ceste vie;

« Tant retendrai mon esperite

« Que la verité m'en iert dite.   *18690*

« Hastez vos mout, quar poi s'en faut

18710   « Que li cuers ne me ment e faut. »

Paris, pleins d'ire e de dolor,

Est remontez el milsoudor :

L'eve des ieuz li file a val,   *18695*

A grant peine esta el cheval;

18715   Plaint e regrete son damage

E la perte de son lignage;

Destinee maudit sovent

E qui s'i creit e s'i atent :   *18700*

« Chaitis », fait il, « tant m'est pesante!

18701 *EN* uanchiez — 2 *KR* trois; *en* en — 3 *K* Tot i meteiz —
5 *JM* que; *K* fust; *HM'n* que mame en s. (*H* m. s.); *R* marme
partie — 6 (*H*); *EJ* Trespassee; *R* diceste — 7 *A* receurai; *A²* T.
atendra mes esperis — 8 (*J*); *EKRn* ueritez, *M* nouuele; *K* soit
d.; *R* Q. u. men sera d., *A²* Q. li uoirs me sera bien dis — 9 *K*
bien, *R* tost; *K* que; *Rk* en f. — 10 *J* Que ne me m. li c.; *K* Q.
mis espiriz toz ne me falt, *C* Qe li c. ne sen aut, *M* Q. mon
espirs de tout me f., *AR* Q. du t. ne me lesse (*R* lait) et f. — 11
eM plains, *n* ploins, *K* plain; *B* labor — 12 *n* reuenuz, *M'* re-
pairiez; *A* missodour, *B* -oldor, *E* milsoldor; *n* dedanz lestor, *M'*
droit a l. — 13-53 *réd. dans B à 3 v.:* De demore i fist puis petit
Ensi con ie truis en escrit Son arc tendu arrier sans faille — 13
R Laiue, *A* Lyaue; *N* del uis — 14 *N* A granz poines; (*M* esta),
A estut, *R* esteit, *K* estait, *En* sist; *F* es (*sic*), *K* a, *AM* sor; *H*
A paine se tint el c.; *M'* et a grant trauail — 15 *HM* lignage —
16 *M* donmage, *H* damace — 18 *EJ* ne si; *AK* Q. si c. ne (*K* et)
qui si a.; *F* et qi a. — 19 *A* Chietis, *R* Chaitif, *CM'* Chetif, *I* He
las; *K* fist; *GKM'n* trop; *G* me; *L* presente, *AFL* pesance; *A²*
trop ai p., *H* plains de p., *CM'* t. (*C* tant) ai grant honte, *E* con
uif a h.; *J* Car trop li feit et mal et h.; *I* com sui dolens.

18720   « A qu'en tendreie jo mais cante
        « Que biens me vienge ? Ne puet estre.
        « Jo me deüsse o ma main destre
        « Ferir par mi les dous costez.   *18705*
        « Ha ! las, jo cuit qu'il iert assez
18725   « Desci a brief terme quil face.
        « Vivrai jo donc ? Ja Deu ne place
        « Que jo après mes freres vive !
        « Ha ! Ecuba, mere chaitive,   *18710*
        « Com grant haschiee vos atent !
18730   « Tant avreiz vostre cuer dolent,
        « Quant vos verreiz vostre fil mort !
        « Beaus douz frere, quel desconfort !
        « Bien somes mort e confondu,   *18715*
        « Quant ensi vos avons perdu.
18735   « Mout par coveit, mout par desir
        « Vostre voleir a acomplir :
        « Vengerai vos, n'i faudrai mie,
        « O jo perdrai anceis la vie.   *18720*
        « Enjoint m'avez grant penitance,
18740   « Mais de fi sache senz dotance

18720 (*J*); *R* A chen, *A* A quoi, *L* A qui, *G* A coi, *n* Por quoi, *K* Por quen; *A²* auroie; *ARk* ia m., *J* feit il; *AJ* chante, *M* quante, *Le* conte; *A²CF* fiance, *R* kitance, *G* mantante; *H* Por qaroie mais atendance, *I* Mais que di iou las cest niens — 21 *AKR* nous; *H* uigne, *M'R* uiegne, *N* ueigne, *ACEJM* uiengne; *F* ma ueigne; *A²* Dunt me uenroit biens ne p. e. — 22 *EJMn* a — 23 (*HJR*); *Fe* mes d. — 24 *HM* ert, *L* est — 25 *Rn* De ci, *ek* De si; *K* qua; *H* Dusca b. t.; *A* Qui iusqua brief t.; *J* Jusqua b. ior que ce me f.; *M'R* qui, *K* cil, *AM* le — 26 (*J*); *M'* dont, *N* dons, *K* et (*m. à M*); *R* Viuroie ie ia; *A* deux, *M'* diex, *R* dex, *M* dieu — 27 *K* enpres; *A* mon frere — 28 *E* ecc.; *R* laisse — 29 *J* Si; *ENR* granz; *K* haschie, *A* hachiee, *R* aschee, *HM'n* pesance — 30 (*J*); *R* Molt; *A* Trop par a. le c. d. — 31 *AM'k* filz — 32 (*H*); *J* doz; *Jk* freres; *M'* grant d. — 34 *J* einsint; *E* Q. uos a. cinsi — 35 *N* uostre plessir — 37 *EN* faudroiz, *H* falres — 38 *JM'* gi, *EH* gen, *R* en; *A* aincois, *E* eincois, *Hn* por uos, *R* o uos — 39 (*R*); *ACM* grief, *K* ma — 40 *F* fin; *A²M'* sachiez.

« Palamedès, que jo vois querre,
« De l'un de nos sera la guerre
« Achevee jusqu'a petit. »   *18725*
Ensi com reconte l'Escrit,
18745   Un arc tendu de cor faitiz —
Fegor, li reis de Leütiz,
L'aveit le rei Priant tramis,
E il l'aveit doné Paris;   *18730*
Forz ert li ars e bien traianz :
18750   N'en preïst mie mil besanz —
Une saiete a encochiee
Reide e trenchant e aguisiee.
Donc prie as deus que il ne faille,   *18735*
Grant eirre en vient a la bataille,
18755   Que mout ert grant e perillose
E d'ambedous parz damajose.
Granz huz i a e granz menees

18741 *K* gel u., *R* g. uos; *A²* Que io u. p. q. — 42 *(AR)*; *F* De
lui de uos; *A²EJN* De lui et de nos *(A²N* uos, *J* moi) iert, *M¹*
De nos ou de lui iert — 43 *n* Achiuee, *A²* Achieuee, *R* Achauee,
M Acheue; *E* tresqua — 44 *R* Einsi me r.; *F* reconta li escrit;
A raconte; *k* Et si trouons nos *(M* enz) en lescrit, *E* Einsi come
ie trius escrit, *HJ* E. com trouons *(J* lon trouc) en l. — 45 *K*
Quil ot un a., *M* Con arc t.; *H* Un a. de cor turqois f.; *CR*
fraitiz — 46 *(J)*; *A²* Fagos, *R* Seignor; *M* de leuciz, *R* eleutiç,
A de leucrois, *A²* qui tint luitis, *n* de lun metiz — 47 *(A²)*; *EJn*
au roi; *R* priançç, *N* prian; *K* Lot par amor p. t. — 48 *E* Et cil —
49 *AM¹* iert, *K* est, *J* fut; *R* iere larcs — 51 *H* entoschie, *R* en
toschee, *J* encoichie — 52 *AMM¹* R. t.; *FR* trenchanz, *K*
trenchante — 53 *(H)*; *AFH* Dont, *JRe* Lors, *A²* Et; *M* diex, *A*
deux; *M¹* p. a dieu, *A²F* pria d., *N* prie d., *R* preia as dex; *A²* que
or, *Rk* que pas — 54 *A²* Ml't tost; *En* oirre, *R* ere; *A²E* en
uient, *n* uient, *R* uait, *M¹* en entre, *JK* en uait; *A* Touz iriez ua,
B Sen uint tot droit; *AJNR* uers — 55 *AM* iert, *M¹* est, *R* fu;
J grant ere; *EFR* granz — 56 *(H)*; *n* Et sor tote rien; *A²* dam-
besdous, *K* -deus; *M¹* damaieuse, *R* domagose — 57-8 *m. à*
HM¹n; 57-62 *m. à B* — 57 *(C)*; *Ek* huiz, *J* bruiz, *R* anç, *A*
cris; *E* meslees, *k* criees.

       E sor heaumes granz cous d'espees: *18740*
       Sovent chacent, sovent s'en vont ;
18760 Sovent tornent, sovent s'estont ;
       Li un les autres envaïssent ;
       A miliers muerent e fenissent.

         Palamedès est premerains,   *18745*
       Qui mout damage Troïains :
18765 Ceus de Grece chadele e meine.
       Son poëir met tot e sa peine
       A desconfire Troïens.
       A haute voiz escrie as suens :   *18750*
       « Franc chevalier, alons lor sore :
18770 « Li chans iert nostre en petit d'ore ;
       « Se vos volez esvertuër,
       « Ja lor verreiz les dos torner ;
       « Ja en sera la perte lor,   *18755*
       «, Se un poi maintenez l'estor.
18775 « Faisons les hurter as destreiz,
       « Sin i remaindra mil de freiz. »
       Un graile a fait lez lui soner,
       Puis lor laissent chevaus aler ;   *18760*
       Fierent de lances e d'espees.

18758 *M* Et desus heaumes (*v. f.*); *ACk* g. sons — 61 *C* esuais-
sent — 62 *R* meilliers, *les autres* milbiers; *F* morent — 63 *A*² ert,
M uait — 64 *M* Et; *n* les t.; *A*² Grans cols i f. a ambes mains
— 65-76 m. à *B* — 65 *A*² chaele, *H* caele, *L* conduit — 66
(*AHJR*); *C* Son pooir faissoit, *M* Tout son p. met, *A*²en Santante
i m. tote (*A*² ml't) — 67 (*J*); *K* En; *E* ces, *F* cez, *CHNRk* cels,
A ceus; *E* de troye, *ACHRkn* dedenz — 68 *F* Ad haute u., *R*
H. u.; *J* rescrie; *ACHRkn* crie a ses gènz; *E* En haut lor crie
que lan loie — 69 *R* alen, *H* coron, *A* courez — 70 *K* ert, *A*
est; *E* nostres, *JM'* uostres; *AJ* em poi, e an po, *R* en molt
poi — 71 *C* Sor — 72 *M'* l. ferons; *A* estal muer — 73 (*AMM'n*
maint.), *K* maintiennent; *E* Ja lor ferons prandre tel tor — 75
E Qua mil de lor mellors uasax — 76 (*R*); *K* Ia i, *AMn* Sen i ;
HJM' Si en remaindront (*H* remanra); *F* des f., *J* toz f. ; *E*
Ferons guerpir toz lor estax — 77 *ABRn* graille, *HM'* grelle
— 78 *F* Lor, *N* Lors — 79 *R* des l.

18780   Adonc i rot de granz meslees.
       Bien se sont Troïen tenu :
       Ne lor ont pas le champ tolu,
       Mais mout i perdent, c'est la fin.   *18765*
         Reis Sarpedon ert un meschin
18785   Mout beaus, mout genz, mout afaitiez,
       E mout esteit d'armes preisiez.
       Cil aveit la cité guarnie :
       Mout aveit riche compaignie.   *18770*
       Dis anz aveit armes portees
18790   E de teus uevres achevees
       Dont il esteit mout coneüz,
       Quar en mainz lieus s'ert combatuz ;
       Maint esforz aveit fait de sei.   *18775*
       Cil vit le doloros tornei
18795   E le damage de si près
       Que lor fait reis Palamedès :
       O ses paroles, o ses diz,
       A ceus de Grece resbaudiz ;   *18780*
       Veit qu'il a mort Deïphebus :
18800   Iriez fu tant qu'il ne pot plus.
       Le brant d'acier del fuerre trait·
       Le cheval broche, si li vait.

18780 *FHM*¹ i ot; *R* molt grant; *AN* mellees, *M*¹ melees; *J* Entre els departent grant colees, *B* Sor les fors targes bien boclees — 81 *e si* — 82 *R* camp — 83 *R* Mas molt i perdissent (*v. f.*) — 84 *AMM*¹ iert, *R* fu — 85 *H* m. fors — 86 *EHN* prisiez — 87 *A* ll; — 88 *M* i a. (*v. f.*), *K* par ot; *HM* rice compaignie — 89 *E* .ij. — 90 *M*¹ hueures, *A* oeuures, *EF* oeures, *R* oures, *M* ouurez, *K* choses; *n* achiuees — 91 *M* Donc il, *K* Par quil; *M'n* bien c. — 92 *k* Par (*M* Et en) m. l. sestoit c., *A* En maint leu sest. c.; *H* Car en m. lieu; *F* ert — 93 *EN* Mainz, *A* Mains; *FJ* esfort; *H* Et m. e. ot f. — 94 *J* Cist — 95 *A*² ml't p. — 96 (*ACR*); *F* Qi; *A*² a f., *Ken* faisoit — 97-8 m. à *HM'n* — 97 (*C*); *A*² Quod; *R* et s. d., *J* a s. d. — 98 *A*² de troie — 18800 *En* en fu, *A*²*M*¹ fu ml't, *C* en est, *K* est t.; *k* que; *A*²*EF* puet — 2 *A*² et il, *NR* se; *H* lor u., *M* le u.

Sor le heaume le fiert maneis,   *18785*
Ne sai, dous cous mout granz o treis :
18805   Les mailles li sont embarrees
E soz le heaume el chief entrees ;
El sanc burent, teus quinze i ot.
Mais, al plus tost qu'il onques pot,   *18790*
L'en rendi mortel guerredon :
18810   La cuisse o tot le vif braon
Li a trenchiee. Cil chancele ;
Li cors chaï jus de la sele.
En poi d'ore ot le sanc voidié ;   *18795*
Morz est : ço est duel e pechié.
18815   Mout ert de lui grant renomee,
Mais itel ert sa destinee :
Ne la poëit pas eschiver
Ne le mortel jor trespasser.   *18800*
   Quant reis Sarpedon fu feniz,
18820   Assez i ot noises e criz.
   Cil de Grece ont joie e baudor,

18803 *AB* Sus (*B* Sor) lelme le f. ; *ABM* demanois ; *N* menois,
R monois ; *E* le uait ferir — 4 *A* d. m. g. cox ; *F* m. gros ; *BCHJM'k*
D. m. g. c. (*C* D. c. m. g.) ne sai, *A²* Ne sai le quel d. cols ; *E*
Des or ne li puet pas ganchir — 5-6 *m.* à *B* — 6 (*JR*) ; *H* Et sor ;
A² son elme ; *A* Et sous lelme ou c., *C* Et soz leaume ou c. —
7 *ky* En s. ; *EH* boiuent ; *H* t. .xx., *n* tex (*F* tel) .c., *M'* de tiex ;
B Cols li dona dont ml't se dot — 8 *B* M. il al p. t. ke il pot —
9 *B* itel g. — 10 *K* coisse ; *A²JMNe* a tot — 11 (*HMR* t. cil),
ABCJKen et cil ; *B* cancele — 12 *F* Et cil ; *A²EJn* chei ; *BCRk*
Toz espasmiz (*B* Pasmes cai, *C* Tost apasmiz) chiet de (*R* uoide),
A Em poi deure uidie — 13-8 *réd. à 2 v. dans B* : Tant ot del
sanc de lui perdu Qui mors est e las mors i fu — 13 *JK* a, *AHM'*
est ; *II* de s. ; *N* uidie, *M'* uidie, *H* widies, *A* vuidies, *L* uoidoit ;
A² est iluec fenis — 14 (*C*) ; *L* p. a droit, *HR* dels et pidies (*R*
pidie) ; *M'* ce est par son p., *E* ce fu par grant p. ; *A²* Lors fu li
deols grans et li cris — 15 *AM'R* iert ; *ENR* granz ; *L* M. estoit
de g. r., *A²* M. fu por lui grans la criee — 16 *A²Jkn* itex, *L* itielz,
R itelx, *M'* itiex ; *R* fu, *AC* est ; *E* tex estoit ; *A²* la, *H* li — 17 *k*
Nel ; *E* p. mie, *M* p. ia — 18 *ACRk* Ne (*C* De) son — 19 *AM* roy ;
L sap. ; *C* Q. s. i fu ; *R* finieç, *BH* ocis — 20 *R* crieç.

E Troïen ire e dolor :
Al cors traire fors des chevaus   *18805*
Perdent les chiés mainz bons vassaus.
18825   Mout s'en peinent, mais ne puet estre.
Palamedès, qui d'eus est maistre,
Les damage de son poëir.
Par force e par vif estoveir   *18810*
Les remuërent de la place :
18830   Bien cuit qu'assez durast la chace
Desci qu'as doves des fossez,
Mais Paris vint toz entesez.
Bien a choisi Palamedès,   *18815*
Contre li vait de plain eslais ;
18835   Lui avisa, d'aïr a trait.
Ici a bien estrange plait :
Ne li a fait nul autre mal,
Mais l'os e la veine orguenal   *18820*
Li a trenchié par la ventaille,
18840   Que morz chaï en la bataille.
Mout par a fait beau trait Paris,
Damagiez a ses enemis :

18822 *B* Et cil de troie; *F* duel et tristor — 23 *FK* As; *e* hors;
B h. de la presse t. — 24 *k* chiefs; *K* buens; *En* de mainz (*F*
maint) u., *A* de bon u., *R* des buens u.; *M'* Perdirent ml't de lor
u., *C* Perdi le chief mains b. u., *H* Trancent les c. a m. u., *B*
Se penerent ml't del bien faire — 25 *N* poinent, *F* poignent, *A*
painnent; *R* mas; *EJK* pot; *B* Traisissent len sil peüst e. — 26
(*J*); *M* est deulz, *E* est lor; *B* Mais cil qui ert sires et m. — 27 *B*
Des grigois en fait; *K* tot s. p. — 29 *B* L. ont remues; *A* chace
— 3o (*G*); *nKL* Je c.; *K* quit; *R* ke prou; *B* A. c. que — 31 *n*
Deci, *ek* Desi; *A* as, *M'* qua; *B* Jusques as — 32 (*J*); *R* estenseç,
E abriuez, *N* escorsez, *F* escoisez — 33 *R* B. chosi — 34 *M* lui;
R uai, *A* ua, *M'* uint, *EJn* point — 35 *N* Bien lauisa, *CEJ* A un
(*EJ* lui) uisa, *M'* Auise la, *B* A lui uise, *R* Il lauise; *A* i t., *R* li
t., *B* et t. — 36 (*AJR*); *M'N* ot; *B* Ml't par a ci doleros p. — 38
(*A²L*); *G* lox; *J* de la; *n* Mes que la uoine; *BI* M. les la; *E*
ueinne, *A* vainne; *C* orgenal, *A²R* -anal, *B* original — 3g *B* Li
trenca parmi — 4o *R* chiait, *L* trebuche; *n* mort labat — 41
EMR bel, *AKM'n* biau — 42 *F* Domagie, *K* Dam.

Onques si grant duel ne reçurent. *18825*
Cil qui a la bataille furent
18845 Virent la fiere destinee :
La sort teus braiz e tel criee,
Teus plainz, teus plors e tel dolor !
Quant Greu virent mort lor seignor *18830*
E le maistre prince de toz,
18850 Si s'en esmaia li plus proz
Que toz les cuers en fin perdirent,
O ço que cil bien le refirent.
Resbaudi furent Troïen : *18835*
N'i a cel d'eus nel face bien.
18855 Sevent qu'est morz Palamedès :
Lors brochierent de plain eslais,
Les branz nuz traiz, feus e iriez.
La en ot mout des detrenchiez, *18840*
Des navrez e des abatuz ;
18860 Maintenant fu li chans vencuz.
Desconfit furent Greu le jor,

18843 *R* Anc mais ; *E* g. mais ne r. ; *Ak* O. mais (*k* Onc m. oi)
si g. ne r. (*M* uirent) — 44 *M* C. q. la b. firent — 46 *K* sorst ; *M'*
tex brait, *M* tiel b. ; *EMn* tex c. — 47 *F* T. criz, *AM'* Tel plaint,
J T. plein; *k* tels criz, *F* tex plainz, *E* t. plor, *AM'* tel pleur ;
P telz plor et telz dolor — 48 *AMM'* grieu, *K* griu — 49 *A²* Qui
ert m. ; *I* Le m. et le p. ; *R* El mastre p. dels toç — 50 *A²J* Ml't;
P esmaie, *n* esmarri ; *IK* Si sesmaia (*K* -e) toz, *GLMR* Si ses-
maierent; *L* les p. proz, *R* del pl. p., *M* li pluisourz; — 51-2 *m.*
à A² — 51 *HL* lor; *kH* cors; *kL* issi, *C* isi, *G* ainsi; *L* Q. tout
i. lor c.; *EHJn* perdoient ; *Bl* Q. trestot lor sens en p. — 52 (*CR*
O ce), *ABCJkxy* A ce; *HJRkx* il ; *ABGILRk* les·(*A* le) ferirent,
N lo fessoient, *EF* le feisoient, *J* le feroient, *H* le sauoient, *C* les
sortirent — 53 *I* Resbahi — 54 *A* cil deuls, *A²IKe* celui — 55-76
m. à B — 55 *R* Sieuent; *AK* mort — 56 (*J*) ; *kR* Donc, *A* Dont;
I L. laissent corre a; *kE* plein; *M'* tuit a esles — 57 *M* feulz, *K*
fels, *A* fox; *en* formant i.; *R* irrieç, *F* irie — 58 *F* Ra ; *M* de des-
tranchiez, *AKRen* de detr. (*F* -ie) — 59 (*J*) ; *E* Et des n. des a.,
AK Et de n. et dabatuz — 60 *F* fust; *R* li camp, *M* le champ ;
F rompuz — 61 *K* -iz; *MM'* grieu, *K* griu.

Trop par i perdirent des lor :
N'i ot conrei qui se tenist   *18845*
E qui le jor mout n'i perdist.
18865   Assez i torna Menelaus
E Telamon e Aïaus,
Thoas li reis e Ulixès,
E si refist Diomedès   *18850*
E li bons dus Atheniiens :
18870   Cil damagent mout Troiiens.
Ne s'en vont pas come esbaï,
Quar o les branz d'acier forbi
Font rescosses assez sovent.   *18855*
Mout se defendent vassaument,
18875   Mais poi ont qui a eus s'apongent,
As Troïens les dos ne dongent.
Solonc l'Autor en dirai veir :
Par force e par vif estoveir,   *18860*
Les mistrent senz recovrement
18880   Par mi les tentes laidement.
La se defendent por la mort,

18862 *K* Molt; *FM* T. i (*v. f.*) — 63 *EM* si t. — 64 *K* ne — 65
(*I*); *R* i tornast, e tornoia, *A* regarda; *A²* Ml't se tres torna ; *M*
menalax — 66 *AIRen* thel.; *R* Et t. a., *K* Thelamonius aiax, *IM*
Et telamonius a. — 67 *M* toas; *A* li preus — 68 *M* Assi; *AMM'n*
dyom. — 69 (*IJ*); *Rk* buens, *M'* buen — 70 *ER* Cist; *n* domage,
A donmaia; *M'* domagierent t. — 71 (*I*); *FM* esbaiz, *K* esbahiz,
A -is — 72 *M* Mes o; *F* a lor b.; *K* O les buens b. ; *Fk* forbiz, *A*
brunis ; *I* Chascuns tient nu le branc f. — 73 *I* Et rescorrent les
lor; *K* as lor, *M* a ceulz, *A* et tel ; *M'* Se rescooient ml't s., *R F.*
granç rescosses molt s. — 74 *I* voirement — 75-6 *m. à I* — 75 *A*
sapongnent, *A²* -onent, *Jekn* -oignent, *G* se poignent; *L* Mais
rien ne ualt que ml't sesloignent, *H* Poi ont aie de lor gens — 76
(*AFJRek* As), *L* Aus, *G* Qas; *A²* lor ; *FG* dox, *L* dost, *M* doz, *K*
dous ; *L* tost d.; *A²LM'* donent, *EJk* doignent, *G* tainnent, *F* poi-
gnent, *R* loignent ; *A* d. desioignent; *N* Et cil de troye les en poi-
gnent, *H* Lor dos tornent as troiens — 77 (*kH* Solonc), *R* Segunt,
en Sel., *B* Empres, *I* Apries, *J* De par — 78 *F* et por e; *M'* fin e.;
BI estauoir, *A* estouuoir — 79 *B* Misent grieus — 81-98 *m. à B.*

Mais mout i ot grant desconfort,
Quar mout perdent de grant maniere ;   *18865*
Bataille suefrent grant e fiere.
18885 Dis mile e plus des citeains,
Que fiz, que freres, que germains,
I descendent de lor chevaus,
E Greu lor ont livré estaus.   *18870*
Li tref e li bon paveillon
18890 Lor sont paliz, mur e donjon :
Fort se defendent al veir dire.
Ha ! las, quel duel e quel martire !
Qui onc vit mais si faite ocise ?   *18875*
La farine que l'om tamise
18895 Ne chiet pas si espés d'assez
Com darz e quarreaus empenez.
Poi i valent hauberc dobliér
Contre les javeloz d'acier :   *18880*
Muerent, fenissent a monceaus.
18900 Cinc cenz paveillons buens e beaus,
Toz pleins de robe e de vaissele
D'or e d'argent cherisme e bele,
I ont guaaignié cil dedenz.   *18885*

18882 *k* i a, *E* i ont ; *R* Mes trop ont — 83 *F* a g. — 84 *A* sueffr.,
N sofr., *R* soffr., *k* souffr., *F* soufr., *M'* trouent ; *n* dure — 85
AJM'R de ; *JM'* citoiens, *A* -ains, *K* citaains, *M* -eeins, *n* troyens
— 86 *n* que peres, *K* et freres ; *N* Que fil que pere — 89 *KR*
buen — 90 (*J*) ; *R* palliç ; *K* tor, *M'* tref ; *A* bourdon ; *M* Perdi-
rent en tour et en uiron — 93 *F* Qi ueist m. ; *R* anc ui, *A* uit
ainz, *E* a. u. ; *J* onques uit si ; *EJK* si grant ; *M* ochise, *AR* occ.
— 94 *F* ne l. ; *En* lan, *AKM'* lon, *MR* len — 95 *F* espesse a. —
96 *F* dart et qarrel ; *n* anpanez — 79 *R* iaulent, *F* i ualoit, *M'*
ualoient, *E* ualent li ; *M'* haubers ; *F* hauberz dobliez — 98 *F*
iaualoz dacer — 99 *k* Morent ; *k* tropiax ; *B* Morir les i font a m.
— 18900 *M* pauelons ; *R* granç ; *B* .*C.* pauillons rices et b. — 1-3
réd. à 1 *v. dans B :* Et tot lauoir qui estoit ens — 1 *n* ploins ; *K*
dargent ; *N* ueiss., *F* ueis., *M'* ues. — 2 *K* Molt preciose ; *R* char.,
kn et riche, *Ae* ml't r. — 3 *E* gaheigniez, *F* gahaignie, *M'*
gaaine, *A* -aingnie.

Tant dis com dura li contenz,
18905 Paris li beaus e Troïlus,
O chevaliers vint mile e plus,
Chevauchierent dreit à la mer,
Si ont les nes fait alumer.   *18890*
Al chaut furent les nes sechiees,
18910 Que al port erent essaiviees :
O ço qu'auques est forz li venz,
En i arstrent plus de set cenz.
Mar fust venuz icist jornaus,   *18895*
Ne fust Telamon Aïaus ;
18915 Tote fut arse la navie,
Mais o trop riche compaignie
L'ala rescorre, c'est vertez.
Les suens a bien amonestez ;   *18900*
« Vez », fait lor il, « ci n'a prison
18920 « Ne ostage ne raençon :

18904 *m. à* B; *AER* Tandis; *K* Tant come d.— 6 *F* Ou, *JKM'*
Et; *J* cheualier; *F* .v. mille, *K* trei .m.; *R* A u. mil keualers —
7 *F* Cheuaucerent — 8 *n* neis, *e* nez; *AF* f. l. n. — 9-12 *m. à* B —
9-10 *C* Celes ardent qi sont a terre Ainc ne uit [nus ?] si mortel
guerre — 9 (*GI*); *F* An chant, *A* A champ, *L* Es chans, *HK* Al
port, *A²* Ases; *K* erent, *M* ierent; *EL* sachiees, *H* sacies, *A²* sa-
chies, *J* seichies, *FM'* sechies — 10 *H* Ases les orent; *K* al
chalt; *M* ierent, *x* furent; *A* essiauees, *K* esseuiees, *R* esachiees,
M assegieez, *L* assechiees, *G* asegiees, *M'* achacies, *EN* ata-
chiees, *I* -chies, *H* atacies, *J* ataichies, *F* arachies (*cf. 1878.
3280. 7158 et 7343*) — 11-2 *interv. dans* C — 11 *ACJen* A ce;
M' quaques, *An* quanques, *M* auques; *MM'R* iert; *E* que granz
estoit, *C* que lor aida, *J* que estoit forz; *K* halz, *F* durs, *M*
droiz, *R* droit; *CM* li uent — 12 *C* Bien en a., *F* En ardirent, *N*
En ardierent; *A* En i ot darses bien; *CM* set cent, *FK* .v. c. —
13 *A* Mal, *R* Mau; *F* fu; *e* ueuz; *AMN* icil; *B* Cis iors fust a
grigois ml't max — 14 *AKRen* thel. — 16 *AMN* a t., *FM'* t. a;
B M. cil et sa grans c. — 17 *K* rescore, *M* escorre, *n* secorre,
R secc; *B* calangier et desfendre — 18 (*J*); *F* Si les, *M'* Les lor;
B Si con li auctors fait entendre — 19-20 *m. à* B — 19 (*J*); *A*
Va fet il lors, *kn* Veez f. il; *M'n* ni a p.; *R* Vaeç f. lor il en la p.
— 20 *A* hostage; *AF* reancon.

  « Nus ne s'i rent, nus n'i est pris,
  « Sempres maneis ne seit ocis.
  « Cist nos sont mortel enemi,   *18905*
  « Quar nos l'avons bien deservi.
18925 « Quant tel en est la destinee,
  « Seit lor nostre ire demostree
  « E qu'il a en nos de valor.
  « Morir deit chascuns a son jor :   *18910*
  « Par la nos en covient passer.
18930 « Or n'i a plus rien del torner,
  « Mais del faire proosement.
  « Sacheiz, se cil sont mi parent,
  « Ja ne s'en savront aperceivre   *18915*
  « Que n'en face des ames seivre
18935 « Toz ceus que porrai damagier.
  « Vez le bosoing e le mestier !
  « Poignons e sis alons ferir,
  « Quar n'i a rien del plus sofrir.   *18920*
  « Chascuns defende son escu
18940 « E la teste desor le bu. »
  Adonc laissent chevaus aler ·

18421-2 *B* Ml't en ot naures et ocis Dambes .ij. pars en ot le
pris — 22 *F* ne fust; *N* Qui maintenaut ne — 32-82 *m. à B* — 24
R Car lauoms ml't b. d. — 25 *n* Mais t.; *Ekn* tex, *M'* tiex, *A*
telz — 26 (*R*); *n* S. la; *F* uostre; *R* la uostre ire monstree — 27
F que a, *E* ce qua, *AK* que est; *FR* uos — 28 *J* C. m. d.; *R* a
senor — 29 *AM* conu.; *K* aler — 30 *R* ai, *N* oit, *k* ait; *n* plus r.,
AHJ donc r., *M'* r. dont; *K* riens, *A²EIR* rien; *KR* del retorner,
E del destorner, *A²* del trestorner, *I* de seiorner; *AJM* du tor-
ner, *HM'n* del doter — 31 *FM* de; *J* ferir; *A* proieusement, *n*
priueement, *IM'* hardiement — 32 *E* se il; *JM'* sil (*J* ce) fu-
rent, *n* si firent; *R* si cist unt un parent; *H* Oı uenge cascuns
son p. — 33 *R* aperceure, *AEF* aparcoiure; *H* la si ne sen sa-
ront percoiure — 34 *FM* nes; *F* faicons, *H* fachon; *AM* armes;
R seure, *A* coiure — 36 *F* Vcez, *R* Ve^{ez} — 37 *AEMN* ses, *FM'*
les; *HJR* si les — 38 *HM'N* Ni a noient; *F* Or ni a plus; *AJKM'*
de p. s. ; *n* del consantir — 41 (*H*); *M'* Lores l., *E* Lors lessie-
rent, *M* Adonc l.; *A* cheual.

Soz eus font la terre croller.
La sonent graile e meienel.   *18925*
Qui a enseigne o panoncel,
18945   Baniere o confanon de seie,
Sil lait aler e sil despleie :
Qui cest conrei veit chevauchier
Si puet bien dire e afichier   *18930*
Qu'orgueil i a grant senz mentir.
18950   Troïens sont alé ferir
Si durement que des plançons
Volent asteles e tronçons
E que penons d'orfreis brosdez   *18935*
Lor remainent par les costez.
18955   Ci en verserent teus set cenz,
Qui toz les cors orent sanglenz,
Que puis n'ont mestier d'esporon ;
Ici ot chaple e contençon   *18940*
E estor fel e pesme e dur.
18960   Les feus veient de sor le mur

18942 (*HR*); *An* Sor; *e* La t. f. sor eus (*E* soz ax); *F* croiller,
M'N croler, *A'* crouler, *E* crosler, *R* croisser, *k* trenbler — 43
AM' grelle, *E* graile, *N* graille; *A* moiennel, *M* meenel, *Je*
maienel, *R* maanel, *H* menuel; *A²* cor et moloinnel — 44 *F* an-
soigne; *HM'n* et; *K* Qui ot lance ne p. — 45 *H* et c.; *KM'* gonf.
— 46 *AFMe* Sel, *JN* Si; *J* leit, *K* lesse, *A* laist; *H* et le — 47 *AN*
ce; *Jy* ces conrois, *F* c. conroiz — 48 *F* Sil; *N* Bien p. d. — 50
M' alez — 51 (*HIJ*); *M'* troncons — 52 (*H*); *JMn* esteles, *A* atel-
les, *R* esclices; *F* tronchons; *I* Font uoler clices et t. — 53-4 *m.*
à I — 53 *HK* penon, *N* panon, *AFJMe* -ons; *A* broudez, *Ke*
bendez — 54 *E* rem., *LM'* remeignent, *K* -aignent, *F* remetent,
A demeurent — 55 (*HJ*); *AR* Si; *R* Si sen uerssent teux set cent;
I Chient denuers tels — 56 (*J*); *F* Qe; *H* lor; *AK* t. o. les c., *M*
les costez o. — 57 *JNRe* Qui; *K* not m. esperon; *M'n* de prison,
H de puison, *les autres* desperon — 58 *E* Iluec; *G* out; *R* Ci ot
calpe, *H* La ot et caple — 59 (*GH*); *F* Et lestor, *R* Estor; *K* fet;
I Chi eut e.; *A* Et e. p. fel, *E* Et p. e. felon, *JM'* E. felon et p.;
L durs — 60 (*GJ*); *R* Les fues, *A'EI* Le feu, *M'* Lasaut, *nH* Les
(*F* Le) rans; *R* uoit; *M'* de sus; *L* les murs; *A²* aj. 2 *v.* : Des
espees estinceler Et mainte teste el champ uoler.

E la bataille perillose,
Que le jor fut mout angoissose :
A cri s'en issent de la vile,   *18945*
Senz nul conrei, plus de vint mile.
18965   A la bataille vienent freis,
Mais mout se defendent Grezeis.
Sor toz Telamon Aïaus
Proz fu le jor e teus vassaus   *18950*
Que, s'il ne fust, ço dit l'Escrit
18970   E Daires, qu'a ses ieuz le vit,
Mort fussent tuit e les nes arses,
Que el gravier erent esparses :
Ja n'en i remansissent treis,   *18955*
E si savons bien que c'est veirs ;
18975   Le jor fust la guerre fenie,
Ne fust cil e sa compaignie.   *18958*
Merveille i firent si dui braz :   *19167*
Le pris en ot d'ambedous parz,

18961 *R* perilose — 62 *J* hainose — 63 *(IJR)*; *F* A un cri, *A H N e*
Au cri, *k* As criz — 64 *K* .x. m. ; *I* Tout ki miex miex, *H* Mon
essient — 65 *I* Et u. en lestor tout f. — 66 *(HIJ)*; *A I R* M. bien;
M M. m. se deff. bien (*sic*); *M'* se redoutent — 67 *C H n* Et sor
t., *I* Lors fu; *C K R e n* th.; *E F* ayax, *A* ayaus — 68 *(HJ)*; *A* Preuz
cheualiers; *C* et boens; *R* Lo i. fu si p. et u., *I* De sous (*sic*) tous
et prous et u. — 69 *M* Que cil, *R* Se cil; *A A' H* dist; *Je* truis
escrit; *I* tesmoing; *G* lescris — 70 *I* dares, *H* daire; *MR* qui a s.
(*v. f.*), *JKen* qui as, *C* ca s. — 71 *n* neis, *A* nez — 72 *(A'CJR)*;
AC ou, *M* au; *nI* furent, *G* estunt (?); *K* e. el g.; *L* Et les es par
la mer e. — 73-4 m. à *HM'n* — 73 *I* Ke; *R* Jam ne r.; *M* nen r.;
K remas., *EJ* remass., *AMM'* remains.; *A'* Nen r. mie t. — 74
(C); *G* s. que ce c. u.; *A'* Et sachies. b. que ce est u., *k* Co
sauons b. que ce (*K* il) e. u., *I* Et s. b. que des grigois, *EJ* Ne
fussent arses demanois — 75 *(CHR)*; *I* F. le i.; *J* La g. f. le ior
f. — 76 *CHJRk* il; *A'I* Sil ne f. et — 18977-19087 *sont placés
dans K après 19294 (2 v. comptés en trop dans l'édition pour la
rime, par suite de la transposition, reconnue trop tard)* — 77 *(J)*;
EK Meruoilles f.; *M'* furent; *An* li d. b.; *R* M. i fist de ses b.,
C Merueillousement fiert do b., *I* Ml't en a naures et ocis — 78
(ACJR); *E* de totes p.; *I* D. p. en ot le p.

E sil dut il tres bien aveir.

18980 Li meillor trei, ço sai de veir,   *19170*
    N'i firent tant come il toz sous :
    O le brant d'acier perillos
    Venqui le jor teus vint estors,
    Dont Greu erent les sordeiors.

18985 Mais ço que chaut? Trop sont gregié   *19175*
    E mort e navré e blecié.
       Cil qui nel porent endurer
    Le vont a Achillès mostrer.
    Il ert dedenz son paveillon :

18990 N'aveit home ne compaignon   *19180*
    Qui s'i osast armer le jor ;
    Por ço en ont mout grant dolor,
    N'osent enfraindre la manace.
    Li fiz Heber, al rei de Trace,

18995 Chevaliers beaus e coneüz,   *19185*
    Est, sei disime, a lui venuz.
    Ne sembloënt pas chevalier
    Qui venissent de doneier,
    Quar des heaumes bruniz d'acier

18979 (*C* Et sil), *AIJRkny* Et si ; *C* molt b. — 80 *J* Li miel-
dre ; *R* trois ; *H* Li doi m. — 81 (*AJ*) ; *FKR* Ne ; *M* furent —
83-4 *m. à HM'n* — 83 (*AJR*) ; *BI* Le i. u. ; *B* tel ; *C* tez cent
estor, *M* tiex u. estour ; *K* tex u. estors lo ior — 84 *AR* furent ;
G lo soudoiors, *A* les sodoiours, *BI* D. lan les tenoit a piours, *L*
D. li grieu e. les pours, *M* Donc li g. estoient li peiour, *C* Dont
g. auoient le peior, *J* D. il not gueres de secors, *K* D. greu orent
le sordeior, *E* D. fist troyens correcos — 85 *BMy* ke uaut ; *B*
greue, *Je* blecie — 86 *Je* gregie ; *C* plage ; *B* M. et mehaignie et
b. — 87 *CM* ne ; *MR* purent ; *F* achueir — 88 *C* conter — 18989-
19070 *m. à B* — 89 *AMM'* iert d., *J* ere danz — 90 *M* ami —
91 *F* Qe — 92 *J* Por cen auoient g. d. — 93 *N* anfroindre, *F* an-
foindre — 94 *A* eber, *F* ober ; *FKM'* lo (le) r. — 95 *AM*
Cheualier ; *A* bon ; *E* Uns cheualiers uialz et chenuz — 96 (*H*) ;
M disieme, *F* des., *N* diss., *A* disiesme, *EK* dismes, *M'* dissi-
me, *J* diseime, *R* disains — 98 *K* dogneier, *MM'* dorgnoier,
AE dosn., *F* donier — 99 *M'* burniz (*forme constante*).

19000	Furent fait pieces e quartier :	*19190*
	N'orent ne lance ne escu,	
	Lor bon hauberc sont derompu;	
	Par mi le cors ont gros tronçons;	
	Pert lor le feie e les poumons;	
19005	Detrenchié sont par mi les vis.	*19195*
	Si sont empirié e maumis,	
	N'i a mie d'eus dous ne treis	
	Qui ja veient la fin del meis.	
	Un confanon o tot le fer	
19010	Ot enz el cors li fiz Heber;	*19200*
	Le braz ot trenchié en travers.	
	Ensanglentez, pales e pers,	
	Si come il pot parler a peine, —	
	Quar ja sent la mort e aleine, —	
19015	A Achillès mis a reison :	*19205*
	« .Coilverz », fait il, « de traïson	
	« Devriëz bien estre apelez,	
	« Qu'a ocire nos esguardez.	
	« Hui somes mort, pris e vencu :	
19020	« Onc n'en preïstes vostre escu	*19210*
	« Ne n'eümes par vos socors.	
	« La honte e li granz deshonors	

19001 (*AK* lance), *les autres* lances ; *M* N. l. ne nul; *ny* escuz — 2 *K* Les bons haubers; *en* Les h. ont toz (*e orent*) derompuz — 3 (*A*); *n* les t., *AK* granz t., *R* grant t.; *F* tronchons — 4 *EJk* li feie et li pormons (*K* polm.), *A* le f. et li pormon; *M'n* Perent lor foies et pomons (*N* porm., *F* poum.) — 5 *Kn* le ; *A* nis — 6 *R* enperie — 8 *KN* uoie; *AKN* dun, *J* de — 9 *KM'R* gonf.; *Ak* a tout — 10 (*J*); *A* par le c., *R* per les c., *M'* en el cuer — 11 *A* de t. — 12 (*J*); *AJM'kn* Ensanglente; *ARkn* et pale et p. — 14 *M* Que; *Qe* lasaut; *K* laleine; *EJ* Ia li aloit faillant laleinne — 15 *ek* Ach. a — 16 *E* Cuiuerz, *A* -ers, *M* -ert, *M'R* cuuert, *K* -erz — 17 *K* prouez — 18 *n* A, *Ae* Qui — 19 *R* Or, *K* Tuit — 20 *E* Einz, *AE* Ainz, *F* Anc — 21 *R* Ne aumes, *E* Nen eusmes, *AM* Ne neusmes — 22 *AMen* la, *K* le, *R* les; *AERn* granz.

« Que hui receit nostre ligniee
« Deüst par vos estre vengiee.
19025 « Vis recreanz, a toz jorz mais   *19215*
« En sereiz tenuz por mauvais,
« Qui c'endurez por nule rien,
« Qu'ensi nos veinquent Troiien.
« Failliz nos estes al bosoing.
19030 « Ha! las, que cist tres est si loing   *19220*
« Des premerains de devers eus!
« Recreanz e coarz e feus,
« Quel vergoigne devez aveir!
« E si cuit jo, par estoveir
19035 « Le vos covendra a laissier,   *19225*
« Quar mout sont près lor chevalier.
« Bien vei nes i atendreiz mie,
« Quar proëce vos est faillie ;
« E si n'avez vos ou foïr,
19040 « Qu'as nes n'est rien del revertir :   *19230*
« Arses sont hui a feu Grezeis. »
Adonc vindrent messagiers treis
De part Telamon Aïaus :
« Sire, » font il, « nobles vassaus,

19024 *M* e. par u.; *Rk* uenchiee — 25 *FRk* Vils, *Ne* Vix, *A* Viex; *K* recraanz; *F* et ml't mauues — 26 *M'* Et serez, *E* Seriez; *F* tos iors mes ; *J* Li plus honis dautres malues — 27 *A* Por quendurez, *k* Qui e.; *FJ* par — 28 *N* uoinquent, *AMe* uainquent, *R* uaiquent — 29 *F* Failli uos ; *M* iestes ; *n* besoig — 30 *n* quant; *A* por quest si trex si ; *n* loig — 31 *K* prim., *R* premeirans; *AJn* aus, *E* ax — 32 *FM'* Recreant, *K* Recraanz; *F* choarz, *M'* coart, *CK* cruels; *AJn* faus, *E* fax — 33 *A* uergongne; *M* i d. — 34 *AK* quit; *Ak* que p. — 37-8 *m. à R* — 37 (*CH*); *A* que nes ; *J* Espoir uos nes — 38 *M* Que ; *Ne* proesce — 39 *F* naurez — 40 *A* Es, *EJ* As ; *n* neis, *R* nies; *M'* Qua nef; *AMR* est r. (*AR* riens), *K* na rien; *A'JM'en* ne poez r. — 41 *K* ont oi; *Ny* a, *F* an, *A* en, *Ck* de; *M'* greiois, *A* griiois, *H* grig. — 42 *J* Lores, *e* Apres; *L* Or reuienent, *HI* Atant es uos; *JKM'n* messagier, *ALR* mesages, *E* cheualiers — 43 *Aek* par ; *AKRen* thel.

19045   « Ço te mande nostre seignor,   *19235*
        « Que tant s'est combatuz as lor,
        « Le mieuz de sa gent a perdue :
        « Se or ne li vas faire aïue,
        « Les nes sont arses e perdues,
19050   « Qu'il a vassaument defendues.   *19240*
        « Sire, mout ont perdu Grezeis,
        « Mais ore, o ço que tu iés freis,
        « S'i veniëz, tei e tes genz,
        « Mort sereient ja cil dedenz.
19055   « Il n'ont conrei ne gent, senz faille, *19245*
        « Ne seit venue a la bataille :
        « Vien, beaus sire, sis desconfis ;
        « Si en sera toz tuens li pris. »
        Li fiz Heber, al rei de Trace,
19060   A respondu : « Ja Deu ne place   *19250*
        « Que ja mais chose puisse faire
        « Que nus hom puisse en bien retraire ! »
        Li sans li ist del cors a fais :
        « Jo ne puis vivre, » fait il, « mais :
19065   « Toz les de us pri cri merci   *19255*

19045 *GHLRK* mandent, *ACF* -a; *n* rois thelamon (*N* -or), *M¹* le nostre sire; *E* Nos uenomes de mon seignor, *J* Aiez pitie de m. s., *A²* Oies le mant de no s, *I* Par nos te mande li nos sire — 46 *CFGHJMR* Qui; *MR* sont conbatu, *K* ont c.; *L* aus lor, *M¹* par ¡re; *I* Cui a este en tel martyre — 47 (*GHJL*); *Rk* lor g. ont; *F* perdues — 48 (*GHL*); *I* Et sor; *Rk* lor; *K* uais, *n* uiax; *F* aues, *JM¹* aue, *A* aie; *E* li fez grant a. — 49 *n* neis (*f. ordinaire*); *A* s. broie *sic*) — 5o (*AGJL*); *M* Cui a, *K* Quil ont, *R* Ci as; *Hn* Qui u. sont d., *A²* Se il nes eust d., *I* Que il a hui ml't d. — 52 *R* Mas; *AM¹kn* or; *AEJkn* a ce, *M¹* eace; *G* M. sor ice; *AJRe* tu es, *n* estes — 53 *Aek* Se (*EK* Si, *M* l) uenoies (*K* uenoient), *R* Lor enuois; *K* tu; *F* Se i uenissiez ou tex g., *N* Se i ueniez o uoz genz — 54 *R* Tuit seront resort — 55 *R* conroiç, *M* corroy — 57 *AJNek* biau s.; *J* sies, *AMen* ses — 58 *M¹* tot tens, *AM* tien tout; *A* le p.; *K* Sin s. t. trestoz li p. — 59 *AMR* eber; *M¹* le r. — 6o *R* dex — 61 *n* p. c. f.; *R* Kil p. ia m. c. f.; *K* puisseiz — 62 *K* poisse, *EM* sache — 64 *K* fist il u. m. — 65 (*JR*); *AEn* merciz.

« Qu'ainz que cist meis seit acompli,
« Sive la soë ame les noz. »
Ne parla mie puis dous moz :
El cors li est li cuers partiz ;
19070   En mout poi d'ore fu feniz.   *19260*
        Achillès fait chiere e semblant
Que lui n'en seit ne tant ne quant.
N'i respont mot ne n'i entent :
O uns eschas d'or e d'argent
19075   Joë a un chevalier des suens ;   *19265*
Pense qu'ancore avra ses buens,
Quar Greu feront par estoveir
Trestot son buen e son voleir.
Li trei li font mout grant preiere,
19080   Mais onc n'en leva sol la chiere   *19270*
Ne ne fist semblant des oïr.
Ç'afiche Daires, senz mentir,
S'eüst li jorz greignor durce,

19066 (*JR*) ; *AEN* aconpliz ; *F* fust afeniz — 67 (*J*) ; *FKM'*
Sieuc, *A* Suiue, *R* Siegue ; *A* seue, *les autres* soc — 68 *E* p. mie
— 69 *K* Del c., *R* Atant ; *AM'* le cuer, *M* li c. — 70 (*CR*) ; *M* En
m. petit deure est, *EJn* An petit dore fu — 71 *B* Mais il fait
bien — 72 (*JR*) ; *M* A lui ; *Kn* Quil ne len s. ; *M'* en soit, *B* nen
est ; *A* Que lui nen chaille t. — 73-8 m. à *B* — 73 (*AR*) ; *En* Ne ;
K Nil ne r. nil, *M* Ni regarde ne — 74 (*A*) ; *FJek* A ; *AFKM'*
esches, *JMN* eschars, *R* schas — 75 *M* Geue, *KM'* Gieue, *AR*
Ieue ; *J* Iuoit a un baron ; *AM* siens — 76 *En* quancor, *MM'*
quencor, *R* kencor, *A* quoncor ; *AFM* biens, *A* bons — 77
M Que, *K* Et ; *R* tot son uoloir — 78 *k* T. son lox (*M* loz) ;
E Tot son bon et tot s. u., *R* Par force et par uif e. —
79-80 m. à *HM'n* — 79 *K* Les trei, *R* Li greu ; *B* Onqes
por tote lor proiiere — 80 *R* Mas anc ne leua sus ; *K* sol nen
l. ; *CJ* onques nen (*C* ne) l. ; *M* M. onc nen l. sa c., *B* Ne lor
en fist plus bele c. — 81-2 *interv. dans BJen* — 81 *B* Ne s.
ne f., *n* Ne f. nul s. ; *k* dels, *A* deuls, *N* dals ; *J* Ne f. s. de
nul o. ; *BFe* de loir — 82 *ER* Ce a., *F* Qafiche ; *EJR* daire,
M' dayre — 83 *B* S. lueure ; *R* maire d., *Be* plus de d., *M*
longue d.

Tote fust la guerre finee :
19085　Fin en esteit, ne fust li seirs
E l'airs del ciel oscurs e neirs,
Qui covri la clarté del jor.　　　　　*19277*
　　Troïen partent de l'estor.　　　*18960*
Corné ont plusor la retraite :
19090　S'il n'eüssent tel perte faite,
Mout eüssent bien espleitié,
Mais n'i a cel ne seit irié
De ço qu'est morz Deïphebus.　　*18965*
Torné s'en sont, jo n'en sai plus.
19095　Par les osteus de la cité
Sont descendu e desarmé.
Cil s'aaisa qui fairel pot :
Ço sacheiz bien, grant duel i ot.　*18970*
De Deïphebus sont marri,
19100　Tristre, ploros e amorni.
N'esteit pas morz, ancore ert vis ;
Mout desirot veeir Paris.
Il ert amuïz : pièce aveit　　　　　*18975*

19084 (*R*) ; *A* T. la g. f. finee, *Ke* La g. f. t. f., *B* T. f. li
oeure a. ; *Be* afinee — 85 *M'* le soir — 86 *A* A ; *ABGM'* lair, *M*
li air, *n* lars ; *R* li uespres, *E* li ciex quert ; *J* Li ers estoit — 87 *J*
Q. la c. couri, *B* La c. perdirent ; *K* clartez — 88 *E* issent ; *B*
Ce les fist partir, *I* Chou les departi — 89-90 m. à *Bl* — 91 *B*
Bien ont cil dedens e. — 92 *R* Mas ; *AM* a cil ; *H* Ni a celui nait
cuer i., *E* Ni a nul noit le cuer i. ; *J* chascuns ot le c. i., *M'* ml't
furent lor c. i., *B* ml't sont mat et dehaitie — 93 *M'* quert, *M*
que ; *B* Et irie por d. ; *BJKny* deyph., *AR* deif. — 94 (*AJR*) ;
HM'n or ni a p. ; *B* Tornerent sen nen fisent p. — 95-100 m. à
B — 95 *A* hosteux, *M* -elz, *EKR* ostex, *IM'* -iex, *Hn* estres —
97 *M'* saiesa, *M* -c, *En* eaeisa, *J* se aesa, *A²H* saese, *I* se aasa ;
EFIJR qui faire el, *AM'N* qui fere, *H* f. le ; *M* qui le puet f. —
98 *H* sace ; *E* Sachiez b. g. dolor — 99 *JM'k* deyph., *n* deyf.,
AER deif. — 19100 (*A*) ; *M* Ml't paoureuz, *ny* Morne pl. (*H* do-
lant), *R* Tristes et pl. ; *e* abosmi, *N* espasmi, *F* esbahi, *R* ententi
— 1 *EJRNn* ancor, *AH* encor, *KM'* anceis ; *AMM'R* iert — 2
ANRe desirroit, *K* coucitot — 3 *AMe* iert, *J* ere, *F* est ; *A* amuis,
R anuiç, *n* ia nuiz, *K* amoiz ; *F* pieca a.

Qu'il n'oëit mais ne n'entendeit.
19105 Sor lui se rest Paris pasmez :
Li dueus fu trop desmesurez.
E icil, cui la mort demeine,
Ovri les ieuz a mout grant peine :   *18980*
De parler tant s'esvertua
19110 Que par treis feiz li demanda
S'il ert vengiez. Quant il le sot,
Mout l'en fu bel e mout li plot :
« Dès or, » fait il, « m'ostez la lance : *18985*
« Ne me fait mais la mort pesance.
19115 « L'ame d'Ector, mon chier seignor,
« Verrai, se jo puis, ainz le jor.
« Dreit a la soë ira la meie :
« Dès or m'est tart que jo i seie.   *18990*
« Confortez mei, » fait il, « mon pere,
19120 « E sor trestote rien ma mere :
« Li deu lor seient en aïe ! »
La parole li est faillie :
Clos a les ieuz, morz est entre eus.   *18995*
Adonc començа granz li dueus.
19125 Del cors li ont le tros osté,

19104 *K* Il — 5 *F* sarest — 6 *K* dels, *R* duels, *F* diels, *EN*
diax ; *AMM'* Le (*M* Li) duel — 7 (*C*); *en* Por celui, *AM* Et c.;
M'kn qui ; *EHN* morz ; *J* Icil cui ml't la m., *R* Et cil cui laspre
m.; *n* demoine, *R* -aine, *A* -ainne, *E* -einne — 8 *AJM* a quelque
p.; *H* Les i. a oluers a g. p.; *n* poine, *HR* paine, *A* painne, *E*
peinne — 11 *AMM'* iert — 12 (*JR*); *E* lan, *AKM'n* li — 13-20
m. à *B* — 13 *K* fist; *R* osteç — 14 *Rk* fera (*M* sera) mais m.; *M*
mors; *F* dotance — 15 *HR* Larme; *M* hector; *H* m. bon — 16
K si; *E* einz — 17 *A* seue, *R* soie; *M* aille, *A* uait, *n* uct; *H*
moie ua la soie — 18 (*AJR*); *E* Ml't par mest t. — 19 *A* frere
— 20 *K* tote altre r.; *A* riens — 21 *AM* dieu; *NR* li; *B* La
parole a atant perdue — 22 *M* a f.; *B* Troblee li est la ueue —
24 *E* Lores, *C* Des or; *L* Donc c. m'lt g.; *H* A. enforca; *n* con-
mance g., *eM* recomanca; *M'* Lors r. grant li d.; *K* li g. d.;
KM' dels, *EMn* diax, *A* daus; *R* Ml't fu grant li duels de toç els
— 25 *AF* trous, *M* troz, *K* trois.

Puis l'en portent en la cité.
Sacheiz qu'a grant duel i entra :
Ja mais nus hom greignor n'orra.　　　　*19000*
Tuit le plaignent e tuit le plorent;
19130　A lor poëir le cors honorent.
Li reis Prianz est si destreiz
Que pasmez s'est plus de cent feiz.
De la reïne que direie,　　　　*19005*
Ne a que vos acontereie
19135　La merveille de sa destrece,
De sa dolor, de sa tristece?
En grant angoisse e en torment
Furent la nuit frere e parent :　　　　*19010*
Tant orent duel, ire e contraire,
19140　Ne vos en sai le quart retraire.
　　　Sarpedon fu mout regretez
E de trestoz plainz e plorez.
Trop sont de lui afebleié :　　　　*19015*

19126 *M'* Si; *HK* a la — 27 *AHKR* que (*m. à M*); *HKRn* granz
delz (*F* diax, *N* diaus) — 28 (*BG*); *A* Ja n. h. m.; *en* tel ne u., *K*
si grant norra; *L* naura; *R* Ja nuls h. g. ne verra — 29-30 *m. à*
HM'n; *B place ici les v.* 19137-8 — 29 (*AJ*); *R* lo plaient — 30
(*J*); *R* A lors pooirs, *M* Quant quil porent, *A* Tant con pueent,
C Ce qe puent, *K* Cil qui souent — 31 (*AJR*); *Hn* Lores est p.
si d., *B* P. en fu a mort d.; *K* El cors p. — 32 (*H*); *AJR* pas-
me; *M'* est; *M* Quil se pasma; *K* .l. f., *EH* p. de .iij. f.; *B* P. ses^t
sor li pluisor fois — 33 *M* Et de la royne; *N* raine, *M'R* roine —
34 (*H* a que), *EN* por coi; *les autres* a coi; *N* an conteroie; *M'*
Ne que uos en ac., *M* Et por quoy le uos conteroie, *B* A paines
vos reconteroie — 35 *AEJk* destresce, *M* tristece; *B* Sa grant
dolor e sa t. — 36 *BM* destrece, *AE* tristesce, *M'* tritresce; *B* Pas-
mee se rest de d. — 37 *AB* Mes en a.; *M'* angoise, *R* enui, *k* do-
lor, *E* tristece; *J* et a t., *MR* en grant t. — 38 *B F.* por lui ; *M*
toute la gent — 39 *B* tot d. et c. — 40 *BE* Que nus nel u. poroit
(*E* sauroit) r. — 41 *E* M. fu s. r., *R* S. fu plainç et ploreç, *B*
Ml't refu s. plorez; *M* Sarpendon — 42 (*J*); *R* De trestoç fu molt
regreteç, *A* De t. et plains et p.; *BM* Et de tous p. et regretes (*M*
tant plorez — 43-4 *m. à B* — 43 *M* Quil en s. tuit aflebie; *AK*
affebloie, *ERn* af., *M'* afleboie.

N'aveit dedenz nul plus preisié,
19145   Plus aidable ne plus vaillant.
En lost refont un duel si grant
Que nus nel savreit reconter :
Qui oïst a toz regreter   *19020*
Palamedès bien poüst dire
19150   Qu'assez eüssent duel e ire.
Son grant saveir e sa bonté
E sa sciënce e sa beauté
E son douz cuer e sa franchise   *19025*
Ont regreté en mainte guise.
19155   La nuit orent assez dolor ;
Blecié, navré sont li plusor.
Assez i ot ire e deshait :
Diënt que malement lor vait,   *19030*
Quant Palamedès ont perdu :
19160   « Mort sont, » ço diënt, « e vencu. »
Ne se sevent ou conseillier,
Ne qui l'ost sache maistreier.
    Empor cest grant deshaitement,   *19035*
Josterent Greu un parlement.

19144 *E* N. en lost ; *AEHN* prisie ; *H* Nauoient laiens pl. p., *K* D. n. nul p. p. — 45-6 *interv. dans B* — 45 *F* aidant ; *B* Et li plus ione et li plus grant — 46 (*A*) ; *B* Defors refisent d. ; *R* en rot, *N* auoit, *K* rot fait ; *M* estoit li duel — 47 *K* rien, *AEJ* riens ; *M'* ne saroit, *B* nel poroit ; *AM* rac., *K* ac. — 48 *B* Q. les ueist tos ; *K* reconter — 50 *M* i ot et, *M'* eusons ; *B* orent d. et martire ; *F* Qaussent au — 51-6 *m. à B* — 51 (*H*) ; *AJLM'* et sa biaute, *K* sa grant b., *R* sa gaiete — 52 *EKL* Et sescience, *M* Sa science, *M'* Et sa ionece, *H* Et sa proesce ; *AJKLM'R* bonte — 53-4 *m. à HM'n* — 53 (*AJR*) ; *M* cors — 54 *M* R. lont — 56 *M* B. et n. li p. — 57 *M* A. ont ; *ABHKM'* dchait, *R* desait ; *B* A. orent la nuit d. — 58 *B* M. ce d. l. u. — 60 *AFM'* uaincu, *E* ueincu, *R* uancu, *N* uoincu — 61 (*BHJ*) ; *E* Ne san ; *A* mes c. ; *M'k* Ne seuent mes ou (*M* nul) c., *R* Ne se s. pas c. — 62 (*J*) ; *M'* les s., *B* l. doie ; *R* maistrier, *A* iusticier — 63 (*A*) ; *R* En por, *Kny* Et por, *B* Tot por, *M* Por (*v. f.*) ; *L* icel ; *A* Pour ice g. ; *ABM'k* dehaitement — 64 *m. à M* ; *BLJK* l. dels, *N* l. daus.

19165   Nestor li vieuz, li plus senez,
Les en a toz araisonez :
« Seignor, » fait il, « ensi vait ore.
« Nos ne nos devons pas ancore   *19040*
« Desesperer d'aveir victoire.
19170   « Ne nos fera mais ajutoire
« Palamedès, qui est feniz :
« Por ço en somes maubailliz.
« Mout saveit bien l'ost governer   *19045*
« E les riches conseiz doner ;
19175   « Merveillos chevaliers esteit ;
« Nus de son cors plus ne valeit.
« Perdu l'avons : ne puet autre estre.
« Or savons bien, ne poons estre   *19050*
« Senz prince ne senz chevetaine
19180   « Qui tote l'ost ait en demeine,
« A cui nos seions ententif.
« Or n'i ait noise ne estrif,
« Mais maintenant seit esleüz ;   *19055*
« E se j'en esteie creüz,

<hr>

19165-204 *réduits à 4 v. dans B; voy. aux* Notes — 65 *ACM*¹
uiex, *Fk* uielz, *N* uiauz, *EJ* uialz, *R* ueuç; *KM*¹ et li s., *Hn* li
forsenez — 67 *EH* e. est ore, *R* en si faite oure — 68 (*JR*); *AE*
Ne nos deuonmes mic encore; *HM*¹n Nos deussiens (*M*¹ deusons)
(*F* Vos deussiez) penser; *AJMy* encore, *K* onquore — 69 (*AJR*);
*M*¹n Con poissiens (*M*¹ peusons) auoir u., *H* Conment nos eus-
sons uictore — 70 (*AJ*); *K* sera; *FR* adi., *N* adiuct., *M*¹ aiust.,
H aiutore — 72 *M* Par ce, *K* Par tant, *H* Forment; *A* sen; *Jen*
Chascuns en est m. m. (*F* esbahiz) — 74 *M* Et les bons; *K* Et
molt riche conseil; *M* conseulz, *AM*¹ -eus, *En* -auz, *R* -oilç —
76 *H* mix ne, *M* mielz ne; *I* Del c. nus nel contreualoit — 77
(*HJ*); *A* lauez; *R* Or auons p. molt bon maistre — 78-82 réd. à
3 v. dans I : Or nous estuet signor et mestre Par cui commande-
ment lor voise Or ni oit ne tenchon ne noise — 78 (*H*); *E* Et;
AKR sauez, *J* ueez — 79 (*A*²); *A* preuost; *KNy* et (*N* ou) s.
un, *ACR* et s., *F* ou s., *J* o s. — 80 *M* ait et deteigne — 81 *M*¹
ententis, *M* attentif — 82 *M*¹ estris — 84 *HM* Mais; *NR* ie nes-
toie.

19185   « Agamennon i sereit mis :
          « Mout est de cest afaire apris;
          « Nus n'en sot onques la meitié.
          « Tant come il nos a maistreié,   *19060*
          « Ne nos vint onques se bien non.
19190   « Jo lo tres bien quel reslison,
          « E si reseit princes de nos,
          « Que, par la fei que jo dei vos,
          « Nos n'i poons meillor eslire,   *19065*
          « Qui si seit dignes de l'empire
19195   « Ne ou meins ait de descordance;
          « Quar bien sevent tuit senz dotance
          « Qu'il ne porreient mieuz choisir.
          « Or sin dites vostre plaisir. »   *19070*
          Tuit l'otreient senz contredit
19200   Qui seit de grant ne de petit.
          Ensi le ront d'eus fait seignor :
          Ço li fu puis a grant honor.
          Trestot ala puis par ses mains;   *19075*
          Sor toz fu princes soverains.

19185 *Fe* Agamenon — 86 (*ACHJ*); *R* ceste, *L* tel; *e c.* mes-
tier, *M* tiex conseulz — 87 (*HR*); *A* Nul; *K* seit la tierce partie;
e onc plus (*E* ainz tant) la mestrie; *J* Bien i sera ceste m. — 88
(*AH*); *F* uos; *R* maistrie, *C* mestrie; *Je* ot en baillie — 89 (*AHJ*);
R uient, *F* fist; *M'* auint onc — 90 (*AJ*); *K* Gie otroi b., *n* Ge
lotroi b., *C* Je lou que nos; *AHJM'* que leslison (*AJ* reslison);
CFR relison — 91 *M* Et sire soit et p.; *FM'k* prince; *H* Et si
lotrions entre nous — 92 *FHKe* Car — 94 (*AJ*); *M* s. plus, *en* s.
si; *R* Ki soit d. — 95 *R* Ne ont; *AHRn* ait mains (*R* meins, *n*
moins); *K* Ne ait il mes, *J* Ni oit il point; *M'* Or ni ait nule d.
— 96 (*AJ*); *KR* Kar t. s. (*K* sauez) b.; *MN* sauez t., *F* san uan-
tent — 97 (*AJ*); *k* Que; *K* porrions; *R* eslir; *H* Nos ni poons
millor coisir — 98 *AM'n* si d., *E* san d., *HM* en d., *R* d. tuit; *K*
die chascuns son p. — 19199-200 *m.* à *N* — 19200 (*GHJLR*);
M Q. sire soit de g. et de p. — 1 *F* lor ont; *R* Et esloront; *AR*
f. deuls; *A²* lont f. .ij. fois s. — 2 *n* Se li tient len a, *M* Si li fu
puiz a, *H* Si le tint on a, *J* Celui t. len a, *E* Et le tienent a, *M'*
Sel recurent a, *L* Et si li firent, *CKR* Ce li fu pris et, *A* Icil fu
p. a; *A²* Et desor els empereor — 3 *H* Del tot.

TREIZIÈME BATAILLE, TRÊVE DE DEUX MOIS.

19205   Dès or porreiz oïr hui mais
        La trezime bataille après :
        Beneeiz, qui l'Estoire dite,
        Oëz queinement l'a escrite.   *19080*
        La nuit passa e l'oscurté :
19210   Quant del jor parut la clarté,
        Anceis que levast li soleiz,
        Ront dedenz fait lor apareiz.
        Armé se sont el fil del jor ;   *19085*
        Covert resont li milsoudor
19215   E les enseignes atachiees
        Es trenchanz lances aguisiees.
        Eissu s'en sont de la cité,
        Prest de bataille e conrée :   *19090*
        Hastivement, jol vos plevis,

19205 (*ABH*); *R* poroit; *A²* poez o. en pes — 6 (*H*); *A²* tres.,
A tresiesme, *M* -eme, *N* trez., *F* treciesme, *E* trez., *K* treizieme,
R treçoime, *M'* septime; *R* b. t. a. — 7-8 *interv. dans BI* — 7 *A*
Benois, *LM* Beneoit; *M* lystoire; *HMRn* a dite, *A²* en dite, *JK*
dit, *C* escrit — 8 *R* O. kinement; *C* Oiez car ne ment sont
escrit; *AA²JMxy* O. coment il, *I* Or o. c., *B* A la guise que; *J*
a escrit; *A²* descrite; *K* Oiez con faitement lescrit — 9 *En* nuiz;
(*C* loscurte), *G* locurte, *n* locurtez, *ACIKLy* loscurtez, *R* seurtez
— 10 *M* Et q. (*v. f.*); *CG* clarte, *les autres* clartez — 11-6 *m. à*
B — 11 *E* Eincois, *n* Auant; *AM'R* le; (*J* soleiz), *EKn* solauz,
AM -eil, *CM'* -euz, *H* -eus; *R* Ainç que ueissent le soloiol —
12 *ACMn* Ont, *R* Nont; *C* f. d.; *F* les; *H* Font cil d.; *J* appa-
reiz, *EKn* aparauz, *AMR* -eil, *CM'* -euz, *H* -eus — 13 *M'* re-
sont; *M* au, *M'* ou; *A* point — 14 (*R*); *EM* misoldor, *FM'* mis-
sodor, *A* -our, *K* milsoldor, *H* miss. — 15 (*AHJ*); *R* estachiees;
E Les ans. sont a. — 16 *K* Et; *HM'n* En maintes l., *E* As fers
des l.; *R* agusees — 17-8 *m. à* *H* — 17 *F* Re issu; *M* se — 18
éd. P. de la b.; *M* coree, *R* conroie — 19-20 *m. à B* — 19 *FKR*
Hardiement, *M'* Nostreement, *J* Iriement; *K* co, *E* ce, *AHM* ie.

19220   Vont requerre lor enemis.
        E cil de l'ost se rapareillent,
        O Agamennon se conseillent,
        Qui les arguë e les enseigne   *19095*
        E prie que nus ne se feigne :
19225   Del jornal d'ier prengent venjance.
        N'i ot puis autre demorance :
        Vestent les haubers doblentins
        E ceignent les branz acerins ;   *19100*
        Lacent les heaumes clers bruniz.
19230   De ciclatons e de samiz
        Sont gent covert li milsoudor ;
        De maint chier paile de color
        Sont les enseignes atachiees,   *19105*
        Que al vent furent despleiees :
19235   L'airs en est jaunes e vermeiz,
        Mout fu riches lor apareiz.
        Il sont monté es auferranz
        Buens e isneaus e tost coranz.   *19110*
        Les escuz pris, chevauchent dreit

19220 *en* ancontre, *H* encontrer — 21 *M'* Icil, *R* Cil; *J* resa-
pareillent; *B* Cil de l. se rapareillierent — 22 *B* consillierent —
23 *L* Quil; (*Hn* argue), *les autres* atorne (*L* atort); *H* Qui ml't
les a., *AA²K* et quis e.; *GL* quil (*G* qui) les conseille, *M* et con-
seille; *n* ansoigne — 24 *A* nul; *e* si; *n* foigne — 25 (*J*); *m. à B*;
A Que du iour dier; *n* praignent, *M'* preignent, *E* preingnent,
MR prennent, *H* prendent — 26 *F* ait p.; *B* Ni ot p. a. delaiance,
puis ce v. : Mais sans nule a. d. — 27-48 *m. à B* — 27 *J* doble-
tins, *Mn* -rins, *R* -çins — 28 *E* les b. c.; *N* ceinstrent — 30 *AM'*
sigl., *KR* ciclaton; *F* semmiz; *J* de uerz s. — 31 *M* Bien s., *en*
S. bien; *K* milsoldor, *HM* miss., *FM'* missodor, *A* mis. — 32
M'n paille, *E* paisle — 33 *H* lor; *R* estachiees — 35-6 *m. à*
HM'n — 35 *R* uermoilç, *E* -auz, *C* -eaus, *G* -az, *AA²L* -eus,
JK -eilz, *M* -eil; *ACEGJR* Li airs en est iaune (*G* -es) — 36
AKR M. est; *G* r. fu ; *R* apparoilç, *JK* -eilz, *M* -eilz, *A* -eus,
E aparauz, *G* -aus, *A²* -els, *L* -elz — 37-8 *m. à H* — 37 *E* Tuit
— 38 *en* Bons; *K* Prouz et aatez et c., *M* Fors et hardiz et
fors c.; *AR* et bien c. — 39 *H* Lor.

19240   Vers Troïens a grant espleit.
         Il nes ont mie trop loinz quis.
         Soz les ormes, as perrons bis,
         Se sont li premier entrataint,   *19115*
         Feru se sont si e empeint
19245   Que li escu sont estroé
         E li haubere doblier fausé.
         Tel cent enversent en l'areine,
         Dont puis n'eissi funs ne aleine.   *19120*
         Greu e la gent al rei Priant
19250   Sont haïnos e mauvoillant :
         Por ço se requierent de près,
         E sin i chiet sovent d'envers
         Pasmez e freiz, senz esperiz.   *19125*
         Onc teus chaples ne fu oïz
19255   Ne teus resons d'espees nues.
         Les batailles sont avenues :
         Lors comença li fereïz
         Sor les heaumes d'acier bruniz ;   *19130*
         Beivre les font jusqu'es cerveles.
19260   Espessement vuident les seles.

19240 *H* As — 41 (*B*); *M* ne se s. (*v. f.*); (*K* loinz), *H* long,
F loig, *les autres* loing; *R* m. loign requis — 42 *H* ormiax;
FM'R al perron (*R* peron); *M* Sor les escuz a lyons bis, *B* Dair
se sont entrerequis — 43-6 *m. à B* — 43 *K* primerain ateint ; *N*
antratoint — 44 *A* ci et, *Men* et si ; *F* antant, *N* anpoint — 47
(*H*); *F* Tex, *R* Teux, *M'* Tiex; *B* Tel .m., *M* .ij. cens ; *F* au
chient; *ABERk* sor — 48 *F* nansi, *R* nisi, *K* nisse, *AHNe* nissi;
M' fu, *A* feu, *R* fums, *B* fus; *M* Qui mort orent dieu en ait laime
— 49-80 *m. à B* — 49 *AMM'* Grieu, *K* Griu; *F* Creue la — 50 *R*
S. molt irous — 51 *I* Por tant — 52 *H* ciet ; *F* si ne, *EN* san i,
J si en; *F* dinuers ; *I* Et sont del ferir ml't engres — 54 *AE*
Ainz, *H* Ainc, *R* Hunc; *I* Tels caples ne fu mais ois — 55-6 *m.*
à I — 55 (*H*); *R* tel ; *A* raisons, *R* reson, *M'* tencon, *E* estors —
57 (*HJ*); *kR* Donc, *A* Dont, *I* Molt est mortels li f. — 58-72 *I* a
une réd. spéciale en 15 *v.*; *voy. aux* Notes — 59 (*R*); *A* ens es,
JM' iusqua, *HKn* -as, *E* tresquas — 60 *EFJK* uoident, *CM'*
uident ; *EHK* i u. s.; *A* Et desi es arcons des s.

Las ! qui vit mais si fier martire ?
Nel savreit nus conter ne dire.
Persant traient e Arabeis   *19135*
Trenchanz saietes d'ars Turqueis :
19265   Plus espés chieent que gresille.
Ne clot pas ieuz si tost ne cille
Com chevalier i chieent morz.
D'ambedous parz est granz l'esforz :   *19140*
Greu perdent mout, mais maintes feiz
19270   Les remeinent jusqu'as destreiz,
Troïen eus jusqu'as herberges.
Cel jor fu mout li cieus tenerges ;
Senz recesser venta e plut :   *19145*
Ço fu la rien qui plus lor nut.
19275   Tuit sont moillié jusqu'as arteiz,
E ne por quant par maintes feiz

19261 *AK* si fait, *R* si grief; *J* La quinte part de cest m. — 62
EM Nus (*E* Nul) nel s. ; *M* penser; *AJ* Ne s.; *AFJ* riens — 63
AMNe arr. — 64 *R* darcs, *n* darz — 65 *FJM'k* chient, *H* caient,
R cheent, *E* traient; *K* i c.; *n* P. espessement; *H* gressille —
66 *k* Oilz (*M* Oil) ne c. p.; *R* si t. oilç — 67 *k* cheualiers;
FJM'Rk chient, *H* chaient; *Ae* mort — 68 *HJn* Dambes (*n* -e)
p. est (*H* sont) g. li e.; *K* a grant e., *M* chient morz; *M¹* ot des-
confort; *E* Lores i ot grant d. — 69 *AM* grieu, *HK* griu — 70
(*C*); *M* Ses; *n* remoinent, *J* rameinent, *H* -ainent, *A* -ainnent,
M -oinent; *AM'* iusqua, *E* tresquas, *A* iusquau — 71 (*R*); *AM'*
iusqua, *J* iusques, *L* des quas, *H* dusquas — 72 (*CJL*); *AFk* Ce,
H Le, *NR* Lo; *R* iors; *AM* iert, *EH* ert; *K* nest pas; *AM'* ciex,
N ciaus, *EH* ciax, *KR* ciels, *H* cils; *M* le ciel, *A²* li airs; *C* li
cies energes; *MM'* tenebrez, *N* tenierges — 73 (*CGHLR*); *EJ*
S. rien cesser, *M'n* S. point c., *A²* S. reposer, *M* S. cesser u. et
plot (*v. f.*), *I* Et li airs si noirs et oscurs Que toute ior sans ven-
ter plut — 74 *AJRekn* la riens, *C* li tens; *M'* qui ml't, *CR* qi
trop; *M* not — *I* Cest une r. qui ml't l. nut — 75 *F* moilliez, *CER*
baignie; *E* desquas, *H* dusquas, *A* iusqua; *EM* ortoiz, *AM'*
ortois, *R* -oilç, *n* conroiz; *J donne 3 v.* : Par mi totes lor armeu-
res Par haubers et par couertures Orent les chars totes mollies
— 76 *E* Mes; *M'* par mainte fois, *R* per maintes foilç, *J* meintes
foies.

Se sont remüé li conrei :
Trop i aveit pesme tornei   *19150*
E trop meslé e trop requis,
19280 E trop i ot homes ocis.
  Ja ert del jor passez li plus,
Quant lors i avint Troïlus.
Bien ot o sei mil chevaliers :   *19155*
Les escuz pris, sor les destriers,
19285 Vienent as rens, si laissent corre.
Tant en abatent en poi d'ore
Que cil de l'ost sont resorti
E par force ont le champ guerpi.   *19160*
Ensi les ont mis a la veie :
19290 Sacheiz que l'om les enconveie
O vint mile nuz branz d'acier ;
Sovent les fait om trebuchier
Morz e navrez de lor chevaus.
Ha! las, com doloros jornaus!   *19166*

19277 *M* reuenu — 78 *(AJR)*; *E* aspre, *H* mortel; *M* casmoy
— 79 *AM'R* melle — 80 *(HJ)*; *ACKR* Et t. par i a genz; *M* Car
t. i auoit gent ochis — 81 *M* l.a; *AM'k* iert; *FJM'k* passe; *k* le
p. — 82 *(J)*; *k* Q. i auint *(M* uint) danz *(M* dant), *A* Et q. ia i
u., *C* Q. a lestor u., *BI* Ancois que venist; *R* Cant i u. li proç
troiulus — 83 *A²* od lui; *K* B. o .x. m. c. — 84 *(A²JR)*; *H* Lor;
M Tous armes *(v. f.)*, *B* Ml't bien armez; *CFk* lor d. — 85-6
BI V. as r. si les requierent Et de si *(I* desci) grant air les fierent
— 85 *Ici M² reprend* ; *(ACR)*; *A²* As r. u., *kH* V. as greus; *K* et
l.; *J* V. es r. corent lor sore, *M'* Brochent et poignent sanz de-
more; *M²* tuit sans d. — 86 *EM* Ml't; *M* ochient, *HN* ocient; *A²*
senz demore — 87 *BI* Que maintenant — 88 *BI* Mal gre lor —
89-98 *m. à B* — 89 *(C)*; *M* Ius ius, *A²KRe* Et si, *H* Et cil, *F* Issi,
J Ensint; *H* se s.; *M²* Troilus les met — 90 *R* bien, *A²* gent; *H*
Or sacies que on les conuoie — 91 *e* A; *Hn* b. nuz; *I* Bien a .xx.
m. b., *M²* En son poing tient le brant — 92 *M²* en fet maint t.;
CRk len, *En* an, *M'* on — 39 *(ACH)*; *M²K* Mort o *(K* et) naure;
M² de son cheual; *I* destriers — 94 *(H)*, *C* Hai; *M²* Ci ot trop d.
iornal, *I* Molt fu li cors pesmes et fiers ; *K donne ensuite les v.*
18977-19087, puis les v. 19295 ss.

19295   Com faite uevre, com fait pechié!   *19279*
           Tant regne en seront eissillié,
           Dont la gent muert ci a dolor
           Par grant forfait et par folor
           E par mout petit d'acheison.
19300   Se ne fussent li paveillon
           E les herberges e li tré,   *19285*
           Ou tant se sont defendu Gré
           Que li soleiz fu resconsez,
           Sacheiz qu'il perdissent assez.
19305   Mout lor estot mauvaisement,
           Quant la clarté del firmament   *19290*
           Se roscurci en l'anuitant.
           Departi se sont a itant.
           A la cité, le petit pas,
19310   S'en retornerent mat e las,
           Blecié, navré e travaillié.   *19295*
           De pluie e de sanc sont moillié,

19295 (*CJR*); *Hn* Com f. honte, *I* Dex quel dolour; *M'e* et c.
f. p.; *Hn* et quel p.; *M²* Ainc mes ne fu si granz pechez — 96
(*I*); *HR* T· r. s.; *ACK* sera; *M²* Maint r. en serunt eissilliez —
97 *M²e* genz; *K* uait, *M* muerent; *R* si, *n* cest; *I* sera chi perie
— 98 *E* sorfet, *I* outrage, *R* mesfait; *k* et grant, *R* par g.; *M*
dolour, *M'* iror — 99 *M²M'B* dachaison, *F* de cheison, *M* dacoi-
son; *I* dochoison; *EK* petite acheson; *B* Maint en trebuchent el
sablon — 19301-4 *réd. à* 2 *v. dans B* : Et les herberges et les
tres Ains que solaus fust esconses — 1 *M²* soleilz, *En* -auz; *M'*
le soleil, *M* li solail; *K* Tant q. s.; *n* esconsez, *M²* resconssez —
4 *M²* Trop par i p., *M* S. il perdirent — 5 *M²* esteit, *Mn* estoit;
A² M. fust as grius, *B* Lor eust este malement — 6 *A²* Mais;
M²KNe clartez — 7 (*J*); *C* rescurci, *Bn* resorti, *H* desmenti,
M' recouri, *k* roscura, *L* resconsa; *A²* Sen obscurcist, *M'I* Lur
defailli — 8 *E* Lors se departent, *A²* D. sunt lors; *B* D. se resont
atant — 9-22 *m. à B* — 9 *M'N* En — 10 *JM'* Sen retornent mate
(*M'* naure); *E* Sen ralerent ml't furent l.; *M* mas — 11 *JMM'*
traueillie — 12 *C* pluuie (*sic*); *N* Ml't sont li plusor maheignie,
F Mais de ce resont auques lie.

Mais de ço lor vait auques bien,
Qu'aaisié sont sor tote rien,
19315 Quar osteus ont buens e guarniz
E de vitaille repleniz.   *19300*
Marchié truevent grant e plenier
De quant qu'a cors d'ome a mestier.
Cele nuit ot corte duree
19320 A ceus qui l'orent desiree,
As queus ert de repos mestier :   *19305*
Lor vuel, durast un meis entier,
Mais poi i avront de sojor.
     Si tost com resclarci le jor,
19325 Enz en l'aube del cler matin,
Se resont mis fors el chemin :   *19310*
Es chiés ont les heaumes laciez ;
Lor enemis vont querre iriez.
Trovez les ont, jol vos plevis :
19330 Ne les ont mie trop loinz quis.
Dis mile lances esmolues,   *19315*
Cleres e trenchanz e aguës —

19313-4 *interv. dans* F — 13 L lor prist ; F De ce lor uet il
a. b. — 14 E Quaeisie, A² Que aise, K Quesie, M¹ Eese, F Aeise,
M²C -ie, A -iez, N Aessie, GM Aaisie — 15 M hostelz, CKny
ostex, M² -iels ; H O. orent b. ; IM O. ont b. et b. garnis ; n o.
et bien g. — 16 M repleni — 17-8 m. à AHM'n — 17 (L) ; J
Marchier ; M²CRk trouent — 18 (CR) ; EJ Ou a quanque lor est
m. ; L que il lor est m. ; R amistier — 19 M²E nuiz — 20 M²CFe
desirree, N dess.; G qui orent desperee — 21-2 *interv. dans* Hn
— 21 M² De r. auoient, IJ Ki de r. orent ; AC As quels, G A
quex, M As quiex, L Sous quielz ; K Alques ert ; ACGM estoit r.
m.; E Auquant en orent grant m., M' Ml't en auoient g. m., A²
De r. eurent g. m., n Ne queissent plus (F mais) ostoier, H
Nauoient cure dostoier — 22 (A²EN uuel), F uoel, M² uel,
ACHJM'k uoil — 23 FM auoit, K orent ; F del — 24 (L) ; N res-
clarcist del i., M²Ke il uirent le i. ; I Car si t. c. u. le i., F Au
matin iront an lestor — 26 M²M²MM' hors — 27 e Les h. o. es c. l.
— 29 M ie — 30 M gaire l. q.; *tous les mss.* loinz — 31-6 m. à B
— 32 K C. tranchantes ; N Groses.

N'i a cele ou ne pende enseigne
De drap de seie d'Alemaigne —
19335 Baissié lor ont en mi les ieuz.
D'ambes parz fu granz li orguieuz; *19320*
Ferir se vont de plain eslais,
Que des escuz fendent les ais.
Fausent hauberc e auqueton.
19340 Mil enseignes de ciclaton
Se baignent en cler sanc vermeil. *19325*
La sont chaeit en mal trepeil;
Defolé sont e esquachié.
Teus est li torneiz comencié
19345 Qu'anceis qu'il departent hui mais,
En i morront dui mile e mais. *19330*
Poi i a jostes eslaissiees,
Quar les espees ont sachiees,
De qu'il se vont entreferir
19350 E teus colees departir
Que des heaumes rompent li laz. *19335*

19333 (*AJ*); *N* cel ou, *M* nule; *M²E* ni p. — 34 *F* dalam., *M²*
a or despeigne — 35 (*leçon de F*); *ACEGHJM* Baissiees sont,
M²K S. baissees (*K* bessies), *M'N* Bessie (*N* -iez) les o.; *IM'A²*
deuant; *M²AA²CIJy* lor i. — 36 (*I*); *CJKM'n* est, *E* ert; *M²* De
dous p., *M'* Danbe pars; *k* Danbedeus p.; *K* est g. lorgoilz, *M* fu
g. li orguialz (*v. f.*); *C* g. orgeaus — 37 *M* sen, *F* les; *BI* Si se
(*I* si) fierent; *C* del; *en* grant — 38 (*CI*); *F* Qi; *B* fraignent — 39
M²CFMM' haubers; *N* anqueton, *F* -ons, *M* ciclaton — 39-84
m. à *B* — 40 *C* del; *F* ciglatons, *M²EK* ciclaton, *M'N* siglaton,
C singl., *M* auqueton — 41 *C* el; *M* Sont baigniees en s. uermail
— 42 *FKM'* chau, *MN* cheu, *E* cheoit; *M* c. s.; *K* tel, *M'* grant
— 43 *Ekn* Defole, *M'* Desf., *F* De folie; *FM* escachie, *K* escha-
chie, *M'* -cie, *M²* esquachez, *N* dechacie; *A²* Jan a plus de .cc.
blecies — 44 *M²* Tiels, *M* Tiex, *A²* Tels, *F* Tiel, *E* Or, *M'* Si;
Ken ont le (*F* ot li) tornoi, *M* est li tornoy; *M²A²* comenciez —
45 *N* Quaincois, *E* Eincois, *F* Enc. — 46 *M'* .x^m. — 47 *N* des-
lessiees, *F* des leissiees — 48 *A²M* sont s. — 49 *I* De kil, *GL*
Desquil, *HM'* De coi, *CF* De qoi, *J* De cui, *M²N* Dom il, *kA* Dont
il; *F* san uon — 51 *F* Qi; *M²* heumes, *k* haubers; *EM* les l.

Trenchent sei chiés e cors e braz
E fendent sei jusqu'as arçons.
Li dueus, la noise e li resons
19355 En est oïz par le païs
E par les tors de marbre bis,   *19340*
Ou les dames sont en error,
En crieme, en lermes e en plor ;
Quar chascun jor creist li damages
19360 Des plus prochains de lor lignages,
De lor freres e de lor fiz.   *19345*
Tant ont sovent les cuers marriz
Que tote en ont joie obliëe.
He ! tante lerme i ot ploree
19365 E tant sospir fait doloros !
Cist jornaus fu trop damajos   *19350*
A ceus de l'ost, quar Troïlus
Lor a ocis contes e dus
E riches amirauz preisiez,
19370 De que Greu sont mout damagiez.

19352 *M²* e piez, *K* et piz, *E* et cos; *M* testes colz et b.; *n* Et
t. soi chies (*F* chief) cors et b. — 53 *K* iusques, *M* iusques as,
M² tres quas, *E* des quas — 54 *M¹* Le; *M²* duels, *MM¹* duel, *K*
dels, *EF* diax, *N* diaus; *M²* ressons — 55 *K* oi; *n* Estoit si
granz — 57 *n* tote ior — 58 *M²* En c. toz iors e; *K* En duol — 59
M leur domages; *C* lor c. domage; *F* li linages — 60 *M²* pro-
chiens, *n* -eins, *E* prisiez; *F* linages, *C* -e, *M* parage — 61 (*AC*);
M² E de lur fiz e de lur peres — 62 (*AC*); *M¹* lor c.; *M²* De lur
amis et de lur freres — 64 (*G* He), *k* Ha, *e* Hai, *L* E, *M²* Deus, *ny*
Et; *E* mainte; (*Cx* i ot), *AGLk* i a, *M²E* en ont; *A²* La ot
mainte l. p. — 65 *A²* Et maint; *eJ* Et tanz sopirs fez (*J* fait), *F*
Et tant sospirs fait; *K* tant d.; *B* Ml't fu cis tornois d. — 66 *k*
C. (*M* Cel) iornal, *e* C. iornex, *M²* Icist iors; *F* Cist iorz lor fu;
M²N perillons; *B* Et pesmes ml't et damagos — 68 (*B*); *M¹* Lor
i ocist; *M* et c.; *M²* e reis e dus — 69-70 m. à *B* — 69 *I* Et rois
et a.; *EN* prisiez, *F* prosiez — 70 *C* De qoi, *M* Donc grieu (*v. f.*);
A s. adomagiez; *G* Des que g. s. m. ampiriez, *I* Dont il les a m.
d., *A²HM¹n* Ml't les a le ior d., *EJ* Le (*J* Cel) i. les a m. d., *M²*
Dom il sunt molt afebleiez.

Grant ocise ot d'ambedous parz,   *19355*
Quar o saietes e o darz
N'i poëit rien l'ueil descovrir :
Trop par en i estut morir.

19375   Iceste bataille trezaine
Toz les set jorz de la semaine   *19360*
Dura a tire, senz cesser.
Nel reporent plus endurer
Icil de l'ost : triuës ont prises
19380   Al rei Priant, par teus devises
Qu'il les dona al loëment   *19365*
De Troïlus e de sa gent.
Li Troïen e li Grezeis
Les ont plevies a dous meis.
19385   En l'ost fu plainz Palamedès,
E si n'orra nus hom ja mais   *19370*
Plus richement cors sevelir :
Soëf fu fait e par leisir.
Tel sepouture e tel tombel,

19371 (*H*); *EJKM'n* a; *K* de totes p.; *M²* G. fu locise de dous
p., *B* Ml't en i ot mors dambes pars, *I* Molt en moru dambes deus
p. — 72 (*AJ*); *EH* a... a, *M* as... as, *K* por... por; *M¹* seetes; *BI*
Que de s. que de d.; *A* aj. 2 *v.* : Les ont chaciez iusquaus des-
trois Iluec fu lestour si destrois — 73-4 *m. à BI et sont interv.*
dans A² — 73 *CEkn* Ni (*F* Ne) puet; *CEK* nus hom, *n* por rien;
H Ni ose r., *A²J* Nus ni pooit (*A²* osoit); *A* riens; *e* luel, *kn* loil;
M² Se funt les hauzbers desmentir — 74 (*J*); *M²HMM¹* estuet;
A T. p. i conuenist, *N* T. en i estuet a, *C* T. p. gen stuet, *E* T.
an i estouoit, *F* T. an i couanroit, *A²* I couint maint homme — 75
K En ceste; *M²* trezeine, *E* -ene, *EJ* -einne, *M* disieme; *M¹*
Ceste b. quatorzeine — 76 *M¹* .viij.; *M* Dura tous les .vij. i. (*v.*
f.) — 77 *N* antiere; *K* et s. c. — 78 *F N.* pooient, *B* Ne le po-
rent — 79 *K* trieues; *B* Cil de lost ains ont t. p.; *M²K* quises —
81 *M* donast, *n* donra — 83 *MM¹* greiois — 84 *M* donneez; *B*
de; *N* trois m.; *F* par lor lois, *k* par deus m. — 86 *B* Et se no-
rois parler — 87 *M²* Si r.; *M¹* enfouir — 88 *F* faiz; *M²* Par grant
estuide; *B* Cil de troie tot sans mentir; *N* lessir — 19389-400
m. à B — 89 *M¹N* Tex s. (*M¹* sepulcre ne) tex tonbiax, *F* Tiel
s. tiel cembel, *k* Tel sepulcre et (*K* ne) tel t., *M²* Li firent fere son

19390   Ne si precios ne si bel
        Ne fu onc fait ne ainz ne puis,   *19375*
        Ensi com jo el Livre truis,
        Com li firent comunaument
        Tuit cil de Grece e si parent.

19395   Tant com li siegles tient e dure,
        Pareistra mais sa sepouture   *19380*
        Riche desci qu'al finement.
        Lor dus, lor contes, l'autre gent
        Ont seveliz e enterrez

19400   E mis en sarquieuz e en rez.
        Ne sai que aloignasse plus :   *19385*
        Seveli ront Deïphebus,
        Mais ainz fu plainz e regretez
        E tendrement as ieuz plorez.

19405   Mis l'ont en riche monument
       . Tot fait de pierres e d'argent   *19390*
        E de fin or Arabiëis.
        Si refu Sarpedon li reis

19390 *E* Ni; *M'N* biax; *M* Si precieuz et — 91-2 *interv. dans n*
— 91 *n* mes, *E* pas, *A* ainz; *M²* onques feiz onc ne p. — 92 *F*
Ansi, *e* Einsi; *A* ou l.; *M'n* con en lestoire t.; *M* conme el — 93
n Com il, *M* Que li; *K* O lui furent; *n* conmunalment, *M* comu-
nelment, *M²Ky* -ement — 94 *n* del reigne; *M'* Icil de lost, *M²*
T. li grezeis; *M²* g. si p. — 95 *F* sigles, *E* siegles, *N* sieges; *M'*
le siecle — 96 *EF* Paristra, *M²* Parestra, *M* Paruistra, *M'* Pa-
rira, *N* I parra; *M'* la s. — 97 *M²e* de si, *M* dessy; *K* Tant r.
iert si; *M'* au f.; *F* De grant richece ert finement — 98 *K* lor
princes, *N* lor conte; *F* et lor g. — 99 *M'k* sepeliz; *K* enterez —
19400 *M'* sarques, *M²* cuels, *n* -coz; *M* sarcouz honnorez — 1
EF ial., *C* ie loignasse, *N* les l., *M²A* raloignasse, *B* lalongaisse,
M laloigne, *K* gen deisse — 2 (*A*); *B* Ont s., *M²* Sepeliz fu; *k*
Sepeli; *AM'k* ont — 3-10 *m. à B* — 3 *M²Aek* M. molt; *E* est;
M' lont plaint et regrete — 4 (*A*); *M²* o oilz; *M'* plore — 5 *M'*
en .j. chier; *H* uolsement — 6 *K* Toz; *M* faiz; *H* em; *FHK*
pieres; *H* et a. — 7 *M²ANek* arr. — 8 *M* Si ront il, *K* Et
alsi.

A grant honor e hautement,
19410   Come il plus porent richement.

Grant esmai ot entre Grezeis :   *19395*
Dedenz la triuë de dous meis,
A enveié a Achillès
Agamennon dant Ulixès,
19415   O lui Nestor le vieil, le sage,
Qui forni ot maint haut message ;   *19400*
E s'i tramist avuec cez dous
Diomedès le corajos.
Tuit trei furent sage a merveille,
19420   E Agamennon lor conseille
Que ço sera que il diront.   *19405*
Dreit a son paveillon en vont,
Qui toz fu faiz de pailes chiers.
O grant plenté de chevaliers,
19425   Ses homes liges naturaus,
Hardiz et proz e bons vassaus,   *19410*

19409 *LM* richement, *K* baldement — 10 *M²* Cum il p. plus;
LM hautement — 11 *e* ont — 12 *K* trieue; *B* les trieues; *E* des;
N trois — 13 *F* Lors anuoia — 14 *M²* dans, *FK* danz, *EN* dan;
M Rois a. u. — 15 *B* Et dant n.; *M'* li uiex, *F* li uiaus, *M²* lo
ujell, *KN* lo uiel, *BE* le u.; *M* li prou li s.; *F* li sages — 16 *k*
ont; *KM'* grant m., *F* hauz mesages — 17 *M²* ouoc. *EN* auoec,
FM' auec; *M²* cesz; *A* o ices; *k* Et si i t. o ces deus — 19-20 *m.*
à B — 19 *A* sain; *MF.* s. ml't a m. — 20 *M'n* les, *H* se — 21 *B*
Encarge la; *M* que li; *M²* qui il — 22 *K* sen u.; *B* Droit al tref
ueilles iront — 23-6 *m. à B* — 23 (*A*); *E* paisles, *N* pailles; *M²*
Q. ml't estoit riches et chers — 24 *A²* A; *M²ENek* plante, *F*
plainte — 25-6 *m. à E* — 25 *ACHIkn* Si home lige natural, *A²J*
Ki sont si h. n. — 26 *I* Ki tout erent prou et vassal, *ACHkn*
Hardi et preu (*FK* P. et h.) et bon u.

S'estut dedenz mornes, pensis,
Com cil qui d'amor est espris,
Qui ne se set vis conseillier,

19430   Qui ne puet beivre ne mangier,
Qui n'a repos de nuit ne jor.   *19415*
Si le travaille fine amor
Qu'il nen a joie ne deport.
Rien ne li puet doner confort,

19435   Qu'il trait la peine que cil traient
Qui por amor sovent s'esmaient,   *19420*
Qui en tel lieu ont lor cuer mis
Dont n'ont deport ne gieu ne ris,
Aise, voleir ne atendance :

19440   Icez ocit desesperance.
Ic' est la rien dont Achillès   *19425*
Porte e sostient le greignor fais.
Sovent s'esmaie e se despeire ;
Ne sait que cuider ne que creire :

19427-8 *B* Qui la dedens estait assis Damors ml't destrois et p.
— 27 *M*¹ Se tut, *M*² Esteit, *A* Estout, *M* Sestoit, *F* Se fait ; *M* S.
m. d. p. ; *A*² alques p., *M*² muz et p., *AFM*¹ morne et p., *M*
mornes et p.; *H* Achilles fu forment p., *I* Sestut a. ml't p. — 28
A Et c.; *JMN* damors; *M*²*M* iert; *M* entrepris; *AA*²*DKM*¹*n* est
damor; *H* art espris; *A*² sopris, *J* anpris, *D* penssis — 29-30
*interv. dans M*² — 19429-792 *résumés en 4 v. dans B; voy. aux*
Notes — 29 *K* Quil; *A* uif, *M*¹ nis, *D* nes; *I* Et ki ne se s. c. —
30 (*A*); *I* Et, *GN* Quil, *HK* Nil, *CF* Ne (*m. à M*); *H* ni set; *M*¹
beure e, *HM* boire ne; *DL* Ne p. ne b. — 31-4 *m. à DHM'n* —
31 (*AJR*); *L* Quil, *CK* Qil, *G* Que, *E* Ne — 32 *G* la — 33
(*CGIJR*); *AM*² Qui; *A* na ne, *M* na — 34 *M*²*ACEK* Riens, *GJ*
LM Nus; *M*² Cui r. ne p. — 35 (*H*); *CIJk* Qui, *M*¹ Et; *M*² Or
sent, *M* Qui traient — 36 (*H*); *AM*¹ pour amer — 37 *M* tiex
lieuz; *M*²*EFL* cuers — 38 (*AC*); *M* Donc, *LMn* Quil; *C* report,
HLM'n repos; *AHM'n* ioie ne ris — 39 *L* Aese, *M*¹ Esse; *E* Ne
nont u. — 40 *M*¹ Ices, *AM* Iceus, *L* Icels, *n* Ice, *E* Ainz les, *C* Lor
cuer; *M* ochist, *AGM*¹ ocist; *M*² Ce les ocit e desperance; *F* desep.
— 41 *K* Co est, *G* Ce est; *AKen* riens; *M* donc, *N* dom — 42 *M*
Donc il s. g.; *M*² sotient plus greuos f.; *K* p. pesant — 43 (*EJ*);
*M*²*M*¹*kn* e desespeire — 44 *M*² siet; *k* quider, *F* cuide, *M*¹*GNe*
-ier; *M* faire.

19445   Une feiz pense aveir confort,
        Autre feiz dit que c'est la mort   *19430*
        Qu'il sent le jor plus de cent feiz.
        Onc ne fu mais hom si destreiz.
            Li vieuz Nestor e li dui rei
19450   Devant le paveillon tuit trei
        Sont des palefreiz descenduz.   *19435*
        Achillès contre eus est venuz :
        Toz treis les acole e embrace,
        Quar n'i a nul des treis qu'il hace.
19455   Sor un tapiz freis de color,
        Qui vint del regne a l'Aumaçor,   *19440*
        Se sont tuit quatre ensemble asis :
        N'i furent plus, si com m'est vis.
            Premiers parla danz Ulixès,
19460   E si li dist : « Sire Achillès,
        « Agamennon, li vostre amis   *19445*
        « Nos a ici a vos tramis
        « Por mostrer vos e por requerre.

19445 (*AC*); *M²* cuide; *ny* Onqes ne (*H* ni, *e* nan) p. (*M¹* cuide);
EFH conforz — 46 (*CJ*); *M²* A. f. que ce est; *n* Une f., *H* Ml't
souent; *AGH* dist; *e* Ancois (*E* Enc.) dit bien; *M¹* sa; *LFH* morz
— 47 *A* Qui — 48-51 m. à *N* — 48 *M²H* Ainc, *AEM* Ainz, *GJ* Ains;
M²GJ m. nus, *M¹* hons mes; *H* A. mes ne fu h., *A* A. mes ne
seront; *M* A. ne fu m. plus nus d.; *G intercale ici 27 vers; voy.
aux Notes* — 49 *M¹* Le; *M²* uielz, *G* uiex, *En* uialz, *M¹k* uiel —
50 *EK* son p.; *G* pauillon — 51 (*ACHJ*); *M²* Des p. s. d., *F* S.
d. des p. — 52 (*ACHJ*); *M²* A. est contrels; *k* coruz; *n* Contrax
saut a. tot droiz — 54 *ACJ* Quil; *A²* dels qui le h., *A* deuls .iij.
qui h.; *M²* aj. 2 v.: Dedenz son paueillon les mejne E dels henorer
molt se peine — 55 *A* Sus; *M²DM¹* tapi, *F* tapin; *DHM¹n* Desor
(*F* Desoz, *M¹* Desus) .j. t. de c. — 56 (*CHJ*); *E* Qui fu; *F* al
aumancor, *M* a lamacour; *A²* droit dinde la maior — 57 (*ACHJ*);
n li q.; *M²* asis e. — 58 *CFILk* Ne; *E* sistrent; *C* ce mest auis;
Jny gueres ce mest uis; *A²* Apres si lont a raison mis; *M²* mei
semble — 59 *F* Prim., *M¹* Premier, *A²K* Primes; *AM¹* dant, *M*
sire, *M²* reis — 60 *M²N* Et se; *K* a dit, *M¹* li d.; *MM¹* dant a.
— 63 *AKn* Por u. m.; *n* anquerre.

« Venu somes en ceste terre
19465 « Por Troie prendre e por guaster
« E Troïens desheriter.   *19450*
« Ne ferons mie lons sermons :
« Bien en savez les acheisons.
« Venu en somes a itant,
19470 « Perte i avons receü grant,
« E cil de la trop male assez.   *19455*
« Ci est toz li mondes jostez.
« Cil nos defendent les païs,
« Mais mout les avons fort requis :
19475 « Toleiz lor avons lor passages
« E toz les autres guaaignages.   *19460*
« Hector o la fiere poissance,
« En cui ert tote lor fiance,
« Qui de proëce ert soverains,
19480 ·« Vos l'oceïstes a voz mains.
« Or ront perdu Deïphebus,   *19465*
« Dont il sont mout morne e confus,
« E chevaliers teus trente mile,

19464 *A* Venus — 65 *M²A* la uille (*M¹* la cite) p. e g., *Ken*
Por t. p. et por g., *GLM* P. p. t. (*L* La c. p.) et essillier — 66
GLM Et por t. domachier (*G* damaigier, *M* donmagier), *M²A n*
E p. t. deserter (*n* deseriter), *E* Ml't nos an deurions haster —
67 *c* Ni ; *Me* lonc sermon (*E* sarm.) — 68 *F* sauons; *M¹* Vos en
sauez b., *E* Asez an s.; *e* lacheson, *M* lacoison, *A* achoisons,
M² achais., *K* aches. — 70 *M²* Que p. i a. ia molt g., *F* Parte i
auomes au g.; *E* eu ml't g. — 71 *EF* t. mal, *A* t. grant, *M* plus
g. — 72 *M¹* tot le monde; *M* li mondes aiostez, *K* toz li monz a.,
E li m. t. asamblez, *F* toz li monde as. — 73 *M²M* Cist — 75 *M*
Tolois, *M²EN* Toluz, *AM¹* -u, *F* Tollu ; *M* les a. ; *M²AF* lor p.,
M¹ li pas. — 76 *E* gaheign., *F* gahagn., *M²M¹Nk* gaaign. — 77
Ekn a ; *M* ruiste; *n* puiss. — 78 (*A*); *K* qui ; *M²MM¹* iert — 79
M² Car; *M²AMM¹* iert — 80 *en* Que; *M* Lui och., *A* Cil occ.;
M de u.; *M²E* mejns — 81 *KM¹N* deyph., *F* deyf., *E* deif. —
82 *M¹* mort et c.; *A* D. ml't s. et morne, *M* D. ml't s. m., *K* D.
mort s. et m.; *n* D. ml't s. mort et ml't c., *E* D. m. s. morne et
confondu.

« Dont mout sont feible par la vile.
19485 « Victoire nos en est pramise :
« Bien en avons la chose enquise ; *19470*
« Certains en estes, jol sai bien.
« Or si vos mostrons une rien :
« Preisiez estes e honorez
19490 « Plus que nus hom de mere nez ;
« E sacheiz bien par ceste ovraigne, *19475*
« Coment qu'a cez autres en preigne,
« Est vostre pris doblez cent feiz.
« Or si guardez que nel baisseiz :
19495 « A l'abaissier estes venuz,
« S'autre conseiz n'en est creüz; *19480*
« Pris puet l'om tost aveir conquis,
« Mais al guarder, ço m'est a vis,
« Covient grant sen e grant valor.
19500 « En grant pris ont esté plusor,
« Qui puis baissoënt e chaeient *19485*
« E qui eus e lor faiz perdeient.
« Ja nus de pris n'avra tant fait,
« S'auques s'en esloigne e retrait,
19505 « Que ja mais jor retort ariere.
« Ço n'est mie chose legiere, *19490*
« Qui son pris pert, del recovrer :

19484 *M* afoibli, *M²* irie ; *K* D. febli s. ml't, *A* D. ml't est plus foible — 85 *e* uos ; *AMn* prom. — 86 *Aen* auez — 87 *M²Fk* Certain ; *F* Certes en est ; *M²* en somes ; *K* co s., *A* ie s. — 88 *F* se; *E* Mes mostrer uus uuel — 89 *En* Prisiez ; *C* renomez, *K* redotez — 90 *M²* P. quon que seit — 91 (*AH*); *M²M* E si sachez ; *k* de c. o. — 92 *HM'n* que li afaires p., *E* que la chose se praingne — 93 *M* lert; *K* nostre; *C* A doble uetre p. — 94 *AC* Or g. que (*C* bien) ne labaisoiz — 95 *F* Qa — 96 *EKn* Sautres ; *M¹* conseil — 97 *M²* a. tost c. — 99 *FM* Conuient; *M²M* sens — 19500 *n* A — 1*J* bassoient, *A* bais.; *K* chaieient, *EMn* cheoient; *M²* si tres ujlment b. — 2 (*ACJ*); *M* fet — 3 *AM* nul, *M¹* hons, *n* hom; *M* de bien — 4 *E* Se il san; *AHM'n* Se (*n* Sil) auques sesloigne (*F* sal.), *M* Sauques sesl. — 7 *A* Q. p. s. p.; *M¹* de.

« Por ço vos vueil dire e mostrer.
« Ne faites pas que la gent die
19510   « Que proëce vos seit faillie,
« Ne que seiez mauvais ne tes   *19495*
« Qu'ensi seiez del tot remés.
« Sacheiz de veir, parlé en ont,
« Lor contes en meinent e font.
19515   « Se n'en prenez autre conrei,
« Que vos reveigniez al tornei,   *19500*
« Ou vostre pris est toz periz,
« Recreanz estes e failliz,
« Sacheiz que li criz de la gent
19520   « Torra sor vos si faitement
« Qu'ainceis qu'acompliz seit li anz,   *19505*
« Sera del mal dit plus set tanz
« Qu'il n'en fu onques jor dit bien.
« Ensorquetot li Troïien
19525   « Vos ont toleit de teus amis,
« Dont bien devez, ço m'est a vis,   *19510*
« Aveir al cuer ire e pesance.
« Aspre en deit estre la venjance :
« Si sera el, se vos volez;

19509 (*ACHI*); *M²* faciez, *J* facoiz; *M²A²EN* genz — 10
M²FK est f. — 11-2 *m. à A'I* — 11 (*ACGHJL*); *A²n* clamez
— 12 (*ACL*); *Kn* Que si, *EH* Quainsi, *D* Quainsint, *M'* Que
uos; *G* de tout; *n* tornez; *A²* Ne que del t. s. remez — 13
(*I*); *AE* por uoir — 14 (*I*); *Ke* tienent, *M* dient — 15 *AK* Sor, *C*
Or; *n* est pris — 16 *M²A²Ek* Ou uos reuendreiz, *A* O nous r.,
M'n Que uos reueniez (*N* reueignoiz, *F* -iez), *H* Que ne reuigniez
— 17 (*AJ*); *CM'* Toz u. p. sera; *K* ert; *A²E* perdus, *CMM'*
feniz, *K* partiz — 18 *K* Recreanz ; *ACJk* guenchiz, *M²* honiz, *F*
feniz, *M'N* faillis; *E* R. seroiz et ueincuz, *A²* Faillis e. et recreus
— 20 *E* Sera ; e leidement — 21 (*A*); *M²* Quanz que soit a.; *E*
Eincois, *C* Aincois ; *K* que passez — 22 *M* de; *M* lert de uos m.
d. c. itanz; *AM'* set i., *E* .xiii. i.; *M²D* de uos m. dit; *M²* dis
tanz — 23 *Mn* ne fu; *M* o. d. b.; *N* o. dit del b., *F* o. iorz de
b. — 25 *M* toloit, *M'* -ez, *M'E* -uz, *n* -u — 26 *M* D. ml't — 27
M a c.; *K* Al c. a. — 29 *M'* il, *M²F* ele (*v. f.*); *K* ele se u.

19530 « Tost les avreiz desheritez,
« Morz e vencuz, chaciez e pris.   *19515*
« Quant a tant vos en estes mis,
« Se volez, or si maintenez,
« Ço dont vos estes honorez
19535 « E coneüz par tot le mont.
« Tote l'ost vos prie e somont   *19520*
« Que les guardeiz e mainteneiz,
« Com vos avez fait autre feiz ;
« Ne les laissiez endamagier.
19540 « Bosoing lor est e grant mestier
« Que de ceste uevre facciz fin.   *19525*
« Trop somes povre e orfelin,
« Quant senz vos somes en l'estor.
« Mout s'en deshaitent li plusor,
19545 « Dès qu'il ne veient vostre escu :
« Ja ne seront puis socoru.   *19530*
« Por Deu, ne maumetez por rien
« Ço qu'est en vos, si fereiz bien.
« Tant estes proz, riches e sages,

19530 *n* Toz; *M*³ aurons, *H* arons, *F* aura; *Ck* Car tuit (*K* toz)
seront — 31 (*HJ*); *E* M. et confus et toz conquis ; *M*³ naurez et
p.; *Ck* Mort et uencu chacie — 32 *M'y* Q. en t., *M*³ Puis quen
t. ; *M*³*FHk* nos en somes m.; *J* Puis que a ce uos, *C* Q. iusqes
ci nos — 33 *M* et se; *K* Se uos plest et se uos, *C* Si uos u. si,
HM'n Si uoillicz (*N* uill., *F* uoloiz) et si, *E* Si gouernez et; *J*
Si m. se uos uolez — 34 (*H*); *CJek* tant c., *M* e. t. — 36 *M*
Tout; *EMN* loz, *M*³ losz — 37 *M*³ Quel esgardez e mainti-
gnez, *K* Q. les m. et gardez — 38 *M*³ Si cum, *E* Si con, *C* C.
les — 39 *M*³ Nes laissciz mie; *K* si damagier — 40 *Kn* Besoinz;
Mn granz; *M*³ Bcsoing lor a g. e m., *e* B. an ont et g. m. — 41
*M*³ houre; *M*³*M* faciez, *K* faccz, *M*¹ fachiez, *En* facoiz — 42
*M*³ orphcnin, *M* orphelin — 43 *F* Qc se nos; *en* en estor — 44
Ke Si; *M*³ desheitent, *M*¹ dchctent, *K* dchaitent — 45 (*C*); *M*³
Puis quil; *M* qui; *F* escus — 46 (*C*); *M*¹ ne s. mes, *M* puis ne
s., *E* nesteront p.; *F* ascurs — 47 (*C*); *K* P. de; *HM'n* ne
perdez (*F* perdent) ia; *M*³ de r. — 48 *n* Ce que uos est — 49
A sage.

19550   « Trop par sereit pesmes damages
       « Que li pris de vos abaissast,   *19535*
       « Mais qu'il creüst e qu'il montast.
       « Seit or la perte restoree
       « Que si grant avons recovree,
19555   « Dès puis que nos i plot venir.
       « Or nos poëz toz resbaudir   *19540*
       « E metre en cuer e faire proz,
       « Tant que cil aillent al desoz.
       « Sacheiz que jo vos doing conseil
19560   « Leial, dreiturier e feeil. »
         Embrons e taisanz e pensis   *19545*
       Fu Achillès e mout eschis
       Vers l'uevre dont cil l'areisone.
       D'une grant piece mot ne sone,
19565   Puis li a dit : « Sire Ulixès,
       « Ço sai jo bien, ja n'orrai mais   *19550*
       « Jor que jo vive home parler,
       « Mieuz sache un haut conseil doner ;
       « Si conois bien e sai e vei
19570   « Que mout amez l'onor de mei :

19550 *M²* Que t. s. pesanz; *A* pesme domage — 51 *n* Se — 52 *l* Molt seroit miex ke il m. — 53 (*AA²CIJ*); *nH* S. la p. si r. (*F* estoree); *M¹* recouree, *M²* chier uendue — 54 (*AA²CHJ*); *I* grans; *M* Et si grant honnors; *M⁴* restoree, *M²* receue — 55 *A²CFKe* uos ni, *M* nous ni; *C* plait, *F* pot; *M²H* Puis qu'il (*H* que) ne vos i, *I* D. que vous ni p. auenir — 56 *F* uos; *nI* poons; *C* Uos noi pas tres bien r.; *I* tous; *A²* rebaldir, *H* esbaudir — 57 (*M*); *CK* Et m. c. (*C* cuers), *M²Je* Et doner c., *Hn* Et m. arriere; *I* Encoragier et estre p., *A²* Et m. en ioie et en bador — 58 (*C*); *n* uoisent, *eI* soient, *M²* augent; *K* el; *F* a seior; *A²* Si recourez uostre ualor — 59 *F* doig, *I* doins, *C* don — 60 (*I*); *M²F* dreiturer, *N* dresturier — 62 *M* et trop e., *E* ce mest auis; *C* Fu molt a. et e.; *n* esquis, *I* pensis — 64 *K* Done — 65 *M* leur a; *F* danz, *N* dan, *M* dant — 66 *M²KM¹* Ce s. b. ia ior (*K* que ia); *G* norrez — 67 (*C*); *M²* En mon uiuant — 68 *F* sage, *G* sai ie; *Kn* bon, *M¹* grant — 69 *F* oi et u. — 70 *M* Que uous a.

« Par bien e par sen me loëz   *19555*

« Trestot le mieuz que vos savez.

« Bien oi qu'Agamennon me mande,

« Qu'il me prie, qu'il me comande.

19575 « Bien sai par conseil neïentos,

« Povre, mauvais, vil e hontos   *19560*

« Cuidames cest regne conquerre :

« Cinc anz en a duré la guerre;

« Trop i avons grant perte faite.

19580 « Or ne me plaist ne ne me haite

« Que plus en face a ceste feiz.   *19565*

« Tant vueil jo bien que vos sacheiz

« Qu'irié en sui e repentant

« Que jo onques m'en mis en tant

19585 « Ne que onques i ving n'i fui.

« Por ço que jo ne me destrui   *19570*

« Por la femme dant Menelaus,

« Com ja sont fait cent mil vassaus,

19571 *K* Por, *M* Car; *F.M¹* sans, *M²EG* fei, *L* droit — 73 (*GL*); *n* Lanor — 74 (*GL*); *k* Qui; *De* et quil, *K* et qui; *F* et me c., *A²* ml't et c. — 75 (*CDR*); *J* neentox, *M²* njentous, *M¹* nai-, *E* neanteus, *M* uoiteuz (*v. f.*), *G* uoi autex, *A* uoi en tous; *L* uostre con selz est telz, *A²* quen c. traueillos, *Hn* que nos c. (*F* -eilz) presimes (*N* preimes, *F* premiers) — 76 *A²EKR* P. et m.; *M²* ujell, *J* uis, *L* uilz; *Hn* Et maluaisement le fesimes (*N* feimes, *F* fait mais) — 77 (*G*); *M* ce; *A²Fn* pais; *L* C. r. quidames c. — 78 (*AA²IJ*); *HN* .vj. a., *FJ* .vij. a., *C* Mais trop; *G* a ia d., *M* i a d., *K* a duree — 80-94 *réd. à 2 v. dans G*: Toutez uoiez que quil an soit De ces choses sai ie consoil — 80 *K* plost; *LM* siet or ne; *F* nor ne — 81-2 *interv. dans K* — 81 (*ACL*); *M²* cesta — 82 (*ACDJ*); *n* Ce; *M²* Or si uoil b., *H* Itant u. io — 83 *M²* Quirez, *AHkn* Iriez; *e* Le cuer en ai ml't (*M¹* bien); *HK* et repentans, *M* si men repent; *J* Quenz en mon cuer ei ire grant — 84 *FJ* Quant, *k* Dont; *H* en tans, *M* a tant; *K* en fui edanz — 85 (*J*); *N* ionques, *F* ie onqes; *M¹* Que ie onques, *k* Ne que ie o.; *K* ior i fui; *JMNe* ne f. — 87 (*A²CIL*); *M²Ne* dan, *Fk* danz; *N* menelau — 88 *Fk* Dont, *A* Et; *Jy* C. s. ia f., *L* Comme ont ia f., *C* Si com s. f., *M* C. ia s. mort, *F* C. s. ia m.; *A²* Si cum ont ia f.; *N* Con s. ia trante mil uasau, *I* Por cui tans ch'rs vassals; *FHM¹* .xx. m. u., *K* .c. m. malz (*cf. 19610*).

« Qui tuit en sont mort a dolor,
19590　« S'ai por ço perdu ma valor,
« Mon los et mon pris d'en ariere?　　*19575*
« E se par force o par preiere
« Ne port armes, si sui failliz,
« Mauvais, recreanz e guenchiz,
19595　« E sui del tot aneientez?
« Par les devines poëstez　　*19580*
« Des cieus e par les soverains,
« Seürs seient Greu e certains,
« N'i avront mais par mei aiüe.
19600　« Seit la folie maintenue
« Par eus, tant come bon lor iert.　　*19585*
« C'est Achillès qui ja ne quiert
« Qu'il me prisent : n'en ai que faire.
« Sacheiz de veir jo ne pris guaire
19605　« Toz lor parlers ne toz lor diz.

19589 *F* mis a; *M* Q. tant s., *K* Maint home en s.; *I* Est ia
chi mors a grant d. — 90 (*ACI*); *n* Por ce (*F* aus) ai p., *M*² Si
ai perdue — 91 *M*² M. l. m. p. de ca a.; *E* M. p. et m. l.; *M*¹
dor a., *C* denaraire, *K* en a. — 92 *K* Est co; *F* et por; *M*²*Me*
priere — 93 *F* arme — 94 *M*² e honiz, *M* et chetiz — 95-6 *interv.*
dans GJ — 95 *M*²*EG* Si; *FJ* trestoz, *M* trestout; *M*² anieintez,
H anoientes — 96 (*H*); *GJ* volantez, *M*¹*n* deitez, *M*¹ poostez —
97 *J* De cex des ciels des, *A*² Et par tos les deus ; *M*²*E* soucreins
— 98 *M*²*kn* Seur; *J* S. g. seur, *M* Seur g. s., e S. en faz grex (*M*¹
grieu); *M*² griex; *M*²*E* certejns — 99 *M*² Quil ni a., *CJek* Ni a.
plus; *MM*¹ aue — 19600 *JM* S. lor — 1 *K* itant com buens — 2
(*A*); *K* pas ne, *M* plus ne, *A*² ia nen — *Pour les v.* 19603-78,
répétés dans K après le v. 19918, *et les v.* 19717-56, *également*
répétés (voy. plus loin), K désigne la 1re *version, K*¹ *la* 2me *(l'édi-*
tion Joly suit K pour les v. 19603-78 *et K*¹ *pour les v.* 19717-56);
voy. la description des mss., à l'Introduction — 3 *K*¹ men; *K*
prise, *R* present; *Je* et ia (*M*¹ a, *J* ie a) que (*J* quoi) f. ; *éd.* quen
f. ; *A*² ne tant ne quant — 4 *M*² Sachent; *K* que; *C* nel, *R* nen;
*A*² Jo nen donroie pas mon guant — 5 (*AGIJ*); *L* Tout; *LR* par-
ler; *HL* et; *A*² De tos lor los ne de lor dis; *M*² sin seiez fis, *KK*¹
lor gas lor ris, *DM*¹ ne t. l. ris, *C* ne lor auis.

« Vos qui amez honor e priz,   *19590*
« Vos combatez por dame Heleine,
« Quar jo n'en serai plus en peine.
« Vos en morreiz, ço iert honor,
19610   « Si come en sont ja fait plusor.
« Fait i avreiz que bons vassaus,   *19595*
« Sos la rendez dant Menelaus :
« Sacheiz de veir n'en avra mie
« Par mei ne par la meie aïe ;
19615   « N'ier ja por li ne morz ne pris.
« En fiere uevre vos estes mis,   *19600*
« Qui senz honor e senz reison
« E por si mauvaise acheison
« Vos faites ci toz detrenchier.
19620   « Se Menelaus a sa moillier

19606 (*A*²*CDHIR*) ; *F* Nos ; *AFM'n* auez ; *J* dotez noises et criz — 7 *J* C. uos ; *I* bien por h. — 8 (*HIR*) ; *AGL* Que ; *M*²*JM'* Car nen s. mes (*M*² or) p., *E* Ne man metre or p., *M* Je ne s. mes p. — 9-10 *I* Vos en morres si com pluisor Sont ia fait si ares honnor — 9 (*G*) ; *C* Se ; *F* morez ; *K'* al chief del tor, *K* ce iert ennor, *CL* ce est h., *JM'* si iert (*M'* ert) henor, *R* caures lonor, *E* por soe amor ; *M*² henors — 10 (*J*) ; *H* Ensi com en sont ia p. ; *L* Come en s. ; *ACGKK'R* ia mort p., *M* m. li p. ; *M*²*G* plusors (cf. *19588*) — 11 *A*² F. a. ml't, *M*² Bien le fareiz ; *CK* en a., *Ln* i aues ; *ACL* con b., *M*² come ; *R* bens, *C* boen ; *CDe* uassal ; *J* Uos feroiz bien et que uassal, *I* Molt feres que prous et vasals — 12 *N* Si, *FJLek* Se ; *C* Sil la rendres, *R* Cous la rendreç ; *M*² Se par uos la ; *I* Se vous la rendes, *A*² Se ra sa femme ; *CNR* dan, *DGLMek* dant ; *CJe* menelal, *FGHIK'Lk* -ax, *M*²*AR* -aus, *D* menalal — 13-24 *m. à G* — 13 (*C*) ; *EFS*. que il ; *F* ne laura ; *A*² par moi nen ; *A* S. por u. nen arez, *N* S. que ne la raura — 14 *M* p. mon a. — 15 *M*²*AGKK'* Niere por, *H* Nere por, *R* Niert ia por, *C* Ne ia par ; *CF* lui, *M* lie ; *C* iert ; *EJ* Nan sere ia (*J* pas) ne, *éd.nL* Ne serai por lui (*N* li) — 16 (*AC*) ; *H* fole ; *M*² En trop fol plet ; *M* e. pris — 17 (*AC*) ; *M* essoigne, *K* saueir, *B* forfait ; *n* raison, *ek* reson — 18 *M*² mauueize ; *M*²*KK'N* achaison, *M* -oison, *ek* -eson — 19 (*AC*) ; *F* ferez ; *M* vous ci, *K* ici ; *M'* V. en f. ; *en* tuit d. — 20 *C* ra, *M* na.

« E tuit en seiez a mort trait,   *19605*
« Mout i avreiz grant guaaing fait !
« Or en est Palamedès morz,
« E bien cent reis riches e forz :
19625 « Donc ne fust mieuz, que vos est vis ?
« Que sain fussent en lor païs   *19610*
« A governer lor riches regnes,
« A maintenir enfanz e femmes,
« Que en remandront esguarees
19630 « E en seront desheritees ?
« Par ceste ovraigne en seront mil   *19615*
« Desherité e en eissil.
« L'ore ait dahé qu'el comença,
« Quar tante gent le comparra
19635 « E tantes l'ont ja comparé !
« Ja li monz n'iert mais restoré   *19620*
« Se de vil gent non e frarine :
« En chaitivier torne e decline.

19621 (*AC*); *M* soions, *EJ* soient — 22 (*A*); *F* auroit, *EJM*
aura; *C* bel g.; *E* gaheing, *N* gaing, *F* gahaig; *K* M. aura ci
estrange plait — 23 (*A*); *K* Or nest; *M²* P. en est or m. — 24
M² O; *nE* roi; *F* et riche; *M¹* Et ouec lui .xxx. rois fors; *J* Et
.xxx. r.; *L* r. rois et f. — 25 *M²* Doncs, *DJKM¹N* Dont, *EF*
Don, *L* Ce; *G* Ce fusse mieux; *N* a uoz auis, *F* est uos amis —
27 (*ADJ*); *K* Por, *F* Et; *C* enfans et femes, *M²* lor granz henors
— 28 (*D*); *ACFJK* Et; *C* les riches resnes; *M²* E a maintenir
lor oissors — 29 *MM¹* remaindront, *n* remanront, *J* -enront, *M²K*
remainent — 30 *K* Et qui en seront desertees — 31 *M* ceste ouure,
I iceste oeure — 32 *M²* Desertees, *I* Desirete — 33 *K* Or; *M* Lors
ait dishait, *G* Mal dahaz ait; *M²k* quil — 34 *M* Que, *I* Ke; *M²n*
genz; *M¹* tantes genz; *J* en perira — 35 *I* Et tant laront; *F* Et tante
lont comparez, *A²k* Et tant de (*k* tante) gent lont conpare, *HM¹*
Et t. en i a mors ietez; *A²aj. 4 v.; voy. aux* Notes — 36 *N* Dont;
M¹ nert mes, *n* niert ia; *A²* Ja li mondes niert, *H* Que ia nen ert
monz, *I* Ja ne uerrons mais, *E* Ja nus ne uerra; *FM¹* restorez —
37-8 *interv. dans I* — 37 *F* genz; *M* Fors de uil g. et de f., *EH*
Le mont (*H* Li mons) fors de u. g. f.; *M²* frairine — 38 *F* chai-
tiuez, *E* cheitiuer, *MM¹* chet., *H* nonchaloir, *K* dolente; *M²*
encline; *J* A grant cheitiuete d., *I* Le mont ki chi chiet et d.

Tome III.   17

     « Ci perissent tuit li meillor

19640   « E li reial engendreor,

     « Dont li bon heir fussent estrait.   *19625*

     « Ici a trop doloros plait :

     « Par ceste uevre ierent abaissiees

     « E destruites les granz ligniees

19645   « E les lignages soverains ;

     « De basse gent e de vilains

     « Sera li mondes restorez.

     « Par ço perira nobletez,   *19632*

     « Hautece, pris, joie e honor :   *19635*

19650   « C'est damages e grant dolor.

     « Periz est li monz e perduz,

     « Se l'afaires est maintenuz.

     « Mais tant estes sage e vassal

     « E tant i conoissiez le mal,   *19640*

19655   « La perte e la destrucion,

     « Que vos e li autre baron

     « Devriëz porchacier e querre

     « Coment fust pais de ceste guerre.

19639 (*A²CH*); *M¹* Si, *I* Chi, *n* Ia ; *L* periront ; *A* li plusour
— 40 (*A²CHI*); *J* real, *Nk* loial, *L* leal ; *A* engenreour — 41 *K*
buen eir, *M* borioiz ; *F* seront — 42 *G* a ml't — 43 *M²K* erent,
J estront ; *n* Par (*F* Por) ice seront a., *G* Par ceste abaisse et ua
en uain — 44 *m. à G* — 45 *tous les mss. (sauf B)* li; *G* lignai-
gne et li souerain; *B* la ligniee soueraine ; *EF* linages, *CM*
lignage ; *M²* souereins, *CM* -ain — 46 *n* Des; *KLn* basses genz;
n et des; *M²E* uilains, *GM* uilain, *B* -aine ; *C* de basse main
— 47 *C* siegles — 48 (*L*); *FGJR* Por ; *R* enpirera, *G* perit ia ;
K Sen decherront les dignetez, *puis ces 2 v.* : Par ce periront
les noblesces Et les enors et les haltesces — 49 (*AGL*); *DJn* H.
et p., *K* Valors et pris ; *C* gloire e h. ; *KRn* enors, *E* ualor — 50
(*GLMe* Cest), *R* Cert, *n* Ses; *M²K* Ce est damage (*K* -es); *E*
granz dom.; *R* grant domage, *M* donmage ; *FK* et dolors, *nR* et
granz (*R* grant) dolors — 52 *M²* li sieges, *n* li afaire, *JM* li
afaires; *FJ* est tenuz — 53 (*G*); *M¹* s. u., *n* sages uasax, *L* s.
vassal; *M²* sajue, *GK* saige, *E* preu — 54 (*GL*): *K* conoisseiz,
M² -ez, *E* conuissez, *M¹* conoisiez ; *M* le bien le m.; *n* Qe quant
ueez ici lor max — 55 *M²Nk* destruction — 58 *E* f. fins.

  « Ço vos di jo veraiement,   *19645*

19660 « Desci qu'al jor del finement,

  « N'iert mais la perte restoree.

  « Trop a eü longe duree :

  « Pechié faites del maintenir;

  « Tart en vendreiz al repentir,   *19650*

19665 « Se ço auques tient mais ne dure.

  « Par leiauté e par dreiture

  « Vos lo e pri qu'en voilleiz pais;

  « E si ne m'en apelez mais

  « Que j'en aie la teste armee   *19655*

19670 « Ne que jo plus en ceigne espee.

  « Tant vos porriëz travaillier :

  « Mais, come sage chevalier,

  « Traitiez ensi iceste ovraigne

  « Que ceste merveille remaigne, *19660*

19675 « Ceste ocise, cist deableis,

  « E si s'en raillent li Grezeis.

  « Cest en sera, ço sacheiz bien :

  « Ja ne m'en metrai plus en rien. »

19659 *K* di bien ; *M*¹ Ice uos di ; *M* uroiement, *M*¹n certene-
ment — 60 *M*²n Deci, *K* Dessi; *M*² au i.; *E* Que tres quau i. ;
M Des quau i. du definement — 62 *M*²Nek longue — 63 *M*²
feites; *F* retenir — 64 n uanroiz; *MM*¹ A tart u. (*M* en u.), *E*
T. esteroiz; *F* departir — 65 *M*² Car se ce a. t. ; *M*¹ a. mes t., *K*
m. a. t., *E* t. m. a.; *M*¹kn et d. — 66 *FJ* Por... por; *M*²
leiautie, *E* leaute; *M* mesure — 67 n lou; *Me* que; *M*²F voillez,
kEN voilliez, *M*¹ faciez — 68 *M*² mapelez; *M*¹ Si ne men a., *M*
Et que ne me parlez; *M*²MM*¹ ia mes — 70 *M*² il p., *EM* ia mes
— 71 *M*² treuaillier, *Men* traueillier — 73 *L* ici; *G* ice ceste; n
Ensi (*F* Issi) tornez; *M*¹ Prenez conseil de ceste o. — 74 (*GJ*);
*M*¹ Con; *L* bataille; *M* Que la besoigne r. — 75 (*J*); *K* cest,
*M*²G est, *C* et ce; *GM* dyablois, *CM*¹ diablois; *L* ceste deablor,
F ceste ostre lois, *N* et c. lois — 76 *M*²GLk Si sen; *ELn* aillent,
L li vauassor, *M* uostre g., *M*²GK nostre g. — 77 *CN* Ce an
seras, *GL* Si an s., *F* Ce ssera, *k* Ce (*M* Sen) s. sen, *E* Ce an
fere, *M*¹ Por uoir uos di; n ce sai ie b.; *J* Car ce s. de fi ml't
b. — 78 n Je; *M* mentremetrai (v. f.); *Gn* a r., *M* de r.

   Après parla li vieuz Nestor,   *19665*
19680 Qui tint les puiz de Libanor :
   « Iço », fait il, « sereit granz biens,
   « Quil trovereit es Troïiens;
   « Mais en mal point, ço m'est a vis,
   « Sereient or de pais requis.   *19670*
19685 « Laidiz e desconfiz nos ont :
   « Plus fier, plus orgoillos en sont;
   « La pais bien tost eschivereient.
   « Dès qu'il al bosoing ne vos veient,
   « Cuident que vos seiez failliz ;   *19675*
19690 « Sacheiz mout en sont esbaudiz :
   « Por tant l'avons chier comparé,
   « N'a pas ancore uit jorz passé.
   « Mais, beaus sire, venez o nos,
   « Ceint le brant d'acier perillos,   *19680*
19695 « Si les metons en tel esfrei
   « Qu'uns n'i prenge retor de sei.
   « E quant les avrons esfreïz,
   « Chaciez del champ e desconfiz,

19679-716, *omis ici, sont placés dans* K *après la* 2ᵉ *version des* v. *19603-78 ; ils sont réduits à* 2 v. *dans* G (De la bataille ne en champ Nan ai cure qui voelt si ant), *qui répète ensuite les* v. *19623-4 et 19617-8* — 79 K Enpres p. li reis — 81 CM Ice s. f. il; E ml't b. — 82 MCM'n Qui; M² o t. — 84 (AC); K S. oi; E plet; n S. cil an p. r., M² En s. ore r. — 86 M P. fel — 88 (CJ); M¹ al estor; K Quant al b., M Des quan b., A Puis quau b.; F ne nos u., Ak ne nos (M nous (v. f.), A ne uos) uer-roient — 89 F q. nos soions, M vous nous soiez; K qua uos aions failli — 90 CR S. se (R sin) s. m. e., HM'n Si les en auez e. (H resbaudis), A¹ Si les a. toz rebaldis, E Por ce les a. e.; K esbaldi — 91-2 m. à E — 91 (AJ); A²CHRk Por ce, I Poreuc; M² c. cher — 92 (AA²CHJ); R Ne; C encor pas; *éd.* onqore (v. f.), K onqor, M encore, n ancor; K quint ior p., I .xx. iors p., M² un meis entier — 94 K O le — 95 FK metrons; F an cel — 96 K Nus; M ne; e preigne, n praigne; K regart, n conroi — 97 M² raurons; K effr., M cffraiz, F esfr. — 98 M²M¹ de; M deffendiz.

« Sin fera donc meillor parler. »   *19685*

19700 Fait Achilles : « Laissiez ester :

« Ceste parole n'a mestier.

« Sos le revolez comencier,

« Senz mei ireiz, fei que vos dei,

« E senz la gent qui sont o mei.   *19690*

19705 « Jo conois bien ou vos tendez,

« Que porchaciez e que querez :

« Qu'en la folie me remete.

« Ja de ço nus ne s'entremete.

« L'uevre ai guerpie e ci la lais :   *19695*

19710 « Parout en tort e en travers

« Qui que voudra, quar mei n'en chaut.

« Tel i iront e lié e baut,

« Quin seront raporté en biere.

« Ne m'en faites ja plus preiere,   *19700*

19699 *Me* Sen, *n* San ; *e* lors, *F* adonc ; *M²* Si en sera m. —
19700 (*J*); *M²A* Dist a., *K* A. d., *E* Fist a. ; *JMe* mester — 1-2
interv. dans e — 2 *C* Sor elz, *M* So eulz le, *M²AJKen* Se vos ;
M²A uolez recommencier, *CJMen* le u. c., *K* reuoleiz c. — 3 *N*
q. d. uos — 4 *Kn* les genz; *A* qui est; *F* a moi, *N* o nos — 5 *E*
Je uoi tres b. ; *LM* alez — 6 *M* Et que chaciez — 8 *M* la de ce
nul; *A²* aj. 2 *v.* : Nai soign quon me raport en biere Ne men
face ia mes priere (*cf. 19713-4*) — 9 *L* deguerpis toute et les,
M des greioiz t. lez, *A* ai toute g. et les; *M²n* ai laissee, *A²CM'*
guerpis; *M'* et si, *JH* ci; *K* a toz iors mes, *C* del tot et les, *A²*
soies ent cers, *M²* e deguerpie ; *I* Car chou sachies jou lai g. —
10 (*AA²CJ*); *M²ELk* Parolt, *n* Pansent; *L* ou en; *M* en tor et en
trauez, *M²* e torge a vilenie; *H* Voisent den t. ou den t., *I* De-
sore bien v mal en die — 11 *Hn* Cil qi, *I* Cil li, *A* Que que, *C*
Qui qis; *M'* uodront, *N* uoudront, *H* uauront, *A²M* se uelt; *K*
Qui se uoldra; *K* que, *C* cha, *H* et; *MM'* ne, *F* non; *L* Qui ce
voelle car ne men c. — 12 (*HJ*); *AA²CLk* Tels i ira (*AM* ira)
et (*AK* touz, *M* tout) liez (*A²* haitiez); *A* et touz baut; *n* Tel i
uindrent; *M²* Tiel uei ore heitie e b. — 13 (*J*); *CM* Qi, *LM'*
Qen; *L* sera aportez, *CM* s. raportez; *M²K* Qui en s. gitiez
(*K* portez), *M'* Quen en raportera, *n* Qi reporte seront — 14 *L*
me; *A²* face ia nus, *N* fetes mie; *M²M* priere.

19715   « Quar c'est la fin : jol vos di bien,
        « Ne m'en entremetrai de rien. »
             Diomedès ne set que dire,
        Mais nequedent mout a grant ire ;
        De ço qu'il ot ne se puet taire :   *19705*
19720   « Par Deu », fait il, « hontos afaire
        « A ci, se bien i guardiëz.
        « Sire Achilles, mout i baissiez
        « E mout i recevez grant honte.
        « Bien sai e vei que rien ne monte   *19710*
19725   « Nostre sermons ne noz conseiz ;
        « N'en fereiz rien a ceste feiz.
        « Si vos en laist om tot ester :
        « Jo n'en quier mais plus a parler.

19715-6 *m. à* A²F — 15 M² Car est, M' Ce est, L Qe cest;
(LM' fin), M²ACEHNRk fins ; MM' ie, H io; L ie le uoi b. — 16
(HL); M Je ne mentrem., C Ne men entremet plus, AEJ Ne men
metroie p. (E an p.), R Ja ne men merrai p. ; e por r. ; M² Nen
fareie por nuluj r. — 19717-56 *sont répétés dans* K *après la ver-*
sion unique des v. 19679-716 (*l'édition suit la* 2ᵉ *version,non sans*
quelques petits changements) — 17 (ACJR); MM'n Dyom. ; H
sot; M² ot molt grant ire — 18 e Mes ne por quant, A²H Et ne
(H non) por quant; N ne que dant, F ne qe tant; K M. sacheiz
que m. ot, K¹ *éd.* M. co s. quil a (*éd.* ot), M M. s. b. m. a, ACR
M. ce s. m. a; M² Tant vos sai bien conter e dire — 19 (A); C
Dice; CK ne sait qe faire, K'*éd.* ne se (*éd.* sen) puot t.; FMe pot
— 20 K¹*éd.* de, M dieu — 21 M A ici se b. esgardiez; K se uos
i; C i agardicz, M² i gardesseiz — 22 (C); KMn molt (M vous)
abessiez, K'*éd.* molt nous besseiz — 23 M m. r.; K¹ en receu-
reiz, *éd.* i receureiz, K i retenez — 24 M' B. uoi et soi; KK'*éd.*
riens — 25 (M²ACEMn sermons, J -on, M' semons, K' sarmons;
J ne nostre esfreiz; M²HM' a ceste feiz, E et nos segroiz; K
Nostre conseil nostre sermon — 26 (J); AK' riens; H Nen f. plus
car il est drois, M² Si est or bien reisons e dreiz, C Bien sai et
uoi qa ceste foiz, K A tant si nos en torneron — 27 (ACJ);
M²MM' Quom v. en leist (M Si u. en lez, M' Si u. l. on) del t.
e.; K leron; K' laist len tost aler (ester *sur la ligne*), *éd.* l. len
tot ester — 28 M Ja; M²K'M ne ; K' ore plus p., K p. oir p.,
M² p. ia mes p., Me mes o (e a) uos p.

        « De folie s'entremetreit   *19715*

19730   « Qui plus de vos vos amereit.

        « Mare aiez vos le pris conquis

        « Ci e en tanz autres païs !

        « Se ne l'osez prendre o laissier,

        « N'estes mais mie a chastiier.   *19720*

19735   « Bien vos i pert a la color

        « Qu'aillors pensez que a l'estor :

        « Cil qui en demeinent tel plait

        « Ne sevent pas come il vos vait ;

        « Chascuns juge ço que il vueut.   *19725*

19740   « Autre est li cuers que il ne sueut :

        « N'i a neient de l'esforcier.

        « Or nos en poons repairier.

        « J'en saveie bien autretant :

        « Ço m'est a vis, d'ore en avant   *19730*

19745   « En recevrons senz vostre aïe

        « E le guaaing e la folie,

        « Le pris, le los e le damage.

19731 *M²KK'en* Mal; *M* Mar i aiez p. c. — 32 *M'* Et ci et, *F* Ici an, *K'* Ci ne en; *K* Ici et en autre p. ; *M²MM'* tant; *M²J* autre; *en* estrange p. — 33 *GR* Si, *A* Sor; *R* losieç ; (*K'Léd.n* prendre), *M²AA²DHIJKMRe* perdre, *G* perde ; *L* Ne uolez pr. ne l. ; *M²AA²DJKMRen* e (et) leissier (laissier), *GK'* ou l., *H* et laier — 34 (*ADJLR*); *M* Ni e. mes, *H* Nestes or m., *A²* N. pas nostre, *M²* N. mes bons; *E* Niestes ; *M* chastoier; *G* N. mie m. aise a villier — 35-6 *m. à K'* — 35 *M²* Il piert b. a uostre c. ; *n* Il uos pert b. ; *R* en pert, *K* apert — 36 *M'* Aillors; *M²e* en e. — 37 *K* demoinne, *M²* mcinent or; *K'* m. tant grant p. — 38 *Ren* coment uos v., *K'* que uos estait — 39 *M* uoit — 40 (*CKK'*); *M'* Autrest; *M* cuer, *M²AJe* cors, *F* corz, *N* torz, *H* tors; *KM* quil (*K* qui) ne soloit; *E* Altres est li c. quil — 41 *C* rien de lui e. ; *KM* Nest noient de lui (*K* uos) eff. ; *M'* del otroier, *n* del (*F* de) tornoier, *K* del porforcier — 43-4 *interv. dans K'éd.* — 43 *M* Je — 44 *M* m. vis; *M²MNe* dor — 45 (*AJ*); *K'éd.* Or; *C* receuons; *n* An grece irons; *H* Combatre irons si ert folie — 46 *M²KK'éd.* E le saueir; *H* Et si aron sans uostre aie — 47 *K* Le lox le p.

« Celui deit om tenir por sage
« Qui son cors garde e por vassal.   *19735*
19750   « Vos n'i avez plus chier chatal:
« Cel esduireiz, ço m'est a vis,
« De la veie a voz enemis. »
    Achillès s'oï ramponer,
    Si l'en comença a peser :   *19740*
19755   S'il ne seüst Diomedès
    Si entencif e si engrès,
    Ja li deïst que li pesast,
    Ainz que d'iluec se remuast.
    N'en a mie fait grant semblant,   *19745*
19760   E ne por quant si dist itant :
« Sire, jo ne me merveil mie
« Se vos amez chevalerie :
« Si faites vos, ne poëz plus.
« Mar fusseiz vos fiz Tydeüs,   *19750*
19765   « S'ele par vos n'ert maintenue.
« Por quant, si est chose seüe
« Que par lui sont Thebes guastees,

19748 *M²* lon, *F* lan, *KK¹éd.* len ; *K éd.* a s. — 49 *L* de grant
mal — 5o (*A*) ; *n* Se ni metrez ; *EN* chetal, *FM* chastal, *L* uassal
— 51-2 *m.* à *K* — 51 *M* Sel ; *A* esduirois, *C* est durrez, *K¹éd.*
ostereiz, *nEM* garderoiz, *M²* -eiz ; *M²* Bien le g. ce m'est vis —
5a *M* De la main — 53 *éd.* Quant a. soi r. ; *KK¹* ranpougner,
M -orner, *A²* -osner — 54 *M²* Se ; *M²AM¹* li ; *K¹* a comencie, *éd.*
a comence ; *M* se conmence a porpenser — 55 *Mn* dyom. — 56
E Asi tancif, *K* Issi tentis, *IJ* Si atencif (*J*-is), *HK¹MM¹* Si
atentif, *éd.* Si ententis, *C* si atentif, *Gn* Si antantif, *A* Si aatif,
M² Si ramponos, *L* Si a felon ; *F* si agres, *HM¹* aengres, *J* -ex ;
A² Si prou si sage si e. ; *K¹ donne ensuite les v. 19917-8, puis
les v. 19919 et suiv.* — 57 *AKM¹* qui — 59 *F* Si na m. ; *M* f. m.
— 6o *M²* poroc, *M* par ot, *K* por ce, *éd.* por tant — 61 *Mn* men
— 6a *K* cheualelie — 64 *E* Mal ; *F* fustes ; *M¹* f. dont ; *en* thideus,
M²A²K tideus — 65 *KN* nest ; *M²K¹* Se p. u. nest bien (*M²* nes-
teit) m. — 66 *K* Si est il bien — 67 (*HJ*) ; *M¹AA²CIM* tebes, *G*
thiebes ; *M¹* li ; *nL* terres ; *A²* fu tebes gastee ; *M²ACIk* Par lui
s. t. (*K* terres) desertees.

« Que ja ne fussent reguardees
« Ne asises, se par lui non :   *19755*

19770   « Puis en ot itel guerredon
« Qu'uns mauvais guarz le geta mort.
« A grant pechié e a grant tort
« Fist maint riche regne eissillier,
« Dont les homes fist detrenchier   *19760*

19775   « Al siege ou il les assembla :
« Jusqu'a mil anz le comparra
« Li siegles qui a venir est.
« Or vos revei haitié e prest
« De faire autretel o sordeis. »   *19765*

19780   Lors respondi Nestor li reis :
« Sire, tot ço puet bien remaindre.
« Dès que nos ne poons ataindre
« Vers vos ço que nos voudrions,

19768 (*AC*); *F* Qe ia, *G* Jamais; *L* ni fuissent; *A*² fust nis
regardee; *l'éd. donne aux variantes, avec l'indication* V., *qui ne
représente aucun ms. précis*, ces 2 *v.* : Que por lui et por son
effort Furent cinc mila (*sic*) home mort — 69 *A*² assise, *H* mal-
mises; *M*² por; *M*¹ li — 70 *éd.* Quis; *ek* ot il tel, *A*² auoit t.,
*M*² ot si biau — 71 *M* Que .j.; *K* malves; *M*²*M*¹ len — 73 *F*
regne r. e.; *K F.* maintes terres essillier, *puis le v. est répété
en tête du f° qui suit avec la leçon commune* — 74 *K* Dom les
barons — 75 *G* Et dex illoeques sasambla — 76 (*R*); *M*²*M*¹ Tres
qua, *E* Des qua; *G* Qui chierement; *M* conpera, *G* -ara; *en ce
durera* — 77 *JM*¹ El siecle, *E* Est siegle; *G* Ainsis vos dis quil
est tout prest; *M*²*HILK* siecles, *Rn* sieges — 78 *M*¹ Or si u.
uoi, *A* Or u. uoi ci, *I* Tout estes or, *A*²*CLk* Or estes (*I* restes)
ci ; *M*² heitie, *C* haicies, *A*²*M* haities, *L* hastis, *A* hastif, *K* garni;
J Or e. ahetie, *F* Or e. angoisseus, *H* Aparillie e., *R* Or
est ci conroie; *e* altresi p.; *N* Or estes si a venir p., *G* De mal
faire et quil se grest — 79 (*HJ*); *GLM* autel et le (*LM* ou
de) s.; *N* an sordois, *F* a sordois — 80 (*L*); *M*² Doncs, *GLM*
Donc; *L* nector — 82 (*G*); *E* uos ne, *n* ne uos; *M*¹ ni — 83 *G*
nos; *M*² V. ce que n. vos voudrion, *E* Ne fere ce que uol-
drions, *n* Si sai bien que nos uos dirons, *M*¹ Ne sai que plus uos
deison.

« Sos plaist, si nos en tornerons.   *19770*

19785   « Sacheiz que nos amons tuit trei
« Le bien de vos par bone fei. »
S'ensemble les leüst ester,
A el poüst bien tost torner ;
De teus paroles se deïssent,   *19775*

19790   Dont bien tost mal s'entrevousissent.
Mais cil issent del paveillon,
Qui n'orent cure de tençon ;
Ne distrent plus a cele feiz.
Toz deshaitiez e toz destreiz,   *19780*

19795   Sont Agamennon repairié :
Tot li ont dit e tot noncié
Ço qu'en Achillès ont trové.
Mout en furent desconforté.
Enz en meïsme la semaine   *19785*

19800   Furent mandé li chevetaine.

19784 (*M²L* Sos), *M* Sor, *e* Se ; *G* Si plait si an retornerons ;
M² en torneron, *M¹* en retornon, *L* retornerons ; *EKn* Sil (*E* Se)
uos plest ; *E* atant en irons, *K* si nos en i., *N* nos retornerons,
F nos an retornons ; *G aj. 4 v.* ; *voy. aux* Notes — 85 *n* uolons
— 86 *N* Lenor ; *F* a b., *M* en b. — 87 (*I*) ; *A²* Salques lor i l. ;
M¹ lor l. ; *M* lessast ; *K* parler — 88 (*ABHI*) ; *A²* Sempres peust,
K Bien tost poist ; *M¹n* tost atorner, *GL* sempres t. ; *M* Nespoir
ne sen peussent t. — 89-90 *m. à DHM¹n* — 89 (*ACGIJL*) ; *A²*
Tels p. santredeissent — 90 *LM* ml't t. ; *A²GLM* sentrefeissent,
C -uoisissent — 91 *M* M. il i. ; *B reprend ici :* A tant rissent —
92 (*C*) ; *F* cancon ; *B* V il n. rien de lor bon — 93-4 *m. à B* —
93 *M²* Ni ; *F* ceste — 94 *K* Tuit deheitie ; *M¹* Issi con chacun iert
d., *E* Einsi c. chascuns fu d. — 95 (*ACR*) ; *n* a a. (*v. f.*) ; *FM¹*
agamenon (*de même 19801*) ; *M²* A a. repairierent, *B* Ariere sen
s. r. (*il faut p.-ê. lire :* Sont a Gamennon r.) — 96 *EK* Trestot
li ont (*K* Tost li orent) d. et n., *B* Tant ont agamenon n., *M²*
E si li distrent e noncierent ; *M¹* et noncie (*v. f.*) — 97 (*AC*) ; *M²*
Ce quo a. ont, *K* Ce quont o a. ; *R* Ce ke, *M¹N* Ce qua — 98
E sont tuit ; *B* Sen s. m. tuit — 99 *K* Ainz en, *F* Onz ; *ANe*
meismes ; *M²B* En m. cele s., *L* En c. m. s., *M* Puiz en icele
s. — 19800 *K* la ; *M¹* cheueteigne.

Agamennon lor a retrait,
Saveir come il l'aveient fait
D'Achillès somondre e preier,
Mais n'i porent rien espleitier :   *19790*
19805 « S'aïde avons perdu senz faille :
« Ne vendra plus a la bataille.
« Ço li est vis que trop perdons ;
« De pais faire nos a somons.
« Or si guardez que vos voudreiz   *19795*
19810 « E quel conseil vos en prendreiz ;
« Chascuns en die son plaisir :
« Prez sui del faire e de l'oïr.
« Bien en sivrai voz volentez,
« Toz voz voleirs e toz voz grez. »   *19800*
19815   Premiers respont reis Menelaus :
« Par Dieu, » fait il, « mout est vassaus
« Danz Achillès ; bien deit l'om faire
« Tot son talent e son viaire :
« Mais jo ne sai pas ne ne vei   *19805*
19820 « Coment tant prince ne tant rei
« Se honissent si faitement.
« Desci qu'al jor del finement

19801-2 *interv. dans* M — 2 *k* que il (*K* coment) auoient ; *M²*
Tot ensi cum il auoit, *E* Tot ce quil ont troue et — 3 *M²K* Achil-
les ; *M²* prier — 4 (*AHJ*) ; *M²KN* poent, *M* pouent, *F* puent ; *M¹*
Mes r. ni p. ; *AK* riens — 7-8 *interv. dans* B — 7 *B* Ce li semble
t. i. p. ; *n* t. i sont — 8 *K* f. p. ; *n* toz les semont — 9 *M* Et
si ; *e* que en u., *CM* quen (*M* que en) ferez ; *AB* Or g. q. uos
en u. (*B* dirois) — 10 *ACM* Ne — 19811-950 *sont réduits à 6 v.*
dans B ; *voy. aux* Notes — 12 *M* de f. et d'obeir ; *E* Et ie s. p. de
tot oir — 13-4 *m. à* I — 13 *A²* lo ; *Cny* ferai — 15 *F* Primiers,
Me Premier, *K* Primes ; *MN* parla ; *GKn* danz, *M¹* dant, *A²* P.
respondi m. — 16 *K* de, *MM¹* dieu, *M²En* deu (*de même à peu*
près partout) — 17 *M²* lon, *KN* len, *F* lan, *AMM¹* on ; *E*
deuons f. — 18 (*JR*) ; *M²F* pleisir, *M¹* uoloir ; *A* et s. bon plaire
— 20 *N* C. et t. p. et ; *F* et t. r., *M²* e t. haut r. — 22 *M²M¹n*
De ci, *Ek* De si ; *M²* au i.

« En serons mais clamé vencu,
« Dès puis que ci somes venu,   *19810*
19825   « Se nos en tornons senz victoire.
« N'a pas son sen ne sa memoire,
« Qui tel conseil receit ne done.
« Chascuns deit guarder sa corone,
« S'onor, son pris e sa hautece.   *19815*
19830   « Par estoveir e par destrece
« Les devons toz desheriter
« E de la terre fors geter,
« Les tors abatre e les maisons
« E les palais e les donjons.   *19820*
19835   « Bien nos en ont aseürez
« Les soveraines deïtez.
« Ne nos devons pas esmaier
« Por ço, s'il ne nos vient aidier;
« Mais somonge chascuns sa gent,   *19825*
19840   « Si qu'al premier torneiement
« Seient des noz tel conreez,
« Mil nos en laissent des pasmez;
« Mort seient, ou ques ataignons.

19823 *e* serions, *C* seromes, *k* serons nos — 24 *F* Des qe ici,
C D. q. nos ca; *A* q. en s.; *M²* P. qua tant en s. — 25 *n* Se (*F*
Et} nos et uos nauons u. — 26 *M²MM¹* sens; *F* et; *KN* son; *M*
ne m. — 27 *F* Qil; *M¹* retret; *M²M* e d. — 32 *M²Me* hors; *M* Et
de la t. h. g. — 33 *M²* meisons, *K* danions, *EM* donions — 34
Ex maisons — 37 *M* mie e. — 38 *M²* volt, *K* uelt; *F* ne nos
uient pas aider — 39 (*A²*); *En* semoigne, *M* -ne, *M¹* -one, *K*
semonge — 40 *J* Si quel, *M¹* Si qua, *A²* Que al; *H* enuaiment;
A² aj. 2 *v.* Les alonmes si enuair Et si hardiement ferir — 41
CGHLM S. troien, *I* S. li lour tel, *AEK* Les aions (*A* aiez) ainsi,
A² Ques aionmes tels; *HI* tel conree, *Cx* si conree (*C* -ez), *M* si
conroie; *JM¹* Aions troiens si contrez (*M¹* conteez), *M²* Conreons
tiels nos anemjs — 42 (*A²GJ*); *M¹* M. en i l., *A* Que m. en l.;
ALMM¹ de; *HIMn* pasme; *nI* Que m. des lor soient (*I* en i
chaient) p., *H* M. en i chacent tut p., *C* Que m. en remaignent
pasmez, *M²* M. nos i l. des ocis — 43 (*CJ*); *M²* quels; *M¹n*
Mort sont se nos (*M¹* bien) les; *M¹* asaillons, *EJ* ateignon.

19845 « Cui ont il mais que nos cremons ?   *19830*
« Donc nen ont il Hector perdu,
« Par qu'il esteient maintenu ?
« N'ont mais o eus quil contrevaille.
« Ja contre nos n'avront bataille ;
« S'un poi vos en volez pener,   *19835*
19850 « Il ne nos puent plus durer. »
A ço respondi Ulixès,
Qui de parole sot adès :
« Mal dites, sire, ço sacheiz.
« Se esteit par les miens otreiz,   *19840*
19855 « Ja n'en diriëz loëment :
« Or cuident tuit comunaument
« Por vostre moillier l'aiez dit.
« N'i a un sol, grant ne petit,
« Qui por Achillès ne s'esmait :   *19845*
19860 « Dreiz est que chascuns s'en deshait.
« De mei vos di jo bien senz faille,

19844 *KM'n* Qui; *M* Quil nont m. (*v. f.*); *J* craignons, *k* do-
tons, *EJ* -on — 45 *M²* Doncs, *M'N* Dont, *EFK* Don; *M* ne; *K*
Et d. nont il — 46 (*AC*); *KM'* qui, *M²M* cui; *M²ACK* il erent;
N secoru, *F* si cremu — 47 *K* Ni a mes nul, *n* Il ni (*F* nen) o.
m.; *F* qui c., *M²AK* qui grantment uaille, *M* q. guere u e., q.
gueres u. — 49 *F* poez p.; *M²* Se uos v. un poi p. — 50 *M²* Ne
porront mes longes d.; *F* p. danger, *E* eschaper — 51 (*ACGL*);
F A tant respont diomedes — 52 (*AHJLR*); *F* ot; *C* fauelle seit;
G fu angres — 53 (*AGHJL*); *R* Maudites; *A²I* sachies, *ER* sa-
chiez; *C* Mal d. por eaux; *M²* S. fait il dire vos voil — 54 (*GL*);
M' Se cestoit, *J* Sil estoit; *JM'* segroiz, *A* consois; *I* Se vous
croire me voliies, *nH* Se creuz en ert mes consoiz, *C* Ce nest mie
li m. conseaux, *M²* Se creeiez le mien conseil, *A²E* Sesties de (*E*
a) moi conseillies, *R* Si bien nesties c., *K* Se estes par moi c. —
55 (*AJ*); *M²* ne, *k* ni; *G* donriens, *CLM* -iez; *K* donreiz nul l.,
A² diries mais l., *I* feriies l.; *H* Io diroie lo l., *n* Jan d. mon
(*F* mes) l. — 56 (*J*); *GLk* quident; *A²* tot; *C* comunelment, *les
autres* -ement; *n* Oiant trestoz cels (*F* cez) de ceiant — 57
(*ACGL*); *A²* u. femme; *n* Par (*F* Por) uerte meillor lai eslit —
59 *M* soit mait — 60 *M* Si est droit; *n* Or est; *n* se; *M'K*
deheit — 61 *E* Androit m. u. di ie; *K* De mei sai b. s. nule f.

« Mieuz l'amereie a la bataille,
« Qui que m'en tienge por bricon,
« Que aveir plus que nos n'avon   *19850*
19865   « Mil chevaliers : al suen esforz
« Ne se prenent de rien li noz.
« Bien i pareist e pareistra :
« Ja ainz li gieus ne remandra.
« Se nos avons a lui failli,   *19855*
19870   « Poi nos criembront nostre enemi.
« Semblant nos en font chascun jor :
« Bien en somes li sordeior.
« Quant son cors n'i poons aveir,
« Par bosoing e par estoveir   *19860*
19875   « Nos covendra son talent faire ;
« Quar, par mon chief, ço m'est viaire,
« Dès que nos lui n'i avrions,
« Se plus l'uevre maintenions,
« Honte e damage e deshonor   *19865*
19880   « Porrions aveir el sojor

19862 *Ne* en la b. — 63 *e* tiegne, *n* teigne — 64 *M* mil p.; *k* nen a. — 65 *GM* au sien (*G* siens), *A* li siens, *e* sanz son, *F* an son, *C* en suens, *H* a iour, *J* de granz, *L* a un, *N* a nostre; *n* esfort — 66 *GLM* si, *Ae* sen; *AM* prennent, *G* prannent, *L* preignent, *e* pleignent; *C* puent prendre; *M'* mie; (*E* li noz), *CIMM'* les n., *G* les uos; *A* de riens as n.; *K* prent uns toz seus des n., *M²* prendreit nis uns d. n., *n* poine mie nostre (*F* uostre) ost, *H* Ml't le par a bien fait ses cors, *J* Tant par est il et proz et forz — 67 *J* parust, *Mn* parist, *Ae* apert; *H* pert et aparistra; *C* Il i pert molt b. i parra — 68 *H* li iors, *M* le iour — 69 *M²K* a lui a. — 70 *F* uos; *M* craindront, *M²M'* crendront, *K* tendront, *n* criement — 71 *K* uos — 72 *K* Trop; *FM* soudoior, *E* soldoior, *N* noaillor; *M'* Souent en s. li peior — 73 *F* ne — 74 *F* restouoir — 75 *K* Len couiendra; *n* couanra, *M* conuendra; *N* comant, *F* couant, *M'* plaisir — 76 *N* bien mest u; *E* Par m. c. ce; *EF* mest a u.; *M* uiere (*v. f.*) — 77 *n* ie uoi que lui naurons, *K* nos ne li aurions, *M* lui plus ni auron — 78 *Mn* maintenons (*M* -on) (*v. f.*), *G* i m. — 79 *Ae* H. d. — 80 *K* Porrons a. en cest s., *n* Poons a. au chief del tor.

« E el combatre e en l'ester.

« Por tant fereit bien a loër

« Que ceste uevre fust si traitiee

« E si faitement conseilliee   *19870*

19885   « Qu'ensi noz cors ne livrisson

« A mort ne a perdicion.

« Totes veies i a honor,

« Qui de dous maus prent le meillor.

— Seignor » fait sei Diomedès,   *19875*

19890   « Mout avons enchargié grant fais,

« Plus perillos e plus mortaus

« Que ne pense danz Menelaus,

« Qui ci nos somont a ocire

« E a livrer toz a martire.   *19880*

19895   « Lui ne chaudreit quin fust feniz,

« Mais de sa femme fust saisiz.

« A cez autres en laist parler :

« Ne deit mie tel rien loër

« Que l'om ne vueille oïr ne faire.   *19885*

19881 (*HJ*); *G* Et en c., *n* El c.; *F* en l. (*e manque*); *M* lestor
— 82 (*HM'n* Por tant), *MAA²EGLk* Por ce; *K* sereit b., *M* s.
bon, *Hn* si fait bien (*H* bon); *IM'* si feroit bon loer (*M'* parler),
M² vos voil amonester — 83 (*A²GIJL*); *M²K* cest; *E* soit; *M* li
traitie, *M'* auancie; *n* Quant c. o. fu comanciee — 84 *A²I* sage-
ment; *A²* afaitie — 85 (*A²*); *FK* Que si; *M* deliurisson, *e* ne
liureson (*M'* -ison), *K* ne donisson, *F* li otreison, *M²* liureissons;
N Que ensi n. c. l. — 86 *Kn* et a; *M* Sanz m. et s. p., *M²* A m.
ne ne nos perdissons — 87 *F* Toute uoie, *K* Toteuoies; *M* an le
meilleur — 88 *K* dedans, *N* de dax — 89 (*ACJR*); *M'* Seignors;
F ce f., *A²DEI* f. se, *M²* redit, *I* chou dist; *en* dyom. — 90
M' Trop auon; *M²k* enbracie — 92 *M²* ne cujde; *AM* dant
— 93 *n* Q. n. s. a o.; *M²* ore a o. — 94 *M'n* Et a nos l.,
EM Et nos toz l.; *M²* Et l. a si grant m. — 95 *M²k* L. que;
E quan, *M'* quis, *N* que, *k* qui, *F* sil — *M'* ocis — 96 *M*
m. que (*v. f.*) — 97 *F* lais, *M* let — 98 (*C*); *K* pas tele chose
l., *M'* m. c. l.; *M* Que tele c. ne d. l.; *J* tiel pleit l.; *E*
Ne d. pas t. conseil doner — 99 (*CJ*); *A* Quil ne; *n* u. re-
ceuoir.

19900   « Si com mei semble e est viaire,
        « Ne conoist mie bien les lor :
        « « N'ont mais ne force ne valor
        « « Vers nos, » ço dit, « ne grant vertu ;
        « « Dès que il ont Hector perdu,   *19890*
19905   « « N'i a mais nul qu'a criembre face. »
        « Mais tant vueil jo bien que il sace,
        « En tot le mont, qu'ensi est grant,
        « N'a chevalier de nul semblant
        « Qui plus del cors Troïlus vaille   *19895*
19910   « En grant estor ne en bataille.
        « N'est pas meins forz d'Ector son frere ;
        « Trop est hardiz e combatere ;
        « Mout est de grant proëce pleins :
        « Ne cuit qu'il vaille de rien meins.   *19900*
19915   « N'oï onc chevalier nomer
        « Cui plus vousisse resembler :
        « J'en ai essaié ne sai quanz,
        « Mais trop est cist proz e vaillanz. »

19900 (*A*); *J* me s.; *CKM'* mest; *n* mest uis a mon espoir —
1 *E* conuist, *F* conois — 2 *M* ne uigour — 3 *F* V. lui — 4 (*AIJ*);
M'EJ Puis; *M'* qui — 5 *GLM* un sol qua (*L* a), *E* nul plus qua,
A nul deuls qua, *M'l* plus qui a; *A'C* nul (*C* plus) dels; *A'CI* a
(*C* qua) doter f.; *Hn* qui tant bien f. (*F* sache), e que (*K* quan)
crienbre doie; *K* criendre, *M* craindre, *M'* crenbre; *J* plus dels
quen crieme rien — 6 (*A'L*); *E* M. ce; jo m. à *M*; *J* quil s. bien;
CHn M. itant u. ie que on (*n* lan) s. (*C* bien qil s.), *AGe* M. t. u.
ie (*A* bien) que chascun s., *M'* Mes li pleise o li desplace, *I* M.
t. dirai quels ki men hace — 7 *MM'* Quen; *Mn* qui si e., *K* q.
molt e., *A* q. e. si; *M'Cn* granz; *Je* monde de son g.; *I* Ke en
tant com li mons sestent — 8 *N* nus, *E* tel; *M'Cn* semblanz; *I*
mon escient — 9 *I* Qui miex; *M'KLen* troylus — 10 (*J*); *KM*
En dur, *N* Ne an; *F* Et an e. et; *K donne ensuite les v.* 19917-8
— 11 *M'* destor — 12 *C* Molt; *H* Tant par est fiers; *K* uaillanz;
M' ardiz et cumbatiere — 13 *M'* Tant par e. de p. — 14 *C* que
u. — 15 *K* O. noi, *C* Nainc n., *M'* Ainc n., *M* Noi onques, *E* Noi
ainz, *F* N. puis — 16 (*J*); *M'N* Qui, *M'FK* Que; *E* mialz —
17 *M'EL* essaiez, *C* ensaiez — 18 (*C*); *'M* cil; *L* esteit; *K* T. par
est cist; *Jen* M. cil ('*E* cist) est t. (*EF* tant).

Autretel dist reis Ulixès :   *19905*

19920 Cil dui vousissent bien la pais.

Menelau ont mout contredit ;

Nel sopleient grant ne petit :

Le combatre ont mout desloé.

Ja fust en autre sen alé,·   *19910*

19925 Quant Calcas sorst, li vieuz de Troie.

A haute voiz dist, que l'om l'oie :

« Seignor, » fait il, « que volez dire?

« Fol plait a ci e fol concire,

« Quant vos d'aler avez porpens   *19915*

19930 « Ne de pais faire as Troïens.

« Sor le devié as deus sereit :

« Sacheiz tant lor en pesereit

« Qu'en mer vos fereient perir;

« Neienz sereit del revertir.   *19920*

19935 ·« Acomplir estuet lor esguart.

19919 *L* Autressi, *C* autretant; *M²CGM* dit; *k* danz; *H* a dit u. — 21 (*A*); (*M²J* Menelau), *E* -al, *HM'kn* -ax — 22 *L* souplaient, *F* se plaignent, *E* couoitent — 23 *EH* ainz lont d. — 24 *M²ACJL* En a. s.; *M²AM* senz, *L* sens; *CJ* fut; *A* fust tost ale, *CJLM* f. sempre a., *M²* fussent torné; *K* Sempres f. altrement a., *A²Hn* Au lor pais (*A²* terre) fussent rale (*FH* ale), *I* Si sen fuissent ensi torne — 25 (*AJR*); *M* Danz; *C* soit, *HMM'n* sort, *B* sourt, *K* salt. *A²* uint; *I* Ne fust c., *L* C. le sot; *M²* Q. c. li uielz reneiez — 26 (*C*); *R* En aute; *JNe* dit, *F* uialt; *ABHI* que on, *E* si quan; *M²* Sest leuez erraument en piez, *puis ces 2 v.* : De ce qu'il ot ne se puet tere Seignor fait il que uolez feire — 27-8 *interv. dans M²* (*le 1ᵉʳ différent*) — 27 (*ABCDHR*); *A²* Baron; *I* Signor signor; *J* quen; *M²* Honir volez tot cest enpire — 28 (*ABDJR*); *C* ai ci, *H* oi ci; *K* Ci a f. p.; *I* fort c. — 29 (*A*); *Me* Q. (*e Se*) de laler, *n* De uos a. — 30 *FM* a t. — 31 *e* Sus; *F* deuin,· *M* deuine, *M'* deue — 32 *en blanc dans F*; *M²* molt lur — 33 *M²* En m.; *EIM* nos; *M* f. toz p.; *F* feriont — 34 *M²I* Nienz, *E* Neanz; *M* de lauenir, *K* del repentir; *HM'n* Tart (*F* Tant) uendriez (*H* uenriens) au rep. — 35-6 *interv. dans en* — 35 (*AH*); *M²* Aenplir; *K* estuot, *IMe* couuient; *H* agart.

« Tant vos di jo de la lor part
« Que vos veintrez voz enemis :
« Ainz que veiez mais voz païs,
« Ne puet estre destruit ne seient.   *19925*
19940   « Il sevent bien que il porveient :
« Lor providence e lor segreiz
« E les lor hauz devins conseiz
« Sont mout repost as cuers humains ;
« Por quant si seiez toz certains   *19930*
19945   « Que de ceste uevre avreiz honor ;
« E s'il en sont or li meillor,
« Ne vos torge ja a esmai.
« Par les devins respons le sai,
« Qu'il seront mort e eissillié   *19935*
19950   « E de cest regne fors chacié. »
Par l'amonestement Calcas,
Ço truis lisant, ne voustrent pas

19936 (*A*); *M²* E bien uos di; *k* di bien, *M* di — 37 *M* uain-croiz, *I* -tres, *N* uoincoiz, *F* uenqez — 38 *M¹* lor p. — 40 (*A*); *M²ACE* quil i p. (*C* pouoient), *n* ce qil poruoient; *HM¹* Li dieu s. b. quil p. — 41 *N* porueance, *F* prouance, *M¹* prouidende, *I* -che; *M²J* segrez, *M* secres, *A* secrois, *n* secroiz, *C* segrois, *Je* consoiz; *I* sai et voi — 42 (*AC*); *M¹* grans d.; *LM* Et lor tres h.; *N* Et tuit lor haut deuin; *M* conselz, *n* -oiz, *L* conroiz, *e* segroiz; *J* Et lor deuines uolentes, *M²* Deuons garder car ce est dreiz, *I* Mais lor conseil et lor secroi — 43 *M²A* M. s. r.; *M* repons, *K* rebouc, *I* contraire; *M¹* a, *M* en; *AM* cors; *Kn* a (*n* de) cuer humain — 44 *n* Por ce; *K* Et neporquant; *M* sen; *k* soiez c. (*K* certain); *n* tuit certain; *I* Nampourquant si vous fais certains — 45 *e* lenor, *M* lonneur, *I* lonnour; *C* De c. oure a. le meilor — 46 (*IL*); *n* Et si an s.; *N* si m., *M* au m.; *M¹* Et si en serez; *C* Mais se li autre ait or ualor — 47 *C* torne, *n* tornez; *I* doit torner, *Je* tort il pas; *M* Si ne uos t. ia, *K* la co ne uos t.; *N* en e. — 48 *M* repons; *K* lo deuin conseil — 50 (*A²CH*); *I* lor terres; *A* ce; *M* pais; *AEHM* hors c., *JM¹* Et hors de c. (*J* lor) pais c., *M¹* Et tuit ocis et detrenchie — 51 (*A²HI*); *CJ* Por; *n* lo comandemant — 52 *En* uostrent, *M¹* uodrent, *K* uoldrent, *M* uoudrent.

Parler de pais a cele feiz :
Ensi departi li conseiz.   *19940*

QUATORZIÈME BATAILLE : EXPLOITS DE TROÏLUS

19955   En triuës furent li Grezeis.
           O Troïens toz les dous meis :
           N'i ot trait ne feru d'espee,
           Bien fu tenue e bien guardee.
           Entre tant dis se sont guarni.   *19945*
19960   Quant li termes fu acompli,
           Si n'i ot mais de l'assembler.
           Cele nuit font haubers roller ;
           Es grosses lances de sapin
           Sont mis li bon fer acerin   *19950*
19965   E les enseignes de color.
           Si tost com resclarci le jor,
           S'armerent sempres comunal.

19953 *K* ceste; *B* P. de le p. enki (*sic*), *I* De le p. donques
plus parler — 54 (*C*); *AH* Ainsi, *M²* A tant; *J* departent; *JM'* li
segroiz; *E* Einsi remest toz lor; *M²M* conseilz; *B* Ains se sont a
t. departi, *I* Ains lont a tant laissie ester — 55 (*AA'BC*); *n* triue;
H Em pais f. tot — 56 *A'K* Vers t.; *BH* Et troijen; *M'* plus de,
H tot les; *Hn* trois m. — 57 *M* ceint — 58 *K* et fu; *B* Ml't fu
bien t. et g. — 59 *E* E. tant dis, *n* E. tandis; *M²* En demen-
tres si; *M'N* furent g.; *M²* garniz; *B* Entretant se s. bien garni
— 60 *K* Q. li mois furent a., *e* Q. le terme orent a., *B* Q. uirent
le t. a., *n* Q. cil terme sont a.; *M²* aconpliz — 61 *N* Se; *K* ot
que, *BM* rot m.; *M* mes fors dassenbler, *e* f. del rasanbler; *F*
Semons les a del a. — 62 *B* La n. f. lor h.; *E* rosler, *F* roler,
M²MM' rouler — 63-4 *m. à B* — 63 *E* An, *k* En; *I* roides — 64
K buen; *I* Furent mis li fier acherin — 65 *H* colors; *B* Norent
plus cure de seior — 66 (*A*); *H* esclarci, *An* resclarcist; *FM* li
ior, *N* del i.; *M²BKe* c. il virent le i. — *Au lieu des v.* 19967-82,
B donne les 2 suivants : Si sen issirent maintenant Tot ensanle
communalment — 67 *M²* par tot, *K* trestuit, *M* tuit; *A* maint et
comm.

Bien furent covert li cheval
De cendaus d'Andre e de bofuz   *19955*
19970   E de pailes a or batuz.
Ses conreiz fait Agamennon :
Rei Aïaus, rei Telamon
Met toz premiers as fereors.
Cist ne sont mie des peiors :   *19960*
19975   Sacheiz mout a bons chevaliers
En icez dous conreiz premiers.
Diomedès e Menelaus
Ront grant plenté de bons vassaus,
De prode gent e d'aduree   *19965*
19980   E que richement fu armee,
E d'armes sevent quant qu'en est.
   Quant tuit furent guarni e prest,
Si chevauchent vers ceus dedenz,
Qui ne refurent mie lenz.   *19970*

19968 *Ak* Gent — 69 *n* Et de cendax (*F* -al); *C* befus, *A* bofois,
F uousuz — 70 *MM'n* pailles, *E* paisles — 71 *n* Son conroi —
72 *M'KM'n* Reis a. reis (*K* et) t.; *E* ayaus, *F* -ax, *k* aiax; *F*
thelemon, *M'Nek* -amon — 73-4 *interv. dans HM'n* — 73 *HM'n*
Mais des p., *E* Met premeriens; *I* A mis as p. f. — 74 *IMn* Cil;
e poiors — 75 *K* buens; *M* i ot c.; *I* Ml't par ot eslis c. — 77
Mn Dyom. — 78 (*AA'A'CGIJL*); *H* Orent p., *n* G. p. ont, *M'M*
Ont g. p.; *K* buens — 79. (*J*); *GL* De
proude g., *M* De prouse g., *A'* De bone g., *E* De g. ml't preuz,
C De genz de proz, *A* De fors de p., *R* De bons de p.; *ACR* et
dadures, *EGLM* et aduree, *A'* et donoiee; *I* Prous et hardis et
adures, *A'K* Qui molt sont prouz (*A'* preu) et adure, *M'* Ront
lur batailles diuisees — 80 (*GL*); *J* est a., *AR* sont armez, *A'* s.
arme; *K* Et r. s. tuit arme, *C* Et de molt r. armes, *E* Et qui tres
bien estoit armee, *M'* Molt par s. granz e bien armees, *I* De chie-
res armes b. armes, *A'* Et qui ml't b. fu atornee — 81 (*A'*); *C* Car;
A'IL Qui (*L* Et, *I* Cil) s. darmes; *A* quil est, *R* ke est; *M'* D.
sieuent q. quil en e. — 82 (*AJ*); *I* Com; *IL* il; *A'* Et q. f.;
A'EGLM arme — *Les v. 19983-20042 sont remplacés dans BI
par un morceau de 62 v., dans lequel B supprime d'abord 40 vers,
puis 4; voy. aux Notes* — 83 *M'* Cil, *H* Et; *FH* a; *E* cez, *F* ces
— 84 (*AGL*); *HM'n* Que il ne trouerent pas l., *E* Quil ne t. mie l.

19985   En la champaigne sablonose,
          Que n'est desegual ne taiose,
          S'entrencontrerent li conrei.
          Dis mile confanon desplei
          I baissierent a l'assembler :   *19975*
19990   La covint escuz estroër,
          La volent lances en asteles,
          La guerpissent chevalier seles,
          La fausent hauberc e bliaut,
          Que li trenchant fer de Gontaut   *19980*
19995   Passent par piz e par forceles :
          Hui i sordront freides noveles.
          La ot mil branz d'acier nuz traiz
          E sor heaumes oschiez e fraiz;
          La s'entrefont les chiés voler ;   *19985*
20000   La oïst om braire e criër
          Hauz criz, morteus e doloros.
          Tuit sont sanglent li champ herbos
          E plein de lances e d'escuz :

19985 *AF* sablonnoise — 86 *k* niert; *K* desigals, *M²* -aus, *A*
pas igaus, *n* herbue, *y* bocue, *M* orde; *A* caioise, *N* tarsose, *F*
tarsoieise (*sic*), *M'* terreuse — 87 *E* Sentrac., *n* Sentranc.; *M* tor-
noy — 88 *K* gonf., *M'* gonfanons — 89 *M²* Sabaissierent — 90 *E*
La c. il e. troer; *K* haubers e. — 91 (*A²C*); *Mn* esteles — 92 *A²*
guerpirent — 93-6 *m.* à *DHM'n* — 93 (*AA'GJR*); *A²K* blialt,
L bliaus; *C* Li f. h. li b. — 94 *M²* fer t.; *M* Que il i trenchent
f.; (*AEJR* de gontaut, *cf.* *14373*), *K* de gomalt, *A'* de gontalt,
GM de si haut, *M²* bas e haut; *L* Sor cors de cheualiers plus
haus, *C* Contre les espies rien nen uault, *A²* Si que le sanc uer-
meil et chalt — 95 (*AJR*); *GLM* par boeles; *M²* Lor remeinent
par les f., *A²* Font salir fors par les f. — 96 *A²JR* Or; *G* isson-
drent, *A²J* i sordent, *R* en s. ; *E* Sanpres orront; *M²* Par les piz
e par les boeles — 97 (*AH*); *M²A'* La sunt; *E* maint; *M²A'E*
brant d. nu trait; *J* triez, *R* quaç — 98 *H* Sor lor h.; *M²A'E*
oschie e fret; *R* fraç — 99 *H* lor cies — 20000 *K* oissiez — 1 (*C*);
M mortelz, *En* -ex — 2 *C* Sont en s., *M* La sont s.; *K* Tuit font
sanglant lo ch. — 3 *M* Et plainz, *K* Pleins est,

Mil en i gist des abatuz, *19990*
20005 Qui ne se pueent redrecier.
La vont tuit vuit li bon destrier,
Qu'il n'est qui nul en baut ne prenge.
E Troïlus ses freres venge
Si faitement, ço dit l'Escrit, *19995*
20010 Que tot detrenche e tot ocit.
La ou plus veit la force d'eus,
Lor laisse corre iriez e feus.
Nel puet tenir presse ne fole :
Entre eus s'embat, entre eus se cole ; *20000*
20015 Lors fiert e chaple environ sei.
N'i a si orgoillos conrei
Qu'il ne remut, quant il i vient.
Tant le dote chascuns e crient
Que si plus mortel enemi *20005*
20020 Li ont le jor le champ guerpi.
Jusqu'as tentes les conveierent :
Onques anceis ne les laissierent.
A ço faire ot bones aiuës,
Plus de vint mile espees nues. *20010*
20025 De la bataille d'icel jor

20004 *M* en gisent ; *M¹* Deus tans i gist — 5 *n* Qi ne pooient — 6 *M²kn* uoit, *M¹* uit ; *K* buen — 7 (*C*) ; *J* Qui n. que nus ; *M* nullui qui nul en p. ; *M¹* qui nus ; *M²A* ne p. ; *M²Ae* preigne ; *F* qi un b. ne p. — 8 (*ACJ*) ; *M* T. la soe gent u., *n* Car t. son frere u. ; *M¹* son grant duel u. — 9-10 *interv. dans k* — 9 e ce truis c., *M* que tout ochist — 10 *M²* Q. trestot d. e o. — 11 *M²M* la presse — 12 *E* La ; *F* laissent ; *M* Lesse c. ; *K* Seslesse molt uers cels et f., *M²* A un sol coup en ocit deus ; *E* et max — 14 *F* sacole — 15 *M²* Doncs, *k* Donc — 16 *M* tornoy — 17 *C* mue ; *F* li u. — 18 *F* T. redote ; *CM* T. est dotez c. le (*C* li) c. — 19 *K* mortal — 20 *K* cel i. — 21-2 *interv. dans M²* — 21 *H* Dusqas, *A²* Dusques, *E* Desquas, *C* Iusqes, *A* -qa ; *H* recachierent ; *M²* De ci quas t. les conueie — 22 (*CJ*) ; *A* O. por ce ; *M¹* ne le, *K* nes ; *H* laierent ; *M²* Cels de grece met a la ueie — 23 *Cn* ont, *HK* a ; *M¹* aues — 25 *M* a icel, *HFM¹* en icel, *N* an ice, *EK* de cel.

Furent Troïen li meillor.
Sacheiz, por veir le vos plevis,
Mout laidirent lor enemis ;
Mout lor tolirent de lor gent,   20015
20030   Qui el champ jurent mort sanglent ;
E plus assez lor en tolissent,
Mais por la nuit se departissent.
De dous cenz mile chevaliers,
Se Daires n'en est mençongiers,   20020
20035   Ot le pris cel jor Troïlus.
Ne sai que aloignasse plus :
Estreit serré, le pas, rengié,
Sont en la vile repairié.
Li mort sont plaint, mais li navré   20025
20040   Furent la nuit bien ostelé :
Volentiers lor fait om tel rien
Quis asoage e fait grant bien.

QUINZIÈME BATAILLE : TROÏLUS BLESSE DIOMÈDE ET AGAMEMNON.

En l'ost sont morne e mu e quei :
Chascuns i a reguart de sei.   20030

20027 n de u. — 28 M M. ledengent, K Trop ledierent — 31
M^1 tosisent, M tousissent — 32 M Se la n. nes d. (sic); M^1 de-
partirent — 35 M^2Jk Ot cel (J ce, k le) i. le p.; HM^1n le i. t. —
36 (J); N iesloignasse, F ge loign., M laloigne (sic), M^1 alon-
gasse, k aloniasse, A lalongnasse, M^2 porloignasse; E quan acon-
tasse — 37 K E. et s. et r. — 38 F a la; E An la cite s. r. — 39-40
m. à H — 39 (J); M^2 Mes li malade; M^2BFK et li n., M et regrete
— 40 M La n. f. — 41-2 m. à DHM^1n — 41 (GL); M^2 hon; M
autel r., AEJ la rien, R t. riens ; C V. lor donent t. chose —
42 AM Qui les a. (v. f.); GLM et meste (M mete, L met) a b.,
A et f. b., J et lor f. b.; E Quan set qui lor a tort a b.; R biens;
C O bien lor f. a chief de posse — 43 (BGJ); M^2A^1 mu et m.,
FM m. mu — 44 (BC); AJ esgart, M garde, B crieme ; M^2 C. a
grant poor.

20045   Mout sont irié e entrepris.
        N'i ot la nuit joie ne ris :
        Sovent perdent e poi guaaignent
        E ont maint navré qui se plaignent,
        Dont ja ne guarra la meitié,   *20035*
20050   N'escuz n'iert mais par eus baillié.
        Cil qui pueent armes porter
        Ne lor sevent conseil doner,
        Fors tant que lor prochain parent
        En plorent des ieuz tendrement.   *20040*
20055   Ensi avient de tel ovraigne :
        Dreiz est que l'om s'en rie e plaigne.
            Senz triuë que entre eus fust prise
        Ne demandee ne requise,
        Josta la bataille quinzaine,   *20045*
20060   Ainz que trespassast la semaine :
        Grant fu merveilles a desrei ;
        Trop i morurent conte e rei
        E amiraut e duc preisié.

20045-6 *interv. dans* M² — 45 CRk ml't sont pensis (K pensif);
A M. fu irie m. fu p., B Li plus hardis fu tos p. — 46 (BCHR);
EJ La n. ni ot; K noise nestrif— 47-56 m. à B — 47 CM¹ souent
g. — 48 (H); M¹CGK Oient, J Oent, A Or ont; M²ACGHKM¹
mil naurez (G -e); E Les n. oent, LM .C. mile naure (M -ez) —
49-50 m. à n — 49 C Ne ia; (LM¹ moitie), AA²BCGHJR moi-
tiez, M¹E mitiez — 5o (AA²BC); CLR Ne escuz (R Nescuz) niert,
GM Nescuz nan iert; H ia par; GLR por; (LM¹ baillie), *les autres*
bailliez — 51 M pooient (v. f.) — 52 n consauz; M² Nels sieuent
de plus conforter — 53 k li p. — 54 E P. des ialz por aus souant
— 55 Nek de tele, M² ditiel — 56 (A); k Cest dreiz (M droit); E
san lot, M sen loc, M² en rie; E Que luns rie li altres p., A² Se
li uns pert laltre gaaigne — 57 BK trieue; B Mais s. t. quentrex
fu p. — 6o E Eincois que passast — 61 B Granz fu a merueille, K
Merueilles fu g., A G. m. fu; M²ABCNek granz; C a desloi, E a
besloi — 62 M Prou, A Tant, BCKL Molt; K i muerent et c.;
M² Assez i morent c.; F morrirent — 63-70 m. à B, *qui donne*
les 4 v. suivants à la place des v. 29071-6 : Et des naures i ot
ades Naures i fu d. (= 20071) Dune lance par les costes Por
mors en fu le ior portes — 63 KM¹ amiral; EN prisie.

Bien se sont Troïen vengié ;   *20050*
20065 Vassaument se sont contenu
E chierement lor ont vendu
La conqueste qu'il cuident faire :
Dou mile en ont laissié le braire,
Qui el champ gisent pale e freit.
20070 Sacheiz griefment furent destreit.   *20056*
Navrez i fu Diomedès   *20065*
Par mi le cors de plain eslais
D'une lance grosse e poignal,
Si que l'enseigne de cendal
20075 Li remest par mi les costez :
Por morz en fu del champ portez.   *20070*
Al joster li fist Troïlus,
Veant mil chevaliers e plus,
E si li dist en reprovier :   *20071*
20080 « Or sojornez o la moillier,
« Avuec la fille al vieil Calcas,
« Que ne vos het, ço diënt, pas.

20064 (*A*) ; *M*² B. s. cil de troie u. ; *M*¹ si s.; *E* T. ont, *K* O.
t., *M* B. o. t.; *k* lor mort u., *E* les morz u. — 65 (*AC*) ; *M*² Bien
ont lor terre desfendue — 66 (*A*); *M*² Molt c.; *k* rendu — 67
(*ACGL*) ; *F* compresse ; *FM* qi; *K* deiuent — 68 *K* Deu, *A*² Doi,
I Dui, *ELM* .ij., *AM*¹ Dont, *M*² Dous ; *M*²*AA*²*Gn* mil; *AA*²*GIM*
le b., *M*²*A*¹*KM*¹ a b., *EF* an biere, *NS* an baire, *L* en lere — 69
GLM iurent, *A* chieent; *AS* et frois — 70 (*JR*); *I* Maint i furent;
M griement, *K* granment, *A*²*EHL* que ml't; *C* greu f. molt d.,
S que griu sont mult destroiz; *F* Ml't sont angoisseus et d.; *A*
destrois; *K* aj. 8 v. et *S* 12; voy. aux Notes — 71-2 *K* Quau
grant del renc el plus espes Ala ferir d. — 71 *M* Naure;
*GLMM*¹*n* dyom. — 72 *F* plan, *M*² plein, *R* fin; *B* Dune lance
par les costes, puis le v. 20071 — 73 (*R*); *CHM* g. l. p. — 75 *K*
remist, *H* a mis, *M* passa; *M* le — 76 (*M*²*JN* morz), *M* mors ;
CFJKRy mort ; *K* la nuit — 77-8 m. à *K* — 77 *BCGLR* Au (*CR*
A) ioindre ; *C* iffist, *B* fist bien — 79 *JN* Et se, *H* Puis si ; *C* el;
B par ramprosner — 80 *JM* a la, *M*¹ o ma, *H* od uo ; *B* Desor
vos poes seiorner — 81 *EN* Auoec, *k* Auec, *M*² Duoc, *M*¹ Ouec;
B al roi; *H* Auolc la f. dant c., *R* O auec la f. c.

« Por soë amor vos manaidasse,   20075
« Se plus par tens m'en apensasse.
20085   « E ne por quant sa corte fei,
        « Sa tricherie e son beslei
        « E ço qu'ele a vers mei boisié
        « Vos a tot ço apareillié :   20080
        « Sis pechiez vos a encombré
20090   « E ço qu'el m'a d'amor fausé.
        « Par vos li mant qu'or somes dui :
        « S'esté avez la ou jo fui,
        « Pro i avra des acoilliz,   20085
        « Ainz que li sieges seit feniz ;
20095   « Assez avreiz qu'escharguaitier.
        « S'ensi l'avez senz parçonier,
        « Ne s'est ancor pas arestee,
        « Dès que li mestiers li agree ;   20090

20083-102 m. à B — 83 n menaid., e maned., M menasse, G
meniasse, R minease, K manaiasse, H enmenaisse, M' espar-
gnasse — 84 (HJ) ; MR a t.; A²I Sun poi ancois (I plus tost); E
Se ie aincois man porpans. — 85 (A²L) ; M Et ne porte (sic), B Et
non pourtant, G Et non por quant, R Et ne poruec, I Et non
pereuc; M²J male fei ; EIJ foiz; n cortesie, DHM' tricherie — 86
H Sa uilenie, DM' Sa mauuestiez (M' -ie) ; M²A²K son (K sis)
bofei, E ses desloiz ; AGLR son (R sa) belloi, M son desloy,
DHM'n sa (H li) boisdie; I Vous a greue a ceste fois — 87-8
interv. dans A'CEGLM, m. à A² — 87 m. à H; (GL) ; M²C quel
a ; ADM'Nk quel (k que) ma (D mal) damor ; F Ce quelle ma
d.; DM' trichie, K boisiez — 88 F issint, J ensint, N ensinc, E
einsi, M' issi ; H ore si atorne ; K appareilliez — 89 (R); n Cist,
A Ce, AGMM' Son; AGM'k pechie ; A² uos ont — 90 m. à H;
F A ; Ck que ; M damors ma f. — 91 M² mand ; GHJRk or — 92
K Sauez este; FGJRy Ceste (F Cest, GR Seste) a pris, N Ceste
auez ; R on — 93 AJM' Preu, MR Prou, K Molt ; F aurai ; H
Asses i ara dacoillis, M² Ne sui par uos pas trop leidiz — 94 G
cist s.; H finis, EFJk failliz, GMM' partiz — 95-6 m. à DHM'N
— 95 (A) ; M² A. assez, F A. auront, K Molt auez a ; F quescar-
gayter, M que charguetier, M² quesquerguetier, E queschalgue-
tier, K esch., J queschaug. — 96 K Se si, J Sensint — 97 MM'R
encor ; K pas onquore, R p. e. — 98 (CR); M²H Puis, M' Mes.

« Quar, se tant est qu'un poi li plaise,
20100   « Li ostelain i avront aise.
        « Ço sera sens, s'el se porpense
        « Dont ele traie sa despense. »
        Cist afit furent bien oï.   *20095*
        Ne les ont pas mis en obli
20105   Ne cil dedenz ne li Grezeis :
        Ne fu puis jorz de tot le meis
        Qu'en cent lieus ne fussent retrait.
        Assez ot la crïe e brait,   *20100*
        Ou Diomedès fu navrez :
20110   Onques nus hom de mere nez
        Ne vit plorer tant chevalier
        Ne plus se peinent del vengier.
        Dis mile lances i croissirent,   *20105*
        Que maint chevalier abatirent,
20115   E autretant espees nues,

20099 *H* Et; *C* Qant se ce est, *K* Car sil auient; *FM'* que plus, *G* que pou, *R* ke tot — 20100 (*R*); *M²C* ostelein, *H* -enc, e -ois, *J* -oiz; *M²CGM* en a. a. — 1 (*AG*); *J* tost; *H* Ce ert sempre; *C* sele p., *F* selle se p. — 2 (*ACIJ*); *R* Dum, *N* Dom, *M* Donc, *G* Dou; *E* Dont porroit traire, *H* Si len est mius a, *M²B* Que bien (*B* ele) en t.; *K* la d. — 3 *M²A* afist, *A²k* affit, *B* effit; *BC* oit — 4 *EHn* Ne furent p., *K* Nes ont mie; *BC* oblit — 5 (*R*); *H* A cels, *E* Na cez, *N* De cels; *E* as g., *K* les g. — 6 *M²* dedenz le m. — 7 *R* Ken mains; *M²* Que en c. lues ne fu r., *M* ne fust — 8 (*JR*); *HMM'n* i ot, *S* i ont; *B* Mais ml't ot la; *S'* lancie et tret — 9 *S'* Et; *S* La ou fu d. n. — 10 (*G*); *F* Conques; *R* O. ne fu; *S* nul hom de m. ne — 11 (*BS'*); *R* Ke uist p., *L* Noi p., *M* Noy parler; *E* Ne uit t. pleindre; *B* tans cheualiers; *J* tel duel por cheualier; *DHM'n* Ne uit estor si domagex (*F* plus dolerous) — 12 *M* Qui p., *L* Dont p. *K* Et trop, *G* Nou tant; *S'* Ne p. pener; *M²* Molt se p., *S* Dont toz p.; *M²S'* de lui v., *G* de v., *B* Ml't le uengaissent volentiers, *DHM'n* Si pesme ne si dolerex (*F* angoissous) — 13-4 *m.* à *DHM'n* — 13 (*G*); *S'* Deus; *M'* i froissierent, *M²CJ* en croissirent — 14 *S'* Que mil cheualiers; *S* Qe plus de mille en abatent — 15 (*ACGJ*); *DHM'n* Ou tant eust; *M* despeez, *S* despees.

Que sor heaumes furent ferues.
Comparee fu la venjance :
Mainz cors i fist d'ame sevrance.   *20110*
    Agamennon, ço truis lisant,
20120 Por la presse, qu'il vit si grant,
Cuida Diomedès fust morz.
O tant com pot aveir d'esforz
Ala Troïens envaïr ;   *20115*
    E si sacheiz bien, senz mentir,
20125 Qu'estrange estor i ot rendu,
Dès que sis cors i fu venu.
Mout le fist bien il de sa main :
De cent n'en sont pas li vint sain,   *20120*
Qu'il a toz ocis o navrez.
20130 Mais trop les a chier comparez,
Quar Troïlus l'ala requerre :
Entre dous rens li mut tel guerre
O le bon brant forbi d'acier   *20125*
Que del heaume trenche un quartier.

20116 (*ACGJR*) ; *H* fuissent ; *M²* I rot desor heumes f., *E* Qui
sor les h. sont f. — 17 *B* La v. fust c. — 18 *AFGHJM'Rk* Maint
c. ; n*M'* i ot ; *H* i ont ; *BGH* Darme, *AR* -es, *J* Dames ; *M²CE*
Mainte ame en f. de c. s., *B* M. a. en fust de c. seuree, *puis
ces 2 v.* : Mais qui qui gaaignast le ior Li Grieu en eurent le
pior — 20 (*D*) ; *J* Par ; *M²AA²BCILRk* perte, *G* perde ; *H* que ;
J uoit — 21-2 *m. à B* — 21 *F* mort — 22 *Kny* A t. ; *F* desfort
— 23 *C* Rala — 24 *H* Et s. ml't b., *F* Et si uos di b. ; *Bl* que s.
m. — 25 (*ACJ*) ; *B* Estrange e. ; *K* Estranges estors ont renduz ;
M²BM i fu r. (i *m. à M*) ; *y* tenu — 26
M²R Puis ; *A²JMM'n* son c. ; *C* i est, *A²M²n* uirent, *J* uoient ;
M²Ak uenuz ; *EH* Desi que le c. ont eu — 27-8 *interv. dans B* —
27 *CEH* li ; *C* il b. ; *B* Que m. le f. b. — 28 (*HJ*) ; *A²MM'* ne ;
B De cou vos fai ie bien certain — 29-32 *m. à B* — 29 *A²* Quil
lor a ; *M* tot de sa main naurez ; *A* Que tuit o. ou bien naure —
30 *E* M. ml't ; *A* conpare — 31 *L* Quant — 32 *m. à M* ; (*H*) ;
M²CEGIKL Entre les suens (*G* siens, *L* soens) ; *I* la g. — 33
(*HJ*) ; *K* buen ; *I* Ke od le branch ; *IM* trenchant, *E* molu ;
A² Si la feru del b. d., *B* Mais troilus al b. d. — 34 *A²M* Del
helme li t., *M²* Li t. del heume ; *Bl* Li a t. un grant q.

20135   Plaié l'a mout el chief griefment :
        Tuit cil de l'ost en sont dolent.
        En perillos lieu est la plaie.
        De la mort se crient e esmaie :   *20130*
        S'a dreit i ferist Troïlus,
20140   N'i covenist recovrer plus ;
        Mais beslivant ala li cous,
        Por quant del test pareist li os :
        A grant peril i est tailliez.   *20135*
        Apres iço qu'il fu bleciez,
20145   En furent Greu li sordeior ;
        Ne se tindrent onc plus le jor.
        Mout en a Troïlus ocis.
        Ne truis les termes ne les dis   *20140*

20135 M^2M P. la el c. m. g., A^2 Naure la el c. durement, BI De son elme plaie i ot grant, H Vengie sen a ml't laidement — 36 B Tot; I Cil de lost en vont dolousant — 37 ($AA'CDGLR$); A^3HM' fu; A^2 plaie, $DM'n$ plaiez, H blecies — 38-43 m. à $DHM'n$, *sont dans* $M^4AA^1A^2BCEGIJKLMM'PRSS'$ — 38 K Durement sen; L plaint, G doute; S crient et si sesmaie; C sesmage; A^2 De sa m. furent esmaie Tot cil de lost qui le sauoient Et ml't grant duel de lui auoient — 39 M^3 Sel conscust bien n.; A^2 eust este ferus, L le f. t. — 40 M Ne li conuenist ferir, C Ni c. a ferrir — 41 I En eslingant; S' bessoiant, C besloignant, G belloiant, R beluant, L glaceiant, J eschiuant, M belement, A de bellif, A^2E en trauers; C li uait; M^2 coups, K cos, A^2 brans — 42 C Si qe; I Poruec si pert del t.; G tes; E si an perent; (K parcist), R paroist, $M^2AA'BGJLM$ parut, C i pert; M^2 ous, JK ox; A^2 si est la plaie grans — 43 EJ En; IJ i fu, K est il, C en est; S' fu entailliez; R O molt grant p. ert, M^2 Molt par i iert griefment, A^2 A grant angoisse fu ; — 44 ($AA'BCDJ$); I Tout adies puis, A^2 A. le colp, M^2 Des puis lore, k Enpres ico; M qui, LR quel; K plaiez, H plaies — 45 $DHM'n$ En orent g. ml't (H li griu, I grigois) le peior, B Lors en rorent si le pior, A^2R En f. ml't g. (R g. m.) li poior; L tuit li p., M li peiour (*v. f.*), A li sodoiour, E li soldoior, C li noaillor — 46 (C); S' sen ; M^2 ainc, ELn ainz, M oncques (*v. f.*); L puis; B Grigois que puis ne firent tor ; I Ainc ne si tinrent puis; S' li lour — 47-50 m. à B — 47 L Mainz, G Mains — 48 (HL); M Nen; $M^2AKS'e$ le terme, M les fines.

Que ceste bataille dura :
20150 Mais cil dedenz e cil de la,
Ço dist Daires, qui a tot fu,
Miliers d'omes i ont perdu.
Mais la perte fu assez maire   *20145*
A ceus de l'ost, ços sai retraire ;
20155 Perdu en ont encontre un treis :
Nel porent plus sofrir Grezeis.
    Agamennon vit le martire
E le plus de sa gent ocire   *20150*
E la perte sor eus torner,
20160 Qu'il ne lor pueent contrester
Ne champ tenir ne freis aveir.
Par bosoing e par estoveir,
Por la feire, que tant les grieve,   *20155*
Requistrent demi an de trieve.
20165 Ses messages i a tramis
Sages, corteis e bien apris,
Qui bien fornirent le message.

20150 *M* De cil d. de cil — 51-2 *interv. dans B* — 51 *M'* dayres;
M²K par tot, *S'* a tous; *B* Ce me dit d. qui i fu — 52 *HKS'* de
gens ; e i ot; *B* Dambes pars i ot ml't p. — 53 (*A*); *B* M. plus sen
orent griu a plaindre — 54 *M* De; *E* ces ; *tous les mss.* ce sai;
B Car la lor perte fu ml't graindre — 55 (*A*); *K* P. ont encontre;
E i ont; *H* .iiij., *C* en otre un t., *M* encontre eus t.; *B* E. .j. i
perdirent .iij. — 56 (*C*); *EH* Nes, *Mn* Ne ; *ny* pas, *B* mais; *A*
p. s. li g. — 57 *E* uoit — 58 *K* ses genz — 59-62 *m. à B* — 60
(*DJ*); *CM* Qui; *M'* li, *Rn* le; *H* Que il ne; *kny* porent, *M²CJR*
poent; *M'n* trestorner, *H* destorner — 61-2 *m. à DHM'n* — 61
(*M²AGJLRk* ne frois), *CE* nesforz — 62 (*AGLR*); *E* Par force
et par uif e., *C* Por destrece et por c. — 63 *M²* De; *M²ACJKen*
lafere (lafaire), *GLM* la puor, *H* la perte, *C* la force; *J* trop;
M'x lor g.; *C* greue; *B* Por ce ke trop les greuoit an — 64 *K*
Requierent, *J* Requist a; *E* R. et demanda la t.; *M'* treue, *C*
triue; *B* Requisent trieues d. an — 65-92 *sont résumés dans B*
en 4 v.; voy. aux Notes — 65 *FM'* messagiers — 67 *M²* forni-
ront; *Ky* lor; *EHK* messages.

Prianz, qui mout fu pro e sage,   20160
En prist conseil o ses norriz,
20170   O ses barons e o ses fiz.
Tuit li ont dit comunaument
« Qu'a ço n'acordent il neient
Que si grant triuë prenge o eus,   20165
Mais, a lor grez e a lor vueus,
20175   Se combatront tant o les lor
Que il en aient le peior
E qu'il i perdent tuit les vies
E que toz seit ars li navies,   20170
Qu'il ne lor puissent eschaper
20180   Ne en lor terres retorner
Que tuit ne seient mort e pris :
Trop ont grant terme assez requis ».
Sacheiz que mout fu contendue,   20175
Mais, ne sai par la cui aiuë,
20185   Fu totes veies otreiee :

20168 *EM* tant ; *MM'* iert, *A* est ; *ANky* proz, *F* fu cortois et s., *M²* le cuer ot molt s.; *EHK* sages — 69 *An* A pris ; *ny* a ; *M'* amis — 70 *ny* A… a, *A* parens ; *M* Sages cortoiz et bien apris — 71 *E* li dient ; *K* comunalment, *les autres* -ement — 72 *E* A ce ; *HK* ne sacordent ; *M²* Quil ne si a. nient — 73 *M²k* Que il si g. la p.; *J* Que nule t.; *M'* grans treues ; *E* preingne, *J* preinge, *les autres* preigne ; *A* o aus — 74 *K* M. par lor lox et par lor u.; *M²* genz, *AEFJM* gre; *M²JK* uels, *M* uculz, *M'* uex, *AH* uaus, *En* uiax — 75 *M* combatent t. a les l., *HM'n* combatroient t. as l. — 76 *M* Quil en soient (*v. f.*); *EK* Quil en seront li soldeior (*K* sordeior); *HM'n* Quil en aroient ; *M'* paior, *M²* meillor — 77 (*A*); *F* de lor u. ; *K* Et que il p. ; *M²* Et quil p. trestuit, *N* Et quil i perdroient, *EH* Et quil perderont (*E* an perdront) tuit — 78 *MM'* tout ; *E* ert ; *H* Et soit i a. tos; *F* la — 79 (*H*); *M²EM* ne nos ; *M²* mes guenchir — 80 *H* mais torner, *M²* reuertir — 81 *HN* tot, *E* il; *F* nes aient morz; *M²M'* o p. — 82 *HJ* triue ; *F* a. g. t. mis, *k* g. termine r. ; *R* T. g. ont terme aiqeç (*sic*) r. — 83 (*GH*); *F* m. grant c. ; *L* ia ne fust tenue — 84 *L* Ne sai par quele, auenue, *H* M. io ne s. p. quel a. ; *FGM'* aue — 85 *EMN* tote uoies, *F* t. uoie.

Sis meis dura cele feiee ;
Ne fu maumise ne enfraite.
Quant la chose fu a chief traite   20180
Des cors ardeir e sevelir,
20190   Si ont eü assez leisir
D'eus sojorner e porchacier,
E cil dedenz d'eus enforcier.

BRISEÏDA DONNE SON AMOUR A DIOMÈDE.

Diomedès e Menelaus   20185
Orent plaies granz e mortaus ;
20195   En grant crieme e en grant sospeis
Rest mout Agamennon li reis.
Mires ont buens a lor talent,
Por quant sin jurent longement.   20190
Socors orent e tel aiuë,
20200   Ainz que la triuë fust rompue,
Furent guariz e respassez.
Quant Diomedès fu navrez

20186 H .iij. m. ; M² fiee — 87 M enfrainte — 88 M² al chef
— 89-90 interv. dans HJMM'n — 89 (CJ) : K sepelir, HM' en-
foir — 90 m. à F ; — 91 JM'N Si orent (N rorent) puis ; M²J
molt (M² en) grant l. : ACM Si ront (C ont) (M Sorent) puis eu
g. l. — 92 M² esforcier — Pour les v. 20193-338, ABHJR sont
utilisés — 93 MM'n Dyom. — 94 M Si o. ; R plaie grant — 95-6
m. à B — 95 KNR peine, FM' peril ; et m. à n ; M²K soupeis,
En sopois, M' sorp., MR sosp. — 96 n Est m., k En est, M Rest
— 20197-200 résumés dans B en 2 v. : Mais mires leur fist cel
aieue Cainc que fust la trieue rompue — 97 JM bons, M² bos ;
E M. orent, M'n Mes m. ont — 98 Jn sen, ek si, R se ; KNe
longuement, R loniamant — 99 (JR) ; F et bone, R bon et, N a
lor ; FMM' aue — 20200 k Quainz, R Cainç ; k trieue, M² treiue
— 1 (BR) ; M² Furen garitz, K Les ont g. ; en Fu chascuns sains
et r., J Si fu c. bien r. ; BR F. gari et respasse ; B aj. ce v. : Ml't
furent de grant escape — Pour les v. 20202-25, IP sont utilisés
— 2 (B) ; MM'n Dyom. ; R naure ; B aj. ce v. : Que de la mort
fu pres asses.

E la fille Calcas le sot,   20195
Conforta s'en tant com plus pot,
20205 Mais n'en pot pas son cuer covrir
Que plor e lermes e sospir
N'issent de li a nes un fuer.
Semblant fait bien que de son cuer   20200
L'aime sor tote rien vivant :
20210 Nen aveit onc fait grant semblant,
Jusqu'a cel jor, de lui amer,
Mais lores ne s'en pot celer ;
Mout a grant duel e grant pesance.   20205
Ne laisse par por reparlance
20215 Qu'el nel veie dedenz sa tente :
Dès ore est tote en lui s'entente,
Dès or l'aime, dès or l'en tient,
Mais de lui perdre mout se crient.   20210
Mout fu perillose la plaie :
20220 Li oz des Greus mout s'en esmaie,

20204 (J) ; M² sci, M¹ len ; M²EHk al mielz (H plus) quel (HK
que, M² quil) pot ; R c. il p. ; B Sacois que grant dolor en ot —
20205-338 m. à B — 5 M² ne — 6 HM'N Car, I Et ; J plors ; EN
sopir, M¹ soupir — 7 M² Nisse, HM' Issent ; M de lie a grant f. ;
H nen sai le f. ; R Neissent de li cent a un f. ; E por ; A²K negun,
M² neisun, M¹ nisun ; N Nen poent issir a nul f., I Nen ississent
parfondement — 8 EK B. f. s. ; R a son, n an s. ; A² B. li mostre
que de fin c., I B. en fait le demostrement — 9 (A²H) ; R Lame,
F Lamoit ; I Que laime plus que — 10 EJK ainz, R hanc ; M²
Ainc nen a., HM'n Nauoit mie ; M a nul f. s. ; A bon s. ; I onques
mais f. tant — 11-2 m. à I — 11 M²E Tres qua, HM' Dusqua, J
Des que, R Duske, M Jusque ; N ce i. ; R li a. — 12 M² adoncs,
Rk adonc ; HKRn se, M le — 13 R Mas a ; M'n G. d. (n ire) en
a, I G. d. en fist ; H G. dolor en a et p. ; I pesanche — 14
(A'A²L'P) ; H lessa ; JLny deparlance, G la parlance ; I Onques
nel laissa por parlanche — 15-54 m. à A ; 15-24 m. à DHL'M'n
— 15 GIKR Que ; I ueist ; L Quele naille, G Que nen aille ; P Qe
nel uoist ueoir en sa t. — 16 m. à P ; M² Or est en li ; L a tote,
M est — 17-8 interv. dans GL — 17 R lame ; CEJP le t. — 18
K trop se — 19 C Car fu p. sa p. ; J P. fu m. — 20 M²J osz, GLR
st, k oz ; I Trestoute los ; E Tote los d. g. san e.

E ele en plore o ses dous ieuz.
Ne remaint por Calcas le vieuz,   *20215*
Ne por chasti ne por manace,
Ne por devié que il l'en face,
20225 Que ne l'aille sovent veeir.
Dès or puet om aparceveir
Que vers lui a tot atorné :
S'amor, son cuer e son pensé.   *20220*
Si set el bien certainement
20230 Qu'el se mesfait trop laidement.
A grant tort e a grant boisdie
S'est si de Troïlus partie,   *20224*
Mesfait a mout, ço li est vis,
E trop a vers celui mespris
20235 Qui tant est beaus, riches e proz,   *20225*
E qui as armes les veint toz.
A sei meïsme pense e dit :
« De mei n'iert ja fait bon escrit
« Ne chantee bone chançon.

Pour -21-2 tous les mss., sauf C'W, sont utilisés (S abrège ce passage, B a une grande lacune) — 21 R elle p.; A²E cele; P Ele en p., L² Et si en p.; CEJLP a; KR les, G ces; S' de ses iex, I nel lait pas — 22 L remest, V² se tint; A² Nel laisse; JP par, S' V' V²k li uielz; C Ce li uee c. li ueauz, I Por son pere le uieil c. — 23-4 *m. à* L² — 24 P honte, L dire, GK desfence; EJ lan li, CMP il en; G que on li (*v. f.*), K quil len, L quil li en — 25 GJM' Quel; (GLL'Nk aille), FP aile; M²CE Quele nel aut (CE uoist), H Que ne lalast, I Asses le uoit — 26 CFKL len, R bien — 29 FM'R il, K len, M on; H Si set ele chertainement — 30 (L); M² Quele, R Kil i, F Quelle se; M si forfet; FM' trop malement — 31 MM' boidie, E uoidie — 33-4 *m. à* K — 33 (CGJL); HM'n ce mest avis — 34 C enuers c., M' a e. lui, Hn an a u. lui — 35 (EJ Qui tant), R Ke trop, Ck Qui t.. HM'n Car ml't, M² Quensi; MM' et riche et, R sages et, H riches et — 36 CJM Et cil q. darmes, R Et ki des a.; M'EK E q. darmes les u. trestoz, H Et as a. les u. sor tos — 37 M'EN meismes — 38 M²M' nert; HM'n dit bon respit, J fez bons escrit; R buen e. — 39 Ekn chancons.

20240   « Tel aventure ne tel don   *20230*
         « Ne vousisse ja jor aveir.
         « Mauvais sen oi e fol, espeir,
         « Quant jo trichai a mon ami,
         « Qui onc vers mei nel deservi.

20245   « Ne l'ai pas fait si com jo dui :   *20235*
         « Mis cuers deüst bien estre en lui
         « Si atachiez e si fermez
         « Qu'autre n'en fust ja escoutez ;
         « Fause fui e legiere e fole

20250   « La ou j'en entendi parole :   *20240*
         « Qui leiaument se vueut guarder
         « N'en deit ja parole escouter ;
         « Par parole sont engeignié
         « Li sage e li plus veziié.

20255.   « Dès ore avront pro que retraire   *20245*
         « De mei cil qui ne m'aiment guaire ;
         « Lor paroles de mei tendront
         « Les dames que a Troie sont.
         « Honte i ai fait as dameiseles

20260   « Trop lait e as riches puceles :   *20250*
         « Ma tricherie e mis mesfaiz

20240 (*JR*); *Ekn* Tex, *M¹* Tiex; *J* ei et tel; *Ekn* tex dons, *M¹* Tiex don — 41 *M* ie or, *K* gie pas; *J* Ne men deusse ia mouoir — 42 *MM¹* sens; *Mn* ai, *H* eu; *M²CHRk* f. saueir, *J* mal uoloir — 43 *K* Que; *n* iai trichie (*F* tranchie) — 44 *M²* ainc, *R* anc, *E* ainz; *K* nul ior — 46 (*JR*); *MM¹* Mon cuer; *KM¹* o, *E* a; *n* d. e. auoc (*N* o) lui — 48 *EJRkn* Qualtres; *en* ni; *M²* Que de mei f. toz iors amez — 49 *M²Fk* sui, *R* suy, *M¹* fu; *M* f. l. — 50 *M* ie; *n* antandie; *R* Cant ie latendi de p., *M²* La ou dautre escoute p. — 51 *n* san uiaut — 52 *M²ER* Ne; *J* la p. — 53 *R* Can p.; *e* paroles; *M¹* enginies, *F* -iees, *EN* angigniees — 54 *R* et li ueçie; *en* Les plus sages les ueziees — 55 *M¹* Deor; *M²n* a. ml't; *J* a cort porront r. — 57 *H* parole; *Jk* Harront mes mei (*k* mei m.) et droit, *M²ER* H. moi et grant d. (*R* d. en); *M²EJKR* auront, *M* sauront — 58 *E* an t. — 59 *JK* H. i a, *E* Grant h. ai — 60 *M²* leide; *R* Grant et; *E* Et ml't grant leidure as p. — 61 (*AH*); *F* La t.; *GJn* mi, *M²M¹R* mon; *M²CJKM¹Rn* mesfet.

« Lor sera mais toz jorz retraiz.

« Peser m'en deit, e si fait el :

« Trop est mis cuers muable e fel.

20265 « Qu'ami aveie le meillor   20255

« Cui mais pucele doint s'amor :

« Ceus qu'il amast deüsse amer

« E ceus haïr e eschiver

« Qui porchaçassent son damage.

20270 « Ici pert il com jo sui sage,   20260

« Quant a celui qu'il plus haeit,

« Contre reison e contre dreit,

« Ai ma fine amor otreiee :

« Trop en serai mais despreisiee.

20275 « E que me vaut, se m'en repent ?   20265

« En ço n'a mais recovrement.

« Serai donc a cestui leiaus,

« Qui mout est proz e bons vassaus.

« Jo ne puis mais la revertir

20280 « Ne de cestui mei resortir :   20270

« Trop ai ja en lui mon cuer mis,

« Por c'en ai fait ço que j'en fis.

« E n'eüst pas ensi esté,

20262 (A); H Me; n Lor seront; M' tot iors, n toz tans, MR lonc temps, K l. tens; C Par lor sera m. r.; M²CJKM'Rn retret — 63 (AJ); C me; R puet et si fa el; H il — 64 M²ACJRk T. ai le cuer; E Ml't; M' mon cuer; H uil — 66 M²K Qui, M' Cains; R puncelle; (JRen doint), K dont, M²M doinst — 67 M²EJMR Ce, F Cez, KM'N Cels — 68 M² ce, F cez, E ces, M' ceux, Nk cels, J cex — 69 M² porchacast point, R porchacoient, M porchassent (v. f.) — 70 F Et ici; J par il, M²MR parut; M²A fui, M' fu; E I. ne fui ie gaires s. — 71 EJRk Qui; M qui p. — 20273-21590 m. à M' (8 (?) feuillets disparus); nous le remplaçons par D — 73 E atornee — 74 H mesprisie, K -eisiee — 75 KR si, M' ce — 77 M² doncs, D dont — 78 J rest; R boens — 79 R le r.; E La ne p. ie m. — 80 Jny mes; C mort; DH repentir — 81-2 m. à DHn — 81 AC m. c. en lui m., J en l. m. c. assis — 82 (J); nC Por ce, AE Por ce en; M² fis ie; C ma f. si con ie f. — 83 A Ne, DERn ll; F issint, N ensinc, J einsint, D ains.

« Se fusse ancore en la cité :
20285 « Ja jor mis cuers ne se pensast   *20275*
« Qu'il tressaillist ne qu'il chanjast.
« Mais ci esteie senz conseil
« E senz ami e senz feeil :
« Si m'ot mestier tel atendance
20290 « Que m'ostast d'ire e de pesance.   *20280*
« Trop poüsse ore consirer
« E plaindre e mei desconforter
« E endurer jusqu'a la mort :
« N'eüsse ja de la confort.
20295 « Morte fusse, piece a, ço crei,   *20285*
« Se n'eüsse merci de mei.
« Senz ço que jo ai fait folor,
« Des gieus partiz ai le meillor :
« Tel hore avrai joie e leece
20300 « Que mis cuers fust en grant tristece;   *20290*
« Teus en porra en mal parler,
« Qui me venist tart conforter.
« Ne deit om mie por la gent
« Estre en dolor e en torment.
20305 « Se toz li mondes est haitiez,   *20295*

20284 *M²* Se encor f.; *A* oncor, *K* onquore, *En* ancor, *MR*
encor, *D* -re — 85 *F* la lor; *M* mon cuer; *EMN* nel; *JR* sel, *B*
sen ; *M²* ne porpensast — 86 *R* trasaillist, *N* tressausist, *F* -ssist,
M¹ tresausit, *E* le haist — 88 *K* amis — 89 *JRen* tex, *K* tele; *H*
de lat.; *F* antandance, *M²* entend., *R* contenance — 90 *E* Qui
me gitast hors de p., *H* Trop fusse en ire et en p. — 91 *JR* Ml't,
K Prou; *M²JRk* p. ci; *H* eusse or a; *E* Assez p. c.; *K* desirer
— 92 *E* P. moi et d. — 93 *M²E* tresqua, *D* desqua — 94 *D* Neusse
gen, *R* Ne neusse, *E* le n,, *J* Nen eusse — 95 *M²* piece, *MRen*
pieca; *D* se, *E* ie — 96 *DHn* Se nen e. pris conroi — 97
(*ACGJLR*); *A²* Lonc ce; *A²I* iai f. la f.; *DHn* Selonc ice que
faz f., *E* S. ce que ie fet f. — 98 *n* ai saisi (*F* ausse), *I* partirai;
D est le m. — 20299-306 m. à *A* — 20299 *en* Tele; *M* Tel donc i
a. (*v. f.*), *H* Et t. h. ai — 20300 *H* cors; *M* mon cuer; *H* a — 2
M uenir; *F* tant c. — 3 *JK* len; *DHn* Len ne d. m. longuement
(*n* longemant).

« E mis cuers seit triz e iriez,
« Iço ne m'est nule guaaigne,
« Mais mout me dueut li cuers e saigne
« De ço que jo sui en error;
20310 « Quar nule rien que a amor   20300
« La ou sis cuers seit point tiranz,
« Trobles, dotos ne repentanz,
« Ne puet estre sis gieus verais.
« Sovent m'apai, sovent m'irais;
20315 « Sovent m'est bel e bien le vueil;   20305
« Sovent resont ploros mi ueil :
« Ensi est or, jo n'en sai plus.
« Deus donge bien a Troïlus!
« Quant nel puis aveir, ne il mei,
20320 « A cestui me doing e otrei.   20310
« Mout voudreie aveir cel talent
« Que n'eüsse remembrement
« Des uevres faites d'en ariere :
« Ço me fait mal a grant maniere.

20306 *M* mon cuer; *y* est; *R* Et ie soie; *K* tristes i.; *HM*
tristre, *E* triste, *D* -es; *n* Et m. c. tristes (*F* -e); *M²* Et m. c. toz
sols seit i. — 7 *M* Ici; *D* mie g. — 8 *H* Ice me dolt; *J* dot; *AM*
le cuer ; *M²* Ne puis muer que ne me plaigne — 9 (*AH*); *M²* dont
ie, *DKR* que ien — 10 *M²AKRn* riens; *F* quen ra, *N* ou ait; *H*
ne laisteara (*avec le sigle de or sur la lettre finale*) — 11 *R* ont,
F on; *A* cist; *M* son cuer; *EH* est; *n* tenanz, *eJ* trayanz; *H*
abaans — 12 *R* Troblos, *H* Torbles; *DHn* dolenz; *HKn* et r. —
13 (*R*); *M²* sis cuers, *E* si fins, *DHn* tres bien, *A* ses iours; *J* Ne
pot ioer de cuer uerai — 14 (*AHR*); *eN* mapes, *F* mapeis, *M²*
mesioi, *J* me geu — 15 *K* souent le uoil, *D* et b. bon u. — 16 *R*
me sunt; *F* plore; *M* Et s. sont p. — 17 *n* Ensint, *D* Einsint, *E*
Einsi, *M* Ainsi; *K* Puis que si est — 18 *M* Diex; *F* doine,
MN doigne, *R* doign, *E* doingne — 19 *M²JRk* amer — 20 *M²*
donge, *DJM* dong, *F* doig, *R* doign, *M* doinz, *K* done — 21 *n*
Mialz; *JRn* tel — 22 *DN* ieusse, *F* ge eusse — 23-4 m. à n —
23 (*J*); *H* D. deutes; *C* en a.; *M²* De ce quai fet ca en a. — 24 *H*
Ml't me grieue; *ayJ* de g.

20325   « Ma consciënce me reprent,   *20315*
       « Que a mon cuer fait grant torment.
       « Mais or m'estuet a ço torner
       « Tot mon corage e mon penser,
       « Vueille o ne vueille, dès or mais,
20330   « Com faitement Diomedès   *20320*
       « Seit d'amor a mei atendanz,
       « Si qu'il en seit liez e joianz,
       « E jo de lui, puis qu'ensi est.
       « Or truis mon cuer hardi e prest
20335   « De faire ço que lui plaira :   *20325*
       « Ja plus orgueil n'i trovera.
       « Par parole l'ai tant mené
       « Qu'or li ferai sa volenté
       « E son plaisir e son voleir.
20340   « Deus m'en doint joie e bien aveir! » *20330*

SEIZIÈME BATAILLE ; LES MIRMIDONOIS Y PRENNENT PART.

Dedenz l'espace des sis meis
Pristrent maint conseil li Grezeis,
Maint concire, maint parlement,

20325 *D* Masconcience; *F* Macoint ci an ce mairement — 26 *K*
en m. — 27 *H* M. il; *ER* a retorner — 28 (*JR*); *DHKn* Et mon
— 29 *E* Vuelle, *les autres* Voille; *M²M* non u.; *R* V. o non des ore
m. — 30 *Dn* dyom. — 31 (*H*); *DK* damours; *R* en moy; *En* S.
a m. damors; *KR* entendanz — 32 *D* Et quil — 33 *EJMR* des ;
JK que si, *DM* quainsi, *N* quensinc, *FH* quissi — 34 (*J*); *E*
Que; *M¹* mon cors; *M* hetie, *R* hatie, *A* hestie, *K* garni, *E* delivre
— 35 *FMR* qa, *K* qui; *N* li p. — 36 (*HR*); *M²EJ* Ja mes — 37
K amene — 38 *n* Por lui — 39-40 *placés dans M après* -63 — 40
HKR dont; *ADJR* b. et i.; *M²* aj. 4 v.; *voy. aux* Notes — 41
(*ACGJL*); *n* les triues, *H* la triue, *R* cele paiç; *M²BDKRn* de —
42 *J* M. c. p. — 43-6 *m. à B* — 43 *C* concille, *A* consille, *M²*
conseil; *M²E* e m.; *DHn* Et m. los (*N* lox, *F* leus) et m.

         A esguarder com faitement
20345   Traireient de lor uevre a chief.   *20335*
         Trop par lor torne a grant meschief
         De ço que il n'ont Achillès :
         C'est cil qui sosteneit le fais,
         Qui les granz estors mainteneit
20350   E qui les granz esforz faiseit,   *20340*
         Cui aveneient aventures ;
         Qui les batailles forz e dures
         Faiseit a cheval e a pié.
         Mout ont perdu, poi guaaigné,
20355   Puis qu'armes laissa a porter   *20345*
         E eus socorre e aïder.
         Par la sentence e par l'esguart
         Que chascuns fait de soë part,
         I ont Agamennon tramis :
20360   Sevent que mout est sis amis.   *20350*
         Nestor i meine ensemble o sei,
         Qui mout ert sages de lor lei.

20344 *E* Por; *C* Aegarde, *n* Et esgarde, *M²* Esgarderent — 45
M² ceste; *E* Treront de lor afere, *Dn* Traient de lor ouuraigne —
47 *M²* qui il — 48 (*A*); *M* les f., *D* lor f.; *M²* sostient les granz
f.; *BE* Qui (*E* Cil) sostenoit lor (*E* le) grignor f. — 50 *k* souf-
reit — 51 *M²* Cui auienent, *K* Qui aueneit, *M* Cui amenent; *M²k*
les a. — 52 *N* Et les; *F* Et b. pesmes — 53 *m. à B* — 54 *E* P.
ont et po gahaingnie, *B* Et ml't i a dels mehaignie — 55 (*AHJR*);
BM Des; *F* qames — 56 *F* Et nos; *H* Et qil ne les uaut, *E* Ces
a s.; *CHJ* aiuer, *R* aidier, *D* ajurer, *M²* conforter; *B* Ne sen
seuent reconforter, *A* Et au secourre et au muer — 57 (*H*);
A s. par; *F* sequance, *N* semonte (*sic*) — 58 *M²* faiseit de sa p.
— 59-60 *interv. dans B* — 59 *F* agamenon — 60 *m. à K*; *CM*
Car bien (*M* ml't) s. qil sont a., *M²* Qui molt ert sis priuez a.;
BI Por cou que m. ert, *A²* Ki m. estoit bien, *R* Car il e. molt, *A*
Cui il s. quest; *DJ* quil estoit, *H* quil ert m'lt; *n* lor a. — 61
(*AJR*); *n* an moine, *DHM* en meine, *C* mena; *A²* i amena od
soi; *H* m. auolc s.; *M²* o lui, *I* a lui — 62 *R* saiues; *A²K* la loi;
C e. sage a grant besloi, *M* est sage de sa loy, *A* par est sage de
loy; *Jny* Qui s. ert (*DJ* est) et de grant foi, *M²* Ml't estoient sage
anbeduj, *I* M. par e. s. andui.

Ambedui l'ont mis a reison
Sol a sol en son paveillon :
20365 Mout li ont bien l'uevre mostree,   *20355*
Mais poi li plaist e li agree.
Preié li ont mout e requis
Qu'al grant bosoing lor seit aidis :
Mout lor tarde, mout lor demore.
20370 Mout li priënt qu'il les socore ;   *20360*
En mainte guise l'en somonent
E en maint sen l'en areisonent,
Mais onc nel porent amener
A ço qu'il vueille armes porter :
20375 « D'ico », fait il, « mar parlereiz : *20365*
« Sacheiz ja el n'i trovereiz.
« Pais faites, si fereiz que sage,
« Quar trop a ci pesme damage,
« E trop i sera grant e fier,
20380 « Ainz que veez un meis entier.   *20370*
« Ore en est mort Palamedès

20363-4 *interv. dans* B — 63 F Amedui, *Ak* Icil dui, *R* Ici d.;
*M*²Achilles ont m., *A*² Cist doi le mistrent, *B* Le mist li bons
rois — 65-8 *m. à B* — 65 D Ml't b. li o.; *K* Loure li o. tote m.;
*M*²M monstree — 67 *M*²M Prie ; *E* et m. r. — 68 D Qua, F Qe
au — 69 *M*² est tart ; *B* Proie li ml't que sans d. — 70 F que,
A qui; *B* Porte carmes si les s. — 71-2 *m. à B* — 71 AE Et en
maint sens (*E* san), *R* Et en m. leu, *M*²JK En m. endreit, *M* En
pluseurz senz; *M*²Rk len araisnierent, *EJ* lareisonerent; DHn En
mainte guise le (*n* lan, *D* les) somonent, C En m. g. laresnierent
— 72 ACJRk Mes onc (*C* ainc, *A* ainz, *R* anc) uers (*J* M. enuers)
lui rien (*k* riens) nesploitierent, *M*² M. molt petit i e., *E* Onques u.
l. r. ne trouerent; *D* les arresonnent; *FH* ares. — 73 *n* M. ainz,
K Nonques, *M* Ne onques; *H* M. ains n. p. lamener; *M*²EJR
Ainc (*E* Ne) n. p. a ce mener, *B* M. nel pot a nul sens m. — 74 *M*
uousist; *M*²E Que il voille (*E* uolsist), *B* Que il en u. — 75-92 *ré-
sumés dans B en 6 v.; voy. aux* Notes — 75 (L); *N* Dice, *D* Dites,
k De co, *M*²EFHM De ce; *eGK* mal — 76 E Ia en moi el ni;
M al ni — 78 DHn T. a ici (*F* icil); *H* cruel; *M*² a cil mortiel d.;
A Que t. a ici fier d., *L* Q. t. est ci f. la d. — 79 (*A*); *L* estera;
*M*²C granz e fiers; DHn Et t. par lauroiz grant — 80 E Einz; F
ueoiz le m.; ADk i. an e., *M*²L dóuz anz; *M*²CL entiers.

« E trente rei riche home adès,
« Dont damage est e grant dolor
« E dont li siegles iert peior :
20385   « Ja, tant com li monz ait duree,   *20375*
« N'iert mais la perte restoree.
« E sacheiz bien jo nel lais mie
« Por paor ne por coardie,
« Mais por ço que si fait hontage
20390   « Ne fu onques ne tel outrage,   *20380*
« Ne tel forfait ne tel orgueil.
« Nos aiderai plus que ne sueil ;
« Nos i atendez pas a mei :
« Jo n'enfraindreie pas ma lei,
20395   « Le vo qu'en ai fait e juré.   *20385*

20382 Et m. *à* F; *M²k* reis riches (*M* roy riche) et mes (*M²* ades), *C* riche roi apres, *n* r. h. et mes — 83-4 m. *à* E — 83 *AFJ* D. est dom., *H* D. d. ert; *M²* granz dolors; *CR* D. domages est (*R* est d.) et dolors, *k* D. granz dols est (*M* Donc e. g. d.) et granz martires, *J* Qui liure sont tuit a martire — 84 *N* Adont, *F* Adonc; *DHn* seront (*D* serons) toz iorz peior; *R* Et toç les siegles peiurons ; *C* est peiors; *A* tout le siecle est poiour, *M* tot li sieges iert pirez, *K* toz li mondes est pires; *J* D. toz li monz en iert me[s] pire, *M²* E sera mes a trestoz iors — 85 *D* Itant; *K* monde, *M* mont; *D* iert d. — 87 *D* ne; *E* S. nest pas par coardie, *M²* Armes a porter ne les m. — 88 *K* Par... par; *E* Ne por p. nel les ie m. — 89 (*A*); *M²Ckxy* faiz (*M²* fet) hontages (*M* outrages) — 90 *G* ains m., *L* ainz m., *CH* ainc m., *A* onc mes, *k* mes faiz; *M²* Ne mauint mes; *M²DEKRn* tex outrages, *A* tel donmage, *CGHL* tex damages, *M* si hontages — 91-2 m. *à DHn* — 91 *G* del f. ne del; *CEJ* tex forfais; *E* tex orguel — 92 *M²R* Nos; *M²* naiderai ; *G* Nez aiderai mais car ne voil, *k* Ne uos a. que ne u., *AC* Ne uous dirai mes que ie s. (*C* uoeil); *EJL* Non d. or (*L* plus); *J* fors ce que s.,*ER* ne que ie s., *L* que ie ne uoill ; *M²R* soil, *EJ* suel — 93 (Nos *correction*); *M²ABCJRxy* Ne uos, *k* Que uos; (*BGHRn* a. pas), *M²L* a. plus, *AC* a. ia, *DEJM* i a., *K* en a.; *F* antandez — 94 (*DHJ*); *B* Car; *M²AE* Nen e.; *k* Gie (*M* Si) nen enfraindrai p.; *CGLRk* la l. — 95 *M²Ck* Les uouz (*K* uoz, *M* uolz) quen ai fez e iurez, *B* Ne ce que jo en ai jure ; *n* uou, *e* ueu.

« Mais tant nos somes entramé,
« Que jo ne puis ensi de bot
« Mei de vos desevrer del tot.
« Al grant damage maintenir,
20400 « Dont mout vos verrai repentir,   20390
« Vos baillerai mes chevaliers ;
« E si nel faz pas volentiers,
« Mais tant vos aim que ne sai mie
« Coment del tot vos escondie.
20405 « Desor mon cuer e sor mon peis,   20395
« En menreiz mes Mirmidoneis :
« Senz mei les i porreiz mener ;
« E si vos poëz bien vanter
« N'est hui hom vis por cuil feïsse
20410 « Ne por cui les i trameïsse. »   20400
Agamennon merciz l'en rent,
E li reis Nestor ensement :
Tuit joios en sont e tuit lié.
Ensi ont pris de lui congié.
20415   La triuë dura tant e tint   20405
Que li termes e li jorz vint
Que d'ambes parz fu de[s]mandee.

20396 *M²Ck* entramez — 97 (*H*); *B* Que ne me p. e., *J* Que ne
uos uoil ensint; *An* issir; *F* del bot, *M²ABCEk* del tot — 98 (*H*);
E M. d. de uos, *C* M. de u. defeindre, *M²Ak* De uos m. desfen-
dre, *B* De vous escondire; *J* E. del tot en tot; *M²ABCE* de bot,
HM de tot — 20400 *M* Donc; *B* tant; *DKN* uos u. m., *F* uos
ferai m. — 2 *D* n. uous f. (*v. f.*); *B* Mais nel ferai p. — 3-6 m. à
B — 3 *M²* ain, *D* aing; *H* ne uoi — 5-6 m. à *DHn* — 5 *A* Desus;
CER desor, *A* desus — 6 *KR* merreiz; *C* les m. — 7 (*A*); *nBEJ*
poez — 8 (*AB*); *M²* porreiz — 9 *E* h. nus hom, *A* homs uiuans;
M cui; *M²B* Quil nest hon por cui ce (*B* le) f. *K* N. oi h. uers
qui gel f., *H* N. hui nes por qui iel f. — 10 *DK* qui; *K* ges, *A*
ies; *F* man antremeisse — 11 *ABF* merci; *F* li r. — 12 *B* Congie
prent si sen torne atant — 13-4 m. à *B*. — 13 *CM* sen font; *M²*
Molt sunt andui ioiant et l., *M¹* T. s. i. et tuit s. — 14 *DHn*
Apres — 15 *K* treue — 16 *E* li i. et li t. — 17 *ABD* Qui; *M¹*
dambe; *M* Dambe .ij. p.; *AE* de .ij. p.; *E* creantee, *C* debandee ;
M² Que rompue fu et finee.

Quant resclarci la matinee,
Si orent tuit lor cors armez
20420 E lor conreiz faiz e sevrez,   *20410*
Prez de combatre e d'asaillir
E de grant estor maintenir.
Achillès fait le suen conrei :
Armer les fait de devant sei,
20425 Gent les ordene e apareille.   *20415*
D'une chiere porpre vermeille
Les a toz faiz entreseignier,
E dit lor : « Seignor chevalier,
« Senz chadel e senz chevetaigne
20430 « Sera hui la vostre compaigne :   *20420*
« Guardez por ço ne faceiz faille.
« Quant vos sereiz en la bataille,
« Par ço vos entreconoistreiz,
« Par ço ensemble vos tendreiz.
20435 « Mout me grieve, par bone fei,   *20425*
« De ço que i alez senz mei. »
Li ueil l'en mueillent de pitié,
E cil ont pris de lui congié.
Joie ont si grant, nus nel set dire :
20440 Mout le lor a fait bien lor sire,   *20430*

20418 *K* resclara — 19 *M²ABCk* Sorent il bien, *D* Si o. b. —
20 *D* fors et serrez; *B* Et por bataille conrees — 21-2 *m. à B*
— 21 *M²* Presz, *N* Prest — 22 *k* des; *M²ek* granz estors — 23
M sien — 24 *E* fist; *M* tous deuant; *M²* l. a fet dauant s. —
25-44 *m. à B* — 25 *M²* Biau les ordeine; *K* ordonne, *E* atorne
— 26 *K* p. c. — 27 *FK* fait — 28 *EFk* dist — 29 *N* San; *M²*
mestre, *A* conduit, *H* guion, *DELn* seignor, *G* chastel; *CGL*
chevetaine, *R* keueitaine, *DHn* seignorie — 30 *K* oi, *M²* or; *DHn*
u. compaignie — 31 *K* por riens; *AM* ni; *K* facez, *M²* -iez, *M*
fachiez — 32 *DEK* uendreiz; *AFK* a la — 33 *Fk* Por — 34 *K* Et
por co, *M²M* E par ce; *k* e. uendreiz — 37 *H* li m., *M²CEk* li
fundent, *GL* li plorent — 38 *K* Et il — 39-40, *placés dans F après*
-50, *m. à E* — 39 *H* I. a; *L* ne s.; *K* riens n. s., *DFJM* nel
(*M* ne) s. r. (*FM* nus), *M²* ne puet nus, *C* nul nel p. — 40 (*C*);
DHJK b. f.

Qui lor en a doné congié.
Mort esteient e engeignié
De ço qu'il ne portoënt armes :
Ancui lor fera l'om teus charmes,
20445   Dont lor saigneront li costé.   *20435*
Le petit pas, estreit serré,
Laciez les verz heaumes bruniz,
Sor les bons destriers Arabiz,
En sont venu al grant tornei,
20450   Qui comenciez fu el gravei.   *20440*
Ja i aveit mil jostes faites
E mil lances par escuz fraites
E mil enseignes despleiees
En sanc de chevaliers baigniees
20455   E mil blans haubers esfondrez   *20445*
E mil heaumes esquartelez,
Dont par mi saillent les cerveles.
Plus de dous mile arçons de sele
I a delivres senz seignor,
20460   Qui a denz gisent en l'estor,   *20450*
Freit e pasmé e pale e pers.
Cil les abat sovent envers,
Qui en mi eus lor livre estaus :
C'est Troïlus, li bons vassaus.

20441 *m. à F*; (*ACHJ*); *N* Quil; *M*² Quant il lor a ; *E* A la
bataille uont rengie — 42 (*ACJ*); *H* Molt en e. e., *M*² Destreit
erent e molt gregie — 43 (*AJ*); *C* Dice; *EH* que il ne portoit a.
— 44 *M*²*Ck* Encui; *A* on; *F* an tex carnes — 45 *M*² lor c. ; *B* Et
quant il furent bien arme — 47-8 *m. à DHn* — 47 (*R*); *C* u.
aumes, *A* u. elmes, *M*²*Jk* heumes (*k* hielmes) u. — 48 *A* Sus;
KR buens, *C* fors; *E* d. torz; *M*²*AEJRk* arr. — 49 *F* el — 50
EK c. ert — 52 *E* sor e.; *M*² E par e. m. l. f. — 53-4 *m. à B* —
54 *M*² moillces — 55 *n* h. blans; *B* estroes — 57-60 *m. à B* —
57 *M*² faillent — 58 *K* arcon — 59 *M* deliure; *K* la d. s. lor s.
— 60 *M*² Q. g. mort par mi l. — 61 *M*²*F* Froiz et pasmez; *M*
F. p. p.; *B* Mains en i gist pales — 62 *D* Si — 63 *M*²*BM* estal,
DEn estax; *K* rent estals — 64 (*B*); *n* li bon uasax, *K* li buens
uassals, *DE* li bons uassax, *BM* li bon uassal, *M*² au cuer leial.

20465	Bien fiert de lance e mieuz d'espee :	20455
	Trop est sa force redotee ;	
	Poi en ataint qu'en dous ne fende	
	E qu'a la terre ne l'estende.	
	O le duc d'Athenes josta,	
20470	Qu'a la terre le trebucha,	20460
	Si qu'il en retint le destrier,	
	Qui cent livres valeit d'or mier.	
	Li granz, li proz Philemenis	
	I ot le jor d'armes grant pris,	
20475	E mout en rot Polidamas.	20465
	Pris aveient le rei Thoas,	
	Quant la gent Achillès i vint :	
	Guerpir l'estut celui quil tint,	
	Qu'il furent freis e desirant,	
20480	Hardi e pro e combatant.	20470
	Plongié se sont en Troïens ;	
	Ocis en ont en poi de tens	
	Tant qu'il n'est se merveille non.	
	Bien en sont teint lor confanon	
20485	En sanc vermeil ; mout i ont fait.	20475
	Se li Perseis n'eüssent trait,	

20465-6 *m. à B* — 65 *D* et bien d., *K* et d. — 66 *L* Bien ; *F* fu ;
M' Tant par est cremue et dotee, *k* Molt (*M* Trop) e. c. et r., *A*
Que trop c. criente et r. — 67 *M'* atent ; *B* que ne la f. — 68 (*B*) ;
F ne se stende, *M'* ius nest. — 69-72 *réd. à 2 v. dans B* : Le
duc d'Atene a si feru Qua la tere la abatu — 69 *M* dateine — 70
E Si qua t. ; *DE* trebuscha — 71 *E* Et quil, *A* Pour quant, *M* Por
tel, *K* Par tant ; *A* tel d. — 72 *M'* u. c. l. — 73 *M* philim., *DEK*
filim., *M'Bn* filem. — 75 *F* en iot ; *M'* Si rot por ueir, *K* Et si
ot en, *M* Si ot au, *E* Ausinques ot, *B* Et aussi ot ; *D* polyd.
— 76 *N* lo ior t. — 77 *M* auint — 78 *M'* lestuet ; *BEM* quel,
DF qui ; *M'* a cui le t. — 79 *E* Cil, *B* Il, *FM* Qi ; *EF* fres, *N*
frec ; *M* desirrans, *EN* -ant — 80 *F* P. et h., *B* Roit et h. —
81 *M'DK* es, *M* o — 83 *M'k* Tant que — 84 *B* T. en s. b., *n*
B. s. antoint, *M* B. i s. t. ; *Kn* li ; *K* gonf. — 85 *B* lont bien f. —
86 *k* persant.

Qui lor depercent les costez
O les trenchanz darz empenez,
Trop chier vendissent lor sojor,
20490 Mil lor en tolissent le jor ;   20480
Mais cil les ont mout damagiez
E en mainz lieus les cors plaiez.
  Troïlus fut mout entrepris
En la bataille Nestoris.
20495 Trop s'ert entre eus abandonez :   20485
Sis chevaus li fu morz getez.
Cent colees a receües
De lances e d'espees nues,
Ainz qu'il poüst aveir socors.
20500 Paris o ses freres menors,   20490
Li bon Bastart, li fil le rei
L'ont socoru par bone fei.
Morz o pris i fust Troïlus,
Se li socors li tarjast plus.
20505 Mais bien vos di certainement,   20495
Cil l'escostrent si faitement
Que cent de ceus qui le teneient

20487-8 m. à B — 87 M² depiercent, n detranchent, A percent touz — 88 N anpanez, D enp., AF accrez; M² Si que del champ les unt ostez — 89 D leur en u. s.; k lor uendent; F scignor — 90 F Maint; DM tolsissent, A tos., F ocissent, E ocistrent — 91-2 m. à B — 91 (A); K il; M² cist l. o. estoutciez — 92 M maint lieu, AF maint leus, D .m. l.; n lor c. p., A telz cox paiez; M² Naurez les ont e molt p., E Cui ne prant dex nule pitiez — 94 F A — 20495-500 m. à B — 95 F ert, k sest; D uers culs, k en els — 96 M Son cheual; F i fu; FK mort — 98 (J); D Des espees tranchanz molues — 99 E Einz — 20500 M²M e ses — 1 (CJ); B Mais li b.; K buen; D Les bons bastarz les fiuz le r.; Hn al roi — 2 (CHJ); EK Le secorent, D La secoru; AB en b., n a b.; M² I sunt uenu o lor conrei — 3 (H); M² O m. o p. f.; Ek estoit, A fu dant — 4 A ne t.; H targast, ekn tardast — 5 C M. ie — 6 Dn Quil, M² Cist, E Que, J Qui; A le rescoustrent bonnement; e les costrent, F les coutrent, M² les coustreint; E Que resqueus lont, H Q. rescols fu; D fierement — 7 E ces, F cez.

N'oënt puis gote ne ne veient.
Par estoveir lor ont tolu,
20510 Mais trop lor est mal avenu, 20500
Qu'Ermagoras i est ocis,
Uns des Bastarz, frere Paris.
Mout en fu iriez Troïlus
E dit qu'il nel soferra plus :
20515 Le champ lor covendra guerpir ; 20505
N'i a neient del plus sofrir.
Soner a fait dous olifanz :
La ou la bataille ert plus granz,
Ou esteient Mirmidoneis,
20520 Les est alez ferir maneis. 20510
Iluec rot estor grant e fier,
Quar cil esteient chevalier
Que teus n'aveit en tote l'ost.
Philemenis s'i est apost
20525 O toz ses Paflagoniëns ; 20515
Paris i rest o toz les suens,
Li Bastart e Polidamas.
La ot maint escu frait e quas,

20510 *AM* M. ml't; *M²E* mesauenu, *B* bien a. — 11 (*J*); *B*
Que margoras, *M²ACDEGLk* Car (*M²* Quar) magoras (*ACDGL*
marg., *M* margora, *K* magarra, *E* margariz), *n* Emagoras — 12
M²Mk Un — 13 (*A*); *M¹* I. en fu m.; *K* irie — 14 *AB* Et dist q.
(*A* ia), *n* Sachoiz ia; *EF* nes, *AM* ne; *F* soffera, *N* sofrira, *K*
souffr., *M* soufrera — 15-6 m. à *B* — 15 *M* conu., *F* couerra, *K*
couiendra, *e* estuet a — 16 *E* de — 18 *DKN* est — 20 *F* Les sont
ale; *M* menois — 21 *M²* Ici rot e. dur — 22 *n* Car il — 23
(*A²GJL*); *R* Ki, *C* De; *M²N* Quil naueit tiels (*N* tex), *A* Que tel;
M trestout lost; *H* Tex en t. lost pas nauoit, *D* Que t. en t. l. n.,
B Quen t. l. nen a. tax — 24 (*A*); *M* Philim., *CJKLRy* Filim.,
M²N Filem.; *F* Fileminis i est; *G* aplost; *M²J* o (*J* a) els
sapost, *DEH* i reuint droit (*E* tost); *B* Adonc fu mortels li iornax
— 25-32 m. à *B* — 25 *M²* Ouoc, *R* Auoc, *AJk* Auec, *EH* A tot,
DL O tout, *nG* A toz; *M* les; *F* pafagon., *M²ADEJ* pafaglon.,
R -oieis — 26 *Kn* est; (*M²* o toz), *GN* a toz, *F* ou toz, *DEL* o
tot, *AJk* auec, *R* auoc; *AMen* siens.

La ot si fait gieu comencié
20530 Dont set cent remestrent irié :   20520
N'i a un sol qui seit en sele
Cui ne parisse la boële.
Sacheiz que la gent Achillès
Sofri ici estrange fais.
20535 Ensemble sont en un tropel   20525
E ont fait d'eus mur e chastel,
E si ne sont mie legier
A desconfire n'a percier.
Mout le font bien, mais sovenet
20540 Les endamage e les maumet   20530
Troïlus, qui mout les aspreie :
Por poi que nes met a la veie.
Ne sont si serré ne si clos
Qu'il ne lor trenche e char e os.
20545 ·   Al socors vint Agamennon,   20535
Reis Menelaus, reis Telamon,
Li dus d'Athene e Ulixès
E o ses genz Diomedès :

20529 M² si fier, E un tel — 3o (A); n .v. c.; M remainstrent
— 32 (H); M²K Qui ; M² ne pareisse, K nappareisse, M napa-
roisse; E Et noit perciee, A Quil ne pertuise — 34 N iluec, F
illoc; E I sofrirent, D I soustindrent — 36 EFK dax f. — 38 F
parrecier — 39-40 m. à D — 39 M et s.; DJ souenent, R souenent,
A soauet, C souernoit, M²B trop sovent — 40 (AJR); Dn L. do-
mage ml't et m., B I ot d. de lor gent, C Qui les grans estors
mantenoit; E M. l. d., K L. redamage; M² malement, R et les
malment — 42 An Par, K A; n quil; D Par .j. pou n. m.; E nes
metoit, B ne les met; M² n. m. toz a — 43 e ne enclos; B si
espes ne serre; M²k Ne se s. si s. ne c. (M nencloz) — 44 N Que;
M Qui ne l. trait; N traint, M² tranc, F tranch; E Ne l. tran-
chast; D Ne leur traie la c. del dos; A Q. ne t., M²AMn la c.
des os; K ox ; B Que maint nen i ait aterre — 45-70 m. à B —
45 (GL); n uient; F agamenon — 46 M Roy m. roy; D menalax;
Ken thel. — 47 M dataine, D dathesnes, E dathaines, M²AFJ
dathenes; DEJ hulixes; e m. à M²R — 48 (A); N sa gent, k les
suens (M siens); MN dyom.

Tome III.

20

            Cil vindrent abrivé e freis.
20550   Ci fut josters mis en defeis ;   *20540*
            Ici muërent les corages
            As plus hardiz e as plus sages ;
            Ici tremblerent li coart ;
            Ci volent saietes e dart
20555   E grosses lances en tronçons ;
            Ci ot traïns de confanons   *20546*
            E d'enseignes a or batues ;
            Ici ot trait espees nues,
            Ici ot heaumes descerclez   *20547*
20560   E blans haubers ensanglentez ;
            Ci ot de chevaliers traïn ;
            Ici moillierent li chemin   *20550*
            Del sanc qui del cors lor avale ;
            Icin ot maint envers e pale ;
20565   Ici ot mortel assemblee :
            Onc plus pesme ne fu jostce ;

20549-50 *m. à DH* — 49 (*GJLR*); *M*² Cist; *CL* abrieue; *F* ioster trestuit frois ; *A*² Tot i u. a un esfrois — 5o (*CR*); *I* Lors; *EJ* iostres, *k* ioster; *M* au; *A* Cil font .m. ioustes; *A*² Iluec fu pesmes li tornois — 51 (*A*²); *D* Icil, *A* Iluec; *M* morent, *K* lor m.; *nAD* lor; *Ck* li; *M*²*AA*²*Dk* corage; *J* mua toz li coraiges; *I* Muer i couvient le c.; *E* li coraigex — 52 (*CJ*); *A*² uaillans ; *ADHI* Al (*DH* Li) p. hardi et al (*DH* li) p. sage, *k* Ni ot tant hardi ne tant s., *E* Ci furent il ml't angoissex — 53 *A* Iluec; *N* morurent, *F* -irent — 54 (*A*); *M*²*DEk* Ci uolerent (*v. f. dans M*²); *DEk* saiete — 55-6 *m. à D* — 55 (*ACJ*); *M*²*GH* e t. — 56 (*HR*); *ACGJKL* train; *KR* gonf., *G* conphanon, *A* compaignons — 57-8 *m. à DEK* — 58 (*A*²*HR*); *A*² Iluec; *CJ* tant; *A*² Ml't i ot t. espee nue; *Mx* Ci (*M* Ici) ot traites; *F* de spees; *M*² Et molt grant glas despees n. — 59-60 *m. à E* — 59 (*HJ*): *F* Ci; *A* Iluec ot elmes; *KR* dec. — 6o (*AHJ*); *F* Et bons; *M*² Escuz fenduz e desboclez — 62 *A* Iluec — 63 *Ek* des c.; *ERk* deuale — 64 *M*²*M* Ici not; *En* Ci an ot m., *J* Ci iurent .m., *D* En gisent .m., *AK* Ci en sont (*K* ont) mil, *R* I ot il m. — 65-6 *m. à M*²*HR* — 65 (*AC*); *K* mortal, *M* mort tel, *F* cruel, *A*² ml't pesme — 66 *ALN* Ainz, *C* Ain; *A*² Ainc si male, *E* Onques si granz; *n* si mortex, *K* tant fiere, *M* si f.

Ici ot plainz e braiz e criz. 20555
Ci furent Greu del champ partiz,
Mais ne fu pas chose legiere :
20570 Tant en gist morz par la poudriere
Que tuit en sont li champ covert.
Ço dit li Livres en apert 20560
Que Greu furent le jor confus
Par le grant esforz Troïlus.
20575 Par la grant force de ses braz
Sont desconfiz, vencuz e maz.
Perdu i ont Mirmidoneis 20565
Cent chevaliers proz e corteis.
Ne fust Telamon Aïaus,
20580 N'en eschapassent mie ataus ;
Cent paveillons en aportassent
Des meillors que il i trovassent. 20570
Mais lisant truis qu'il recovra :
Tant sofri e tant endura
20585 Que puis fu dit assez le seir

20567 (*AR*) ; *A²E* Iluec, *L* MI't i ; *M* plaint et brait, *K* b. et p.,
E p. et plor ; *J* Ilueques ot meint bret meint ; *EJk* cri — 68 *M²*
grie, *M* grieu ; *K* Ici sont griu, *A²DI* Ci ont les (*D* il) grius (*D*
grex) (*I* li gryu) ; *ADM* de ; *CR* camp ; *M²* partitz, *EJk* parti —
20569-21426 *m. à M²* (*6 feuillets disparus*) ; *nous le remplaçons
par A et R* — 70 (*C*) ; *ADEFk* g. mort, *A²J* gisent ; *FJ* por, *R*
en — 71 *A²MR* tot ; *R* camp — 73 *Bk* griu, *ADE* grieu ; *B* Le ior
i f. g. c. — 74 *n* Par la g. force t. (*F* de t.) — 75-6 *m. à B* — 75 *n*
Par le g. esforz (*N* -ort) — 76 *F* desconfi, *AN* -it ; *N* uoincu, *K*
uencu, *A* uaincu ; *A* S. u. d., *DE* Les a touz d. (*E* fez uaincuz) ;
R Les a ocis naurez (*sic*) u et m. — 77 *K* I ont p. m. — *Après*
-78, *J aj. 2 v. :* De grant pris et de fier corage MI't estoient uail
lant et sage — 79-94 *m. à B* — 79 *E* fu ; *ADEKn* thel. ; *AN* ayaus,
DEF -ax, *k* aiax, *R* aiaux, *I* a sa gent — 80 (*CH*) ; *R* Ne ne scam-
passent, *J* Nen eschapessent ; *MR* pas ; *L* Neschapassent p. a
itax, *G* Nen e. or nus de tax ; *A* Ne lor alassent ; *F* mie tax, *I* nient
.v. cent — 81-2 *m. à I* — 81 (*ACGHJLR*) ; *M* en emp., *D* en por-
tisont — 82 (*GL*) ; *C* De ; *ACDEHJK* plus riches quil ; *R* keu
(*sigle sur l'*u) t., *D* quil trouisont — 83 (*JR*) ; *K* Mes co lisons —
84 (*JR*) ; *n* T. i s. et andura.

Qu'il en deveit le pris aveir.

Ço fu bien chose coneüe :   20575

Par lui e par la soë aiuë

E par son grant esforcement

20590 A mout defendue sa gent

D'estrange perte aveir le jor.

Il ne voust onc guerpir l'estor   20580

Desci qu'a haute relevee,

Que la bataille est desevree.

20595   Lié e haitié e venqueor

Sont Troïen mis el retor.

De ceste bataille sezaine   20585

Ot Troïlus en son demeine

Cent chevaliers riches prisons

20600 E cent chevaus avuec mout bons.

Arivé sont a mauvais port :

Mieuz lor venist qu'il fussent mort.   20590

Mout s'esjoïst li reis Prianz

Des damages qu'a faiz si granz,

20605 Cel jor, ses morteus enemis :

Semblant li est bien e a vis

20586 *DE* Que il (*D* bien) en dut — 87 *R* cose ; *D* cogneue, *F* conue — 88 *F* sue ; *A* Que par l. et que par saiue ; *Mn* aue — 90 (*R*) ; *ADE* A si, *K* A bien ; *n* A desfandu (*F* def.) lui et — 91 *D* Que il perdue auoit, *R* E. p. a fait — 92 *AKNR* uolt, *DEFM* uost ; *En* ainz — 93 *AEk* De si, *Rn* De ci ; *AM* a, *F* qe ; *D* Deuant a basse r. — 94 *AE* fu seuree, *Dkn* est desseuree ; *R* De la b. est recouree — 95 *n* L. et ioiant et ueinqeor (*N* uoinqueor) ; *A* Liez et haitiez, *B* L. et hardi — 96 *K* S. m. t. ; *FR* an ; *R* error — 97 (*CR*) ; *B* cele ; *n* trezaine, *M* sezieme, *A²H* sesaine, *B* sesz., *EL* sezeine, *D* -einne, *G* ceptainne — 20600 *H* auolc ; *A²n* nobles et b., *EG* riches et b., *B* rices et b., *L* poissanz et b., *I* courans et b., *R* moltismes b., *k* eslis et b., *C* molt beaus et b., *J* gentis et b., *A* merueilles b. — 1-2 *interv. dans n* ; 1-90 *m. à B* — 1 *FK* au m. — 2 *F* li u. — 3 *R* sesioi — 4 *M* fait ; *C* qi fu, *E* qui est ; *D* q. si est g. ; *N* Des domages qua f. — 5 *n* Lo ior, *DEHJ* Desor ; *C* de ses durs e. ; *M* a ses (*v. f.*) ; *K* Le i. dessus ses e., *A* Qua fait les mortelz an. — 6 *F* lor est ; *EM* et b. a u.

Que livré sont tuit a torment, 20595
Se Troïlus vit longement.
Mout le cherist e mout l'onore.
20610 Toz li pueples comuns l'aore:
Sacrefises e oreisons
Font, que de mort e de prisons 20600
Le lor guardent li soverain,
Qui tot le mont ont en lor main.
20615 Sa mere e ses beles sorors,
O dous cenz filles de contors,
Dedenz la Chambre de labastre, 20605
Ou onc n'ot ne glai ne mentastre,
Le desarmerent icel seir.
20620 Le cors ot blef e pers e neir:
En dous cenz lieus ont fait lor merc
Les dures mailles del hauberc; 20610
· Sanc en ont trait en plusors lieus.
A lui apert queus est li gieus:
20625 De darz trenchanz e acerez
Est toz sis cors depointurez;

20607 n Qe torne; K Quil s. t. l. — 8 ADEk longuement — 9
A les chierist, K le cherit — 10 R pobles, K poples; D li c. p.;
K ladore, A laeure — 11 K oreison, n -ons, M orison, E -ons, A
oroisons, D -on, R oresons — 12 (R); Dk prison — 13 H La, D
Li — 14 (H); F Qe; R monde — Pour les v. 20615-80, J est
utilisé — 15 F La m.; A Ses meres ses, k Sa m. s.; R o ses — 16
(J); F Qe, N Et; R cent — 17 (HJ); F de lambastre, A²CKN de
lanb., ADM daleb., R dalab. — 18 A il, MN ainz, C ainc, R
hanc; F Ou nauoit; R glaiols, CJ glaiuel; K Ou onques not ionc,
G Ou n. ains glai ion, DEH Ou il nauoit i., A² V assez ot i., N
Ou a. not i., L Ainz ni ot herbe; M de m., A¹ et m. — 19 (C); F
ice; EH Le desarment a cele foiz — 20 JL p. et b.; F blez, G
blec, L ble, D blo; k Le c. bleui, A² Le c. auoit; A blesme p.;
R Le c. ot il blois (v. f.); EH Li c. de lui est ml't destroiz; A²
aj. 4 v.; voy. aux Notes — 21-2 m. à n — 21 (A²CL); G O; H xv.
leus; A perent li m.; D marc, M mes — 22 A² Sor lui l. m. — 23
(HL); A² i o.; n Li sans an (F san) saut; AN par — 24 F i pert,
D pert bien, EHJM paroit, A²L -ut, KR -eist; AR quels fu — 26
K sis c. t.; (EJMn depoint.), AR depaint., K despoint., D despaint.

Gros e enflé ot tot le vis.   20615
Un mantel d'escarlate gris
Li geterent a ses espaules :
20630   « Fiz, « fait la mere, « a chieres aunes
« Nos vendent Greu nostre païs;
« Aveir en ont eü e pris   20620
« Tel, dont li cuers de mei acore.
« Morir m'estuet, jo ne guart l'ore :
20635   « Ço est honte que jo tant vif
« E que jo vers la mort estrif.
« Trop ai perdu a vivre après :   20625
« Ja femme tant ne perdra mais.
« Morte fusse se por tei non.
20640   « Or ai en tei m'entencion :
« Tu me sostiens, vivre me fais,
« Mais li miens cuers n'est mie en pais; 20630
« De tei se crient, de tei se dote.
« Fiz, en tei est ma vie tote :
20645   « Se jo te pert, jo te di bien
« Que jo ne vivrai plus por rien.
« Sol la paor que j'en alein   20635
« M'estreint mil feiz le cuer el sein

20627 *K* a tot, *DEJ* auoit — 28 *D* desqalate bis gris (*sic*) — 29
A²K sor les espalles; *A²* *intercale 4 v. pour la rime; voy. aux* Notes
— 30 *R* f. ele, *A* f. sa m.; *A²* Li dit bels filz — 31 *DE* Vous; *DER*
uendrent, *F* -ont; *AM* grieu, *K* griu — 32 *A²* Lauoir en ont robe
— 33 *A²DER* Tant; *M* cuer, *K* cors; *A²* sen delt La mort desir
mes cuers le uelt — 34 *F* an petit dore; *A²* loure, *puis ce v.* : Nai
mais que toi qui me secoure — 35 *DE* hontes, *A²* dolor — 36 *n*
Et que u. la m. tant e. — 37 *A²* por u., *R* an u., *M* au u., *A* et
uif; *KRn* en pes — 38 *A²DR* uiura, *E* uiue — 39 *A²* por ce — 40
A² iai, *Rn* est — 41 *D* soutiens — 42 *M* cors; *Kn* pas; *A²* M. mes
c. n. onques — 43 *F* me c. de t. me d. — 44 *F* ma ioie — 45 *I*
chou di ou b. — 46 *I* Que ia puis ne u. p. r.; *E* Q. ne uiuroie —
47-8 *I* Lautre mort mestraint si le cuer Pour un petit que iou ne
muer — 47 *FLR* Sor; *FR* paors; *A²* io en ai; *n* ie; *F* aloin, *L* atein
— 48 *E* Me destreint si; *kD* M. lo c. .c. (*D* .m.) f.; *M* le s.; *F* soin;
A² A mis mon c. en tel esmai, *L* Mes tient mes filz le c. tout sein.

« Si faitement que jo nel sent

20650   « Ne de mei n'ist espirement.

« Si com m'est bosoing e mestier,

« Si te guardent sain e entier,   *20640*

« Ensi come il le pueent faire,

« Cil qui es cieus ont lor repaire,

20655   « E com jol quier e com jol vueil ».

Adonc plorerent si dui ueil.

Ses braz li met al col e lace;   *20645*

Les ieuz e la boche e la face

Li a baisié plus de cent feiz.

20660   Ha! las, come iert sis cuers destreiz

De lui desci que a brief terme!

Ou prendra ele tante lerme   *20650*

Com li covendra a plorer?

Mout la set bel reconforter

26649-50 *m. à* I — 49 *H* Issi tres fort que; *J* iel; *M* ne s.; *A²* Qua ml't grant paine mon cuer s. — 5o (*J*); *AE* Et, *R* Si; *CEJKR* quen (*C* ka) moi na (*C* a, *K* nai, *M* na point; *D* Ne nen issent, *H* De mon cors nist; *HK* aspir., *A* respir., *R* esperiment; *A²* Nuit et ior sui en grant torment — 51 *Rk* com est, *DHJ* comme c.; *IKn* besoing; *R* besoigns et mestiers; *A²* Bels filz si cum gen ai mestier — 52 *J* Se; *I* Te g. il, *n* Si te gart dex (*L* il); *F* aitier, *R* entiers — 53-4 *interv. dans* I — 53 *D* Ainsint, *J* Einsint, *IK* Et si — 54 *A²* el ciel; *A* le r. — 55 (*ADJ*); *EK* Si; *A* iel pri; *K* si com; *I* Autre chose ne puis orer — 56 *H* Et lors, *DJ* Lores; *A²* larmoient; *I* A tant commencha a plourer — 57 *AR* Les b. — 58 (*GIL*); *M* Les ieulz la; *ADHJ* li baise (*H* baisa) et puis (*AH* et) la f.; *E aj.* 2 *v.*: Li besa ele dolcemant Et anuers li lestraint souant — 59 *m. à ADEHJ*; (*GL*); *I* .x. f. — 6o (*L*); *HIR* ert; *M* son cuer, *G* ces cuers, *A* cis cors; *E* Ha lasse ses c. i. d.; *ADEHJ aj. ce v.*: Et doulereus et mors et frois — 61 *DEHJ* Por lui; *DFGJLR* de ci, *ANk* de si; *E* tresqua petit de t., *H* io quit dusqua; *DJ* iusqua (*D* tresqua) b. t., *n* qua pou de t., *R* ka petit t.; *I* E si ni a mie lonc t. — 62 *F* Ou spandra; *R* Ont pendront li oil — 63 (*GIL*); *D* Ou; *J* le, *R* lor, *E* lan, *A* lui; *M* conu., *K* couiendra, *R* kouindra — 64 (*GL*); *D* le, *DEJ* len; *N* fet, *D* fel; *Ikn* bien; *H* Troilus la fait conforter.

20665   E gentement e o beaus diz.
          Après s'est assez escharniz
          De s'amie qui l'a guerpi   20655
          E a amé son enemi.
          Les dames claime trichereces ;
20670   E les puceles mentereces,
          Dit mal fiër se fait en eles,
          Quar mout en i a poi de celes   20660
          Que leiaument seient amies
          Senz fauseté e senz boisdies :
20675   « Qui que s'en jot, ne m'en jo pas :
          « Trichié m'a la fille Calcas. »
          Ele aprent or sovent noveles :   20665
          Mout s'en riënt les dameiseles ;
          Mout la heent, grant mal li vuelent ;
20680   Ne l'aiment pas tant come els suelent.
          Honte lor a a totes fait :
          Por ço li sera mais retrait.   20670

20665 *H* Ml't belement, *E* Estrangement — 66 *n* Et puis, *K* En-
pres ; *k* est ; *H* forment ; *n* escherniz — 67 *AG* quil la, *F* qil a ;
R Car de samie est si g. ; *H* laidi — 68 *G* aanme, *F* aime (*v. f.*)
— 69-70 *m. à G* — 69 (*L*) ; *R* clame, *DH* tient a ; *H* treceresces,
AI menteresses — 70 (*L*) ; *DHJ* Les p. a m. (*DH* boiscresces) ; *E*
uantesresses — 71 *n* Et mal (*F* mau) ; *G* Et dist des danmez fier
en e. — 72 *H* Dis m. ; *M* m. i a ; *n* m. petit i a ; *G* Fait m. p. tant
est de c. — 73 *G* aiment sans faille — 74 *N* fausemant, *ADK*
fausetez ; *M* f. s. tricheriez ; *G* Tant sont faucez et qui pou uaille
— 75-6 *interv. dans A²DHn* — 75 *A* Que qui ; *F* ioi, *R* ieut, *GL*
ieust, *J* geut, *D* gast, *H* gab, *A²EIk* lot ; *A* soit bel ; *DK* geu, *M*
gieu, *H* iu, *R* iui, *AA²EIJ* lo ; *n* ie ne laim (*F* lai) p., *GL* et ait
ces gas — 76 *A²* Trechie, *H* Trecie — 77 *AR* a. s. ; *G* Ele an
prant or sans nul beïfois — 78 *C* Or ; *A* plaignent ; *G* ce cuit gre-
jois — 79-80 *m. à n* — 79 *GL* lan ; *A²* len u. ; *G* ml't lan regar-
dent — 80 *A* eles (*v. f.*), *Lkn* il ; *yJ* si (*EJ* tant) con el (*H* il),
C si come, *I* con eles ; *G* con bien se fardent — 81-2 *m. à ADH*
— 81 (*CJ*) ; *FM* Hontes ; *R* tote ; *I* li a a tous tans faite, *G* l. an
dis hui cel iour — 82 *I* Poreuc, *R* Por ses, *M* Por tel, *K* Par tant ;
CEJn lor s. ; *I* retraite ; *G* Retrait li s. sa folour.

Cele nuit furent Troïien
Haitié : auques lor estut bien.
20685 Laidement ont endamagié
Grezeis, qui mout en sont irié :
Sacheiz que chier le lor vendreient   *20675*
Mout volentiers, se il poëient.
Mout ont entre eus ire e deshait
20690 E dïent malement lor vait.

Quant Achillès vit sa maisniee
Morte e laidie e empeiriee, —   *20680*
De cent n'en est uns repairié,
Qu'el champ sont mort e detrenchié ;
20695 Des vis i a plusors navrez,
Qui les cors ont ensanglantez, —
S'il ot ire, nus nel demant :   *20685*
Puis en mostra assez semblant,

20683 *G* Ceste chose fu auenue — 84 *A* Hestie, *D* A aise, *E* A
eise ; *K* esteit, *A* -oit ; *G* Si con lai traite et requenue — 85 *F* Lan-
demain ; *D* sont endoumachie, *n* o. adomagie ; *LR* endomagiez ;
EK M. ont l. domagie (*K* damagiez), *A* Et l. ont donmagiez, *G*
L. san sont departi — 86 *M* Greiois, *G* Griiois ; *K* trop ; *R* i s. ;
G s. dessarti — 87 *G* lor uendcroient, *n* lo l. uendissent, *R* lo l.
uindrent — 88 *n* poissent ; *R* cant il porrent — 89-90 *interv. dans*
A — 89 *DK* dehet — 90 *D* D. que ; *N* D. m. lor estet — 92 (*J*) ;
AK M. l., *A²n* M. et nauree ; *B* Si laidement apareillie — 93
(*C*) ; *BI* ne ; *MRn* est nus, *A¹* uit nul, *AGI* sont nul, *BDHJ* s.
pas ; *E* De mil nen s. .c.; *Fk* repairiez, *L* eschapez — 94 *K* Qual,
A²n El c. ; *BR* camp ; *ADEHJ* Ainz (*DE* Einz) s. tuit m., *C* Qe
mors ne soit ; *B* Que el c. s. tuit d. ; *Fk* detranchiez ; *L* Qui ne
soit morz et crauentez — 20695-21088 *sont réd. dans B à 8 v.*;
voy. aux Notes — 95 (*GL*) ; *F* De uius i a assez n., *H* Et ml't en
i ont de n. — 96 (*GL*) ; *A* les chiez ; *K* Q. o. l. cors — 97 *AM*
nul — 98 *I* aspre s.

Que qu'il tarjast; mais, ço sacheiz,
20700 Cele nuit fu il mout destreiz.
Bien se sont acointié a lui
Amors e Mesfaiz ambedui. *20690*
Amors li dit : « Que vueus tu faire
« Ne a quel chief en vueus tu traire ?
20705 « D'aveir Polixenain t'amie ?
« Ensi ne me servent il mie,
« Li mien sougiet, li mien amant. *20695*
« Tu as mostré e fait semblant
« Que tu te vueus partir de mei :
20710 « Mais mout conois poi mon segrei.
« Jo te faiseie estre atendant
« A la bele fille Priant, *20700*
« Que de beauté est resplendor
« E d'autres dames mireor :
20715 « E tu as enfraite ma lei.
« Ne deüsses pas al tornei
« Enveier tes Mirmidoneis : *20705*
« Cele que plus blanche est que neis.

20699-700 *m. à G* — 99 *JR* Que que, *CD* Qui que ; *A* targast,
ACDEJRkn tardast ; *K* ico s.; *A²* Quil len pesa bien le s.; *AA²*
sachiez — 20700 *A²* fu m. airies, *A* fu m. vergongniez ; *CE* Icele
n. fu m. d. — 1-2 *G* Mais anmors sest trais pres de lui Cele nuit
li a fait anui — 1 *R* aconte ; *K* en, *R* de — 2 *DRn* mesfet ; *n* ame-
dui — 3 *G* Quamours ; *AE* dist — 4 *ADE* Et ; *R* queu ; *A* uoudras
tu, *L* cuides tu, *G* wels f. ; *n* Ne quel chose c. tu t. (*F* faire), *G*
De tamie te c. t., *puis ce v.*: Polizenain la debonnaire — 5-6 *G* Tu
nies mie verais anmans Se de recoiure fait semblans — 5 *R* po-
lixenam, *E* -a, *D* polyx., *A* poliz. — 6 *DL* Einsint ; *LR* Qe e. (*R*
En cest cein) ne me s. m. — 7-8 *m. à G* — 7 *H* sogit, *A* sougit,
E sozgiet ; *J* ne mi a., *KL* et mi a. — 8 (*C*) ; *D* Tu moustres ia et
fes s. — 9 *E* ne uiax ; *G* Apren et tien ice de moi — 10 *G* Se tu
viex faire m. s. — *Au lieu des v.* 20711-30, *G donne 26 v. spé-
ciaux ; voy. aux* Notes — 11 *A* entendant — 13-4 *m. à ADH* — 13
R biauteç ; *J* Qui e. de b.; *CEJkn* resplendors — 14 *N* dautre
dame ; *CERkn* mireors, *J* est la flors — 15 *MN* enfrainte, *C*
enfainte ; *n* ta l. — 16 *n* an t. — 18 (*F* que), *R* ke ; *n* b. est p. ;
A. C quest p. b.; *C* C. qi blanchoie com n.

« S'en est griefment a mei clamee.
20720   « Ceste uevre sera comparee :
         « Dreit en avra a son plaisir.
         « Grief le t'estuet espeneïr,   *20710*
         « Fort en sera la penitence :
         « De sa forme e de sa semblance
20725   « Cuit bien que t'estovra morir.
         « Ne me vueus pas ensi servir
         « Qu'o genz respons e o beaus diz   *20715*
         « E o estre toz tens guarniz
         « De faire mon comandement,

         . . . .

20730   « E si guarz bien qu'a tote gent
         « Seies larges, simples e douz
         « E que les miens honqrs sor toz ?   *20720*
         « Itel sont cil de ma maisniee :
         « A ceus ai ma joie otreiee ;

20719 *DEKn* griement, *C* souent; *DMNR* a m. g. — 21 *A* Droi-
tement tout a — 22 *R* Greu; *K* testuot, *F* restuet; *En* espanoir,
DRk espaneir — 24 *EH* A ce ne puet auoir faillance — 25 (*A²H*);
AC B. c., *K* Quit b. ; *ADEK* quil — 26 *R* Je nen; *CK* uels, *A*
Queuls, *EH* uuel, *A²DJMR* uoil, *I* uoel, *L* uoeill; *F* Moi ne uoi;
A u. plus; *DJ* ainsint, *C* isi, *F* issi; *M* Ne u. mie ainsi s. — 27 *A²*
Quod bels r., *ER* Quo biaus r.; *L* Qe od r. et od; *AH* Mes o b.
fais (*H* mos); *I* Anchois voel que soit de b. d. — 28 *A²DHJLR* Et
a, *A* Et pour; *EHKn* toz iorz; *I* Et de cortoisie g. — 29 *AF* son
c.; *I* Et pres a mes commandemens — *Il y a probablement ici une
lacune de 2 v. rimant en -ent, ce qui expliquerait l'emploi de ver-
bes à la 3ᵉ pers. dans la plupart des mss.* — 30 *E* Et si garde, *CJ*
Et si gart b., *ARkn* Et si grant b., *D* Et destre b.; *I* Ken die b.
t. la gens ; *C* qe, *DFR* a — 31 *leçon de E*; *CDkn* Soit (*CD* Et)
large et frans et simple, *AJ* S. l. (*A* larges) f. simples, *H* Larges
et f. s., *MR* S. franz et larges simples (*R* et simple); *CDJ*
et proz; *I* F. et l. et debonnaire — 32 *ADH* Et si; *FKR* suens, *L*
soens, *AM* siens; *R* aiment, *ACDHJ* enort (*A* honneurt, *etc.*)
les miens (*D* mains, *A* siens); *E* Enorer doiz l. m., *G* Et les
siens honore; *I* Tous seras se a moi vels plaire — 33 *n* Car tel,
Rk Ke t., *AG* Et t.; *K* cels, *D* ca; *LR* sa m. — 34 (*G*); *EF* A
ces; *A* A ce est ; *L* A cels est ml't; *en* mamor.

20735 « Icil sevent de quel savor
   « Jo sui après la grant dolor.
   « Mais tu nen iés pas a dou deie   *20725*
   « Que tu sentes mei ne la meie.
   « Jo ne faz pas a guerreier,
20740 « Qui humblement a depreier,
   « E tot laissier e tot guerpir
   « Por ma volenté acomplir.   *20730*
   « Remembre tei que tu atenz.
   « Donc n'est t'amie la dedenz ?
20745 « Ne li as tu son frere mort ?
   « Damage li as fait e tort.
   « N'aveies tu en covenant   *20735*
   « A la reïne al cors vaillant
   « Que ja mais nes guerreiereies
20750 « Ne lor mal ne porchacereies ?
   « N'iés tu de covenant eissuz
   « E de parole derompuz,   *20740*
   « La ou tu ta gent trameïs
   « Eus damagier ? Mei est a vis

20735-6 *m. à E* — 35 (*HJ*); *K* Icels, *Cn* Et cil; *R* Icist s.
de grant sauoirs, *A* Sil me seruent il font sauoir — 36 (*C*); *K*
enpres; *AJMR* lor; *R* granç dolors; *A* Car refui sui de lor dou-
loir — 37-8 *m. à CE* — 37 *MR* ni es; *n* nies; *DH* nen es p. a
.ij.; *F* do', *MR* treis, *K* trei, *L* .iij.; *I* nies pas a troie doie, *A*
nes p. de tel nature; *P* Ne tu ne fas mie a altri doie — 38 *M* Que
ia; *F* et la m.; *DH* Q. sa pes aies; *A* Que ia en s. mes ardure,
P Que tu ne s. de la moie, *J* Car tu ten is hors de la uoie — 39
DH ne ai pas (*H* mie), *K* nen sui pas; *M* en g. — 40 *MR* Que,
Ckn Mes; *R* humelment, *C* humilment; *A* Qui a h. d.; *K* moi
preier — 41 *H* Car tous les fies fas deguerpir — 43 *F* Remam-
bra; *E* cui — 44 *ADEJKN* Dont, *F* Don — 45 (*J*); *ARk* ses freres
mors — 46 (*J*); *R* Domages li as faiç; *ARk* tors — 47 *DEMR*
conu. — 49 *FM* ne, *A* nel; *R* Ke m. ne la g. — 51 *k* Nes; *M*
del; *K* couenanz, *R* conuinant, *A* son couuent — 52 *MR* de
(*R* des) paroles — 53 *E* La ou ta g. i t., *A* La teue g. i t., *R* La
ont tu as ta g. tramis — 54 *F* Au; *DERk* mes co mest uis; *A*
Por euls d. ce m. uis.

20755   « Qu'il se sont mout bien defendu :
         « De cent n'en sont dui revenu.
         « Ses tu com tu as espleitié ?   20745
         « Bien t'iés en treis sens damagié.
         « Tes homes perz : ço m'est a vis
20760   « Que tu n'i as honor ne pris,
         « Quant ensi faitement senz tei
         « Vont en estor ne en tornei ;   20750
         « Tu perz ton pris e ta valor,
         « E si perz t'amie e t'amor.
20765   « N'en avras mie, ensi morras :
         « Ja mais par li socors n'avras.
         « E si n'en iras pas a tant :   20755
         « Jo vueil qu'el face son talant
         « De tei ocire e cruciier,
20770   « Qu'el te toille beivre e mangier,
         « Dormir, repos e alejance,
         « Senz bon espeir, senz atendance.   20760
         « Dès or li aparcil e faz
         « Come el te destreigne en ses laz. »

20755 *R* Il; *ADE* Que il sen (*A* se) s. b. d. — 56 *M* s. .ij., *K*
est uns; *A* .xij. uenu; *R* Bien ni as plus de cent perdu — 57 *Rk*
Sez or (*R* ore); *F* que tu; *A* S. c. tu as b. e. — 58 *K* ta, *DJ* tas;
A cens — 59 *K* si, *E* et — 60 *H* Et si ni as; *M* nas — 61 (*HR*);
Dk Q. il si, *A* Q. tu si — 62 *EJRk* a e. (*E* bataille) et (*K* ou,
J ne) a; *DH* et en; *A* Les enuoies a nul t. — 63 *H* tonor; *R* Si
p. et tamie et ta amor — 64 *N* Si p. et tamie; *R* Si p. ton pris et
ta ualor; *A* et samour, *H* et tonor — 20765-806 m. à *H* — 65
AM Ne lauras; *M* ainsi, *F* issi, *E* einsi, *AD* ainz en; *K* aiue si
m. (*v. f.*) — 67 *AD* i. mie — 68 *AFM* que, *R* kil; *AF* faces s. t.
(*F* comant) — 69 *D* traueillier, *R* tormenter, *A* sanz dangier; *M*
ochire et crucefier (*v. f.*) — 70 *AR* Quo, *F* Et; *C* uoille, *D* tolle,
les autres mss. toille; *N* Quele te t. lo m. — 71 (*J*); *n* aliance,
C alegrance, *R* aligr., *E* alegence; *A* R. et aise et alegier, *puis ce
v. :* Guieres ne dormir ne veillier — 72 (*CJ*); *R* S. e. et; *K* buen;
A aj. ce v. : Te couuient estre en esperance — 73 *A* lui — 74 *A*
Et el, *DEFL* Com ele, *R* Quele; (*C* destreigne), *K* destreinne,
J destrenge, *AR* destraingne, *M* tiegne, *L* te t., *E* te teigne; *D*
toit entre ses braz; *F* Coment elle tait.

20775   Ensi faitement aparlez
        E cruciiez e tormentez
        Fu Achillès desci qu'al jor.   *20765*
        En duel, en lermes e en plor
        Est por amor, que sil destreint.
20780   Mout est iriez e mout se plaint;
        Mout sospire, mout a travail :
        Ne sont pas suen li enviail;   *20770*
        Des gieus partiz n'a pas le chois :
        « Jo meïsmes, » fait il, « me bois ;
20785   « Nus ne me fait mal se jo non.
        « Trop ai le cuer pesme e felon :
        « Il me destruit, il me deceit.   *20775*
        « Mes maus conoist e aperceit :
        « Ne m'en esloigne, ainz m'i atrait.
20790   « Haï! bele, tant mal me vait!
        « Tant sui por vos desavanciez
        « E de joie desconseilliez!   *20780*

20775 *CDJ* Einsint, *G* Ainsis, *A* Ainsi,; *L* belement; *LRk* a
parle, *F* a parler; *A²* par lui est a., *A* toute nuit se garmente —
76 *N* Si c., *KL* Crucefie, *A²M* -ez, *CE* Crocefiez; *Lk* tormenté,
D Et en tel guise t., *R* Bien la mort et crucifige, *A* Et ml't cruel-
ment se tourmente — 77-8 *interv. dans A* — 77 *AA²DF* de ci,
ENk de si; *R* A. en deci; *AA²* al — 78 *D* En deuls; *E* An l. an
duel — 79 (*C*); *D* Et, *F* Cest; *A* Por a. e. ainsi destrains; *D* si,
ERkn le — 80 (*C*); *A* sest i. et m. sest — 81 *K* M. a peine; *E*
sop., *AD* soup.; *K* trauaille — 82 *EMn* anuiail, *K* enuiaille —
83 *K* nai — 84 *n* meisme, *R* meisses — 86 t*K* Molt; *AJ* T. sent
mon c., *M* T. mest mon cuer; *F* noir et f.; *N* Cruer (*sic*) ai t. p.
et trop f. — 87 (*DGIJLM* destruit), *N* destruist, *AE* destraint, *F*
-oint, *K* traist — 88 *m. à M*; *J* Mon mal, *F* Mais mal; *R* conois,
I connoist; *GLN* Mal me c., *E* Bien me quenuist; *A* Mes il se
uoit, *D* Il sent mont bien — 89 (*IJ*); *F* Ne mi; *AMR* Ne (*A* Il)
meslongne; *M* quainz, *R* cant; *A* quant mi atent; *E* Quant an
folie me retret, *D* Que ne uiure (*sic*) pas longuement — 90 *E*
si mal mestet; *FR* com mal; *K* mi u.; *A* Bele qui auez le cors
gent, *D* O hi b. de bel iouent — 91 *M* Trop; *R* T. soi per uos
desuancieç; *k* par uos desauoiez.

« Fors vos ne me puet rien valeir.

« Iço me torne a desespeir,

20795   « Que jo ne puis a vos parler

« Ne vostre face remirer

« Ne conter vos ma grant dolor.   *20785*

« Ha ! douce, fine, fresche flor,

« Sor les beles esperitaus

20800   « E sor totes angeliaus,

« Come jo pert por vos la vie

« Senz aveir socors ne aïe !   *20790*

« Uevre de nature devine,

« Sor trestotes beautez reïne,

20805   « A vos s'en vait mis esperiz ;

« Mais, las ! ja n'i iert acoilliz,

« Qu'Amors me nuist, jol sai e vei :   *20795*

« Ne s'en tient mie devers mei.

« Polixena, a vos m'otrei.

20810   « Se n'en prenent li deu conrei,

« J'en ferai ço que jo ne dei.

« Ne sai que dire, mais muir mei. »   *20800*

20793 *A* Pour u.; *DR* men, *N* mi; *AMRe* riens; *K* R. ne
me p. f. u. u., *E* Ne me p. r. amie eidier — 94 *AD* Et ce; *E*
Fors uos ice me fet irier — 96 *A* Pour u. — 97 (*CR*); *A* Et u. c.,
En Ne reconter; *E* uos ma d. — 98 (*J*); *C* Hai; *E* dolce amie; *F*
blanche f., *R* f. color (*v. f.*); *AD* D. amie f. c., *A*² Ahi amie de
ualor — 20799-800 m. à *AA*²*DH* — 99 (*J*); *G* S. deites; *FL* am-
periax — 20800 (*GJL*); *C* angellaux, *E* anperiax — 1 *M* Conment;
K par uos; *R* ma u.; *A*² Cum uois perdant — 2 *DE* S. a. en —
4 (*CL*); *D* En, *AFRk* De; *L* trestoute beaute — 5 *AD* en; *AF* ua
— 6 *R* Ha; *n* la; *Ae* ia ni ert, *R* kil nert ia, *n* niert il ia; *k* il n
pas (*M* n. p.) recoilliz — 7 (*G*); *F'* Amors; *J* mi; *L* Que ie me-
nuis; *C* mennuist; *AJ* nuit, *DH* hét; *Fk* ce; *C* ie sa — 8 9
interv. dans M — 8 (*GI*); *FJHLMR* se — 9-12 m. à *CF*; 10-11
m. à *N* — 9 (*GHJ*); *D* Polyx., *A* Poliz., *R* Polixenas, *L* -ain ; *I*
Ha polixene — 10 (*GJ*); *H* Sor; *R* Or en preingent; *I* Se ne
prennes autre c. — 11 (*J*); *I* Jou; *GL* que faire an doi (*L* f. d.);
M Ie f. ce q. ne d., *D* Sen f. q. faire ne d., *H* Dont sui io mors ia
ni uiurai — 12 (*J*); *K* quen; *G* fors m. m., *A* metrai moi; *H* De
par mecine ne garrai.

DIX-SEPTIÈME BATAILLE ; COURTE TRÊVE.

      Es laz ou ont esté plusor
      Fu Achillès ensi maint jor,
20815 Tant que Grezeis e Troïens,
      Ainz que passast guaires de tens,
      Rassemblerent a la bataille,   *20805*
      Ou trop par ot mort gent, senz faille :
      Ço fu l'uevre disesetaine,
20820 Que plus dura d'une semaine.
      Tuit li haut prince e tuit li rei
      Qu'Agamennon ot devers sei   *20810*
      I furent prest, ço sai de veir,
      O quant que chascuns pot aveir.
20825 E cil dedenz, joios e lié,
      De rien ne s'i sont espargnié,
      Ainz se requistrent mortelment :   *20815*
      Por c'i parut estrangement.
      D'ambedous parz ot teus damages,
20830 Que li plus proz e li plus sages
      Qui d'eus i fu ot grant esmai.

20813 *k* As l., *D* He! las — 14 *DJ* ainsint — 16 *F* uenist au-
ques — 18 *R* morç genç; *D* t. ot m. de g., *F* t. auoit m. g.; *K*
Ou ot molt g. morte, *M* Ou ont m. de g. mort — 19 *D* disui-
tainne, *F* diseuitaine — 21 *K* Trestuit li p.; *A* et li haut roy, *M*
et li r. — 22 *k* Agam., *F* Qagamenon — 23 (*C*); *AM* pris, *F* mort,
y tuit; *H* io, *E* iel; *K* I f. co se gie — 24 *IJN* A; *J* quanques;
R O ce ke c. puet a., *AD* Mort et naure (*D* Mont sont dolent) et
triste et noir, *E* Armerent soi par estouoir — 25 *AK* Icil — 26
AEFk se s. (se *m. à R*), *D* les ont; *E* atardie — 27 *F* se qistrent;
K mortalment — 28 *DEMn* Por ce i, *AR* Por ce — 29 *ER* Dam-
bedos, *F* Damedous; *H* Dambes p. i ot, *N* Que danbes p. ot,
M Quanbe .ij. p. ot; *EFRk* tel domage — 30 (*HL*); *E* preu, *GRk*
prou; *EFRk* sage — 31 *ADJ* Qui i fu (*J* sunt) (*D* estoit) deuls, *R*
Ke i fussent, *E* Qui i furent; *R* orent e., *EJ* ont g. (*J* tot) e., *D* o
tout e., *A* ot tant e.; *Fk* Dax i furent en tiel e., *H* Qui estoit **de**
uos sesmaia.

Mai jo vos di, qui bien le sai,   *20820*
Que Troïlus i fist merveille :
Après lui lait l'erbe vermeille.

20835 Onques li cors d'un chevalier,
Del dererain jusqu'al premier,
Ne fu plus cremu ne doté.   *20825*
Mout a laidi e maumené
E apeticié le tropel

20840 De celui cui n'ert mie bel :
C'est Achillès, qui s'en enrage.
Par maintes feiz a en corage   *20830*
D'aler les socorre e vengier,
Mais ne s'en set vis conseillier,

20845 Qu'Amors le li defent e viee :
Por qu'il suefre mortel haschiee.
E sa proëce le renvie,   *20835*
Que tel hore est que toz s'oblie :

20832 *k* gel; *M* que b.; *y* Par tot fu dit; *H* et ca et la; *A* Car
cil le dist par cui le s., *J* Mes ice uos di que b. s. — 33 *F* fet —
34 *K* Enpres, *D* Quapres; *M* celui; *ACk* est, *D* lest, *NR* fu —
35 (*A²HI*); *ADJR* le c., *C* si c. — 36 *ek* Des le darien (*K* der-
rain, *M* -ein, *D* darreain), *H* Del daarain, *ACR* Des (*C* De) le
(*C* les) premier (*A* Du premerain) iusquau dernier (*CR* derier),
A² Del premerain al darainier, *I* Des puis ke on fist le p., *J* Qui
onques fust des le p. — 37 (*A²I*); *C* tant; *eJR* p. crienz (*J* fiers)
ne (*R* ni) redotez; *N* Ne uit p. fier ne plus dote; *AA²CFHRk* cre-
muz ne dotez — 38 *A* M. est; *N* laidi et malmene, *AA²CFJRky*
laidiz et maumenez — 39 *A²EHN* apetisie, *R* -çie; *A* Et a peus
tout — 40 *ARky* De cels (*E* ces) a cui (*H* a qui, *K* qui nen);
A Celui a qui il nest pas b.; *D* nest, *MR* niert — 41 *R* Ha a., *D*
C. dachilles, *E* Dan a., *K* Et a.; *A²* q. uis e., *K* uis en e.; *D*
arrage, *HM* esr. — 42 *H* P. mainte fois a grant c.; *DN* en a c.,
A²K a grant c. — 43 *F* Daler s.; *A* aidier — 44 *F* se, *H* si; *CD*
nis c.; *A* M. il ne sen s. c. — 45 *H* Car a. li d.; *F* li d. et deuie;
AD uee, *CKN* uie, *M* prie — 46 *AD* Por ce, *E* P. ce an, *k* Por
qui, *C* Por chil, *H* Et sin; *k* mortal, *A* mlt grant; *C* achie, *Fk*
haschie, *A* hachie — 47 *DHk* li r., *A* len enuie — 48 *e* Car;
ADHMNR tele, *EK* tex; *JRy* e. toz sentroublie (est *m. à D*).

Si est desvez, si est iriez
20850　Qu'il ne li membre d'amistiez.
Aler i vueut, mais en poi d'ore
Li rest Amors si coruz sore   *20840*
Qu'il n'i ose le pié porter.
Proëce e sen li tout amer
20855　E hardement e vasselage.
Mout est destreiz en son corage;
Il n'est de rien sire de sei,   *20845*
Qu'Amors le tient pris en son brei,
Qu'il ne li lait sa gent aidier,
20860　Qu'il veit ocire e detrenchier :
Ço fait li fiz Priant li proz,
Qui en bataille les veint toz,   *20850*
Quis desconfist e qui les chace,
A cui ne pueent tenir place.
20865　　Quant ceste bataille ot duré
Uit jorz toz les plus lons d'esté,
Si vit Agamennon l'ocise   *20855*
E sa gent navree e maumise, —
Plus ont perdu que cil dedenz, —
20870　Mout par en fu sis cuers dolenz.

20849-50 *m. à Ay* — 49 (*J*); *L* deuez, *F* dolenz; *M* triez —
5o *CP* Qe; *F* Qa lui ne m., *R* Cant li remenbre — 51 *J* uolt —
52 *AA²FIJek* Li est; *n* coreuz, *C* corrue, *HJ* corue, *A²* recorus,
A acourus, *D* si coru; *R* torne soure — 53 *N* les piez — 54 *MR*
sens, *A* tans; *R* toust, *N* tost, *J* tot, *C* tol; *A²* li rueue aler, *A*
li font muer — 55 *y* Son h. son a., *A²N* Et hardemanz et uase-
lages — 56 *A²N* li suens corages — 57 *ADKR* riens; *CN* sires —
58 *Aek* Amours; *HN* a — 59 *D* lest, *K* lais — 61 *E* le p. — 62
R batailles les uens — 63-4 *m. à N* — 63 *ADF* Ques, *CM* Qui;
E Qui les d. et les c. — 64 *K* A qui, *R* Ke il; *D* nen — 65
AA²Jy Q. la b. ot (*H* a) tant d., *C* Q. este b. ot este — 66 (*A²*)
R Dis, *A* .xx., *e* Vint; *MR* cl p. lonc tens, *CK* es p. b. iors,
H des p. ardans; *AJe* des p. l· de laste; *N* Par .viij. i. des
greignors deste — 67 *D* uint; *Dn* agamenon — 68 *R* Et la; *N*
et ocise — 69-70 *interv. dans F* — 69 *m. à K* — 70 *A* en ont
les cuers.

Triuës a quises e mandees,
Mais mout furent cortes donees,   *20860*
Sol tant que seient enterré
Li mort e li champ delivré.
20875   Ensi l'ont fait : seveli furent
Solonc lor lei, si come il durent.
N'i remest cors a enterrer   *20865*
Ne chans ne place a delivrer.

DIX-HUITIÈME BATAILLE : ACHILLE REPREND LES ARMES.

Après revint l'uevre cruël,
20880   La dolorose, la mortel,
Dont mort furent mil chevaliers
En sol les quatre jorz premiers.   *20870*
Le jor de cest assemblement,
I ot mout grant torneiement :
20885   De ceus dedenz i fu la flor
E li plus riche e li meillor,

20871 *leçon de* C; *n* Triue; *K* Trieues ont quises (*v. f.*); *F* o. prises, *eLMR* a quis, *A* ont quis; *AFky* et demandees, *R* et dom.; *N* a quise et demandee — 72 (*CR*); *L* M. f. lors; *AFJky* orent c. durees; *N* par ot corte duree — 75 *k* sepeli — 76 (*C*); *A*² Et atorne; *y* Si con il sorent (*E* porent) et, *A* Tout s. ce que; *Jk* S. ice quen (*K* qua, *M* que) lor loi lurent (*k* durent), *I* S. chou kil sorent et d.; (*K* Solonc), *les autres mss.* Sel. — 77 *M* remainst — 78 *R* camp, *Jky* champ — 79 *K* Enpres r. oure; *L* lore; *K* cruex, *F* cruiex, *G* cruax, *LMR* -els, *C* mortels; *N* locise entrals, *J* lor ire tex; *Ae* Et a. (*DE* A. si) r. l. taus, *H* A. uint la dis et wit tax — 80 *CNRy* et la; *AGJy* mortaus (-ax), *nK* -ex, *LMR* -els, *C* cruels; *K* Molt d. et molt m., *A* Si doulereus et si m. — 81 *N* Ou; *F* Don morirent; *R* O il ot maç, *Ae* Ou ot ocis; *AF* cheualier — 82 *A* Dedenz; *AF* premier, *C* entiers — 20883-21110 *sont dans* P² (9ᵉ *fragm.*); *mais le début des* v. 20883-918 *et la fin des* v. 20981-21110 *ont disparu, coupés par le relieur* — 83 *R* dicest, *A* de cel — 85 *EF* ces; *F* i ot.

Baut e haitié. Ço m'est a vis,   *20875*
Poi dotent mais lor enemis :
Laidiz les ont e desconfiz
20890 Par set feiees o par diz.
Sor les chevaus sont Arabeis,
Laciez les heaumes Paviëis.   *20880*
En dis batailles granz e fieres
E redotees e plenieres
20895 Sont desevrez e departiz.
Mout resclarcist l'aciers bruniz
E li verniz e l'ors d'Espaigne.   *20885*
Greu revienent par mi la plaigne
En vint conreiz fiers e dotez :
20900 El menor a dou mile armez.
Lor cheval ne sont pas poutrel,
Ainz sont corant, fort e isnel.   *20890*
Haubers ont blans, durs e serrez
E forz escuz d'or emboclez.

20887-90 *P² ne donne que deux fins de vers* : oisiez-is prisiez, *qui indiquent une leçon spéciale* — 87 (*H*); *A* Ioiant et lie; *A²NRk* ce Ior est uis — 88 *A²* Que poi d., *E* Po dotoient, *H* Vont encontrer — 89-90 *m. à AP²y, sont dans A²CJLP* — 90 (*A²*); *M* P. .iij., *L* P. .ix.; *CJ* Por... por; *R* espartis; *FPk* Et si les ont ml't maubailliz — 91-2 *m. à A²* — 91 *A* bons arablois; *P²* [a]rrablois, *y* arrabois; *y* De sor (*E* sus) les (*H* lor) c. arr. — 92 *A* L. elmes arrabiois — 93 *P²* et es fieres — 94 *R* Et redotouses — 95 *FRek* desseure (*F* -ee) et departi (*M* -iz), *A* desceurees et parti — 96 *M* recl.; *AR* lacier bruni; *N* M. reluist li aciers b., *e* Mont reluisent a. b., *J* La r. heaume b., *FK* M. luisent cil (*K* li) hiaume b.; *P²* [b]ranc forbi — 97 *F* Et li uermoil; *N* Li u. et li ors; *AEFM* lor; *J* Et li escu a or — 98 (*J*); *M* Et; *e* Serre uiennent (*E* uindrent), *H* Ml't reluisoit; *R* repairent, *K* uienent (*v. f.*); *F* cheuauchent por la champaigne; *P²* [ch]anpaingne — 99 (*J*); *R* Auint, *F* An forz; *A* En main conroi fier; *P²* redoutez — 20900 (*H*); *F* An chascun; *EF* ot; *A* En en mena; *K* trei, *AFJ* xx., *e* .x.; *N* doutez (*v. f.*), *P²* -rtez — 1-4 *m. à AHP²e* — 1 *J* Li; *C* cheuaus; *R* pultrel — 2 *J* Einz; *C* destrier — 3 *A²M* bons (*M* durs) fors et s. — 4 (*C*); *N* biax, *A²J* bons, *R* genç; *Fk* a or bandez, *A²* a or listez, *R* dor enbordeç.

20905   Li heaume e le fin or vermeil
          Resplendissent contrel soleil;
          Li brant sont trenchant d'Alemaigne.   *20895*
          Ne m'est mie a vis que remaigne
          Devant ço que mil chevalier
20910   En chieent mort de lor destrier.
             Les compaignes s'entraproismierent,
          Que par grant ire se requierent.   *20900*
          D'ambedous parz s'entrenvaïrent :
          Dis mile lances i croissirent;
20915   Maint bel escu i ot percié
          E maint blanc hauberc desmaillié
          E mainte enseigne ensanglentee,   *20905*
          Vert e vermeille, d'or brosdee.

20905-6 *A²* Lor helme sunt cler reluisant Contre s. resplendis-
sant — 5 e *m.* à *H*; (*CR* le fin or), *N* li fins ors, *K* li o. f., *AJy*
li escu; *F* Li h. et li or sont u., *I* Es helmes ot ml't or u. — 6
MN Resplendist cler, *CF* Resplendist (*v. f.*), *H* Reluisoient, *I*
Ki molt reluist, *R* Resplandent; *Rk* contre le (*M* li), *CIJNy*
contre — 7 (*CIJ*); *A²* Lor b. dacier s., *Ay* Et li b. t. (*A* t. b., *H*
b. dacier) — 8 *FJ* pas a; *A²* a uis que pas r.; *M* quan, *J* quil;
Ay Je ne cuit pas que il (*E* quainsi) r. — 9 *H* .xx. c.; *I* De
sci que maint bon, *K* Oimes que cors de, *F* Deuant que dis
.m., *N* Tant que mil cors de; *JMR* Mes hui de ci (*M* desci); *M*
qua; *ACHKRn* cheualiers (*P²* *manque*); *A²* Si uerra on maint
cheualier — 10 *K* Ne; *ACHKP²Rn* destriers; *I* Et hardi le com-
perront chier; *N* An cherront, *A* Ait cheois; *AKy* mors; *C* ius
de d., *R* sor lor d.; *A²* Chau enuers de son d. — 11 *N* sen-
traprim., *EM* sentraprism., *J* -erent, *F* sentrepremierent, *R*
sentrespasmerent, *G* sentrepresserent, *AHKL* sentraprochie-
rent; *A²* Les .ij. c. saprocierent; *P²* -cherent — 12 *A²* Par ml't
g. i.; *G* saprochierrent — 15 *ekF* Mainz (*M* Maint) biax
(*K* buens) escuz; *N* M. bon; *D* en fu, *Fk* i fu, *R* en sunt p.;
eFK perciez, *M* froisies — 16 *K* h. b., *R* forç h.; *eFM*
Et mainz blans (*M* fors) (*F* maint blanc) haubers (*D* h. b.)
desmailliez; *P²* -smailliez — 18 (*J*); *R* V. et uermoil, *K*
Verte uermeille, *F* Verz et u., *A²* Inde et u., *A* Tainte u.;
e T. an uermoil et; *AA²KR* a or; *k* bendee, *ADN* broudee,
P² -nee.

Mout par en est granz li traïns ;
20920   Jonchiez en est toz li chemins,
Sentier e veies e herbos.
Li chevalier sont aïros   *20910*
E defensable e fort e fier :
Por ço i a des branz d'acier
20925   Sor les heaumes tel fereiz
Que mil en i gist d'espasmiz,
Cui des cors issent les boëles   *20915*
E cui pareissent les cerveles,
Qui ne pueent ester sor piez,
20930   Que toz les cors ont detrenchiez.
     Avenu sont li grant conrei :
Donc par i ot si grant tornei,   *20920*
Si fort estor e teus meslees,
Tot maintenant o les espees,
20935   Grant merveille est e iert toz dis

20919 (*DJL*); *P²* Et des morz est g.; *A* i est, *E* an ert; *Fk* en
sont grant; *R* i ot lors g. t.; *A²* tragins, *FRk* train, *P²* trahing —
20 (*AA²CDJL*); *E* ert; *FRk* Jonchie en sont (*F* T. en s. i.) li
chemin — 21 *DF* uoie — 23 *F* defandable, *N* desf., *AA²e* des-
fensable, *k* deff.; *Ae* et dur — 24 *A²* i ont li brant; *A* de branz
— 25 (*GL*); *A²* Sor helmes ot t. f.; *F* grant f. — 26 *F* en i a; *D*
de paumis; *H* en i sont espasmis; *K* Quil i en a .m.; *KL* espa-
miz; *A²* M. en gisent par les larris, *P²* .M. en i gist sanz esperiz
— 27-8 *m. à Ay et sont dans A² après -34* — 27 (*CJ*); *A²* Ke;
GKL Qui; *R* defors, *I* del cors — 28 *KL* Et qui, *R* En cui;
M paroissent, *NR* parissent, *C* aperent. *L* reperent, *FJ* espan-
dent; *G* Et que perent la, *A²* Et des chies salent, *I* Cui d. c.
perent — 29-30 *m. à H* — 29 (*A²J*); *DK* Quil — 30 (*P²* Que),
AJR Qui, *Cek* Car, *A²* Et; *F* Ainz o. t. les c. d.; *eP²* piez (*E* piz)
et braz; *A* tuit sont mort e d. — 31 *P²* Venu i s., *A* Or s. u.; *F*
tornoi — 32 *A* Dont, *F* Don, *eP²* Lors; *E* i par ot; *N* Adonc i
ot; *F* si fier esfroi; *M* Li effors li fier t.; *P²* g. conroi — 33 *F* Si
fait e., *AM* Si fors (*M* fiers) estors, *P²* Tel fereiz — 34 (*A²GL*);
K Quil maintienent; *F* Qil sont (*sic*) as chaples des e., *P²* O les
trenchanz nues e. — 35 *P²* Que; *DM* m. ert; *M* et est, *P²* et
ert; *A²* iel uos pleuis.

Com chevaliers en estort vis :
O Paris josta Menelaus, *20925*
Que jus chaïrent des chevaus ;
Polidamas o Ulixès.
20940 Icele ne fu pas de pais :
En estrange merel fu faite ;
Mainte bone espee i ot traite, *20930*
Oschiee e teinte en sanc vermeil.
Mainte uevre i ot fait senz conseil.
20945 Por ç'i pareistra ainz le seir :
Ne puet anceis mais remaneir.
Menesteüs, li dus preisiez, *20935*
Vint par les rens toz eslaissiez.
Par les enarmes l'escu pris,
20950 Vers Antenor s'est ademis.
Ne failli mie a lui ferir :
Les dous arçons li fist guerpir ; *20940*
Al meins i perdi son destrier,
E si i ot maint chevalier

20936 *D* Quant, *A* Cun; *AM* cheualier; *A²* i estorst, *F* an
estoit, *A* i remest — 37 *M* Et p. ioste a m.; *DF* iouste m.; *K* P.
iosta o m., *P²* A p. iouta menalax — 38 *n* cheurent, *Ae* chei-
rent; *K* Quil sabatent ius — 39 *AFk* et u., *E* a u.; *D* hul. —
40 *Rk* Cele ne fu mie de p. (*K* pres) — 41 (*A* merel); *F* mes-
chief, *R* -ie, *GIk* marche, *CLN* -ie; *yP²* Mont fu en (*H* a) e. ore
f., *J* E. meslee i ot f. — 42 *GL* M. e. b., *F* Et m. e., *H* M. grosse
lance; *J* Et m. b. e. t., *C* La i ot m. e. t. — 43 (*P²*); *KNR* T. et
o., *A²* T. et noircie, *M* T. et moillie, *F* Oschie et fraite; *A*
Tainte refu de — 44 *K* i fist len, *R* i a fait; *H* M. ioste f., *P²* M.
ioute i ot, *A²* Maint colp i fiert on s. c., *puis ces 2 v.* : Maint
brant i ot frait et oschie Et maint cors aual trebuchie — 45 *A*
Par coi, *C* Por tant, *K* Par co; *K* pareistra, *Mn* -istra; *E* i parut
eincois, *L* parra ancois, *J* i parra il einz, *DEP²* i p. aincois; *A²*
parti deuant; *I* Pruec i parrai ainz — 46 (*J*); *G* mes a., e a.
pas, *I* mie a., *FP²* autrement, *k* la chose; *A²* Ne pooit mie r. —
47 *AEn* prisiez — 48 *M* Vit; *R* por les camps, *F* el tornoi — 49
D escuz; *F* prist — 51 *eFP²* f. pas — 53 *P²* Et si i p. — 54
F Et se; *K* i fu, *A* refist, *N* furent; *³F* ch. bon (*sic*).

20955 Feru por son cors remonter.
Philemenis d'outre la mer,
Le fort, le vertuös, le grant,   *20945*
Qui esteit graindre d'un jaiant,
Cil josta a Agamennon ;
20960 E se ne fust reis Telamon,
Ocis l'eüst sempres maneis.
Cist fait martire de Grezeis :   *20950*
Devant son coup n'a rien vertu,
Hauberc, ne heaume ne escu ;
20965 Autresi les detrenche e tue
Come la fauz fait l'erbe drue.
Reis Telamon l'a si sorpris   *20955*
Qu'un confanon vermeil e bis
Li a passé mout près del cors.
20970 E cil ne li est mie estors
Qu'il ne li doint itel colee
Que mout par fu desmesuree.   *20960*
Voidier li a fait les arçons,
Mais cil ot vassaus compaignons
20975 Qui tost le firent remonter ;

20955 *A* Ferir, *F* Fera — 56 *n* Filem., *DERk* Filim. — 57 *A*
Li for, *DERkn* Li forz; *P²* Le fort le merueillex; *DERkn* li
granz, *A* li grans — 58 *N* g. e.; *K* maires, *R* -e, *eAJNP²*
graindres; *M* auques i.; *ADFJR* dun (*J* duns) iaianz, *HKL*
que i., *EN* cuns i., *I* con gayans, *C* cons iaanz; *P²* ioiant, *H*
gaians, *R* ianç; *A²* Li preus li sages li uaillans — 59 *DFM* aga-
menon — 60 *AM* roy, *P²* roi; *ADEKP²Rn* thel., *G* thalamon —
61 *A* tantost m., *P²* tout demanois, *M* s. menois — 62 (*JR*);
AEKP²n Cil; *kn* des — 63 *ADNP²k* riens; *F* nen a u. — 64
EFM Haubers; *DP²* ne lance — 65 *D* Autresint, *n* Autressi —
66 (*P²R*); *J* li f.; *A* la f. sus; *EKn* Con f. la f. lerbe menue —
67 *P²* Roi, *M* Roy; *AKP²Ren* thel. — 68 *e* Con, *F* Col; *eKR*
gonf. — 69 *P²* Li passe m. tres p. — 70 *E* est pas — 71 *M* Qui; *K*
donge,*DE* dont, *FM* done, *NR* doigne; *Rkn* tel, *P²* tele — 72 *P²*
m. li fu — 73-4 m. à *A* — 73 *Ce* Vuidier — 74 *P²* M. il —
75-6 *interv. dans A* — 75 (*J*); *Ae* Q. ml't t. lont fait r.; *M*
le refirent monter.

Si ne s'i sot onc si guarder
Philemenis qu'en treze lieus   20965
Ne li fust parissanz li gieus :
Teus cent colees i a pris,
20980 De qu'uns autre ne fust pas vis.
    Antilogus fu fiz Nestor :
La chiere ot brune e le chief sor;   20970
Dreiz fu e lons e beaus e granz,
E chevaliers proz e vaillanz.
20985 Jovnes esteit de poi d'aage,
Mais mout par aveit vasselage.
Son pere alot faire socors,   20975
Mais uns des Bastarz li est sors,
Qui avoit non Bruns li Gemeaus :
20990 Chevaliers ert hardiz e beaus.
En mi les rens se sont ataint,
Que des chevaus se sont empeint.   20980
Antilogus en estait bien,

20976 (J); M Se, D Cil; AEN ainz, R hanc; K Et si ne se s.
o. g. — 77 n Fil., I Fill., MP² Philim., CJKRy Filim.; EJ
.xiij., AH .xxx., P² .iiij., n .xv.; M que en .c. lieuz, I kentre en
se lius — 78 CDJMR f. parissant, H soit aparanz, A fu pas
. plaisanz; I Ne pere a lui quels est; C lor g. — 79 (A²GHIJLR);
N T. .vij., k Deus .c. — 80 N Dom, AA²Fek Dont; KP² nus
autres; GLR De cuns autres; A²F autres hom f. ocis; GR pas
ne f. u., H f. espasmiz, P²k neschapast uis; I Deuers ces autres
fust occis — 81 n Anth., D Anthyl., J Antilocus, I Anthyl.; R
nestors, L nector; H li fix chastor — 82 (eAKNP² le chief),
M le crin, R les crins, F lo poil — 83 N blonz; n genz et b.;
M et proz l. et gens — 84 A ml't auenans — 85-90 m. à D —
85 (CJ); AEHP² Il nestoit pas de grant a.; R loures — 86 (C);
FJ por a., K i a., AE a. grant, H a. ml't; I plains estoit de u.
— 89-90 interv. dans F — 89 FM brun; kn de, R da; K gimials,
N -iax, F iumax, M gomas, R gimel (cf. v. 20995; les vers
20990-5 manquent à R); Ae li iumiaus (D uimeax, sic) — 90 F
est, N proz; K estoit prouz et b.; P² Ml't ert c. b (sans doute
bons : le reste a disparu) — 92 FM Jus; K Des c. se s. ius e.
— 93 n Anth., D Anthyl., P² Entil., I Anthyl.; C ista, AP²e
estut; J A antilocus auint b.

Qu'a cele feiz n'i perdi rien,
20995 Mais feru a Brun le Gemel
Tot a dreit coup par le forcel,
Si qu'en la place est morz remés. *20985*
La ot josté dis mile Gres
E dous itanz de Troïens.
21000 En poi d'ore e en poi de tens
En fu la place si jonchiee,
Mil en sofrirent la haschiee *20990*
De mort, non pas d'autre dolor.
Ici aveit trop pesme estor,
21005 Quant Troïlus li proz i vint,
Mais onques puis Greus ne s'i tint.
De son frere sot la novele : *20995*
Por ço l'en mueille la maissele
De chaudes lermes. Grant duel fait,
21010 Mais o le brant qu'il a nu trait

20994 *FHP²* A ; *P²* cete f. ; *DFJ* ne ; *N* perdie — 20995-21002
m. à *I* — 95 (*P²*) ; *AA²n* M. feruz (*F* feniz) fu bruns ; *J* f. ot ; *M*
bru de gomel ; (*DEJ* le), *A²kn* de ; *KN* gimele, *A²Fe* iumel ; *A*
li iumiaus — 96 (*J*) ; *A²Rkn* Trestot a d. (*F* arme), *H* D. a plain
colp ; *KN* p. la forcele ; *F* por lo ceruel ; *A* T. a d. par mi les
forsaus ; *P²* Tres parmi oir.... — 97 *M* mort r., *L* sont r. — 98
ELP²Rk La sunt ; *P²* La s. .m. ch... ; *L* s. ocis ; *E* .vij. ⁂ ; *L*
bien .m. des g. — 99 *A* itiex ; *Kn* Et altretant, *EJ* Et bien .ij.
tanz ; *JLM* des ; *P²* Que de griex que — 21000 *P²* Que pou deure
1-2 *interv. dans kn* — 1 (*H*) ; *FK* Si, *M* Sen ; *R* Fu la p. tote i.,
N An fu si i. la place — 2 *P²* .C. en i muer... ; *A²CJ* sentirent
la, *D* i muerent a, *H* i sofrent grant ; *R* De tex ki muerent has-
chee, *Fk* I ot mainte espee sachiee, *N* Et sanz faire greignor
menace — 3 *kn* Des morz ; *J* autre ; *N* color ; *F* qi muerent a
d., *K* et non p. dautre flor ; *R* Icil soffrirent grant d., *I* Ml't par
i auoit grant d. — 4 (*CP²*) ; *J* Ia i a., *A* La par a. ; *M* trop fiert,
FK si f., *A²* ml't f. — 5 *e* Mes, *P²* Que — 6 *K* griu, *ADM* griex ;
F se ; *E* O. uns dax p. ne — 8 *R* De ; *EFk* li ; *P²* Qui ne li fu
(*sans doute :* bone ne bele) — 9 *A* O, *G* Ou ; *I* Tanrement
ploure ; *P²* Grant duel et... — 10 (*HIJ*) ; *n* ot nu t., *Ae* auoit t. ;
G nu quil a t.

En prent venjance. Ire a e duel ;
Maint en i fent jusqu'al braiel :   21000
Onc chevaliers mais ço ne fist.
Ja puis uns sous ne s'i tenist,
21015 Ne fussent la gent Achillès.
Mais cil furent dou mile e mais :
Sor les destriers d'armes guarniz,   21005
Avenu sont al fereïz.
Ne sai que plus vos en devis :
21020 Receü ont lor enemis
As trenchanz lances acerees.
La rot tant seles delivrees,   21010
Dont li seignor sont departi
E en mout poi d'ore feni !
21025   Bien i fierent Mirmidoneis
O les trenchanz branz Viëneis :
Sacheiz que mout ont chier vendue   21015
As Troïens lor avenue.
S'il estassent tant en la place

21011 *K* duol ; *D* ire et a d., *A* de son d., *H* por s. d., *L* i. a cruel ; *I* En a prise cruel venianche, *F* I. a et d. et chier lor uant — 12 *G* Mains ; *D* en porfent, *K* en fendi ; *eJ* tresquau ; (*ADFL* braiel), *K* -ol, *EJ* brauel, *G* braieuel, *M* brael ; *I* Bien monstre kil en a pesanche, *F* M. iusquau braier en i fent — 13 *R* Anc keualers puis ; *I* Ainc, *AMn* Ainz, *E* Einz ; *FK* Ainz (*K* Onc) m. c. — 14 *D* la plus, *JR* la mes ; *AM* .j. ; *K* sol, *M* seul — 15 *Ae* les genz, *R* la g. — 16 *A* ceus ; *R* dos mille ; *M* esmes — 17-8 *interv. dans F* — 17 (*ACD*) ; *K* lor d. ; *I* Es d. corans ademis — 18 (*CD*) ; *I* Cist s..u., *A* Venus furent — 19 *R* i d. — 20 *k* Receuz, *I* Recheus, *R* Recreu — 21 *n* Es ; *I donne 2 v.* : Quant les gens furent assamblees Ki dambes pars furent irees — 22 *Fk* ot ; *D* mont, *ER* ml't ; *K* dechirees ; *A* tantes s. uidees ; *I* Si ot ml't de s. widies — 23 *M* mort parti — 24 (*ADIJ*) ; *F* Et an si ; *N* An petit dore sont f. — 25 *A* Dont ; *R* le f., *F* i firent — 26 (*J*) ; *Ae* O les b. dacier ; *MR* b. manois (*v. f.*), *A* b. demanois ; *K* O les uerz b. dacier manois ; *D* vianois — 27 *AFM* c. o. ; *A* vendues — 28 *A* soruenues — 29 (*R*) ; *A* Cil esturent, *JN* Se il fussent, *e* Mes (*E* Et) sil f. ; *Fk* Si (*K* Tant) les antassent ; *F* a ; *K* chace.

21030   Que recovree fust la chace,
        Trop i perdissent cil dedenz ;
        Mais ne recovra pas lor genz :   21020
        Dreit vers les tentes s'en alerent.
        Trop sai que cist i demorerent :
21035   Por poi n'en eschapa uns sous ;
        Trop par i furent angoissos.
        Onc chevalier si ne s'aidierent :   21025
        N'est merveille s'il i perdierent,
        Quar lor gent ne recovra mie,
21040   E cil qui de mort les desfie —
        C'est Troïlus, quis en enveie —
        Après les autres les conveie.   21030
        Doloros est trop li conveiz :
        Mout en i chiet a mort destreiz.
21045   Li criz e la noise est levee,
        N'i ot onc puis resne tiree :
        Parmi les tentes les ont mis.   21035
        Tant en ont morz, navrez e pris
        Que nus n'en set le conte dire.
21050   Por la noise e por le martire

21030 *AFk* fu — 32 (*C*) ; *K* reusa ; *M* la leur g. ; *A* Ne mes ne retournast l. g. — 33 (*ACDGIL*) ; *H* Tot d. as t. en a. — 34 (*I*) ; *GJ* cil, *L* sil ; *A²* Bien s. q. t. i, *n* Sachoiz qe pas ni ; *H* Ainz dusqe la ni aresterent — 35-8 *m. à A* — 35 *IR* Por, *F* A ; *H* A peine en e., *A²* A paines e. ; *K* que neschapa, *R* ne nescanpa ; *L* dels — 36 *eM* T. i par f. — 37 (*C*) ; *En* Ainz, *R* Anc ; *M* ne si a., *K* ne saidierent ; *e* plus ne souffrirent ; *J* saderent, *F* se desrent — 38 *JR* perderent, *CFek* -irent ; *J* Bien uendent ce quil i p. — 39 *JMRen* genz ; *R* reconte, *J* recoure — 41 *R* queus en, *EFJ* ques en, *AA²* qui les, *M* q. l. en, *D* q. les, *C* les en ; *A* conuoie ; *N* T. q. les en anuoie — 42 *K* Enpres, *F* Auoc ; *C* le ; *A* enuoie — 43 *A* T. d. est, *DEJ* T. fu (*J* est) d. ; *D* conroiz, *F* tornoiz — 44 *FK* Maint, *N* Trop ; *K* i a, *M* i ot ; *F* an chient de m. ; *N* souant desroiz — 45 *F* Li c. la — 46 *K* Ni ont, *R* ainc, *En* ainz ; *ADk* regne, *R* regna — 48 *M* T. i ot ; *A* T. en i ont naure ; *Ren* mort naure ; *K* Et sin i ot il t. de p. — 49 *NR* Q. riens ; *k* ne.

E por la grant desconfiture,
Que jusqu'al tref Achillès dure,   21040
Tel mil s'en passent par devant,
Qui ne font chiere ne semblant
21055 Qu'en eus ait plus defension.
Grant noise font al paveillon ;
Sovent s'escriënt : « Achillès,   21045
« Vostre enemi sont ja si près
« Que, se ci les volez atendre,
21060 « Jan i verreiz teus mil descendre,
« N'i avra cel qui ne vos meisse,
« Honte e damage nos i creisse.   21050
« Perdu avez hui vostre gent :
« Detrenchié sont, mort e sanglent.
21065 « Al bosoing nos estes failliz,
« Mais cil vos en rendront merciz
« Qui o vos n'ont ne pais ne trieve. »   21055
Mout li desplaist e mout li grieve
Ço que il ot e que il veit :
21070 Angoissos est e si destreit
Que il n'a sen ne remembrance.

21051-2 *interv. dans* R — 53 N T. san p. par dedeuant; R Tex;
F passoient por — 55 F Quantrax; M point, e mes; *tous les mss.*
desfensions (deff.) — 56 K N. f. g., R G. n. ot molt, N Granz n.
sort, Ae Ml't ot g. n.; *tous les mss.* as paueillons — 57 CDM
escr.; F crioient a a. — 59 (J); AK Et; R ce si; F les i, N uos
les — 60 ADMR la en; AEN tel m., K .m.; F Tiel m. en i u. d.
— 61 ACM cil, A²F nul; ky Ni a celui; C noisse, A² hace; H ne
uos conoisse — 62 K Tant que; KR damages; H ne uos moisse,
A vous acroisse, A² ne uos face, *les autres* uos i c. — 63 EFK
Perdue; A nostre — 64 A² Maint en i a m — 65 AN lor e.; J Au
grant b. e. — 67 AA²FJe a uos; K Q. nont a u., R Ki a u. nen
o.; A² t. ne p.; A²R triue — 68 K desplet, J -eit; A² Des qua-
chilles oi tels plais — 69 K et ce quil u.; I La desconfiture kil
voit, A² Sil li anuie il ot grant droit — 70 FR Trop por(R Si par)
en a le cuer d., N Angoissos cuer a et d., I Le fait angoissous et
d., AA²Je En angoisse est et en d. (A destrois) — 71 (DJ); A² Kar
il, A Si quil; EM Quil na ne s., FK Quil nen a s.; AA²k sens.

Isnelement, senz demorance,   *21060*
Giete son hauberc en son dos :
Mout a le cuer del ventre gros.

21075   El chief li ont son heaume asis :
Ne sai que plus vos en devis,
Mais montez est el milsoudor,   *21065*
Pris son escu peint a color.
Une lance grosse e poignal

21080   O une enseigne de cendal
Li a baillié uns dameiseaus,
Puis fait soner dous meieneaus.   *21070*
Ne li membre, tant a iror,
Adonc d'amie ne d'amor :

21085   Ne fait semblant qu'il l'en seit rien.
Dès or se guardent Troïen ;
Dès or criem mout que li choisiz   *21075*
Ne seit pas lor des gieus partiz.
Tot autresi com sueut li lous

21090   Entre les aigneaus fameillos,
Qui destreiz est de jeüner
E qui ne[l] puet plus endurer,   *21080*
E cui ne chaut qui que le veie,
Quant il vueut acoillir sa preie ;

21072 *R* s. demostrance, *F* cort a sa lance — 74 *F* ot ; *k* el u. ;
F enfle et g. — 76 *A* i d. — 77 *An* missodor, *E* misold., *DM*
misoudour — 78 *k* Prist, *ADE* Prent ; *En* point — 80 *EKN* A —
82 *DN* maeniax, *E* mainiax, *R* maaneus, *F* moiniax, *A* moien-
niaus — 84 (*C*) ; *M* La donc ; *Jy* De samie ne de samor — 85
AC que len, *DH* quil en, *k* quonc len ; *CRk* fust — 86 (*C*) ; *HN*
si, *F* san — 87-8 *m. à Ay* — 87 *K* dot gie ; *JR* chosiz, *C* coisiz
— 88 *A²* Ne sera lor ; *C* plus l. ; *K* deus g. — 89 *A²* Kar ; *B* Et
tot aussi ; *D* autresint ; *A²ny* come li l. ; *R* saut, *M* seut, *AK*
fet — 90 *A* E. les autres, *A²C* Qui de longes (*C* -gues) — 91 *M*
Trop — 93 *ABCJMNRy* Qui (*R* Kil, *C* Che, *E* Que, *B* Lor)
ne li c., *K* A qui ne c. ; *C* qi qi ; *R* la u. ; *N* mes qui lo u. ; *H*
Et qui ne c. onques quil u., *F* Et qi ne li c. qi le u. — 94 (*J*) ;
yR uet ; *K* acoillier ; *R* la p.

21095   Tot autresi fait Achillès :
          Qui quel veie, ne li chaut mais.
          Fel e desvez e d'ire espris,   *21085*
          Sailli entre ses enemis.
          D'eus fait ensi com lous d'oëilles :
21100   Plus de dous cenz testes vermeilles
          Lor i a fait en petit d'ore ;
          Il est li lous qui tot devore.   *21090*
          Es greignors presses se treslance,
          Fiert de l'espee e de la lance.
21105   Mout rest feruz, mais ço que vaut ?
          Rien nel prise ne ne l'en chaut.
          Les granz presses part e deseivre,   *21095*
          Son brant d'acier fait sovent beivre
          En cerveles e en corailles ;
21110   Totes remue les batailles.
          Tant fu dotez li suens escuz,
          Dès que il fu reconeüz,   *21100*
          Tote a sa gent resvigoree :
          Por lui rest tote el champ entree,
21115   Par lui resont tuit esbaudi.
          E Troïen sont resorti :

21095 *F* est a.; *B* accilles — 96 (*BJ*); *AFe* Qui le u., *C* Qc quil u. ; *E* len (li *m.* à *F*) — 97 *K* Fels; *D* enpris — 98 *N* Sanbat; *F* Saut an contre — 21099-100 *m.* à *B* — 99 *R* enssi; *K* Eissil f. dels; *AM* doailles, *En* dooilles, *J* doilles — 21100 *EJn* uermoilles — 2 *D* q. tant — 3-6 *m.* à *B* — 3 *R* En; *FM* santrelance, — 4 *N* Puis f. d. et de l., *A* Bien f. d. et miex de l.; *M* et de l. — 5 *FR* iest, *AD* est; *K* feru m. co que chalt — 6 *Ae* Riens; *AM* ne; *N* li c.; *K* R. ne monte ne riens ne ualt, *F* Rien ne li m. ne li c., *J* Trop la apris si ne len c. — 7 *MN* La grant presse — 8 *M* S. f. son b. dacier b. — 9 *MR* Es c.; *JMR* et es — 11 *ADM* siens — 12 *R* De ke, *A* Puisque, *B* Luesque; *E* Des quil i, *F* Qant il i; *D* recogneuz, *E* requeneuz — 13 *K* T. est ; *M* T. sa g. est r.; *F* rauig. — 14 *A* est; *F* T. est por lui; *Kn* en c.; *k* tornee, *A* trouee, *L* rentree, *R* retornee (*v. f.*); *B* Et apres lui en champ tornee — 15 (*J*); *AJe* tout; *EF* resb.; *R* sunt tuit aresbaudi.

Sor eus est granz levez li huz ;   21105
Mout i chiet morz des abatuz.
     En l'estor sont Mirmidoneis,
21120   Por lor seignor novel e freis :
Lor ire vendent e lor perte.
Des morz est la terre coverte.   21110
En poi d'ore e en poi de tens
I ont mout grevé Troïens :
21125   Loinz as plains chans sont reüsez,
E si i ont perdu assez.
Trop vent Achillès son sojor :   21115
Comparé l'ont ja mil des lor
E comparront. Mais Troïlus
21130   Nel pot sofrir n'endurer plus ;
D'ire desvez, prent un espié
Cler e trenchant e aguisié ;   21120
Par les enarmes l'escu tient,
Les menuz sauz as rens en vient.
21135   O les Bastarz, qui sont vaillant, —
Jo di avuec les fiz Priant, —
O les nobiles chevaliers   21125
S'esteit meslez li aversiers :

21117-26 m. à B — 17 F fu, DE rest ; AJe tornez — 18 F
i chei, DE en i ot, A i morut, J i muirent ; R mort — 19 AMRe
A — 21 N uangent — 24 AM la place — 24 GL I sont ; N gregie ;
I O m. damagie t., ekFJR O. m. greuez (R grauez, K greue, J
retrez) les t. — 25 K Loins, N Loig, AMN Loing, R Loign, e
Hors ; AM a ; A plain champ ; E pleins — 26 F Et se ni ; k i ot
— 27 A T. ont compare ci s. — 28 R de lor ; B tot li pluisor —
29 R comparont, Ae -erront ; B Quant ce uoit et set t. — 30
AKe Ne ; B ne durer, e natendre — 32 K T. et c., E Gros et quarre
— 33 D taint, B tint, M prent — 34 e es r., K el renc, R arrieres,
L -e ; M auient, R sen uient ; B a lestor uint — 35-6 interv. dans
BI — 35 (J) ; ALNRk o les uaillanz ; D q. s. uaillanz ; BI Qui
tant erent preu et u. — 36 N Ce fu ; D ouec, EHJN auoec,
ALk auec, R auoc, F ou uoc ; ADNRk prianz ; BI Auoec les
bastars f. p. — 37 F nobles — 38 (CH) ; B Estoit ; M aduersierz,
J auarsiers, B auresiers, A cheualiers.

Sempre i eüst merel mestrait,
21140 Mais Troïlus les sauz li vait.
Bien le rechoisi Achillès.
Ne s'entrevindrent pas de près, 21130
Qui de plus loinz d'une versaine.
Dure est la terre, egual e plaine,
21145 E li cheval fort e corsier;
Aduré sont li chevalier;
Mout se heent de mortel guerre: 21135
Par grant ire se vont requerre.
Tost les portent li auferrant;
21150 Des lances tornent li trenchant:
Par mi les escuz se ferirent
Si que les lances en croissirent. 21140
As cors lor sont josté li braz.
Si se hurtent des talevaz
21155 Qu'il n'i a temple ne s'en dueille,
Ne nul d'eus dous tant le desvueille
Que le heaume n'en ait terros. 21145
Andui chaïrent en l'erbos;

21239 *CMNR* Sempres (*v. f.*); *A²F* Ja, *AJy* Tost; *M* merrel,
J mereau, *K* merci, *R* mortel; *BI* Ja lor auoit assez mal fait —
40 (*CJ*); *F* Quant, *K* Car; *H* i uet, *BI* lor uait — 41 *R* lo re-
cosist, *BI* le recoisi, *n* lor achoisi, *K* le ra choisi; *D* rchoisit,
AEM -ist, *H* reconut — 42 *F* dapres — 43-4 m. à *Ay* — 43 *C*
Que, *I* Mais; *M* del; *BI* Que dune arcie (*I* archie); *J* ml't loin
ce se sachiez bien — 44 *F* Ml't fu la; *R* Durre; *tous les mss.* igaus
(-als); *J* La t. e. d. plus que rien, *BI* Chascuns a sa lance (*I*
hanste) baissie — 45-6 *interv. dans Ay*; 45-50 m. à *B* — 45 (*JR*);
IN f. et legier, *y* furent c. — 47 *K* mortal — 50 (*CR*); *y* bessent,
A uinrent; *M* urtent le, *F* sont li fer — 51 (*CHR*); *AMe* Par les
e. si se f. (*AM* centreferirent) — 52 (*CH*); *e* Tant; *R* les hanstes,
F li escu; *BFR* i; *FR* croisirent; *A* Que le (*sic*) l. aus dos c. —
53-6 *m. à B* — 53 *CM* se s. i., *N* se font ioster — 54 *CR* les h.,
A h. sus; *R* as t., *C* li t., *A* les t. — 55 *NRk* Que; *A* targe, *J*
tremple; *kn* doille, *J* duille — 56 *DKN* nus; *eJR* des d.; *Rkn*
desuoille, *J* -uille — 57-8 *interv. dans B* — 57 *K* Qui; *JR* ni
ait; *AJe* Que il nen a. lelme t., *B* Cascuns a son elme t. — 58
Aen cheirent; *B* Ambedoi cieent.

Sor eus verserent li cheval :
21160 Assez en fussent par egual,
Mais Achillès fu mout navrez,
Por le hauberc, qui fu fausez,   21150
El gros del braz e par les deiz.
A grant merveille en fu destreiz :
21165 Onc puis le jor ne l'endemain,
Ne reçurent coup de sa main
Ne chevalier ne home a pié.   21155
De grant maniere fu blecié.
Saisi l'aveient li Bastart;
21170 Mais hui eüst socors a tart,
Ne fussent si Mirmidoneis.
Mais cil o les branz Viëneis   21160
Ont entor lui desfait la presse,
E Troïlus mie n'i laisse
21175 Del bon destrier, anceis l'en meine.
De tant com durt mais la semaine,
Ne se verra il en l'estor.   21165

21160 *ABDK* furent; *B* ingal — 61 *F* Se a. ne fust n. — 62
tous les mss. Par; *JM* est f. — 63-8 *m. à B* — 63 *R* et es dos d.
— 64 *A* A merueilles, *E* Ml't durement; *FJ* m. fu — 65 *R* Anc,
An Ainz, *E* Einz; *K* cel i. — 66 *k* Ne recut nus (*M* nul); *F* cox
— 67 *en* Ne cheualiers ne hom (*D* homs); *M* ne om — 68 *E*
men., *ADN* merueille; *R* lont, *Nen* lot — 69 *D* Se si, *F* Sensi
— 70 *R* Mas; *I* Hui m. e., *B* Chi e. il, *K* Il e. ia; *M* M. il e.
escosse; *KR* rescosse; *H* Qui sont bon cheualier gaillart — 71
(*J*); *DF* Se ne f. (*v. f. dans F*); *BH* li m., *M* li sien m. — 72 *A*
O les b. dacier; *D* uianois, *R* uionois, *AJ* uiennois; *k* o les uerz
b. (*M* les b.) maneis, *B* les rescorent m., *I* as b. sarrasinois —
73-82 *m. à B* — 73 (*J*); *AK* dentour; *e* E. l. o. d., *F* O. d. e. l.;
D o. rompu — 74 (*I*); *ACk* neent ni (*M* nil), *N* pas ne li, *Jy* qui
pas ni (*A* nel) — 75 *eM* Le; *KR* buen; *M* a. en maine — 76
(*J*); *K* De t. dure mes; *AA²e* com dura, *R* c. durent m. (*v. f.*);
N Tant c. dura puis, *F* Ancois que trespast, *H* De tote entiere
— 77 (*IJ*); *A²* u. mais, *N* uit onques; *A* Ne le uit il puis, *y*
Ne uint achilles; *M* a estour, *J* en e.

Dès or li ra mestier sojor :
Mostrer en puet tres bien l'essoigne.
21180 Par mi les mailles de la broigne   *21168*
Esteit bleciez mout durement,
S'en laissent le torneiement.
Por lui departi li torneiz :   *21169*
N'i ot plus fait a cele feiz.
21185 Mout par i ot morz chevaliers.
Toz les autres sis jorz entiers
Se combatirent, ço dit Daire,
E si vos puet om bien retraire
Que Troïlus le pris en ot.   *21175*

DIX-NEUVIÈME BATAILLE ; MORT DE TROÏLUS ET DE MENNON.

21190 Mais quant li reis Prianz le sot,
Que Achillès contre eus esteit,
Mout l'en pesa, si ot grant dreit,
Qu'il n'i entent rien de son pro.
Son sairement fist e son vo   *21180*
21195 Que ja mais sa fille n'avreit
N'a bien n'a mal, n'a tort n'a dreit.

21178 *Ay* a m. de s. ; *FK* li a, *A²* li ont ; *J* Or a m. grant de s.
— 79 (*IL*) ; *n* ml't b. ; *H* M. b. em puet m. e. ; *eJMN* lessoine, *A*
lenseigne — 80 *R* la maille ; *Jk* broine ; *I* Car ml't fu blecies en
le loigne — 81-2 *m. à BCIRkx, sont dans AA²Jy* — 82 *A²J* Si
(*J* Lors) laissent, *D* Laissie ont, *EH* Laissierent, *A* Sen remest
— 83 *CJRe* Par ; *BI* A tant ; *F* se parti, *R* parti — 84 *C* Ne dura
plus, *B* .viij. iors dura ; *K* ceste — 85-8 *m. à B* — 85 *J* M. i ot
m. de c. — 86 (*A²HIJL*) ; *k* .vij., *n* .viij. — 87 (*C*) ; *A* tesmoing
— 88 *N* Mes ce ; *M* nous — 89-90 *m. à G* — 89 *B* T. tot — 90 *B*
Et q. — 91 *B* Quacilles uenus i e., *G* Quant a. contrex e. ; *R*
restoit — 92 *BFK* et si (*B* il) ot d. ; *G* Ml't poise priant si ot d.
— 93 *ABy* Car, *G* Il ; *B* r. ni at. ; *BJ* atent ; *K* riens, *AG* point ;
y il ni entent (*E* sauoit) pas s. p. — 94 (*ADJ*) ; *BN* fait — 95-6
B Que nul ior m. ne le querra Ne iamais sa f. nara.

Dures paroles en parla
Avuec la reïne Ecuba :
« Dame, » fait il, « poi saviëz,   *21185*
21200   « Quant vos le coilvert creïez,
« Le desfaé, le reneié,
« Qui tant nos a hui damagié,
« Que pais ne triuë nos tenist
« Ne qu'il Polixenain preïst.   *21190*
21205   « Or poëz conoistre e saveir
« Qu'ensi nos cuidot deceveir,
« E se j'en creüsse voz diz,
« Trop laidement fusse honiz ;
« A toz jorz mais m'en repentisse,   *21195*
21210   « Se vostre conseil en creïsse.
— Sire, » fait ele, « ensi est ore,
« Mais chierement vousisse encore
« Que il nos en mostrast semblant.
« Bien a esté aparissant   *21200*
21215   « Qu'il n'esteit pas as granz meslees :
« Plus de mil testes a sauvees
« La parole quin a esté.
« Cil de la l'ont chier comparé :
« Par set batailles o par dis   *21205*
21220   « En a esté si lor li pis

21198 *k* Auec, *B* Auoec, *AJen* A; *E* ecc. — 200 *A* ce c.; *K* si
cr.; *M* culuert, *les autres* cuiuert — 1-26 *m. à B* — 1 *k* deffae,
R desfie — 2 (*HJR*); *AM* adonmagie, *eN* endom.; *C* nos a d.;
K Q. nos par a tant d. — 3 *KR* Quil; *A* Cuidiez que t.; *K* trieue,
A trieues, *CE* triues — 4 *H* Et; *F* qe; *DH* polyxena, *A* poliz.,
M²Ek polix., *n* polixenain, *R* polixinera — 5 *N* cuidier, *M* croire
— 6 *K* Que si, *D* Quainsint; *F* cuide, *e* cuida, *N* uoloit — 7 *M* ie;
D creisse — 8 *F* Bien poisse estre h. — 10 *A* Se ie u. c. cr.; *K*
feisse — 11 *F* issis, *D* ainsint; *F* or — 12 *K* onquore, *EN* an-
core, *F* ancor — 13 *F* uos — 14 *F* B. est ancor — 15 *eM* es g. —
17 *DEk* quen a, *R* ki en — 18 *A* O. cil de la c., *E* Chierement
lont cil — 19-20 *placés dans A² après -38* — 19 *N* s. foiees —
20 *k* este sor eulz (*K* s. els e.) lo pris.

« Que por poi ne s'en sont alé.

« Ore a autre conseil trové :

« Ço peise mei, mout dot e criem ge

« Que laiz damages ne nos vienge. *21210*

21225 « Deus nos en guart, n'en sai el dire,

« Ensi com mis cuers le desire! »

    Polixena sot cez noveles :

Sacheiz ne li furent pas beles. *21214*

Maintes paroles, mainz conseiz,

21230 Mainz parlemenz e mainz segreiz

Aveit o li tenu sa mere : *21215*

Mout li plaiseit e bel li ere

Qu'il la deveit prendre a moillier.

Oï aveit del messagier

21235 Qu'il esteit mout por li destreiz,

E bien saveit qu'as granz torneiz *21220*

Ne veneit pas : tant cuidot faire

Que l'ost se meïst el repaire.

21221 *R* por poi sen (*v. f.*) — 22 *N* ai, *R* ia, *K* ra — 23 *G* Se
p.; *IRkx* dolente en sui; *D* m. doute, *H* ce dolt; *E* criengne,
AH criegne, *J* creinge, *C* grenge; *A²* m. criem et dot — 24
IRkx Molt (*F* le) criem (*FK* dot) quil (*F* que) ne nos face ennui,
ACD Que des or mes nous mesauiengne (*D* -iegne, *C* -eigne), *H*
Mesceance ne uos en uiegne, *A²* Que io et uos ne perdons tot; *E*
uiengne, *J* ueinge — 25 *A* vous — 26 (*GHJ*); *DL* Einsint, *A* Aussi;
M Ainsi comme mon cuer le d. — 27 *L* Polixenain, *D* Polyx., *A*
Poliz.; *G* scet, *R* set, *B* ot; *A²* les, *R* ses — 28 (*B*); *A²* S. que ne li
f. b. — 29-40 *m. à B*; 29-30 *m. à IRkx* — 29 (*C*); *J* meint; *A²H*
secrois, *J* segroiz — 30 *A* secrois, *H* consois; *J* por maintes foiz;
A² Si com il est raisons et drois — 31-2 *m. à G* — 31 (*A²*); *EH* a
li, *A* o lui; *J* t. a li; *C* Nauoit t. o li; *LRkn* Tant en auoit parle
sa m. — 32 *R* Kil; *C* beau, *L* beax; *E* lan; *F* A ses serors et a
son frere — 35 (*R*); *A²* Dit li a. par m., *A* D. li ert p. .i. m.; *e*
Bien le sauoit par (*E* sot p. le) m., *H* B. s. par le m., *J* Mande lï
ot p. m. — 35 *AA²Jy* Com il e.; *M* lie — 36 (*J*); *Nk* Et s. b.,
R Et sachieç b., *Ay* Ne uenoit pas (*A* mes); *k* ques — 37 (*J*);
y Por soe amour; *H* quide, *A²* quidoit; *A* Car t. c. et vouloit f.
— 38 (*CHJ*); *N* louz, *F* lor; *K* al.

      Essaiez s'i esteit lonc tens :
21240 Quant ore a pris autre porpens,
      Ço peise li, si deit il faire.   *21225*
         Dès or porreiz oïr retraire
      La bataille dis e novaine
      E la dolor e la grant peine
21245 Qu'i avint puis a ceus dedenz.
      Mout par fu Achillès dolenz,   *21230*
      Mout fu angoissos e iriez :
      Veit que trop par est engeigniez.
      Demorez s'est d'armes porter
21250 Por la fille Priant amer ;
      Sofert en a mortel dolor   *21235*
      Senz bien aveir ne nuit ne jor,
      Senz ço que ja li vaille rien.
      N'en avra mie, ço set bien :
21255 Dès or ne s'i atent il mais ;
      Por quant s'en suefre si grant fais   *21240*
      Qu'il n'a repos, joie ne bien ;
      Destreiz en est sor tote rien.
      Quant l'en remembre, toz s'oblie ;
21260 Mais mis se rest en la folie,

21239-42 m. à *AJ*γ — *A²* place ici les v. *21219-20* — 39
N Qessaiez, *I* Asaiez ; *R* sen — 40 *N* Q. il ; *G* prins — 41
B Anuia lui ce dut, *C* Ce li p. ce puet ; *K* Molt len poise —
42 (*BC*) ; *A²K* poez — 43 *A²* nueuaine — 45 *BR* Quen, *M* Quil ;
Ae Qui i a. a ; *EF* ces — 47 *F* angoisse ; *A* M. fu dolenz ml't
fu i., *e* Mont ot le cuer triste et irie — 48 *F* est andomagiez,
A mal sest esploitiez, *e* a m. esploitie — 51 (*A²CJR*) ; *K*
Sofferte ; *k* mortal, *I* morte ; *A* Trop par souffroit cruel amour,
γ Mont en auoit au cuer iror — 52 (*CJR*) ; *A*γ Nauoit ioie ; *F*
et n. et i., *A²* et sanz retor — 53 *H* Et si uoit bien ne li ualt r.
— 55 *D* sen a. — 56 *R* Por ce, γ Neporquant, *A* Non porq. ; *M*
Nequedent (*v. f.*), *ACFRk* si ; *M* soffre il, γ sostient, *C* s. il ; *N*
ml't g. f. ; *E* an s. g. f. ; *C* tes f., *B* gries f. — 57 *C* Qi ; *F* Qe il
nen a repox ne b. — 59 *A* le ; *M* tout ; *AD* si — 60 *C* sen ; *F*
a la.

Ne sait coment il s'en retraie.   *21245*

Ire e dolor li fait sa plaie ;

Pense, s'il en esteit guariz,

Se celui trueve el fereïz,

21265   Chier le li fera comparer,

Par mi ses mains l'estuet passer :   *21250*

O seit a dreit, o seit a tort,

Seürs puet estre de la mort.

Vers lui a mout le cuer enflé :

21270   Por ço li sera bien mostré.

C'iert granz damages, senz mentir,   *21255*

Mais ensi ert a avenir.

     Del jor qui fist a redoter

Vint li termes senz demorer.

21275   Armé se sont dedenz la vile ;

Plus s'en ist de seisante mile ;   *21260*

N'i a cel n'ait cheval corant,

Fort e legier e mal traiant ;

N'i a cel n'ait escu e broigne,

21261-2 *interv. dans* F — 61 CK se — 62 FI et duel — 63 AC se il e. — 64 (B) ; ACDFHJ Et c., R Si c.; DJ truisse — 65-6 *m. à* B — 65 CNR feroit; K C. li fera trop c. — 66 K les m. — 69-70 *interv. dans* R ; 69-72 *m. à* B — 69 R sa m. — 70 L Por qant si s. il m.; K Par itant s.; N si sera compare; A demoustre (*v. f.*) — 71 R Cert; FM grant domage; A Ce iert donm. — 72 (CJR); D ainsint, N ensins, E einsins; Dk iert, A est; n a deuenir — 73 (GL); n Cel, CJe El; H Li iors — 75 NR Arme, K Quarme, F Garni; J Rarmerent soi, A² Armerent s.; Ae Armer salerent par; B sen s.; n cil de la u. — 76 (H); F .l. m.; E issirent de .xx. m.; J Oissirent sen, C Bien en i ot; A² Puis sen issirent .xxx. m., B Issu sen sont p. de .x. mile — 77-84 *m. à* B — 77-80 *réduits à* 2 *v. dans* A² : Ni a celui nait bon destrier Helme et escu halberc doblier; 77-8 *m. à* R — 77 (IP); AM cil, E nul, L un ; J Chascuns auoit; AJy braidif — 78 (I); AJy F. et courant, n F. et hardi, LP F. et isnel; C bien penant, K remuant, F combatant, EJ mal tretif, D m. redif; AH non pas restif — 79 (I) ; ADM cil, E nul, L .i.; JK broine, F lance.

21280　Heaume e espee de Saissoigne
　　　　O Loherenge o d'Alemaigne.　　　　　　21265
　　　　Es lances parut mainte enseigne
　　　　E maint penon ovré d'orfreis.
　　　　Trestuit s'en issent demaneis ;
21285　Fors des lices, es plains graviers,
　　　　Ont devisez lor chevaliers.　　　　　　21270
　　　　　　Cil de l'ost vienent encontre eus,
　　　　Prez de bataille, iriez e feus.
　　　　En forz conreiz e en pleniers
21290　Duit Achillès ses chevaliers
　　　　E endotrine a son voleir :　　　　　　21275
　　　　« Tant, » fait il, « vos faz a saveir
　　　　« Que n'ailleiz pas al fereïz
　　　　« Tant qu'il aient les noz partiz
21295　« De champ, de bataille e de place ;

21280 (L); G ou e. ; N et antresoigne; C H. lacie deuers sainssoigne, F H. et hauberc et conoisance; JK sessoine ; R dessainssoigne — 81-4 m. à Ay — 81 M boer.; K loerenche, C loerange, J lohereinche; n De loheraine (F lo hor.); M dalegnaigne, R alem.; A² Ses ueissies par la champaigne — 82 F paint, J paroit, C a (v. f.); A² Sus es l. pert; N maint — 83 C mains penons; A² m. peignons bordez — 84 A²CJ En cui (A² Des or) sera grans li tornois (J chaplois) — 85 (B); ACJe Hors; A² les; E De la uile; BH as; EH pleins — 86 M deuise — 87 A Ceuls; H Et cil de l. u. contre els, A²BIPRkx Contrax reuienent (BFG reuindrent, P reuint, L sen issent), (A² Encontrels u.) cil de lost — 88 ACJy Prest; AC irie; eJ et airex, H et a noiels; GILNRk Serre (GM Sarre, L Soef) le pas, B Serrement, A²FP Le petit pas; A²BIPRkx ne (IPRk non) mie tost — 89 A²BIPRkx A. fu (B iert) iriez (K cruex) et fiers; H Es f. — 90 A²BIPRkx Qui atorne ses cheualiers; A Duist; ACJ A. d. — 91 (CDHJ); AA²K Et (A² Il) les doctrine, B Et atorne; F pooir — 92 (R); A²F Itant f. il u. f. s., AJy Vuell vous (A V. vueil, C Je uoil) f. il faire a s. (A f. s.), H signor u. uoil f. s., B Et endoctrine et dist por uoir — 93-6 m. à BH — 93 K nalliez, les autres nailliez — 94 R T. ki a., A De ci quaient, e Deuant q., N Iusquil a.; K nostres p. — 95 (CR); I v de p.; J de p. et de b., e De b. par (D et p.) grant pooir.

        « E si vueil bien que chascuns sace   21280
        « Que jo ne hé nule rien tant
        « Com Troïlus, le fil Priant.
        « Trop m'a laidi e empeirié
21300   « E de ma gent trop damagié ;
        « Le sanc m'a fait del cors eissir,   21285
        « Si s'en devreit bien repentir.
        « Si fera il, ne puet remaindre :
        « A vos m'en dei clamer e plaindre.
21305   « Quant les noz en verreiz venir,
        « Si n'i ait rien del plus sofrir :   21290
        « Donc chevauchiez estreit serré,
        « E quant vos l'avreiz encontré,
        « Si guardez bien qu'il ne s'en aut.
21310   « De nul des autres ne me chaut,   21294
        « Mais que de lui prenez venjance
        « Des plaies que m'a fait sa lance.
        « N'aiez ja mais fiance en mei,   21295
        « S'il s'en revait sains del tornei.
21315   « Or verrai que vos en fereiz.
        « Jo vos di bien que m'i avreiz

21296 *e* uos u. faire a sauoir; *k* Issi (*M* Ainsi) uoil que ch. lo face, *J* Ice uos di ie bien sanz faille — 97 *K* Car; *N* haz, *A* hez, *R* hac (s *longue sur le* c); *B* Que il ne het — 98 *D* li fiuz pryant — 21300 *N* mon cors; *AN* adonm., *eF* endoum., *K* molt d. — 1-2 *m. à B* — 1 *R* me f. — 2 *K* len d. — 4 *R* doit; *B* me dei ie tres bien p. — 5 (*B*); *k* les uos; *R* uers nos len; *n* partir — 6 *K* Ni ait naient; *H* Dont; *AD* riens; *BR* p. del, *KN* de p. — 7 *FH* Don, *N* Dont, *Ae* Lors; *H* sere, *Ae* serrez — 8 *M* les a. (*v. f.*); *Ae* Et se il (*A* sil) puet estre encontrez, *H* Et se u. lauiez e. — 9 *K* ralt, *H* alt; *AJMRy* que il nen aut — 10 *A* De touz les a. — 11-26 *m. à B*; 11-2 *m. à Rkn* — 11 *CJy* Ne mes que men (*E* me, *H* em) p. (*C* quen p. la) u.; *CJ* prengiez, *D* preigniez, *E* pregniez, *H* prendes, *A* prenez — 13-24 *m. à B* — 14 *C* Se; *J* seins; *M* reuient sain, *CH* reuait (*H* -et) uis; *Ae* Se hui sen reuait (*A²* reua, *D* reuient) — 15 *R* ueraiç; *K* com uos le f.; *ACy* Or i parra (*A* penra) que vous (*Ce* en) f. — 16 *A* moi aurez; *H* Si u. di b. quant uos ires.

« Al grant mestier e al bosoing :
« Ne serai mie de vos loing ;   21300
« Mais jo ne m'os pas travaillicr,
21320 « Qu'en mes plaies me criem blecier. »
Ensi devise son afaire,
Mais jo cuit mieuz l'en venist taire :
Se cil en aveient la force,
Guage i metreit de la caboce ;   21306
21325 E s'est quil vos sache conter,
A ço porra il bien torner.
    Cil de l'ost sont tuit a cheval,   21307
Porpris ont ja le champ mortal :
En la grant plaigne sablonose
21330 Assembla l'uevre perillose.   21310
Greu chevauchent vers Troïens
Par granz eschieles e par rens :
Quant des herberges as plains issent,
Cent mile heaumes i resclarcissent ;   21314

21317 *H* Au g. fais et; *EHK* au grant b. — 18 *NR* pas de uos
trop l. — 19-20 *m. à H* — 19 *A* M. ne mose p. t., *K* M. gie ne m.
t., *e Ge* ne mos mie t.; *F* tant t. — 20 *n* Qe, *Ae* En; *AD* crieng,
k dot — 21 *D* Einsint; *C* cest, *A* tout — 22 *K* Mes m. len u. co
creiz t., *Ay* M. len (*A* lor) u. cesser et t. (*H* ariere traire) —
23 *H* Se il; *CJ* rauoient; *A* en pueent auoir f., *A²* la f. en
aueroient, *IRkx* Que se cil (*GL* il) la f. en auoient — 24 *DJ*
metroit, *A* metront, *EH* lerroit; *E* craboce, *H* chab.; *C* ll ille-
roit fust et escorce, *A²IRkx* Tot autrement la torneroient (25-6
manquent) — 25 *H* Sil est; *AE* quel, *BD* qui; *C* Sest quil u. s.
raconter — 27 (*BGLR*); *A²* s. bien, *H* resont, *F* furent, *I* s.
tout; *NP* C. de troye s. a — 28 *F* P. orent; ia *m. à P; yJ* Et
ont p.; *I* le cop — 29-30 *m. à ABy* — 29 (*CIJ*); *F* Et — 30 (*I*);
CKR Comenca — 31 (*BCJ*); *m. à P; R* cheuaucherent abriue,
BIkn c. tuit (*I* tout) a..; *H* Domachier uoelent t. — 32 (*H*); *P*
Por grand eschiele, *R* Per grant batailles; *BINRk* deuise, *F* De
bataille tuit conree; *CEJ* par (*J* por) grant (*E* granz) r. — 33-4
interv. dans CJ, m. à Ay; 33-46 *m. à B* — 33 *M* Que; *P* Quant
auberges; *J* pleins, *P* plainz, *n* chans — 34 *A²* xxx. m. helmes
r.; *I* helme, *LNR* hiaume; *GLHP* h. r.; *K* resclarissent, *IR*
resclarçissent, *A²x* resplendissent.

21335   Vint mile enseignes i ventelent,
        Que d'or reluisent e freselent
        Contre la raie del soleil.   21315
        Senz demander autre conseil,
        Se sont requis en tel maniere
21340   Qu'en ensanglenta la poudriere.
        A bandon metent les peitrines
        El brueil de mil lances fraisnines :   21320
        N'i vaut escu n'auberc doblier
        Que li cler fer trenchant d'acier
21345   Ne trespercent piz e corailles.
        Avenues sont les batailles
        E li conrei comunaument :   21325
        Adonc i ot torneiement
        Si doloros e si tres fier
21350   Que nus ne s'i set conseillier
        Ne n'i cuide aveir guarison.
        Sanglent en sont li confanon.   21330
        Li sons est granz e li tambeis,
        Desor les heaumes Paviëis,
21355   Des espees d'acier brunies.   21331

21335-6 *m. à* A²BIPRkx, *sont dans* AA'CJy — 36 A fretellent — 37 D roie — 39 F Si — 40 H Que sanglante en est li polr., NRk Que bien parut a la p., F B. i p. a lor baniere — 41-2 *m. à* H — 41 F lor petr. — 42 A²Rkn En contre .m.; R frusn., J fresines, F fren., P frar. — 43 AMRny escuz; F ne hauberz, R naubercs; F dobliers — 44 k t. fer; F Contre les fers tranchant daciers — 45 ek Ni; N trespiercent, F -ecent — 46 Rk Assemblees — 47 B Assemble sont, D Et es conrroiz; BK comulnament, *les autres* comunement — 48 A² Lors i ot grant, e Lores i ot — 49 (A); e Si tres d. et si f., B Si d. si pesme et (M si) f., IRkn Si (R De) p. et d. et f. — 50 A²N riens; B se — 51-64 *m. à* B — 51 A² Nus, A Nul; K ne quide; N Ni cuident — 52 J i s., R en font; KR gonf.; A²J aj. 4 v.; *voy. aux* Notes — 53-4 *m. à* IRkn — 53 A tinbois, D tunbrois, A²J timbrois, H escrois — 54 H Desoz; e Souz les uers hiaumes — 55 kn As, R A; A² Despees trenchans et b.

La ot mil cors getez de vies;
La ot presse, la ot grant fole :
Teus s'i embat e teus s'i cole,
Qui ja n'en tornera ariere,   *21335*
21360   Se l'om ne l'en reporte en biere.
Par mi la place en i gist maint,
Qui a la mort baaille e plaint;
Mout en i ra des deshaitiez,
Qui ne pueent ester sor piez   *21340*
21365   Ne eus aidier ne autrui nuire :
Ne puet estre qu'il n'en i muire.
    Tant ot la bataille duré
Que bien fu ja midi passé.
A tant i vint, ne tarja plus,   *21345*
21370   O mout grant force Troïlus :
Trei mile l'en sivent al dos.

21356 *Rkn* I ront (*K* ont) maint perdues les u. — 57 *A* La a
p.; *CE* La ot g. p. et g. (*E* la ot) f., *Rkn* La p. fu granz (*K*
grant) et la f. — 58 (*C*); *Rkn* et muce et c. — 21359-489 *m. à M*
(*pour ces vers BC sont utilisés*); 59-64 *m. à B* — 59 *KRn* Qui onc
(*R* anc, *n* ains) puis ne (*N* nan) torna a., *J* Q. ne tornera mes a.,
D Q. iames nan uendra a., *E* Ja mes nan reuandra a. — 60 *N*
San ne lan aporta, *K* Se lon ne len p., *F* Car an ne lan p., *R* Se
len a., *C* Se nen est aportez, *A* Se on ne len reporte — 61 *C E*
mi (*sic*); *J* Por la bataille; *e* sen g., *A* en g., *H* gisent, *C* en gis-
sent; *FKR* Plosor en gisent (*R* giss.) el sablon, *N P.* g. sor le s.
— 62 (*HJ*); *C* Cui la mors angoisse et destraint, *KRn* Qui naten-
dent se la mort non — 63 *AJRe* i a; *JK* deh., *R* deschaicieç,
C -eiciez — 64 *F* estre; *C* en p. — 65 *N* Na aus a. na; *R* nautre,
A ne a ceus — 66 *R* ke il ni, *K* que nen i; *C* qasez nen m.,
puis ces 2 v. : Tant qe dechient les ensaignes Et esclarcisent les
compaignes — 67 (*B*); *I* li grans estours d.; *ACe* La b. ot ia (*C*
ot, *AD* auoit) t. d. — 68 *C* ia estoit, *e* ia orent, *A* pot estre, *F* il
uirent, *KR* b. fu uers; *N* b. ert ia midis, *B* b. fu miedi; *I* Kil
fu b. m. p.; *R* mei depasse — 69 (*R*); *AFK* Adonc, *E* Lores;
D Lors i auint — 70 *ABEKRn* A, *C* Ot; *N* esfort, *F* besoig
— 71-4 *m. à B* — 71 *e* Trois; *A* .iiij. m. len erent, *F* A t. mil
lo siuent; *N* T. m. li sont apres lo d., *KR* T. m. hialmes
enpres (*R* hiaume apres) son dox.

Adonc n'i ot Grezeis si os
Qui sempres ne chanjast estal.
Lors furent brochié li cheval : 21350
21375 La ot chacié e abatu ;
La sont li cri, la sont li hu ;
Tel noise i font li olifant
Que l'om n'i oïst Deu tonant.
La ot si fait abateïz 21355
21380 Que Greu s'en vont toz desconfiz.
S'est qui fuie, pro est qui chace :
Sacheiz mout perdent en la place.
Ja esteient des tentes près,
Quant sorst la maisniee Achillès : 21360
21385 Doi mile sont en un conrei,
Senz ço qu'en seient pas li trei
Senz fort escu e senz fort broigne.
Senz demander nule autre essoigne,
Vont encontre lor enemis, 21365
21390 Lances baissiees, escuz pris.
E cil les ont bien recoilliz
Enz es pointes des fers bruniz

21372 e Onc (E Ainz) puis — 73 R chanbiast, N guanchist; e
ni muast — 74 Ae La f., n Li f., K Adonc sont — 75 N La ont
— 76 BKR grant et li hu — 77-8 m. à B — 77 AA²CJy La ot
(A² sunt) sonne, N T. n. f. — 78 F Qi lan; AA²CDHJ Quen ni
o. pas (A² nis), J Que lan noist p. — 79 R faiç, A²BFK grant,
AD fier — 80 BKRn Troien ont grex (F greu) departiz ; A sen
sont tuit ; DJ Quil ont grezois (J les grex) toz — 81-2 interv. dans
BKRn — 81 D prez, J trop, C molt, R bien, BKn assez — 82
A chace; BKRn Fuiant (F Tant qil) ont guerpie la p. — 84 (J);
ACèn sort, R soist ; AC Lors s.; BN Q. lor s. (B le sot) la gent
(B genz) a. — 85 F Doi, A Deus, BJe ij., K Treis — 86 C que
nen sont, FKR quen (F que, R ki) fussent ; B Brocent ceuals a
grant desroi — 87 FK S. f. (K blanc) hauberc, R S. forç habercs,
eJ S. f. destrier; E ne; EJK broine, D broisne — 88 n nul; eJK
essoine — 89 C U. encontrer, B E. uont — 90-1 m. à A² — 91-6
m. à B — 91 AH Et il, K Icil — 92 C Et ses, H En ses, F Ou les;
KNR As p. des buens (N bons) f. b., A² As p. des espils furbis.

Si durement que li chaciers
Remest de toz les chevaliers :   21370
21395 N'orent corage ne talent,
Ço di por veir, d'aler avant.
     Al socors des Mirmidoneis
Recovrerent sempres Grezeis :
La rot si faites assemblees,   21375
21400 Teus ocises e teus meslees,
Que nus nel vos porreit conter.
Ne voustrent pas cil obliër
La preiere de lor seignor :
Troïlus cerchent par l'estor ;   21380
21405 A la soë eschiele s'aponent.
Donc s'acueillent e donc se donent
De lances e d'espees nues :
La ot testes par mi fendues
E trenchiez poinz e piez e braz ;   21385
21410 La fu estranges li baraz.
Troïlus est toz forsenez,
Quant entor lui veit assemblez

21393 (*A²HJ*); *KRn* A tant est remes (*n* remeis) — 94 *C* Re-
mez, *AH* Remaint; *A²* es cor des c.; *KRn* Quil (*R* Ki) ne fu, *F*
fust) pas des or legiers — 95 *HN* puis cure; *C* corages — 96 *K*
Ico sacheiz, *Rn* Ce s. bien; *E* Jel di — 98 *J* Recourirent — 99
(*B*); *CF* La i ot (*v. f.*); *F* fieres —21400 *R* Tel occison et tel; *K*
occisions tex; *B* Tel ocision des espees — 1 (*BJ*); *eF* riens; *AKe*
sauroit c, *N* nel porroit reconter, *A* n. sauroit raconter — 2 *R*
uoltrent, *CEN* uostr., *F* uoistr., *K* uoldrent, *D* uoltrent; *DJ* Ne
u. cil (*D* ci) pas, *B* Cil ne uoldrent p., *A* Ne porent c. plus — 4
R Troiulus, *C* Troillus, *F* Troylon; *n* quierent; *A* en l. — 5 *J*
As ceschieles ml't tost s.; *C* sapoinent, *B* sadonent — 6 *A* Dont,
eJ lors; *J* Lors sentredonent; *BKNR* De maintenant granz cols
se (*B* i) d. (*R* grant se doignent) — 7-10 m. à *B* — 7 (*A²HJ*); *F*
Des — 8 (*A²HJ*); *KRn* Maintes t. (*F* targes) i ot f., *I* Molt i ot de
t. perdues — 9-10 m. à *AJy* — 9 *n* tranchie; *F* p. et poinz; *N*
maint poing et maint b. — 10 *C* Si est; *R* braç — 11 *C* Troil-
lus; *n* fu t.; *K* forcenez, *A* aournez — 12 *N* aunez, *HK* amasses,
C aiostez.

Ceus qui por mort le vont querant.
Trait a le brant d'acier trenchant;   *21390*
21415   Donc les acueut, donc les detrenche :
N'a nul reguart que toz nes venche.
En la greignor presse lor vait :
Cui il ataint, de lui est fait.
Onques nus hom, ço nos dist Daire,   *21395*
21420   Ne vit a cors d'ome ço faire,
Tel ocise ne tel maisel :
De sanc i corent grant ruissel.
Toz les aveit desbaretez,
Ocis, detrenchiez e navrez;   *21400*
21425   A la veie les aveit mis,
Quant ses chevaus li fu ocis.
Feruz esteit de dous espiez,
Ne poëit mais ester sor piez :
En mi la place s'estendi,
21430   E Troïlus sor lui chaï.   *21406*
N'ot o lui compaignon ne per :
Ainz qu'il s'en poüst relever,

21413 *E* Ces, *F* Cez, — 14 *R* lespee bien t. — 15 *AC* Dont...
dont, *Jy* Lors... lors; *BKRn* Naure les ocit (*B* ocist) et d. — 16
R Ja; *A* Ni a noient; *R* nel; *C* qil ne se u., *B* que tot ne uenque;
e Sa grant iror ilecques (*E* ilueques) u., *J* Son maltalent et son
duel uenche — 17-22 *m. à B* — 17 *F* grant p. ostre (*sic*); *C* Enz
entre mil estor; *KRn* san uet — 18 *K* Qui il, *N* Quanquil — 19
(*R*); *y* O. mes h. (*H* rien), *K* Onc crestiens; *CJ* ce me, *H* ce
lor; *D* dayre; *Kn* co truis en d. — 20 *KNR* un sol h. — 21
(*ACH* maisel), *D* fossel, *E* floel, *J* reuel; *KRn* Tant i a ocis (*K*
O. i a t.) de lor g. — 22 *Kn* Del (*K* De) s. c. li r. grant (*K*
ru sanglant), *R* Del s. sunt tuit li r. teint — 23 *D* desbarestez,
FK -atez — 24 *R* O. et morç et d. — 27 *M²* *reprend*; *M'e* trois e.
— 28 *BFn* p. plus; *JNe* Ne pot p. ester (*EJ* estre) sor ses p.; *ABF*
estre; *K* sus p., *CR* en p.; *A* estre sus s. p. — 29 *E* descendi —
30 *F* Qant; *A* sus l., *E* desus — 31-2 *interv. dans M²AJy, m.*
à K — 31 (*BIR*); *G* ou, *L* od; *M²* Nauoir ne c., *AA²Jy* Ne c.
auoir, *C* Ne a. c. — 32 (*R*); *L* qe; *BGI* se; *M²* Auant, *AA²CJy*
Aincois; *M²AJny* poist, *G* poit; *ACJe* quil se (*E* san) p. leuer,
H que il p. l., *A²* quil p. releuer.

	Fu Achillès sor lui venuz.	*21407*
	Ha! las, tanz cous i ot feruz	
21435	Sor lui d'espees maintenant!	
	E Achillès se mist en tant	*21410*
	Qu'il ot la teste desarmee.	
	Grant defense, dure meslee	
	Lor a rendu : mais ço que chaut?	
21440	Rien ne li monte ne ne vaut,	
	Quar Achillès, le reneié,	*21415*
	Li a anceis le chief trenchié	
	Qu'il puisse aveir socors n'aïe.	
	Grant cruëuté, grant felenie	
21445	A fait : bien s'en poüst sofrir;	
	Ancor s'en puisse il repentir!	*21420*
	A la coë de son cheval	
	Atache le cors del vassal;	
	Adonc le traïne après sei,	

21433 *A* sus — 34 *I* He; *C* Hai tant coup i auoit f.; *M²* Ha! tant granz cops; *AA²y* Ha dex; *H* quels cols; *BIKNR* a receuz, *DF* i a f.; *A²* la ot t. c. f. — 35-6 *interv. dans BKNR* — 35 *A* Sus; *F* De lor espees; *C* despee m., *H* sempre de m.; *BKN* Qui (*K* Quil) a autre chose nantant, *R* Kautre cose ne uent tant, *I* Et achylles se met auant — 36 (*AJ*); *M²* sest mis, *BKNR* sen met, *H* se pene; *HKN* a tant, *F* auant; *I* Ki ne uait autre rien querant — 37 *F* Qil uit — 38 (*C*); *BIKRn* Dur estor et d. (*I* fiere) m., *Ay* Ml't g. d. (*A* G. d.) et fort (*D* grant) m. — 39 *B* et ce; *Ae* cui, *H* qui — 40 *R* ne li u.; *AC* R. ne m. ne rien ne u. — 41 *C* li cruelz li r., *M²* le cujuert le r.; *y* au (*H* a) cuer irie, *A* qui lor aie; *BKRn* Na mie longuement (*F* longem.) dure — 42 (*C*); *M²* auant; *A* Aincois quil ait secours naie, *BKRn* Que cil li a le chief colpe — 43 (*C*); *A* Li a le chief du bu trenchie, *BKRn* Ainz quil poist auoir aie — 44 *EKn* crualte, *M²BH* -elte, *D* -iaute, *A* cuiuerte; *CK* felonie, *F* feunie; *M²BDR* uilenie; *A* et g. pechie — 45 (*C*); *BKNR* En fist; *M²Ken* poist — 46 (*H*); *K* Onquor, *ABRe* Encor; *M²e* puisse, *F* poist, *AB* puist il, *C* puet il — 47 *CR* choe, *D* qeue — 48 *R* Estache, *C* Ataichie, *K* Atacha — 49 (*AC*); *BKNR* Traine len a a. (*K* enpres) s.; *M²* Adoncs, *DJ* Lores; *EF* Puis le traina.

21450   Si quel virent cil del tornei.
        La novele fu tost seüe.   *21425*
        Quant Troïen l'ont entendue,
        Fremissent tuit e se restreignent,
        Braient, criënt, plorent e plaignent ;
21455   En la bataille e en l'estor
        En chaïrent pasmé plusor.   *21430*
        Paris le sot e Eneas,
        Reis Mennon e Polidamas.
        Tel ire e teus deus lor en prent
21460   Que uns sous d'eus a rien n'entent :
        Or renovele lor pesance,   *21435*
        Or amenuise lor poissance ;
        Dès ore ont il assez que faire.
        Quant Mennon vit le cors detraire
21465   Vilment a coës de chevaus,
        Isnelement o ses vassaus   *21440*
        L'ala rescorre maintenant,
        Mais mout i fu la presse grant.
        Perseis, si home natural,
21470   Font après lui tel batestal

21450 (*AH*); *M²CD* ueient; *K* cels; *C* de tel t. — 53 (*C*); *BKRn*
T. f.; *eF* si sestraignent (*D* sestrienent), *B* se refreignent —
54 (*BC*); *M²* B. e c. p. (*v. f.*), *K* B. p. c. — 55-62 *m. à B* — 56
EF cheirent, *C* cheurent; *N* An chieent p. li p. — 58 (*C*); *KRn*
Et; *F* menon, *J* mennor; *D* polyd. — 59 (*J*); *M²* Tiel, *CGKRny*
Tex; *N* Tex diax tele i., *L* Tel doel tel i.; *GLR* les en p.; *P*
tielz duel en prant; *M²CJy* e tiel dolor les (*CH* li) p. — 60
(*ACGJR*); *H* Que nus daus mais; *L* un sol; *DK* riens; *M²* ne
lient, *P* natant — 61-2 *interv. dans M²AJLy* — 61 *M²AA²CJy*
renouelent (*H* acoillent il) lor pesances — 62 *FR* amenuisse, *N*
apetise; *L* remaint tote; *K* Amenuisiee est; *M²AA²CJy* Getent
escuz e (*D* or) getent lances — 63 *C* De; *BKRn* or; *Rn* a f., *K*
affaire — 64 *F* menon, *E* mannon — 65 *F* choes, *D* qeues, *E*
coe — 67 (*B*); *C* Le uait; *F* secore; *M²* Lest r. alez — 68 *C* li
fu la perte g.; *BKRn* M. une presse i ot si (*K* trop) g. — 70 *C*
le batistal; *BKRn* Vont apres (*K* enpres) lui comme vassal.

O les espees esmolues   *21445*
Que les presses ont derompues.
Desci qu'al cors en sont venu :
La ot maint chief sevré de bu.

21475   Mennon li dist : « Ça le laireiz,
« Coilverz ; griefment le comparreiz.   *21450*
« Cruëus, coment l'avez pensé,
« Que feïstes tel cruëuté
« Que le fil le rei traïnastes ?

21480   « De grant orgueil vos apensastes.
« Assez avez dès or vescu :   *21455*
« Trop avez lonc landon eü.
« Ceste honte sera vengiee :
« Ja n'iert mais guaires respitiee.

21485   « Trop est granz dueus que vos vivez

21471 *F* Qi as — 72 *C* sont d.; *BKRn* Ont tost l. p. d. — 73
M²BCRny De ci, *K* De si; *B* au c. — 74 *BKRn* M. c. (*B* Mais
cief) i ot; *D* du bu — 75 *n* Menon, *E* Mannon; *K* dit; *BH* ci, *K*
ia — 76 *F* Culuerz, *B* -ers, *C* Cuiluert, *EGN* Cuiuerz, *M²DHL*
-ert; *CFKy* griement, *NP* ml't chier; *K* Fel g. lcspeneireiz —
77-8 *m. à FG et sont interv. dans BKNR* — 77 *B* Culuers, *N*
Cuiuerz, *K* Cuuerz, *P* -ers; *D* C. com lex, *A²* Traitres cum; *M²*
auez; *C* Mar eustes ainc en p., *I* Cuuert com vous vint en pese —
— 78 *D* Con, *J* Cunt, *A* Qui; *BCEHJe* crualte, *M²A²K* -elte,
AD -aute; *A²BIKR* Trop auez fait grant, *M²C* De (*C* A) faire si g.,
LN T. feiz (*N* faites g. desloiaute — 79-80 *interv. dans F* — 79
(*C*); *AF* Quant; *Jy* Qui; *BN* al r., *DJ* dun r. — 80 (*BIPR*);
M²AA²CDJ De ujl chose, *EH* De folie, *I* De for o. — 81-92 *m.*
à B — 81 (*GILR*); *F* D. or a. uos trop u., *K* T. a. longement
u., *M²ACJy* Des or (*J* Des ce) est il assez de uos — 82 *I* daban-
don; *FG* grant; (*KR* landon), *nLP* bandon, *G* brandon; *L* T. l.
b. a. eu, *M²AA²CJy* Venir uos en estuet (*A²* couient) par nos
— 83 (*CR*); *AA²J* Cist (*J* Cest) hontages, *y* Cist doumages; *yJ*
uengiez sera; *A* uengie; *A²* uengies, *K* uenchiee — 84 *F* la m.
n.; *KN* m. longues; *R* respeitee, *P* -itee; *M²* la ne sera g·
targee, *A²C* Ne s. m. g. targies (*C* -iee), *A* Ni aura m. g. targie,
yJ la mes g. (*J* Et g. m.) ne tardera — 85 (*C*); *M²F* quant uos,
N q. tant, *GL* que t.; *H* dolor que uos.

« Ne que vos tant armes portez.   *21460*
« Hector e cestui avez mort
« A grant pechié e a grant tort :
« Onc teus damages ne fu faiz.
21490 « Mais mout en estes loinz de paiz :
      « Icist miens branz vos en desfie. »   *21465*
      A haute voiz s'enseigne escrie,
      Le cheval fiert des esporons ;
      Par mi l'escu a dous lions
21495 E par l'auberc lez la peitrine
      Li fait passer l'anste fraisnine :   *21470*
      Sanglent en furent li languel
      E de la lance li coutel ;
      A poi fust la venjance faite.   *21471*
21500 Reis Mennon a l'espee traite :
      Sor le heaume bruni d'acier
      Li vait la preie chalongier ;
      Treis cous i fiert desmesurez,   *21475*
      Que li cercles en est volez.
21505 Li sans l'en file contre val.
      Jus l'abati de son cheval

21486 *n* Ne quant, *M²JL* Et que, *D* Ne dont; *EFH* uos mes,
C u. plus; *GL* u. a. t. p. — 89 *M²* Ainc, *E* Einz, *Cn* Ainz; *M²* tiel
damage; *F* fait, *M²C* mes — 90 *FK* Des or (*K* ore); *M²Ne* loing :
F loig de plait; *C* M. trop en est l. de la pais — 91 *K* A cist; *C*
braz (*m. à F*) — 92 *L* A icest mot — 93 (*BL*); *n* Son; *F* point —
94 (*AR*); *M²ABCK* as d. — 96 *N* fet; *M* lanse, *R* lasta, *C* laste, *D*
lante — 97-8 *m. à BRkn* — 97 (*A*); *EH* langel, *C* lenbel, *DJ* clauel
— 98 (*ACHJ*); *E* costel — 99 (*AH*); A poi *m. à M* (*déchirure*),
C Dun poi, *J* Par p.; *C* fu; *K* u. nen a, *LMPRn* nen a u.;
LPRkn prise, *B* pris — 21500 *C* menon, *E* mannon, *J* mennors
(*de même v.* 21516, 21520, *etc.*); *M²J* sespee; *BLPRkn* Puis a
au cler brant (*P* chier branz) la main (*K* la m. al buen b.) mise
(*B* mis) — 1-2 *interv. dans k* — 1 *BN* liaume (*B* lelme) reluisant
d.; *L* luisant — 2 (*BCR*); *N* la perte, *F* troylon, *H* troilus, *eJ*
troyl.; *L* Li feit les pierres esloignier — 5 *kn* del chief li f. (*FM*
chiet) aual; *e* en f., *AH* li f.; *J* contraual; *I* Tost a estone le
vassal — 6 (*AA²*); *knI* Volsist ou non.; *HJ* le trebuce de c.

Tot espasmi : por poi n'est morz.
Par grant proëce e par esforz   *21480*
Fu li cors Troïlus rescos.
21510   Mout en i ot ainz d'angoissos
E de navrez e de bleciez
E d'ocis e de detrenchiez.   *21484*
Al cors rescorre ot grant trepei
E grief meslee e fier tornei.   *(*
21515   Bien i fu navrez Achillès,   *21485*
Bien le requist Mennon de près :   *21486*
Rescosse li a si sa preie,
Que tote la place en rogeie.
Chaeiz fu, mais senz demorer   *21487*
21520   L'ont fait si home remonter,
Qui mainte colee i reçurent :
Mout i suefrent e i endurent.   *21490*
De la bataille l'ont fors trait :

21507 (*A²*); *J* espami, *D* espaumi; *Bkn* Chei pasmez, *A* Tot est pasmez; *M²AJy* par p., *kn* a p. — 8 *BFI* Por... por — 9 *FM* rescox, *N* -ors, *L* requis — 10 (*AHI*); *BLNR* Mes ml't en i ot, *A²* Ml't i ot ancois; *L* M. m. en i ot des eschis, *kG* Mes m. i ot des a. — 11-2 *m. à B* — 11 (*AA²HJ*); *IRkx* Ki furent naure et blecie — 12 (*AA²HJ*); *knI* Et qui i furent detranchie, *GLR* Et ki f. tuit (*L* t. f.) d. (*GL* depecie) — 13-4 *m. à BIRkx* — 13 *H* A lui; *AC* fier, *A²* tel, *DJ* fort; *D* repoi — 14 *A* Et fort, *H* Et grant, *M²J* Grieue, *C* Dure; e et grief; *A* desroi; *A²* Mil en i a mis en esfroi — 15 (*A*); *Rk* Mol't; *NR* bleciez, *B* ferus; *M²* Naurez i fu molt — 16 (*AA²J*); *FIL* Ml't; *M²CIN* lot (*R* lo, *N* la) requis, *D* le requiert; *B* lot m. r. — 17-8 *m. à BIRkx* — 17 *AA²* Bien li a r. (*A²* rescolse), *E* B. a mannon resquex; *M²* Escosse; *DJ* a bien — 18 *DJ* Car; *J* la p. t.; *M²* toz sis hauzbers; *E* Trestote la p. — 19 *F* Cheuz, *K* Chauz, *B* Ceois, *MR* Chaciez; *I* Caois fu mains, *GN* A terre fu, *L* A. t. ou fu, *M²AA²Jy* Mes maintenant — 20 *A²* L. si h. f. comparer — 21-2 *m. à B* — 21 (*AHJR*); *M²* Que; *A²N* en; *M²* endurent — 22 *F* Et m. i s. et e., *k* M. par i (*M* M. i) s. et e., *I* M. i s. et e.; *N* et ml't e.; *A²* M. soffrirent et ml't enclurent, *AJy* Sachiez de (*AH* por) uoir ml't (*A* mal) i e., *M²* E maint grant coup iluec recurent — 23 *M²Me* hors.

Vers les tentes tot dreit s'en vait.
21525   E reis Mennon li est guenchiz :
Bien o trei mile fervestiz,
O lui s'est de rechief meslez.   *21495*
Puis que li monz fu estorez,
Ne vit nus hom plus dur estor,
21530   Plus senz merci, plus senz amor.
Grant los en a Mennon li reis :
Mout le fait bien o ses Perseis ;   *21500*
Granz envaïes fait sovent
A Achillès e a sa gent.
21535   E quant il plus ne pot sofrir
E vit Mennon si contenir
E la soë gent damagier,   *21505*
N'ot plus en lui que corrocier :
Contre lui torne, en haut s'escrie.
21540   Lors i rot fait chevalerie.
Il e Mennon se sont ataint,
Qui de neient ne se sont feint.   *21510*
Mout irieement se requierent,
Desmesurez cous s'entrefierent,
21545   Mais la presse les departi,

21524 (*J*); *Bkn* Et il (*F* cil) u. l. t. sen u. — 25 *F* Et li (*v. f.*);
B lor; *e* rest — 26 *K* O b., *BDM* B. a, *H* Od lui, *N* O tot; *K*
trei .m. — 27-46 *m. à B* — 27 *Ekn* A l.; *H* As mimidonois sest
m. — 29 *FM* mes h., *H* n. mais; *M²* Ne fu oi; *Fk* fier — 3o *K*
merciz; *M* ne; *N* ualor, *K* dolcor — 31 *M* Ml't g. loz ot; *M²*
lous, *n* lox, *H* ioie — 35 *M²Fe* ne pot (*M²* puet) p. s. — 37 *M²Ae*
Et si sa g. (*M²* sa g. si) endamagier (*A* adomm. — 38 (*A*); *M²*
Not en l. p. que airer; *EKn* Lors (*Kn* Il) not en l., *M* Na rien
en l. — 39 *e* et h., *AN* h.; *F* t. si escrie ; *R* lescrle — 4o *M*
Doncs, *k* Donc, *A* Dont; *AFM* i ot — 41 *M²* Lui — 42 (*AR*);
M² Q. tant ne quant; *e* Quil ne se sont de neant f. — 43 (*LR*);
N M. menuement; *AD* M. sentrassaillent et, *EH* M. se trauail-
lent et; *JMy* M. se tastent molt sentrefierent (*J* se req.); *G* reque-
rirent — 44 (*AJLR*): *EH* De ml't cruex cols; *M²* Et par grant
ire se requierent — 45 (*BGLR*); *M²AA²CJy* les a (*J* ra)
partiz.

Qu'il ne porent plus faire ancui.
　　Uit jorz dura li fereïz,　　　　　　21515
Si com reconte li Escriz,
Que Achillès pas n'i veneit
21550　Por ses plaies, dont il giseit.
Mais anceis qu'en fust triuë prise,
Si com la Letre nos devise,　　　　　21520
Refu il ja tant respassez
Qu'a la bataille vint armez.
21555　Mennon haï a grant merveille :
As suens le dit e le conseille,
Qu'il guardent qu'il seit entrepris　　21525
Ensi qu'il n'en estorce vis :
« Laidi m'a, » fait il, « e mal fait,
21560　« Le sanc del cors m'a sovent trait ;
« Mais, se jo puis, il i metra
« Des plus chiers membres que il a.　　21530

21546 *R* Ke, *L* Qe; *N* ni; *BMR* enqui, *N* onqui, *KL* ici, *F* iqi, *G* iqui; *M²AA²CJy* Vint (*H* .viij., *D* .v.) iors dura cil (*CH* li) fereiz — 47 *R* Oit (*L*); *F* Ot, *BG* .viij., *L* Vint; *N* Par .viij. i. fu li; *M²AA²CJy* Et ceste (*AA²J* cele, *M²* cel) ocise e cist (*C* cest, *J* cil, *M²* cel) damages (*J* aiges) — 48 (*L*); *N* raconte, *M* nus conte; *BR* come c.; *M²ACJy* Tant que (*C* Si con) ie truis en (*H* tesmoigne) ceste page (*J* ices paiges), *A²* Tant si cum dist daires li sages — 49 *BMR* Que p. a.; *A²* plus; *F* ne — 50 *M²* Par; *AF* les p.; *M* donc, *E* don, *M²N* dom; *EF* se doloit — 51 (*C*); *Ay* que t. en f. (*H* t. f.); *BRkn* M. ainz que f. la t.; *K* trieue — 52 (*A*); *M* conme (*v. f.*); *Rkn* lestoire; *B* Si conme lauctors; *BRkn* me d., *L* le d. — 53 (*A*); *BRkn* Fu il gariz et r.; *E* si r. — 54 (*A*): *BNRk* Si quen lestor u. toz a., *F* Si qil u. an l. a. — 55 *BNk* haoit; *E* de g. — 56 (*B*); *F* Si lo dit as s. et c., *M²* A toz les s. dit e c.; *M* siens — 57 *M²* Qui — 58 *D* Ainsint, *E* Einsi; *n* Si (*N* Et) que il nen, *B* Et quil ne sen, *K* Et que pas nen; *M* Et quil nen e. p. u.; *BEMN* estorde, *M²* -ge — 59-66 m. à *B*; 59-60 *interv. dans E* — 59 *F* Il ma l. et ml't m.; *M* L. f. il ma, *EH* L. ma souent; *EJ* mesfet — 60 *H* malement t., *Jy* s. me t.; *kn* Nest merueille se men deshait (*K* deh.) — 62 *D* quil aura.

« Jo n'eüsse hauberc vesti
« Jusqu'a un meis tot acompli,
21565 « Se por lui non, qu'ocire vueil.
« Ensi ira baissant l'orgueil
« De ceus dedenz poi e petit. »   *21535*
Trestot ensi come il l'a dit,
L'ont fait le jor en la bataille,
21570 Qu'onques de rien n'i firent faille.
Mesler s'alerent as Perseis
Comunaument Mirmidoneis :   *21540*
Onc teus estors ne fu veüz,
N'ou tant eüst des abatuz ;
21575 Si vos di bien, poi en i chiet
Qui en estorge ne quin liet.
      Achillès et Mennon josterent,   *21545*
Que des chevaus jus se porterent ;
Après traistrent les branz moluz,
21580 Dont mout granz cous se sont feruz.
Mirmidoneis s'esvertuèrent

21563 *Nk* Car; *y* Neusse h. en dos (*E* au d. h.) u. — 64 *M* De ca, *y* Deuant; *H* .j. an — 65 (*I*); *DF* non ocirre uoil; *N* Fors por ce quoccirre lo u. — 66 *N* Ensis, *F* Ansi, *Hk* Et si; *A²F* abaisserons, *k* abess., *N* abaisserai, *C* abess., *H* en abatrai; *J* Et que iabeisse lor o., *e* Et que iaie abessie lorgoil; *M²* irant (*sic*) beissant lergoill — 67 (*J*); *I* ces; *A* p. que p.; *A²* Et cex d. grant et p., *H* Se onques puis iusqa p., *B* Onques cil ne quisent respit — 68 *D* ainsint, *J* ensint; *A²* Et tot alsi; *Dn* a d., *A²* lor d.; *M²* cum il d. — 69 (*A²B*); *K* Le font; *kn* a la — 70 *M²* Conques; *K* riens; *B* ne; *F* ni aura, *M* ni mistrent; *eJ* Sachiez conques ni f. (*J* nen f. o.) f., *A* S. quil ni f. onc f. — 71 *A* Mes lors alerent; *M* a p. — 72 *M'Ekn* Communement, *B* -clment — 73-6 *m.* à *B* — 73 *M²* Ainc, *F* Einz, *Kn* Ainz; *F* randuz — 74 *Fk* Ne ou, *N* Ou; *K* dabatuz; *M²* Molt par i ot, *e* La ot tant morz — 75 *M²* Se, *e* Ce; *n* Et ce sachoiz (*F* Et s. que) pou — 76 *MN* estorde, *M²K* estorce, *J* eschap, *e* eschat; *F* An lestor qi uis an reliet — 78 (*AD*); *N* Qui; *BM* Jus d. c.; *n* Q. ius d. c., *Bk* sentreporterent — 79 *K* Enpres; *BK* traient; *B* tos nus — 80 *J* i ot f.; *BFk* Lors i ot de (*B* des) g. c. f. — 81 *M²* si aunerent.

Tant i ferirent e chaplerent   *21550*

Qu'as Perseis tolent lor seignor.

Ha ! las, tant i ot duel e plor !

21585   Tot le detrencha Achillès,

Mais vos n'orreiz parler ja mais

De si angoissose escremie.   *21555*

S'eüst Mennon un poi d'aïe,

N'i morist pas, ço cuidons nos :

21590   Ço fust granz biens, s'il fust rescos,

Quar onc en cest siegle vivant

Nen ot chevalier plus vaillant,   *21560*

Plus franc, plus large, plus hardi

Ne plus aidant a son ami.

21595   Quant li coilverz, li enemis

L'ot ensi vencu e ocis,

Sil detrencha tot par morseaus :   *21565*

Dès ore a il bien ses aveaus,

Mais ne por quant en quinze lieus

21600   Li est aparissanz li gieus.

Li sans li cort jusqu'al talon

Par les mailles del haubergeon :   *21570*

21582 *eFJ* T. firent (*F* fierent) et tant sc (*J* i) penerent, *M²B* T. f. e tant c. — 83 *FM* Qa, *M²* Que — 84 *AFe* Ici ot d. et ire et p. — 85 *F* destrancha — 89 *M²DF* Ne; *BK* morust p., *M²* fust p. morz; *F* sauons, *k* trouon — 90 (*A*); *Bkn* G. dols est (*B* et) (*F* Cest g. diax) quil ne fu r.; *M²* quil f. — 91-4 *m. à B* — 91 *M¹* reprend; *M²* ainc, *n* ainz, *E* einz; *M* ce; *M²DNk* siecle — 92 *Fek* Not un (un *m. à M*), *N* Not onc; *F* si, *MN* miex — 93 *e* P. f. p. sage; *M* ne p. h. (*v. f.*); *F* Ne p. loial ne p. h. — 94 *F* aidast — 95 *M²BEn* cuiuerz, *K* cuuers; *M¹* le cuuert — 96 (*B*); *M²Ae* Lot mort e v. — 97 *MB* Sel ; *B* trenca tout lues p. m.; *M²* morsieus — 98 (*B*); *k* toz, *M²e* molt; *M²* aujeus — 99 *B* Et; *D* non porq.; *B* .iiij. l. — 21600 (*A²*); *FH* fu; *HMM¹* aparisant — 1-2 *m. à B* — 1 *n* li uait; *A²* li courut al t., *eJ* li defile (*E* lan fila) au t., *M²* len file tresqual pie ; *H* Que li s. li file al t., *I* La dolour sent dusqual .t. — 2 (*A²HJ*); *A* Par la maille du h., *Nk* Par mi l. (*M* .c. des) m. del blazon, *I* Par tous ses membres enuiron, *M²* Par mi lauzberc menu maillie.

Tant en i pert que mout sovent
Li faut li cuers e li desment.
21605   Porté l'en ont, senz plus atendre,
Plus neir, plus pale que n'est cendre :
Li un dïent qu'il en morra,   *21575*
E li autre que non fera.
A plaindre a assez veirement,
21610   Que de son cors, que de sa gent :
Perdu en a plus de cinc cenz,
Puis qu'il ralerent al contenz.   *21580*
Il n'a en l'ost prince ne rei
Qui tant ait perdu endreit sei.
21615   Non pas por ço qu'estrangement
N'aient perdu comunaument, —
Si come en l'Estoire trovon,   *21585*
N'i ot mais tel ocision, —
Mais puis que reis Mennon fu morz,

21603 (*G*); *L* i faut; *I* T. est blechies, *B* T. p. del sanc; *K*
T. en a perdu que s. — 4 *F* ses cuers — 5-12 *m. à F* — 5
(*AA'BCGHI*); *A²L* Por ce; *L* sen ua; *M²* sans uje a. — 6
(*AA'GIJ*); *A²* Porte; *H* P. p. et p. n.; *K* P. uerz; *BC* p. pers
que ne soit c., *l* que pois ne comme encre — 7-14 *m. à B* — 7 *H*
en d. quil m.; *A'* uiura — 8 (*AHIJ*); *GLN* autres; *GN* q. nel
f., *M²C* quil en uiura, *A²* quil garira; *A'* an morra; *J* Li a.
dient non f. — 10 *GLN* por s. c. q. por; *k* et de sa g. — 11
GINk Dont (*GN* Dom) a p.; *N* .vij. c., *A²* .iij. c., *M* .ij. c., *A'*
v. cent; *L* Domes a p. bien .v. cens — 12 (*A*); *CDk* alerent, *GL*
en rala, *N* en ala; *I* del; *C* contez, *A'DN* content — 13 *C* Ne
not; *K* En lost na ne — 14 *K* Que — 15 *A²* Et ne por ce; *B* Dam-
bes .ij. pars conmunelment — 16 *CL* comunalment, *les sept mss.*
comunement; *B* Ont ml't perdu estrangement — 17-8 *m. seule-
ment à M²BF* — 17-86 *m. à F et sont réd. dans B à ces 2 v. :*
Entre en sont en la cite Troijen ml't adolose — 17 (*LL'L²PR*);
G trouons; *AA'A²CJy* Si com la letre le (*A²* nos, *A'* me) deuise
— 18 (*LL'L²PR*); *AA'A²CJy* Ni ot onc (*A²C* ainc, *A'E* ainz)
mais (*H* Ainc m. ni ot) si (*JM'* plus) grant ocise, *GN* tele, *R*
teles; *G* ocisions — 19 *A* Ne p., *L* Car p., *JN* Des p.; *IK* P.
que li r.

21620　Qui mainteneit les granz esforz,
　　　　E Troïlus li proz, li sages,
　　　　Si s'esmaia toz li barnages,　　　　　　　　　　*21590*
　　　　Tuit furent mort e acoré,
　　　　Esbaï e desesperé,
21625　E si durent il estre bien.
　　　　Onc puis n'i ot fait autre rien,
　　　　Mais de la place haïnose,　　　　　　　　　　*21595*
　　　　Pesme, mortel e dolorose
　　　　Se partirent com plus tost porent,
21630　Tot sagement, al mieuz qu'il sorent.
　　　　Mais se ne fust Philemenis
　　　　E Polidamas e Paris,　　　　　　　　　　　*21600*
　　　　Quis sostindrent, mal lor alast :
　　　　Ja la meitié n'en eschapast.
21635　Trop par i sofrirent grant fais :
　　　　Tant com li siegles durra mais,
　　　　Ne soferront chevalier tant.　　　　　　　　　*21605*
　　　　Iluec fu bien aparissant

21622 *M*² Si e. ; *I* tos li plus sages — 23 *N* morne et ; *R* acorre
— 24 (*R*); *M*²*AJe* Et tuit furent d. — 26 *HR* Ainc, *LN* Ainz ; *H*
f. nule r, ; *M*²*AJe* Or (*M*² Il) ni ot puis nule (*M*²*M*¹ nul) a. r. —
27 *A* Et; *R* heneose — 28 (*AJ*); *M*²*EM* P. e m. ; *M*² mortal, *M*
cruel; *k* perillose — 3o *A* Ml't s. ; *R* saiuement, *M*² belement;
G saigement si con il sourent — 31 *G* Et; *H* ni ; *M* philim., *JKy*
fil., *M*² filem., *I* fill. — 32 (*GJL*) ; *A*² Poll. ; *I* Et polyd.; *G* et sols
p., *A*² et dans p., *A*¹ seus et p., *A* seul et p.; *IRP* Et p. et p., *E*
P. li proz p., *H* P. od lui p. — 33 (correction) ; *J* Qui les tin-
drent ; *ADy* Qui les retindrent m. estast (*M*¹ -at), *A*²*C* Q. conrois
(*A*² -oi) tiendrent m. a., *M*² Q. de tries furent m. a., *GILNRk*
Mauuesement lor esteust (*G* i estut) — 34 *M*²*CJ* mitie, *EH* -iez,
*A*² moitiez, *AM*¹ -ie; *H* repairast; *CE* ne sen alast ; *GILNRk*
Ia uns (*M* nulz) sols (*L* sels) eschapez (*R* escanpeç) nen fust —
35 (*AHIL*); *A*² Ml't par, *M*¹ T. i par, *CM* T. i; *CJNe* sostin-
drent ; *J* T. i s. cil, *G* Tant i ont soustenu ; *AG* grans — 36 *R* T.
cant; *M*² cist; *M*²*HKN* siecles, *JM*¹ -e, *M* siege, *C* siegle ; *Rk*
dura — 37 *K* Nen; *MM*¹ soufrirent — 38 *M* Il qui, *R* Iki, *K*
Ici; *I* Bien fu illuec.

Queus vassaus ert Philemenis,
21640 Quel li Bastart e queus Paris,
Queus reis Fion, queus reis Edras.
Cist defendirent tant le pas   *21610*
Que lor gent s'en fu tote entree.
Par mi la vile ot grant criëe
21645 E granz esmais e granz dolors.
Es murs batailliez e es tors
A mil dames e mil puceles   *21615*
Cui l'eve cort par les maisseles,
Que hauz criz criënt e hauz braiz :
21650 Ja mais teus dueus ne sera faiz.
Mout se dotent que li Grezeis
Prengent la vile de maneis.   *21620*
Cil qui furent fors des trenchiees

21639 *M²MM'* iert, *KR* fu, *J* fut; *A²* Quels bers estoit, *E* Com estoit preuz; *M²R* filem., *I* fillem., *Jek* filim., *N* fylem., *A²* filom. — 40 (*C*); *M'* Quex; *K* Et polidamas et p. — 41 *M'* frison, *A* cison, *E* fyon; *A²* Q. antenor; *N* Q. f. et q.; *A²HK* et quels esdras, *E* et r. e. (*cf. 6587*); *M²J* Quel hardement rot (*J* ot) heneas (*J* en.); *J* aj. : Com le refist polidamas — 42 (*C*); *AA²M'k* Cil ; *N* desfendierent, *H* -oient, *M* deffendent (*v. f.*); *A²* bien, *H* tot, *R* cun; *J* lentree — 43 (*A²*); *A* la; *AA²CJNk* genz ; *C* i fu; *A²NR* fu t. enz e., *A* fu du tout e. ; *y* Q. t. lor g. fu e., *J* Q. enz sen fut l. g. e. — 44 m. à *J*; *A²* Par la u. ot dunc; *C* ont; *INRk* fu leuee — 45 *NRk* La grant (*KN* granz) noise et la granz (*M* grant) d.; *M²* O g. e. o; *J* Par mi la porte o grand dolors — 46 (*J*); *AA²Cy* As m.; *A²NR* es (*A²* as) bailles, *IM'* bateilliez, *A* -is; *A²CMe* as t., *A* a t. — 47 (*J*); *k* De m. d. de; *A²H* Ot, *I* Et; *R* dame et a, *A* dames a — 48 (*CDHJ*); *A* Cuit, *M'* Qui; *A²* Dont laigue; *M²R* Qui deronpent lur crines beles, *GLNk* (*k* De, *G* A) Et maintes riches damoiseles — 49-50 m. à *Dy* — 49 *G* crie; *A²* Ml't sescrient et a h. b.; *K* getent et granz b.; *N* Q. haut crierent a g. b., *J* Q. h. crient a ml't g. b. ; *R* et auç b., *I* et grans b. — 50 *A²* Issi grans deols nen iert ia mais — 51 (*GILR*); *A²* Bien quident totes demanois; *H* Grant paor ont; *A* Criengnent d., *M²Je* Criement d.; *R* mas li g. — 52 *A²ER* Preignent, *N* Praignent, *H* Prandent, *M²J* Pranent; *A²* La u. p. li greiois — 53 (*A²*); *M²Me* hors ; *K* fors f. ; *KN* as t., *R* a t., *M* es t., *L* aus t.

Endurerent morteus haschiees :
21655 Reis Telamon, reis Menelaus,
Menesteüs e Aïaus,
Thoas li pros e Ulixès,　　　　　　　　　　　　21625
E desor toz Diomedès,
Les enchaucent e les destreignent,
21660 E les ociënt e mahaignent.
Par estoveir les ont enz mis,
Mais mout par i ot des ocis :　　　　　　　　　21630
Mout ont perdu, c'est la verté.
Cil s'en sont en la vile entré :
21665 Les portes clostrent e serrerent,
E cil de l'ost s'en retornerent,
Quar la nuit esteit ja venue.　　　　　　　　　21635
Estrange perte i ont eüe :
Mout s'en vont plaignant li plusor.
21670 Qui son ami o son seignor,
Son frere o son cosin germain,
O aucun suen parent prochain　　　　　　　　21640

21654 (A²J); e I e. granz h., k I souffrirent — 55 NRk Car;
M²JNRek thel.; Nk et ayax — 56 M² Menecius, J Menescius, e
Rois miceres; Nk et menelax — 57-8 m. à A² — 57 M¹ hul. —
58 (ILR); K desus; e Et sor (M¹ sus) ax toz, M² Et s. trestoz —
59-60 interv. dans M²H — 59 KR enchacent, A² ferirent; MR
ml't e d., N m. et mahaignent — 60 A²CJ Cil, M² Cist, A Si;
H Les o. et les m., AJe Les fierent toz (E si, J ml't) et les d. (A
estr., e detranchent), NRk Fierent o. et m. (L destreignent, N
detranchent), M² Molt les f. molt les estreignent, H Et a bien
poi tous les destr., C Cil les f. cil les contr. — 61 M¹ hors m.
— 62 C i a; K i en ot docis; NR M. assez en i ot d. — 63 M²
uertez; C cest ueritez, y par (M¹ en) uerite, J et endure, NRk
Lor mautalant lor ont mostre — 64 (R); C C. se s., L Et cil
s.; M²CJy En la u. sen (C se) s. e.; M²C entrez — 65 H Lor
p. closent — 66 (J); e dehors — 67-86 m. à L² — 67 L Que;
M²ENR nuiz — 68 (CJL); A¹ perde; Rk ront; M² ont receue
— 69 (A); C plorant; Je P. sen u. m. (E tuit), NRk M. u. re-
gretant — 70 E Ou s. a.; LNRk qui s. s.; A¹ Q. lor a et lor
s.; M¹ sont a. ou sont — 71 L f. s. — 72 A¹ aucuns; M sien, M¹
son; M ami p.

Veit el champ mort, ne puet muër
Qu'al cuer ne l'en deie peser.
21675   Ainz fu li cieus cler estelé   *21641*
Que il se fussent desarmé.
Assez i ot regretemenz
E braiz e criz e ploremenz,
Mais ço lor est mout granz conforz,   *21645*
21680   Que Troïlus li proz est morz
E reis Mennon, le plus vaillant
Qui seit remés al rei Priant :
Por ço vos di que mout s'apaient.
E li mire pas ne s'esmaient   *21650*
21685   Qu'Achillès ne guarisse bien :
Ços conforte sor tote rien.
    Cele nuit sont en la cité
Morne e pensif e abosmé.
Nus hom n'i but ne n'i manja,   *21655*

21673-4 *m. à* NR*k* — 73 *C* nel p. — 74 *M*¹ Qua, *A* Au; *C* le
d.; *H* Quil ne len couieigne p. — 75 *M*²*Ce* clers (*e* cier) estelez;
NR*k* A. uirent le ciel e. — 76 (*JR*); *e* Que nus (*M*¹ nul) dax;
*M*²*Ce* desarmez — 77 (*J*); *C* regretement, NR*k* Mľt i ot (*K* par
ont) la nuit regrete — 78 (*J*); *C* plorement; NR*k* Et grant duel fait
plaint et plore (*M* et mľt p.) — 79 (*R*); *C* Car, *A*² Que; *A*² grans
desconfors, *A*¹*K* grant reconforz; *M*²*AA*¹*CJy* l. done; *M*²*M*¹ grant
confort — 80 (*AA*¹*A*²*JR*); *M*² lo prou; *L* fu m., *M*¹ est mort, *M*²
ont m. — 81 (*C*); *M*² rei; *AA*²*Jy* li (*e* le, *A*¹ le corr. de li) p. uail-
lans (*J* puissanz); NR*k* Et m. cil de (*R* del) greignor pris — 82
(*C*); *J* a cels dedenz; *A*² Queust od soi li rois prians, *e* Que deuers
lui (*M*¹ soi) eust prianz; NR*k* Qui lor est (*k* seit, *R* fust) r. (*R*
remest) el pais — 83-4 *L* Et li m. forment sen peinent Qui de
noient ne s'en esmaient — 83 *k* Por (*M* Par) co dient; *C* Et cil de
lost mľt sen ap., *H* Et por ce durement sap., *A*² Et en lost dure-
ment sesmaient — 84 *C* ne se delaient; *A*² Mais li m. bien les
apaient — 85 *CMR* garissent — 86 *KNR* Ces, *RM* Ce les (*v. f.*);
L Cest bons confors, *M*²*A*²*CJe* Ice lor plest, *H* Mestier en ont —
21687-836 *sont réd. dans B à* 36 *v.; voy. aux* Notes — 88
(*AA*²*DHJL*¹); *FKM*¹*R* M. p.; *M*¹ pensis, *M* -i; *R* aboisme, *M*
-ome — 89-99 *m. à AA*¹*Dy* — 89 (*R*); *P* buit; *GIL* ne ne; *F*
Nus ni b. ne ni nus ni m. (*sic*), *M*²*A*²*C* Ainc ni ot mangie ne
beu, *J* Onc ni ot b. ne m.

21690   Ne nes desvesti ne coucha.
         Por Troïlus sont demi mort —
         Rien ne lor puet doner confort —
         E por Mennon, le rei Persant.
         Si angoissos duel fait Priant,   *21660*
21695   Que rien nel veit qui bien ne die
         Que mout par iert corte sa vie :
         Ne parole n'a rien n'entent.
         Ancor vait il plus malement
         A la reïne cent itanz :   *21665*
21700   Quand perdu a ses treis enfanz,
         Morir l'estuet, ne vivra plus :
         « Beaus fiz, » fait ele, « Troïlus,
         « Tant par a ci freides noveles !
         « Por qu'alaitastes mes mameles ?   *21670*
21705   « Por quei nasquistes vos de mei ?
         « Quant devant mei ocis vos vei,
         « Beaus sire douz, beaus sire amis,
         « Por quei vif jo, por quei languis ?
         « Fu mais mere, que ço sofrist,   *21675*
21710   « Que o ses mains ne s'oceïst ?

21690 (*correction*); *F* Ni d., *N* Nes d., *GL* Ne d.; *x* ne des-
chauca; *K* Ne se d.; *LMPR* Ne (*R* Nest) desuestuç (*P* -iz) ne si
(*M* se) c., *M²* Ne sor bon drap la nuit ieu, *A²* Nome colchie
ne desuestu, *CJ* Ne ni ot home d. (*J* despoillie) — 91 (*A²*);
Rkn Des que troylus seuent m. — 92 *A²EK* Riens, *n* Nus —
93 (*JR*); *Ce* roi (*M¹* rois) des persanz; *A* r. uaillant; *J aj. ces* 3
v. : Le prou le noble le puissant Sont abosme et amati Et ml't
dolent et ml't marri — 94 *Rkn* Prianz i (*n* an) f. un d. si grant,
A F. si g. d. le roy puissant; *CJe* f. prianz; *J aj. ce v.* : Et si
giete soupirs si granz — 95 *M²AEn* riens, *k* nul, *R* nus; *F* que;
R nen d. — 96 *C* m. sera; *e* est; *Rkn* Quil (*M* Qui) ne puet pas
(*R* perueit) durer en u. — 97 *F* Na p.; *K* ne — 98 *M²Me* Encor,
K Onquor — 99 *F* plus .c. tanz — 21700 *E* perduz a, *F* a p.; *K*
Qui a p. — 3 *F* Trop p. ai ci, *M* Tant a ci, *M²e* T. a ici — 6
M²e Q. ie ocis e mort vos vei — 7 *MN* B. frere d. — 8 *EF* por
que l., *K* anceis l. — 9 *M¹* Fu onc; *e* ueist — 10 (*AC*); *k* Que:
Nek a; *M²* Qua ses dous m. ; *M* socist.

« Trop me peise que jo sui vive.
« Fu onc mais mere si chaitive ?
« Lasse ! com freide porteüre
« E com dolorose aventure !   21680
21715 « Haï ! reis Mars, reis Jupiter !
« Haï ! Pluto, li deus d'enfer !
« Quel merveille, quel cruëuté !
« Tant par m'avez coilli en hé !
« Quand il ensi l'estoveit estre,   21685
21720 « Por quei me sofristes a naistre ?
« Por quei sofristes que jo fusse
« Ne que jo onc enfanz eüsse ?
« Por quei mes avez vos toleiz ?
« Ne defendeient il lor dreiz,   21690
21725 « Mei e lor pere e lor païs ?
« Por qu'amez plus nos enemis ?
« Quel parenté ont il vers vos
« Ne quel vaillance ne que nos ?
« Si ont, veir : mostré lor avez.   21695
21730 « A grant tort nos desheritez.
« Mout a ici doloros plait :

21711 F MI't; KM¹ que tant, CE quant ie — 12 Me onques,
N ainz m., M²C ainc m.; E plus c. — 13 kn Ahi (N Hai) l. quel
p.; C cum forte, Ae si froide — 14 N He con, F Com tres — 15
(AH); EJk Ahi; C Ha dex m. ha dex i. — 16 M² Tuit cil des
ciels cil, AJy Ha rois d. c. (HJ del ciel) ha rois, C Ha dex del
c. ha dex; K li deu, M le dieu — 17 En crualte, M -aute,
M²KM¹ -elte — 18 M¹ T. uos, F Com por, E Qui tant, A Que
si; M auez; K coillie; C in he — 19 J ensint; F me soufroit
e.; e Q. einsi e. a e., C Q. insi les teuoit e.; M lestuet e., (v. f.)
— 20 (C); J Par; A Pour moi; k feistes; kn uos n. — 21-2 interv.
dans F — 21 (AC); J Par; M² vousistes; K uos que f. — 22
EF onques, N ionques, M² ie ainc, A ie ia; M²Mn enfant — 23
M² A; CKM¹ les (C le) mes a. t., M²En les mauez uos t., M les
a. t.; M¹ tolez — 25 K lor amis — 26 e Amez uos p., M² Que
uos sunt p.; F lor anemis — 28 ACk plus de (AM¹ que) nos
— 29-30 m. à M² — 29 k Sil ont dreit; AGy Si o. (A Sire) m.
le lor (AEH nos) a. — 31 (HJ); kn M. par (F por) a ci; e plez.

« Tant sacrefice vos ai fait,
« Tant riche temple precios !
« Por ço m'estes si haïnos, 21700
21735 « Quos ne me poëz plus gregier,
« Plus tolir ne plus abaissier.
« De mortel glaive o ploremenz,
« De braiz, de criz e d'ullemenz
« Avez replenie m'entraille, 21705
21740 « Mon esperit et ma coraille.
« Fiz Troïlus, por vos viveie,
« Quant por Hector ne me moreie;
« Por vos m'esteie aseüree.
« Piece a ma vie fust finee, 21710
21745 « Mais m'ame en tei se reposot,
« E mis espirs s'i delitot :
« Or n'i a mais atendement;
« Fiz, ço sacheiz veraiement,

21732 *M²* Maint, *J* Tanz; *Je* sacrefices; *e* fez — 33 (*HJ*); *M²* Maint; *e* T. riches temples — 34 *Cn* Por coi; *E* miestes; *AM¹* Por ice m. h., *H* Et por que m. h. — 35 (*correction*); *C* Vos, *M²* Que; *A²Ikn* Que (*I* Qua, *A²* Nient) pl. (*M* por) ne me p. greuer; *AJy* Ne me p. plus guerroier — 36 (*Jy*); *A²kn* Ne me poez mes rien (*IK* bien) doner — 37 *K* De mortal geu, *M²* De mortiels jues, *F* De max grauiers; *A* De m. guerre; *A²* Fors m. gl. et ullement; *N* g. dullemanz : *HIk* od (*K* de, *M* et) plorement, *G* o porement, *F* de ploremanz — 38 *C* O b. o c. o huslement; *k* De bret; *K* de cri; *IM* et dullement, *K* de u., *M²* e duslemenz, *A* o gries tourmens, *y* et de tormenz (*H* -ent), *N* de ploremanz, *A²* de plorement — 39 (*J*); *CIkny* A. remplies (*kn* emplies) mes entrailes, *A²* A. emplie ma coraille, *M²* A. bien repleni sans faille — 40 (*J*); *ACEH* mes corailles, *M¹* m. corages; *A²* Trop a ici pesme bataille, *K* Ici a trop dures batailles, *A²IMn* T. par a ci (*A²* a ici) pesmes (*M* males) b. — 41 *A²J* par; *H* toi u.; *K* lessoie — 42 (*A²H*); *ACKM¹* Que, *M²EJ* E, *M* Mes; *M²M* que ne m., *K* ne moceioie — 43 *EK* Par; *y* estoie — 44 *M²Men* Pieca; *M* finiee — 45 *k* M. mentente (*K* mon pense) se deliteit — 46 *K* espeirs; *e* Mes esperiz; *M²JK* se; *K* reposeit — 47 (*ACHJ*); *M²K* ni ai; *M²F* entend. — 48 (*ACHJ*); *M¹* tot uraiement, *M²k* certeinement.

     « Que ele s'en ira a vos,   *21715*

21750 « Le cors guerpira doloros.

     « Ja voudreie qu'ele en fust fors. »

     Adonc se pasma sor le cors,

     Si qu'il n'en ist funs ne aleine.

     Porter l'en a fait dame Heleine   *21720*

21755 Dedenz la Chambre que resplent.

     Iluec jut assez longement :

     Onc de treiz jorz ne resperi

     Ne a rien vivant n'entendi.   *21724*

     Nus ne cuidast qu'ele vesquist

21760 Ne que ia mais les ieuz ovrist.

        Dames, borgeises e puceles   *21725*

     E les preisiees dameiseles

     Font si grant duel que rien vivant

     Ne vit onc mais faire si grant :

21765 Trop l'amoënt, trop ert preisiez

     E douz e frans e enseigniez.   *21730*

     Ne sai que die de Paris :

     Mieuz vousist estre morz que vis ;

     Cent feiz se pasme de dolor.

21770 En une nuit e en un jor

21749 (*A*); *HKn* Quele (*FM* Que il) sen i. apres (*H* auolc) u.; *C* a nos, *AJe* o uos — 50 (*AHIJ*); *A²* lairai ml't d.; *K* perillos — 51 (*C*); *M²K* quele f.; *F* Je u. qil; *M²M* hors — 52 *M²* Adoncs; e Lors chiet pasmee — 53 *Nk* que; *M¹* fu, *M* fus — 54 *Nk* Mes p. len a f. h. — 56 *M²* A. jut i. l., *A²* Ilueques i. ml't l. — 57 (*CJ*); *AE* Ainz de; *A²* Ainc en; *M²* Treis ior fu qui ne; *M²A* sesperi, *H* semparti; *kn* Onques de .iij. (*M* .ij.) i. nen issi — 58 *K* Na r. uiuante; *A²* r. nule; *H* Ne r. u. ni ent. — 59-60 m. à *kn* — 59 *CJ* Riens; *A²* quida; *M²* quel en — 61 *EMN* prisiees, *F* -ees — 63 *M* Firent (*v. f.*), *F* Fait; *M¹* itel d.; *k* qua riens u.; *A²* si fait d. demaintenant — 64 *kn* Noi (*N* Nei); *M²* ainc m., *F* ainz m., *N* an m., *M¹* on onc, *EK* nus hom, *M* mes h.; *A²* Nus ne uit ainc — 65 *E* Ml't... ml't; *MM¹* iert, *F* est; *En* prisiez ; *M²* Mornes en sunt e pesancoses — 66 *k* D. et f. et bien e., *M²* Plaignanz pales e doleroses — 68 *F* uousisse.

Nos avreie pas reconté   21735
Le duel qu'il font par la cité.
Sovent le plaint Polidamas,
Qu'il ne s'amoënt mie a gas :
21775   Onc, ço sacheiz, dui chevalier
El siegle plus ne s'orent chier.   21740
Mout esteient andui feeil :
Por ço ne set de sei conseil.
        Oëz qu'ensi faitierement   21741
21780   Furent en peine e en torment
Tote la nuit li Troïien :
Onc nus n'i ot repos ne bien.
N'ont point del cors Mennon le rei :   21745
Morz esteit remés al tornei.

21771 (correction); AA²IJkxy Ne uos; F sauroie r., N a. hui
aconte, A² a. rac., kF a. rec., H a. pas conte, AJe a. on pas c.,
L aroie tout c.; G auroie nul ior conte; C Ne poroit estre
rac., M² Naureit hom mie rec. — 72 (C); M² quin, L qen, A
qui, k que; GH con fait; AIxy en; — 73 (A²I); Ax se; A² poll.
— 74 (GI); LM Qui, AA¹CJy Car; M²A²H Ne sentramerent, N
Quil ne samoient, L Qui ne sesmaie, F Icil nel tenoit, C Car il
ne lamoit; J pas a g. — 75 IPRkx Ne (L Ce) cuit ke de dos
(P qainc dui) cheualiers; A²H Ainc, AK Ainz, E Einz; M²
Car onques mes; C Ainc dou c. loinz ne pres — 76 L Fust
onques mes tez doelz si fiers, IPRkn Fust li uns a lautre plus
chiers, G F. luns a lautre onques p. c., C Tant fort ne sen-
tramerent mais, A² Ne se tindrent encor p. chier, M² En cest
mont ne sorent p. c., A Ne sorent plus ou siecle c., A¹ Dou dar-
reen iusqe au premier; H Al, J O; HJM¹ siecle — 77-8 m. à
Rkx — 77 (leçon de A²); M² Tant se fussent pleuiz par feiz,
A¹ Ne santramerent plus de foiz, A Ne tant nestoient mais feois,
C Ne plus ne furent de grant foi, J Ne plus ne se f. ame, y Ml't
sentramoient par amor — 78 (leçon de A²); M² Por tant; M²A¹
en est a mort destreiz; C estoit en telle esfroi, J la ml't sa mort
greue; e Por ce en (M¹ cen) ot il au cuer dolor; H ont el c. tel
iror — 79 (R); K que si; C faiterrement; A²F O. (A² Bien sai)
que e. faitement, M²AN Bien (M Or) o. quensi (A que si) f., Jy
Oi auez con fet. — 82 M² Ainc, n Ainz, E Einz; M²F ni orent;
A² Norent onques, M Onques ni ot — 83 A²e pas; M le c. — 84
Me Mort; M² el t.

21785 De duel s'en ocit sa maisniee, —
Trop par en ert desconseilliee, —
E tuit cil qui a Troie sont
Comunaument grant duel en ont. *21750*
Dreiz est, quar n'a pas remasu
21790 Dedenz la vile tel escu,
Si riche ne si defensable
Ne si vaillant ne si aidable.
La nuit passa e vint la die, *21755*
E quant l'aube fu resclarcie,
21795 S'a pris Prianz ses messagiers
Sages, corteis e bons parliers:
Par le conseil de ses amis,
Les a Agamennon tramis ; *21760*
De ço le requiert e somont,
21800 Que triuë prenge e triuë dont.
A son conseil en a parlé,
E il li ont testuit loé
Qu'a trente jorz seit afïee. *21765*

21785 *M* ochist — 86 *F* Ml't por; *e* estoit, *n* en est; *M²* Qui
molt estoit — 88 *K* Comunalment, *les autres* -ement ; *N* an font;
e dolent en sont — 89 *C* nest mie remanus, *y* quil nest p. rema-
suz, *kn* car (*M* que) ml't i ont (*F* ot) perdu — 90 *n* Ja nauront
mes, *k* Ja m. nauront; *kn* si (*K* tant) bon e.; *H* En tote troie;
CHJ tex escuz; *e* D. troie si bons escuz — 91-2 *m. à y* — 91 *CJ*
desfensables — 92 *CJ* aidables — 93 (*C*); *y* et uint au di, *A* et
u. le di ; *A²lkx* Li iors uient (*A²GIN* uint) la n. (*A²x* nuiz) est
(*GI* fu) fenie, *M²J* La n. passent o (*J* a) grant dolor — 94 *A* Et
q. li iors se resclarci, *y* Que le ior uirent esclarci; *A²CFIKL*
esclarcie; *M²J* Q. el demain (*J* lend.) ujrent le ior — 95 (*A*); *K*
A p.; *e* P. a pris — 97 *n* Por; *N* a s. a. — 98 *il faut p.-ê. lire*
a a Gam. — 99 *IM* les ; (*H* somont), *les autres* sem. — 21800 (*A*);
A²CJe triues (*M²* treues) p. et triues (*M'* treues) d., *Ikn* triues
(*K* trieues) lor otreit et d., *M²* triues se lui plest lor doint; *H*
Triue praingnent et triue dont — 1 *C* O — 2 *I* Et cil; *K* Et il
ont tuit; *IKN* tres bien l.; *M²A²y* Comunement (*y* Tuit ensan-
ble, *A²* Tot e.) li ont l. (*H* iure), *A* Tuit li o. ens. l., *C* E. li o.
deuisse — 3 *M²AGHLk* Que; *A* lont, *J* fust, *CM'* la; *C* deuissee.

Tot ensi l'ont acraantee :
21805 Afié sont li trente jor.
Adonc n'i ot point de sojor
A doner as cors sepouture :
Lor lei lor font e lor dreiture.   *21770*
Le cors Mennon ont ajosté,
21810 Qu'Achillès aveit decoupé :
N'en fu a dire piez ne braz.
Autre conte ne vos en faz,
Mais onques puis ne fu hom nez   *21775*
Dont si faiz dueus fust demenez.
21815 Plusor, ço sai, de sa maisniee
En morurent a tel haschiee
Qu'onc puis lor boche ne manja.
Li reis Prianz apareilla   *21780*
E fist a ses engeigneors
21820 E a ses plus maistres doctors
Faire a chascun son monument.
Or cuit e pierres e argent
Lor livra tant come il en quistrent :   *21785*
Se diseie come il les mistrent,

21804 *M* Tuit; *M²AE* fu, *M¹* la; *IK* acreantee, *e* agreantee; *LN* E. (*L* Et il) lont t. a., *F* Et il li ont tuit creantee — 5-6 *interv. dans M* — 6 *M²* Adoncs, *M¹* Onc puis, *E* Einz p. — 7 *Kn* Ainz donent — 8 *e* Bien lor i (*M¹* li) firent l. d.; *k* Lor leis — 9 *e* fu aiostez (*M¹* rai.), *k* ont assemble — 10 *F* Achilles; *M²* ot tot d.; *Ae* Qui par pieces fu (*M¹* iert) decopez (*A* acoustez), *C* Qe por peces ont decope — 11 *M¹k* pie, *F* chief — 12 *M²AM¹* A. parole ne (*M²* or ne) — 13 *N* nus h. ne fu n. — 14 (*C*); *M²F* si granz d., *M¹* si fet duel, *A* li fors duel — 16 *F* An sofrirent ml't grant h.; *M²* de t. haschee, *C* a cel achie, *AH* a grant hachiee (*M* hascie) — 17 *Mn* Quainz, *M²* Quainc, *E* Einz, *M¹* Onc; *C* nen; *FM¹* parla — 19 *M²en* engigneors, *K* engingn., *M* engin — 20 *M²* p. ses saiues; *ACF* sages, *M¹Nk* mestres — 21 *A²* F. c.; *M²ACe* F. et ourer lo (*E* .j.) m. (*AC* les monumens); *M* leur moment; *K* monement — 22 *A²* Fin or; *F* Dor c. de p. et d'argent; *AC* argens; *M* a p. et a argent (*v. f.*) — 23 *n* requistrent — 24 *F* Si uos disoie com l. m.; *K* le m.

21825 En queus sarqueus n'en quel façon,
       Trop vos fereie lonc sermon.
       Mais jo ne cuit pas ne ne crei
       Que amiraut, conte ne rei   21790
       Geüssent mais si richement,
21830 Si bien, si preciosement.
       Quant li osseques fu feniz
       E li mestiers fu acompliz
       Des cors ardeir e enterrer,   21795
       Si se reporent sojorner :
21835 Si firent il mout volentiers,
       Quar mout lor en ert granz mestiers. 21798
       Trop aveient sofert grant peine.   21800

ACHILLE EST TUÉ EN TRAHISON PAR PARIS.

       La reïne ne fu pas saine   21799
       Ne haitiee ne tant ne quant :   21801
21840 Ne fait de vivre nul semblant.   21802
       Muert sei Ecuba la reïne ;
       Ne nuit ne jor sis dueus ne fine ;

21825 *M²* sarquels, *F* -chois, *N* -cox ; *e* en, *kn* de ; *M²e* quels
faicons — 26 *M²* lons ; *M²E* sermons, *M¹* sarmons, *K* -on — 27
M² ni ne — 28 *H* Qainc, *M¹* Onc ; *F* amirauz, *M¹* -al ; *E* Con-
ques c. a., *M²* Que onques a., *k* Quamiral ne c. — 29 *A²* ainc
si haltement ; *M²ACJy* Gisent (*C* Geust, *AJy* Fussent) plus
(*C* si) preciosement — 30 *K* Si biau ; *M²ACJy* Nenseueli (*AEH*
Ne seueli, *M²CJ* Ne el siegle) plus richement — 31 *M²AJy* ob-
seques ; *kx* Q. bien les orent seueliz (*kGL* sep.) — 32 *kx* Et
li seruises (*FGL* obseques) fu feniz — 33-4 *interv. dans kx* —
33 *kx* Els et lor armes atorner (*F* porter) — 34 *e* reposer ; *K* Si
r. donc s. — 35 *K* Co — 36 *M²* iert ; *M¹* est ; *Jkn* ml't (*JK* il)
lor (*F* l. m.) estoit g. m. — 37-8 *interv. dans BRkx* (*B* reprend)
— 37 *J* de p. ; *BRkx* Por le grant doel quele demaine — 38 *P*
nen ; *E* nestoit pas, *A²* nert mie — 39 *BRkx* Ne sapaie (*L* sapese)
— 41-2 *m. à AA²BHRkx* — 41 (*CJ*) ; *M¹* Qvert — 42 (*CJ*) ; *M¹*
son duel, *M²* sis cors.

Rien ne li puet confort doner.   21803
Un jor comença a penser
21845   Com sereient si fil vengié
Del traïtor, del reneié
Qui les li a morz e toleiz.
Pensé i a par maintes feiz :
S'ele engigne par traïson
21850   Sa mort e sa destrucion,   21810
Com de lui se puisse vengier,
Ne s'en deit nus hom merveillier
N'a mal ne a blasme atorner.
Paris a fait a sei mander :
21855   Il ert de ço toz coneüz,   21815
Qu'il ert de covenant menuz.
A li vint mornes e pensis,
Qu'en lui nen a joie ne ris.
Sa mere conforte et sermone.
21860   Mais poi de haitement li done.   21820
« Fiz, » fait Ecuba la reïne,
« Tu veiz qu'a grant dolor define
« La vie que el cors me dure :

21843 (GP); EN Riens, B Nus; A² pot, BCFL conseil d., J
reconforter — 44 B plorer — 45 B Et pense con seront u. —
46 M² Del traite de r., B Si fil del felon r. — 48 M² en a; k a a
m. f. — 49 K Si e., M Ja c., n Sole angigne — 50 M²KNe des-
truction — 52 J d. len pas; M²Ke N. h. ne sen — 53 k Na grant
m. na b., n Na g. b. na m., A²JM¹ Na b. na m., E A m. ne a
b.; Kn torner — 54 e P. son fil a f. m. — 55-6 m. à A²BEGJL;
ils sont placés dans N après -96 — 55 (I); M²ACMM¹ iert; M
tout c., H bien c.; F de tot reconeuz; N Ja ert de tot ce c. — 56
M²MM¹ iert, A est; H Que il ert de conuant issus; M²CI couenan-
nanz; (M² Ik menuz), C eissuz, AHM'n issuz — 57 (B); A² Il i;
E Il u. a li, J Venuz i est; M lui; A uient; M² en v. morne e p.;
EJ mornes p. — 58 (BJ); H En; M² li; ky nauoit; LN Que en
lui na; A²HLkn ne geu (A² giu, M gieu, H iu, N ious) ne r.
— 59 F ce li asermone; k sarm. — 61 K Hecuba; M² raine —
62 M²BCE que, A quen; E granz dolors; A decline, F deline,
M² deujne — 63 Ae Lame qui enz ou c. (A en mon c.) me d.

« De si dolorose aventure

21865   « N'oï onc mais nus hom parler.   21825

« Jo ne puis mais longes durer :

« Morir m'estuet, tu le veiz bien.

« Mais por Deu te pri d'une rien :

« Done a m'ame confortement

21870   « E a ton chier pere ensement ;   21830

« Done a ma vie sostenance

« E aliege un poi ma pesance ;

« Done confort a mon deshait :

« Saches que malement me vait.   21834

21875   « Oste de mon cuer la dolor,

« E tol a mes dous ieuz le plor.

« En cest lit plaing, plor e sospir :   21835

« Couchiee m'i sui por morir.   21836

« Mis esperiz me vueut guerpir :

21880   « Nel puis mais longement tenir.   21837

« Saches ja mais n'en leverai

« Ne de mes ieuz ne te verrai,

« Se tu n'acomplis mon voleir :

« Iço saches tu bien de veir.   21840

21864 (A); M² Densi, M¹ Ne si, F Si — 65 EN ainz m., BFM onques — 66 EF p. pas ; F longuer, les autres longues — 67 M tu uoiz tres b., B ie le voi b. — 68 k M. preier te uoil ; B vos pri ; ABCKe une r. — 72 BA. .j. poi ma mesestance — 73-4 interv. dans Rkn ; 73-80 m. à B — 73 JK dehet — 74 AP Sachiez — 75-6 m. à PRkn — 75 (H) ; AC Ostes ; J noircor — 76 (AHJ) ; M² Si t. ; C de ; M² dos — 77-9 m. à H — 77 (A²CJLR) ; M² me plainc ; A En ce delit p. plour s. ; AM¹ soupir — 78 (A²CJLR) ; m. à Ay ; M²CP me — 79-80 m. à A²K et sont, dans M², interv. et placés après -82 — 79 (ILPR) ; AM¹ Mon esperit ; J uolt, EPn uialt, L uelt — 80 (R) ; MN longuem. ; P longues retenir, PM² Car ie ne pujs mes plus sofrir, Iy Saches ie ne p. plus s. ; y aj. ce v. : Ne endurer ne consentir — 81 CIP Sachies ; P ne ; J leuera ; L ne te uerrai ; B S. que par tans me morrai — 82 J uerra ; B Ja dels (sic) ne te mais verrai ; L mon cuer ne tamerai — 83-4 interv. dans B — 83 F acomplis, N ne conplis ; A² Se tu ne fais tot — 84 (BR) ; M²AA²CJe Ce s. tu de fi (C de fit, M² des or), H lce te di io b. ; A²H por u.

21885   « Guarde que tu m'en respondras,
        « E si me di que tun feras. »
            Pariz respont : « Dame, por quei
        « Avez de ço dote de mei,
        « Seit maus, seit biens, sens o folie,   *21845*
21890   « Que de rien nule vos desdie?
            « Comandez mei, prez sui del faire,
        « A quel que chief j'en deie traire.
        — De ço te rent jo granz merciz.
            « Or entent donc a mei, beaus fiz.   *21850*
21895   « Veiz, tu ses bien, cist enemis
            « T'a tes freres ensi ocis :
            « Par lui perdons nostre heritage,
            « Par lui perist nostre lignage,
            « Par lui morra le rei Priant,   *21855*
21900   « Quar, se mi fil fussent vivant,
            « Ja ne fust mais de guerre afliz.
            « Trop malement nos a bailliz,

21885 (*HJ*); *A* Mande; *R* ma, *MB'CI* me, *k* en — 86 (*A*²); *M*²
que tu, *EH* que en; *BIM'Rkn* Si me di q. tu en f. (*I* chou que
ten f.) — 88 *H* A. vos d.; *ABHM'k* vers moi; *E* dote nesfroi —
89-90 *m. à Ay* — 89 *BCK* mals ou biens, *M* mal ou bien, *J*
biens s. m.; *M*² mals s. prouz bien o f.; *N* ou soit f. — 90 *k*
riens — 91 *M'* prest; *H* de f. — 92 *M* en, *M'* quen, *B* que; *H*
io em porrai t. — 93 *kn* Filz fet la mere; *A*² Bels f. de ce mercis
te r. — 94 (*H*); *M*² doncs, *M'* dont; *AMM'* biau f.; *B* donques,
K un poi; *Bk* a mes diz; *A*² Por amor deu a moi e. — 95 *K*
Veiz, *BM* Voir, *F* Fiz; *FG* tu uois b.; *M*²*H* Tu siez (*H* uois) b.
que; *M*²*A*²*CFGJy* cil, *B* cis; *L* Tu as ueu cel anemi (*mauvaise
rime*) — 96 (*CHI*); *A*²*BJ* A; *A* Qui t. f. a ci o., *FGL* Qui ta
t. f. si (*F* sis) o., *N* Achilles. a tes frere (*sic*) o. — 21897-904 *m.
à B* — 97 *CF* Por; *A* mon; *M*²*A* eritage; *H* n. lignage, *A*²*IJn* noz
heritages (*N* er.) — 98 (*H*); *CF* Por; *M*²*Ay* perdons; *A*²*y* To-
loit nos a; *M'* n. barnage, *A*²*IJn* n. lignages — 99 (*A*²); *C* Por;
*M*²*A* est morz; *M*²*AC* li reis prianz; *y* a destruit le roi priant,
kn Bien a mort ton pere priant — 21900 (*A*²); *Ky* si (*M'* sil) f.;
*M*² Car sector mjs fils fust; *M*²*AC* uiuanz — 1 *kn* Ja de g. ne f.
a.; *M*² Ja ne fussons — 2 *M'* T. laidement nos a, *M* T. n. a l.

« Trop nos a grant damage fait,
« N'ancor de rien ne s'en retrait.   *21860*
21905 « Laidement s'est vers mei mené :
« Pramis m'aveit e afié
« Que ta soror prendreit a femme
« E qu'il delivrereit cest regne
« De toz noz morteus enemis.   *21865*
21910 « Mout a esté de li espris ;
« Amee l'a de grant maniere
« E mout m'en a fait grant preiere ;
« Mout par en a fait son poëir :
« Ço sai jo bien de fi por veir,   *21870*
21915 « Que il nes en puet faire aler.
« Or le nos fait chier comparer :
« En pais e en tel atendance —
« Ne m'en aveit fait desfiance —
« Mon fil m'a mort, le pro, le sage.   *21875*
21920 « Jo li vueil trametre un message,
« Que il vienge parler a mei
« Celeement e en requei,

21903-22264 *ont dans* G *une rédaction abrégée en* 66 *vers;*
voy. aux Notes — 3 *Nk* let; *M²* Molt grant d. n. a f. — 4 *M*
Nencor, *K* Nenquor, *F* Ancor; *k* riens ; *M²* Nencore point, *Ae*
Ne tant ne quant; *K* se — 5 *K* Trop nos a malement, *e* T. m.
(*E* leid.) nos a; *FM* menez, *B* -es — 6 *FM* afiez; *B* Promis
estoit et afies — 7 *M²* suer a moillier p.; *B* Qua f. ta seror p. —
8 *K* Et d. nostre r., *M²* E c. r. d., *B* Et que mais les grius
naideroit — 9-16 m. *à B* — 10 *M'* lui — 11 *M²* Molt la a. a g. —
12 *M'n* en; *M²M* priere — 13 *kn* Et m. en, *e* Trestot en — 14
M' en fin, *K* trestuit, *Mn* trestot; *Fk* de u. — 15 *F* Qil; *e* Ne
les an pot pas; *AF* raler — 16 *kn* Sil (*M* Si, *N* Sel) nos a f. — 17
F et a; *BKN* tele; *e* An lui e fet male a. — 18 *n* Ne men a
faite, *B* Que f. nen ot, *k* Quil (*K* Que) ne men ot f., *e* Einz quil
meust f. — 19 *en* Sa (*F* Si a, *Be* Ma) m. m. f.; *BMM'* proz — 20
e T. li u.; *M²B* t. m. — 21 *M²M'n* ueigne, *EM* uiegne — 22
(*ACJ*); *B* Priuecement, *EH* Tot belement; *F* a s; *M'* secroi, *EH*
segroi.

« Par nuit oscure e a celee,
« Fors de la porte de Timbree,   21880
21925 « Dedenz le temple Apollinis.
« E tu te seies dedenz mis
« O tant de gent qu'il ne t'estorce :
« Guarde que toë en seit la force.
« Guart que vengié seient ti frere   21885
21930 « E fai le desirier ta mere.
« Jo ne dot pas ne ne me criem ge
« Que volentiers a mei ne vienge,
« Dès qu'il orra cest covenant
« E cest otrei del rei Priant :   21890
21935 « A la saisine e as otrez
« Sai qu'al terme sera toz prez.
« E tu guarde qu'il seit ocis   21891
« E que por rien n'en eschap vis :
« Ensi m'avras reconfortee,

<hr>

21923-4 *interv. dans* BLNk, m. à F — 23 (ACHJL); B De;
M² en c. — 24 m. à H; JLMe Hors de, A Dehors, M² Dauant,
C Parmi; BCELN tymbree — 25 CFMM' apol., M² apoul. —
26 M' ne s. — 27 K Λ ; *en* que il (*e* quil nen) e. — 29-30 *interv.*
dans kn — 29 (A); kn Si que — 3o kn Filz fai le desirrier (M
desier); M²A desirrer — 31 (J); M² ni ne; M' creinge, AE crien-
gne; C ne ne mengiegne, BMRn que il remaigne; K Gie ne crei
que riens le retienge, H Je ne croi pas ne ne mescriegne — 32
H Que maintenant; I Kil... nen uaigne; n ueigne, BCMRy
uiegne — 33-6 m. à B — 33 (A²); H Lues, M² Puis; A ce, S cist,
Rkn le; S' lor a en conu.; R conuinant, PS mandement; J les
conuenans; C A la semonse et al creant — 34 S Et cist outroi, S'
Ce est lotroi; IPRkn Qe (I Quel) manderons (M -ont) ie (I iou,
Pk moi) et p. (I prians), A'L La uolente del r. p., H Et le respons
au r. p., C Sai qe sera prochainement — 35-6 m. à CLRSkn;
pour la rime, cf. 27305-6 — 35 AJe al; S' otros (*corr. en* otres);
H Et la s. que gi met — 36 M² Si, S' Sain; JM' qua; A tout;
H De me fille que li pramet — 37 (CHI); A Icil: BMe gardes;
A² Tu g. bien — 38 M² par; KNe eschat, M eschapt, B escapt,
I escap, R escamp; C nescampe, A neschappe, A² ne sen uoist;
F Qe p. r. nen estorde uis, H Et p. r. ne tan estort u. — 39-40
m. à B.

21940 « De mort a vie retornee. »
    Paris respont : « De dous periz   *21895*
    « M'avez estranges gieus partiz.
    « Morir vos vei : ne sai coment
    « Jo ne face vostre talent;
21945 « N'os desdire vostre plaisir.
    « Bien sai que vos dei obeïr,   *21900*
    « Mais ci a mout grant mespreison :
    « Puis qu'uevre torne a traïson,
    « S'i a honte cil qui la fait.
21950 « Trop me sera en mal retrait :
    « Baissier en criem e meins valeir.   *21905*
    « Ensorquetot n'os desvoleir
    « Nule rien, mere, que vos place :
    « Por ço vos otrei que jol face.
21955 « A que que tort, prest m'i avreiz :
    « Ja mar por mei le demorreiz. »   *21910*
    Quant ceste uevre fu si emprise,
    Sempres n'i ot autre devise :

21940 *M²* E de m. a u. tornee; *n* restoree — 41-56 *m. à A* —
43-4 *interv. dans F* — 44 *N* Se ie ne faz, *F* Et ie ferai; *C*
uetre comant ; *M²* Ne face le comandement — 45 *N* Nous — 46
e qua; *F* uoi ebeir — 47 *e* M. ici a g.; *les sept mss.* mesprison —
48 *Mn* Des; *FM* qoi (*M* quor) retorne, *K* que il t. — 49 *M* le f.
— 50 *M* a m. — 51 *M²* crieng; *n* Abeissier c.; *k* A. en c. mon u.
— 52 *H* Et non porquant; *M²FM* nous — 53 *K* riens; *F* r. nee ;
M² puis quele u. p.; *Jy* Qui (*HJ* Que) uos soit bel ne (*H* et) qui
(*HJ* que) u. p., *C* R. qi uos s. b. ne u. p., *A²* Ce que u. siet et
que u. p. — 54 *R²* tiel f., *A²* uos f., *puis ces 2 v.* : Voz bons et
uostre uolente Vez men ci tot entalente — 55 *M* quel, *K* qui, *n*
qoi; *N* p. men, *A²* tot p.; *e* Ice que proie man auez (*M¹* uos p.
mauez) — 56 *Nk* Ja p. m. mar; *K* i d., *A²BCn* lo laisseroiz —
57 *A* cele; *E* chose fu e.; *CDM¹* ot este e., *H* a e. e., *J* fut en-
sient prise, *A* fu entreprise; *A²* eurent enprise; *BIRkn* Ensi
(*M* Ainsi, *I* Issi, *K* Si) fu ceste (*n* cele) chose e. — 58 (*CH*);
AJ Onques; *A²* Puis ni auoit; *BIRkn* Maintenant sans autre
(*I* nule) d.

Prist la reïne un messagier
21960   Sage, corteis e bon parlier ;
Ses paroles e son corage   *21915*
Li dit e enseigne e encharge.
E cil a pris de li congié.
N'esteit ancor pas anuitié :
21965   Vers les herberges vait grant pas ;
Quant il i vint, vespres fu bas.   *21920*
El paveillon soutif ovré,
D'or et de pierres esmeré,
Ou li aigles d'or cler resplent,
21970   Trueve Achillès entre sa gent.
     Li messagiers, come afaitiez,   *21925*
Devant lui s'est agenoilliez.
En un chier lit Turqueis faitiz,

21959-22090 *réd. dans* B *à 4 v.; voy. aux* Notes — 59 *A*² La
r. p. un message ; *A* r. mesagiers — 60 *A*² Preu et c. et bel et
sage, *A* Sages c. et bons parliers ; *H* bel p. ; *Rkn* Qui (*R* Ke)
not cure de plus tardier (*R* cargier) — 61 (*C*) ; *ADy* message ; *A*²
li encharia, *Rkn* et s. pense, *P* et sa pensee, *I* li a moustrees —
62 *C* li e. ; *A*² Bien li dist tot et enseigna, *knP* Li a et chargie
(*N* enchargiee) et mostre (*P* -ee) ; *R* Li a tot dit et encargie, *I* Et
bien dites et deuisees — 63 *FM* lui ; *A*² Quant il li ot bien en-
seignie — 64 *A*² De la reine prist congie (*M* encor) — 65 (*A*²*DHJ*) ; *A* ua, *C* uint ; *M*² Droit u. l. tentes ; *IRkn*
V. lost sen uait (*I* ua) g. aleure — 66 (*A*²*CHJ*) ; *D* ert, *M*¹ iert ; *A*
Q. il uit que u. ; *INRk* Nuit (*NR* Nuiz) fu q. il i u. (*N* fu) oscure,
F Q. il i fu nuiz fu o., *L* Q. fu nuit serree et o. — 67 *H* Au ;
y qui ert (*M*¹ est) soutis (*E* soltis) ; *M*²*J* entre soutis, *A* ouure
s. ; *C* paueillons ouurez sotiz ; *k* soltil, *L* sostill, *FIRk* soutil ;
*A*² qui ml't est bons — 68 (*L*) ; *M*²*ACDJy* De pailes (*HM*¹ paile,
J pale) bloi et uert (*Dc* blois et uerz, *J* ert u. et bl., *A* u. et b.,
C u. iaunes, *M*² uerz uermeilz) et bis, *A*² De chiers pailes de
siglatons ; *IRk* De p. et dor ; *n* aorne — 69 *R* La ont, *In* La ou,
k Et ou ; *M*¹ li egle ; *A*² Ou laigles dor ml't c. r., *M*² Li a. dor
qui c. r. — 70 *M*² A. troue ; *Rk* auec — 71 (*HJ*) ; *M*²*A*²*e* mes-
sages ; *A*²*L* fu a., *IRkn* fu ueziez (*F* ml't u.) — 72 *M*²*C* Sest d.
l. ; *M*²*F* dauant ; *n* angen. — 73 *C* cheilit.

Fait de pierres e d'or massiz,
21975 S'esteit, n'aveit guaires, couchiez,
Auques pensis e deshaitiez.   21930
Cil li reconte son message :
« Sire, Ecuba », fait il, « la sage,
« M'enveie a vos, si vos dit bien
21980 « Que ne laisseiz por nule rien
« Que ne veigniez o li parler,   21935
« Quar sa fille vos vueut doner.
« Demain a seir, senz demorce,
« Ainz que la lune seit levee,
21985 « Vos mande que a li veigniez
« E que de fi la trovereiz   21940
« Dedenz le temple Apollinis :
« Polixenain o le cler vis
« Vos vueut doner en mariage.
21990 « Li reis Prianz, qu'om tient a sage,
« Le vueut de bon cuer e desire.   21945
« Entre eus e vos n'avra mais ire :
« Ço sevent bien, e sin sont fiz,
« Dès que sereiz de li saisiz,

21974 *MN* Tout de p., *K* De p. t.; *F* Dor et de p. fu m. — 75
C auoit g.; *A* G. nauoit questoit c. — 76 *K* deh. — 77 *K* rac.
— 78 *F* S. la reine la s. — 79 *M²F k* di; *e* et dit tres b. — 80
M²e laissez, *M* lessiez — 81 *K* uiengiez, *M* uiegniez, *M²C* ven-
giez, *N* ueigniez, *F* -oiz; *M¹* ueniez, *E* -ez; *Cekn* a; *M* lie, *n* lui
— 83 *M²ACE* au s.; *F* Demainesoir — 85 *Kn* et dit, *M* et prie
(*v. f.*); *k* que uos, *n* qa li; *e* V. m. qua lui an; *A* veingniez,
MM¹n ueignoiz, *C* uegnoiz, *E* uenoiz, *K* uengiez, *M²* -eiz — 86
M²E por ueir — 87 *F* apol., *K* appoll. — 88 *Ce* Polixena, *kn* Et
polixenain (*M* -an) au c. — 89-90 *interv. dans n* — 89 *k* Donra a
(*M* la) uos, *n* La u. d. — 90 *En* quan, *KM¹* quen; *M²* par bon
corage — 91 *n* Sel uiaut; *M²A²* buen — 92 *E* Entre uos .ij.;
A²M¹ Quentre uos dous nen ait (*M¹* et eus nait) mes i. — 93 *Je*
Ce set il b., *F* Ce sachoiz uos; *Fe* si an, *JMN* et sen; *Je* est
f.; *A²* B. set li rois tos en est f., *K* Co s. et de co s. fi — 94 *A²n*
Des que uos an (*A²* de li) serez (*n* -oiz) s., *K* D. quil uos en auront
sesi.

21995 « Quos porchacereiz puis lor bien
       « E lor honor sor tote rien.
       « De vos cuident bon ami traire,
       « E c'est li mieuz qu'il puissent faire :   21952
       « Esté avez lor plus nuisanz,
22000 « Or resereiz lor plus aidanz ;
       « En vos restoreront lor fiz.   21953
       « Ainz que d'eus seiez departiz,
       « Sereiz tuit un : par sairemenz
       « Sera icist ajostemenz.
22005 « Joie pleniere vos atent,
       « Quar, tant com tient le firmament,
       « N'a dous femmes, tant seient beles,
       « Seient dames, seient puceles,   21960
       « Se lor beauté ert tote en une,
22010 « Que ne fust neire e pale e brune

21995 *Jky* Que (*H* Ains) p. lors (*Je* puis), *M²* Puis p. uos, *Mn* Q. uos p. ; *A²* Li p. bien la pais — 96 *A²* Et que li sieges iert desfais — 97 *A²* De nos quide ; *M'R* buen, *E* bien, *F* lor, *A²* son ; *A²LNk* faire — 98 (*CJ*) ; *P* Et icels est (*v. f.*), *M²* Ce est ; *JM'k* le ; *K* quen, *L* que ; *P* qe ie sai retraire ; *A* qui ; *k* quident traire ; *A²* Et a samor uos uelt atraire — 21999-22000 *m. à Rkn* — 99 (*ACDHJ*) ; *A²* ses p. — 22000 *A²* Des or serez ses miels a. ; *HJ* Mais or s., *E* Or esteroiz ; *J* l. bien uoillanz — 1 (*AA²J*) ; *CH* De uos ; *L* recouerront, *E* resteront (*v. f.*) ; *D* fuiz ; *PRk* restorunt (*k* restorront) lor enfanç ; *A²* aj. 2 v. : Dunt a este si grans perilz De ce soies seurs et fis — 2 (*A²*) ; *EF* Einz, *R* Enç ; *M²ADMPRy* s. dels ; *PRk* departanz, *F* partiz — 3 *M'N* tot ; *A²* Tot s. un ; *AC* t. a. j. s. ; *AA²Rkn* serement ; *M²* Trestot par uos deuisemenz, *H* Seres tot un parfaitement — 4-5 *m. à H ; 4 m. à A²*, *qui donne à la place le v.* 22005, *puis ces* 2 *v.* : De la tres plus bele meschine Qonques ueist rois ne reiné — 4 *E* asanblemanz ; *C* Quant sera cist a., *A* Et sauient cest aioustement, *Rkn* Sacheiz par (*n* por) cest a. — 5 (*ACDIJ*) ; *A²IRkn* Aureiz ioie (*A²* I. a.) et bone auenture — 6 (*AC*) ; *DJy* Car en trestot le f., *A²IRkn* Car t. c. li monz t. et dure — 7 *C* dis f. — 8 *A²* v damoiseles — 9 *M²KNe* biautez ; *F* fust t., *M²A²ek* estoit en ; *k* lune — 10 *M²Ck* Qui ; *e* n. p., *k* p. lede (*K* et l.), *n* l. p. ; *A²* Si seroit ele l. et b.

« Envers celi dont la saisine
« Vos fait sa mere la reïne.
« Bien est qu'o eus vos apaiez,   21965
« Quar trop les avez damagiez.
22015   « Oï avez que jos ai quis
« Ne por quei sui a vos tramis :
« Responez en vostre plaisir,
« Quar mout m'est tart del revertir. »   21970
Un poi s'est teüz Achillès.
22020   Or a joie, si grant n'ot mais ;
Or ot ço que plus desirot
E que sis cuers plus coveitot :
« Amis, » fait il, « ço puez retraire   21975
« A la reïne de bon aire,
22025   « Que jo l'en rent mout granz merciz.
« D'ore en avant serai sis fiz
« Leiaus, feeiz e senz boisdie,
« A toz les jorz mais de ma vie.   21980
« Par mei, se longement puis vivre,
22030   « Sera Troie tote delivre.

22011 (A²); M²ek cele — 12 F f. madame; A² V. fera demain
la r. — 13 EN Biens; A²Ekn qua; K el; M acordez, K -iez,
A² amaisnies — 14 M Que; n ml't; A² Forment; K d. les a. —
15-6 interv. dans A² — 15 (A² io); kn Or a. oi q. iai q.; E
iai ci q. — 16 ek Et; n P. qoi ge s.; A² Des or serez lor bons
amis — 17 A²MM'N Respondez; A ment; C Respondemez
uetre p. — 18 K de r. — 19 R ses iot a. — 21 kn Or ot (F
a) il (k Oi a) co que p. uoleit; M²AC quil; C coueitoit — 22
(AC); e desirroit — 23 F or poez r. — 24 M² buen ere — 25
M²EM li — 26 Mn Dor; M²Ce Et que ie s. mes (C s. des or)
— 27 n L. et fins; A² L. et feels s. b. — 28 A² Par moi se
longes sui en u. — 29-30 m. à y — 29 A Et se dex longues
me lest u., J Et se ie p. l. u., A² Aura sa terre deluiree, C Por
moi se l. sui en uite, kn P. m. sera (k aura) sa (FK la) t. quite
— 30 A Sa terre li rendrai d., J Tot son regne ferai d., A² Et la
guerre tote achieuee, C Li remandra son r. quite, kn Naura
guerre grant ne petite.

« Ço li afi e jur e vo,
« Ja ne voudra mais plus mon pro
« Que autretant le suen ne vueille.   21985
« En tel amor pri que m'acueille
22035   « Que ses pertes restort en mei.
« Ço qu'el me mande bien otrei ;
« A li irai demain al seir, —
« Deus m'en doint joie e bien aveir ! —   21990
« Dreit al temple, si come el mande.
22040   « Ainz que li clers del jor s'espande,
« Reserai ci, quar ne vueil pas,
« A gieus n'a certes ne a guas,
« Que ceste chose seit seüe   21995
« Ne par nul home aparceüe :
22045   « Ne porreie pas puis si bien
« Lor pro cerchier por nule rien.
« Va t'en, e si la me salue.
« Di a ma dame e a ma drue   22000
« Que toz sui suens e serai mais :
22050   « Par li iert cist regnes en pais. »
          Cil prent congié, si s'en repaire :
     Bien a espleitié son afaire.

22031 (AH); A²E Io; M¹Kn vou, A²My ueu — 32 M²AA²
Ie; M²A² non; EN uoldre, M¹ uerra; Ke m. tant; n son p.;
M²AA²KN prou, FMe preu — 33 M² Que ie; A² tot altant, N
ie autant — 34 AA²ek A; F tiele, Ae tele, A² cele, M cel, K
oure ; AA²KM¹N uoil; EK quel ; E macuelle, les autres macoille
— 35 K s. enfanz; N restor, M¹ retort — 36 M²K quele m., F
que me m.; MN lotroi — 37 M²FM al s. — 38 M doing, M²
doinst, M¹ dont — 39 k Enz, N Anz, F Ainz; kn el; F c. elle m.
— 40 kn Car (K Quer) a. que laube se resp. (M sesp.) — 42 n
Na; F iou, M² jue, M¹ gieu; M a c. — 43 M² cuidie, A cuidee;
EH Soit c. c. descouerte — 44 M² par nuluj; eA Ne scue ne
fete aperte (A apensee, M¹ nes sanplerie), H Ne bien s. ne a. —
45 E ia p., M p. pas ; M² se b. — 46 (C) ; A L. p. querre, k Q.
l. p. — 47 K me la, M¹ le me — 49 M sienz, M¹ sons — 50 M¹
lui; AC Et p. li (A lui) i. cest (A cist) regne, kn Et (F Que)
par (n por) li (M Par lui) i. fete la pes.

A la reïne vint tot dreit. 22005
Mout li est bel, quant el le veit ;
22055 Mout li est tart qu'ele ait oï,
Saveir se cil vendra a li.
E cil li dit com faitement
Il a empris le parlement 22010
E queinement il s'en fait liez :
22060 « Pensez », fait il, « e espleitiez
« Com vos en voudreiz a chief traire,
« Quar il n'i a mais que del faire. »
La reïne fu engeignose 22015
E de ceste uevre curiose.
22065 A sei a fait venir Paris.
Ne sai que plus vos en devis :
Conté li a tot e retrait
Com sis messages l'aveit fait, 22020
E come cil joiosement
22070 Vendra senz faille al parlement :
« Demain, » fait ele, « t'apareille.
« A teus t'en porvei e conseille,

22053 *KN* uient, *e* uet — 54 *M²* M. fu lee; *K* biau; *FK* elle —
55-6 *m. à F* — 55 (*CJR*); *N* li tarde; *M²CJ* quel — 56 (*CJR*);
E se il; *k* Se il u. parler o (*M* a) li — 57 *n* Icil; *M'n* dist; *A²*
Cil li a dit — 58 *M²* Il en a pris, *A²* A li a p. — 59 (*correction*);
C Et qil ne ment; *ILn* Et com il sen (*F* se) f. (*I* en est) bauz et
l., *AJy* Con fetement il en est (*A* sen fait) l., *M²* E sans mentir
quil est molt l., *A²* Cum il en est durement l. — 60 *M²AA²CJe*
Des or p. ; *F* com e.; *H* Et de son pense e. — 61 (*J*);
AA²y Coment; *C* u. el u. c. t.; *H* ualroit — 62 (*H*); *IMn*
Quil (*n* Car, *I* Que) ni a rien m. (*IN* m. r.), *K* Ni ait noient
m.; *AC* a el que (*C* mais), *Je* a ne m. — 63 (*ACDJ*); *FK*
angoissouse — 64 *F* porcuriouse, *M²k* coueitose — 65 *E* A li
— 66 *M²* i d. — 67 *KN* dit et r. — 69 (*AC*); *kn* Et si com il
i., *M* Et c. il ml't i., *M²H* E come il i. — 72 (*CI*); *F* Et tel,
A²H A tes, *L* A cels; *n* tan poruoi, *A²y* conpaignons, *k* en
parole; *J* parole et te c., *A* te conroi et c., *M²* E te conreie
e te c.

« Qui t'aïdent al grant bosoing :   22025
« Icist termes n'est guaires loing.
22075   « Compaignons prent esliz e taus
« Qui hardiz seient e vassaus   22028
« E adurez e defensables
« E en taz estoveirs metables,
« Quar cil est si proz e si forz   22029
22080   « Qu'a peine iert ja ne pris ne morz. »
Paris respont : « D'el ne me criem ge,
« Mais que sol laist que il n'i vienge ;
« Quar, se tant est que estre puisse
« Que dedenz le temple le truisse,
22085   « El m'i laira que le mantel :   22035
« Ço iert del sanc e de la pel.

22073 (ACDHJ); A² Quil tauient, Ikn Qui bien taient (I -taiuent,
x taident) el (n au) b. (G a ton b.), M² Car ce test mestiers e
besoingz — 74 J Icis, H Car cist, A² Kar li ; kn Li t. nest mais
(N N. m. li t.); M² loingz — 75 (C); DM¹ hardi, A²EJ hardis ; A²
h. et pros, A e. et teus, H bons et itax, Rkx des plus esliz (R
hailiç) — 76 (C); J Qui eslit s.; Dy Q. les cuers aient ml't u.,
A² Ki proece a. sor tos, A Q. s. et h. et preus, Rkx Des (R De)
plus u. (kn uaillanz) des (R de) plus h. — 77-8 m. à Rkx — 77
(J); A Et adure, De Et aidanz, H Et bien aidans ; A² Et ki ml't
soient desfensable — 78 A Et a; A² Et en tos besoins socorable —
79 (AA²CDHJ); L C. il ; M² si uaillanz e f., F si grant et si fort;
G Car est si p. et est si f. — 80 (L); FGRk poines.(K peines, G
poignes, M peine) i. ia (G) ne) p. ne (R ni) m. (F mort), M² p.
sera p. ne m.; H Qua grant ert ia p. (sic). A Que a p. i. conquis
— 81 ne m. à S; M² c. gie, DJy crienge, A² cricigne, ACS crien-
gne, S¹ crien, IRkx dot; A¹ nan ai crieme — 82 (leçon de C); A¹
que li l.; C leist; M² M. sol itant qui il, A M. quil la lest et quil;
A²DJy Se de ce non; A¹ ne u., M¹ i uiegne; A² q. ca ne u.; S¹
M. que ce soit que il ni uien, S M. quil au temple ne uiengne,
IRkx Mes quil ne (GM Ne m. quil) remaigne del tot (K de bot)
— 83 H ce est; n et estre, K ne c.; M t. qua c. peusse; I Car se
chou aiuent et puist c. — 84 A² Et d.; I Que cel tr. dedens nostre
estre; G aj. 7 vers; voy. aux Notes — 85 A Plus; A²HK me; F
Il i lara, L Il mi rendra; M de quel m., EF que del m., I q. bon
m. — 86 (L); I Chou ert, H Jo quit; E a tot la p.; A² Le cors en
aurai od la p.

  « Prez en sui d'aler a l'essai
  « Demain : ja plus ne targerai. »   *22038*
  Ecuba l'a plorant baisié,
22090 Après li a doné congié.
   Quant cele nuit fu trespassee   *22039*
  E l'endemain, a l'avespree,
  S'est bien Paris apareilliez :
  Pris a vint chevaliers preisiez,
22095 Teus dont il esteit bien certains
  Que proz erent e seürains.
  A l'anuitant se sont tuit mis   *22045*
  Dedenz le temple Apollinis.
  Crotes e voutes e chanceaus
22100 I ot assez riches e beaus :
  Por Hector, qu'i ert seveliz,
  Esteit li lieus fortment cheriz.   *22050*
  En quatre parz se deviserent ;

22087 *M²* Presz, *E* Prest ; *F* an ; *A²* al assai — 88 *F* ne p.;
EHJLkn tarderai ; *M* ni atendrai, *G* natenderai ; *A¹* D. mes freres
uengerai — 89-90 *m. à Rkx* — 89 (*ACHJ*) ; *A²* La mere en p. la
b. — 90 (*AA²H*) ; *M²J* Enpres, *C* Et puis — 91 (*B reprend*) ; *M²N*
nuiz, *B* nuis — 92 *B* En lautre ior, *EH* A landemain, *M²* En l.;
M²AJM¹ vers ; *A²* Et laltre apres en ; *M²A²M¹kn* la uespree — 93
(*B*) ; *A²* Ez uos p. apareillic — 94 *Bn* prisiez, *A²* -ie — 95 *M²E*
dom ; *F* de qoi b. e., *N* que b. en e., *k* d. tres b. c. ; *M²A²e* d. il
e. b. ; *M²* certejn — 96 *M²* prou ; *kn* Que (*M* Qui, *n* Quil) ni (*F*
nen) auoit plus, *A²* Que chascun estoit ; *M¹* proz estoit, *E* preuz
sauoit ; *A²kn* segurains ; *M²* seuerejn, *M¹* souerains — 97 (*R*) ;
M²E En ; *M³EHkn* lanuitant, *M¹* lanuitier ; *y* ce mest auis, *M²*
que lescurcis ; *A* Et quant li iours cest obcurcis, *A²* Si tost cum
li iors fu faillis — 98 *M²* se sunt mjs ; *A²Dy* Se (*D Ce*) sont d. le
t. mis ; *K* app., *F* apolinis — 22099-100 *m. à Dy* ; 22099-102 *m.*
à B — 99 *M* Croches ; *M²* chancieus, *A* -iaus, *K* -ials, *J* -eax, *GN*
-iax, *F* canciax, *A²* -els, *M* chauciauz, *R* chantiaus — 22100
(*AA²CIJ*) ; *n* I a ; *K* et genz ; *M²* bieus — 1 *M²M¹* iert, *J* est ;
DJy enfoiz ; *kn* H. i estoit s. (*k* sep.), *A²* H. i fu ensepelis — 2
(*ACJ*) ; *Ikn* Por ce e. (*A* ert) (*FK* cestoit) li l. plus c. ; *y* ml't sei-
gnoris.

Teus entreseinz s'entredonerent :
22105 Si tost come il iert tens e hore,
Saudront ensemble senz demore.
Cist ont les repostauz guarniz : 22055
Bien puet estre seürs e fiz
Danz Achillès, s'il s'i embat,
22110 Qu'il l'i enverseront tot plat.
En ço a mis si son porpens
Qu'il n'i cuide ja estre a tens. 22060
Mout li demore l'avesprer
E qu'il fust termes de l'aler ;
22115 Mout le desire e mout le vueut. 22061
Or est espris plus qu'il ne sueut.
Amors li a le sen toleit :
Ne set, ne veit ne n'aparceit ;
Ne dote mort, ne l'en sovient. 22065
22120 Ço fait Amors, qui rien ne crient.
Tot autresi com Leandès,
Cil qui neia en mer Ellès,

22104 (*ABCIR*); *M¹A²J* T. enseignes, *G* T. entre sain, *L* T. en-
treseignes, *y* Et t. enseignes ; *yL* se donerent — 5 *E* i. tant ; *n* c. i. et
(*F* li) t. et h. — 6 *kn* Tuit e. li corront (*M* corent, *F* corrent) sore
— 7 *M¹* Cil, *kn* Bien ; *M* ot ; *N* est li r. ; *nM* repostax, *K* -als — 9
k A. que sil (*M* se il) — 10 *M¹k* Que il lenu. — 11 *M¹* En cen, *E*
En ci ; *Ae* a il ; *kn* Et il i (*F* li) a ; *n* tot s. p., *A* si grans p. — 12 (*C*) ;
A Que ia ni c. e. ; *H* uenir a t. — 13-4 *m. à IRkx* ; 13-6 *m. à B* —
13 (*AC*) ; *J* M. par desirre, *A²* Forment d. ; *Dy* a au. — 14 *AH* que,
C qen ; *DJy* Que il f. terme ; *A²* Quel parlement peust a. — 15
(*I*) ; *A²kx* d. m. — 16 *A²* Plus le desire, *G* Cil est am pris ; *I* rest ;
HIL que, *C* qi — 17 *F* son san ; *M²AM* sens — 18 (*C*) ; *M¹* siet, *K*
seit, *M* soit, *H* sent ; *kn* Quil ne s. r. ; *ANk* ne ap. ; *M²AC* aperceit
— 20 *M²A* amor ; *M²A²BIKn* que ; *K* riens — 21-40 *m. à B* — 21
(*C*) ; *AA¹* ensement ; (*M²AA¹CS¹R* leandes), *A²GJLNy* leander,
F eleander (*v. f.*) ; *IPRk* Leander (*R* -es) fist tot autresi, *S* Tot
autresit come faudres — 22 (*A¹*) ; *M¹* uola, *D* naia ; *M²* en les,
A herles, *M¹* en ler, *EJ* aler, *H* ester ; *A²* Ki se n. ens en la
mer, *Gn* Qui a (*n* Qe as) elles n. en mer, *L* Qamor n. dedenz la
m., *C* Qui n. en la m. de les, *S¹* C. q. naga dame helles ; *R* en
la m. en peri, *IPk* an m. en est (*I* alas) p. (*M* esperi, *P* reperi).

Qui tant ama Ero s'amie
Que, senz batel e senz navie,   22070
22125 Se mist en mer par nuit oscure,
Ne redota mesaventure :
Tot autresi Achillès fait.
De rien ne tient conte ne plait;
Ne crient peril ne encombrier,   22075
22130 Qu'Amors li fait le sen changier,
Qui home fait sort, cec e mu.
Si l'a sorpris e deceü
Que nule rien plus ne desire
Qu'aler al doloros martire   22080
22135 E a sa pesme destinee.
Polixenain mar vit onc nee :
Bien se traï, bien se tua,
Le jor que il veeir l'ala.
La resplendor de sa semblance   22085
22140 Le fait ester en tel errance
Qu'il ne puet onc puis aveir bien.
Or desire sor tote rien
Que cist termes seit avenuz.
Uns chevaliers esteit sis druz :   22090
22145 Antilocus aveit cil non,

22123 *P* Car; *A* hero, *P* erro — 24 *M* Que tout s. (*v. f.*) — 26
M² Ni — 27 *M* f. a.; *M'* T. einsi a a. f. — 28 *N* nan; *M* ne ples;
K Ne redote nul felon p. — 29-30 *interv. dans F* — 29 *M²* perill;
kn Ne dote (*K* dota) p. nenc. — 30 *M²* Quamor, *n* Amors; *M²*
qui f.; *K* font; *M²M'k* sens, *F* sanc — 31 *M'* Qui amors fet fort
ceu; *E* s. coi, *Ck* et sort, *J* et sor, *n* et fort — 32 *M²* La si, *M*
Sil la — 35 *M²* la p.; *e* A sa tres pesant, *k* Et a sa p. — 36 *FM*
Polixena; *M²* ainc, *N* ainz; *F* mal uos uit; *e* Mar uit o. (*E* ainz)
polixena n. — 40 *K* Le font; *e* estre en grant esfreance; *k* en
ceste, *F* en grant — 41 *K* Que; *E* pot; *M²* anc, *EN* ainz; *B* Po-
lixenain cuide a. b. — 43 (*J*); *M'* cil, *H* cis, *kn* li; *CRkn* fust
— 44 *H* qui ert ses d. — 45 *EHn* Anthilogus, *A²M'k* Antil.,
I Anthylocus, *B* Amil.; *Kn* a n., *M* n.

Jovnes, senz barbe e senz grenon.
Al vieil Nestor ert heirs e fiz,
E si sacheiz qu'il ert hardiz
E proz e sages e corteis
22150   E mout preisiez entre Grezeis.   22096
Mout par l'amot danz Achillès :
Parent esteient auques près.
A cestui a s'uevre gehie.   22097
O seit saveirs o seit folie,
22155   Otreie li que o lui aut :
Trestoz en est prez, ne l'en faut.   22100
   Ja començot a anuitier
E la lune cler a raier.
Quant il partirent des herberges,
22160   Oscurs ert li cieus e tenerges :
Ne fust ço que raiot la lune,   22105
Mout fust la nuit oscure e brune.
Dreit al temple tienent lor veie :

22146 *E* Juenes, *KN* Jones, *M²M¹* Joune, *H* Jouenes — 47 *M¹* hector; *MM¹* iert; *H* rois, *F* sire, *R* ers, *A²* oirs, *BN* hoirs, *CM* oir, *M¹* hoir; *K* estoit cil f. — 48 (*ACJ*); *H* Et bien; *MM¹* iert; *BIRkn* Et s. quil e. molt (*I* que m. e.) h., *M²* Ml't par estoit prouz e h.; *A²* ml't ert gentilz — 49-50 *interv. dans H, m. à B* — 49 *CHR* saiues; *A²* Ml't ert s. et ml't c., *M²* De totes riens esteit c. — 50 *H* Et cheualiers biax et adrois — 51-2 *m. à A²IRkn* — 51 *M²A* amot; *A* cilz a.; *CJy* M. samoit (*Je* sement) il et a. — 52 (*ACJ*); *y* assez p.; *M²* esteit auques de p. — 53 *n* loure — 54 *AJy* Ou fust; *ABJky* sauoir; *AJy* ou fust — 55 (*A*); *B* Otrie; *F* A troye droit; *eC* Otroia li quauoec (*C* qo) lui alt; *Bn* sen aut, *k* en a.; *R* quan lui en haut, *I* quauoec en alt — 56 *B* pres; *Ke* Toz en e. p. pas ne, *F* Trestoz est qil ne, *C* Il nest p. si ne; *FR* li f. — 57 (*BCHJ*); *A* La, *F* Il — 59 *DJ* i p.; *A²* de lor trez; *BPRkx* Q. d. h. se (*G* sans) p. (*BKR* depart.), *I* Achylles et anthygonus — 60 (*ACD*); *S* Oscure estoit li ciel; *M²M¹* iert; *A¹* li tans, *S* li airs, *HJ* li ers, *E* li ciax; *M¹S¹* tenebres; *A²* O. estoit leirs et meslez, *BPRkx* Ml't fist oscur petit i uirent, *I* Vont sent andui ni voellent plus — 61-2 *m. à B* — 61 *M¹* reoit; *M²* Se ne luisist si cler, *I* Se ne f. que luisoit — 62 *M²EKN* nuiz, *M* lune — 63 *N* Au t. d.; *M¹* tiegnent.

Rien ne les siut ne nes conveie.
22165 N'i ont escu n'auberc doblier,
Fors solement les branz d'acier.   22110
Tant ont erré qu'al temple vindrent :
Onques anceis resne ne tindrent.
Li lieus fu soutis e segreiz :
22170 Hisdor lor en prist e esfreiz.
Descendu sont li dui vassal :   22115
Chascuns aresne son cheval ;
Li sans lor monte a mont el vis.
Dedenz le temple Apollinis
22175 S'en entrerent : merveille ont grant
Qu'il n'i troverent rien vivant.   22120
Esbaï sont en lor corage :
Ja i parra come il sont sage.
De quatre parz lor sont sailli,
22180 A une voiz e a un cri,
Li vint qui erent embuschié.   22125
Vint darz d'acier lor ont lancié :
Feru en sont de plus de diz

22164 *M²* Riens; *N* nes i s., *M* nel uirent; *M'* sieut, *K* sielt,
N suist, *M²* siet — 65 *M* Not; *KM'n* Nont e. (*F* escuz) ne auberc
d. (*F* hauberz dobliers) — 66 *K* lor; *C* le brant (*M'* branc dranc)
— 67 *M'* qua, *K* quel — 68 *E* eincois, *n* enc., *M* entreulz; *k*
regne — 69-70 m. à *B* — 69 *E* sostix, *M'* soutiz, *J* solteins;
LRkn oscurs; *M²* Le lue trouerent molt segrei — 70 (*H*); *DEF*
Hidors, *JM'* -eur, *KN* Hisdors, *M* Hysdeur; *K* est prise; *M'* es-
frei; *L* Et hideuz et de grant e. — 71 *M²M* li bon — 72 *M²E*
aresna, *k* aregne — 73 *M²* est montez; *M'* es u., *F* lo uis; *e* enmi
le u.; *B* Hidors et paors lors es[t] pris — 74 *K* app., *M* apolinis
— 75 *L* En; *B* tot maintenant — 76 *B* Mais ni; *JM'* trouoient;
M²FHR Que (*M²* Qui) il ni (*F* ne) trouent — 77 (*H*); *J* Estre-
mi, *M²ABCLMn* Enhardi; *A²* Hardi s. ml't; *nB* li (*B* ml't) lor,
M tuit leur; *AC* en s. l. c.; *I* Esfree se sont de c. — 78 (*J*); *B*
Des or p., *L* Or i p., *A²* Ia lor p., *M'* Ia i parront, *M²k* Ia paris-
tra — 79 *k* s. assailli — 81 m. à *M*; *E* anbunchie — 82 *M²e* Maint
dart; *E* tranchant; *M²M'* i ot l.; *M* .x. d. leurs ont d. l. — 83
(*BIL*); *M* Ferus les ont; *K* De p. de .x. en s. f.

Par les costez e par le piz.
22185 Escrïé sont e asailli
E de totes parz envaï.   22130
    Quant Achillès veit e entent
Que traïz est tot pleinement,
Son braz mout tost e mout isnel
22190 A bien entors de son mantel ;
S'espee trait, si lor cort sore :   22135
Set lor en ocit en poi d'ore.
Antilocus fort s'i raiuë :
Mainte colee i ra ferue ;
22195 Par mi le temple les dechace.
E Paris mout les suens manace : 22140
« Por quei fuiez, franc chevalier ?
« Ne veez vos treis darz d'acier
« Qu'il a par mi le cors toz dreiz ?
22200 « Rasaillons les une autre feiz
« Comunaument : ja seront mort. » 22145
A toz done cuer e confort :
Tuit les rasaillent e refierent
E tuit vassaument les requierent.
22205 E cil se sont mout defendu,
Mais de lor armes sont tuit nu :   22150

22184 (BIL); n Por; FR por les, M par les; n uis, K bu; M²
ce mest aujs — 87 K set et e. — 88 EK Quil est t.; N t. simple-
ment, k t. plain., B plenierement — 89 M¹ ignel — 90 n A lues
— 91 Fe Lespee; E trete lor; M² se, K et — 92 M² Treis, K
Maint; M ochist, e ocist — 93 (B); En Anthilogus, M¹k Antil.;
M² bien se; FM¹ raue — 94 M²Ke i a — 95 n desch. — 96 BM
siens — 97 M² Ne fujez pas — 99 M tout droit — 22200 k Rass.;
FK lo; M² un, C per; H Ralons asalir a. f. — 1 (J); K Comunal-
ment, les autres -ement (de même à peu près partout); M²AJ ias
(A les) uerreiz morz, Ckn ia lauronz mort (M mors) — 2 (CH);
M²J cuers, A et cuer; M²AJ conforz — 3 ek T. r. (K lass., M
les ass., E asaillent) et tuit i f., N T. las. (F se leissent) et t.
lo f. — 4 e Et cil; kn le r. — 5-6 m. à H — 5 K Icil; yJ Ml't
par (J Et m.) se s. bien d. — 6 M²A² furent nu.

S'eüssent les haubers vestiz,
Mar les eüssent asailliz ;
Ja d'eus nen eschapast uns piez.
22210 Mais par mainz lieus les ont plaiez :
Li sans lor ist des cors a fais,   22155
Qui trop lor done granz esmais ;
N'est merveille s'il afebleient.
Lor mort sentent e lor mort veient,
22215 Mais ne por quant trop chier se vendent,
Dure bataille e fort lor rendent.   22160
Des cors ont fait chastel e mur,
Mais malement sont a seür :
Nus nes ataint n'i face plaie ;
22220 Por le sanc qui del cors lor raie
Lor faut li cuers e espasmist.   22165
Antilocus premiers s'asist :
Ne poët plus ester sor piez,

22207 *M³HM* lur; *HM'* hauberc; *M'* uesti, *H* -u; *A³B* Sil c. h.
uestuz — 8 (*A*); *K* Mal; *M²CHM'* Por fol i fussent asailliz (*HM'*
-i, *C* esuaiz), *J* Et en lor chief heaumes aiguz, *A³B* Mar i fust
onques uns (*B* nus) uenuz; *H* aj. ce v. : Mais darmes furent des-
garni — 9 *H* De cels; *kn* Quar (*n* Qe) ia dels nen e. p., *M²B* la
de cels (*B* dels tos) neschapast u. p. — 10 (*AJ*); *kn* M. en; *B* M.
chascuns est forment p., *M²* Par m. lues unt les cors p.; *F*
bleciez — 11 *ABC* Li s. d. (*A* du) c.; *AC* l. ista f., *B* l. cort
aual; *y* A fes (*H* rais) l. chiet d. c. (*H* del c., *M'* du dos) li s.;
J a rai — 12 (*AC*); *ky* Q. ml't; *FJk* grant, *y* ahans; *J* esmai; *B*
Ice lor a fait ml't grant mal — 13 *M²* safebleient — 14 *FKe* La;
M mors; *FKe* et la — 15 *n* ml't c. ; *B* M. quant nen pueent
escaper — 16 *n* Fierc ; *K* Fort b. et d. ; *B* Dur estor lor voelent
liurer — 17-8 *interv. dans M* — 17 *M* Del c.; *G* De lor c. o. —
après -18 *B* aj. : Aciles cil se desfent si Onques mais hom tant
ne sofri — 19 *e* Nus ni; *B* Nen ateint nul ne — 20 *M²M'* Par;
n P. lo sans, *B* Mais li sans; *M* que du, *M²Ke* qui des; *B* li
r. — 21 *K* Falt lor, *B* Li salt; *Fe* espamist — 22 (*BJ*); *En*
Anthilogus, *M'k* Antil. ; *n* primes, *MM'* premier, *K* princes —
23 *FJe* Ne pot p. e. (*M'* p. estre, *J* c. p.) s. les *Je* ses) p. ; *K* Ne
p. mes.

Qu'en quinze lieus esteit plaiez.
22225   En plorant dist a Achillès :
« Beaus douz sire, ne vos puis mais   22170
« Aidier : ço poëz bien veeir,
« Qu'essoine ai grant e estoveir,
« Quant jo vos fail. Las ! queus damages
22230   « Que ci perist li vasselages
« E la grant hautece de vos !   22175
« Iriez en sui e angoissos.
« Vostre maus sens nos a traïz. »
A cest mot rest en piez sailliz,
22235   Qu'Achillès esteit trebuchiez :
Paris l'aveit de dous espiez   22180
Feru en lançant mortelment.
Del redrecier fust mais neient,
Quant Antilocus lor cort sore,
22240   Dous lor en ocit en poi d'ore ;
De sor lui les a reüsez.   22185
Achillès rest en piez levez ;
L'un des espiez lance a Paris :

22224 *A²e* En, *AC* Par ; *M* les eut p. ; *I* Kil fu en .xv. lius p. ;
e ert (*M¹* iert) detranchiez ; *M²J* Naurez esteit de set espiez — 26
Ke Bials (*M¹* Biau) s. (*K* sires) d., *M²* B. d. amis ; *F* B. s. chiers
ne me p. m. ; *I* iou nen p. m., *M* ie ne me (*v. f.*) p. m. — 27
M Aider ; *K* itant p. u. ; *M* uoier, *M²K* saueir ; *I* A. en nul sens
ne mouuoir — 28 *e* Essoine ; *Ikn* Asis me sui par e. (*I* estauoir) —
29 *B* Las ce vos f. ce grans d. ; *F* a uos ; *M²* faill ; *Kn* dex, *M*
dieu ; *M²* ques d., *FM¹k* quel domage — 3o *M* perdons ; *K* Quant
p. ci ; *BFM¹k* le (*F* li) uasselage (*F* uassal.), *M²* Nostre (*sic*) bar-
nages — 31 *M²EM* nos — 33 *M²k* mal s. ; *e* V. amor si — 35 *M²*
resteit — 36 *C* P. latainst, *K* Que p. lot ; *B* P. li ot .ij. dars lan-
cies — 37 *K* En l. f., *C* Ferille en l., *n* F. an la char ; *B* Feru lot
el cors ; *E* lancent ; *K* mortalment — 38 (*ABC*) ; *J* Del releuer
nauoit ; *M¹* ne f., *E* ni ot, *K* i ot, *M* ni eust, *n* estoit ; *H* f. male-
ment — 39 (*J*) ; *BE* Mais ; *En* Anthilogus, *k* Antil. — 40 *M²Fe*
ocist, *M* ochist : *B* Qui en o. .ij. — 41 (*A*) ; *M* De soz, *KM¹* De
sus ; *M²* debotez ; *J* Toz arieres les a botez — 42 (*AJ*) ; *HM¹* est ;
M² E a. sest releuez — 43 (*AHJ*) ; *kn* Un ; *n* lanca p. (*F* a p.).

Feru l'eüst en mi le vis,
22245 S'il nel veïst vers sei venir ;
A grant peine li pot guenchir.   *22190*
Antilocus se rest pasmez
El pavement, qui fu listez.
E Achillès mout longement
22250 S'estait sor lui e le defent.
Pitié en a plus que de sei :   *22195*
« Amis, » fait il, « ço peise mei,
« Que de mort vos sui acheison :
« Se jo dotasse traïson,
22255 « Il alast or tot autrement.
« Deceüz sui trop malement.   *22200*
« Tot cest plait m'a basti Amors :
« Sentir m'en fait morteus dolors.
« Ne somes pas des premerains,
22260 « Ne ne serons des dererains,
« Qui en morront ne quin sont mort.   *22205*
« Beaus douz amis, n'i a confort :

22244 (*H*); *N* len a, *F* len aust; *M²AKM¹* par mi — 45 *N* Se;
M le u.; *EHF* u. lui u. — 46 *M* len, e sen, *M²* se; *N* A poines li
poist g.; *M²* puet tenir; *B* sen pot garir — 47 (*ABCJR*); *kxy*
Antilogus; *F* san r., *N* se fu; *A²* pasme — 48 (*IL*); *G* Au; *M*
litez; *AM¹* Desus, *A²* Dessor, *CEHJ* Desor; *CEJ* les pauemenz
(*J* pauement, *C* -imez) listez, *AA²HM¹* le pauement l. (*A²* liste);
M² E contre terre jus uersez — 49 *ky* longuement — 5o *GILMN*
Sesta, *F* Esta, *M²* Sestut; *K* Sor l. sestait; *I* et sil, *L* qui le; *y*
Sest desfenduz estrangement — 5a *K* Ami; *M* fist il — 53 *M²e*
achaison, *K* -eson, *M* acoison — 55 *F* a. ia, *K* i a. — 56 *F* an
sui m. — 57 *K* Icest, *M* Tout ce — 58 (*A*); *M²k* me, *A²* nos;
M² mortiel dolor — 5g *R* Ni; *M²* Ne sui mje; *A* mie des pre-
miers; *Rkn* li premerain (*k* prim.); *L* premeriens, *M²* premie-
rejns — 6o *M²R* Ni; *M²* serai; *A* Nous s. nos; *Rkn* li dederain
(*R* derrairain, *N* darreain, *F* dereen, *M* derrein); *E* darriens, *M²*
derrejns, *J* dehariens, *A* derrainniers — 61 *MR* Quin (*M* Qui
en) morurent; *M²R* ne quin, *A²* ne kin, *AM* et qui, *K* ne qui, *N*
ne qan; *e* ancor (*M¹* einsi) a tort, *F* ce est granz torz — 62 *M²*
ci na c.; *A²* Io ni uoi or altre c.

« Dejoste vos, o peist o place,
« M'estuet morir en ceste place.
22265　« Ne me puis mais guaires aidier :
« Por quant, o cest mien brant d'acier, 22210
« Vos vengerai, se fairel puis.
« Se jo Paris ataing e truis,
« Ja li rendrai le guerredon
22270　« De ceste mortel traïson. »
Li temples ert cler alumé 22215
E mout i ert grant la clarté ;
Mais la veüe li troblot
Del sanc qui del cors li raiot 22218
22275　A tel foison, près morz esteit ;
A grant peine se sosteneit.
Faite lor a une envaïe 22219
O l'espee d'acier forbie :
Dous en a morz e cinc navrez.
22280　E Paris li rest sore alez :
Le braz li trenche e le viaire.
Lez Antilocon s'en repaire :
Iluec se rest mout defenduz, 22225

22263 (A²); Nk Delez uos ou me p. ou p.; F Veez uos ou
plest ou desplace — 65 K gaire — 66 k Ne porquant a c. b.;
ekn a c. — 67 M'N faire, E f. el, FK onques; M² ia se ie p.,
M se ie p. — 68 FM' atain, K ateins — 69 n Ge, K Gie, M Ja;
M² rendra mal g. — 70 K mortal, M² -iel — 71 M²MM' iert,
R fu; (M²KLNRy cler), FJM clers; A² estoit a., G deuint a.;
H alume, les autres alumez — 72 M i iert, FL estoit, G deuint;
M²GHJn granz; y i auoit g. c.; H clarte, les autres clartez —
73 (AL); J lor t. ; G si li toubloit — 74 (A); J lor ; MRx issoit,
A²K coroit — 75-6 m. à Rkx — 75 H raison; AHJM' que mort
(A morz) e., E quil san moroit, C p. mort estoient — 76 A²CJy
Et qua (H a) p. se s.; C sostenoient — 78 M²Ekn A; M tren-
chant f. — 80 M²FK li est; M² sor, F soure — 81 (H); M²A Les
b.; C Li b.... li u. ; A²lkn Sil (A²IMN Sel, F Ses) fiert que (A²
si q.) li b. en uola (A²n li trancha) — 82 M² antilocum, J an-
thil., I antylocus, F anthilogon, L -gun, A²EHk -gus, AM'N
antigonum ; A²kn repaira, I sen rala — 83 M² tant cumbatu.

Mais a force fu abatuz.
22285 A genoillons e en gisant,
       Desci qu'il ne pot en avant,
       Defent son compaignon e sei.
       Paris li dist : « Or vos otrei   22230
       « Que compareiz cez drüeries.
22290 « Mare ont par vos perdu les vies
       « Hector e Troïlus mi frere :
       « Par le comandement ma mere
       « Les vengerai de vostre cors.   22235
       « Trop par vos estiëz amors
22295 « A nos laidir e damagier,
       « Mais or le comparreiz mout chier,
       « Quar ci morreiz; ço iert grant joie
       « A trestote la gent de Troie. »   22240
       Desus le pavement listé
22300 S'esteient ambedui pasmé :
       N'aveient mais defension.
       Ne trovon pas ne ne lison
       Qu'onc chevalier tant se tenissent   22245
       Ne que lor cors tant defendissent,
22305 Qui d'armes fussent desguarniz.

22284 *E* rest, *M*¹ est; *M*² Que par f. lunt abatu — 85 (*L*); *G A*
geloignons; *N* giss., *M*¹ scant, *E* estant — 86 *M*²e De ci, *Kn* Desi,
M Dessi; *L* Tant q. il; *K* que ne; *n* qe il ne p. a., *G* Pour ce que
il pout a. — 89 *M*² Vos; *M*²*HM*¹ conperreiz (*M*¹ -ez, *H* -es), *EMN*
comparroiz, *K* -eiz, *F* -aroiz, *C* -arois; *M*² cesz; *n* la drüerie —
90 *M*²*F* por; *n* la uie — 91 *E* Hectors; *Ke* mon f., *M* mes frerez
— 93 *L* uencherai; *G L* vengera ge de vos c. — 94 *e* T. u. p.,
M T. u.; *F* u. i estes — 96 *M*²e comperreiz, *H* -es, *n* -aroiz, *C*
-arois — 97 *M*²*Ae* Ici; *F* or est, *M*¹ ce est, *H* ce er, *E* si iert ; *N*
granz; *k* a molt g. i. — 299-300 m. à *M*² — 299 (*AR*); *HJ* De-
sor — 22300 *K* S. andui (*v. f.*); *B* Serent li conte andui p. — 1
n Ni auoient, *Aek* Ni auoit mes; *J* desfensions — 2 *J* lisons —
3 *A* Quainc, *M*²*N* Que, *F* Qainz; *y* Dui; *B* .x. homes qui t. — 4
e qui; *F* lo c. — 5-6 *I* Chou ne fu ainc ne ia ne niert Paris
meismes tant i fiert — 5 *C* crent; *A*² Q. f. darmes, *M*² D. erent
si, *A* Par quelz d. si, *H* Cascuns ert d.; *kn* Que (*K* Qui) tuit
estoient desarme.

Ço nos reconte li Escriz,
Paris les a toz detrenchiez :
Bien a ses dous freres vengiez.   22250
Del temple les a fors geté,
22310   Ainz que del jor parust clarté.
E quant il prist a esclarcir,
Si fist les suens ensevelir :   22254
Ço vos sai bien dire, de maint
Furent assez ploré e plaint.
22315   Riches sarquieuz fist faire a toz,   22255
Quar mout erent vassaus e proz.
     Ceste novele fu seüe :
Tost fu par mainz lieus espandue.
Quant Greu le sorent, ço sacheiz,
22320   Angoissos furent e destreiz :   22260
Onc si granz dueus ne fu veüz

22306 *AA²BC* Si con rac. (*A²* rec.); *kx* Sai (*L* Cei, *N* Ca, *F* Car) en lescrit (*G* lescrip) daire (*K* daires) troue (*F* ai t.) — 7 *Ikn* Que il, *AA²BCH* Illuec, *E* Quiluec, *M¹* Quilleuc — 8 (*H*); *B* Si a; *kn* Issi (*M* Ainsi, *N* Iluec, *F* Illoec) a s. f. u., *I* S. f. a ensi u. — 9-10 *les 7 mss.* getez: clartez — 9 (*H*); *M¹A²* les ont, *C* resont; *M²M* hors; *Iekn* F. (*F* Et) del t. les a g. — 10 *K* quil; *Ik* p. (*M* uenist) d. i.; *CFe* uenist c., *A²* Ancois que u. la c. — 11 (*L*); *K* esclarzir, *M* esclairier, *G* -ir — 12 *F* Se; *L* soens, *AGIM* siens; *k* ensepelir; *A* L. s. a fet e., *GL* Paris fait les s. seuelir — 13-4 *m. à BIRkn* — 13 (*AC*); *y* Ge; *I* u. puis — 14 (*ACHJ*); *E* F. le ior naure et p. — 15-6 *m. à B* — 15 (*ADJ*); *H* Rice sarqu; *C* font; *IRkx* En biax sarcus (*k* uaissax) et en biau leu (*N* lou, *M* lieu, *R* len) (*I* molt hautement) — 16 (*A*); *I* Et ml't tres gloriousement; *H* m. par ert, *DEJ* chascuns ert, *M¹* chacun est; *CMRx* uassal, *K* hardi, *M²* -iz, *DM¹* uaillant, *EH* -anz; *Mn* prou, *K* preu, *R* buen; *F aj.* 2 *v.* : Nus ne poist lor per trouer Mais ci lor couint a finer — 17 (*AGJ*); *EL* Cele; *H* Icele n. est s.; *I* est tost s. — 18 (*ACHJ*); *kn* T. se fu par tot e., *I* Et en pluisours lius e. — 19 *M²* grie, e grieu, *HK* griu, *M* il; *M¹I* bien; *M²* sachez, *I* -ies — 20 *C* Cangoissous; *J* Que ml't par fut chascuns, *y* Ml't en orent les (*M¹* lor) cuers, *knI* Ni ot .j. seul (*K* uns seus, *I* chelui) ne (*I* nen) fust; *I* iries — 21 (*A*); *M²H* Ainc, *CEn* Ainz; *H* A. m. tels dels; *M²* tiels duels ne fu mes u.

Com fu en l'ost de toz renduz.
Dès or sont il desconseillié :
Vint mil en plorent de pitié ;
22325 Dès or n'ont il mais nul espeir   *22265*
De la cité par force aveir ;
Dès or s'en voudreient aler,
N'i a mais rien del plus ester ;
Dès or sont il taisant e mu,
22330 Tuit se tienent a confondu.   *22270*
E se ne fust por cele alee
Qu'il aveit faite en recelee,
De qu'il l'ont trop entre eus blasmé,
Mout l'eüssent plus regreté.

FUNÉRAILLES D'ACHILLE.

22335   De sa maisniee que direie,   *22275*
Quant reconter ne vos savreie
Le duel qu'il font de lor seignor ?
Laissié s'en sont morir plusor.
22340 Ja esteient des tentes fors :   *22280*

22322 (*ACJ*) ; *F* en lost de t. fu, *I* en l. ert de t. ; *M^1* par tres-tot l. meuz ; *H* ueus — 24 *kn* De duol plorent (*F* plore) et de p. — 25 *M^1* D. ore nont il mes e. ; *E* nen ont il n. e. — 27-8 *interv. dans F* — 27 *IM^1* raler, *M* laler ; *M^{2}M* or u. il, *EL* or sen uoldront il — 28 *FKe* noiant de, *I* m. nient de — 30 (*ACJ*) ; *A^1* Tot ; *knI* Trai sont tuit (*n* se sont) et c. — 31 (*AA^{2}C*) ; *M^2* E sil ; *K* par ; *M* ce a. — 32 (*AA^2*) ; *CMek* fait ; *M* a — 33-4 *interv. dans y* — 33 *M^2* De quil est entrels molt blasmez ; *AA^{2}IJM* De coi, *H* Mes il ; *A^{2}Hk* lont molt, *AIJ* t. l. ; *C* Ne lont t. (*v. f.*), *e* Mes t. len ont — 34 (*IJ*) ; *A^2* Assez l. r. ; *M^{1}A* Molt fust plus plainz e regretez (*A* plaint et regrete), *C* Bien lont dole tuit et plore — 35 *I* quen — 36 *n* Car ; *M^2* recontier ; *EM* nel ; *M^{2}N* porreie — 37 *K* que f. por — 38 *FM^{1}k* M. sen (*K* se) s. l. ; *A* si s. — 40 *R* Des t. c. ia f. ; *M^{2}MM^1* hors.

Qui ques ocie ne lor chaut ;
Braient, criënt, plorent en haut.
A eus retorner met grant peine
Agamennon, quis en rameine :
22345   Dit lor que sempres maintenant   *22285*
Querra le cors al rei Priant.
E si fist il, ne tarja guaire.
Mais ore oëz que cuidot faire
Paris del cors. Il n'aveit cure
22350   Qu'eüst mestier ne sepouture :   *22290*
Mangier le voust faire a guadeaus
E a voutors e a corbeaus.
Tant par le het, ne vueut sofrir   *21291*
Que Greu le puissent sevelir.

22341-2, *placés dans* M^2 *après* 43-4, m. à B; A^2IRkx Quil (M Qui, *INR* Que, A^2 Il) ne l. c. qui les o. Chascuns an (K i, *M* deulz) plore et brait (M p. b., *IRn* b. et p.) et crie — 41 (AA^2CJ); C Q. les o. — 42 E B. et p. c. h., C B. p. c. en h., A^2 Tot en b. et c. h., *puis les v.* 41-2, *leçon de* IRkx — 43-4 *interv. dans* M^2 — 43 (*AIL*); M^2 Qui dels, k Et al, CH A les ; F atorner a, A^2 ramener a ; M^2 est en p. ; G Deux r. ni est g. plainne, B Mes a g. p. les retint — 44 (A^2); I kis en, A quil en, R quils en, M^1 ques en, Ekx qui les, M^2 les en ; F amoine, N anmoine, L en meine, M^1 remene ; B Qui conme sages si contint — 45-6 m. à B — 46 E les c. — 47-50 *réd. à 2 v. dans B :* Or mores de paris retraire Quil uolt del cors achilles faire — 47 M^2 targa, ekn tarda — 48 F orrez ; IK oiez ; F qil, M^2Re quen ; GI cuida — 49 (C); Jy des cors ; A^2IRkx il (L si, I ki) nauoit del c. (A^2 onques) c., A P. de son c. n. c. — 50 (*leçon de* M^2); A^2 honor ne s. ; e Que il eussent s., GILRk Q. il fust mis (K mes) en s., N Ne uolt quil aust s., F Il nest pas droit qait s. — 51-2 m. à K — 51 e les ; CHM^1 uolt, M^2 uout, xBI uiaut, E uost (s *longue*), J uelt, M ueult ; A as ; M gadiax, R -iaus, I wadiaus, x porciax, M^2AA^2Cy mastins, J matins — 52 (A); A^2 V a u. v a ; GM Et as u., M^2 E a choes, CJ As auoutors ; I woltoirs, H uoutoirs, A uotours, BGLN uoltors; CJM^1 et as ; BIMRx corbiax, M^2AA^2CJy corbins — 22353-500 *réd. dans B à* 12 v.; *voy. aux* Notes — 53 C uolt, EF puet, K pot, M^2 pou^{e}it (*sic*) — 54 M^2 grie, MM^1 grieu, K griu ; e les ; Ke facent, F uoillent, C doient, G poisse ; k sepelir.

22355   Venu i sont tuit cil de Troie;
         Sor le cors demeinent grant joie.
             Quant veient qu'Achillès est morz,   22295
         Ne cuident mais, par nul esforz,
         Que Greu lor puissent grantment nuire
22360   Ne lor riche cité destruire :
         Mout sont joios e mout sont lié.
         De toz esteit bien otreié   22300
         Ço que Paris en voleit faire;
         Mais Helenus prist a retraire
22365   Qu'il n'esteit pas reisons ne dreiz:
         Laissier lor fist a cele feiz.
         Ensi furent li cors rendu.   22305
         Onc si faiz dueus oïz ne fu
         Com firent Greu, quant il les virent.
22370   Mout hautement les sevelirent.
         Mais Nestor est si angoissos,
         Si destreiz e si doloros   22310
         Por son dreit heir Antilocus,
         Qu'il n'aveit fil ne fille plus.
22375   Il l'amot plus assez que sei :
         Al repairier le feïst rei.
         Si home l'ont mout regreté   22315
         E longement plaint e ploré :
         Mout i eüssent bon seignor.

22356 *M²* Qui s. le c. meinent, *e* Desor (*M¹* Desus) les c. font
ml't — 58 *M²N* c. pas; *N* por, *F* que — 59 *M²MM¹* grieu, *K*
griu; *F* li p., *M¹* les puisse; *F* griement — 60 *K* la noble — 61
(*A*); *M²* Molt par en s. ioiant e le — 65 *M²F* raisons, *M* -on, *N*
raissons, *M¹* reson — 66 *F* li, *N* lo; *k* falt — 67 (*A*); *M²* Por luj
— 68 *M²* Ainc, *En* Ainz; *k* Onques tex, *A* Ainsi fet; *A* oi, *N*
ueuz — 69 *A* Quant; *M²MM¹* grieu, *K* griu — 70 (*A*); *M²k* l.
sepelirent, *E* lanseuel. — 72 *M¹* destroit et si besoigneux — 73
x Quant il uoit (*N* uit) mort a.; *Lek* antilogus, *nG* anth. — 74
F Qe fil ne f. nauoit p.; *M²* f. ne fil p. — 75 *K* a. p. — 76 *F*
Au reuenir; *e* en f. — 78 *M²M¹Nk* longuement, *E* durement —
79 *N* raussent.

22380 Nestor se muert de la dolor :
Tant s'est pasmez qu'a rien n'entent.
Ne puet mais vivre longement,   22320
Quar mout est vieuz, si li durra
Toz les jorz mais que il vivra.
22385   Trop fu li dueus cruëus e fiers.
Agamennon prist messagiers,
E si manda al rei Priant   22325
Quel vueille e place e qu'il comant
Qu'Achillès facent sepouture,
22390 Quar c'est bien reisons e dreiture :
« Tant a esté vaillanz e proz
« E sire e maistre desor toz,   22330
« Tant par i ot bon chevalier
« Que bien le lor deit otreier ».
22395 Fait en a son plaisir li reis :
Triuës lor a doné un meis.
Dès ore ont il terme e leisir   22335
D'eus enterrer e sevelir.
Une semaine tot entiere

22380 *Ek* por; *K* sa — 81 *M²* T. est; *k* que; *K* riens — 82 *N* pas u. ; *F* Ne uiura mie l. ; *M²Nek* longuement — 83 *M²M'n* se; *M'* lor; *A²* Car trop e. uilz si durera — 84 *A²Ex* Trestoz l. i. que (*G* mais que) il u. — 85 *K* Li dels fu t. et granz et f. — 87 *y* Si a mande, *M* Si manda — 88 (Quel *correction*); *IL* Que il li plaise, *E* Quil uuelle bien; *Fk* Quil li plese et que il (*FM* quil) c., *G* Que li plait et que li c.; *M²ACHJM'* Quil (*C* Qi) uoille e place (*H* face), *N* Quil lor doint triue; *A²* Que terme et triue lor d. tant — 89 *kn* face, *C* aie, *H* eust — 90 *N* biens; *M²M'n* raisons, *K* res. ; *M* Que b. est droiz et d.; *EK* Car r. e. b. (*E* biens) — 92 *M* Sire ; *k* Mestres et sires ; *F* maistres; *M²M'* sor els t. — 93 *F* ont; *M* T. i parut, *yJ* T. ot en lui ; *M²* E si enore, *A* Et si auoient — 94 (*A*); *MN* la lor d., *F* la doiuent, *HJM'* lor (*H* li) d. on; *K* Q. il lor d. b. o. — 95 *M²* S. p. en a f. — 96 *M'* Treves, *K* Trieues; *E* .ij. m., *puis ces 2⁻v.* : Et ambedos les cors randuz Que il auoient retenuz — 97 *kn* Or ont (*M* ront) assez t. (*N* tens) et l. — 98 *M²k* sep., *E* anfoir — 99 *n* tote.

22400   Tindrent andous les cors en biere,
      Enoinz e aromatiziez
      E richement apareilliez.   22340
      Ploré esteient come rei
      E porchanté solonc lor lei.
22405   Li soverain engeigneor
      E cil qui sont maistre dotor
      Ont fait, de marbre vert e blé,   22345
      Inde, vermeil, menu goté,
      Une uevre si tres merveillose
22410   E si riche e si preciose
      Que nes uns peintres a peincel
      Ne formast si beste n'oisel   22350
      Ne flor ne laz environez
      Com fu li marbres colorez.
22415   Soz ciel nen a deboisseüre,
      N'uevre que l'om face en peinture,

22400 *K* l. c. a.; *M²* Garderent les dos c. — 1 *M* Et oinz; *N* anrom. — 4 *FKe* la loi — 5 *A²* Tot li meillor e. — 6 *M²* Et li saiue; *I* m. et d., *G* m. et signour — 7 (*ACHJ*); *A²* et bloi; *Ikx* m. colore — 8 *M²ACJy* I. iaune (*J* et i.) uermoil (*M²* menu) g., *N* I. et u. menu g., *FGILk* Dinde et de uert m. g., *A²* Gaune u. g. ce croi, *puis ces 2 v.* : Ml't furent bien encolore I. et u. m. g. (*cf.* 22408 *N*) — 9 *N* ensi t., *K* issi t., *M* i fu t. — 10 *M* Ainsi r. ainsi p., *F* Si r. et si tres p., *E* Si t. r. et si p. — 11 *I* Ke on[kes] paintres a pinciel; *M* negus pointre, *LM¹* nis un peintre, *K* nus peinturiers; *A²* nus paintors a son pincel, *C* nuls pointeres o p.; *M²F* poincel, *les autres* pincel; *H* Que il nest p. a cysel — 12 (*C*); *FL* Qi, e Ni; *F* forma, *M¹* ourast; *A²* mielz b.; *L* f. beste; *FGJ* bestes; *kx* ne o. — 13-4 *m. à A²L* — 13 *M²* Ne l. Ne f.; *M²GIKNy* flors; *C* ne lanz, *A* ne lys (*l'y est une correction*); *ACJM¹* enuionez, *G* -onnez, *En* anu., *M²* enuironees, *K* auironez, *M* enmolez; *H* de marbre ne biautes — 14 *M²* Cum el marbre sunt colorees, *GIKn* Mielz que li marbres (*n* maubres, *G* -e, *I* arbres) est (*M* iert, *Gn* fu) ourez — 15-6 *interv. dans L* — 15 *M²IM* nen est, *K* ni a, *L* nest la; *G* debocheure — 16 *M²k* quen (*M* con) f., *G* que on f.; *LMe* a p.

Qu'il n'i forment si parissanz   22355
Que toz jorz mais seront duranz :
Par tantes feiz com moilleront,
22420   Par tantes feiz resclarciront.
De fort betun e de ciment,
Que ja desci qu'al finement   22360
N'en charra tant com monte uns peis,
Mout plus en haut qu'uns ars Turqueis
22425   Ne traireit fu l'uevre levee,   22361
Que merveilles fu esguardee.   22362
De la hautor fu fiere chose,
Ne hom ne rien ester n'i ose.
N'i ot ne voutes ne arceaus
22430   Ne cimaises ne pilereaus,
Fors une viz faite a eschale,
Par ont li maistre s'en avale.
Rien que la veie ne dit mie   22363

22417 *AJy* Quen ni formast (*A* Que ni fourme) (*J* forment) si
parisant, *Mx* Qui (*N* que) ni fussent (*G* Que ni furent) apa-
rissant (*L* si parissant), *C* Qi si ni soit aparisanz; *KL* parissant
— 18 *n* Et, *k* Ca; *M²K* sera, *y* fussent; *JKy* durant, *LMn*
parant; *G* iert aparant — 19 *M²* A, *M¹* Au, *J* Et; *K* T. f. come
m.; *M²* moillereient; *M* Toutes foiz mes que el m. — 20 *M*
resclarchiront, *M²* esclarcireient, *K* esclariront — 21 (*I*); *K* fin
betum; *G* bethun, *LMR* beton; *F* De becon fu — 22 *M²A²*
Qui; *M²* tres qual ior del f. ; *A²* Ki, *H* Ne; *A²CHM¹* au f.;
Rkx Qui (*R* Que) durra (*R* dura) iusquau f., *I* Ki duerra al f.—
23-4 *m. à IRkx* — 23 (*CDHJ*); *A²* Ni; *A* t. que — 24 *C* p. haute;
A² Et p. est hals — 25 *A²C* si fu halt l., *A* fu haute l., *Jy* fu en
h. l. (*y* leuez); *IRkx* Fu loure (*k* Loure fu) si (*FG* bien, *L* tant)
en h. l. — 26 *F* Qe, *NRk* Qa, *AA²CJy* A, *M²* E; *AA²CJMny*
merueille — 27-32 *m. à IRkx, sont dans M²AA¹A²CDJPy* — 27
M² haucor, *A¹* biaute — 28 *M²* Ne coment r. e. i ose; *M²EHJ*
riens — 29 *A²* Il ni ot u.; *M¹* uoute, *E* uoste (*s longue*); *A* ar-
ches; *C* Ni ot cimaisses ne archaus — 30 *A* cym.; *A²* capitels,
y chapitiax, *D* -ax, *J* ·eax, *A* pileres — 31 *M²D* fet o (*D* a); *A²*
F. sol un huis — 32 (*A²CM¹* ont), *AEHJP* ou, *M²A¹* on;
M²AA¹A²CEP li mestres, *M¹* le mestre; *M²A²* deuale — 33
AA¹A²CEHJNR Riens, *M²F* Nus, *K* Hom; *A²* le; *Ky* uoit, *M*
uoiee; *AA²* dist, *K* die, *y* cuide.

Qu'onques tel uevre fust bastie.
22435 Une image d'or tresgeterent,
E sacheiz bien mout s'en penerent
Qu'a Polixenain fust semblant :
Ne fu ne mendre ne plus grant.
Triste la firent e plorose
22440 E par semblant mout angoissose,   22370
Por Achillès qui morz esteit,
Qui a femme la requereit :
Formee l'ont en tel maniere
Que mout en fait dolente chiere.
22445 E si fist el : ço sacheiz bien,   22375
Qu'il l'en pesa sor tote rien :
S'osast, qu'en mal ne fust retrait,
Merveillos duel en eüst fait.
Vers sa mere en fu mout iriee,
22450 Que l'uevre aveit apareilliee.   22380
Por li est morz, e si l'en peise.
Mais n'est pas fole ne borgeise ;
Sage est, si ne vueut faire mie
Rien qu'om li tort a vilenie.
22455 Por ço s'en tot, si fist que sage :   22385
Grant mal l'en vousist son lignage.
En son cuer ot puis grant iror

22434 M² Quainc mes ; AJM¹ tele, EHM tex — 35 K treget.,
M²Ren tresgit. — 36 (R) ; A²Fk se — 37 (A²) ; M²Me polixena ;
M fu ; EMNR semblanz — 38 F fust ; M² meindre, M main-
dre ; M¹ trop ; EMNR granz — 40 M² dolorose — 42 M a sa f.
la queroit ; K demandeit — 44 y fesoit pesant c. — 45 M²k Si
fist ele ; F f. il ; k co uos di b., n ce dit tres b. ; A Et si dist elle
ce dist b., y Et si f. ele (H el) ce sai b. (H s. io b.) — 46 A Quil
en, y Il len, J Ml't len — 48 M Estrange — 51 M²AC Par ; N
forment, M² molt par — 52 M nest uilaine — 53 K nen — 54 K
Riens ; FK qui ; F torne — 55 C Par ce taira ; M²M Por tant ;
M²A²HIn se ; AA²k tut, I teut, FH taist ; M² se f. — 56 (A) ; C
le, M² en ; N an uolt puis, F an uost a ; I Mal gre neust, J
Blasme en eust, A²y Haie en fust (H H. f.) ; A²IJy de s. l. — 57
N en ot, A² ot ml't, M²H ot plus, e ot pris.

De ço qu'il ert morz por s'amor :
Onc puis ne fu ne l'en pesast
22460 E que sa mere n'en blasmast.   22390
     L'image fu de sa semblance
Formee o ire e o pesance ;
Entre ses braz tint un vaissel
D'un robin precios e bel.
22465 Por ço que li cors ert plaiez   22395
E par mainz lieus toz detrenchiez,
Ne poüst aveir sepouture
Que ne tornast a porreture :
Por ço l'arstrent. La cendre ont prise,
22470 Dedenz le chier vaissel l'ont mise.   22400
Ja hom l'image n'esguardast,
Qui o ses dous ieuz ne plorast.
Bien plaist a toz comunaument :
Dïent bien est a lor talent.
22475 Levee l'ont sor l'uevre en haut ;   22405
Iluec ou ele achieve e faut,
Asise l'ont sor un pomel
Fait d'un topace chier e bel :
De Troie fu tot cler veüe.
22480 Fiere parole en ont tenue :   22410
Dïent qu'onques plus richement
N'ot chevaliers enterrement ;

22458 *F* Por; *M²MM¹* iert, *A²EF* fu — 59 *M²* Ainc, *N* Ainz, *E* Einz, *M* Onques — 61 *F* a sa — 63 *M²* En les dous majns; *K* les b. — 64 *K* De; *KNe* rubi, *M* -is — 65 *M²MM¹* iert, *F* est, *E* fu — 66 *C* Et en; *CFM¹* maint l., *M²* morsiaus; *N* ert d., *F* estoit naurez, *M²* toz depeciez — 67 *Fe* Ne pooit, *K* Ni poist — 68 *M²C* Quil; *M¹* en; *F* portecure — 69 (*C*); *k* lardent, *F* larsent, *M¹* lartrent; *N* Lardierent et la — 70 (*C*); *N* Et an ce, *F* Et antre — 71 *e* Ja nus — 72 *N* a, *e* de; *A* les; *M²* Ne li fust ujs quele plorast — 73 *e* plot — 74 *M²N* molt e. — 76 *k* acheue, *M¹* achie, *A* chieue, *F* fine; *M²* ou la cheuee f. — 77 *e* sus; *E* el, *M²* le — 78 *M²M¹* cler, *F* fort, *KN* riche — 79 *M²E* veu — 80 *M²E* tenu — 81 *M²* quainc mes; *k* si.

Rendu li ont a la destrece
Grant guerredon de sa proëce.
22485   Quant la chose fu achevee,   22415
Si ont la viz si seelee
Que rien ne poüst porpenser
Par ou om i deüst entrer :
L'estopeüre ne l'entree
22490   N'iert mais jusqu'a la fin trovee.   22420
Bele fu trop l'uevre defors.
Son fil a pris li vieuz Nestors,
Si l'a tramis en son païs :
La vueut qu'il seit en terre mis,
22495   E si fu il si richement   22425
Que nus plus preciosement
Ne jut el siegle trespassé.
Longement l'ont plaint et ploré :
Toz les jorz puis de sa vieillece
22500   En fu sis pere en grant tristece.   22430

LE FILS D'ACHILLE MANDÉ A TROIE.

En l'ost ont grant deshaitement.
Josté i ont un parlement :
Conseil pristrent quel la fereient

22483 *E a sa,* M¹ *assez* — 84 *F* Ml't grant honor — 86 *Joly corrige* lentree saelee (*il avait lu* lainz — 88 M¹ P. ont i; M²EF peust; *K* P. quel leu len i deit e. — 89 *F* Lastopeuere — 90 *n* Niert ia; M² dauant la — 91 *Mx* fu ml't; *FG* por (*G* par) de d.; M¹Me dehors — 92 M¹ fill, MM¹ filz; GKn ra p. (*G* prins); *G* li filz n. — 94 *K* que — 95 *n* molt r. — 97 M¹ Ne lot, *Ekn* Ne uit; M²Nek siecle — 98 M²Nek Longuement (*de même jusqu'à la fin, sauf avis contraire*); M²J aj. 2 v. : Tuit si ami e si parent E si sai bien certainement — 99 (*R*); M²CJ Que t. l. i. de — 22500 (*R*); *y* li peres an, *AM* son pere en; *AHM* destrece — 1 KM¹ dehet., *B* dehait. — 2 M¹ maint p. — 3 *K* quil la, *M* que la, M²F que il.

E coment il se contendreient.
22505 Agamennon lor mostre e dit :   22435
« Seignor, n'i a grant ne petit
« Ne deie aveir ire e pesance :
« Tant par est grant la meschaance
« Que nus ne la puet restorer.
22510 « Se vos en vei desconforter,   22440
« Sacheiz que point ne m'en merveil.
« Or en prenez si haut conseil
« Que a toz nos seit honorables,
« Dreiz e leiaus e profitables.
22515 « Josté estes ci tant vaillant   22445
« E tant riche home e tant poissant,
« Ja, se Deu plaist, ne fereiz jor
« Rien que vos tort a deshonor.
« Ici a granz esguarz mestier.
22520 « Qui or nos savreit conseillier   22450
« Si ne seit pas taisanz ne muz,
« Bien seit oïz e entenduz.
« Qui mieuz savra, si i ament,
« Quar, ço sacheiz certainement,
22525 « Ne somes pas ci tuit a aise :   22455
« Poi en i a cui ne desplaise. »
Teü se sont tuit li plusor
E li plus sage e li meillor :

22504 *M*¹ Ne — 5-40 *m. à B* — 5 *F* Agamenon — 8 *F* T. i est;
*M*²*Ne* granz, *M* grief; *n* mescheance — 9 *e* nul, *KN* riens, *M*
rien; *e* nel porroit; *FM* reconter — 10 *M*²*F* Si, *e* Toz; *F* uoil
reconforter — 11 *k* pas — 12 *M*²*Ke* Or si — 13 *kn* Qui; *M*² o t.;
F uos; *e* Que lon tiegne por honorable — 14 *Me* Droit; *e* et
leal et profitable — 16 *M*²*F* r. et; *Fe* puis., *N* puiss. — 17 *e*
dieu; *K* feron — 18 *F* Chose qui t.; *K* nos — 19 *M*²*M*¹*k* grant
esgart (*M* -ars), *F* g. regarz — 20 *n* uos; *N* saura — 22 *n* Ainz
— 23 *kn* mielz i a.; *M*² E q. m. s. si a. — 24 *Mn* Car bien sachoiz
(*F* -iez, *M* saciez), *M*¹ Ice sachiez; *EN* ueraiement, *M*¹ tot uraie-
ment — 25 *N* trestuit, *K* tuit ci; *M*¹ ci toz eaise — 26 *k* P. i en
a, *M*² Molt i a p. — 27 *EK* san s. — 28 *Aen* riche.

Ne vueut chascuns chose loër
22530 Que tuit ne vueillent creanter.   *22460*
Cist parlemenz granz e pleniers
Dura treis jorz trestoz entiers.
As uns esteit mout a plaisir
En lor contrees revertir,
22535 E as autres de traire a chié   *22465*
Ço qu'il aveient comencié.
De divers cuers diversement
Furent treis jorz. Onc autrement
Ne porent traire a un acort,
22540 Tant que li sage e li plus fort   *22470*
E li comuns a esguardé
E establi e devisé
Qu'il enveient prendre respons :
Ço fu toz li briés e li lons.
22545 Esleüz ont ceus qui i aillent,   *22475*
Que il cuident qui plus i vaillent.
Jo ne truis pas escriz lor nons,
Mais ço lor distrent li respons
Que il facent querre e cerchier,

22529 *M² uoust, K uolt; F Mais ne uoloit, A Nen uelt .j.
deuls — 3o e Que il; M¹ uoille; K Qui bien ne face a; M²K
craanter, M¹ greanter — 31-2 interv. dans I : Por uoir di que
t. i. e. Dura li p. pl. — 33-4 I Li un uolsissent et loassent
Quen lor terres se repairaissent — 35 C Et autrez; A² a t.;
(CRny chie), A cie, M² chef, A¹A²GJL chief; D t. hachie;
I Et li autre cest grant afaire — 36 (AA¹CDRkxy Ce quil
auoient comencie.) M²J Tote loure de chief en chief, A² Ce
quil orent empris si grief, I Reuausissent bien a chief traire —
37 (A); n diuerse gent — 38 M² aïnc, AN aïnz; e a cest (E cel)
content — 39 E Nen — 40 M¹ Des que, n Jusqe — 41 B Li plus
sage home ont e. — 43 k Quore; F an uoissent, N anuoiens,
e en iront; B querre les lons — 44 K tot; FM brief; B Cert tos
li cors et tos li l., e As diex ce fu toz lor sermons — 45 M¹ Esleu
ont cil; EF cez; M² augent — 46 M²e E quil c,, F Qi cuiderent;
M que; n mialz; M² uaugent — 47 B Ne t. p. lor n. en escrit —
48 B Mais ce lor ont li r. dit — 49 M Quil f. q. et encerchier.*

22550   Senz demorer e senz targier,   22480
          Le germe Achillès e son heir;
          « Quar, ço sacheiz de fi por veir,
          « Par lui iert fin de la bataille :
          « A ço ne puet pas aveir faille;
22555   « Ensi est en la destinee   22485
          « Que par lui seit l'uevre achevee. »
          Li segreiz fu a toz retrait,
          Si n'i a nul qui ne s'en hait
          E qui n'en seit joios e liez.
22560   Aïaus est sailliz en piez :   22490
          « Seignor, » fait il, « dès or vait bien.
          « Or lo que façons une rien.
          « Seient tramis nostre message
          « Al rei Licomedès le sage,
22565   « Quar il fait norrir un vaslet,   22495
          « Fil de sa fille, auques grandet :
          « Por quant bien puet aveir quinze anz,
          « A chevalier est assez granz.
          « Neptolemus est apelez.

22550 (B); *EGJKN* tardier, *F* -er — 51 *M²* ierme, *B* fil — 52
F Car or; *G* saichiez, *kn* sachent; *KM'* enfin, *M²F* de fin, *E*
trestot — 53 *M²* ert; *tous les mss.* fins — 54 *N* Encois; *M²* p. mie
— 55 *M²* Car ensi e. la d.; *e* Einsi, *N* Ensins, *F* Ansi; *F* ert, *M*
iert; *A²* Ensi estoit, *GK* Ainsis (*K* Issi) en est — 56 *A²e* iert; *M*
P. l. iert; *B* finee, *G* afinec; *G donne ensuite 20 v. spéciaux; voy.*
aux Notes — 57-98 *réduits dans B à 4 v.; voy. aux* Notes — 57
n secroiz; *M²N* retraiz; *A²* Li message lont si r., *AJy* Le (*A* Ce)
segroi (*E* -e, *A* -cre) ont a toz r. — 58 (*A*); *Mn* Il, *C* Se; *K* Ni a
celui, *A²* Ni a un sol; *M²* E li respons si cum fu faiz — 59 *n* qe,
A quil; *Fk* ne — 60 *A²n* Ayaus; *A²* sen est leuez en p. — 61 *M'*
Seignors; *A²e* or ua ml't (*e* uet il) b., *K* des ore est b.; *M* ua b. —
62 *M²n* lou, *M'* uoil; *n* facoiz, *K* facez; *M* Or en face len — 63 *k*
uostre — 64 *N* lyc. — 65 *Ekn* uallet — 66 *M²M'* Fiz, *k* Filz —
67 (*HJ*); *Kn* si p., *AM* sil p.; *M²A²* Il puet ia (*A²* ml't) b. — 68
(*HJ*); *K* A cheualiers, *M²E* Por adober; *A²* Bels est et gens for-
cils et grans — 69 *LN* Nepth., *M²AR* Neptolomus; *A²* Pyrrus
par non e., *H* Pirrus e p. n., *J* Por n. p. c., *E* Et si e. pirrus.

22570 « Cil fu d'Achillès engendrez :   22500
       « Forme e image e contenance,
       « Senz un sol point de dessemblance,
       « A autel com sis pere aveit :
       « Qui onc vit l'un e l'autre veit
22575 « Ja ne dira que rien vivant   22505
       « Puisse estre a autre si semblant.
       « Cil qui ont lor seignor perdu,
       « Dont teus dueus est, graindre ne fu,
       « Facent de cestui lor chadel,
22580 « Quar mout est sage e pro e bel.   22510
       « Il est lor heirs : jo lor di bien

22570 *J* Et fut — 71-2 *interv. dans N* — 71 (*A²I*); *J* F. co-
raige, *y* F. uisage (*e* et u.), *AC* F. et image ; *e* u. c.; *n* conois-
sance, *M²* de senblance — 72 (*A²J*); *ACF* Fors; *H* nes un p.; *F*
pou ; *M* sa senblance, *K* messenblance, *F* discordance ; *N* Pari-
gal erent de sanblance, *M²* Et tot autre tiel contenance — 73 *F*
Autretiel; *M²AA²CMNy* A tel (*M²* cist, *C* tant) (*Ny* Autel, *A²*
Altant) cum sis (*H* li) peres (*AM'* son pere) a. (*M'* estoit), *J* Au-
tant c. ses pere en a. — 74 (*J*); *I* Cil ki uit ; *E* ainz, *H* ainc; *K*
Qui onques uit lun l. u., *M²* Q. celui vit e cestuj u., *ACMN*
Tant (*A* Tel) com il uit lun (*C* luns) lautre u., *F* T. c. luns uit li
autre u., *A²* Ki lun et laltre esgarderoit — 75 (*CHIJ*) ; *A²* diroit,
n dirai; *A²EGkn* riens; *A²En* uiuanz — 76 (*CHIJ*); *M²* Peust e.
ausi s.; *E* Soit mes ; *EM* lautre; *G* plus s.; *En* sanblanz; *A²* si
bien sanblans; *G aj.* 2 *v.*: Mais sa mere de lui si (*lis.* se) doute
Si (*lis.* Son) confanon le (*lis.* li) muce et boute — 77 *I* lor s. o.
p. — 78 *N* D. domage e., *F* Onc si grant duel, *ACJe* D. grans
d. (*AM'* grant duel) e., *R* Dun tels douls e.; *M²ln* graindres, *R*
maires, *M* mes tel, *K* onc t.; *E* et qui mar fu, *A* que maire fu,
JM' que mar i (*M'* mare) fu; *H* Dient luns a lautre mar fu —
79 *A²DFJM'* F. de celui, *HR* De c. (*R* cestui) f., *A'* Feront de
cestui; *Nk* chadiax, *L* chasdeax, *AA²H* cadel, *FG* chastiaus, *M²J*
seignor ; *I* Refachent de cestui lor maistre — 80 *Ak* Qui, *L* Qe ;
KN sages prouz, *A* sage preus, *M* genz et proz, *F* p. richez ;
kn et biax ; *R* Car en luy a sage home et bel, *A²* Que on uoit si
preu et si b., *Dy* Que il uerront et preu et b., *M²* Car molt a
proece e ualor, *J* C. m. sera de grant hanor, *I* Ne sai ki le doie
miels estre — 81 (*R*); *C* ses oirs; *J* droiz hoirs ce; *A²JN* uos
di; *G* se lor dis, *F* il lor dit; *I* sel facent (*sic*), *ACe* et sachent.

« Qu'il iert hardiz sor tote rien :
« Son pere vengera, ço crei. »
   N'i ot baron, prince ne rei
22585 Qui bien ne vueille qu'il seit quis.   *22515*
Cest afaire ont posé e mis
Sor Menelaus, qui volentiers
En fu querrere e messagiers.
   Il i ala, ço truis lisant ;
22590 E si sacheiz bien qu'entretant   *22520*
Qu'il demora al repairier,
I ot tornei estrange e fier
E bataille grant e pleniere,
Tel dont set cent jurent en biere.
22595 Que qu'il tarjast, li termes vint   *22525*
Que cele triuë plus ne tint.
Donc i rot fait granz apareiz :
Dès ore en i avra de freiz.

22582 *Rk* Si ert, *A²n* Quil est; *M²* Car h. est, *J* H. sera — 84
M² Ni a; *F* p. b.; *A²* Il ni ot duc b. — 85 *A²* Ne u. ml't b.; *M²J*
ne lot que (*M²* qui) il — 89 *M* Il li ; *G donne ensuite 32 v., où
l'épisode d'Achille à Scyros est attribué à Néoptolème (v. aux
Notes), vers précédés de ces 2 v. de transition :* Que uos iroie
plus contant A troye uint et antretant — 90 *L* Et si uos di, *F*
Et s. bien; *M²FL* que entretant — 91 *M²K* a r. ; *M²* repeir.,
N reper., *G* repar. — 92 *EM* estor; *E* grant et plenier — 93
E ml't grant et fiere — 94 *M¹* Tiez, *K* Tex ; *M* donc, *EF* don;
K set .m.; *M²* furent — 95 *FJ* Qi quil, *Gy* Que que; *H* tar-
gast, *AJekn* tardast; *FG* li terme auint; *y* la reuenue — 96
(*AJ*); *K* trieue, *M¹* treue; *y* Quant c. t. fu rompue — 97 *Dy*
Si, *F* Lors; *G* i roust, *M¹* i ot ; *A* Dont il rot; *CFM* faiz; *DHM¹*
apareuz, *E* -auz, *A²* -els, *R* apareiloiç (*v. f.*); *M²J* Dambedous
parz se sunt garni — 98 *K* i en; *M* en ira (*v.f.*) ; *C* raura; *y* Or
recomance li orguialz (*H* -eus, *M¹* -uez), *A²* De dras de soie et
de cendels, *M²J* Ensi (*J* Ansint) cum mortel anemi.

Vingtième bataille ; mort de Paris.

En juing, quant sont plus lonc li jor,
22600 Que li soleiz rent grant chalor,   22530
Se ratornerent, ços sai dire,
Par grant orgueil e par grant ire.
De l'ost partirent les conreiz.
Vint mile confanons despleiz
22605 I veïst l'om verz e vermeiz.   22535
Es armes se fiert li soleiz;
Del verniz e de l'or d'Espaigne
Resclarcist tote la champaigne.
Reis Aïaus vait premerains :
22610 Tant par est d'estoutie pleins   22540
Qu'armes ne prent ne qu'il nes baille ;
Toz nuz vueut estre a la bataille.
S'il ne s'i guarde, il fait que fous,

22599 (*IJ*); *A*² iul, *G* joing; *CK* que; *Fe* p. grant, *A* grei-
gnor, *M* p. chaut; *H* p. s. l.; *C* li p. g. ior; *L* Q. li iors uint et
la luor — 22600 *M*¹ le soleil, *M* li solail, *M*²*HJ* li soleilz, *EKn*
-auz, *L* -euz, *A* -eus; *L* la c. — 1-2 *interv. dans E* — 1 *R* retor-
nerent cous; *M*²*AMn* ce s.; *K* Se rassenblerent par grant ire, *e*
Se rarmerent li dui empire, *I* Satornent tout bien le sai d. — 2 *K*
Et p. o. co sai bien dire — 3-4 *interv. dans M*¹ — 3 *K* partissent;
*M*²*AA*²*CJkny* li conrei; *I* issirent les maisnies — 4 (*correction*);
*M*²*AA*²*CGHJkxy* confanon (*EN* -ons, *KM*¹ gonfanon) despli,
I ensaignes desploies — 5 (*C*); *AJMM*¹ on, *n* an, *kL* len;
I De cendal bloi; *M*²*A*²*CIJkx* uert et uermeil, *Ay* uerz (*A* uert)
et uremeuz (*EH* ucrmauz) — 6 *M*¹ Es conrois; *EH* solauz;
*M*²*AA*²*CJkx* Contre la raie (*A* raye, *C* rage) (*A*² le raior) del
soleil — 7-8 *interv. dans M*²*ACJkx* — 7 *H* Des armes; *M*²*ACk*
De cler u. e dor, *C* Por la u. por lor, *J* De dras de soie et dor
— 8 *N* Recl., *F* Rasplandist; *A* conpaigne — 9 *M* u. tous p.,
K i uint prim.; *M*²*e* premerejns — 11 *n* ne ne les b., *K* ne
nes i b. — 12 *K* T. n. en uint, *B* Desarmes uait — 13-16 *m.*
à B — 13 *EK* se g.; *K* fist.

Quar mout li dorra l'om granz cous :
22615 Fort pel avra, se l'om l'ataint,   22545
Qu'om ne la perst e navre e saint.
Diomedès vint après cez,
De combatre guarniz e prez.
Li dus d'Athenes vint après,
22620 E Menelaus e Ulixès,   22550
E tuit li prince e tuit li rei.
Agamennon lor tient conrei
O plus de trente mile armez
Forz e seürs e adurez.
22625 Le pas chevauchent vers la vile :   22555
D'eus i a teus seisante mile,
Qui avront ainz grant estoveir,
Iço vos di jo bien por veir,
Qu'ui mais seient del champ geté.
22630   Tuit se rarment par la cité,   22560
E quant il n'i ont Troïlus
Ne Hector ne Deïphebus,
Mout en sont trist e doloros :

22614 *Ak* Que; *n* i done lan, *k* i donra (*K* dourra) len; *e* de
granz cos — 15-6 *m. à e* — 15 *CJKR* len, *N* lan, *AM* on; *F*
sella; *n* latant — 16 *C* Qen, *J* Quen, *N* Qan, *F* Qil, *R* Ke; *K*
Quele ne, *M* Conme la; *M²* perz, *AF* pert, *N* piert, *C* perce, *M*
perc, *R* part; *J* trespert — 17-34 *réd. à* 4 *v. dans B; voy. aux
Notes* — 17 *M²* cesz, *C* cels, *M* cest; *K* enpres cez, *F* pres de c.
— 18 (*C*); *R* Del; *M²Ke* bataille; *M²* presz, *M* prest — 19 *Me*
uient, *K* enpres — 20 *Ken* thel., *M²* menelaus — 21 *k* Tuit; *M*
Et tout leur p. et tout leur r. — 22 *F* Agamenon; *FK* tint —
23 *N* A; *E* .xv. ᵐ· — 24 *M* segurs; *K* F. s. et bien a.; *y* Chascuns
ert (*M'* est) cheualiers prouez — 25 *H* a la — 26 *J* Del; *N* Daus
en i a .lx. m.; *K* .l. mile; *E* Einz an morront, *DHM'* Ainz en
morra; *Dy* plus de .iij. m. — 27-8 *m. à Dy* — 27 (*ACJR*);
Kn Q. ainz a.; *M²* destorber grant — 28 (*ACJR*); *M²* Ce uos
die ie b. que auant — 29 (*DJ*); *AFR* Que (*FR* Qi) mes s., *K*
Quoi m. s., *N* Que huimes s., *M'e* Quil s. m.; *AHMn* de; *N*
torne — 30 (*DJ*); *AFk* Troien sarment, *H* Tot sarmerent — 31
EH Et q. ni uoient; *R* uint troiulus — 32 Ne *m. à F; kn* deyph.,
E deif. — 33 *M'* tristre, *M²Ekn* triste; *Ke* angoissox.

Le jor redotent perillos.
22635 Paris s'en ist l'eaume lacié :   22565
Mout a le cuer gros e irié
De ses freres qui sont ocis ;
L'eve li file a val le vis.
Bien set qu'il en avra bosoing :
22640 Ne cuit que ço seit guaires loing.   22570
Ha ! las, com fiere destinee
Li ert cel jor determinee !
Après lui vint Polidamas,
Philemenis e reis Edras,
22645 Danz Eneas e tuit li suen,   22575
Qui chevalier erent trop buen.
Trestuit s'en eissirent li lor :
Ainz que bien fust prime de jor,   22576
Furent il prest en mi la plaigne.
22650 La veïsseiz tante compaigne
Preste e guarnie e bien armee,
Tant fer, tante enseigne orfresee,   22580
Tant bon cheval baucenc e sor,
Tant heaume e tant escu a or,
22655 Tante coverture entailliee

22636 An Ce (n Se) sachoiz bien lo c. i. (F a i.) (A ml't fu
i.); k el uentre i. — 37 e Por — 38 A fille, M²e cort — 39 M²
siet, k seit — 40 kn quil en s. — 41-72 m. à B — 42 M²MM'
iert (forme constante) — 43 K Enpres; ek uient — 44 Fek
Filim., A² Filom., N Fylem.; K hesdras, M²Men esdras (cf.
6887) — 45 Fy Et e., N Li cheualier; AA²CJRkn li lor, H li
soen — 46-7 m. à AA²CJRkn — 46 DM' t. bon, E ml't buen;
H estoient boen — 47 De issirent le ior, H issent a lestor —
48 (AR); H A. que il f., J Nestoit pas bien, E Eincois qu'il f.,
A² Encor nert pas; k primes; E a lestor — 49 (A); M²K F.
tuit; Rn pres; C fors par mi; EH an la chanpeingne — 5o CRkn
La ueist an (CR len, M on); M²ke mainte, C ml't grant — 51
(AR); MM' P. g. — 52 (AR); F doree, E brosdee, M' brodee —
53-4 interv. dans e — 53 E Maint; K buen — 54 E Maint h. et
maint; F h. t.; M² hieume; k Et t. chier (M bon) garnement
éd. dor — 55 E Mainte.

De drap de seie entreseigniee,
Tant brueil de lances de sapin !   22585
Ancore esteit assez matin,
Quant il s'entralerent ferir.
22660 Sempres maneis a l'avenir
I ot si merveillos estor
Que dis mile targes a flor   22590
I fendirent e dequasserent
E mil haubers i esfondrerent.
22665 Tres en mi les ventres s'ataignent,
Si que les lances i empeignent
E que lor saut li sans des cors.   22595
A estrange gieu sont amors :
Sovent lor en creist li bacins
22670 O les branz d'acier Peitevins,
Si qu'il en trebuchent des seles
E que lor perent les cerveles.   22600
Paris o la soë compaigne,
Perde o guaaint, com que l'en preigne,

22656 (*H*); *k* dras; *M*² detrenchee — 57 (*CL*); *M*² Tanz bruiz, *J* Grant bois; *E* bruelz, *M*¹ bruis; *K* bruil de lance; *n* T. bones (*F* Et tantes) l., *A*² T. i ot l., *H* Et tante lance; *JM*¹ sapins — 58 *M*²*M* Encor, *K* Onquore; *JM*¹ matins — 62 *M* Q. de diz m. — 63-72 *réd. à 4 v. dans Dy; voy. aux* Notes — 63 (*AJR*); *A*²*N* fendierent; *C* escass. — 64 (*AJR*); *F* hausberz; *M* eff., *K* enf. — 65 (*AJR*); *P* Tresmi; *G* uendres; *n* satoignent, *C* se taignent, *S*¹ atengnent — 66 (*AJR*); *F* ampoignent; *G* bien si baignent; *S*¹ Les fors l. si les empengnent — 67 *AKx* li s. lor (*A* li) saut (*F* ist); (*M*²*AGNR* des), *FJk* del; *S*¹ Que li s. lor raie del dos — 68 (*AGJLR*); *A*² A ml't felon giu, *I* A giu estraigne; *S*¹ E. dieu s. asmors — 69-70 *m. à A*²*IS*¹ — 69 (*ALR*); *G* i c.; *C* les b.; *J* croist en les b.; *N* batins — 70 (*ACJR*); *FG* Et; *F* li; *K* fers daciers — 71-2 *m. à A*² — 71 *M*² sen t.; *F* trab., *Ik* trebucent; *I* Souent se t.; *G* de celles — 72 (*ACRJ*); *kx* Et lor pareissent (*nL* -issent, *G* perent bien) les boeles (*FG* ceruelles), *IS*¹ A mains parurent (*S*¹ maint emperent) les b.; *M*² l. saillent — 73-4 *B* Et ne por quant coi quil en pregne A cels quil a en sa compaigne — 73 *H* a, *JM*¹ et — 74 *H* P. g.; *M*²*M* gaaing; *ny* coment quil; *A*²*CJM* qui que (*C* qi) sen (*M* len) plaigne.

22675   O ceus de Logres s'est meslez :
La ot tant fers ensanglentez,
Tant darz d'acier e tant quarreaus   *22605*
Par mi costez e par boeaus,
Par mi chiercs e par mi ieuz,
22680   N'i a si jovne ne si vieuz
Qui vivre i puisse une loëe.
N'i a broigne si dur serree   *22610*
Par ont li sans ne rait a fil.
El champ en gisent ja tel mil
22685   Dont li plus sains est refreidiz,
Qu'en lui n'a vie n'esperiz.
     Diomedès rest avenu.   *22615*
Feru se sont e abatu,

22675 *A¹A²EIL* A; *M²* cesz, *F* cez, *E* ces, *A¹* caus; *M²Dy* de grece, *M* de lor grez, *B* de locres, *I* de logre — 76 (*IJL*); *C* rot, *G* est; *C* tans, *K* tanz, *M²* mainz, *B* mains; *FMR* fer, *N* darz; *A¹De* La ueissoiz (*De* -iez) escuz troez, *H* la i ara e. t. — 77 *M²ACJRk* Tanz; *B* Maint dart et maint; *N* fers, *F* fer; *M²ACJKNRe* tanz; *M²* quarreus; *A¹Dy* Traient saietes et carriax — 78 (*R*); *A* Et par c. et par; *ABJMn* boiaus, *C* boieaus, *K* boials, *M²* bueus; *A¹Dy* Par mi homes par mi cheuaus — 79-86 *m. à B et sont réd. à 2 v. dans A¹Dy* : Ja mais norroiz tel traieiz Ne si cruel abateiz (*DM¹* asenbleiz) — 79 *N* Et par mi chies ; *M* chiere ; *C* caus, *M²* oilz, *F* auz, *N* iauz, *R* euç, *K* ielz, *A* eux — 80 *J* Nus nest; (*M²AC* ioune), *JKN* iones, *F* iuenes, *R* ioure, *M* -es; *M* ne fu u.; *R* ueuç, *n* uiauz, *A* uieux, *M²Jk* vielz, *C* ueaus (*cf. 18400 et 20222*) — 81 (*AJ*); *M²C* Quil; *CRkn* u. p. (*R* cuit); *M²N* ljuee, *A* luice, *FR* luee — 82 *CJ* si fort, *M²n* si bien; *CK* safree; *R* si enmaillee ; *M²* maillee, *J* clauee ; *A* si aclauelee — 83 (*J*); *M²* on, *R* unt, *kn* ou; *M²* le sancs; *AC* nen — 84 *M²* tiels, *K* tex — 85 *A* chaus; *M²* si freidiz, *C* refroidiez, *F* refroiz, *I* ml't destrois; *S¹* li plusor seront destroit — 86 *M²J* Que (*J* Quil) nen ist funs ne esp. ; *A²* Nen i ot ne f., *Ak* Quen (*A* En) els na ame (*M* -es, *A* armes); *N* En aus; *n* na uie; *C* Qi sont sanz esperiz lessiez, *IS¹* Si (*S¹* Sen) i a ia molt de tos frois — 22687-758 *sont réd. dans B à 8 v.; voy. aux* Notes — 87 *DLny* Dyom. ; *A* c. la uenus, *DLky* i est (*DEL* rest) uenuz (*K* uenu); *IS¹* i uint atant; *A²J* Es (*J* As) uos d. uenu; *F* reuenuz — 88 *M²ADLMn* abatuz; *y* O plus de .iiij. m. escuz, *IS¹* Entrabatu sont maintenant.

Entre lui e Philemenis ;
22690   O les branz nuz se sont requis :
Dure escremie se rendissent,
Se lor dous genz nes departissent.   22620
Ci rot peceïeïz de lances
E derompues conoissances
22695   E grant retenteïz d'espees
Tres par mi les testes armees ;
Ci desjoignent cercle e nasal ;   22625
Ici trebuchent maint vassal
Mort e freit de sor lor destrier ;
22700   Ci fausent li hauberc doblier.
Pro sont e fort Paflagoneis :
Grant ocise font de Grezeis.   22630
Nel pot sofrir Diomedès :
Quatre archiees o cinc bien près
22705   Les ont chaciez e remuëz,
Sin ont a cent les chiés coupez.
   Adonc i vint Menesteüs :   22635
Mil chevaliers ot bien e plus,
N'i a cel n'ait lance planee
22710   O enseigne d'orfreis bendee.
Sor les chevaus toz abrivez

22689 M philim., Ke filim., M²F filem., N fylim. — 92 M leur g. ; F ne — 93 F pechoiez, K peceeiz, N pecoieiz, M perceiz, E grant peceiz, M¹ depeceis — 22695-700 réd. à 2 v. dans Dy : Haubers fausez et deronpuz Et cheualiers morz abatuz — 95 (AJ) ; R granç ; C retantau des e. — 97 C Si — 98 (ACJ) ; K Et ci trebuche ; F trabuchent, M trebucent ; F cheual — 99 M de soz ; A de son d. (v. f.) ; C M. et naure ius de d. ; JN destriers — 22700 (A) ; n haubers ; J fauserent h. ; Jn dobliers — 1 AFHK Grant ; n P. (F Gr.) et f. s. ; F plafagonois, M²AEJM pafaglonois, D -mois, HM¹ pafagonois — 2 K des — 3 Mn dyom. — 4 y ou .vj., M ou mes — 5 J Les a, k L. ot — 6 H Si nont, K Sin ot ; F a maint lo chief — 7-8 m. à H — 7 M² Adoncs auint, e A lestor u., J Venuz i rest — 9 M²e un, H nul — 10 EFM brosdee, N brosdee corrigé en bandee.

Ont Paflagoneis encontrez.   22640
Lor enseigne criënt en haut,
Si vos di bien que nus n'i faut :
22715 L'espesse i est grant e li tas.
Ici sont desboclé e quas
Li fort escu peint a color;   22645
Ci comença si fier estor
Que hom mortaus ne vit son per
22720 Ne tant feïst a redoter.
Trenchent sei chiés e braz e piez.
Menesteüs vint eslaissiez,   22650
L'escu al col, lance levee :
Sor la bocle d'or neelee
22725 A si feru Polidamas
Que d'ore en autre est fraiz e quas.
L'auberc li trenche e le samiz;   22655
Ne l'ataint pas el gros del piz, —
Sempres fust morz de maintenant, —
22730 Por quant si fist l'auberc sanglant.
Polidamas ra lui feru
Sus en la pene de l'escu :   22660
Sa lance froisse e enastele;
Al parhurter guerpi la sele.

22712 *EM* pafagl., *M'* pafag., *n* plafag. — *13-6 réd. à 2 v.*
dans Dy : Tant con plus tost porent aler (*H* La ueissies maint
colp doner) Ici ueisiez estroer — 14 *K* Ci, *N* Ge ; *M'ACM* nul;
M'M nen, *ACK* ne — 15 *M* La presse i fu — 16 *F* Icil — 17
Dy Maint; *EN* point — 18 *N* comencent, *M* -e; *y* Ici par ot ;
N dur e., *F* fort e. — 19-20 *m. à E* — 19 *n* mortex, *M* -el; *HM'*
Conques mes h.; *J* ni — 20 *M* Qui — 21 *M* T. c.; *M'e* chef,
H pies ; *F* et puinz, *N* ianbes — 24 *M'e* Soz; *e* neelee; *M'*
répète les v. -23-4 (neelee *devient* noielee) — 25 *y* A p. si f. —
26 *M* dorle, *M'KN* dor; *J* Que ses escuz est ; *y* Que tot lescu li
a fendu — 27 *M'* uerniz — 28 *K* lateinst; *M'* mie — 29 *K* M. f.
s. — 30 *Kn* si (*n* san) fu — 31 *N* la si, *M'* ra si — 32 *k* Desor ;
He pane, *M'* penne; *F* Por mi la plaigne — 33 *E* i f.; *N*
anhast., *FM* estancelle — 34 *M'* p. aler; *M'EM* guerpist, *F*
uoide.

22735   L'espee traist Menesteüs :
         De lui fust sempres al desus,
         Maintenant l'eüst mort o pris,   22665
         Quant le rescost Philemenis,
         Qui Greus ocit e quis requiert,
22740   E qui estranges cous i fiert.
         Bien lor mostre qu'il est vassaus ;
         A mainz en trenche les nasaus,   22670
         Les nes, les mentons e les boches :
         Ne joë pas o eus as toches.
22745   Paris tant dis se combateit,
         O ceus de Logres contendeit :
         O l'arc les berse treis e treis   22675
         E o l'espee de maneis ;
         Mout en ocit, mout en mahaigne,
22750   Mout en abat en mi la plaigne ;
         Par la force des suens les chace.
         Grant perte i a d'eus en la place :   22680
         Se ne fussent Atheniëis,
         Mout par i perdissent Grezeis,
22755   Mais socoruz les ont senz faille.
         Ici comence tel bataille,
         Dont set cenz chevaliers esliz   22685

22735 *EJNk* Sespee; *M²M'n* tret — 38 *K* rescot, *E* -queust ;
M philim., *K* filim., *N* fylim., *M²FJe* filem. — 39-44 *réd. à 2
v. dans Dy* : Des mainz li fist ml't tost uoler A maint (*EH*
mainz) le fist (*E* lestut) chier (*H* li conuint) conparer — 39
M²CJK griex, *K* grius ; *F* ocist, *M* ochist ; *M* quil, *Cn* les ; *J*
qui es r. — 40 (*CJ*) ; *M* destranges ; *k* les f. — 41 *M²CJ* monstre
— 42 *F* maint ; *K* nasials — 43 *F* neis, *N* uis ; *C* boiches — 44
M²C ioie, *J* geue ; *M'N* i. mie ; *Jkn* a els ; *M²CM* a ; *C* thoiches,
J torches — 45 (*M²M'* tant dis), *cf. 17463* — 46 e A ; *n* longres,
M²M grece — 47 *M²Ne* A ; *K* demanois — 48 *Ne* Et a ; *M*
sespee ; *k* treis et treis — 49 *K* Maint ; *M'* ocist, *M* ochist ; *K*
maint — 50 *KM'* Maint ; *K* ocit — 51 *kn* O ; *M* siens — 53 *M'*
ateniois — 54 *M²* Trop par ; *e* Durement p. — 56 *N* tex, *F* la ;
e Ci par ot si dure b. — 57 *M²FG* Don, *M* Donc ; *k* set .c.,
G .v^c. ; *M* cheualier uaillant ; *K* uaillanz.

Orent sanglenz testes e piz.
   Aïaus vait par la bataille,
22760 Qui n'a hauberc ne n'a ventaille,
Heaume lacié n'escu al col :
Bien se devreit tenir por fol,   22690
Qu'il en tel lieu s'est embatuz.
Le piz e les costez a nuz :
22765 C'est merveille que il tant dure.
Oëz quel esteit s'aventure.
Mout par damajot Troïens   22695
E mout alot cerchant les rens :
N'i a chevalier si armé
22770 Qui plus s'i seit abandoné.
Sovent i fiert, sovent i maille,
Sovent tresperce la bataille.   22700
Sor un cheval sist merveillos :
De besanz vaut un mui o dous ;
22775 En Grece n'ot onc son pareil.
Tot l'ot covert d'un drap vermeil.
Sovent le point, tost le remue ;   22705
Maint en ocit e navre e tue.
   Quant Paris veit le forsené,

22758 *K* t. et p. sanglanz, *M* p. et t. sanglant ; *M*¹ costez, *E*
et cors — 59 *N* Ayaus, *EF* -ax, *M*² Aiaux, *M*¹ Biax ; *G* Pjrrus
reua — 60 *EK* Quil, *M*¹ Nil ; *K* hiaume ; *M*¹ nil na u. — 61 *M*²
Heume lance, *K* Hauberc uestu ; *F* escu ; *e* Fors la lance et
lescu ; *M*²*MN* a c. — 63-6 *m. à B* — 64 *K* toz n., *M* tout n. —
65 *M*² qui, *k* com — 66 *K* Oiez ; *M*¹*Ke* quels, *n* qex — 67 *F*
domage — 68 *F* Ml't ; *n* l. suens — 69-76 *m. à B* — 69 *k* Nest
cheualiers (*M* -ier) si bien armez, *e* Autresi con sil fust a. — 70
K Que p., *M*²*M* Qui tant ; *e* Sest en lestor ; *ek* abandonez — 71
e et hurte et m. — 72 *e* Toute t. — 73 *n* siet — 74 (*C*) ; *M*² o mjl ;
KN moi, *M*²*FM* mil ; *e* Des meillors autres ualoit .ij. — 75 *M*²e
naueit, *M* not onques (*v. f.*) — 76 *K* C. lot t. ; *n* Bien ; *N* fu
couerz — 77 *K* poinst ; *k* tot ; *N* lo r., *M*²*AFJek* se — 78 *F*
ocist, *M* ochist ; *y* M. troyen ocit (*M*¹ -ist) et t. — 79 (*GH*) ; *K*
que li desuez, *L* le forsenez.

22780   Qui ensi s'est abandoné,
           Sa gent li veit fortment laidir,
           Ne l'ot cure de plus sofrir.   22710
           Une saiete a encochiee
           Reide e trenchant e entoschiee :
22785   Enteise bien e trait d'aïr.
           Bien l'a feru e, senz faillir,
           Parmi les dous costez le point,   22715
           Si que l'eschine li desjoint.
           Cil a senti le coup mortal :
22790   Adonques broche le cheval ;
           Fors de son sen, desvez e feus,
           Se fiert parmi la presse d'eus.   22720
           Fiert e done cous perillos,
           Plus en a mort de vint e dous.
22795   Paris a quis tant qu'il le trueve,
           Si vos di bien qu'ainz qu'il se mueve,
           S'entredorront de granz fresteaus   22725
           A mont parmi les hatereaus,

22780 *F* Qe; *K* Sest si entrals; *KL* abandonez, *y* Fere si bien tot desarme — *81-2 interv. dans y* — 81 *y* Car ml't li uit (*E* uoit); *N* souant l.; *B* f. li u. l. — 82 (*HJ*); *M²A* Ne not, *F* Not mes — 83 (*A*); *M¹* seete; *M²* encochee, *G* ancochie, *LN* -iee, *M* enochiee, *K* encoschiee, *C* entoschie, *B* -kie, *F* anchochiee, *M¹* descochie — 84 *kC* R. t.; *K* trenchante — 85 *GN* Antoise, *F* Ancoche; *L* b. et fiert; *y* et tret (*E* fiert) de grant air — 86 *K* F. la b.; *F* fu et — 87-8 *m. à B* — 87 *M²K* lenpoint, *F* lamp., *M* lempaint, *N* lap. — 89 *M²CK* sentu; *B* Aiax sent — 90 (*AC*); *M* Adonc (*v. f.*), *H* Durement, *M²M¹* Fierement; *B* Il point et b.; *J* Puis a brochie le bon c., *E* Des esperons fiert le c. — 22791-800 *réd à 2 v. dans Dy* : En son poig tint tot nu le branc Droit uers paris en uint poignant (*H* : Et t. en s. puins le nu brant Tot d. a p. u. corant) — 91 *K* Fiers et cruels d.; *JM* Hors; *M²M* sens; *J* iriez cruels; *B* fiers — 92 *CJ* les presses d., *B* les cheualiers — 93-4 *m. à B* — 93 *CJn* merueillex — 94 (*CJ*); *K* Morz en a p. — 96 *F* Et si dist b.; *n* ainz; *N* san; *F* muere — 97 *J* Se doneront, *n* Sentredonent; *A* fretiaus, *C* fretaus; *B* Se rendront il de tels colees — 98 *J* Desor, *M²Ck* Desus; *M²J* hatiriaus, *C* ateraus, *A* hasteriaus; *B* Qui ml't seront cier comparees.

      Si que les testes lor saignierent.
22800 Felenessement se requierent.
        Fait Aïaus : « Sire Paris,
     « Jo cuit qu'ore estes entrepris :   22730
     « Se trait avez a mei de loinz,
     « Vers vos me sui serrez e joinz.
22805 « Ocis m'avez, jol sai e sent :
     « Por quant s'iert ja premierement
     « Vostre ame en enfer de la meie;   22735
     « Jo vueil qu'el se mete a la veie.
     « Ja ne traireiz mais d'arc d'aubor.
22810 « Ici deseivre vostre amor
     « E l'Eleine, que mar fust nee,
     « Que mainte gent ont comparee.   22740
     « Por li morreiz, e jo si faz. »
     Aïaus l'a saisi as braz
22815 Qu'il aveit plus forz d'un jaiant;
     Granz cous li done maintenant,
     Sa mort li vueut paier e soudre :   22745
     Ne se pot pas de lui esvoudre.
     Par mi la chiere l'a feru

22799-800 m. à B — 22800 n Felon. — 1 N ayaus, F -ax — 2
k Gespeir, n Espoir, D Ce c.; F uos e. — 3 A Se a m. a. t., M²
Se a. t. a m., n Se uos mauez feru; M² loingz — 4 AF Lez, Ne
A; M² ioingz — 5 K gel uoi, M¹ por uoir, E tres bien; e le s. —
6 M si iert, K ia i., N sira, F sera, B seres — 7 F U. an aut
auoc la m.; M¹Nk que la m.; B Ains de moi en enfer sacies —
8 M²k que; B que uos pas ni faillies — 9 M² nen — 10 e Ci; JK
desseure, M¹ deseuerre; I Chi voel deseurer — 11 (ABIJ); C Et
la dame, N Delaine et uos, A² Dame helaine, M¹ De heleyne, E
De Iclejne, F Et de helaine; M¹ mal; A² fu; M²H Delelne q. m.
f. ainc n. — 12 (A²); CIJ Cui, y Car; Fe mainte; Ky lont — 14
k le sesist; M² a b. — 15 M²M¹ Que (M² Qui) il a; F Qil a p.
que; k Quil a p. f. que nus iaianz, L Qui est p. f. que .j. i., B
Que il a. p. f. asses — 16 k Molt li d. fiers cols (M cox f.) et
granz, B Mains mortex cols li a dones — 17-8 m. à BDFy — 17
CGJLk soldre, A sodre — 18 A esuodre, JM -oldre, C desoldre,
G et sordre, K estoldre, N estordre.

22820 De la pointe del brant molu :
Sempres maneis l'estut morir
E de cest siegle departir. 22750
En la place chiet morz Paris :
L'espee ot dreite par le vis.
22825 E cil par est si detrenchié
Qu'il n'a entier ne main ne pié,
Teste ne piz, costé ne bras. 22755
Plus fu vermeiz que nus cendaz :
Deus ne fist home, s'il le veit,
22830 Que toz li cuers ne l'en esfreit.
Vers les tentes l'en ont porté
Cil qui mout l'ont plaint e ploré : 22760
Ço est sa maisniee demeine.
A grant travail e a grant peine
22835 Li est l'ame del cors eissue :
Por poi qu'as denz ne la manjue.
Si tost come il orent sachiee 22765
La saiete, qu'ert entoschiee,

22821 *M²* Sempre; *M* menois; *B* En eslepas; *M²FM* lestuet —
22 *M²Nek* siecle; *M* partir; *B* Ne se pot plus contretenir — 24
M²Je Car l. ot (*M²* Lespee o', *J* Le cop ot droit) par mi le u.
— 25 *I* Cui caut cil rest, *e* Mes celui ot; *M²F* detrenchez, *INk*
-iez — 26 *H* entir; *M²Jkn* ne mains (*M* main) ne piez, *I* Na e.
mains ne bras ne pies, *B* Mors ciet ne pot estre sor p. — 27-40
m. à *BI* — 27 *M* piez; *AJkn* costez; *A²* Coste t. ne poins; *J* ne
chas — 28 *A²* P. est roges, *J* P. fut roiges; *M* nul, *K* un; *M*
cendalz; *A²* dun taleuas, *J* cuns uermeiz dras; *M²y* Mis lont de-
sus (*H* desor) un taleuaz — 30 *M²EHkn* li (*F* lo, *HM* le) cors,
JM' le cuer; *nyJ* li e. — 31 *EH* As pauellons, *M'* Au paueil-
lon; *N* pene, *k* mene — 32 *F* bien lont; *N* q. l. et p. — 33 *y*
Ce sont li suen home d. — 35 *F* larme — 36 *A²JMNy* Par, *KL*
Λ; *F* Qe pou que toz; *AM'* qua d.; *M²AEJn* ne les m.; *nHLM'*
meniue; *A²* quil as d. ne m., *H* que la gent no m.; *I* Ml't grant
angoisse i a eue — 37-8 *interv. dans A²* — 37 *x* con en o., *I* c.
li o.; *A* lorent, *A²* leurent; *J* saichie — 38 *M'* seete; *J* quere, *M*
qui ert, *A²N* tote; *A* Li carrel quil iert entouchie, *G* La seieste
quil ont fichie.

Senz sanc, toz freiz, pales e vains,
22840   Sempres fenist entre lor mains.
        Paris fu morz, le pro, le sage.
        Troïen virent lor damage :   22770
        Mout en furent descoragié,
        Desconforté e esmaié ;
22845   Tel duel en ont qu'onc puis le jor
        Ne tindrent place ne estor.
        Diomedès a fait soner   22775
        Un cor d'olifant haut e cler ;
        Ses genz restreint e ses batailles.
22850   Dès or veit om les devinailles
        Que Cassandra aveit pramis.
        Porté en ont le cors Paris   22780
        En la cité sor son escu.
        E Greu orent levé le hu
22855   Sor Troïens, si les acueillent ;

22839-40 *interv. dans* A^2GI — 39 (AA^2); *L* Sant sanz, *C* Se
sent; *N* Faut li li cuers, *G* San faut tos frois — 40 *CJ* Tantost,
AIM Si tost; *K* Fenist tantost; A^2 finist, *I* feni, *A* uenist, *N*
morut, *F* est morz; M^1 Est s. mors, *E* E. m. cheoiz, *L* Lors
est cheuz, *H* Chai tous frois ; *G* Parmi le uis mors est an m. —
41-4 *répétés dans H après* -92 — 41 A^2 est m.; A^2Gen li biax,
$M^2ACHJLk$ li proz (M^2 prous, *k* prouz, etc.); *tous les mss.* li
sages— 42 M^2Ky Ce fu as suens trop (*H* ml't) granz (M^2M^1 grant)
damages (*K* as troiens d.), *H* Ice fu as siens g. d. (2e *leçon*), *JM*
Quant t. u. lor d., *L* Dont t. orent domage; *x* Troyen; *FG*
uoient; *E* les d., *G* le damaige — 43 *J* Tuit; *L* adomachiez; *y*
Car (*H* Qui) m. en sont desconseillie, *B* Sor son escu len ont
porte — 44 *L* Desconfortez et esmaiez, *B* Li sien plorant en la
cite— 45 *e* font; M^1 con, M^2B quainc, *Mn* quainz, *L* qeinz, *AE*
que — 46 *B* Ne porent maintenir lestor — 47-52 *m. à B* — 47
en dyom.; *e* Et d. fist — 49 M^2 S. rens estreint; M^1 retraint, *K*
restreit — 50 *K* len, *M* il; *C* croiez les d. — 51 *F* cans. — 53 *n*
sor un e.; *B* Ml't sont troijen confondu — 54 (*J*); *K* griu; *e* Et
grezois ont, *B* Sor els ont griu; A^2 Et li griiois lieuent; A^2F lor
hu — 55 (*ACI*); *Kn* qui, A^2 quant; *e* ses uont ferir; *H* Et si u.
troyens f.; *I aj.* 2 *v.:* El sanc dels se baignent et moullent Molt
le font or miex quil ne seulent.

Tant en ociënt e esbueillent
Come il lor plaist, e neient plus.   22785
Sacheiz que li fiz Tydeüs
En fait a mil les dos torner :
22860   N'i a neient del plus ester.
        Menesteüs fort s'i raiuë :
O la trenchant espee nue,   22790
Entre lui e Diomedès,
Les font entrer enz si a fais
22865   Que mil en laissent de forsclos,
Qui n'ont entier ne pel ne os,
Par mi les portes les ont mis :   22795
Ço lor a fait la mort Paris.
Li fiz Tydeüs les ensiut,
22870   Qui les ataint et aconsiut.
Par mi la vile o eus s'est mis ;
Quatre archiees o cinc o sis   22800

22856 (*A*); *F* ocist; *C* esduellent, *A²* despoillent; *M²* Dels o.
et e. (*v. f.*), *I* Tant en ocient come il voillent, *e* Si que du champ
les font partir, *H* Si q. le camp lor f. guerpir — 57 *M²* Tant
cum lur p.; *y* .v. c. en ocistrent et p., *I* Des or sont il bien el
desus — 58 *I* Bien le fait li f.; *M²K* tid., *Fe* thid — 59 *M* Leur
f. a milliers trestorner; *M²e* fist — 60 *MN* Ni ot n., *F* Ni ont
cure, *e* Ni a mes rien — 61 *M²* Menecius, *y* Li dus dathenes (*H*
dataine); *M* aue, *F* ahue, *M²K* aiue, *M¹* raue — 62 (*A* O), *M²ekn*
A — 64 *kn L.* en f. e.; *HK* ades — 65 *E* des; *N* en ont laissie de-
fors; *F* fors dos, *E* forclos — 66 (*AJ*); *M²e* cuir; *K* ox, *M* oz,
G doz — 67-72 *réd. à 2 v. dans Dy* : Par mi le borc o eus sest
mis Li filz thideus ce mest uis — 67-8 *et* 71-2 *m. à J*; 68-71 *m.*
à A — 67 (*ABCGILR*); *Fk* la porte — 69 (*JL*); *M²A²CJk* tid.,
BFGIL thid.; *A²* Et li f. t. l. suit; *M* ensuet, *R* en seut, *B* en-
sieut, *CJ* ensuit, *n* ansit, *G* -ist, *K* aquielt — 70 (*A²*); *M²* Morz
est cuj a coup a.; *Ck* les consielt (*M* -eut), *J* aconsuit, *R* acos-
seut; *x* Qi les ocit (*G* -ist) et desconfit (*L* d. et o.), *BI* Tost (*B*
Bien) est ales cui il consieut (*I* -iut); *A²* aj. 2 v. : Tres parmi la
porte a grant fais Les metent ens de plain eslais — 71 *A²* Si que
dedens od els — 72 *A²* .V. a. co quit v sis, *B* Bien eust le dous des
bras pris.

Torne del borc en son demeine :
Ja mais par force ne par peine
22875 N'en fust sevrez ne derompuz,
Se des suens fust bien parseüz.
Ariere l'en covint torner.   22805
Come musarz i dut entrer,
Quar li Bastart l'en ont mis fors
22880 E en set lieus plaié son cors.
La porte clostrent cil dedenz :
Lasse e matee est mout lor genz.   22810
      Agamennon — que fereit al ? —
Devant l'entree del portal
22885 A fait la nuit Grezeis logier ;
Dis mile d'eus i fait veillier :
Bien sont asis li pan des murs.   22815
Dedenz n'a guaires des seürs
Ne des haitiez ne des joios,
22890 Quar duel i a trop angoissos.

22873-4 *m. à B* — 73 *k* des bors; *F* Torne del tot a; *M²y* dom.; *A²J* Tres par mi la rue d. (*A²* les maine), *y* Grant part en torne en son d. — 74 *FJe* por... por — 75 *M* Ne; *M²e* partiz; *B* la par eus nen fust .j. tenus — 76 *N* i f., *B* sont b., *A* f. lors; *K* Sil f. d. s. b. perceuz; *A* persegus, *M* parseguz, *M²M'* secoruz; *E* f. secorreuz — 77-8 *m. à B* — 77 (*J*); *M* Arrier le conuient a t.; *Kn* le conuient (*n* cou.); *e* Mes ariere (*M²* -es) lestut t. — 78 *kn* Sacheiz por fol, *J* Grant folie li fist e. — 79 *J* Cuns des bastarz len a; *F* lo ront m., *K* len mirent; *M²JMe* hors; *B* Mais li b. les metent f. — 80 *EK* mainz (*K* maint) leus, *M'* maint lieu; *B* Qui lor font asurer les dos — 81 *M²AE* Les portes; *M'* clotrent, *B* closent, *F* ont close — 82 *M* mate; *E* fu l. g.; *B* Lassee et m. est l. g. — 83 *F* Agamenon ; *E* quan; *K* fera, *n* feist ; *J* A. les suens conforte — 84 *e* D. le plus mestre p.; *J* de la porte — 85 *MM'* greiois; *M'* A g. la n. f. — 86 (*A*); *M* .x. m. deulz en a f. u., *B* .ij. m. en fait villier; *J* gueitier ; *M²* Vint mjle dels a f., *e* Plus de .xx.ᵐ m. an fist, *FK* D. m. a fet (*F* an font) la nuit — 87 *e* ont; *Bkn* assis, *A²* garde ; *B* li plain; *F* del mur — 88 *M²M* de s. — 89 *M'* de h.; *MM'* de i. — 90 *M²* car t. i a d.

La nuit les ont eschauguaitié
Mil chevalier riche e preisié.   *22820*
Seveliz fu li cors Paris
Dedenz le temple Junonis
22895 Si faitement qu'onc fiz de rei
Ne fu si richement, ço crei,
Ne n'iert ja mais jusqu'a la fin.   *22825*
Tuit li poëte e li devin
I sont al mestier dire e faire.
22900 Ne porreie mie retraire
Le duel — trop est cruëus e granz —
Que de lui fait li reis Prianz   *22830*
E la reïne, que s'en muert :
Sovent se pasme, ses mains tuert,
22905 Sovent se vueut laissier morir,

22891-2 *m. à B* — 91 *M²AA²Jk* se (*J* si) sunt ; *E* se font eschal-
guetier ; *M²* esquergueitie, *A¹A²M¹* escherg., *N* eschargaitie, *F*
escharguetiez — 92 (*J*) ; *A¹* trestuit p., *M¹* qui sont p., *N* sage et
p., *F* franc et proisiez ; *AA²N* prisie, *A²* .x. mile c. p., *E* Desus
les murs et bien gaitier ; *A²* aj. *2 v. :* A grant poor chascuns ses-
maie Nen i a gaires qui nait plaie — 93-6 *m. à H, qui donne à
la place 22841-4 répétés* — 93 *A²* Porte en ont, *k* Sepeliz fu, *B*
Seueli ont ; *G* li prous — 94 (*BGL*) ; *A'e* El (*M¹* Ou) riche t. ; *A²*
iouenis, *F* Apolinis, *A² aj. ces 2 v.*, Sa gent mainent por lui
dolor Sepelis fu a grant honor — 95 e richement ; *EFG* con,
M²A² quainc, *B* cainc, *Nk* que, *M¹* onc — 96 (*A²IL*) ; *G* fust ; *kn*
plus ; *EN* hautement, *M¹* noblement — 22897-900 *m. à B* — 97
(*H*) ; e Ce nert ; *M²* tresqua, *M¹* iusque a, *E* desqua — 99 *F* Il s.
au mostre ; *y* au grant seruise — 22900 (*H*) ; *Jn* Je ne p. pas, *k*
Gie ne uos p. — 1 *EH* c. et max, *M¹* cruel et grant ; *Mn* Le d.
merueilleuz (*n* Le m. d.) et (*n* ne) le grant, *B* Nus ne pot dire
le d. grant, *JK* Les dols les m. (*K* d. m. et) les granz — 2 (*J*) ;
M Q. dector f. ; *B* Com en uit faire al roi ; *MM¹* le roi ; *MM¹n*
priant ; *E* Que font de l. dames uasax, *H* De d. et de bons v. ;
EH aj. 2 v. : Et uiel et iuesne et anfanz (*H* De uiex de iouenes et
denfans) Et desor toz li rois prianz — 3 *B* Et a sa mere ; (*F* que) ;
M se — 4 (*CJ*) ; en et ses ; *A¹* et se dest. ; *K* Andeus s. m. souent
destuert, *A²* Souentes fois ses poins d., *B* Ses ceuels tire ses poins
t. — 5-8 *m. à M²BDy, sont dans AA²CJkn* ; 5-6 *interv. dans K.*

Sovent li vueut li cuers partir,
Sovent s'escrie, sovent brait :   22835
Sacheiz de veir que mal li vait.
    Grant duel fait mout Polidamas,
22910 Grant Antenor, grant Eneas,
Grant li estrange e li privé.
Sacheiz qu'onc mais en la cité   22840
N'ot si grant duel, puis que fu faite :
Tote rien vivant s'i deshaite.
22915 Qui veit Heleine bien puet dire
Que sor toz dueus est la soë ire :
Onc rien n'ot mais si grant destrece.   22845
Sovent regrete sa proëce
E sa beauté e sa valor :
22920 « En duel, en lermes e en plor, »
Fait el, « beaus sire amis, morrai,
« Quant jo ensi perdu vos ai.   22850
« Plus vos amoë que mon cuer :
« Ço ne puet estre a nes un fuer
22925 « Que j'après vos remaigne en vie.
« A Mort pri jo qu'ele m'ocie :
« Ja plus terre ne me sostienge,   22855
« Ne ja mais par femme ne vienge

22906 *m. à M, qui répète le v. précédeut ; A* le cuer ; *J* men-
tir — 7 *AJK* et s. b. — 8 *K* De u. s.; *J* li feit, *F* se f.; *C* mal li
estoit — 9 (*J*); *EH* an f., *B* refait — 10 (*J*); *F* Granz a. granz e ;
M²y E a. e e.; *EHKn* anth. — 11 (*J*); *M²y* E li; *M* grant li p.
(*v. f.*) — 12 (*J*); *M²* quainc, *FM* quainz, *N* que; *y* Einz (*H* Ainc,
M¹ Onc) mes nul ior — 13 (*H*); *FM* Nen ot si g, ; *JMe* quel —
14 (*J*); *EKN* riens; *FN* niuanz ; *Fe* san, *M²* se, *M* li; *JKM¹*
dehete — 16 *F* t. aus — 17 *M²H* Ainc, *n* Ainz, *E* Einz; *K* O. m.
not r.; *M* r. not si; *M²Ekn* riens — 21 *AF* F. elle; *C* F. ele s.
ennuit m., *H* Morres mis amis bien le sai — 23-6 *m. à B* — 24
M² a nisun, *K* a negun, *E* por nul, *M* a nul — 25 *M²M¹* Q
apres, *K* Q. enpres; *H* remaing — 26 *M²* gie, *F* ge, *MN* ie ;
K que ele m.; *Ae* A la m. p. — 27 *K* La terre plus ne; *M¹*
sotiegne, *E* sostiengne, *N* -eigne, *F* -aigne, *M* -iegne — 28 *E*
uiegne, *n* ueigne ; *M* nauiegne, *K* nauienge.

« Si grant damage com par mei !
22930   « Tant riche duc e tant bon rei
        « E tant riche amiraut preisié
        « En sont ocis e detrenchié !   22860
        « Lasse ! a quel hore fui jo nee,
        « Ne por quei oi tel destinee
22935   « Que li monz fust par mei destruit ?
        « Bien engendra estrange fruit
        « Mis pere en mei, quant jo conçui.   22865
        « C'est grant dolor que onques fui :
        « A ma naissance vint sor terre
22940   « Ire e dolor e mortel guerre ;
        « Del mont chaï e joie e pais.
        « Ja tel femme ne naisse mais !   22870
        « Li cuers me partireit, mon vuel.
        « Ha ! tante dame ai mise en duel,
22945   « Dont lor seignor e lor ami

22929 *EKN* granz (*N* grant) domages ; *M* granz dommage
comme ; *K* que p. m. — 3o *kn* tant riche roi, *M* et t. roy — 31 *e*
Et t. haut ; *M'k* amiral ; *AEn* prisie — 33-4 *m.* à *B* — 33 *A* L.
en ; *ANk* quele ; *A*² oure ; *G* fuis, *AJn* sui, *IK* fu ; *IKn* or, *A*²
ainc ; *H* De com male ore io sui n., *C* Ai lasse a qel o. s. n. ;
M'c L. por quei f. onques n. — 34 (*C*) ; *A²Len* Et ; *F* a qoi, *E*
por que ; *A*² ai, *I* iou ; *G* Aquerrai ie ; *H* Lasse por que, *K* Por
quei oi gie — 35-6 *m.* à *B* — 35 *FN* por ; *L* Qe par moi fust, *y*
Que tant fussent ; *A*² Qant por moi est li m. d., *I* Com a par
moi le mont d. ; *AA²Jkn* destruiz, *G* -uis — 36 (*H*) ; *G* B. en-
gendrai (*dialectal*) mes peres puis ; *AA²Jk* estranges (*JK* e)
fruiz, *CLN* le pis des fruiz (*C* fruis), *F* les puis destruiz — 37-8
B Por quoi nasquis onques de mere Ne por coi mengenra mes
pere, *I* Et merveillous en moi mes pere Por coi nasqni iou de
ma mere — 37 (*AA²CHJ*) ; *LM'* Mon ; *G* La mortel uie com ie
cui — 38 (*H*) ; *M²FJMy* C. granz dolors, *K* G. dolors est, *N* C.
domages ; *CHN* Qant ; *JL* que ie o., *M²* q. unques ; *G* Quant
engendree fui de lui — 3g (*AA²BCGHIJ*) ; *k* O ; *N* Et qua,
FG Et quant ; *G* ie uins onques sus t. — 40 *G* et duel ; *EN* mor-
tex, *K* -al — 41-6o *m.* à *B* — 41 *k* D. monde c. (*K* chacai) i.,
n Auint lo ior a i. a (*F* et a) p. — 42 *kn* tex ; *e* dame ; *F* nasqui
— 43 *M* uoil — 44 *FM'* mis ; *K* a d. — 45 *M* Donc, *n* Don.

« Sont ja par mei enseveli !
« Por mei n'iert ja fait oreisons ;   22875
« Sor mei torront les maudiçons
« De ceus qui sont e qui seront
22950 « E qui el siegle mais naistront.
« Lasse ! por quei serai haïe !
« Ço peise mei, que j'oi onc vie.   22880
« Ja ne vousisse estre engendree :
« Ço peise mei, que onc fui nee.
22955 « En maudite hore començai,
« En plus male definerai.
« Mil mui de sanc de cors vassaus   22885
« De chevaliers proz e leiaus
« Sont espandu par m'acheison :
22960 « Qui me fera beneïçon ?
« Ço n'iert ja nule rien vivant.
« Que ne m'ocit le rei Priant,   22890
« Qui par mei est vis confonduz
« E que ses fiz li ai toluz ?
22965 « Par mei se veit desheriter :

22946 *M* ensep. — 47 *C* Par; *M²* nert; *M²ACekn* fete; *E*
orisons, *M* oroison — 48 *C* torne la; *A* Por moi donront; *M²*
uendront; *M²k* les maldicons, *M* li maldicon — 49 *M²* cesz, *E*
ces — 50 *M²k* siecle; *F* uiuront; *e* Et q. iames nul ior n. — 51
e por quan — 52 (*A*); *Jy* conques oi (*H* eu) u.; *N* uing a u., *F*
uig an u., *K* sui en u. — 53-4 m. à *ADy* — 54 *KN* quonqnes,
M² que ainc, *L* que ie, *R* q. ionc; *Rk* fu, *F* sui; *A²* Dolente sui
quant ainc — 55 *A* A; *L* maloite, *M'N* maldite, *F* mauueise,
M²F comenca — 56 (*A*); *E* Et en p. m. finere, *R* En p. maudite
fanirai; *M²F* definera — 57 (*A*); *F* Mille; *tous les mss.* muis —
59 *M²F* machaison, *EK* -eson, *M* macoison, *M'* macesson. —
61-2 *interv. dans B* — 61 *M²* mje nus hom; *AA²CEHKN* riens;
M²AA²CEHJKN uiuanz; *B* Par mi a perdu ses enfans — 62
AM' mocist, *F* moucist, *BIM* mochist; *M²AEHJKn* li reis
prianz (*F* -ant), *A* le roi prians, *M* li roy priant — 63-6 m. à *B*
— 63 *FM* por; *F* estoit, *I* est tous — 64 *CJNk* qil; *k* gie (*M* li)
ai s. f. t.; *y* Car (*H* Et) s. biax f.; *A²* Et par moi a s. f.
perduz.

« Mout me devreit bien desmembrer.

« Ecuba, dame, que fereiz?   22895

« De mei coment vos vengereiz ?

« Toluz vos ai voz beaus enfanz,

22970 « Les proz, les riches, les vaillanz.

« Ne fist dame tel porteüre,

« N'a si dolorose aventure   22900

« Ja mais jusqu'a la fin del mont

« De cors de femme tel n'istront.

22975 « Comandez, dame, en quel maniere

« Ma fin sera plus dure e fiere.

« Vengiez vos tost, por Deu, de mei : 22905

« Ne vueil plus vivre ne ne dei.

« Del cors me traient les mameles

22980 « Dames, meschines e puceles,

« Que par mei ont perdu lor joie

« En la noble cité de Troie.   22910

« Lasse ! mar m'i virent venir.

« Ja nel deüssent consentir

22985 « Li deu ne la mer ne li vent;

« Bien me deüst neier torment :

« Ço fust grant joie e mout granz biens 22915

« E granz profiz as Troïens.

« Sire Paris, beaus douz amis,

22966 *e* Il me — 69 *K* Toleiz, *M* Touluz; *B* Qui uos enfans uos ai t. — 70 *N* L. biax ; *F* l. sages, e l. cortois; *B* Par moi est sis regnes perdus — 71-6 m. à *B* — 71 (*J*); *Ky* D. ne f. (*H* nen ot) — 72 *M* Ne, *N* De; *M*¹*AA*²*CJe* Ne fust; *H* Nen ot si cruel a.; *A*² ceste pesme a. — 73 *M*²*E* desqua, *M*² tresqua — 74 *E* de dame; *M*² tiels, *M*¹ tiex, *K* tels — 76 *M*²*En* fins, *k* mort; *Ae* iert p. (e sera) horrible et f., *k* s. p. pesme et f. — 77 *AMN* Venez uengiez u. t., *K* V. uos t. uengier, *F* Vengiez u. dame t. — 81 *N* Q. o. par moi; *EFM* por m. — 82 *B* Et; *BM* riche — 83-8 m. à *B* — 83 *F* mal; *M*² me — 84 (*H*); *M*²*F* ne — 85 (*H*); *F* les; *M*²*EFn* mers ; *n* vanz — 86 (*H*); *M*² mj); *y* Ne les ondes ne li; *N* naier; *n* tormanz — 87 *M*²*KNy* granz; *EK* ioies; *M*²*Fky* et g. b.

22990   « Ne seit vostre esperiz eschis :
         « Al mien vueille sa compaignie.
         « Ja sui jo vostre douce amie,   22920
         « Cele que por vos se forsene ;
         « Cui rien ne conforte n'asene,
22995   « Cele que por vos sent la mort,
         « Cele que onc ne vos fist tort
         « Ne que onc jor de vostre vie   22925
         « Vers vos ne pensa vilenie,
         « Cele que ne desire rien
23000   « N'autre confort ne autre bien
         « Ne mais m'ame o la vostre seit.
         « A la mort pri que s'en espleit,   22930
         « Si la sivrai ainz qu'il seit loinz :
         « Iço est or toz mis bosoinz,
23005   « Iço sont tuit mi desirier.
         « Ha! chaeles, Mort, ne targier.

22991 *F* uoil ge, *y* otroit, *B* ains ait; *K* Del m. u. la c. —
93-4 *m. à Dy*; 93-8 *m. à B* — 93 (*J*); *Kn* forsane, *M* -enne —
94 *M²J* Qui, *kn* Que; *M²JNky* riens, *F* nus; *N* nasane, *J* ne
sene, *FK* ne sane, *M* ne senne — 95 *y* s. p. u. — 96 (*F* que);
M ainc; *E* Qui onques ior, *M¹* Q. onc nul i. — 97 *M²* ainc, *E*
einz; *n* Qui (*F* Qe) onques i., *k* Ne q. o. i. de la (*M* ma) u. — 98
M² Ne pense; *M* pensai tricherie — 99 (*n* que); *B* Mes cuers ne
d. autre r. — 23000 *F* Se uostre anor et uostre b.; *B* Autre c.; *M*
rien — 1 *I* M. que; *BH* marme; *BHIN* a — 2 (*BI*); *M¹* prit, *I*
proi, *M²Aek* quele (*M²* quel) en, *C* qe ele; *Hx* quele sesploit
(*G* esploit) — 3-8 *m. à B* — 3 *n* lo; *C* Sille; *G* Si lan seuroi; *M*
sieurai, *EJ* siure, *M²*-a, *H* suiurai, *M¹* sieurai, *E* suirai, *N* siurra,
F siera, *A²* siura; *AA²FHJK* que, *C* qe il; *M¹* loingz, *IIIM¹N*
loing, *F* loig — 4 *y* Ce est or mes graindres (*HM¹* graindre) be-
soing (*E* -oinz), *I* Chou sont or mi grignor b., *M²ACLn* Ice
sunt or tuit (*AC* s. t.) mi (*M²L* toz mes) besoingz (*n* -oing); *A²*
Ce soit ore, *J* Ice s. or; *G* Iceste oure est mes — 5-6 *interv. dans*
C — 5 *C* Car ce s.; *A²* Si aemplis mon d. — 6 (*C*); *A* Ha m.
chaelle; *H* queles; *M²A²Gn* morz; *M¹* targiez; *M* Ha tele m. ne
te t., *K* Ha por de m. ne retardier, *xA²* Ha m. p. deu (*A²* Haste
toi m.) ne te t. (*L* tatardier).

« Vien plus a hait, e si sivrai   *22935*

« Mon chier ami : trop demorai.

« Atendez mei, beaus sire amis,

23010   « Tant qu'aie baisié vostre vis,

« Voz ieuz e vostre bele boche. »

      Autresi tost come ele i toche,   *22940*

S'espasmi, si que a grant peine

Eissi de li puis funs n'aleine.

23015   Reide por morte en est levee,

En un chier lit en est portee.

Par maintes feis se resperist,   *22945*

Par maintes feiz se respasmist ;

Par maintes feiz se fait mener

23020   Al cors por plaindre e por plorer ;

Sovent le prent entre ses braz

E sovent chiet sor lui a quaz.   *22950*

De li a l'om greignor pitié

Que de Paris l'une meitié.

23025   Mil lermes fist la nuit plorer :

Ne la poëit nus esguarder,

23007 (C); *Ay* Mes (*A* Que) u. p. tost, *L* V. p. isnel, *A²* V. si me pren; *M* V. p. en haste si; *n* uerrai; *G* Or u. p. tost si an scurrai — 8 *M²* Mon a. que trop demore ai; *GN* t. demorrai, *A* tant demourrai, *k* t. tardie (*M* -gie) ai, *A²* que perdu ai — 9 *AEK* b. dolz, *n* b. chiers — 10 *kn* que gie bese; *B* que baisie aie uo uis — 11 (*AB*); *k* uoz faces (*M* -e) u. b., *n* et la teste et la b. — 12 *F* elle t. — 13 *k* Sespasmist, *B* Se pasme; *en* Sest pasmee (*n* Se respasmi) si qua g. p. — 14 *BK* En issi p.; *B* fus; *M* I. p. de lie; *Ken* funs (*M¹* feu) ne a. — 15-22 m. à *B* — 15 e Toute; *K* fu l. — 16 e len ont p. — 17 e mainte; *M* rep., *F* respasmist — 18 e Et p. mainte f. sespasmist (*M¹* se pamist); *F* resperist — 20 (*A*); *E* et regreter — 21 (*AC*); *M²y* S. e. s. b. le p. — 22 *M²K* S. rechiet; *A* sus; *A²C* quas, *Kn* caz, *A* tas; *A²* S. se pasme et c. a q.; *M²* el pauement ; *y* Et se pasme sor lui (*H* Et s. l. se p.) souent, *I* lre et dolors est ses solas — 23 *M* lie; *F* greinor, *k* graignor, *M²B.M¹* plus grant — 24 *M²n* mitie — 25-8 m. à *B* — 25 *n* fait — 26 *N* poist; *M²K* riens, *M* nul; *e* escoter.

Hom ne femme, jovnes ne vieuz,   22955
Qu'el ne feïst plorer des ieuz.
   Tote la nuit a ço duré.
23030 Quant del jor parut la clarté,
S'a fait Prianz apareillier
Dedenz un temple riche e chier   22960
Fondé en l'onor de Minerve :
Al cors vueut que l'on chant e serve,
23035 Quar mout par i a grant covent
E mout par i a sainte gent.
Li reis aveit en son tresor   22965
Un chier sarcueil qui n'ert pas d'or,
Ainz ert d'un jaspe vert goté :
23040 Onc en cest siegle trespassé
Ne fu veü si chier vaissel.
Al cors en a l'om fait tombel.   22970
A son ues l'estoiot li reis :
Aillors gerra, se li Grezeis
23045 Pueent aveir de lui saisine.
Devant l'autel a la devine,

23027 *G* Grant ne petit; *GM¹* ione; *M* Honme f. ioune — 28 *Gn* Que, *k* Qui; *M¹* face; *M²* de, *Gn* as, *L* aus; *K* lermer les ; *M²k* ielz — 3o (*ACGIL*); *A²* uirent; *By* Et q. d. i. p. (*E* uirent, *B* vit le, *H* uint la) c. — 31-70 *réd. à 4 v. dans B; voy. aux* Notes — 3ı (*ACHJ*); *GKL* Si; *B* fist; *E* Sont f. un tample; *A²* le cors — 32 (*AHJ*); *F* lo t.; *C* et cler — 33-40 *m. à H* — 33 *n* al enor — 34 *A* Aincois; *M²* uolt; *k* len, *n* lan, *A* en; *L* Del c. velt q. en i c. — 35-6 *m. à G* — 35 *N* i a mis — 36 *F* par i a gist (*sic*), *M²k* i a de — 37-126 *réd. dans G à* 2ı *v.; voy. aux* Notes — 38 *F* sarcoz, *N* -ou, *EJ* sarqueuz, *M²* -el, *k* -eu; *M²MM¹* niert (*de même partout,* iert); *n* Un s. q. nestoit p. — 39 *EJ* Einz; *J* fu; *M²* v. i.; *J* uergete — 40 *M¹* Onques el; *M* cel; *M²JM¹Nk* siecle; *F* el s. ne el reigne — 4ı-2 *interv. dans H* — 4ı *H* Onques ne ueistes si bel; *M²Fk* ueuz; *N* Ne uit nus hom, *J* Not len ueu; *M²N* plus ; *e* autresi bel; *FM* ueissiax — 42 *M²J* hom, *Ne* len; *F* a lan f. j. tombiax, *M* De celui fu faiz li t., *H* De marbre .j. ml't riche tombel — 43 *M²JN* hues, *M* eulz, *y* oes; *H* lestuioit — 44 *M¹* Alors; *Kny* girra — 46 (*J*); *M²* Dauant ; *F* diu.

A la deuesse, a la puissant,　　　　　22975
Firent quatre lions d'un grant,
D'or esmerez tresgiteïz,
23050　E si ne sont mie petiz :
Sor cez ont le sarcueil asis,
Puis i mistrent le cors Paris　　　　22980
Bien embasmé e richement.
Precios fu le monument :
23055　Onc fiz de rei ne jut plus bel.
Li reis Prianz prist son anel,
El dei li mist de la main destre,　　22985
E en l'autre li mist le ceptre ;
El chief li asiet la corone,
23060　Beneïcon a s'ame done :
Ne vueut que Greus en seit saisiz.
Iluec ot assez braiz e criz　　　　　22990
E ullemenz e pasmeisons.

23047-8 *interv. dans* CF — 47 *A²* diuesse, *CJkn* deesse, *I* dyu.; *M²y* Firent (*H* Furent) duj mestre doriant — 48 (*L*); *A²* Fisent, *CF* Furent; *F* lion; *C* darçant; *M²y* Q. l. trestoz (*H* -tot) d'un g. — 49 (*CJ*), m. à *A*; *kn* esmere; *K* treg.; *e* Du meillor or conques nus uit — 50 *Ay* Si nes fisent; *K* ne furent pas; *e* petit — 51 *A* Sus ceus, *F* Soz cel, *M* Sor eulz, *J* S. ces, *C* S. ceaus, *M²e* Desus, *H* Desor; *N* sarcoz, *E* -euz, *Fk* -eu, *M²M¹* -el, *H* -qu — 52 *m. à A*; *E* Si i, *M¹* Et si; *CNk* metent, *M¹* mitrent — 53 *F* anbaume; *e* Anbasme lont ml't r. — 54 *N* sont, *F* est; *MN* li ; *e* Tant par a noble (*E* riche) m., *J* Dun ml't precios oignement — 55 *M²J* Ainc, *n* Ainz, *E* Quainz; *MN* ne uit, *Ke* nen ot; *M* si b. — 57 *M* El main; *n* en la — 58 *m. à B* ; *HM¹* Et la corone et le cestre, *M²Ikn* Et sa c.; *n* et son chier c., *M²M* e s. c. (*M* sc.), *k* et s. esceptre, *A* puis son c., *I* od sa senestre; *C* Sa cor. et son riche sceptre, *A²J* Et son chier c. (*J* sc.) en la senestre — 59 *y* asist, *M* ass.; *J* sa; *I* Li met el c. et sel couronne — 60 *E* lame, *H* sarmes, *Jn* sa main; *I* Et son sceptre a tenir li donne — 61-2 *m. à Dy* — 61 (*JR*); *M* griex, *K* griu, *M²* grieu; *K* en fust, *M* en soient, *M²* seient — 62 *K* La ot a. et — 63 (*L*); *M²R* uslemenz, *M* uslcment, *n* ploremanz; *R* pasmeiçons; *Dy* La oissiez granz criesons (*H* -isons, *M¹* -oisons, *D* oroisons).

Ciment fait o sanc de dragons
23065 Ont pris li sage e destempré,
Sin ont le sarcueil seelé
O une mout riche plataine   22995
De pierre qu'om claime Egetaine,
Plus preciose e mout plus riche
23070 Que calcedoine ne qu'oniche.
Ne sai dire ne reconter
Le duel qui fu a l'enterrer.   23000
Tel l'i a dame Heleine fait
E tant i a crïé e brait
23075 Que Prianz e sis parentez
L'en sorent puis merveillos grez :
Mout en fu puis de toz amee   23005
E mout l'en ont tuit honoree.
La reïne, ço vos di bien,
23080 L'en ama puis sor tote rien.
Come lor fille la teneient,
A merveille la cherisseient.   23010

23064 *F* C. sont; *EJ* a, *N* de, *F* del, *M* en; *F* des; *k* dracons, *N* dagrons — 65 *J* li saiue, *M*²*y* li mestre; *M*² plus sene ; *e* destranpe, *n* -pre — 66 *M*² sarquel, *FHKM*¹ -qeu, *M* serqueu, *N* sarcoz, *EJ* queuz — 67-70 m. à *H* — 67 (*AJ*); *I* A, *K* En; *A*²*n* Dune (*F* Une) ml't tres r.; *M*²*AEJ* t. chiere; *F* placine — 68 *Kn* quen ; *F* clame; *e* Dune p. qua non; *K* egiptaine, *M* egiteine, *A* egetainne, *E* getainne, *M*¹ -ene, *M*² ietejne, *N* citaine, *C* cicet., *F* eratine, *J* latine — 69 *J* Mlt' p.; *M*²*FJM*¹*k* e p. r. — 70 *F* carced., *M*¹ carsid.; *J* ne que onicle; *Ken* oniche — 71 *y* Ne uos puis mie r., *J* Ne uos porroit nus r.; *Mn* rac. — 72 *EJK* quil font — 73 (*J*); *k* Tant i a, *M*¹ Si grant la; *B* Si g. li a helene f., *E* Si g. d. h. le f., *H* Ne si g. com h. f. — 74 (*J*); *H* Qui — 75-6 *interv. dans yB* — 75 *J* Q. trestuit cil del parente, *B* Et li procain del parente; *y* Tuit (*H* Puis) li baron de la cite — 76 *B* Que ml't len sot prians bon, *y* Que puis (*H* tot) len sorent ml't bon; *BJy* gre — 77-8 *m. à J*; 77-88 *m. à B* — 77 *n* de toz enoree — 80 *n* plus amee; *M* tint puis h. — 81-2 *interv. dans F* — 81 *K* sa f. la tenoit — 82 *F* Ml't durement; *KL* Et merueilles; *K* la cherisseit, *L* la chier tenoient; *N* Et amoient et c., *e* Et enoroient et seruoient.

Por ço qu'onc n'aveient veü
Que ele eüst lor mal volu
23085 Ne fait regret de son païs
N'amé le pro lor enemis,
Por ço l'amoënt autretant   *23015*
Com s'el fust fille al rei Priant.
        Oï avez quos ai conté,
23090 Qu'asis furent en la cité :
N'osoënt les portes ovrir
Ne a bataille fors eissir.   *23020*
Cil de l'ost ont la vile asise.
Mais li mur ne sont pas de glise
23095 Ne de palu ne de terrace :
De marbre sont plus plain de glace.
Vert sont e pers, jaune e vermeil,   *23025*
Mout reluisent contre soleil ;
Haut sont e dreit e bataillié :
23100 N'i ataindreit lance n'espié ;
Chargié sont de chaillous cornuz
E de granz peus fentiz aguz ;   *23030*
S'a dedenz teus vint mil danzeaus,

23083 *M²* quainc, *n* quainz, *M* que onquez (*v. f.*); *e* conques
norent u. — 85 *N* regart ; *e* Ne plus qua ces (*M¹* ceus) de lor p.
— 86 *FMM¹* Naime, *E* Neinme — 87 *A* entretant — 88 *M²FK* C.
se — 89 *Lk* Cauez oi; *M²AA²JLNky* que iai, *R* queus ai; *C* Sj
a. que ie ai c., *F* A. oi qan lan c. — 90 *H* Assis, *C* Quensi, *L*
Queinsi — 92 (*A²J*); *ACkn* por (*M* par, *C* al) combatre, *y* por
b.; *M²M* hors, *M¹* mes — 94 *M²* de lise, *L* dardille — 95-6
interv. dans F — 95 (*ABL*; *M¹y* paliz — 96 *H* Mais de m. p.; *M²*
plein, *C* blainz, *A* blanc, *L* dur, *HN* froit, *F* forz ; *AJKny* que
— 97-8 *m. à B* — 97 *L* et jeunes tot u. — 99 *N* bateillie, *B* -illie
— 23100 *B* Ni ot mestier; *e* Ne dotent l. ne e. — 1-6 *réd. à 2
vers dans B* : Desfendront si sans nule faille Se il trueuent qui
les assaille — 1 *K* Cargie, *M°C* Chargiez; *M²* chaillols, *C* -os,
EMn -oz, *K* -ox, *M* cailloz — 2 *Ay* gros ; *M¹A²K* pels, *A* pelz,
M pes ; *M¹* piex fetiz ; *J* fendiz, *A²* fentis, *EH* ferrez ; *kn* gran-
dismes p.; *C* Et de g. palz gros et a. — 3 *E* Si a d..iij. ⬛• d.;
F mille ; *n* tosiax.

Qui bien defendront les creneaus
23105　Mout volentiers e senz preiere,
Se il truevent quis i requierent.
Mais onc n'i ot doné asaut :　　　　23035
Trop sont li mur espés e haut.
Les tors, li mur e li donjon,
23110　O mout poi de defension,
Se tendreient jusqu'a mil anz.
　　Li oz des Greus fu fiers e granz.　23040
Agamennon les fist armer
E par eschieles deviser :
23115　A ceus dedenz mandent bataille,
Mais cele feiz lor en font faille.
Ne vueut Prianz qu'uns sous s'en isse　23045
A cele feiz, desci qu'il puisse
Aveir esforz a eus sofrir,
23120　Si qu'il les face revertir
As herberges e as chans plains.
Oëz de qu'il esteit certains :　　　23050
D'un socors merveillos e fier,
D'un grant, d'un riche, d'un plenier,

23104 *K* d. b.; *M²* crjniaus, *K* kerniax, *M¹* carn. — 5-6 *interv.*
dans M² — 6 *Ce* ques i, *Mn* qui les — 7 (*J*); *M²C* ainc, *En*
ainz; *Be* liure — 9 *e* Et l. t. granz (*M¹* g. t.) et, *B* L. t. hautes
et — 10 *n* Λ; *M* deffencion — 11 *M²EH* tresqua — 12 *M²* osz,
M ost, *B* host; *M²* gries, *M* griex, *K* grius (*formes ordinaires*);
B et fiere, *n* fu forz; *e* par fu ml't g. — 14 *e* p. batailles — 16 *n*
A; *e* ceste f. l. firent f. — 17 *F* Nan lait, *k* Ne let; *M* que .j.
seul, *B* que .J.; *Mn* en i. — 18 *AKn* de si, *M²* dauant, *e* deuant;
B tant que il, *M* iusque il — 19 *k* a cels — 20 *J* que; *B* puisse;
BJe resortir — 21 *e* As paueillons; *B* pl. cans; *M²* pleins — 22
M²k Oiez; *K* dont il, *M¹* de qui; *BM* coi e. (*B* il ert) c. — 23-4
interv. dans Se (*H intermédiaire*) — 23 (*BCLS¹*); *y* Dun riche s.
ml't tres f. (*e* et plenier), *HS* Dun s. fort riche (*S* e r.) et pl. —
24 (*S¹*); *nL* dun large, *A²* dun fort et; *B* et rice et; *H* Et ml't
orgilleus et pl., *DJSe* Molt orgoillous et molt tres fier (tres *m.*
à *S*), *I* Kil deuoit auoir ml't pl.

23125 D'un des plus beaus qui onc fust ait.
       Oëz que l'Estoire en retrait.

23125-6 *m. à BDSy et sont intervertis dans I* — 25 *M*² ainc,
A ainz; *J* Del p. bel q. o. ; *K* fu, *J* fut; *S*¹ Du p. haut q. onques
fuz fez, *I* Et dares ki chou conte et fait — 26 *M*²*ACJK* Oiez;
M li liures; en *m. à I*; *M*²*M* retret, *S*¹ retres.

ADDITIONS ET CORRECTIONS

AU TOME I (2ᵉ COMPLÉMENT) '

Avant-propos, p. vi : *Ajoutez à la liste des mss.* B⁴ = Bruxelles, Archives générales du royaume de Belgique (Fragment publié par M. Alphonse Bayot en 1906 et qu'il nous a gracieusement communiqué).

1° Texte :

V. 296 estoënt — 421 aiderent (*corr. erronée à l'errata du t.* 11) —458 en fu — 1277 *point à la fin* — 1556 robins — 1658. 4027 *et* 6142 conseiz — 1854 *point à la fin* — 2154 merrai — 2289 en aut — 2378. 4374 *et* 7063 soleiz — 2590 merreiz — 4312 merrions — 4325 piece a — 4406 ataigneient — 4656 esguardoënt — 4671 *ouvrez les guillemets devant* ço — 4767 sonc — 4846 *et* 6496 resnes — 4846 noeaus — 4899 maisons — 4937 En dementres — 4993 s'apareit — 5133 *et* 5550 sorcis — 5134 soutis — 5140 l'om — 5156 agraables — 5158 espés — 5168 *et* 5228 om — 5209 eisseit g. guabeis — 5214 fause — 5244 *et* 5330 beaubeot — 5315 veire — 5379 citeains — 5451 vertuös — 5485 Grailes — 5545 dreite — 5672 tres — 5749 mauvais — 5835 Ailles — 5869 l'enveioënt — 5903 aille — 5978 de maneis — 6021 O ço — 6073 tarja — 6108 enemi — 6152 pais — 6246 achatez — 6322 sui — 6378 benestance — 6408 detrenchiez — 6425 dreit — 6531 plenteïf — 6562 E merveilles — 6583 guerreiot — 6584 desheriter — 6605 sarcueil — 6680 chascuns — 6719 dous — 6751 satireaus — 6763. 7414. 7967 *et* 8236 Turqueis — 6790 mauvaistié — 6823 dessomons — 6839 *et* 7897 boilliz — 7038 conreëes — 7064 apareiz —

---

1. La plupart de ces corrections et des suivantes ont pour but l'uniformisation de la graphie.

7083 *et* 7909 Danesches — 7092 pareist — 7413 Arabeis — 7532 decepline — 7616 Aufricant — 7623 estait — 7686 *point à la fin* — 7712 maintes — 7750 quiere — 7790 ços sai — 7896 Li tabernacles, la m. — 7830 si — 7944 puecnt — 7980 vile — 8037 vendreiz — 8038 pro — 8057 Guart — 8155 travaillier — 8213 amirauz — 8241 bataille — 8258 Pareistra.

2° *Variantes :*

Page 24, *l.* 16, *lis.* : 58 *M²* Ne; *M²R* qui en ot le — *p.* 109, *l.* 2, *aj.* : 54 *D* menre, *les autres* menrai (manrai) — *p.* 115, *l.* 16, *aj.* : *M²* auge — *p.* 136, *l.* 7, *aj.* : (*M²* ailleiz) — *p.* 211-220, *les v.* 4129-4288 *se trouvent dans le fragment de Bruxelles signalé ci-dessus* (Avant-propos); *en voici les variantes qui ne sont pas purement graphiques* : 4131 Lor a trestoz; 4133. 4139 *et* 4147, *leçon de ek*; 4151 Se en (*avec F*); 4152 Po poomes; 4154 nus (*avec kEH*); 4159 *et* 4164, *leçon de ek*; 4160 que ne len (*cf. K*) vorent; 4171. xxv. ; 4173-4, *leçon de BJky*; 4176 Bien en i ot; 4183 et 4193 *leçon de ek*; 4194, *leçon de ek* (sera *avec K*); 4203 Si enuoiez arriers; 4208 de fermete; 4218 E a la lune e as estoiles; 4219-20 *manquent* (*avec Jky*); 4226 sai a dire; 4229-30 *intervertis* (*avec ek*) *et précédés de ces* 2 *v.* : Icil rois une fame auoit Qui Helaine nomee estoit; 4229 Nen ot fame de sa biaute; 4230 Onques o siegle; 4236. 4252 *et* 4257, *leçon de ek*; 4242 E Porus; 4254 Tant n. e t. s.; 4263 Auoit en lille a icel ior; 4270 Tuit cil; 4271 *et* 4278, *leçon de ek*; 4279-80, *leçon de Bky* (*H et K légères var.*); 4284 Ou la gent; 4288 E ot (*avec EF*), plus riche (*avec EM*) — *p.* 213, *l.* 10, *aj.* : *DN* quant ne len — *p.* 216, *l.* 4, *aj.* : *F* Si fort c. — *l.* 6, *M²E* Des qua — *p.* 220, *l.* 8, *lis.* : 83 (*au lieu de* 38) — *p.* 223, *l.* 11, *F* ardiz et proz — *p.* 263, *l.* 5, *au lieu de* : *n* ames, *lis.* : *M²J* armes — *p.* 246, *l.* 3, (*E* li a. son) — *p.* 272, *l.* 10, *M²* Mais balbeiot; *F* balbeoit — *p.* 276, *l.* 8, *aj.* : 5309-75 *sont dans B³* (*utilisés*) — *p.* 277, *l.* 12, *lis. M²KR* balbeiot — *p.* 363, *l.* 5, *F* de semons, *les autres* dessemons — 24 *B'H* B. a, *AM* B. ot; *Ek* .ij. — *l.* 6, *N* O tot, *F* Ou toz; *nM'* .x. m., *H* .iij. m. — *p.* 379, *l.* 5, communement — *p.* 413, *l.* 6, 12 *F* C. auoit; *M²Ae* mainte — *p.* 450, *l.* 24, 58 *R* Paristra hui.

ADDITIONS ET CORRECTIONS AU TOME II (COMPLÉMENT)

1° *Texte :*

V. 8355 pais — 8558 cuin chaille — 8610 estors — 8684 *et* 9538 Aragoneis — 8698 aiderent (*corr. erronée à l'errata*) — 8707 arteiz — 8708 vermeiz — 8714 *et* 10605 De ça — 8735 m'ot — 8757

plain — 8819 cent — 8830 jovnes — 8952 Rompuz — 8996 suefre
— 9034. 9254. 9308. 10800 et 11993 Ore — 9035 et 9040 *effacez
la virgule à la fin* — 9050 *point à la fin* — 9106 dameisel — 9241.
12403 et 13139 loinz — 9292 esperne — 9310 dolorose — 9320 cren-
sist — 9494. 9540. 11202 et 11589 Turqueis — 9551 traerece —
9643 crembra — 9689 baucent — 9710 coup — 9714 d'espees —
9813 *effacez la virg. à la fin* — 9821 et 10002 graile — 9851 siegle
— 9953 ensanglentees — 10083 Anceis — 10093 samiz — 10426
et 10495 tieng — 10544 reisons — 10595 esclarcist (*avec AM*) —
10607 resemble — 10627-8 esfreiz: despleiz (*cf. 22603-4*) — 10752
par egual — 10800 espesse — 10995 *supprimez la virg.* — 11022 et
12006 corroços — 11062. 11256 et 12830 conseiz — 11073 o jo —
11228 lion — 11248 toz — 11352 baleie — 11442 champ — 11459
Par mi — 11498 fel — 11508. 12527 et 13014 ore — 11634 Peite-
vin — 11656 soleiz — 11682 Trestuit — 11794 Cuidez — 11955
sarcueil — 11987 paveillon — 12016 ceus — 12017 maufaisant —
12042 Aufricant — 12048 resemblot — 12137 tresperst — 12181
et 12905 aille — 12182 et 12906 vaille — 12219 om — 12227
biens — 12260 coup — 12291 aleiement — 12354 de put aire —
12390 Toz eslaissiez — 12400 chevaliers — 12402 de sor — 12422
deus — 12425 *virg. à la fin* — 12483 tarqueis — 12519 andous
— 12596 et 12772 E — 12603 emprès — 12604 segrei — 12633
deshaitiez — 12634 iriez — 12703 S'entrecontrerent — 12831
del — 12931 pareist — 12948 *effacez les guillemets au
commencement* — 13004 travaillié — 13028 assemblees — 13047
sarquieuz — 13150 fis — 13160 (*au lieu de* 1360) — 13259 que
— 13346 cinc — 13370 teint — 13395 hermines — 13396
sambelines — 13425 resne — 13438 esguaree — 13489 chiers
— 13490 pierre — 13528 triz — 13543 receüsseiz — 13668
leiaus (*cf. 20277*) — 13794 suefre — 13801 qu'a — 13950 cheva-
liers — 14058 *virg. à la fin* — 14129 ensanglentez — 14309 natu-
ral — 14426 entre els — 14639 robins — 14662 gargatès — 14680
Qu'angele — 14709 *point à la fin* — 14730 n'asauz — 14870
l'aparceveit — 14874 bosoignast — 14891 *virg. à la fin* — 14917
joïse — 14929 cler — 14941 començoe — 14948 Que — 14957 *point
à la fin.*

2° *Variantes :*

Page 12, *l.* 14, *lis.* : rest (*au lieu de* Rest) — *l.* 16, Mais en lui
— *p.* 13, *l.* 16, (A²BDFGIJKLRy ualades); — *p.* 15, *l.* 6, M² de
cesz — *l.* 7, *aj.* : M²ELMN quen chaille — *p.* 23, *l.* 21, *lis.* :
M²AA'BCIM'k — *p.* 123, *l.* 11, *aj.* : M² persiuront — *p.* 139,
l. 15, *aj.* : B parissent, A paroient, H pecoient, C mostroient —
p. 158, *l.* 14, *aj.* : *les 7 mss.* mestroier (K-eier) — *p.* 217, *l.* 9,

lis. : 14 *n* a... a — *p.* 224, *l.* 10, 27 (*A¹*) — *p.* 233 *l.* 16, *M* il
u. (*v. f.*); — *l.* 18, 90 *BCJ*en Tuit eslaissie; *H* Tout; — *p.* 251,
l. 14, *point-virg. avant* : *nM'* — *p.* 252, *l.* 8, *lis.* : 3 (*M²B²e*
Sentrec.), *les autres* Sentrenc. — *p.* 277, *l.* 17, *N* assez fait —
p. 295, *l.* 14, *aj.* : *M²KL* teint, *M* tainte, *les autres* taint — *p.*
322, *l.* 1, *fermez la parenthèse après* : (*A'* que — *p.* 324, *l.*
15, *aj.* : *MR* Qui (*après M² Que*) — *p.* 362, *l.* 18-19, *lis.* : *AB'R*
Mes (*R* Mas) en pou (*B'R* poi) d. ˙c. o. (*ce qui est peut-être la
bonne leçon*), *A²BCDJky* — *p.* 376, *l.* 2, *lis.* : *M²Men* listes — *p.*
392, *l.* 5, *éd.* -al; *I* iuise, *N* ioisse, *éd.* justice, *les autres mss.*
ioise.

ADDITIONS ET CORRECTIONS AU TOME III

1° *Texte*s :

V. 14969 deintiez — 14992 somonse — 15005 puet — 15038 jorz
— 15068 *point à la fin* — 15095 sofraitos — 15130 chevaliers —
15177. 15643 *et* 16290 ciclaton — 15237 *et* 15502 Ha! las —
15278 ancor — 15308 *et* 15315 ailleiz — 15388 E les — 15453
virg. après iriez — 15519 Guart — 15574 entre els — 15579 en-
fraindre — 15599 solement — 15706 bosoignos — 15714 trei —
15715 *virg. après* Armez — 15741 l'abati — 15924 tanz — 15971
barbecanes — 16069 mural — 16095 acueut — 16100 giete —
16119 egual — 16161 siegle — 16163 pierres — 16217 voust —
16232 *et* 19299 *point d'exclamation à la fin* — 16241 E si —
16272 de maneis — 16293 Cuiderent — 16351 reisons — 16294
vivons — 16390 ore — 16463 vert — 16602 aussi — 16649 *et* 20424
de devant — 16654 Eguaus — 16726 Safirs — 16742 cuider —
16912 Oiant — 16927 n'estiëz — 16946 vuelent — 16983 plusor —
16986 ainz né — 17088 osteus — 17211 *et* 19987 S'entrecontre-
rent — 17242 *point à la fin* — 17436 plenteürose — 17464
veiziiez — 17534 consirer — 18099 doint — 18103 consira —
18374 assembleison — 18375 mieuz — 18400 jovne ne si vieuz
(*cf.* 20222 *et* 22680) — 18443 Cest (*deux points à la fin du vers*)
— 18520 Que — 18585 *effacez la virgule* — 18700 guardez —
18714 estait — 18776 remandra — 18846 criëe — 18933 aparceivre
— 18962 fu — 19022 e les — 19028 Troïien — 19048 aiuë —
19100 Triste — 19166 areisonez — 19218 conreé — 19247 en ver-
sent — 19299 *point d'exclamation à la fin* — 19065 deus pri e
cri — 19346. 20458 *et* 21385 dou mile — 19475 les passages —
19516 reveigneiz — 19870 crembront — 19890 granz — 19937
veintreiz — 19938 veez — 20042 Ques — 20696 ensanglentez —
20723 penitance — 20788 aparceit — 20879 dis e setaine — 21047

Par mi — 21426 sis — 21526 estorce — 21657 proz — 21700 *et* 21719 Quant — 21726 noz — 21732 sacrefise — 21734 *effacez la* virg.

2° *Variantes :*

Page 7, *l*. 4, *aj*. : AA^2FN^2R daintiez, *I* -ies, *G* dantiez —*p*. 3, *l*. 10, *lis*. : 92 *K* Par... par; $M^2ABCIky$ sem. — *p*. 15, *l*. 11, *aj*. : *EFL* cigl. — *p*. 18, *l*. 21, *lis*. : 37 M^2K A las — *p*. 3o, *l*. 15-16, Merci li (*C* le) c. molt s. (*CW* prie doucement) — *p*. 31, *l*. 16, 46 $(AIRV^2)$ — *p*. 32, *l*. 17, V^1V^2 qe — *p*. 36, *l*. 7, ocirrunt; *K* gart, *les autres* gar — *l*. 12, V^1 -etes; — *l*. 19, LRV^1V^2n — *l*. 20, *I* deigna; M^2I neis e.; — *p*. 38, *l*. 3, 44 (V^2);... M^2CV^1Wek — *l*. 4, $(EV^1$.... seingl.) — *l*. 13, *aj*. : *nL* troble — *l*. 18, *lis*. : M^2AR vermeilz — *l*. 21, M^2 que charbons, *I* de carbons — *p*. 39, *au lieu de* : 16565 (*marge à gauche*) *lis*. : 15565 — *l*. 1, *A* fier — *l*. 2, *K* lip., V^1V^2 leup.; *A* ne lyon, M^2I ne lions; — *l*. 3, $M^2A^1A^2BCJWky$ — *p*. 44, *l*. 3, *aj*. FHM^1 cigl. — *p*. 44, *l*. 3, *aj*. : FHM^1 cigl; — *p*. 47, *l*. 17, *la var. de I se rapporte au v. suivant* — *p*. 48, *l*. 8, *aj*. : M^2 treis mjle; *EH* Vinrent a .xxx. ᵐ· u. — *p*. 49, *l*. 19, *lis*. : (*AFL* labati), *N* labatie — *p*. 6o, *l*. 3, (*KN* tanz), *les autres* tant — *p*. 62, *l*. 5, M^2 barbequanes, *E* barbaquanes — *p*. 67, *l*. 10, 69 (*l*); M^2ACR murail, A^2 palais — *p*. 68, *l*. 8, *aj*. : M-elt, M^2AM^1 -eut — *l*. 16, *lis*. : 16100 (*EN* giete), M^2AIK gete — *p*. 74, *l*. 3, *aj*. *F* uout — *p*. 77, *l*. 13, *lis*. : (*F* Cuiderent), *K* quid., *les autres* Cuidierent — *p*. 8o, *l*. 14, *k* reson — *l*. 15, (M^2Cny uiuons), *k* uiuon — *p*. 101, *l*. 9, 26 M^2K Saphirs, *M* Safir; *y* Safirs topases — *p*. 102, *l*. 8, 42 M^2M cuidier, *Ke* espeir — *p*. 111, *l*. 10, 12 (A^2); *M* Voiant — *p*. 126, *l*. dern., 11 *les sept mss*. sentrenc.; *H* — *p*. 128, *l*. 1, M^2 sen — *p*. 193, *l*. 19, *aj*. : (*cf*. 20222) — *p*. 198, titre, *lis*. : RESA — *p*. 210, *l*. 13, (*K* estait), *M* esta — *p*. 238, *l*, 8, *AM* Grieu, *HK* Griu; *K* et m., M^1 m. mainte; *M* G. p. par maintes f. — *p*. 271, *l*. 12, enbracie; *tous les mss*. grant... AMM^1 dant — *p*. 288, *l*. 3, *m. à F*; JM^1N — *p*. 289, *l*. dern., ost, *k* oz — *p*. 297, *l*. 13, *virg. au lieu de point-virg*. — *l*. dern., *point virg. au lieu de virg*. — *p*. 319, *l*. 13, *lis*. : FHJLMR.

TABLE DES MATIÈRES

Publications de la SOCIÉTÉ DES ANCIENS TEXTES FRANÇAIS
(*En vente à la librairie* FIRMIN-DIDOT ET Cⁱᵉ, *56, rue Jacob, à Paris.*)

Bulletin de la Société des Anciens Textes Français (années 1875 à 1906). N'est vendu qu'aux membres de la Société au prix de 3 fr. par année, en papier de Hollande, et de 6 fr. en papier Whatman.

Chansons françaises du xvᵉ *siècle* publiées d'après le manuscrit de la Bibliothèque nationale de Paris par Gaston PARIS, et accompagnées de la musique transcrite en notation moderne par Auguste GEVAERT (1875). Épuisé.

Les plus anciens Monuments de la langue française (ixᵉ, xᵉ siècles) publiés par Gaston PARIS. Album de neuf planches exécutées par la photogravure (1875). . . . . 30 fr.

Brun de la Montaigne, roman d'aventure publié pour la première fois, d'après le manuscrit unique de Paris, par Paul MEYER (1875) . . . . . 5 fr.

Miracles de Nostre Dame par personnages publiés d'après le manuscrit de la Bibliothèque nationale par Gaston PARIS et Ulysse ROBERT; texte complet t. I à VII (1876, 1877, 1878, 1879, 1880, 1881, 1883), le vol. . 10 fr.

Le t. VIII, dû à M. François BONNARDOT, comprend le vocabulaire, la table des noms et celle des citations bibliques (1893). . . . . 15 fr.

Guillaume de Palerne publié d'après le manuscrit de la bibliothèque de l'Arsenal à Paris, par Henri MICHELANT (1876). . . . . 10 fr.

Deux Rédactions du Roman des Sept Sages de Rome publiées par Gaston PARIS (1876). (Épuisé sur papier ordinaire). L'ouvrage sur papier Wathman. 16 fr.

Aiol, chanson de geste publiée d'après le manuscrit unique de Paris par Jacques NORMAND et Gaston RAYNAUD (1877). Epuisé sur papier ordinaire. L'ouvrage sur papier Whatman. . . . . 24 fr.

Le Débat des Hérauts de France et d'Angleterre, suivi de *The Debate between the Heralds of England and France, by* John COKE, édition commencée par L. PANNIER et achevée par Paul MEYER (1877). . . . . 10 fr.

Œuvres complètes d'Eustache Deschamps publiées d'après le manuscrit de la Bibliothèque nationale par le marquis de QUEUX DE SAINT-HILAIRE, t. I à VI, et par Gaston RAYNAUD, t. VII à XI (1878, 1880, 1882, 1884, 1887, 1889, 1891, 1893, 1894, 1901, 1903), ouvrage terminé, le vol. 12 fr.

Le saint Voyage de Jherusalem du seigneur d'Anglure publié par François BONNARDOT et Auguste LONGNON (1878). . . . . 10 fr.

Chronique du Mont-Saint-Michel (1343-1468) publiée avec notes et pièces diverses par Siméon LUCE, t. I et II (1879, 1883), le vol. . . . . . . 12 fr.

Elie de Saint-Gille, chanson de geste publiée avec introduction, glossaire et index, par Gaston RAYNAUD, accompagnée de la rédaction norvégienne traduite par Eugène KOELBING (1879). . . . . 8 fr.

Daurel et Beton, chanson de geste provençale publiée pour la première fois d'après le manuscrit unique appartenant à M. F. DIDOT par Paul MEYER (1880). . . . . 8 fr.

La Vie de saint Gilles, par Guillaume de Berneville, poème du xiiᵉ siècle publié d'après le manuscrit unique de Florence par Gaston PARIS et Alphonse Bos (1881) . . . . 10 fr.

L'Amant rendu cordelier à l'observance d'amour, poème attribué à Martial d'Auvergne, publié d'après les mss. et les anciennes éditions par A. de Montaiglon (1881). . . . . 10 fr.

Raoul de Cambrai, chanson de geste publiée par Paul Meyer et Auguste Longnon (1882). . . . . 15 fr.

Le Dit de la Panthère d'Amours, par Nicole de Margival, poème du XIIIᵉ siècle publié par Henry A. Todd (1883) . . . . 6 fr.

Les Œuvres poétiques de Philippe de Remi, sire de Beaumanoir, publiées par H. Suchier, t. I et II (1884-85). . . . . 25 fr.
Le premier volume ne se vend pas séparément; le second volume seul 15 fr.

La Mort Aymeri de Narbonne, chanson de geste publiée par J. Couraye du Parc (1884). . . . . 10 fr.

Trois Versions rimées de l'Évangile de Nicodème publiées par G. Paris et A. Bos (1885) . . . . 8 fr.

Fragments d'une Vie de saint Thomas de Cantorbéry publiés pour la première fois d'après les feuillets appartenant à la collection Goethals Vercruysse, avec fac-similé en héliogravure de l'original, par Paul Meyer (1885). 10 fr.

Œuvres poétiques de Christine de Pisan publiées par Maurice Roy, t. I, II et III (1886, 1891, 1896), le vol. . . . . 10 fr.

Merlin, roman en prose du XIIIᵉ siècle publié d'après le ms. appartenant à M. A. Huth, par G. Paris et J. Ulrich, t. I et II (1886) . . . . 20 fr.

Aymeri de Narbonne, chanson de geste publiée par Louis Demaison, t. I et II (1887). . . . . 20 fr.

Le Mystère de saint Bernard de Menthon publié d'après le ms. unique appartenant à M. le comte de Menthon par A. Lecoy de la Marche (1888). 8 fr.

Les quatre Ages de l'homme, traité moral de Philippe de Navarre, publié par Marcel de Fréville (1888) . . . . 7 fr.

Le Couronnement de Louis, chanson de geste publiée par E. Langlois, (1888). Épuisé sur papier ordinaire.
L'ouvrage sur papier Whatman . . . . 30 fr.

Les Contes moralisés de Nicole Bozon publiés par Miss L. Toulmin Smith et M. Paul Meyer (1889). . . . . 15 fr.

Rondeaux et autres Poésies du XVᵉ siècle publiés d'après le manuscrit de la Bibliothèque nationale, par Gaston Raynaud (1889). . . . . 8 fr.

Le Roman de Thèbes, édition critique d'après tous les manuscrits connus, par Léopold Constans, t. I et II (1890). . . . . 30 fr.
Ces deux volumes ne se vendent pas séparément.

Le Chansonnier français de Saint-Germain-des-Prés (Bibl. nat. fr. 20050), reproduction phototypique avec transcription, par Paul Meyer et Gaston Raynaud, t. I (1892). . . . . 40 fr.

Le Roman de la Rose ou de Guillaume de Dole publié d'après le manuscrit du Vatican par G. Servois (1893) . . . . 10 fr.

L'Escoufle, roman d'aventure, publié pour la première fois d'après le manuscrit unique de l'Arsenal, par H. Michelant et P. Meyer (1894). . 15 fr.

Guillaume de la Barre, roman d'aventures, par Arnaut Vidal de Castelnaudari, publié par Paul Meyer (1895). . . . . 10 fr.

Meliador, par Jean Froissart, publié par A. Longnon, t. I, II et III (1895-1899), le vol. . . . . 10 fr.

La Prise de Cordres et de Sebille, chanson de geste publiée, d'après le ms. unique de la Bibliothèque nationale, par Ovide Densusianu (1896). . . . . 10 fr.

Œuvres poétiques de Guillaume Alexis, prieur de Bucy, publiées par Arthur Piaget et Émile Picot, t. I et II (1896, 1899), le volume. . . . . 10 fr.

L'Art de Chevalerie, traduction du *De re militari* de Végèce par Jean de Meun, publié, avec une étude sur cette traduction et sur *Li Abrejance de l'Ordre de Chevalerie* de Jean Priorat, par Ulysse Robert (1897). 10 fr.

Tous ces ouvrages sont in-8°, excepté *Les plus anciens Monuments de la langue française* et la reproduction de l'*Apocalypse*, qui sont grand in-folio.

Il a été fait de chaque ouvrage un tirage à petit nombre sur papier Whatman. Le prix des exemplaires sur ce papier est double de celui des exemplaires en papier ordinaire.

Les membres de la Société ont droit à une remise de 25 p. 100 sur tous les prix indiqués ci-dessus.

———

La Société des Anciens Textes français a obtenu pour ses publications le prix Archon-Despérouse, à l'Académie française, en 1882, et le prix La Grange, à l'Académie des Inscriptions et Belles-Lettres, en 1883, 1895 et 1901.

———

Le Puy, imp. R. Marchessou. — Peyriller, Rouchon et Gamon, successeurs.

www.ingramcontent.com/pod-product-compliance
Lightning Source LLC
Chambersburg PA
CBHW070755030726
47504CB00003B/560